**作家榜**经典名著

读经典名著，认准作家榜

# 5分钟短经典 ② 全二册

作家榜 编　陈登颐 译

四川人民出版社

# 目 录 ②

## 爱

### 没有脾气的男人
[英] 凯瑟琳·曼斯菲尔德
天空是绿玉的颜色，电光在闪动，月色在几面镜子里颤抖。

### 玫瑰园里的阴影
[英] 戴维·赫伯特·劳伦斯
正因为是作茧自缚，所以最难解除。

### 死者
[爱尔兰] 詹姆斯·乔伊斯
他依稀听见雪花在宇宙里微弱地飘落，飘到所有生者和死者身上。

## 菊花
[美] 约翰·斯坦贝克
"女人不适合过这样的生活。"
099

## 乞力马扎罗的雪
[美] 欧内斯特·海明威
爱是粪堆，我是爬到粪堆上打鸣儿的公鸡。
117

## 白夜
[俄] 费奥多尔·陀思妥耶夫斯基
当我们不幸的时候，我们对别人的不幸，就感受得分外深切。
152

## 丛林之兽
[美] 亨利·詹姆斯
要知道你命中必然要忍受的事情，你不一定会理解它。
222

## 宝贝儿
[俄] 安东·巴甫洛维奇·契诃夫
她总是要爱一个人，没有爱她就活不下去。
281

# 善良

## 乡村医生
[俄]伊凡·屠格涅夫
我向你坦白……我爱上了自己的病人。

## 看不见的珍藏
[奥地利]斯蒂芬·茨威格
我像童话里的天使一样降临到一个穷苦人家。

## 镇上的穷人
[美]萨拉·奥恩·朱厄特
大家管,就是没人管。

## 小水手的故事
[丹麦]伊萨克·迪内森
他感觉到,就在这五分钟里,自己好像成长起来。

## 秘密伙伴
[英]约瑟夫·康拉德
一个自由的人,一个高傲的游泳者,搏击着海水去寻求新生。

### 缀满蛛网的房屋
[英]乔治·吉辛
二十多年前,他的智力就停止发展了。

## 选择

### 普通的一天
[美]雪莉·杰克逊
明天咱俩换换角色,你愿不愿意?

### 边远公署
[英]威廉·萨默塞特·毛姆
他们好像是居住在永恒黑夜中的人,知道曙光永远不会出现而深深苦恼。

### 饥饿艺术家
[奥地利]弗兰茨·卡夫卡
饥饿艺术家并没有骗人,但是人世间却欺骗了他。

## 马里奥与魔术师
[德] 托马斯·曼
*自由是存在的，意志也是存在的，可是自由意志却是不存在的。*
533

## 败坏了哈德莱堡的人
[美] 马克·吐温
*罪行随时有被人发现的风险，而那时，真正的恐惧才会降临。*
590

## 打赌
[俄] 安东·巴甫洛维奇·契诃夫
*各国天才使用的是不同的语言，在他们心里燃烧的却是同一种火焰。*
658

## 瑞普·凡·温克尔
[美] 华盛顿·欧文
*这是他生平见过的最忧郁的一次游乐聚会。*
670

## 诗人
[德] 赫尔曼·黑塞
*静观宇宙之隐秘。*
691

# 回声

### 夏天的悲剧

[美]阿纳·邦当

一瞬间,他那黑洞洞的头脑里出现了光亮,
在他广阔的脑海中充满了他所熟悉的、热爱的人。

Love

爱

## 没有脾气的男人

凯瑟琳·曼斯菲尔德
(1888—1923)

英国现代主义作家。新西兰文学的奠基人之一,被誉为"新西兰文学花园里的一只孔雀"。擅长运用意象展现人物的微妙关系。其作品展现了女性的生存处境,为妇女解放指明方向。著有《幸福》《在海湾》等。

他站在大厅门口转动着那枚戒指，转动着戴在小指上的那枚图章戒指，同时用冷冷的目光，慢条斯理地环视着玻璃游廊上那些零零散散的圆桌和柳条椅。他撮起了嘴唇，仿佛要吹口哨似的，但没吹出来，只是转动着那枚戒指，转动着戴在他刚洗过的粉红色手指上的那枚戒指。

　　游廊的一角坐着两个盘着顶髻的女人，她们一边喝着玻璃杯里的一种汤汁（她们每天这个时刻总是喝这种汤汁，灰白色的液体上浮着小小的壳屑），一边在一只装满纸屑的铁皮盒子里翻寻有孔洞的饼干，找到了便掰开，投进那两只玻璃杯里，用羹匙捞着吃。托盘旁，两团蜷曲的毛线正如两条蛇一样安睡着。

　　那个美国女人坐在她惯常坐的地方，背靠着那堵玻璃墙。在一片葡萄植物的巨大阴影里，爬山虎睁开许多紫色的眼睛，紧贴在玻璃上，饥饿地注视着她。她知道它在那儿，她知道它还在虎视眈眈地盯着她，于是装模作样地逗它玩。有时她甚至指着它，喊道："这是人们看到的最可怕的东西，瞧它那鬼样子！"反正，它是在游廊的外边……何况，它也不会碰她。它能吗，克莱门梭？她是个美国女人，不是吗，克莱门梭？她会立刻去找领事的。克莱门梭蜷卧在女主人的膝上，身上放着她那只破旧的锦缎手提包、一块肮脏的手绢和一堆从老家来的信。它听了女主人的话，打了个喷嚏算是回答。

其他桌子上都没有人。那个美国女人和那两个盘着顶髻的妇女彼此瞥了一眼，她按美国人的派头微微地耸肩膀，这两个女人则摇晃着饼干，表示领会了她的意思。可是他却什么也没有看见。这会儿他一动不动，人们从他的眼神中看出他在谛听。"呼——嗞——呜——呜！"这是电梯在响。那只铁笼子的门铿锵一声打开了，接着可以听到她拖曳着的轻盈的脚步声，从大厅那边向他移来。一只像树叶那样轻的手搁在他肩膀上，一个柔和的声音说："咱们坐到那边去吧——那儿能看见车道。那些树真可爱。"于是他向前走去，那只手还搭在他肩膀上，那拖曳着的轻盈的脚步声陪在他的身旁。他拉出一张椅子，她慢悠悠地颓然坐下，头靠在椅背上，两只臂膀垂在身旁。

"你能不能把那只椅子移近些，它太远了。"

可是他并没有动弹。

"你的披巾在哪儿？"他问道。

"啊！"她惊愕地呻吟了一下，"我太糊涂了，我把它丢在楼上房间床上了。不要紧，别去拿它，我不需要，我知道我不需要它。"

"你还是披上的好。"说完他立即转身，很快穿过游廊到那光线暗淡的大厅里去了。他走过那些有着深红色长毛绒或是镶金的家具——好像魔术道具似的，走过英国教会做礼拜的通知单,走过那绿色呢子的板架上,一格一格摞得越来越高的待领信件,走过那架每半个小时报一次时的庞大立钟,走过一只抱着一根根手杖和洋伞的木制棕熊,走过那两株残败的棕榈树和楼梯脚下那两个古老的乞丐塑像,接着一步跨三级走上那道大理石的楼梯,走过楼梯平台上两个和真人一般大小、四肢强壮、矮胖的农村孩童石像,大理石围兜里装满了大理石做的葡萄,沿着堆满了空罐头残骸、大皮箱、帆布手提包的走廊,向他们的房间飞快走去。

那个女仆在他们的房间里,边大声唱歌边把肥皂水倒进一只污水桶。几扇窗户敞得开开的,百叶板都被拉了上去,光线亮堂堂地射进来。她把那些毛毡和白色的大枕头都晾在阳台的栏杆上,床上的帐子都撩起来用绳子系上。书桌上放着一个盛满毛茸茸的烟丝和火柴残梗的铁盘。她一看见他,便用她无礼的双眼在他身上闪烁了一下,放低声音改为哼唱。可是他没有什么表示,他的眼睛扫视着这个亮堂堂的房间。见鬼!那条披巾到哪儿去了?

"*你要找什么吗,先生*[1]?"那个女仆嘲弄地问了一句。

他没有回答。他已经看见那条披巾了,于是大步走进房间,一把抓起那条像蛛网一样轻软的灰色披巾走了出去,把门砰地关上。而后那个女仆便拼命提高嗓门,尖声唱了起来,歌声沿着走廊跟随他飘去。

---

[1] 原文为法语。(如无特殊说明,注释为译者注)

"啊，你来了。出了什么事？怎么这么晚才来？你瞧，茶在这儿。我刚才派安东尼奥去拎热水去了。真要命，我至少要关照他六十遍才行，他还没有把水拎来。谢谢你，太好了，坐着向前倾的时候还真有点冷呢。"

"谢谢，"他接过茶，在另一张椅子上坐下，"不，我什么也不想吃。"

"哎，你吃一点嘛！就吃一块，你午饭吃了那么一点儿，现在离晚饭还早着呢。"

当她俯身递给他饼干的时候，她的披巾掉了下来。他拿起一块饼干，搁到茶碟里。

"啊，车道旁边那些树真美！"她小声惊叹道，"我一辈子也看不厌。它们就像最精致的巨大蕨草。你看见那棵有银灰色树皮和一簇簇奶油色花朵的树了吧。昨天我摘了一簇花闻了一下，那香味儿，"说到这儿，她回忆似的闭上了眼睛，声音低下去，柔弱而又轻盈，"就像是研碎的肉豆蔻。"停了一会儿，她转向他微微笑了笑，"你知道肉豆蔻的香味是怎样的，我形容得对吗，罗伯特？"

他也报以微笑，说："嘿，我怎么向你证明我知道呢？"

安东尼奥回来了，不仅拎来热水，还用一只金属托盘送来了一些信件和三个纸卷。

"啊，信！啊，太好了！哎，罗伯特，这些不一定都是你的！是刚来的吗，安东尼奥？"她俯着身体，纤细的手指扬了起来，在安东尼奥交给她的信件上盘旋了一会儿。

"刚才来的，夫人。"安东尼奥露齿微笑，"我是亲自从邮差的手里拿到的。我叫邮差把你们的信交给我。"

"安东尼奥真好!"她出声地笑了,"喏,这些是我的,罗伯特,剩下的是你的。"

安东尼奥敏捷地转过去,身体挺得笔直,收敛起刚才的笑容,走开了。他的亚麻条纹上衣和平整发光的缘饰让他看起来就像个木偶。

塞尔斯比先生把信放进自己的口袋,那些报刊放在桌上。他转着那枚戒指,转着戴在小指上的那枚图章戒指,眨眨眼睛,茫然地向前面凝视着。

可是她一只手拿着茶杯,另一只手拿着一张薄薄的信纸,头向后仰,嘴唇张开,额骨上有一抹红晕,嘬(zuō)着,嘬着,喝着,喝着……

"洛蒂来的信。"她轻声细语地说道。

"可怜的亲人……得了这样的毛病……左脚。她以为……神经炎……布莱恩大夫……平脚……按摩。今年有好多知更鸟……印度上校……下了一场好大的雪。"她抬起头来,明亮的眼睛睁得大大的,"下雪,罗伯特!想想看!"她摸了摸别在瘦瘦的胸脯上的小紫罗兰花,又低下头去看信。

……下雪了。伦敦下雪了。米利大清早送来了茶。"先生,昨夜下了一场可怕的大雪。""哦,是吗,米利?"窗帘咯啷啷一声被揪开了,放进来暗淡得好像不愿意露面的光线。他在床上坐了起来,瞥见了对面房屋白皑皑的盖满了雪,有如琼楼玉宇,它们的窗槛花箱里装满了一簇簇白珊瑚似的花枝……在浴室里……俯视后花园。雪,厚厚的雪把什么都粘住了。草坪上有一道道被猫掌风[1]吹起的波纹。花园里那张桌子上结了厚厚一层冰。金链花树上萎谢了的豆荚变成了一条条白色的流苏。只有常青藤丛里露出斑斑点点的深绿色叶子……他背靠着餐室的炉火取暖,那张纸搁在椅背上晾着。米利端着熏猪肉来了。"啊,先生,你看,来了两个小男孩,他们愿意把台阶上和屋前的雪扫掉,要一个先令就行了,你看我让他们来扫吗?"接着一阵轻盈的脚步声,吉妮下楼来了。"哦,罗伯特,雪景多美妙啊!哎,雪要融化多可惜!小猫咪到哪里去了?""我叫米利把它捉来。"……"米利,要是你看见小猫在哪儿,能不能把它捉来。""好的,先生。"……他感到那小小的心脏在他手底下跳动。"来吧,好朋友,你的女主人要你呢。"啊,罗伯特,你让它看看雪花呀,这是它生平第一次遇到下雪。我打开窗子,放一点雪在它爪子上让它握着,好吗?"

"嗯,总的来说,这儿很令人满意,非常令人满意。可怜的洛蒂!亲爱的安妮!我多么渴望能给他们送点这样的东西!"她一边喊嚷,一边对着阳光炫目的花园挥着那几封信,"再来点

---

[1] 猫掌风:小区域的微风。

茶吗，罗伯特？亲爱的罗伯特，再喝点茶。"

"不，谢谢你，不用了。这就很好了。"他慢腔慢调地说。

"我的茶可不好，就像是干草末一样。啊，瞧，那一对度蜜月的小两口来了。"

这小两口合拎着一只筐子，还带了两副钓鱼竿和钓鱼绳，连走带跑地沿着车道过来，走上了低低的台阶。

"哎呀！你俩出去钓鱼了吗？"那个美国女人喊道。

他俩上气不接下气，直喘："是的，是的，我们一整天都在外面划小船了。我们钓了七条鱼，四条可以吃，另外三条不能吃，打算送人，送给孩子们。"

塞尔斯比夫人把椅子转过来瞧他们。那两个梳着顶髻的妇女也把她们蛇一样的毛线放下了。他俩是一对肤色很黑的小两口——乌黑的头发，橄榄色的皮肤，明眸皓齿。男人一身英式打扮，法兰绒的上装，白裤子，白鞋，脖子上围了一条绸缎围巾，头上没戴帽子，头发向后梳。他用一方色彩鲜艳的手绢不住地揩拭脑门，并擦着双手。那女人穿的白色短裙上有一块弄湿了；脖颈和喉部染上了较深的桃红色；她一抬起胳膊，腋部便现出了两块好大的半月形汗渍；发髻儿湿透了，紧贴在脸颊上，看起来就像是她年轻的丈夫曾经把她浸泡在海水里，又把她捞上来，在阳光里晒干，然后又把她泡到海水里，就这样折腾了一整天一般。

"克莱门梭喜欢吃鱼吗？"他俩嚷道。他们的笑声中充盈着兴奋劲儿，像几只鸟儿在玻璃游廊上扑腾腾地撞着，筐子里散发出一种奇怪的腥咸味儿。

009

"你们今儿晚上会美美地睡上一觉了。"一个梳顶髻的女人用编针挖着耳朵说。另一个则微笑着点头。

度蜜月的小两口四目对视着,好像受到一股海浪的冲击,喘着气,吞咽着海风,有一点摇摇晃晃站立不稳,然后向楼上走去,大声笑着,笑着。

"咱们没有力气上楼了,太累了,就这样喝点茶吧。喂,这儿来点咖啡。不——来点茶。不——咖啡。茶——咖啡,安东尼奥?"塞尔斯比夫人转过身来。

"罗伯特!罗伯特!"他到哪儿去了?他不在那儿。啊,他在游廊那一头。他转过身来了,抽着一支烟,"罗伯特,咱们出去转一转,好不?"

"行。"他把烟在烟灰缸里按灭,逍遥地走了过来,两眼盯着地面,"你穿得够暖和了吧?"

"嗯,暖和着呢。"

"真的吗?"

"嗯。"她把手扶在他臂膀上。"也许,"接着,她又在他臂膀上轻轻地按了一下,"它不在楼上,而是在大厅里——你给我把那件斗篷拿来,行不?它就挂在那儿。"

他把斗篷拿来了。她俯下她那小巧的头,让他把斗篷披上。然后,他很生硬地伸过胳膊来扶她。她向游廊上的人甜蜜地点点头,他却伸手掩口打了个哈欠,于是他俩一起走下台阶。

"看看他们!"那个美国女人说。

"他不是男人,"一个梳顶髻的女人说,"他是只阉牛,早晨和晚上我和妹妹在床上的时候,我对她这样说。我对她说,他不是男人,是只阉牛!"

度蜜月的小两口的笑声像鸟儿一样,盘旋着,翻飞着,猛扑着,在游廊的玻璃墙上撞击着。

太阳还很高,花园里每片叶子、每朵花都纹丝不动地舒展着,仿佛疲惫不堪。一股甜腻浓郁的气味颤动了空气,从一株仙人掌肥厚的叶子间冒出。一枝芦荟的茎上开着像是从黄油上切下的淡色花朵。阳光在棕榈树擎起的枪矛上闪烁,在一片蜡一般柔软的殷红色花丛上,一些黑色的大昆虫嗡嗡嘤嘤地飞来飞去,一面墙上蔓生着一大片绚丽的藤蔓,橙色的底子上溅洒着乌亮的斑点。

"我还是不要斗篷了。"她说,"天气实在是暖和。"于是他把斗篷从她肩上卸下,挂在自己的胳膊上。"咱们沿着这条小路走吧。真不可思议,我今天觉得好多了。老天啊——瞧那些孩子!想想看,现在已是十一月了!"

花园的一角有两只满溢的大水桶。三个小女孩穿着短裙,小心翼翼地脱下内裤,将它们挂在一株灌木上,此刻正站在水桶里踩上踩下。她们尖叫着,头发披散在脸上,互相泼水。可是那个独占一只水桶的年纪最小的女孩,抬头一瞥,看清了是谁在旁边观看。霎时间她好像充满了恐惧,接着笨乎乎地使劲爬出了水桶,还把裙子撩起到腰部,一边喊着:"那个英国人!那个英国人!"一边拼命地逃,想躲藏起来。另外两个小女孩也尖声乱嚷着跟她一起逃跑。一瞬间她们就溜得没影子了,只剩下两只满溢的水桶和她们挂在灌木上小小的内裤。

"真——是——新——鲜——!"她说,"她们干吗这样害怕？当然她们还太小，不会……"她抬头望望他。他脸色苍白，身后那棵热带树又高又大，向上长着长长的尖刺，在它的衬托下，他又显得那么清秀英俊。

他有好一会儿没有搭腔，后来朝她眼睛的方向瞅(chǒu)了一下，以他那种独特的方式缓缓地微笑，说道："胡扯淡！"

"胡扯淡！"啊，她感到有点眩晕。啊，她竟会热恋上一个说这种粗话的人。胡扯淡！这纯粹是罗伯特的特点！除了他以外，谁也不会说这么粗俗的话。一个像他这样才华横溢、有高深学问的人，居然说出这种又怪异又孩子气的话。她真是哭笑不得，便说道："要知道，你有时是很荒谬可笑的。"

"确实是的。"他说。他们向前走去。

可是她累了。她走得够久了，不想再往前走了。

"你让我留在这儿，你自个儿散散步，锻炼身体，好吗？我要去坐在长椅子上。你帮我把斗篷拿来，真是太好了。你不用上楼去拿毛毯了，谢谢你，罗伯特，我要看看那美妙的天芥菜……你去的时间不太长吧？"

"不，不会。把你撇在这儿，你不介意吗？"

"傻话！我希望你去。我总不能指望你成天被你病弱的妻子拖累……你要去多长时间？"

他拿出表来，说："现在四点半刚过。我五点一刻回来。"

"五点一刻回来。"她重复道。于是她静躺在长椅上，双手交叠在一起。

他转身走开，突然又回过来，"喂，你喜欢我的表吗？"说着他把表拎到她的面前。

"啊！"她喘了口气，"太喜欢了！"接着她握紧了那块温暖的、她所心爱的表，说："现在快去吧！"

埃克赛尔斯瓦酒店的大门砰的一下打开了，把墙边几株鲜艳的天竺葵压坏了。他稍微前俯，直直地向前凝视，飞快地走了，经过天竺葵花丛，开始爬上山坡。这道山坡在镇的后面弯来弯去，像一条大绳子似的把许多别墅拴成一溜。路上尘土很厚，一辆四轮马车向埃克赛尔斯瓦酒店轻快地驶来。马车上坐着一位将军和一位伯爵夫人，他们刚刚兜完风（这是他们每天的惯例）。塞尔斯比先生让到一边，尘土扬起来，像浓密的绒毛似的弥漫开来，真呛人。伯爵夫人用胳膊肘轻轻碰了将军一下。

"他往那边走了。"她怀着恶意说了句。可是将军大声咳了一下，看也不看。

"是那个英国人。"车夫说着，转身笑了一下。伯爵夫人扬了扬手，向他露出和蔼可亲的笑容。于是车夫满意地吐了口唾沫，向那蹒跚前进的马抽了一鞭。

往前走，往前走，他走过了这个镇上最精致的别墅、最豪华的宫殿——那些跑多远都值得来看的宫殿，走过雕刻精美的石窟、塑像和有石兽在喷泉旁饮水的公园后，进入了一个比较贫寒的区域。这里的路湫隘肮脏，两旁是一些寒酸的楼屋，屋底下都腾出来充当马厩或是木匠的作坊。在前方的一处喷泉旁，有两个丑陋的老太婆，正在敲打洗涤完的被单和衣服。他走过她们身旁的时候，她们蹲在地上看向他。他身后传来了她们在石头上啪啪地敲打衣服、被单的声音和嘿嘿的笑声。

他爬到小山顶上，随着路拐了个弯，山下的那个城镇便被遮住了。他向山脚下眺望，看见了深邃的山谷和一道干涸的河床。河谷的两岸遍布着一些破旧的小屋，破裂的石头上晾晒着水果，园子里种了一畦西红柿，从园门到屋门有一溜溜的常春藤棚架。西斜的阳光金灿灿地照在杯形深谷的底部，空气中有一股烧木炭的气味。那些园子里的人们正在割葡萄。塞尔斯比看见有一个人站在树荫里，一只手握住一把暗紫色的葡萄，另一只手从腰带上取出刀子，割下一串葡萄，放进一只扁平的船形篮子里。那个人很悠闲地、慢悠悠静悄悄地干活，好像打算要割几百年。路那边的树篱上有一些小得像浆果一样的野葡萄，从石头缝里向上蔓生。他倚着一面墙伫立着，装上一斗烟丝，点了根火柴……

他又倚在园门上，竖起了雨衣的领子。雨意满天，不过这也没有什么关系，他已经有所准备。在十一月份，你不可能期望有什么好天气。他眺望着光秃秃的田野，园门的一角散发出芜菁甘蓝的气味，那儿有偌大一堆，潮湿，颜色污浊。有两个人向四散着房屋的那个村庄走去。"你好！""你好！"啊，要赶上那趟回家的火车，就得快点儿。他赶紧走过园门，经过田野，爬过篱墙两边的阶梯，在飘来的雨丝和薄暮中大步往前走……回到家里正好来得及洗个澡，换件衣服吃晚饭……客厅里吉妮正紧挨着炉子坐着。"啊，罗伯特，我没听见你进来。你散步得痛快吗？好香啊！是给我的礼物吗？""我给你采摘了点黑莓，颜色挺漂亮。""啊，真可爱，罗伯特！丹尼斯和贝蒂要来吃晚饭。"晚饭是冷牛肉、带皮烧的马铃薯、红葡萄酒、家常面包。宾主们都很高兴，不时发出笑声。"啊，我们都知道罗伯特。"丹尼斯边说边往眼镜片上哈气,并用手绢擦拭。"顺便说一句,丹尼斯,我无意中买到一本很有趣的小书……"

钟声响起,他猛地转过身来。几点了,是五点?还是五点一刻?他循原路回去。当经过酒店两扇大门的时候,他看见她正望穿秋水地向外注视着。她站了起来,招招手,拖着那件沉重的斗篷,慢慢地上前来迎接他,手里拿着一捧天芥菜。

"你来晚了,"她愉快地喊道,"你晚了三分钟。这是你的表。你走了以后,我休息得挺好,你散步得痛快吗?风景优美吗?告诉我吧,你到哪儿去了?"

"我说——把这披上吧。"他说着把斗篷从她手里拿过来。

"对,我得披上。对,天有点冷了。咱们上楼到屋里去吧?"

他们走到电梯跟前,她咳嗽起来,他皱起眉头。

"我在外面待得晚了些,但也不算太晚。别生气。"她在一张红色长绒面子的椅子上坐下。他把电铃按了又按,没有反应,便把手指一个劲地往下按。

"啊,罗伯特,你觉得这样做合适吗?"

"什么合适不合适?"

大厅的门开了,门里有人问:"怎么回事啊?谁把电铃按得这么响?"克莱门梭也开始狺狺狂吠。那位将军也"吭、吭、吭"地咳起来。一个梳顶髻的女人掩着耳朵奔了出来,打开办公室的门高喊:"奎特先生!奎特先生!"经理听到喊声忙跑了出来。

"是你按的电铃吗,塞尔斯比先生?你想乘电梯吗?行的,先生。我亲自送你上去吧。安东尼奥一下子来不了,他刚换下围裙……"经理带着讨好的神情招呼他俩进了电梯,又在大厅门口说:"女士们,先生们,很抱歉,惊吵到诸位了。"塞尔斯比站在电梯里,嘬着腮帮,凝视着电梯的顶棚,转动着戒指,转动着戴在小指上的那枚图章戒指……

进了房间,他很快地走到脸盆架跟前,摇摇瓶子,给妻子倒了些药水,拿了过来。

"坐下,喝掉,别说话。"他站在她身旁,看她乖乖地喝药水。然后他拿走玻璃杯,涮了涮,又放到架子上。"你要垫子吗?"

"不要,我很好。你过来在我身旁坐一会儿行不,罗伯特?啊,这样真好。"她转过身,把天芥菜插到他翻领上,说:"这再合适不过了。"接着她把头倚在他肩膀上,他用臂膀搂住她。

"罗伯特……"她的嗓音像一声叹息,像轻微的呼吸。

"嗯……"

他俩这样坐了好一会儿。天上燃起红霞,又暗淡了下去。两床白色的床铺就好像两只船……他终于听见女仆拎着两壶热水,沿着走廊跑过来。于是他松开了臂膀,开了电灯。

"哦,几点啦?啊,多美好的一个晚上!啊,罗伯特,你今儿下午出去的时候,我在想……"

他们是最后走进餐室的一对。伯爵夫人戴着长柄眼镜,手拿着扇子坐在那儿。将军坐在那把有气垫的特制椅上,膝上盖着一条小毛毯。美国女人坐在那儿给克莱门梭看一份《星期六晚报》……"我们正在进行精神会餐呢。"那两位梳顶髻的女人正在把她们碟子里的桃子和梨子摸了又摸,挑了又挑,把她们认为不熟的拣出来给经理看。蜜月旅行的小两口隔着桌子俯着身体说悄悄话,竭力忍着不笑出声来。

奎特先生穿着日常的服装和白帆布鞋,端来了汤。全身上下穿着晚礼服的安东尼奥正把一盆汤放在大家面前。

"不,"那个美国女人说,"把它拿掉,安东尼奥。我们不喝汤。克莱门梭,咱们什么软乎乎的东西都不能吃,对吗?"

"把汤拿回去,重新盛满!"那两个梳顶髻的女人说。说完她们便转身看着安东尼奥把口信传给经理。

"这是什么?米?煮的吗?"伯爵夫人透过长柄眼镜察看了一下,"奎特先生,要是汤里面放点米煮一下,将军可以喝一点。"

"遵命,伯爵夫人。"

蜜月旅行的小两口不喝汤,却吃起自己钓的鱼来。

"给我那一条。那一条是我钓的。不,那不是。不,它是的。不,它不是。嘿,它在用眼睛瞪着我呢,没错,它准是,咻!嘻!嘻!"他俩的脚在桌子底下勾到了一起。

"罗伯特,你又不吃了。有什么心事吗?"

"不。没有胃口罢了。"

"啊,多伤脑筋。鸡蛋和菠菜端来了。你不喜欢菠菜,是吧?我叫他们以后别上菠菜……"

他们给将军端来的是鸡蛋和马铃薯泥。"奎特先生!奎特先生!"

"是,伯爵夫人。"

"将军的鸡蛋又煮得太老了。"

"吭!吭!吭!"

"很抱歉,伯爵夫人。我给你重煮一只,好吗,将军?"

……他们最先离开餐厅。她抓起围巾站了起来，他站到一旁，等她走过，同时转动着那枚戒指，转动着戴在小指上的那枚戒指。奎特先生逗留在大厅里，看见他们说："我本来以为你们不想等电梯。安东尼奥正在发洗手的小盆。很抱歉，电铃不会响了，它出了毛病。不知道是怎么回事。"

"啊，我是希望……"她说。

"进去吧。"他说。

奎特先生跟着他们进去，砰的一声把电梯门关上……

"罗伯特，如果我马上上床睡觉，你介意吗？你不下楼到大厅里或是到花园里去吧？要么你在阳台上抽支雪茄也行。那儿很美，我也喜欢雪茄的气味，我一直是喜欢的。不过要是你愿意……"

"不抽，我就在这儿坐坐。"

他搬出一把椅子，坐到了阳台上。他听见她在房间里走动，轻轻地、轻轻地走动，衣裳发出窸窣的声音。接着她走到他面前，说："晚安，罗伯特。"

"晚安。"他握住她的手，吻了下手心，"当心，别着凉。"

天空是绿玉的颜色，繁星满天，一轮银盆似皎洁的月亮挂在花园上空。远远的天际，电光在闪动，像一对拍动着的翅膀，像一只受伤的鸟儿在拍动着翅膀，试图飞翔，却摔了下去，又挣扎着向上飞。

大厅里的灯光照到花园的小径上，传来了一阵钢琴的声音。美国女人打开落地窗，把克莱门梭放到花园去，喊着："你看见这月亮了吗？"可是没有人应声。

他坐在阳台上，凝视着栏杆，身上感到冷飕飕的。终于他走了进来。月光——房间被月光照得一片雪白。月色在几面镜子里颤抖着，两张床好像船似的漂了起来。她睡了。他隔着帐子窥望她，背部垫靠着许多枕头，半倚半卧着，她白皙的双手横在被单上，白皙的脸颊和淡色的头发压在枕头上，被镀成银色。他很快宽衣，悄悄地爬上床，两手交叉在颈后，躺卧着……

……在他的书房里。夏末。爬山虎的叶子刚刚变了颜色……

"……嗯，老兄，我的话完了。就这么回事。如果她再不离开这儿，花上两年时间到气候好的地方换换环境的话，她就，嗯，没有多大希望了。在这些事情上我该说得坦率些。""哦，当然……""哎，见鬼，老兄，你为什么不能跟她到外地去走一走呢？你又不像我们这些打工的，让日常事务困住了跑不开。你到哪儿还不是一样……""两年？""是的，我想得花两年时间。至于这幢房子，出租是没有什么困难的，你知道。实际上……"

……他在她身边。"罗伯特，可怕的是……我想……我的病……我感到，我不能单独去。你明白，你是我的一切。对我来说，你像圣餐一样重要，罗伯特，像圣餐一样重要。啊，亲爱的……我在说什么？当然，我能，当然，我不会拖累你一起走……"

他听到她在床上动弹。她要什么吗？

"布格尔斯？"

老天爷,她是在说梦话。他俩多年不用那个名字了。

"布格尔斯,你没睡吗?"

"没睡,你想要什么吗?"

"哎,我要成为你的累赘了,真抱歉。你介意吗?我的帐子里有只讨厌的蚊子——我听得出它在嗡嗡飞鸣。你能逮住它吗?我心脏不好,不想动弹。"

"哦,别动。你就这么躺着。"他把电灯拧亮了,撩起帐子,"那个小家伙哪儿去了?你瞧见它了吗?"

"是的,就在那儿,在那个角落。哎,我把你从床上拖起来,真缠磨人。你很不高兴吧?"

"没有,当然没有。"他穿着白底蓝条纹的睡衣裤在床边忙活了一阵,接着说:"我捉住它了。"

"啊,太好了。它吸的血多吗?"

"简直了。"他走到脸盆架前面,把手指浸到水里。

"现在你好了吗?要不要把灯关掉?"

"行,关吧。不,布格尔斯!回到这儿来一会儿。坐在我身边,把手伸给我。"她转转他那枚图章戒指,"你为什么没有睡着呢?布格尔斯,你听着,靠近些。我有的时候纳闷儿——和我出来到这儿,你不会非常介意吧?"他俯下身体,吻了她一下。他为她塞好被子,抚平枕头。

"烂透了!"他暗自说道。

(1920年)

# 玫瑰园里的阴影

戴维·赫伯特·劳伦斯
（1885—1930）

英国著名小说家、诗人。英国作家 E. M. 福斯特评论其为"我们这一代中充满想象力的伟大作家"。著有《儿子与情人》《虹》《恋爱中的女人》等。作品特别关注两性之间的情感问题。

一个小个儿的年轻人坐在一幢漂亮的海滨小别墅的窗前，心不在焉，却又竭力说服自己是在读报。时间约莫是早晨八点半。窗外鲜艳的玫瑰花在晨光中盛开着，像一只只翘起的小火球悬在空中。那个年轻人看看桌子，接着看看时钟，又看看自己的大银表，脸上现出一种坚忍的神情。于是他站起来，沉思地望着挂在房间四壁的油画，略带敌意地凝视着《负隅之鹿》。他试着揭开钢琴的盖板，发现它锁上了。他照了一下小镜子，瞥见自己并非其貌不扬，虽然身材矮小，却举止活泼，精力旺盛。于是他捋了一下棕色的胡子，眼睛里顿时闪耀起机灵的光芒，接着转过身来离开镜子，脸上现出一种顾影自怜的神情。

他有些抑郁地走进花园，然而他的衣服并不像一个心情消沉的人穿的衣服。夹克衫还是新做的，非常合身，衬托出他潇洒而恬然自信的风度。他注视着草坪上那株长势茂盛的天堂树，又逛到另一棵树跟前。一棵扭曲的苹果树上结满了棕红色的果子，好像可以吃。他环顾四周，摘下一只苹果，背朝着墙壁脆嘣嘣地咬了一口，诧异地发现这苹果味道倒很甜。他又摘了一只,接着又回头环顾了一下开向花园的卧室窗户,看见了一个女人的身影,有点惊奇,定睛一看,原来是自己的妻子。她正在眺望大海,显然没有看见他。

他朝她审视了一小会儿。她是个很标致的女人,好像比他年龄大些,脸色虽然相当苍白,整体看起来却比较健康。她脸上流露出一种若有所思的、渴望的表情,一绺绺浓密的茶褐色头发披在额头上。她始终出神地凝望着大海,没有理睬她的丈夫,也不关注属于他的小天地。他有些恼火,就摘下几个罂粟花一样红的果子朝窗口扔去。她吃了一惊,颦蹙双眉,向他苦笑了一下,便又转过脸去,接着几乎是立即离开了窗口。他走进房屋去看妻子。她身材匀称,神色有些骄傲,穿一件柔软的薄纱衣服。

"我等得够久了。"他说。

"你是等我呢,还是等早饭吃?"她不经意地问了一声,"我们说好九点吃早饭。我总以为你在旅行之后要好好睡一觉。"

"你知道的,我总是五点起床。一过六点,我就无法待在床上。在这样一个美好的早晨睡懒觉,那简直就像被埋在坑里一样难受。"

"想不到你在这儿会觉得像是被埋在坑里呢。"

她走来走去,仔细打量着房间,察看玻璃罩下面的装饰品。他站在壁炉前的地毯上,很不自在地看着她,心里不太开心,但也无可奈何。她瞧着这套房间,耸了耸肩膀。

"得了,"她抓住他的胳膊,"咱们上花园去,等科茨夫人把早饭送来。"

"但愿她快点儿。"他捋捋胡须说。她扑哧笑了一声,倚在他胳膊上,走了。他燃起烟斗。

他们走下台阶的时候,科茨夫人走进房间。这位可爱的、体态端庄的老夫人赶紧走到窗口,看看这一对旅游的年轻夫妇,只见他们沿着花园小径走去,丈夫以一种恬然安详的步态走着,妻子倚在他胳膊上。房东夫人蓝灰色的眼睛不由一亮,她带着柔和的约克郡口音自言自语道:

"两个人身材很般配。我想她是不会嫁给一个身材比自己矮的人的。虽然他在其他方面都比不上她。"这时老夫人的孙女儿走了进来,将一只托盘放在桌子上,走到老夫人的身边。

"他刚才在吃苹果,奶奶。"她说。

"是吗,宝贝儿,要是他高兴吃,就吃呗。"

屋外,那个风度翩翩的年轻人边走边不耐烦地竖着耳朵听。屋里传来了摆弄茶杯的声音,这对夫妇终于宽慰地舒了口气,进屋来吃早餐。吃了一会儿,他停下来说道:

"你觉得这地方比布里德灵顿好些吗?"

"可不,"她说,"好得没法比!这儿一点也不像陌生的海滨游览地,让我觉得像家里一样舒适。"

"你以前在这儿待过多长时间?"

"两年。"

他沉思地吃着早饭,过了好一会儿才说:

"你倒喜欢旧地重游,我还以为你宁可到新地方去呢。"

她一声不吭地坐着,接着灵巧地反问了一句试探的话:

"为什么?你以为我在这儿待得不痛快吗?"

他怪惬意地笑了一声,在面包上涂了厚厚一层橘子酱。

"但愿是这样。"他说。

她没有理睬他。

"在村子里再别提起我的事,弗兰克。"她漫不经心地随口说了句,"别提起我是谁,也别提起我曾经在这儿住过。任凭是谁,我也不想见。要是他们知道我是谁,咱们就不会那么自由自在了。"

"那么,你来是为什么呢?"

"为什么?你不懂为什么吗?"

"我确实不懂,既然你谁也不想见,到这儿来是为什么呢?"

"我来是为了看看这地方,不是为了看人。"

他不再说什么。

她说:"女人和男人的心理不一样。我不明白为什么想到这儿来,可是我来了。"

她体贴地又给他斟了杯咖啡。

"只不过,"她继续说,"你别在这村子里提起我。"她笑了一下,声音有些颤抖,"你要知道,我不愿人家再提起往事,说我的闲话。"说着,她用指尖移动着台布上的面包屑。

他望着她,啜饮着咖啡,舔了一下胡须,放下杯子,冷漠地说:

"我敢说,你过去有不少见不得人的事。"

她内疚地垂下目光,望望台布。他为自己的观察力感到得意。

"好了,"她撒娇地说,"你别泄露我是谁,行吗?"

"不会,"他安慰她,笑了一声,"我是不会泄露你的。"

他感到高兴。

她沉吟无语，过了好一会儿才抬起头来说：

"我要和科茨夫人合计一下，做些事情。你最好一个人出去一个上午，咱们一点钟吃午饭。"

"你难道和科茨夫人要合计一个上午吗？"他问。

"嗯，我还有几封信要写，裙子上有块污渍也得洗掉，今天上午我还有好多琐碎的事情要做。你最好还是一个人出去会儿。"

他看出她有些隐秘的事瞒着他。她上楼去的时候，他压抑着一股怒火，拿起帽子走出屋子，到悬崖上去散步。

不大一会儿，她也走了出来，戴着一顶插了几朵玫瑰花的女帽，白色衣服的外面披了一条长长的精致的网织花边围巾，紧张不安地张起了阳伞，一半脸儿藏在彩色的阴影里。她沿着被渔夫的脚步磨得凹陷下去的狭窄石板路走去，好像在故意回避周围的事物，仿佛有那柄阳伞遮掩着才感到安全。

她走过教堂，顺着那条巷子走去，来到路旁的一堵高墙跟前，放慢了脚步，挨着墙走，终于在一扇门前停下来。门是开着的，透过嵌在深色墙上的门框，可以窥见一幅光与影交织的图画，仿佛是一片魔法的幻境在眼前展现。阳光灿烂的院子里，在铺着蓝白相间的海滩卵石的地上，横着图案般的影子。卵石地的前边是一片翠绿的草坪，草坪边上有一棵月桂树灿灿发光。她紧张不安地踮起脚尖，悄悄地走进院子，向矗立在阴影里的房屋瞥了一眼。窗户上都没有挂窗帘，看起来黑洞洞、无精打采的。厨房的门开着，她怀着急切的心情，却又犹豫不决，向前面的花园迟疑地走了一步，又走了一步。

她差不多走到房屋的拐角了，就在这时，在树丛中她听到了一阵沉重的脚步声。一个园丁出现在她面前，捧着一只柳条托盘，大颗大颗熟透了的暗红色醋栗在托盘里滚来滚去。他走得很慢。

"花园今天不开放。"他对这个风姿绰(chuò)约的少妇轻声说。于是她停住了脚步。

她感到有些诧异，沉默了一会儿。这花园怎么会是对外开放的，这到底是怎么回事？

"什么时候开放？"她机敏地问了句。

"教区长关照过，每逢星期二和星期五向游客开放。"

她伫立着思量了一会儿。教区长把自己的私人花园对外开放，这好生奇怪啊！

"他家的人都住在教堂那边，"她向园丁试探道，"这里没有人住，是吗？"

他移动了一下，大颗大颗的醋栗滚来滚去。

"教区长住在新宅邸里。"他说。

两个人都静静地站着。他不想撵(niǎn)她走。她终于转过身来，带着迷人的笑容朝着他：

"我可以看一眼这些玫瑰吗？"她甜蜜的声音中又带几分固执。

"我想，这没有多大关系吧。"他说着，让到一边，"不过，你别待得太久了……"

她向前走去，顷刻间就把园丁忘了。她的神色变得紧张起来，动作非常热切。她四下打量，看见所有朝着草坪的窗子上都没有窗帘,而且窗子里都是昏昏暗暗的。这幢房屋死气沉沉,看起来虽然还偶尔使用,却已像是常年无人居住一般。她脸上仿佛掠过一道阴影。她走过草地,穿过一道长满了绯红的攀缘蔷薇、色彩绚丽的拱门,向花园走去。花园那边,温柔湛蓝的海水在海湾的怀抱中静卧着,为晨雾所笼罩。蓝天和蓝水交界之处隐隐现出一道黑线,那是最远处的海岬。她脸上放出光彩,痛苦和喜悦使面容变了形。在她的脚下,花园陡直地向下降,各种各样的花朵纷然杂陈。下面很远的地方,阴暗的树顶遮住了一条小溪。

她转过脸来看看花园,只见自己周围尽是灿烂阳光照耀下的花朵。她认得那个小小的角落——那棵紫杉树下的座位。前边是一片繁花盛开的台地,再往前走,花园两侧各有一条往下的小径。她收拢了阳伞,缓缓地在花丛中向前走去。四周全是玫瑰灌木,大片的玫瑰从柱子上悬垂下来,翻腾着,或是在独立生长的玫瑰树上摇摆着。疏松的泥土里长着许多其他花朵。如果她抬起头来,就可以看见远处的大海和海岬。

她顺着一条小径慢悠悠地走着,像一个回到往昔的人那般流连忘返。突然,她抚摸着几朵像天鹅绒一样柔软的绯红玫瑰,像母亲抚弄孩子的手那样,不知不觉却又深沉地抚摸着它们,并微微俯身向前,嗅着玫瑰的香味。接着她又出神地继续信步走去。有时,一朵像火焰一般鲜丽,但没有香味的玫瑰花把她迷住了,她便停住脚步凝视着,好像无法理解它。她站在一大片翻腾的粉红花瓣前面,那柔软的触感再一次掠过她的脑际,然后,对着花丛中一朵像冰一样发绿的白玫瑰发怔。她慢悠悠地像一只凄怆的白蝴蝶似的顺着那条小径向前飘去，终于来到一小块生满玫瑰花的平台前面。这些花朵在阳光下鲜艳地盛开着，一朵挨一朵，生得密密匝匝的，一点空隙也不留，这么多，这么艳丽，好像在絮语，在欢笑。她见到它们竟有些畏缩，感到自己置身于一群陌生的仙子中间。这情景使她舒畅，使她心往神驰。她兴奋得脸上泛起了红晕。空气里花香扑鼻。

她发现白玫瑰丛中有一个座位，连忙过去坐下，绯红的阳伞在白花中间留下了一个刺目的斑点。她静静地坐着，感到自己在消逝：她只不过是一朵玫瑰，一朵始终含苞而不能盛开的玫瑰。一只小苍蝇落到她膝上，落到她白色的衣服上。她观看着它，依稀感到它是落在一朵玫瑰上。她已经非复故我，变成一朵花了。

一道阴影在她身上掠过，她蓦地一惊，接着一个身影映入她眼帘。这是一个男人，因为穿着拖鞋，走起来静悄悄的，所以她没有听见脚步声。他穿着一件亚麻外套。美好的晨光被粉碎了，早晨的魅力消失无遗。开头她只是害怕会受到盘问，等他走到近前便站了起来。及至看清他的模样，她却顿时浑身都酥软了，颓然跌坐下去。

他是个军人模样的年轻人，身体比较结实，一头黑发梳得光溜溜的，两撇胡子上了蜡，显得相当整洁，但是他的步子却有些散漫拖沓。她连嘴唇也发白了，抬头一看，见着了他的眼睛。他的眼珠是漆黑的，直勾勾地向前瞪着，却对她视而不见，好像不是人的，而是幽灵的眼睛。他正朝她走来。

他目不转睛地瞪着她，无意识地行了个礼，在她旁边的座

位坐下。他在长凳上挪动了一下,两只脚不安地移动着,用军人那种彬彬有礼的声音说:

"我没有打扰你吧?"

她哑口无言,不知所措。他穿一套深色的衣服,罩一件亚麻外套,整洁得无可挑剔。她像中了魔法似的无法移动,看见他的双手,看见他小指上那枚她非常熟悉的指环,她感到头昏眼花,快要晕倒了。整个世界都变得错乱了。她坐在那儿,好像脑子失去了作用。当他把那双手,那双曾在她心里象征着热烈之爱的手,搁在强壮的大腿上时,她心里充满了恐惧。

"我可以抽烟吗?"他一边亲密地,近乎私密般地问,一边把手插进口袋里。

她无法回答,可是回答不回答,都无所谓,他是在另一个世界里。她满心期待,想知道他是否能认出她来,他是否还能认出她来。她坐在那儿,面色苍白,痛苦到极点,却又不得不经受这难熬的痛苦。

"我没有烟草了。"他沉思地说。

可是她不在意他的话,只在意他的人。他能认出她来吗?难道过去的一切都完了吗?她静坐着,惴惴不安,心里凉了半截。

"我抽的是约翰·科顿,"他说,"我必须节省,这种烟很贵。你要知道,我正在打官司,手头不太宽裕。"

"不。"她说。她的心冰冷了,头脑僵了。

他移动了一下,随便敬了个礼,站起来,走开了。她纹丝不动地坐在那里。她仍然看得出他的形体,她曾经狂热地爱过的形体:军人风度下结实的头和潇洒的身影。不过现在他的形体变得疲沓了。

这不是他。这个幽灵只能使她充满莫名的恐惧。

突然，他又来了，手插在夹克衫的口袋里。

"要是我抽烟，你不介意吧？"他说，"也许我能把事情弄得更明白些。"

他又在她身旁坐下，将烟丝装进烟斗。她观察着他那双强壮的手。他那漂亮的手指一向有点微微颤抖的倾向。很久以前，当她看到这样一个健康的人会有这毛病，不禁感到惊诧。现在，这双手的动作很不准确，烟丝参差不齐地挂在烟斗外面。

"我要打官司。打官司的事情总是拿不稳的。我把我的要求准确明白地告诉律师，可是他从来没有照我的话做。"

她坐着听他讲话，可是这人不是他。那双手倒的确是她曾吻过的手，那双眼睛也是她曾爱过的眼睛，乌黑发亮，十分奇特，可是这人不是他。她端坐着一动不动，心里充满恐惧，一言不发。他失手丢落了烟丝袋，俯下身子在地上摸索。她不能走，她得等一等，看他是否会认出她。一会儿他直起身来。

"我得马上就走，"他说，"猫头鹰要来了。"然后他又机密地加了一句："其实他的名字不是猫头鹰，不过我这样叫他。我得走了，看看他来了没有。"

她也站起身来。他站在她面前迟疑不决。他是个英俊的、有着军人风度的男子汉，却又是个疯子。她仔细地观察着他，察看着他，看他是否能认出她来，看自己是否能探索出以前的他。

"你不认识我吗？"她孤零零地站着，怀着极度的恐惧问他。

他古怪地回看了她一眼，这目光使她痛苦，但她只好忍受。

他目光灼灼地看着她，却显得茫然不解。他把身体向她靠拢了些。

"是的，我认识你。"他把脸凑到她的脸前面，目不转睛地看着她，热切地，却又是疯狂地说。她恐惧到极点。这个浑身是劲的疯子离她太近了。

就在这时一个男人恰巧赶来。

"这花园今天上午不开放。"他说。

那个精神错乱的人停了下来，望望他。看园丁走到座位前，捡起了丢在那儿的烟丝袋。

"别忘了你的烟草，先生。"他说，顺手把烟丝袋递给那穿亚麻外套的绅士。

"我刚才正要留这位女士吃午饭呢，"那人斯文地说，"她是我的一位朋友。"

女人转过身来，迅捷地走开，盲目地穿过阳光照耀下的玫瑰花丛，出了花园，走过那座有着昏蒙蒙窗户的屋子，越过铺着海滩卵石的院子，上了大街。她急匆匆地向前走着，毫不犹豫，却又盲目地不知道要往哪里去。她走到寄寓的房屋前，上了楼，摘下帽子，坐到床上。她感到身体里不知是哪儿的黏膜裂开了，自己不再是一个能思考能感知的整体。她坐在那儿，凝望着窗户上一枝常春藤的叶子在海风里一上一下地缓缓飘动。空气中好像含有阳光照耀大海时的某种神秘又明亮的东西。她非常安静地坐着，宛若自己这个人化为乌有了。她只感到自己可能是病了，血从撕裂的内脏里涌流出来。她非常安静地端坐着，脑子迟迟钝钝、痴痴呆呆的。

过了一段时间，她听到丈夫在楼下沉重的脚步声。她没有

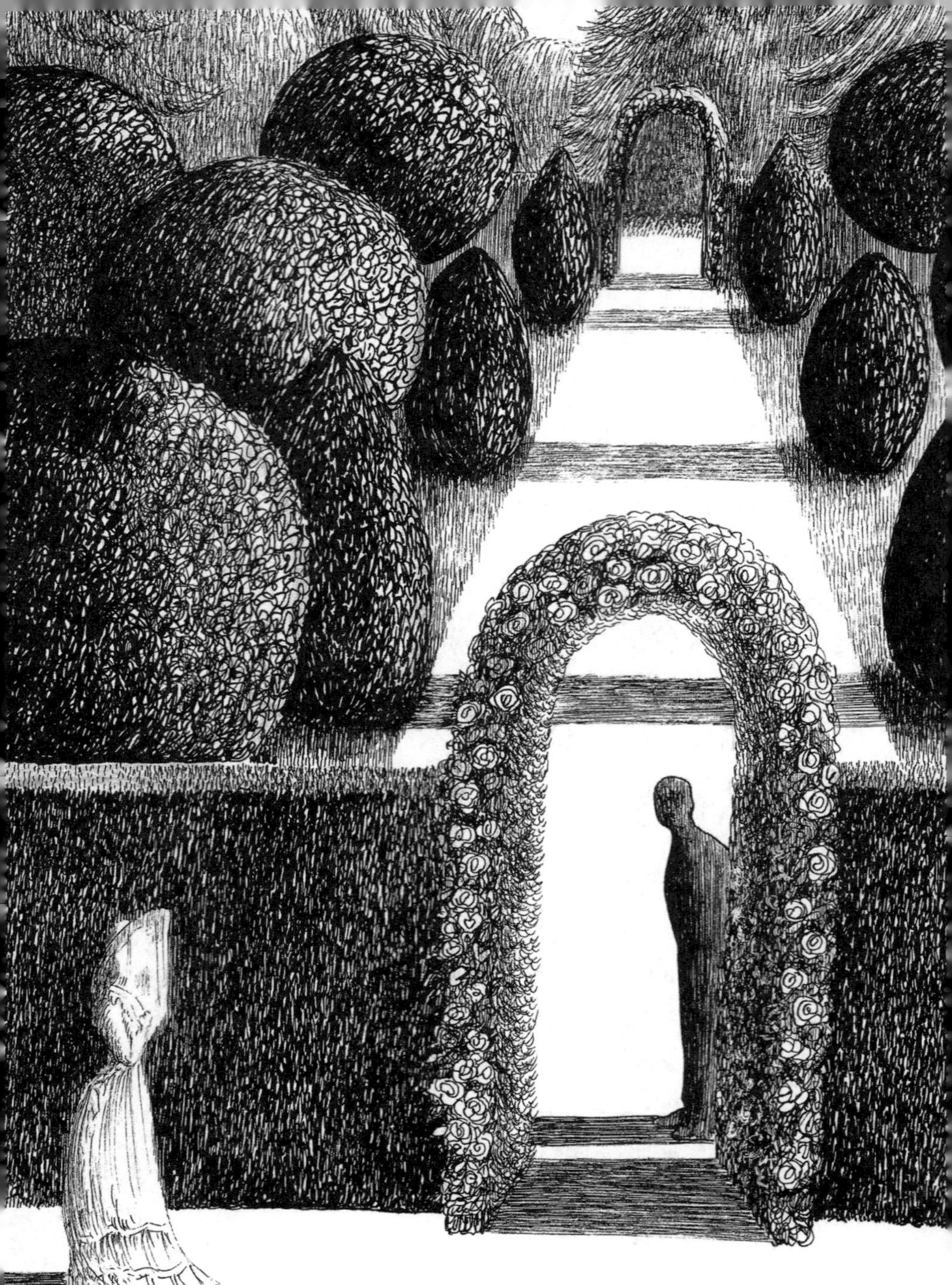

改变位置，一一记着他的动作。她听见他又郁郁不乐地走了出去，接着又在说话，回答了谁的问话，声音变得高兴了，接着他稳重地走来，越来越近。

他走了进来，脸色红润，心境愉快，对自己灵活强壮的身体沾沾自喜。他走到近前时，她有点畏缩。

"怎么回事？"他问，声音里有些不耐烦的味道，"好一点了吗？"

她听到这话，简直像受刑。

"很好。"她回答道。

他褐色的眼睛充满了怒火和迷惑。

"怎么回事？"他问。

"没有什么。"

他大踏步走了几步，倔强地站住，望着窗外。

"你没有碰到什么人吗？"他问道。

"没有碰到认识我的人。"她说。

他的双手抽搐起来。她好像根本感觉不到有他这个人存在。这种满不在乎的神态激怒了他。他忍无可忍，终于冲着她问：

"是不是有什么事使你心烦意乱？"

"没有，你怎么问起这话？"她若无其事地说。在她心目中，他除了起点刺激作用外，根本不存在。

他怒气勃发，喉部的静脉都涨了起来。

"因为你看起来像有什么心事。"他说，努力压住怒火，似乎并没有发怒的理由。他只好离开房间，走下楼去。她静坐在床上，觉得他讨厌，因为他在折磨她。时间一点一点地过去，她嗅到了午饭的香味和她丈夫在花园里抽板烟的气味，可是却动弹不得。吃饭铃响了一阵。她听见他进了屋子，然后，他又走上楼梯，每走一步，她的心就揪紧一下。他打开房门。

"午饭放在桌上了。"他说。

她难以忍受他在面前纠缠、妨碍她，使她不能重温旧梦，只好僵直地站起来，下了楼。在饭桌上她吃不下，也谈不成话，只是心不在焉地坐着，失魂落魄。他却装得泰然自若，好像什么事也没有发生，但他终于按捺不住，怒火默默地燃烧起来。她突然回到楼上，把卧室的门锁好——她必须单独待在房间里。他带着烟斗走进花园。她一直高高在上，不把他放在眼里，他压着一肚子的怒火，气得两眼发黑。事实上，他从来没有真正赢得过她的心，不过是由于她一直在勉强容忍他，他以前并不知道罢了。现在她这些话不啻当头棒喝，告诉他，他只是矿上的电工，她地位比他高，根本不把他放在心上。他一直委曲求全，所蒙受的创伤和耻辱一直在他心里翻腾。现在，他怒火勃发。

他转身进了屋。她第三次听见他走上楼梯，心悬起来了。他旋了一下门把，推推门——门上了锁。他又试了一下，这次比较重些，她的心脏好像停止跳动了。

"你把门闩上了？"他担心惊动房东夫人，放低了声音问。

"嗯，等一会儿。"

她站起来旋开锁，害怕他会闯进来。她感到对他有仇恨，因为他不让她自由。他衔着烟斗走了进来。她又回到床上原来的位置。他关上房门，背朝门站立着。

"怎么回事？"他存心追问到底。

她厌烦他，连看也不想看他。

"别管我，行不行？"她扭过脸去，不理他。

他怔了一下，感到耻辱，迅速地扫了她一眼。然后他好像思考了一会儿。

"你出了什么事，对吗？"他以肯定的口气问。

"是的，"她说，"可是你没有理由折磨我。"

"我没有折磨你。到底怎么回事？"

"你为什么要打听？"她充满仇恨，不顾一切地喊道。

他心里好像什么东西绷断了，猛地一惊，烟斗从嘴里滑出来，他赶紧咬住，却把烟嘴咬断了。他用舌头抵出咬断的半截烟嘴，拿出来仔细地看。接着他按灭了板烟，掸掉背心上的烟灰，抬起头来。

"我想弄明白。"他说。他脸色发灰，神情可怕。

他们谁也不看谁。她知道他怒火中烧。他的心怦怦地跳得厉害。她恨他，却又无法抵抗他。她突然抬起头来，朝他问：

"你有什么权力打听？"

他瞪着她。她看见他痛苦万分的眼色和僵滞的面容，感到一阵惊诧。可是她立即硬起心肠。她从来没有爱过他，现在也不爱他。

可是蓦然间她又好像要挣脱什么似的，迅疾地抬起头来，她想摆脱掉这东西。并不是他，而是她加在自己身上的、某种把她束缚得这样厉害的东西，正因为是作茧自缚，所以最难解除。现在她恨一切，想把什么都毁掉。他背朝着门站在那儿一动不动，好像决意要和她作对一辈子，直到把她毁掉为止。她望着他,她的眼睛是冷冰冰的,怀着敌意。他那双工匠的手向后抵在门板上。

"我以前曾住在这儿,你知道吗?"她说开了,语气很生硬,好像存心让他难受。他振作起精神对付她,点了点头。

"托利尔庄园雇用我服侍伯奇小姐,她和教区长关系很好,阿尔奇是教区长的儿子。"说到这儿她顿了一下,他听得莫名其妙,不知发生了什么事。他盯着妻子,只见她穿着白裙蹲坐在床上,把裙子的边缘小心地折了又折。她的语调里充满了敌意。

"当时他是军官——少尉军衔——后来他和少校上司吵架,退伍了。总而言之,"她拽拽裙子的边缘,她的丈夫一动不动地站着观察她的动作,血管都快气炸了,"他喜欢我到极点,我也喜欢他到极点。"

"他当时多大?"丈夫问。

"我初次认识他的时候,还是他离开的时候?"

"初次认识他的时候。"

"我初次认识他的时候,他二十六岁——我今年二十九,那么他现在三十一——快三十二了,他比我大将近三岁……"

她抬起头来望望对面的墙壁。

"后来呢?"她的丈夫问。

她硬起心肠,冷漠无情地说:

"我们实际上等于订了婚,这情况持续了将近一年,不过没有人知道——有些人在议论——不过,订婚的事始终没有公开。后来他离开了。"

"他抛弃你了吗?"丈夫残忍地问,想用刺痛她的办法,来摸到她的心情。她一阵狂怒，故意说"是的"来激怒他。他把身体的重心移到另一只脚上，生气地"哼"了一声。好一会儿两人都没吭声。

"接着，"她继续说，内心的痛苦使她的话带有一种嘲笑的音调，"他突然到非洲去打仗。几乎就在我初次遇见你的同一天，我从伯奇小姐那儿听说他得了日射病。两个月之后，又听说他病故了……"

"这是在你和我交朋友以前的事情吗？"丈夫问。

她没有回答。两个人沉默了片刻。他不理解，眯起眼睛，样子很难看。

"哦，原来你是在回味你早先谈情说爱的地方呀！"他说，"怪不得你今天早晨闹着要单独出去，原来是这个缘故呀！"

她仍然没有回答。他从门口走到窗前，背着手站立着，转过脸去不看她。她看着他，觉得他那双手模样太粗，后脑勺的样子也很难看。

过了好久，他终于熬不住了，几乎是违背自己的意愿，转过身来问道：

"你和他混在一起多长时间了？"

"你这是什么意思？"她冷冷地发问。

"我是说你和他混在一起多长时间了？"

她抬起头，别过脸去，拒绝回答。然后说：

"我不知道你说'混在一起'是指什么。在我到伯奇小姐那儿住两个月之后——初次遇见他的那几天里，就爱上了他。"

"你以为他爱你吗？"他嘲弄地问。

"我知道他爱我。"

"既然他不想要你了，你怎么知道他爱你？"

长久的沉默饱含着仇恨和痛苦。

"你们之间的关系达到什么程度？"他终于用惊恐而生硬的声音问。

"我恨你这种鬼鬼祟祟的问题，"她被他紧追不舍的话逼得叫喊起来，"我们彼此相爱，我们确实是在谈恋爱，确实是。你怎么想我可不在乎。这和你有什么相干？在我认识你之前我们就谈恋爱……"

"谈恋爱——谈恋爱，"他气愤得脸色发白，"你是说你和一个军人胡作非为，发生了关系再和我结婚……"

她坐在那儿强咽下自己的苦水，长久地沉默。

"你是说你们经常在一起——发生关系了？"他问，心里还是不相信。

"哼，还会有什么别的意思？"她凶狠地喊道。

他退缩了，脸色发白。在一阵使人麻痹的长久沉默中，他的身体好像缩小了。

"在我们结婚前，你怎么从来没有考虑过告诉我这些事？"他终于挖苦地问。

"你从来没有问起过。"她反驳他。

"我从来没有想过这还需要问。"

"那你应当想到。"

他站立着，脸上毫无表情，几乎像孩子一样愣怔（lèngzheng），许多念头在脑海里萦绕，他痛苦得快疯了。

突然她加了一句：

"我今天见到他了。他没有死，他疯了。"

"疯了！"他不自觉地脱口而出。

"一个疯子。"她说。她痛苦地说出这句话，自己也几乎发疯了。

又是一阵沉默。

"他认出你了吗？"丈夫低声问。

"没有。"她说。

他呆呆地站立着，望着她，终于明白他们之间的裂痕有多深。她仍旧蹲坐在床上，他俩谁也不挨谁，好像一和对方接触，就是对自己的亵渎，只好让事态自行发展。他俩都非常震惊，以至于情感也变得麻木，不再怀恨彼此了。过了几分钟，他离开了，而她走了出去。

（1914 年）

死者

詹姆斯·乔伊斯
（1882—1941）

爱尔兰作家、诗人，20世纪最伟大的作家之一，后现代文学的奠基者。其作品结构、语言新奇，极具独创性，意识流思想对世界文坛影响巨大。著有《尤利西斯》《都柏林人》《一个青年艺术家的画像》等。

一

　　管家的女儿莉莉简直跑断了腿。她刚刚将一位绅士领进一楼办公室后面的冷食厨房，帮他脱掉大衣，门厅里那个只会呼哧呼哧喘息的门铃便又响了起来。她不得不急急忙忙地沿着过道奔去开门，领进另一位客人。幸好她不用侍候那些夫人小姐们。凯特小姐和朱莉娅小姐已经考虑到这一点，把楼上那间浴室收拾成了女士们的化妆间。凯特小姐和朱莉娅小姐在那儿，说说笑笑，忙忙乱乱，一前一后地来到楼梯口，靠着楼梯扶手向下张望，大声问莉莉刚才是谁来了。

　　两位莫肯小姐每年举行的舞会，照例是一件大事。每个认识她们的人，无论是家族成员，亲朋故旧，朱莉娅唱诗班的成员，还是凯特已经长大成人的学生，甚至玛丽·简的几个学生都要光临。凯特和朱莉娅在自己的兄弟帕特死后就搬离了位于斯托尼巴特的住宅，领着她们唯一的侄女玛丽·简搬到了乌舍岛上这座阴暗荒凉的屋子里来。她们租住在楼上，房东福尔曼先生是位谷物商人，住在楼下。就大家记忆所及，从那个时候起，她们的舞会总是办得很出色，没有一次冷冷清清，足足有三十年了。当时玛丽·简还是一个穿着短衣短裙的小姑娘，现在却已成了一家之主。她进过音乐学院，在哈丁顿路有一架管风琴，以授徒为生，每年都要在古典音乐会堂楼上的演奏厅里开一次学生音乐会。她的许多学生都来自金斯敦各城镇上层社会的家庭。她的两位姑妈尽管年迈力衰，也还在为家庭贡献着一份力量。朱莉娅虽然头发已经灰白，仍是亚当夏娃教堂里的领唱女高音，而凯特虽然身体已经非常衰弱，不能多走动，也在后室用那架古老的方形钢琴教初学者音乐。管家的女儿为她们干家务。她们虽然在别的方面生活俭朴，却讲究吃喝，菜肴、茶、酒都是最上等的——牛腰肉、三先令一磅的茶叶、最好的瓶装黑啤酒。莉莉懂规矩，所以和三位女主人相处得很融洽。她们就是喜欢瞎忙活，为一些小事大惊小怪。她们对人倒也随和，唯一不能容忍的是顶嘴。

　　当然，在这样一个夜晚，她们完全有理由大惊小怪：早就过了十点半了，加布里埃尔夫妇还不见踪影，况且她们非常担心弗莱迪·马林斯可能醉醺醺地跑来。她们绝对不愿意让玛丽·简的学生看到他这副模样。他喝得烂醉如泥的时候，有时确实很难对付。弗莱迪·马林斯总是来得很晚，这没有什么可奇怪的，她们感到奇怪的是到底是什么绊住了加布里埃尔。她们每两分钟就要跑到楼梯扶手旁看一看，问问莉莉，加布里埃尔或弗莱迪有没有来。

　　"啊，康罗伊先生，"莉莉开门一看是加布里埃尔，就对他说,"凯特姨妈和朱莉娅姨妈还以为你们不来了呢。晚上好,康罗伊夫人。"

"我知道她们肯定会这么觉得,"加布里埃尔说,"可是她们忘记了,我的这位夫人打扮起来足足要三个小时。"

他站在门口的垫子上,把高筒橡胶套鞋上的雪蹭掉。这时莉莉领着他的妻子走到楼梯脚下,向上喊道:

"凯特小姐,康罗伊夫人来了。"

凯特和朱莉娅立刻过来,蹒跚地走下昏暗的楼梯。她俩都和加布里埃尔的妻子接了吻,说她肯定被冻坏了,又问她加布里埃尔有没有和她一起来。

"我在这儿,凯特姨妈,我像信封一样安好无恙!你们先上去吧,我随后就来。"加布里埃尔在昏暗处喊道。

他继续费劲地蹭掉鞋子上的雪和泥,三位妇女说说笑笑地上楼到化妆间去了。薄薄的一层雪像斗篷一样铺在他大衣的肩部,像饰皮一样盖在他的鞋尖上。他起绒的粗呢大衣被雪冻得硬邦邦的,当他解扣子时,纽扣从扣孔里滑了出来,发出吱吱的声音。这时衣服的皱褶散发出一阵寒冷的、仿佛来自户外的幽香。

"外面又在下雪了吗,康罗伊先生?"莉莉问。

她走在前头,领他走进冷食厨房,帮他脱掉大衣。她说出他姓氏的三个音节时,加布里埃尔微笑了一下,瞥了她一眼。她是个还在发育的苗条姑娘,肤色苍白,头发的颜色像干草。冷食厨房里的煤气灯光使她看起来越发苍白。她还是个小姑娘的时候,常抱着布娃娃坐在最低一段的台阶上,那时加布里埃尔就认识她了。

"是的,莉莉,"他答道,"我想免不了要下一夜的雪了。"

他抬起头望望冷食厨房的天花板(楼上好多人拖曳着脚步,使天花板振动不已),听了一会儿弹钢琴的声音后又向那个姑娘瞥了一眼,只见她正在衣柜前小心翼翼地折叠他的大衣。

"莉莉,告诉我,"他以一种友好的声调说,"你还上学吗?"

"哦,先生,不上了。"她回答,"去年学业就结束了。"

"啊,那么,"加布里埃尔愉快地说,"我想你会找到个好丈夫的。挑个好日子,我们来喝你的喜酒吧,嗯?"

那姑娘回过头来瞟了他一眼,字字辛酸地说:

"这年头儿男人都爱用甜言蜜语来哄骗人。"

加布里埃尔脸红了,仿佛犯了错误似的,接着看也不看她一眼,就踢掉高筒橡皮套鞋,用围巾使劲地掸拂着漆皮鞋。

他是个体格结实、身材较高的年轻人。他两颊上的红晕向上扩散,连额头上也泛出几块形状不规则的淡红斑点。在他没有胡须的脸上,一双灵活的眼睛骨碌碌地转来转去,透过金边眼镜亮晶晶的镜片,发出乌溜溜的光。乌油油的头发从当中分开,梳成长波浪发型,鬓角在耳朵后的帽子印痕下面略微卷起。

他掸拂了一阵,漆皮鞋上呈现出光泽,于是他站起身来,把背心向下扯了扯,贴紧他丰满的身体。然后他迅速地从口袋里掏出一枚银币来。

"啊,莉莉,"他边说边将银币塞入她手里,"是圣诞节了,对不?这……只是……一点小意思……"

"啊,不行,先生!"那个姑娘跟在他后面喊,"真的,先生，我不要。"

"圣诞节！圣诞节！"加布里埃尔快步小跑到楼梯口，向她挥挥手，表示不同意。

姑娘看到他已经踏上楼梯，连忙在他后面边追边喊：

"唉，先生，谢谢您啦！"

他站在客厅门外边，谛听着裙摆扫在门扇上的窸窣声和脚步在地板上的拖曳声，等待圆舞结束。那姑娘辛酸的话语和意外的回绝还在他耳边缭绕，使他心烦意乱，情绪低落。他卷起了袖口，重新打好领结，试图用这种方法来驱散烦闷，接着又从背心口袋里摸出一张纸，浏览了一下他为演说稿拟定的各段小标题。他想引用罗伯特·勃朗宁的诗句，却还拿不定主意用哪几句，因为他害怕引用的句子过于深奥了，不易理解。他想，也许家喻户晓，一听便明白的莎士比亚或梅罗迪的诗句效果会好些吧。室内那些粗俗的人脚跟踩在地板上的咔嗒咔嗒声，鞋底在地板上的拖曳声提醒他，自己的文化水平和他们的不可同日而语。他想，对这些凡夫俗子引用高深的诗句，必然会使自己成为笑柄。他们说不定还以为他在卖弄才学呢。他会在他们面前遭受挫败，就像刚才面对冷食厨房里的那姑娘一样。他定的调子太高了，演说稿从头到尾都写错了，是一篇彻底失败的作品。

这时候他的两位姨妈和他的妻子凑巧从化妆间里走了出来。他的两个姨妈是衣着朴素、身材矮小的老夫人。朱莉娅姨妈比另外一位略高一英寸左右。她的头发低低地盖在耳朵的上端，已经灰白了；她那肌肉松弛的大脸也是灰白的，只不过色调更深些。她虽然身体结实，站起来直挺挺的，却目光迟滞，嘴唇略微分开，模样儿就像个不知所措的愚钝妇女。凯特姨妈比较活泼些，气色也比她姐姐好些，可是脸庞上布满了皱纹和褶子，犹如一只枯干的红苹果；尽管她的头发也编成了同样的老式辫子，却一点儿也没斑白，仍然是熟栗子的颜色。

她俩都真挚地吻了加布里埃尔。他是她们最心爱的外甥，是她的姐姐爱伦（她嫁给了搬运公司的康罗伊先生）的儿子。

"加布里埃尔，格里塔告诉我你今晚不打算开车回豪克镇。"凯特姨妈说。

"不打算去了。"加布里埃尔转向他的妻子说，"咱们去年实在受够了，不是吗？凯特姨妈你记得不，格里塔感冒得好厉害，一路上车窗嘎吱嘎吱响不用去说了，过了梅里昂以后冷风直吹进车厢里来，可把人冻坏了，格里塔得了一场好严重的感冒啊！"

凯特姨妈紧皱着眉头，每听一个字就点一下头。

"说得对，加布里埃尔，说得对，"她说，"凡事还是越小心越好啊！"

"可是格里塔啊，"加布里埃尔说，"要是你依着她，她都可以踏雪步行回家。"

康罗伊夫人笑起来。

"别理他，凯特姨妈，"她说，"他才真是个讨厌鬼，每天夜里替汤姆安上绿灯罩说是为了保护眼睛；叫他做哑铃操，还强迫伊娃吃麦片粥。可怜的孩子，她现在一看见麦片粥就讨厌！……啊，你们绝对猜不着他叫我穿什么来着！"

她突然大笑了一阵,斜眼瞟瞟自己的丈夫。他正以高兴而赞赏的目光,瞧瞧她的服装,又瞧瞧她的面庞和头发。两位姨妈也尽情地哈哈大笑,因为对她们来说,加布里埃尔对妻子的热切关心是由来已久的笑料。

"长筒套鞋!"康罗伊夫人说,"那是他最近想出来的新花样,一遇到地上潮湿,他就要我穿上,讨厌死了。说不定他下一步就要给我买潜水服了呢。"

加布里埃尔神经质地笑起来,拍拍自己的领带,叫她放心。而凯特姨妈简直笑得前仰后合,她打心底里喜欢这个玩笑。朱莉娅姨妈脸上的笑容却很快地消退了。她用郁郁寡欢的眼睛盯着自己外甥的脸,歇了一会儿问道:

"加布里埃尔,长筒套鞋是什么?"

"长筒套鞋,朱莉娅!"她的妹妹惊讶地喊了一声,"老天哪!你居然不知道长筒套鞋是什么?格里塔,你穿在你……你靴子外面的不就是长筒套鞋吗?"

"是的,"康罗伊夫人说,"是用古塔胶做的。现在我俩各有一双。加布里埃尔说欧洲大陆上每个人都穿长筒套鞋。"

"啊,在欧洲大陆上……"朱莉娅姨妈咕哝道,缓慢地点点头。

加布里埃尔紧皱着眉头,好像有点儿恼火地说:"这不是什么奇怪的东西,可是格里塔却认为它很滑稽,因为她说这名称使她想起了克里斯蒂吟游剧团。"

凯特姨妈灵机一动说:"可是加布里埃尔,你告诉我,当然,你见过这间屋子,格里塔刚才说……"

"啊,这间屋子挺不错,"加布里埃尔回答她,"不过我已经在格雷沙姆租了一间。"

"哎呀，"凯特姨妈说，"这可是个高招儿。不过，你们的孩子呢，格里塔，你不担心他们吗？"

"啊，只不过一夜工夫，"康罗伊夫人说，"何况贝西会照料他们的。"

"这倒是，"凯特姨妈又说，"有一个那样的姑娘真舒坦，你可以完全放心！说到这儿，咱们这个莉莉我实在不明白，最近她是怎么回事，好像完全换了个人。"

加布里埃尔正想向他姨妈问个究竟，她却突然停了下来，目随着她走下楼去的姐姐，并且靠在楼梯扶手上，伸着脖子张望楼下的情形。

"唉，我问你，"她带着几分恼火说，"朱莉娅，你打算往哪儿去？朱莉娅！朱莉娅！你往哪儿去？"

朱莉娅刚走下半截楼梯，听到呼唤声又走了回来，用温和的语调说：

"弗莱迪来了。"

就在这时候传来一阵拍手声和钢琴曲末尾处的华彩乐段声，这表明圆舞已经结束。客厅的门从里面打开，几对舞伴走了出来。凯特姨妈匆忙地把加布里埃尔拉到一边，咬着他耳朵低声说：

"加布里埃尔，你行行好，悄悄下楼去看看他是否神志清醒。要是他喝醉了，就别让他上来。我可以肯定他醉了，准没错！"

加布里埃尔走到楼梯口，靠在扶手上谛听着。他听得出有两个人在冷食厨房里谈话，接着辨别出弗莱迪·马林斯的笑声，于是悄悄地走下楼去。

凯特姨妈对康罗伊夫人说:"加布里埃尔在这儿我放心多了。他在这儿时我总是很安心。"接着她转向其他人说:"朱莉娅,戴利小姐和鲍尔小姐要用些茶点。戴利小姐,谢谢你把圆舞曲弹得那么漂亮,让大家跳得很痛快。"

一个留着两撇灰白色胡子、干瘪脸、黝黑皮肤的高个儿带着自己的舞伴从房间里走了出来,说了句:

"莫肯小姐,我们可以吃点儿茶点吗?"

"朱莉娅,"凯特姨妈言简意赅地说,"这是布朗先生和弗朗小姐,把他们带进去,把戴利小姐和鲍尔小姐也带去。"

"女士们都中意我,"布朗先生说这话时噘起嘴唇,直到两撇胡子都翘起来,笑得整个脸都皱巴起来,"莫肯小姐,你可知道她们这么喜欢我,原因是什么?"

他看见凯特姨妈已走到听不见他声音的地方,便立即把这三位年轻女士领进后屋。这屋子的中央有两张方桌并在一起。朱莉娅和管家正在把一块大桌布铺到桌上,拉直,抚平。餐桌上放着许多盘、碟、玻璃杯和成捆的刀叉羹匙,合上盖子的竖式钢琴顶上也放了许多美味的菜肴和甜品。两个年轻人站在屋角一个较小的食品柜旁,正喝着蛇麻草苦味啤酒。

布朗先生把几位女士领到那个食品柜跟前,戏谑地邀请她们喝两杯适合女士的、热乎乎的、烈性的、香甜的潘趣酒。她们说从来不喝烈性饮料,于是他为她们开了三瓶柠檬水。然后他请一位年轻人来到一边,抓住细颈瓶给自己倒了大半杯威士忌。正在喝啤酒的那两个年轻人恭敬地注视着他尝了一口酒。

"上帝保佑,"他微笑着说,"这是大夫叮嘱的。"

他干瘪的脸上绽开了更深的笑容。三位女士听到了他的诙谐话,都发出银铃般的笑声,肩膀颤颤巍巍,身体摇来晃去。三位女士中最外向的一个说:"得啦,布朗先生,我就不信大夫会叮嘱你这样的话。"

布朗先生又喝了一杯威士忌,侧过身体模仿她的腔调说:

"好啦,你看我就像那位闻名的卡西迪夫人,据说她曾经说过:'唉,玛丽·格兰姆斯,要是我不喝,你也得叫我喝!因为我想喝得不得了。'"

他把那张冒着热气的脸往前凑,故意装出说机密话的神态,压低嗓子,带着浓重的都柏林口音。他这过分诡(guǐ)秘的模样使这几位年轻女士都本能地静下来,聆听他的话。一会儿后,弗朗小姐(她是玛丽·简的学生)问戴利小姐弹的那首悦耳动听的圆舞曲叫什么名字,布朗先生看自己受到冷落,迅即转过身朝那两个年轻人说话,他们看起来对他的话更为欣赏。

一位穿三色紫罗兰衣服、脸蛋儿红扑扑的年轻女人走进房间,激动地拍着手,喊道:

"四对舞!四对舞!"

凯特姨妈接踵而来,也喊道:

"这儿有两位先生和三位女士,玛丽·简!"

"啊,伯金先生和克里根先生在这里,"玛丽·简说,"克里根先生,你和鲍尔小姐配成一对好吗?弗朗小姐,我介绍伯金先生做你的舞伴。啊,这不就行了!"

"得,三位女士,玛丽·简,你也参加吧。"凯特姨妈说。

两个年轻人问女士们能不能赏个光,然后玛丽·简转向戴利小姐。

"啊,戴利小姐,你真是太好了,弹上两首舞曲以后还要亲自跳舞。不过说真的,我们今晚非常缺少女士。"

"很乐意,莫肯小姐。"

"我倒是为你找到了一个挺好的搭档,男高音巴特尔·达西先生。待会儿我要叫他唱歌。全都柏林的人都在如痴若醉地谈论他。"

"唱得美妙极了!美妙极了!"凯特姨妈说。

钢琴开始弹奏舞曲第一段的引子,弹了两遍。玛丽·简迅速地领自己招呼来的人离开房间。他们刚刚出去,朱莉娅就步履维艰、惶惑迷惘地走进房间,边走边回过头去频频顾盼。

"怎么回事,朱莉娅?"凯特姨妈担心地问,"谁啊?"

朱莉娅正捧着一摞餐巾进来,听见问话仿佛吃了一惊,转过身来简单地说了句:

"凯特,是弗莱迪来了。加布里埃尔搀扶着他。"

果然,她看见加布里埃尔紧随朱莉娅,领着弗莱迪·马林斯走过楼梯平台。后者是个年约四十的壮年人,身材体格和加布里埃尔相仿,肩膀很圆,脸胖胖的,却非常苍白,只有厚厚的耳垂和宽宽的鼻翼上有一点儿血色。他五官粗犷,鼻子扁平,眉骨突出,额头向后削,嘴唇向前鼓起,好像有点肿,眼皮厚厚的,头发稀疏蓬乱,一脸昏昏欲睡的样子。他在楼梯上向加布里埃尔讲了个故事,感到很得意,一边尖着嗓子哈哈大笑,一边用左手的骨节来回揉着左眼。

"晚上好，弗莱迪！"朱莉娅姨妈说。

弗莱迪·马林斯向两位莫肯小姐道了晚安。由于他语调的某种习惯，这话听起来有点儿草草不恭。当下他看见布朗先生在餐具柜那边咧着嘴朝他笑，便摇摇晃晃地走过去，开始压低声音重新讲述自己刚才对加布里埃尔讲的那个故事。

"他醉得不太厉害吧？"凯特姨妈问加布里埃尔。

加布里埃尔的眉宇间布满了一层阴影，可是他很快地扬扬眉毛，回答道："啊，醉得不厉害，几乎看不出来。"

"唉，他真糟糕，"她说，"新年前夕那天他可怜的母亲还叫他发誓戒酒。别提这些了，加布里埃尔，到客厅里来吧。"

领加布里埃尔离开房间之前，她向布朗先生皱皱眉头并来回摇摇食指，警告他多加小心。布朗先生会意地点点头，等她走出去后，便向弗莱迪·马林斯说：

"来，我给你斟上满满一杯柠檬水，好让你提提神，醒醒酒。"

弗莱迪·马林斯快讲到故事的高潮了，不耐烦地挥挥手，拒绝他的建议，可是布朗先生抢先提醒弗莱迪·马林斯衣服上有处皱巴，然后斟了满满一杯柠檬水递了过去。弗莱迪·马林斯正在用右手呆板地整理衣服，便用左手呆板地接过玻璃杯。布朗先生脸上再一次堆起了高兴的皱纹，他给自己斟了一杯威士忌酒。弗莱迪·马林斯就要说到故事里最精彩的一段时，突然发出一种只有支气管炎患者才有的那种又奇怪又尖的大笑，放下那还没沾过唇、柠檬水满溢出来的玻璃杯，又开始用左手的骨节来回揉搓左眼，一个劲儿呵呵地怪笑，直笑得透不过气来，然后竭力咬准字眼，把最后一句话重复了一遍。

## 二

玛丽·简正在弹奏一首充满快速音阶和难奏乐句的学院派乐曲。客厅里的人都在肃静无声地聆听,加布里埃尔却听不下去。他喜欢音乐,可是他觉得她弹的这首乐曲没有旋律。其他人都恳求她再弹一首,他却怀疑他们也是这般感受。四个年轻人本来在那个房间里用茶点,听到钢琴声都走了过来,在门口站了一会儿,听了几分钟以后却两个一伙地悄悄离开了。看起来懂得这音乐的只有玛丽·简本人。她双手在键盘上迅疾地掠过,在休止符的地方抬起双手,好似异教的女祭司在快速地施咒一般,凯特姨妈站在身边为她翻乐谱。

沉甸甸的枝形吊灯把打过蜡的地板照耀得闪闪发光。加布里埃尔觉得刺眼,不由自主地将目光移到钢琴上方的墙上。墙上挂着一幅油画,描绘的是《罗密欧与朱丽叶》里阳台幽会的场景。旁边还有一幅刺绣画,画着两个王子在古塔上被谋杀的惨状,这是朱莉娅姨妈年轻时用红、蓝、褐色羊毛线绣出来的,也许她们姐妹俩年轻时在学校里学了一年的刺绣课。加布里埃尔的母亲曾为他做了件塔夫绸的波纹背心作为生日礼物,在紫色的底子上刺了一些小狐狸头,用褐色缎子衬里,上面缀了桑葚般的紫红色的圆纽扣。奇怪的是,尽管凯特姨妈惯常称他母亲为莫肯家的智囊,她却没有音乐天赋。凯特和朱莉娅好像一直为自己严肃端庄的姐姐感到骄傲。她的照片挂在穿衣镜前面,照片上康斯坦丁穿着军舰服,躺靠在她脚旁。她在膝上摊开一本书,正在向他指点着书上的一句什么话。她在亲自为几个儿子起名字，因为她在传承家风上很有一套。多亏她教子有方，康斯坦丁现在在巴尔勃里甘教区担任副牧师；而加布里埃尔则在皇家大学获得了学位。可惜这位老夫人过分专制，他回忆起她绷着脸反对自己的婚姻，脸上便蒙起了一层阴影；想到她一些侮慢的话语，心头便犹有余恨。她有一次说格里塔是个装腔作势、乡气十足的丫头，这完全是歪曲事实。她在蒙克镇老家患不治之症期间，长年累月服侍她的不正是格里塔吗？

他知道玛丽·简准是快弹到乐曲的尾声了，因为她开始在每小节旋律后加上一句快奏音阶。就在等待乐曲结束的时候，他心里的怨恨渐渐消失了。忽然，高音部响起了八度颤音，低音部以一个低沉的八度和弦结束了全曲。听众报以热烈的掌声，玛丽·简羞红了脸，激动地卷起乐谱，从房间里逃了出去。鼓掌最起劲的是门口的四个年轻人，他们在乐曲刚开始时走到另一间屋子去吃茶点，等到乐曲结束时才回来。

朗赛舞[1]的舞伴分配好了，加布里埃尔发现自己的舞伴是艾弗斯小姐，她是个心直口快、健谈的姑娘，脸上生了不少雀斑，有一双鼓起来的褐色眼睛。她穿了一件袒胸露背的紧身衣，衣领前边别了一枚饰针，上面有爱尔兰民族风味的图案和格言。

舞伴们挑好位置以后，她突然说：

"有件事情我可要和你弄弄明白。"

"和我？"加布里埃尔诧异地问。

---

[1] 朗赛舞：一种法国舞蹈，为四对舞的一种形式变体。有四对舞伴参加，分为五段，各有不同的节拍。

她郑重其事地点点头。

"什么事儿?"加布里埃尔问,觉得她一本正经的神态有点好笑。

"G. C.是谁?"艾弗斯小姐用目光盯住他的脸,问了一句。

加布里埃尔脸红了,正打算皱紧眉头,装成莫名其妙的样子,她却开门见山地说了:

"哎,天真无知的我啊,我已经发现你为《每日邮报》撰稿了。哎,你不感到惭愧吗?"

"我为什么要感到惭愧呢?"加布里埃尔一边问,一边眨眨眼睛,试图挤出一丝笑容。

"嗯,连我也为你感到害臊!"艾弗斯小姐坦率地说,"你居然为这么一家报纸写稿,想不到你竟是个西布立吞人[1]。"

加布里埃尔脸上现出一种茫然不解的表情。不错,他确实为《每日邮报》的文艺栏撰稿,每星期三写一篇,赚十五个先令的稿酬。可是绝不能根据这一点就硬说他是个西布立吞人呀!他根本不在乎那微不足道的稿酬支票,倒是更喜欢报社为了请他写评论而寄来的书籍。他喜欢翻翻新印的书籍,摸摸它们的封面。差不多每天教完大学课程之后,他总要沿着码头散散步,逛逛旧书店,如单身汉街的希基书店、阿斯顿码头的梅西书店或是小街上的奥克洛海赛书店,都是他常到之处。他不知道该怎样应付她的指责。他想说,文学在政治之上。可是他

---

[1] 西布立吞人:古代住在大不列颠南部的一个族群,属于凯尔特民族。

们是多年的朋友了，彼此的经历也类似，先是上大学，后来又都是当教师，他不能尽讲些冠冕堂皇的话。他只好继续眨巴眼睛，试图挤出一丝笑容，然后又吭吭巴巴地咕哝道，他看不出写文艺评论有什么政治性。

轮到他们交换舞伴了，他还在困惑发愣，艾弗斯小姐迅速抓住他的手热情地握了一下，并用温柔而友爱的语调说：

"当然，我只不过是说笑罢了。得了，现在我们交换舞伴了。"

他们又碰到一起的时候，她换了话题，谈及皇家大学，加布里埃尔感到自在些了。艾弗斯的一个朋友曾经给她看过加布里埃尔对勃朗宁诗歌的评论，她就是这样发现他的秘密的，可是她非常喜欢这篇评论。接着她突然说：

"啊，康罗伊先生，今年夏天你愿意到阿伦岛去旅游吗？我们打算到那里待整整一个月。大西洋风光美好，你该来玩玩。克莱恩西先生要来，基尔凯利和凯思林·卡尼也要来。要是格里塔能来的话，那就再好不过了，她是康纳赫特人，对吗？"

"她父亲是那儿的人。"加布里埃尔简短地回答了一句。

"不过你们会来的，对吗？"艾弗斯小姐一边说，一边热切地把暖乎乎的手搁在他臂膀上。

"实际上，"加布里埃尔说，"我已经安排好要到……"

"到哪儿去？"艾弗斯小姐问。

"喔，你知道，我每年都要和一些朋友骑自行车旅行，所以……"

"到哪儿去呢？"艾弗斯小姐又问了一遍。

"呃，我们一般去法国或比利时，有时也会去德国。"加布里埃尔尴尬地说。

"为什么要到法国和比利时去,"艾弗斯小姐问他,"而不回家乡呢?"

"噢,"加布里埃尔说,"一方面是为了能接触外语,一方面也是为了换换环境。"

"那你为什么不接触接触你的本国语言——爱尔兰语呢?"艾弗斯小姐问道。

"嗯,"加布里埃尔说,"这个嘛,你知道,爱尔兰语不是我的母语。"

在他们旁边跳舞的人转过身来倾听他们的谈话。加布里埃尔在这严峻的盘问下,脸上泛起了红晕,神经质地东张西望,而又强作镇静。

"你没有自己的家乡可以回吗?"艾弗斯小姐继续说,"你对你自己的同胞都还不了解呢。"

"啊,对你说实话吧,"加布里埃尔突然反驳她的话,"我对自己的国家腻烦了,腻烦透了。"

"为什么?"艾弗斯小姐问。

加布里埃尔没有回答,刚才那句反驳的话还在使他心情激动。

"为什么?"艾弗斯小姐又追问了一句。她执意要和他一起去爱尔兰,见他没有回答,便气冲冲地说:

"你当然回答不出!"

加布里埃尔试图起劲地跳舞,来掩盖自己的激动不安。他回避她的目光,因为他看见她的脸上有愠怒的神色。但是当跳舞的人连接成一长串,他们又碰面的时候,他感到自己的手被她紧紧地握住,有点诧异,回头一看,只见她从眉毛下面嘲弄地觑(qù)了他一眼,他便只好挤出一丝微笑。后来,当舞伴们又开始连接成长链的时候,她踮起脚尖,附着他耳朵悄声说:

"西布立吞人!"

朗赛舞跳完以后,加布里埃尔走到客厅的一个偏僻角落,弗莱迪·马林斯的母亲正坐在那儿。她是个矮胖而虚弱的老妇人,满头银发,和她儿子一样有些鼻塞,讲起话来期期艾艾的。有人告诉她,弗莱迪到这儿来了,酒差不多醒了。加布里埃尔问她横渡海峡是否顺当。她和一个已经出嫁的女儿住在格拉斯哥,每年到都柏林来探一次亲。她心平气和地回答,这次航行妙极了,船长非常关心她。她还谈起她女儿在格拉斯哥的那幢绝妙的房屋,和那里所有的朋友。加布里埃尔一边听着她喋喋不休的唠叨,一边试图摆脱刚才和艾弗斯小姐的那场谈话引起的不愉快。当然这位姑娘(或者说这位女士,不管她是什么人吧)倒是个热心人,可是干什么都得看时机啊!也许他不该那样回答她,不过,即便是开玩笑她也没有权利当着众人称他为西布立吞人。她企图当着大家的面取笑他,诘难他,用她那双兔子眼盯着他。

他瞧见自己的妻子正穿过跳华尔兹舞的一对对舞伴向他走来。她走到他跟前悄声耳语道:

"加布里埃尔,凯特姨妈想问一声,你是不是打算像往常一样,由你来切烤鹅,戴利小姐切火腿,我来切布丁?"

"对。"加布里埃尔说。

"这支华尔兹舞一结束,凯特姨妈就会把年轻人先送出去,这样咱们就可以在桌上干活儿了。"

"你刚才在跳舞吗?"加布里埃尔问她。

"我当然在跳舞,你没看见?你刚才和莫利·艾弗斯吵什么?"

"没有吵什么,有什么可吵的?她说和我吵了吗?"

"差不多是那意思。我正在想办法让达西先生唱首歌。他这个人极为自负,我觉得。"

"我们没吵,"加布里埃尔忧郁不快地说,"她只不过希望我和她到西爱尔兰去旅游一趟,我说不愿去。"

他妻子兴奋地紧握手指,两脚轻轻蹦了一下。

"呀,你去呀,加布里埃尔。"她说,"能再去趟高尔韦,我可太高兴了。"

"你喜欢去,就自个儿和她去吧。"加布里埃尔冷冷地说。

她望了他一会儿,然后转过身去对马林斯夫人说:

"你瞧,多好的丈夫,马林斯夫人!"

她挤过客厅的人群,回到原来的地方去。这时马林斯夫人毫不介意地继续告诉加布里埃尔,苏格兰有哪些游览胜地和优美的风景。她的女婿每年带她们到湖边去,他们惯常去那里钓鱼,她女婿是捕鱼能手。有一天他钓到一条挺漂亮的大鱼,旅馆里的厨师特地拿它给他们做了晚餐。

加布里埃尔几乎没有听见她在讲些什么。既然快到晚宴时刻了,他又开始想起那篇演说稿和援引诗句的问题。他回头一看,弗莱迪·马林斯正穿过客厅来看自己的母亲,于是站起身来腾出椅子,自己站到凸肚窗里去了。客厅已经腾出来了,后间传来刀叉盘碟的铿锵声。还滞留在客厅里的人好像已经对跳舞有些厌倦了，都在三两成群地闲聊。加布里埃尔用温暖而颤抖的手指轻轻叩击着冰冷的窗玻璃。外面一定非常凉爽！要是独自到外面去，先沿着河畔，再穿过公园溜达溜达，该多么惬意啊！树枝上积雪未融，威灵顿纪念碑戴上了一顶璀璨的白银冠冕。到那里散步该多么愉快！这不比坐在晚餐桌旁边强多了吗？

　　他把演说稿的提纲匆匆浏览了一遍：爱尔兰人的好客风尚；对悲惨往事的回忆；赐予人间欢乐和美好事物的三女神；巴黎；援引勃朗宁的诗句。他反复地记诵着自己在文艺评论里写的隽句："这篇作品让人觉得是一曲精美绝伦的音乐。"艾弗斯小姐曾经赞美过这篇评论，她是真心的吗？在她所宣扬的一切的背后，她是真的如那般活着吗？在这个夜晚之前他和她之间从来没有敌意。他一想起自己在晚餐桌上演说时，会遇到她谴责而嘲弄的目光，就感到气馁。可能她根本不会因为他说得不好而感到难受。接着他想出了个好主意，勇气也回来了——他可以影射凯特姨妈和朱莉娅姨妈，这样说："女士们，先生们，我们当中年迈力衰的一代也许有过缺点，但是我总认为他们有许多优点，诸如好客、幽默、仁慈。我觉得这些都是在我们周围正在成长的、非常严肃的而又受了过多教育的新一代所无法企及的。"很好，这对艾弗斯小姐是个绝妙的回击。至于称呼他的姨妈只是两个无知的老夫人，这又有什么关系呢？

　　客厅里的一阵低声细语吸引了他的注意，布朗先生有骑士风度地陪着朱莉娅姨妈从门口走进来，这位老夫人倚在他的臂膀上，面含微笑，低垂着头，伴随着一阵七零八落的鼓掌声，走到钢琴面前。接着玛丽·简在钢琴凳上就座,朱莉娅姨妈收敛起笑容,稍微转过身体,以便让自己的声音能更清晰地传送到客厅的每个角落,于是掌声渐渐停止了。钢琴弹出了一段引子,加布里埃尔辨认出这是朱莉娅姨妈常唱的一首古老的歌曲——《盛装参加婚宴》。她嗓音洪亮,吐字清晰,兴高采烈的歌声和钢琴的伴奏互相映衬,虽然她唱得很快,却连最细小的装饰音也没有漏掉一个。如果不看歌者的容貌,只听她的歌声,便会觉得自己就像在急速而安全地飞翔,兴奋无比。

歌声刚落,加布里埃尔随着全体听众热烈鼓掌。响亮的掌声从他看不见的那张晚餐桌上传来,听起来是那样真挚,那样有诚意,以至于朱莉娅姨妈在弯下腰把那本皮革封面上印有她姓名首字母的歌谱放回到谱架上的时候,脸上泛起了些微的红晕。弗莱迪·马林斯在她唱歌时侧着头真切地聆听,现在大家都停止鼓掌了,他还在一个劲儿地鼓着,并且起劲儿地对他母亲谈论着什么。他母亲庄重而缓慢地连连点头,表示赞同他的看法。最后,他不再拍手,突然站起身来,匆匆穿过客厅,走到朱莉娅姨妈面前,双手紧紧握住她的手摇晃着,一下子说不出话来。也许是他嗓子哽塞住了,一下子说不出来吧。

"刚才我告诉母亲,"他过了一会儿才说,"我从来没有听你唱得这么美妙过,从来没有!是的,我从来没有听过你的嗓音像今儿晚上这么美妙。哎!你相信我的话吗?这是真心话,我向你保证,这是真心话!我从来没有听见过你的声音这样清新,这样……这样清楚,这样精力充沛,从来没有!"

朱莉娅姨妈把自己的手从他的掌心里抽出来,一面笑吟吟地低声说着什么,大概是感谢他恭维的话。布朗先生一面向她伸过手去,一面向自己身旁的那些人介绍,仿佛他是音乐会的主持人,正在向听众介绍一位天才歌手似的。

"朱莉娅·莫肯小姐,我最近发现的奇才!"

他对这句话感到得意,畅怀大笑起来。弗莱迪·马林斯却转向他说道:

"好了,布朗!你要是严肃点儿,就不会这么装腔作势了。我不喜欢瞎捧,只能说我来的这几次,从来没有听过她唱得这么好。我说的是肺腑之言。"

"我也从来没听过,"布朗先生说,"我认为她唱歌大有长进。"

朱莉娅姨妈耸耸肩膀,口气温和而又自豪地说:

"三十年前我的嗓音确实不错。"

"我常常对朱莉娅说,"凯特姨妈着重指出,"她参加那个唱诗班,简直是糟蹋自己的才能!可是她从来不听我的劝告。"

她转过身来,好像是请大家评评理,叫大家看看这个不服管教的孩子是多么倔强,而朱莉娅姨妈则茫然凝视着前方,脸上泛出一丝若有所忆的微笑。

"不,"凯特姨妈说下去,"谁也劝不了她,她偏要夜以继日地在那个唱诗班里服奴役。圣诞节上午六点钟就去练唱!贪图什么,何苦来呢?"

"好了,别说了,凯特姑妈,这不都是为了上帝的荣耀吗?"玛丽·简在琴凳上转过身来,笑嘻嘻地说道。

凯特姨妈向自己的侄女猛烈地开火了:

"玛丽·简,你说什么上帝的荣耀这些高调我都知道,可是教皇为上帝的荣耀把做了一辈子牛马的妇女撵出唱诗班,让一些妄自尊大的年轻人骑在她们头上,我想这可没有丝毫荣耀吧?也许教皇这样做是为教会着想,不过这样做是不公平的!玛丽·简,这是不对头的。"

她越说越气急,准备滔滔不绝地为她姐姐发牢骚,因为她觉得这是件非常委屈的事。可是玛丽·简看见所有跳舞的人都回来了,就调解道:

"行了,凯特姑妈,你这么说会引起布朗先生反感的,他是天主教派的。"

凯特姨妈转向布朗先生,只见他咧着嘴笑,好像对她攻击天主教不以为然,便连忙解释:

"啊,我并不是怀疑教皇的公正。我只不过是个愚昧的老太婆,哪敢斗胆批评教皇。不过在日常生活中人人都该懂得礼貌,知道好歹。我要是朱莉娅,我就要当着希利神父的面数落他一番……"

"得啦,凯特姑妈,"玛丽·简说,"咱们都饿坏了,咱们在饿的时候都很爱拌嘴。"

"口渴的时候,也爱拌嘴。"布朗先生加了一句。

"所以咱们最好还是吃晚饭,"玛丽·简说,"然后再结束讨论吧。"

加布里埃尔发现客厅外,自己的妻子和玛丽·简正在平台的楼梯上试图劝艾弗斯小姐留下来吃晚饭,可是艾弗斯小姐已经戴上帽子,正在扣斗篷的纽扣,执意要走。她说她一点儿也不饿,而且待的时间已经够长了。

"再待十分钟吧,莫利!"康罗伊夫人说,"这不会耽误你事情的。"

玛丽·简说:"跳了这么多舞,吃点儿菜吧。"

"我真的不能再待了。"艾弗斯小姐说。

"太怠慢你了,恐怕你玩得一点儿也不痛快。"玛丽·简自责地说。

"我向你保证,玩得很痛快。"艾弗斯小姐说,"可是说实在的,你们现在得让我走。"

"你怎么回家呢?"康罗伊夫人问。

"啊,顺着码头走上几步路就到了。"

加布里埃尔踌躇了一会儿说:

"艾弗斯小姐如果要走的话,能不能允许我送你回家?"

可是艾弗斯小姐挣脱了他们的纠缠。

"绝对不行!"她喊道,"看在上帝的分上,你们进去吃饭吧,别来管我。我完全能照顾自己。"

"哎,莫利,你真有点怪里怪气的。"康罗伊夫人坦率地说。

"晚安!"艾弗斯小姐笑着喊了一声,便噔噔噔地顺着楼梯跑了下去。

玛丽·简目送着她,脸上露出忧郁而困惑不解的表情。而康罗伊夫人则扶着楼梯栏杆,倾听门厅里的动静。加布里埃尔暗自思量自己是否知道她突然离开的原因,可是她离开的时候一路跑一路笑,看起来不像情绪不好的样子啊。他茫然若失地向楼梯下面凝视着。

就在这时,凯特姨妈从吃晚餐的房间里蹒跚地走出来,几乎是绝望地绞着双手。

"加布里埃尔在哪儿?"她喊道,"加布里埃尔到底在哪儿?大家都在那里等着,桌上都腾出来了,就是没人来切鹅肉!"

"我在这儿,凯特姨妈!"加布里埃尔突然兴奋地喊道,"要是需要的话,哪怕一大堆烤鹅我也切得了。"

桌子一端放着一只烤得焦黄的肥鹅,桌子另一端,点缀着欧芹枝的皱纸上放着好大一只火腿,外面的肉皮已经剥掉了,上面撒满了面包屑,小腿外面围着干干净净的皱纸花边,火腿旁边有一块加了香料的牛腿肉。从桌子这头到那头平行摆放着配菜。两盆果冻,一盆是红彤彤的,一盆是黄澄澄的。一只浅浅的盘子里装满了一块块牛奶冻和红色的果酱,一只叶形的大绿盘有个叶柄状的把儿,上面放着一粒粒紫色的葡萄干和去了皮的巴旦杏。一只同样的盘子里放着一大块四四方方的产自士麦那的无花果。一盘牛奶鸡蛋糊,上面撒着磨碎的肉豆蔻,还有一只小碗里盛满了包着金纸和银纸的巧克力和其他糖果。一只玻璃花瓶里插着几根长长的芹菜。桌子中央的水果架子上托着金字塔形的大堆蜜柑和美国苹果。它的旁边放着两只矮墩墩的老式刻花玻璃细颈瓶,一只盛着深红色的葡萄酒,另一只盛着深褐色的雪利酒,好像站岗的哨兵一样。在合了盖的钢琴上,一只硕大的黄盘子里放着一块布丁,它后面的黑啤酒、淡色啤酒和矿泉水也如士兵一般列队站着,它们按照军服的颜色排列,第一、二队穿黑色服装,佩有褐色和红色的标签,第三队也是身材最小的一队,穿白色服装,拦腰系着绿色的腰带。

加布里埃尔在餐桌旁落落大方地就座,看准了切肉刀的锋刃，用叉子牢牢地戳进那只烤鹅，接着以切肉专家的身份坐在珍馐(xiū)杂陈的餐桌首席，不由感到恬然自在、扬扬自得。

"弗朗小姐，你要点什么？"他问道，"鹅翅膀还是一块脯肉？"

"来一小块脯肉吧。"

"希斯金小姐，你要什么？"

"啊，什么也不要，康罗伊先生。"

加布里埃尔和戴利小姐互相递送烤鹅和火腿、香料牛肉的盘碟时，莉莉托着一碟外面包着白色餐巾、热气腾腾、烧得很面的马铃薯递给宾客们。

这是玛丽·简出的主意，她还建议在烤鹅上浇苹果沙司，可是凯特姨妈说她觉得烤鹅已经够好了，不用浇苹果沙司，她希望一直有这样的口福。玛丽·简招待她的学生们用餐，将最好的肉片放到他们的盘子里，凯特姨妈和朱莉娅姨妈为男客们打开一瓶又一瓶的黑啤酒和淡色啤酒，为女客们打开一瓶又一瓶的矿泉水，从钢琴那儿端到客厅这边来。餐桌上笑语声喧，有人点这样的菜，有人却不同意，要点那样的菜。刀叉铿锵的声音，与打开软木塞和玻璃塞时乱纷纷的声音混成一片，好不热闹。加布里埃尔给大家奉完一次菜后没有给自己留一份，就又开始了第二轮切肉。座上的宾客都大声地反对，他只好妥协，喝了一大口烈性黑啤酒。他发现切肉这活儿够忙够累的。玛丽·简悄悄坐下用餐，可是凯特姨妈和朱莉娅姨妈还在围着餐桌蹒跚地走来走去，有时接踵着走，有时迎面碰上，互相挡绊。她们一人一个主意，谁也不听谁的。布朗先生恳求她们坐下吃饭,加布里埃尔也恳求她们,她们却说待会儿再说,弗莱迪·马林斯忍不住站起来,抓住凯特姨妈,扑通一下硬把她按到椅子上,引起哄堂大笑。

给每个人斟酒上菜以后,加布里埃尔笑着说:

"现在,如果谁想再要一点儿被俗人们叫作'鹅肚里填馅'的东西,就尽管说吧。"

大家七嘴八舌地请他自己用餐,于是莉莉给他端来了为他留的三份马铃薯。

加布里埃尔和蔼可亲地说了句"好吧",又喝了一口酒,然后笑着说:"女士们,先生们,请你们行行好,暂时忘掉有我这个人在座吧。"

这时莉莉已经在撤盘碟,全桌的人都在天南海北地聊天。加布里埃尔开始吃晚饭了,没有参加大家的谈话。他们谈论的话题是正在皇家剧院演出的歌剧团。男高音巴特西·达西先生——一个皮肤黝黑、留有漂亮胡子的年轻人,对这家剧团挂头牌的女低音评价很高,而弗朗小姐却认为她的歌喉和演技相当粗俗。弗莱迪·马林斯说,在音乐剧《欢乐》的下半场有个黑人领唱唱得棒极了,是他生平所听过的男高音中最厉害的。

"你听他唱过吗?"他隔着餐桌问巴特尔·达西先生。

"没有。"巴特尔·达西先生漫不经心地说。

弗莱迪·马林斯先生解释道:"我问这话是因为我很想听听你对他的看法。我认为他的嗓音棒极了!"

"像特迪这样有水平的人才能发现真正美好的东西。"布朗先生和在座的熟人不拘礼地说。

"这算什么话？为什么他不能有一副好嗓门呢？"弗莱迪·马林斯尖刻地问，"难道就因为他是个黑人？"

没有人回答这个问题，玛丽·简又把大家的话题引到正统歌剧上。她的一个学生曾经给过她一张《迷娘》的入场券。她说这部歌剧当然挺不错，但是它使她想起了那可怜的乔治亚娜·伯恩斯。布朗先生追溯得更远些，谈到了以前经常到都柏林来演出的那几家意大利歌剧团——蒂特安剧团、伊玛德摩兹卡剧团、卡姆帕尼尼剧团、伟大的特莱贝里剧团、居格里尼剧团、雷维里剧团、阿拉布罗剧团。他说那年头都柏林的歌剧才算真的有听头。他还谈到当年，每天晚上老皇家剧院的顶层楼座都挤得满满的。有个夜晚一位意大利男高音应听众要求，竟把《让我为国捐躯》唱了五遍，每遍都唱到了高音 C。楼座的那些年轻人有时疯魔到白热化的程度，竟把某个当红女高音轿车上的马解下来，自己代替马来拉车，经过许多街道，一直送她到下榻的旅馆。他问大家，为什么现在不上演过去那些像《迪诺拉》《卢克雷齐亚·波吉亚》的歌剧？因为演员们都没有那样的好嗓子了，就这么回事，他这么说。

"嘿，"巴特尔·达西先生说，"我认为现在也和往年一样有些好歌手。"

"在哪儿？"布朗先生以挑衅的口气问。

"伦敦、巴黎、米兰都有，"巴特尔·达西先生热情地说，"比如说，我认为卡鲁索即使超不过你所提到的那些人，至少也和他们一样强。"

"也许是这么回事，"布朗说，"可是我告诉你，我对此深表怀疑。"

"啊,我多么渴望听听卡鲁索的歌唱啊!"玛丽·简说。

凯特姨妈剔了半天骨头,听到这话就说:

"对我来说,过去只有一位男高音能使我高兴。不过我觉得你们当中谁也没有听过他唱歌。"

"是谁呀,莫肯小姐?"巴特尔·达西先生彬彬有礼地问。

"他叫帕金森,"凯特姨妈说,"我是在他走红的时候听他唱歌的,我认为当时他算得上是古往今来嗓音最纯净的男高音了。"

"奇怪,"巴特尔·达西先生说,"我从来没听说过这个人。"

"是的,是的,莫肯小姐说得对,"布朗先生说,"我记得曾听说当年有个老帕金森的名儿,可惜我出生太晚了,没有赶上听他唱歌的年代。"

"他是英国著名的男高音,嗓音纯净、甜柔、圆润,漂亮极了。"凯特姨妈热心地说。

加布里埃尔吃完晚饭,那只大布丁被搬到了餐桌上。于是铿锵的刀叉声又开始了。加布里埃尔的妻子用羹匙舀出布丁,放到一只只盘子里,然后把这些盘子顺着座位传递下去。玛丽·简在中途截住盘子,再装上草莓或柑橘果冻,或是牛奶冻加果酱。这个布丁是朱莉娅姨妈亲手做的,大家从各个角落众口一词地赞美她做得可口。她本人却谦虚地说,布丁烤得还不够焦黄。

"好啦,莫肯小姐,"布朗先生说,"我希望你觉得我是够焦黄的,因为你要知道,我全身都是焦黄的。"

除了加布里埃尔以外,所有的男客都尝了点布丁,都对朱莉娅姨妈的烹调技术表示赞赏。因为加布里埃尔从来不吃甜食，所以特地为他留了些芹菜。弗莱迪·马林斯也拿了一根芹菜夹在布丁里吃。他曾经听人说，芹菜是补血的，当时他正在请医生看病。马林斯老夫人在吃晚饭时一直沉默无语，这时却说起她儿子大约在一个星期以后要到梅勒雷山去。于是用餐的人都谈起梅勒雷山，说那里的空气多么凉爽清新，修道士多么好客，从来不向来客要一个便士的布施费。

"你是说，"布朗先生表示怀疑，"过往的旅客可以把修道院当旅馆住，大吃大喝，离开的时候却一个子儿也不花？"

"哦，大多数旅客在离开的时候都会向修道院捐些款。"玛丽·简说。

"要是咱们教会里有个那样的慈善机构就好了。"布朗先生坦率地说。

他听说那里的修道士从来不讲话，凌晨两点钟就起床，而且都睡在棺材里，他感到非常惊奇，问玛丽·简他们这样做是为什么。

"这是那个修士会的规矩。"凯特姨妈下了断语。

"是啊，可是为什么呢？"布朗先生问。

凯特姨妈又重复了一遍："那是规矩，就这么回事。"布朗先生好像还不懂，弗莱迪·马林斯竭力向他解释，那里的修道士是想赎尘世中所有人的罪愆。这个解释仿佛还不是很清楚，布朗先生咧嘴笑道：

"这个解释很别致，我挺喜欢，不过舒适的弹簧床还比不上棺材吗？"

玛丽·简说:"棺材是为了提醒他们生命的终局。"

谈话带上了阴郁的色彩,举座黯然不乐。在一片沉默之中,可以隐约听见马林斯夫人对她的邻座悄声说:

"这些修道士都是信上帝的好人。"

现在,葡萄干、巴旦杏、无花果、苹果、柑橘、巧克力和各种甜食被传送到每个人面前,朱莉娅姨妈请全体来宾都尝点儿红葡萄酒或雪利酒。巴特尔·达西先生起初不想喝酒,可是他的邻座用肘部轻轻碰了他一下,对他悄声说了句什么,于是他就让人斟满他的玻璃杯,斟最后一巡酒时谈话渐渐停歇了下来。在静默中只有开啤酒和椅子移动的声音。莫肯姐妹等三人低垂目光看着桌布,偶尔有人咳嗽一两声,接着几位男客轻轻拍拍桌子示意大家静下来,举座鸦雀无声,加布里埃尔把椅子向后推,站了起来。

拍桌声立刻响起来——表示鼓励,接着完全停下。于是加布里埃尔把十根颤抖的手指按在桌布上,对大家紧张不安地笑了笑。看见每个人都目不转睛地盯着他,他便抬起头望向那盏枝形吊灯。一支圆舞曲正在钢琴上演奏着,他可以听到裙摆在客厅门上扫动的窸窣声。也许外面大雪纷飞的码头上还有人正伫立着凝望这里的灯火辉煌,正聆听着这圆舞曲的乐声。那里的空气是清新纯净的。

远处的公园里,沉甸甸的雪把树枝压弯了,威灵顿纪念碑戴着璀璨的白雪冠冕。雪花飘飘飞向西,掠过方圆十五英亩以内白皑皑的土地。

他开始了:

"女士们,先生们!今晚,我和往年一样要执行一项任务,这项任务让我愉快,不过我拙于辞令,恐怕难以胜任。"

"过谦了,过谦了!"布朗先生插嘴道。

"不过尽管如此,请诸位多多包涵,俯听我几分钟,我勉为其难,对你们谈谈我此时此刻的感想。

"女士们,先生们,我们欢聚在这好客之家的餐桌上并非第一次了,我们领受,或者更妥当的说法是,'忍受'女主人的热情招待也并非第一次了。"

他挥动臂膀在空中画了一圈,接着停了下来。大家都乐了,有的哈哈大笑,有的朝着凯特姨妈、朱莉娅姨妈和玛丽·简微笑,她们非常高兴,脸涨得通红。加布里埃尔兴头更大了,继续说:

"我日复一日地深深感到,在我们祖国的优秀传统当中,再也没有比好客更增添祖国的荣誉、更值得我们小心维护的品质了。我曾访问过外国好多地方,就我所见所闻,在现代的国家中,只有我国具有这种独特的传统。也许有人会说这是我们的弱点,而并非什么值得夸耀的事情。即便如此吧,在我们的心目中这依然是一种高贵的弱点,我相信,咱们将要长久地继承这一传统,并予以发扬光大。至少我可以肯定一点,只要上面所提到的几位好心的女士仍在这房屋内——我衷心祝愿她们长命百岁——那么,我们祖先遗留下来的那些注定要通过我们传给子孙后代的爱尔兰式的真诚、热情、殷勤、好客,就会在我们当中永存。"

桌上掠过一阵亲切的窃窃私语,大家纷纷表示首肯。加布

里埃尔突然想起艾弗斯小姐不在,想起她不礼貌地匆匆离去,于是他很有信心地说:

"女士们,先生们!新的一代正在我们当中成长起来,这是具有新思想、新原则的一代。他们是严肃的,是热情拥护这些新思想的。即便他们有时会误入歧途,我仍然相信他们的热情是真诚的。但是咱们生活在一个疑虑重重的时代,如果我可以这样措辞的话,是活在一个让人费尽心思的时代。有时我害怕这受过教育的或者事实上是受过太多教育的新一代,将会失去往昔年代里的优秀品质:博爱、好客、仁慈。今夜我听了那些伟大唱歌家的名字,我必须承认,今天的世界已没有过去那样广阔。过去的时代可以毫不夸张地说是海阔天空的时代;即使那个时代一去不复返了,咱们希望至少在这样的聚会上,我们仍然可以自豪地、爱慕地谈起往昔的年华,仍然可以在我们心中珍藏对已故伟人们的回忆。他们的声誉将留在人们的心中,永不泯灭。"

"说得好!说得好!"布朗先生大声地说。

"然而,"加布里埃尔放低声音,以一种轻柔的声调继续说,"这样的聚会总会勾起我们哀伤的心事,使我们缅怀往昔,慨叹人世沧桑,伤逝怀旧,亲人的音容宛在。我们的生活道路上布满了这样悲伤的回忆。假如我们沉溺于哀思中不能自拔,就无法鼓起勇气,在活着的人们中继续工作。我们每个在世的人都有自己应尽的责任,都有自己爱慕的亲人。我们责无旁贷,应好自为之,努力奋斗。因此,今夜我不想多谈过去,以沉闷的说教扫大家的兴。咱们暂且忘掉喧嚣扰攘的尘世生活吧!作为融洽无间、真诚友爱的朋友，作为——我该怎么称呼呢——都柏林音乐界三位女神的宾客，共聚一堂，欢度良宵吧！"

听到这个引喻以后，在座的人爆发出狂热的掌声和笑声。朱莉娅感到莫名其妙，频频问旁边的人加布里埃尔究竟说什么呢，还是问不出个所以然。

"他说咱们是三女神，朱莉娅姑妈。"玛丽·简说。

朱莉娅姨妈还是不懂，抬起头来，面带笑容望着加布里埃尔，他以同样的调子讲下去：

"女士们，先生们！今夜我不想扮演当年帕里斯扮演的角色，我不打算给三女神排名。这是一项棘手的任务，我难以胜任。我依次观察到：女主人心地善良，心地过于善良，在所有认识她们的人当中都把这传为美谈。她们姐妹俩宛如青春永驻，引吭高歌，珠圆玉润，使举座惊叹，心驰神往！最后我们还要谈谈最年轻的女主人，她才华横溢，性情活泼，刻苦勤俭，在女孩当中是百里挑一的。女士们！先生们！我得承认我不知该把奖赏授予她们当中的哪一位。"

加布里埃尔垂下目光，瞥了一眼他的姨妈，看见朱莉娅姨妈笑眯眯的脸庞和凯特姨妈眼中的泪花，于是匆匆结束发言。他有骑士风度地举起葡萄酒杯，于是在座的人都用期待的目光望着，抚摸着自己的玻璃杯。他大声说：

"咱们共同向她们三位祝酒，为她们的健康、富有、长寿、幸福、幸运而干杯！但愿她们能长久地保持她们凭自身的力量在音乐界赢得的自豪地位，但愿她们永远受到大家的尊崇、敬爱，永远留在我们的心里。"

所有的来宾都站起来,拿着酒杯朝向三位端坐着的女士,由布朗先生带头齐声歌唱:

> 她们是快乐的一伙,
> 她们是快乐的一伙,
> 她们是快乐的一伙,
> 谁也不能否认!

凯特姨妈毫不掩饰地用手帕擦泪,连朱莉娅姨妈也好像被感动了。弗莱迪·马林斯用布丁叉打拍子,唱歌的人转过身去彼此瞅望,好像彼此商量似的加强音调唱:

> 除非是在扯谎,
> 除非是在扯谎。

然后大家再次转过身体,朝着三位女主人唱道:

> 她们是快乐的一伙,
> 她们是快乐的一伙,
> 她们是快乐的一伙,
> 谁也不能否认。

接着大家欢呼喝彩,连客厅门外的许多其他宾客也参加了,喝彩声此起彼落,弗莱迪·马林斯高举餐叉,权充指挥。

# 三

大家站在门厅里，刺骨的晚风吹进来，凯特姨妈说：

"谁去把门关上？马林斯夫人会得重感冒的。"

"布朗在外边，凯特姑妈。"玛丽·简说。

"布朗无所不在。"凯特姨妈放低声音说。

玛丽·简笑她的腔调。

"说实话，"她调皮地说，"他非常殷勤。"

凯特姨妈用同样的音调低声说："整个圣诞节期间，他像煤气灶一样一直安装在这儿。"

这一回，她自己也心情愉快地笑出声来，接着迅速地加了一句："不过玛丽·简，你还是叫他进来，把门关上吧，但愿他没有听见我刚才的话。"

就在这时，布朗先生从门前台阶上走了进来，仿佛心要裂开般地哈哈大笑，他身穿一件仿阿斯特拉罕羔皮的长大衣，头戴一顶椭圆形的皮帽子。他用手指着白雪覆盖的码头，从那儿传来尖锐而漫长的汽笛声。

"特迪会把都柏林所有的马车都喊出来的。"他说。

加布里埃尔从下房后面狭小的餐具室里走出来，费劲地穿上大衣，向门厅四周环顾了一下，问道：

"格里塔还没有下来吗？"

"她正在换衣服，加布里埃尔。"凯特姨妈说。

"谁在上面弹钢琴？"加布里埃尔问道。

"没有人，大家都走了。"

"不,凯特姑妈,"玛丽·简说,"巴特尔·达西和奥卡拉汉小姐还没有走。"

"反正有人在乱弹琴。"加布里埃尔说。

玛丽·简瞥了加布里埃尔和布朗先生一眼,不由打了个寒战。

"看到你们两位裹得严严实实的,我自己也觉得冷了,我不想你们这时候回去。"

"这会儿回家才美呢!"布朗先生说,"这会儿加快步子在乡村散步,或者驾着骏马拉车快跑,真是再好不过了。"

"我们家以前有过一匹骏马和一辆双轮轻便马车。"朱莉娅悲伤地说。

"又提你那永远忘不了的约翰尼了。"玛丽·简笑着说。

凯特姨妈和加布里埃尔也给她逗笑了。

"去世的帕特里克·莫肯,我是说我们的外祖父,"加布里埃尔解释道,"在他晚年的时候,大家都叫他老绅士,他是制胶商人。"

"啊,得啦,加布里埃尔,"凯特姨妈笑出声来,"他开的是淀粉厂。"

"唉,制胶厂也罢,淀粉厂也罢,"加布里埃尔说,"反正他老人家有一匹叫约翰尼的马。约翰尼惯常在他老人家的磨坊里一圈又一圈地拉磨。这本来很不错,可是后来约翰尼倒霉了。有一天,老人家灵机一动要驾着骏马去参加公园里的阅兵式。"

"主怜悯他们的灵魂吧!"凯特姨妈同情地说。

"阿门,"加布里埃尔说,"据传说,他老人家套上约翰尼,给它戴上最好的高帽子,装上最好的颈圈,堂而皇之地从祖传的宅邸里，我想是巴克巷附近吧，驾车出去。"

每个人，包括马林斯夫人，都被加布里埃尔的滑稽腔逗笑了。凯特姨妈说：

"得了，加布里埃尔，当时他不住在巴克巷，只不过他的磨坊在那儿。"

"他赶着约翰尼从祖传的宅邸里驾车出去，"加布里埃尔说下去，"一切都很顺当，直到约翰尼见到比尔国王的雕像，才出了事。也不知它究竟是爱上了比尔国王所骑的那匹马呢，还是它认为自己又回到磨坊里了，反正它开始围着雕像打起转来了。"

加布里埃尔在大家的吃吃笑声中迈着长筒套靴在门厅里转开了圈子。

"它转了一圈又一圈，"加布里埃尔说，"他老人家是个很自负的老绅士，这会儿他大发雷霆了：'向前走，先生！你这是什么意思，先生？约翰尼！约翰尼！真怪！弄不懂这畜生是怎么回事！'"

加布里埃尔怪腔怪调的模仿引得大家哄堂大笑。就在这时，有人砰砰敲门。笑声停止了。玛丽·简跑去开门，弗莱迪·马林斯进来了。他冷得肩膀拱起来，帽子被推到后脑勺上，因为跑了一趟差使，吃力得直喘气，嘴里直冒白烟。

"我只喊到一辆马车。"他说。

"啊，我们沿着码头去，总会再找到一辆的。"加布里埃尔说。

"是的，"凯特姨妈说，"最好别让马林斯夫人站在风口。"

弗莱迪·马林斯和布朗先生搀着马林斯老夫人走下门前石阶，费了好大劲把她扶上出租马车。弗莱迪·马林斯在她后边爬上马车。布朗先生帮他出了些主意,花了好长时间才把老夫人安顿在座位上。老夫人舒舒服服地坐定以后,弗莱迪·马林斯就请布朗先生乘车,布朗先生又谦让了一阵,费了好一番口舌才上车坐定。马车夫将毛毯铺到他膝上,俯下身体听候吩咐。弗莱迪·马林斯和布朗先生都从车窗里探出头来抢着吩咐,弄得马车夫懵头懵脑,不知道该听谁的。争论的焦点是布朗先生半路上该在哪儿下车。凯特姨妈、朱莉娅姨妈和玛丽·简也站在台阶上发表自己的意见,一人一个主意,她们边咋呼,边咯咯地笑个不停。弗莱迪·马林斯听到她们七嘴八舌地争论,自己干脆不说话了,只是笑。他把头缩进窗口又伸出去,险些儿把帽子碰坏,并向母亲报告大伙儿讨论的情况。布朗先生终于压倒大家的笑声,向晕头转向的马车夫大声问道:

"你可知道三一学院?"

"知道,先生。"马车夫说。

"那好,把马车一直赶到三一学院门前,"布朗先生说,"然后我们再吩咐你往哪儿去。明白了吗?"

"明白了,先生。"马车夫说。

"直接到三一学院去。"

"是,先生。"马车夫说罢抽了一鞭,于是马车在一片喧笑和道别声中辘辘驶动了。

加布里埃尔没有随大家到门口送客。他站在门厅里暗处,顺着楼梯向上看。一个女人站在靠近第一段楼梯顶部的地方,也隐在黑影里。他看不见她的脸,却看得见她的裙子。裙子上赤褐色和鲑肉色的布块,在阴影里看起来是黑色和白色的。这个女人是他的妻子。她正倚在楼梯扶手上，聆听着什么。加布里埃尔看到她如此寂静，感到惊讶，也不由竖起耳朵聆听。但是他除了前门台阶上的喧笑和争论声、钢琴弹出的几个零星的和弦以及一个男子唱的几个零星的音符以外，几乎什么也听不见。

他静立在门厅的阴影里，竭力辨别着那个男高音歌唱的曲调，并且向上凝视自己的妻子。她的姿态优雅，宛若某种神秘的象征。他如果是画家，就会把她这种神态画下来。蓝色的毡帽使她古铜色的头发在黑暗的衬托下越发明显。而她裙子上深色的布块把浅色的布块衬得分外鲜明。他如果是画家，就会把这情景画成一幅图画，名为《远方的音乐》。

大门关上了。凯特姨妈、朱莉娅姨妈和玛丽·简还在哈哈大笑，他们顺着门廊走过来。

"咳，弗莱迪真糟糕，是不是？"玛丽·简说，"他实在是糟糕。"

加布里埃尔一声不吭，指指楼梯上他妻子站立的地方。现在既然大门关上了，歌唱和钢琴声听起来就格外清楚。加布里埃尔抬手示意，叫她们别发出声响。这首歌曲好像用的是古爱尔兰调式，唱歌的人好像记不准歌词，对自己的歌喉也没有多大把握。由于比较远，而且嗓子嘶哑，所以歌声有些哀伤，在曲调的末尾可以隐约辨认出令人悲痛的词句：

> 啊，雨点落到我沉甸甸的发上，
> 露水润湿了我的肌肤，
> 我的婴儿躺着，身体冰凉……

"啊,"玛丽·简高兴地喊了一声,"是巴特尔·达西在歌唱,他不会唱整个夜晚的。啊,我要请他在走之前再唱一首。"

"那就请吧,玛丽·简。"凯特姨妈说。

玛丽·简从其他人身旁掠过,向楼梯跑去,但是还没有跑到人跟前,钢琴就突然盖上了。

"真可惜!"她喊了一声,"他就要下来了吗,格里塔?"

加布里埃尔听见他妻子回答了一声"是的",看见她下楼向自己走来。巴特尔·达西和奥卡拉汉小姐也接踵而来,相距不过几步。

"啊,达西先生,"玛丽·简高声说,"我们听你的歌声都听入迷了。你偏偏不唱了,真是小气透顶。"

"整个晚上我一直盯着他,要他唱。"奥卡拉汉小姐说,"康罗伊夫人也是的。他却告诉我们,他得了重感冒,唱不好。"

"啊,达西先生,"凯特姨妈说,"这可是弥天大谎。"

"你们没有听见,我的嗓子像乌鸦一样嘶哑吗?"达西先生粗鲁地说。

他急匆匆地走进冷食厨房,穿上大衣。其他人听到他说话这样粗鲁,吃了一惊,哑口无言。凯特姨妈皱起眉头,做了个手势,示意大家别再提起。达西先生站在那儿,小心地用围巾裹住脖子,也皱起眉头。

"这是由于天气不好。"朱莉娅姨妈停了一会儿说。

"是的,每个人都伤风了,"凯特姨妈敏捷地接上话茬,"每个人。"

"据说,"玛丽·简说,"三十年没有下过这样大的雪了。今天早晨我看见报纸上说,这场雪下遍了爱尔兰全境。"

"我爱看雪景。"朱莉娅姨妈带着悲哀的语调说。

"我也是。"奥卡拉汉小姐说,"我认为,要是圣诞节地上没有积雪,就不是真正的圣诞节。"

"可是,可怜的达西偏不喜欢雪。"凯特姨妈微笑着说。

达西先生从冷食厨房里出来,全身都扣上纽扣,裹得严严实实,用一种后悔不迭的口吻向大家叙述自己伤风的经过。每个人都表示遗憾,劝他小心保护喉咙,别在夜晚的冷空气里受了风。加布里埃尔看看自己的妻子,她没有参与这场谈话,而是站在布满灰尘的扇形气窗下面。煤气灯的火焰照亮了她古铜色的头发——几天前他曾看见她在炉火旁烤干头发。她还是那样娴静,好像一点儿没有听到大家的议论。她终于转过身体朝着大家,加布里埃尔看见她脸上泛着红潮,眼睛放着晶莹的光,喜悦像潮水一样从他心底涌上来。

"达西先生,"她说,"你刚才唱的那首歌叫什么来着?"

"叫《奥格利姆的少女》。"达西先生说,"不过我记得不太真切。你问这干什么?你知道这首歌吗?"

"《奥格利姆的少女》,"她重复了一遍,"我想不起这个名字了。"

"这是一支很优美的曲子,"玛丽·简说,"很遗憾,你今天晚上嗓子不太好。"

"得啦,玛丽·简,"凯特姨妈说,"别打扰达西先生了。我不愿他受人打扰。"

看到大家都准备动身了,她陪他们到门口。于是大家互道晚安。

"好了，凯特姨妈，晚安，谢谢你举办了这个愉快的晚会。"

"晚安，加布里埃尔，晚安，格里塔！"

"晚安，凯特姨妈，多谢了。晚安，朱莉娅姨妈。"

"晚安，格里塔，我都没看着你。"

"晚安，达西先生。晚安，奥卡拉汉小姐。"

"晚安，莫肯小姐。"

"再向你们致意，晚安。"

"你们大家晚安，一路平安。"

"晚安，晚安。"

凌晨，天色还很黑，可是房屋和河流的上方已经笼罩着一片暗淡的、黄乎乎的微光，天空好像在下沉。脚下全是泥泞，屋顶上，码头的护墙上、围栏上，到处是一长溜一长溜、一大片一大片的积雪。朦胧的空气中，灯火仍然发着暗红的光。对岸四座宫殿在昏沉沉天空的映衬下，显得怪阴森森吓人的。

她在他前面和巴特尔·达西先生并排走着，腋下夹着一只包鞋子的褐色包袱。她两手拎起裙角，以免被泥泞沾污，不再具有那种优雅的姿态了。可是加布里埃尔的眼睛还是闪烁着幸福的光芒。血液在他的脉管里搏动，他脑子里充满了骄傲、喜悦、温柔、勇敢无畏等各种各样的情感。

她在他前边走，脚步轻盈，身体端直，使他情不自禁地想悄悄挨过去，一把抱住她的肩膀，附着她耳朵说些温柔的傻话。他觉得她弱不禁风，很想保护她不受外人的伤害，渴望单独和她在一起。像星星在夜空中闪烁一样，他俩生活的一幕幕图景在他的脑海里跳跃出来：一个紫红色的信封放在他早餐的咖啡杯旁，他用手在上面爱抚着；小鸟在常春藤的叶子间啁啾鸣啭，阳光透过窗帘，将闪烁着光影的网投到地板上；他说不出的高兴，连饭也吃不下；他俩站在人头攒动的月台上，他将一张车票塞进她的手套，放在她温暖的手心里；他俩站在空气中，透过有栅栏的窗户观看一个男子在轰轰响的熊熊炉火里制造玻璃瓶；天气很冷，她的脸庞在冷空气里散发出芳香，贴近他的脸庞；他突然对那个在炉旁干活的人大声喊道：

"火烫不烫，先生？"

可是炉火的声音太响了，那人听不见他的话。这样也好，因为那人回答起来可能很粗鲁。

一阵充满柔情的喜悦从他心房里涌出，暖乎乎地流经每根血管。他们婚姻生活的一幕幕美妙图景，那些以前没有人知道，以后也没有人会知道的瞬间，好像星星里柔和的火花一样迸现出来，照亮了他的心田。他渴望让她也回想起那些瞬间，让她忘却多年以来沉闷的婚姻生活，只记起那些令人心醉神迷的美妙瞬间。因为他感到，这些沉闷的岁月并没有扑灭他或她心灵里的火焰。他们的孩子、他的写作生涯、她繁重的家务都没能把他们心里温柔的火光全部扑灭。在当年给她的一封信里，他曾写道："为什么我觉得笔下的这些句子这样沉闷、这样冰冷？是不是因为这世上还没有一个词能描述你那般的温存？"

他多年前写的这些句子，像遥远的音乐一样，从过去向他飘来。他渴望单独和她在一起。等到别人都已离去，他俩又回到寄宿的那个旅馆里，他俩就可以单独待在一起了。他就会柔声唤她：

"格里塔！"

也许她正在宽衣，一时没有听见。接着他声音里的某种因素会扣动她的心弦，她就会转过身来凝眸望着他……

在酒馆街的拐角上他们遇到一辆出租马车。他听到辘辘的车轮声很高兴，因为这样就省得耗费精力谈话了。她望着窗外，神情慵倦，其他的人也沉默无语，只是在指点某座大楼或是某条街道时，才略谈两句。在凌晨昏暗的天空下，驽马疲劳地拉着咯咯作响的旧马车小跑着。加布里埃尔仿佛又回到当年，回到和她乘马车疾驰，去赶轮船蜜月旅行的日子了。

当马车驰过奥康内尔桥的时候，奥卡拉汉小姐说：
"据说，过奥康内尔桥总会看见一匹白马。"
"这一回我倒是看见了白色的人影。"加布里埃尔说。
"在哪里？"巴特尔·达西问。

加布里埃尔指着一尊塑像，那上面积着几片白雪。接着他像招呼熟人似的向那塑像点了点头，招了招手。

"晚安，丹老兄。"他嬉皮笑脸地说。

出租马车在旅馆前面停下。加布里埃尔跳下车来，抢在巴特尔·达西的前面付钱。他在车资之外额外付了一个先令。马车夫敬了个礼，说了句吉祥话：

"祝你新年万事如意，先生。"

"彼此彼此。"加布里埃尔也亲切地说。

她下了马车，在他臂上轻轻依一会儿，站在路边石上向车里的其他人道晚安。她倚得很轻，就像几个小时前和他跳舞时依偎在他臂上一样轻。当时他感到的只是幸福和自豪。幸福的是她属于自己，自豪的是她举止那样娴雅，而又具有贤妻良母的风范。而现在，当重温了如许往事以后，一接触到她的身体，他就仿佛听到美妙神奇的音乐，闻到扑鼻的芳馨，心里顿时感到一阵爱之痛楚，便趁着她凝神无语之际，把她搂到身边。他俩站在旅馆门前时，他有一种奇异的感觉，仿佛已经从生活、冗务、家庭、朋友的圈子中逃脱出来，怀着狂热而喜悦的心情，奔赴新世界进行历险。

门厅里有个老者坐在一把有遮篷的大椅子上打盹。他被唤醒，到门房里去点了根蜡烛，领他俩走上楼梯。他俩默默地跟随老者，轻轻地踩在铺了很厚地毯的楼梯上。她跟着门房上楼时，低垂着头，好像负着重荷似的拱起柔弱的肩膀，裙子紧裹着她的腰肢，越发显出她身段婀娜。他想用手臂搂住她臀部，想得两臂打起了哆嗦。多亏他用指甲掐进掌心，才抑制住这股疯狂的冲动。门房在楼梯上停了一会儿，把淌泪的蜡烛重新放正。他俩也停歇在房门下边两级楼梯上。在静寂中，加布里埃尔可以听见熔化的蜡油滴到烛盘上以及自己的心脏撞击着肋骨的声音。

门房领他俩沿着过道走去，打开一扇门，然后把闪烁不定的蜡烛放到一个梳妆台上，问该在什么时候唤醒他们。

"八点。"加布里埃尔说。

门房指指电灯的开关，嘟嘟囔囔地说了句抱歉的话，却被加布里埃尔打断了。

"我们不需要灯。街上照进来的灯光够亮的了。"然后他指指蜡烛,又补充了一句:"你行个方便,把这个漂亮玩意儿也拿走吧。"

门房重新拿起蜡烛,不过动作很迟缓,因为他对这个古怪的要求感到诧异。然后他含含糊糊地说了句晚安,便走了。加布里埃尔把门锁上。

街灯从窗口处投入一道幽幽的微光,照到门上。加布里埃尔脱下大衣和帽子扔到睡椅上,穿过房间,走到窗前。他俯视着街道,让自己的心情平静下来。接着又转过身来靠在五斗橱上,背着灯光。她也脱下帽子,卸掉斗篷,站在一面大转镜的前面,解开腰带的搭扣。加布里埃尔伫立着朝她观看了一会儿,然后说:

"格里塔!"

她缓缓地转过身来,离开镜子,沿着那道幽幽的光,向他款步走来。她脸上露出疲乏而又异常庄重的神色,因此他想说的话刚到嘴唇上就溜走了。不,现在还不到时候。

"你看起来很疲倦了。"他说。

"有一点儿。"她回答道。

"你感到哪儿不舒服吗?"

"不,只是有些疲倦。"

她继续往前走,在窗前站定,向外眺望。加布里埃尔又踌躇地等了一会儿,然后,害怕自己会丧失信心,突然鼓起勇气说:

"我只是顺便谈谈,格里塔!"

"什么事?"

"你知道那个可怜的马林斯吗?"他迅速地说。

"知道。他怎么啦？"

"唉，可怜的家伙，他不管怎么说总是个正派人。"加布里埃尔虚情假意地说下去，"他把向我借的一英镑金币又还给我了，实在想不到。其实他不是个坏人，可惜他不想和布朗那个家伙断绝来往。"

现在他的心又揪起来了。她为什么一副心不在焉的样子？他不知道该怎样开始。她也在为什么事情烦恼吗？要是她主动向他说话，挨近他，那就好了！该强迫她吗？不，他不能采取那种粗暴的做法，他必须先看到她露出热情的目光再继续。他渴望能掌握她奇特的心境。

"你什么时候借给他这个金币的？"她停了一会儿问道。

加布里埃尔对那个酒鬼马林斯和他借金币的事腻烦透了，竭力克制自己才没有骂出口来。他渴望向她呼唤，掏出肺腑之言，把她紧紧搂住、压倒、碾碎。可是说出口的却是：

"啊，那是在圣诞节，他在亨利街开那家小圣诞卡片铺子的时候。"

他为狂热的欲望所支配，竟没有听见她从窗前向他走来。她站在他面前用异样的眼光直盯着他。片刻，她突然踮起脚尖，两手轻轻勾住他肩膀，和他接吻。

"你是个非常大度的人，加布里埃尔。"她说。

她这句奇怪的话和热情冲动下的接吻把加布里埃尔弄蒙了。他高兴得发抖，双手微微碰触到她的头发，轻轻地向后抚摩。她的头发洗得滑溜溜的，发出乌油油的光泽。他心里充满幸福之感。就在他需要她的时候，她主动走了过来。也许她的思想和自己的在一起合流了。也许她也感到了同样的欲望和冲动,所以才有这样柔顺的心情。他诧异,既然她这样轻易地委身于他,自己又为什么这样胆怯、小心翼翼呢?

他站在那儿,双手捧住她的头,然后一只臂膀迅速滑下来,搁到她身体上,把她抱过来,温柔地说:

"格里塔,亲爱的,你在想什么?"

她没有回答,也没有完全屈服于他的臂力。

他又说话了,柔声地问:

"告诉我,是怎么回事,格里塔?我想我知道是怎么回事。我知道吗?"

她没有立即回答,一会儿后却涕泪滂沱地说:

"啊,我在想《奥格利姆的少女》那首歌曲。"

她从他身边挣脱开,跑到床边,两臂伏在床栏上,捧住脸。加布里埃尔呆若木鸡,惊讶地站了一会儿,然后向她走去。经过那面可转动的穿衣镜时,他瞥见了自己的全影,自己宽阔、笔挺的衬衫领口,自己的脸庞(他在镜子里看到自己的容貌总有些困惑)和隐约发光的金边眼镜。他在几步之外停住脚步,问她:

"这首歌曲怎么啦?有什么值得哭的呢?"

她把埋在臂弯里的头抬起来,像孩子一样用手背擦掉眼泪。他看了有些不忍,语调不由得放和蔼些。

"怎么回事呢,格里塔?"他问道。

"我在想一个人,他多年以前经常唱这首歌。"

"是谁呀?"加布里埃尔微笑着问。

"是我和祖母住在高尔韦的时候认识的一个人。"

加布里埃尔脸上的笑容消逝了。一股怒气从他心底隐隐地涌出，压抑的情欲化为怒火在他血管里灼烧起来。

"你曾经的心上人？"他以冷嘲的语调问。

"是我以前认识的一个小伙子，"她回答道，"他叫迈克尔·富里。他常常唱《奥格利姆的少女》这首歌。他长得很清秀。"

加布里埃尔没有吭声，以此表示他对这个多情的小伙子并无好感。

"他的形象至今还是这么清楚。"她过了一会儿说，"他的眼睛多俊俏啊，大大的，乌溜溜的！眼神多美，多水灵啊！"

"啊，那么，你是爱上他了？"加布里埃尔问。

"以前，在高尔韦的时候，"她说，"我常常和他一起出去散步。"

一个念头突然掠过加布里埃尔的心头。

"你想和艾弗斯一起到高尔韦去，敢情是这么回事。"他冷冷地说。

她望着他诧异地问：

"怎么回事？"

在她的逼视下，加布里埃尔有些尴尬，他耸耸肩膀，说道：

"我哪里知道？也许是，为了去看他。"

她把目光从他身上收回，顺着街灯射来的那道微光，向窗口望去，默不作声，半晌后才说：

"他死了。死的那年他才十七岁。这么年轻就夭折，多叫人伤心啊！"

"他生前是干什么的？"加布里埃尔问，语气里还有点冷嘲的意味。

"他在煤气公司干活。"她说。

加布里埃尔因为自己的讽刺没有起作用，因为死者，一个煤气公司的年轻工人竟引起格里塔如此深切的怀念，而感到难堪和羞耻。正当他在回忆自己和妻子充满柔情、欢乐和希望的结婚生活的时候，她居然在暗自怀念另一个男子，并把他和丈夫相比。他羞惭得无地自容。他看见自己是个可笑的人，是供姨妈们差遣的杂工，一个神经质的、好心干不成好事、多愁善感的人，只会对庸夫俗子们唱唱高调，把自己丑恶的情欲理想化，活脱是自己在镜子里常常瞥见的那个可鄙愚昧的可怜虫。他本能地把身体隐到阴影里，以免她看见他脸上的羞赧(nǎn)。

他试图保持那种冷冰冰的、盘诘的口气，却不由自主地换成了低声下气而略带冷漠的语调。

"格里塔，我想你爱上了这个迈克尔·富里。"他说。

"当时我和他很要好。"她说。

她的声音隐含着哀伤。加布里埃尔终于明白她一往情深，要想叫她忘却旧情，顺自己的思路走，完全是徒然的。于是就爱抚着她的一只手，装出一副哀伤的调子说：

"格里塔，他这么年轻就夭折，到底是什么病？是肺痨吗？"

"我想，他是为我而死的。"她回答道。

加布里埃尔听到这个回答，隐隐感到一阵无名的恐怖。就在他踌躇满志、一帆风顺的时刻，某个难以捉摸的冤魂却在冥冥中和他作对，积蓄着力量，想加害于他。然而他努力地用理智摆脱了这种恐怖感,继续爱抚着她的手。他没有再问她,因为他觉得她会主动和盘托出的。她的手热乎乎汗津津的,没有对他的爱抚做出反应,可是他就好像抚摸那个春天的早晨里她的第一封来信似的,继续爱抚着她的手。

"事情发生在冬天。"她说,"大约是初冬时节,当时我打算离开祖母家,到这儿的修道院来读书。而他却在高尔韦租赁的房间里生了病。他的同事给他在奥特拉德的家人写了信。据说,他生的是痨病之类的绝症,从来没有弄清到底是什么病。"

说到这儿,她停下来叹了口气。

"可怜的人,"她说,"他很喜欢我,他为人也很文雅。我们经常一起出去散步。加布里埃尔,你知道,农村里的人是喜欢散步的。要不是他身体不好的话,他打算去学唱歌,他有一副好嗓子,可怜的迈克尔·富里。"

"嗯,后来呢?"加布里埃尔问道。

"后来,到了我该离开高尔韦到修道院读书的时候,他的病急剧恶化,家里人不让我见他,我就给他写了封信,说我打算到都柏林去,夏天再回来,希望到那个时候他的病情能够好转。"

说到这儿,她声音有些哽咽。过了一会儿她才控制住自己的声音说下去:

"在我动身的前夕,我在修女岛我祖母家收拾行装时,听见一块小石子啪的一声扔到窗户上。窗户上湿漉漉的,我看不清外面,就奔下楼,溜到屋后的花园里去。可怜的小伙子在花园的尽头,浑身颤抖。"

"你为什么不叫他回去?"加布里埃尔问她。

"我恳求他立刻回家,告诉他淋了雨会有生命危险。他却说不想再活了。我还记得他的眼神!他站在墙尽头的一棵树下面。"

"他回家去了吗?"加布里埃尔问。

"是的,他回家了。我进修道院刚刚一个星期,他就去世了,葬在老家奥特拉德。唉,那一天我听到他去世的消息,多么伤心啊!"她说到这儿已经泣不成声,伤心地扑到床上,脸埋在被子里呜咽。加布里埃尔抓着她的手,继续握了一会儿,有些犹豫,后来感到不该在她悲伤的时候打扰她,于是轻轻放下她的手,踱到窗口去。

她沉入了梦乡。

加布里埃尔臂肘撑在床上,看着她纠结纷乱的头发,略微张开的嘴巴,谛听她深长的呼吸。他心中并无醋意,只是想,原来她生活中也有过罗曼史,有个男子曾为她而死去。自己虽然是她的丈夫,却只在她的生活中占微不足道的地位。他在观看,而她则在酣睡,仿佛他俩从来没有作为夫妻在一起生活过。他好奇的目光久久滞留在她的面庞和头发上。他揣(chuǎi)想她在豆蔻年华的少女时期该是什么模样,一种爱怜之情不禁在他心里油然而生。她的容貌已不再是美丽的了(这一点他甚至不愿对自己承认),然而他明白,迈克尔·富里甘愿为之殉情的少女,绝不是现在的容貌。

也许她还没有倾诉全部事实。他的目光移到一把椅子上,她曾把几件衣服扔到那把椅子上。一条衬裙的带子拖垂到地板上;一只靴子竖放着,柔软的靴帮却歪到一边,另一只靴子则是卧放着。他为自己一个小时前骚乱的情绪感到奇怪。这是什么引起的？是姨妈的晚宴、他自己愚蠢的演说、饮酒、跳舞、在门厅里互道晚安时的嬉闹以及在河畔雪地上的散步引起的。可怜的朱莉娅姨妈！她也即将随帕特里克·莫肯和他的马进入黄泉了。在她唱《盛装参加婚宴》的时候，他曾经瞥见她枯槁的容貌。也许，不久以后他会坐在同一间客厅里，穿着黑色的礼服，膝上搁着丝绸礼帽。遮帘将会拉下来。凯特姨妈将坐在他身旁，一把眼泪一把鼻涕哭哭啼啼地告诉他朱莉娅弥留的情况。他将搜索枯肠，寻找话语来安慰她，而找到的只是些不起作用的陈词滥调。是的，是的，这一幕即将发生。

  房间里的空气使他肩膀凉飕飕的。他欠伸了一下，小心翼翼地钻进被窝躺在妻子的身旁。他们都在一个接一个地变成鬼魂。与其凄凉抑郁地命归黄泉，倒不如悲壮地进入阴府。他诧异那个躺在他身边的女人怎么会这么深情，这么多年一直把以前的情人说殉情话时的眼神珍藏在心灵深处。

  他想着想着不由得热泪盈眶。他自己从来没有对任何女人怀有那样的感情。但是他知道这样深的感情无疑是爱。他眼眶里的泪积得更多了。他恍惚看见一个年轻人的形影站在一株湿淋淋的树下，近旁还有其他形影。他的灵魂已经临近死者云集的区域。他意识到，却无法理解他们游移不定、忽隐忽现的存在状态。他自己的身心正在隐入一个灰蒙蒙的不可捉摸的世界。而这些死者曾生活过的这个现实世界，也在渐渐消融，化为乌有。

  玻璃上的几声轻叩使他朝窗户看去。天又开始下雪了。他睡眼惺忪地看到雪花，有些是银色的，有些是深暗的，斜飘到灯光里。到时候了，他该动身前往西部。是的，报纸上讲得对，

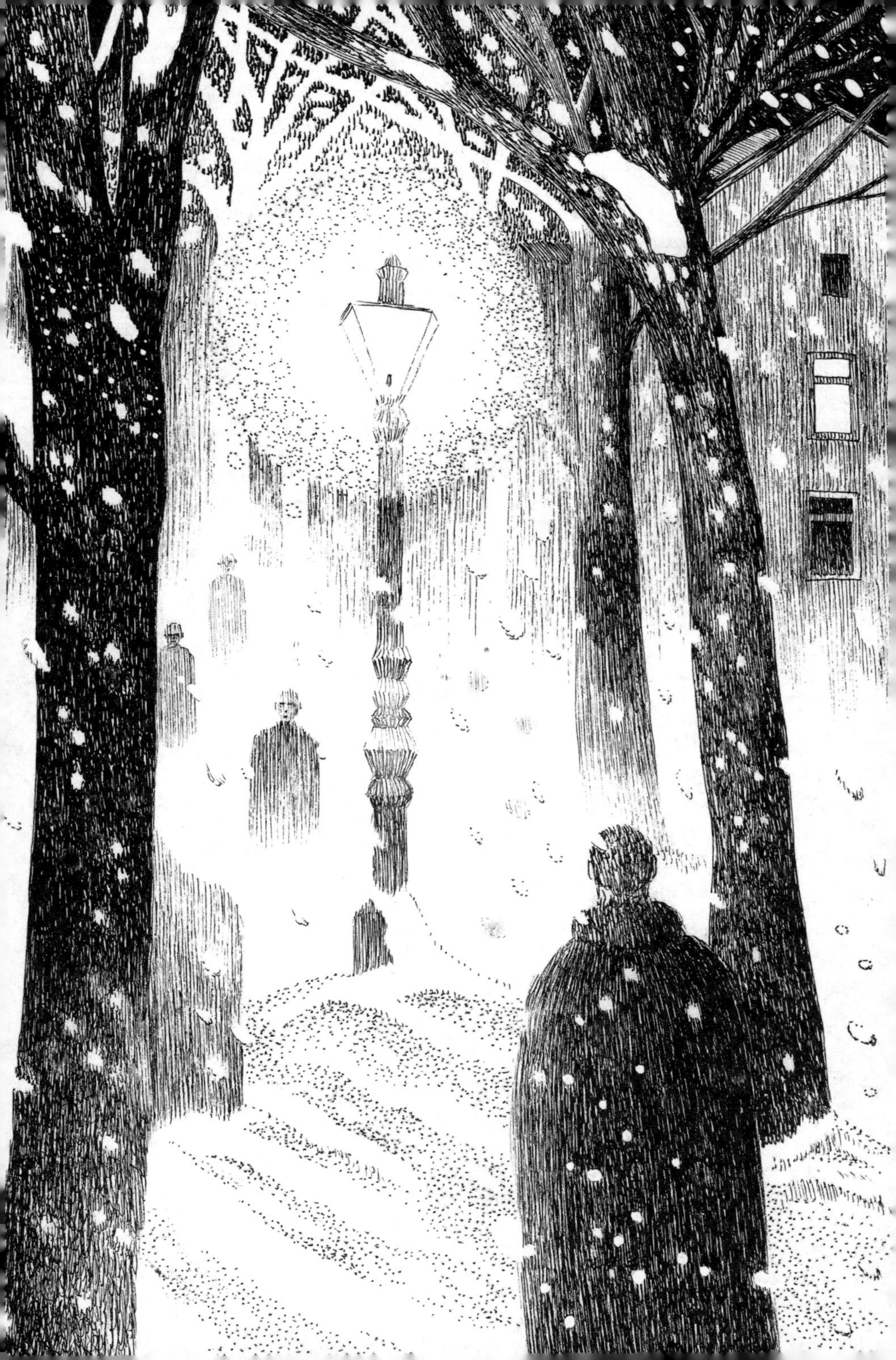

爱尔兰全境降雪，雪花正降落在中央平原的每一块黑暗之处，轻轻降落在童山濯濯的群岭之上，轻轻降落在阿伦沼泽地上，再往西一点，轻轻降落在黑暗中怒涛汹涌的香农海上。雪花也降落在迈克尔·富里长眠的那个孤寂的山间墓地的每个角落。雪花吹积在歪斜的十字架上、墓碑上、小门的铁矛上，在荒芜的荆棘丛里积起了很厚的一层。

他依稀听见雪花在宇宙里微弱地飘落，微弱地飘落，飘到所有生者和死者身上，好像是末日之来临。于是他的灵魂也慢慢地、渐渐地消融。

（1914年）

# 菊花

*John Steinbeck*

约翰·斯坦贝克

(1902—1968)

20世纪美国富有影响力的作家之一,被誉为"美国文学巨人"。1962年因《人鼠之间》获得诺贝尔文学奖。著有《伊甸之东》《月亮下去了》《罐头厂街》等。作品探讨大萧条时期普通人不公的命运。

灰法兰绒一样的冬雾悬在半空，把萨利纳斯峡谷跟苍穹以及周围的世界完全隔绝。它严严实实地盖在四周的山岭上，使这片广袤的峡谷变成一只密闭的锅。多铧犁深深地切入广阔而平坦的谷地，留下一条条像金属一样闪光的黑色犁沟。萨利纳斯河对面山麓坡地的农场上，黄色的麦茬地好像沐浴在暗淡的、冷冷的阳光里。可是现在正值十二月份，峡谷里是不见阳光的。河畔一溜茂密的柳丛黄叶像火焰般鲜明。

这当儿四下静悄悄的，好似在等待什么。空气清冽，一阵微风从西南刮来，庄稼人都盼望不久后能下一场好雨，可是雨并没有和雾一同到来。

在河对岸，亨利·艾伦的农场里，没有多少农活可干了，饲草已经收割完毕被储藏起来，果园也深深犁过，天一下雨便可蓄足雨水。在高一点的山坡上牧放的牛，都长了一身厚密蓬乱的毛。

埃莉莎·艾伦正在花圃里干活，向下俯瞰，她看见丈夫亨利正在和两个穿西装的男子说话。他们仨站在拖拉机棚的旁边，各自用一只脚踩在那辆福特逊牌小拖拉机的边板上。他们抽着烟卷,一边谈话,一边看着这辆拖拉机。

埃莉莎观察了一会儿,便又干起活儿来。她三十五岁,脸瘦而结实,一双眼睛像秋水一样清澈。她身穿园艺工作服,身材显得很壮实,一顶男式的黑帽子压到眉毛上,脚蹬一双大而沉重的乡巴佬鞋子,一条阔大的灯芯绒围裙几乎把里头那条带印花图案的裙子完全遮住了。这围裙有四只大口袋,装着干活用的平头剪、泥铲、小耙子、种子和刀子。她戴着一副沉甸甸的皮手套,以保护双手。

她正在用一把短剪刀用力把菊花的老茎剪掉,不时地看一眼山坡下拖拉机旁边的那三个人。她稳重端庄的脸上露出热切的神情,甚至她用起剪刀来也是那般过分地热切、用劲。菊花的根茎好像太细太脆弱了,被她一剪就断。

她用手套的背部把一绺蓬乱的头发从眼睛前面拂开,在脸颊上留下一抹泥迹。她身后矗立着一幢整洁的白色农屋。屋子四周植有红色的天竺葵,长得密密麻麻的,和窗台齐平。看起来这幢小屋的地板被扫得干干净净,窗玻璃被擦得亮亮堂堂,屋前台阶上边放着一块刮泥垫。

埃莉莎又向拖拉机棚瞥了一眼。那两个陌生人正在钻进他们的福特牌小轿车里。她脱下一只手套,将她那结实的手指插进丛生在菊花老根周围的绿色嫩茎里。她把叶子铺平,把密密匝匝的茎芽掰开来看,确认里面没有蚜虫、土鳖虫、蜗牛或是夜贼蛾。这些害虫还没有来得及捣乱,她那像梗犬一样厉害的手指就把它们捏死了。

埃莉莎听到她丈夫的声音不由吃了一惊。他悄没声地来了，俯在那道保护她的花圃不受牛、狗和鸡侵犯的铁丝围栏上。

"又在剪枝除虫啦！"他说，"来年这茬菊花又会长得茁茁壮壮的啰。"

埃莉莎直起腰来，重新戴上那只干园艺活的手套。"说得是呢。来年的这一茬又会长得茁茁壮壮的。"她的音调和脸上的神色都微微流露出沾沾自喜的心情。

"你干活儿很有两下子。"亨利说，"你今年培植的黄菊花，有些的直径有十英寸。但愿你能把果园也好好整一整，培植出那么大的苹果来。"

她射出炯炯的目光，高兴地说："也许我能办到呢，我干活儿确实是有天赋。我母亲就有天赋，她不管把什么插进地里，都能让它成活。她说她天生有一双种植花木的手，侍弄什么都好得不得了。"

"嗯，你侍弄起花卉来没的说。"他说。

"亨利，刚才和你谈话的那两个人是谁？"

"啊，我来正是为了和你谈谈他们的事呢。这两个人是西部肉类食品公司的。我卖给他们三十头三岁的小公牛，几乎是按我开的价来的。"

"那好啊！"她说，"这笔买卖做得不赖。"

"我想，"他继续说，"我想今儿正好碰上星期六下午，咱们不妨到萨利纳斯镇馆子里吃一顿，然后再去看场电影——好好庆贺一下，你看怎么样？"

"好，"她应了一句，"啊，说的是呢，这个主意不错。"

亨利带了点开玩笑的口吻说:"今儿晚上有拳击赛,你要去看吗?"

"啊,不。"她气喘吁吁地说,"不,不喜欢拳击赛。"

"哄你的,埃莉莎,咱们去看电影。让我想想,现在是两点,我去找斯科蒂,把那些小公牛从山坡上赶下来,应该要两个小时。咱们五点左右到镇上的科米诺斯大饭店去吃饭,你喜欢吗?"

"我当然喜欢,到外面去吃饭真来劲。"

"这样吧,我去弄两匹马来。"

她说:"那我时间还很充裕,来得及把一部分菊苗移植过去,我想。"她听见她丈夫在山坡下谷仓的旁边召唤斯科蒂。一会儿后她瞧见两个男人骑着马上了灰黄色的山坡寻找小公牛。

他们有一小块用来移植菊苗的沙地,她用泥铲把沙土翻了又翻,抹平拍实,然后又挖了十道准备植苗的平行垄沟。她回到苗圃,拔掉脆嫩的幼苗,用剪刀铰掉每一株的叶子,把它们整整齐齐地放成一堆。

一阵嘎吱的车轮声和嘀嗒的蹄声从大路上传来。埃莉莎抬头一看,只见在这条傍着河畔茂密的垂柳和三角叶杨的土路上,驶来了一辆由古怪牲口拉着的古怪大车。这是一辆破旧的、有钢板弹簧的运货车,上面盖有像草原大篷车那样的圆筒形帆布篷,拉车的是一匹栗色的老马和一头灰底白纹的小驴。一个留有短硬胡子的大汉坐在两片布帘之间,吆赶着这两头懒懒的牲口。大车底下有一条身肢精瘦细长的杂种狗在后轮之间稳稳当当地走着。帆布篷上漆了三行弯弯扭扭的大丑字,前两行写着"锅、平锅、刀、剪、刈草器",底下一行是用扬扬得意的口气写下的"保修

103

保用"。黑漆在每个字的下面都流淌下尖尖的小角。

埃莉莎蹲在地上看着,等这辆松松垮垮、摇摇晃晃的大篷车驶过。可是它并没有往前走,却转了个弯拐上了她屋前的那条小路。歪歪扭扭的破旧车辆发出尖锐刺耳的嘎吱声。那条身肢瘦长的狗,从车轮之间嗖地蹿了出来,向前跑去,看守农场的两头牧羊犬飞也似的向它冲来。接着这三个牲畜都停了下来,尾巴都紧张地竖起来直颤抖,四腿绷直,都带着大师般庄严的神气缓缓地绕着圈子,一面凑着鼻子仔细嗅着。那辆大篷车行驶到埃莉莎的铁丝栅栏前停住了。现在,那条新来的狗自觉寡不敌众,便垂下尾巴,退到大篷车底下去了,可是还是竖起颈背上的毛,龇着白森森的牙齿。

坐在驾驶座上的那个大汉喊了一声:"这条狗一旦发起脾气,干起仗来可凶呢。"

埃莉莎笑出声来说:"我看它就是凶。它多长时间发一次脾气呢?"

那人也报以欢畅的笑声,说:"有时好几个星期也不发脾气。"他说着动作不太灵便地从车辆上边爬下来。那匹马和那头驴子停在那儿,像没有浇水的花朵蔫儿不拉唧的。

埃莉莎看出他身材高大,尽管头发和胡须渐渐灰白了,但还不显老相。他那套破旧的黑衣衫满是皱褶,布着斑斑的油渍。他的笑声刚刚停止,脸上和眼睛里的笑意就消失了。他的眼睛是深色的,充满了赶大车的和船夫惯有的那种抑郁的神情。他扶在铁丝围栏上的那双起老茧的手开了裂,每条裂痕都是一道黑线。他摘下了破破烂烂的帽子。

"我偏离了平日走的路线,夫人。"他说,"顺着这条土路过了河能走上那条通往洛杉矶的公路吗?"

埃莉莎站起来,把粗笨的剪刀塞进围裙口袋里,然后回答道:"嗯,是的,能走上,不过要绕个圈子才能过河。恐怕你这两头牲口在河沙里拉不动呢。"

他带些粗暴的口气回答道:"这两头牲口拉得动,它们的力气会让你吃一惊呢。"

"你是说当它们的脾气上来的时候?"她问。

他脸上掠过一丝笑容说:"是的,当它们的脾气上来的时候。"

"那,"埃莉莎说,"我想你最好还是回到通往萨利纳斯的大路,从那儿上公路比较省时间。"

他伸出一根粗大的手指,把鸡栏的铁丝网划得铮铮作响,然后说:"我不急于赶路,夫人。我每年都要从西雅图到圣地亚哥打个来回。来去各花六个月的时间,天气好了才上路。"

埃莉莎脱掉手套,把它和剪刀一起塞进围裙口袋里。她抬起手来碰了碰她那顶男士的帽子,掠开耷拉下来的头发。"你的生活方式倒挺有意思。"她说。

他俯过围栏,自信满满地对她说:"你也许注意到我的大篷车上写的字了吧,我修锅子,磨剪子锵(qiāng)刀,你有这一类的东西要修吗?"

"啊,没有。"她迅速地回绝,"没有要修的东西。"她戒备起来,目光变得冷漠了。

"剪子是最难磨的,"他向她说明,"大多数人想磨快反而磨坏了。我可知道诀窍,我有一种专用的工具,只我一家有,保证能把剪刀磨得快快的。"

"不用。我的剪刀都是锋利的。"

"那好，不磨也罢。"他很热情地接下去说，"你有什么摔坏的，或是有个破洞的锅子吗？你拿给我修，我保证能修得像新的一样，你就不用买新的了，能省下一笔钱。"

"没有。"她简慢地说，"我告诉你，我没有这样的东西要你修。"

他耷拉下脸，装出一副悲哀的样子。他的声音也带了点哀诉的调子："我今天一点活儿也没有干。也许我今晚连晚饭也吃不上了。你要知道我偏离了平时惯走的路线。沿着西雅图到圣地亚哥的这条公路，一路上的人我都比较熟悉，他们知道我手艺高，要我修划得来，所以把要磨的都留下等我去磨。"

"很抱歉，"埃莉莎烦躁地说，"我没有要你干的活儿。"

他的目光离开她的脸，在地上搜索着，游移不定地转来转去，终于落到她正在干活的那片菊花苗床上。"这些是什么植物，夫人？"他问道。

埃莉莎脸上的烦躁和敌意消融了，温和地回答道："啊，这是菊花，特大的白菊花和黄菊花。我每年都种，比这一带任何人培植的都大。"

"这是一种长梗儿的花，看起来好像一团团喷出来的彩色烟雾，你说对不？"

"可不是。你形容得真妙呢。"

"有点气味，闻惯了就好了。"他说。

"这是一种怪好闻的苦味，"她反驳道，"一点儿也不难闻。"

他赶忙改变语气,说:"我自己就很喜欢这种气味。"

"今年我培植出了直径十英寸的花朵。"她说。

那人在围栏上又向前俯了一点,说:"哎,你听着,顺着路下去,前边不远的地方,我认识一位夫人,她有一座你生平见过的最好的花园。她差不多什么花都有,就是没有菊花。上次我为她补一只铜底的洗衣盆(这活儿可不好干,我干起来倒很拿手),她对我说,'要是你碰到好菊花,但愿你给我弄些种子来。'这是她亲口对我说的。"

埃莉莎的眼神变得热切起来,急切地说:"听她说话的口气,她对菊花不太在行呢。播种的办法固然也可以用,可是用插秧的办法要容易得多呢。你瞧那边的菊花秧苗儿。"

"啊,"他说,"这就拿不过去了,我想。"

"怎么,你拿得过去的!"埃莉莎激动得喊出声来,"我可以把一些秧苗放在潮湿的沙土里,你就可以随身带上。只要保持潮湿,菊花在盆子里就能生根。到了地方,那位夫人可以把它们移植到花园里。"

"她弄到菊花,准会高兴坏了,夫人。你说,它们是好品种吗?"

"漂亮极了,"她说,"啊,漂亮极了。"她的眼睛放出光来。她兴奋地一把扯下那顶破旧的帽子,抖出美丽的深色头发,"我把菊花秧苗插到一只花盆里,你可以随身带上,到院子里来吧。"

那人从一个木桩门走了进来,埃莉莎激动地沿着两边种植着天竺葵的小径跑到屋后。她回来时捧着一只红色的大花盆。这会儿她连手套也忘了戴。她跪在苗床旁边的地上,用手指挖起沙土，舀到瓦亮的新花盆里，然后捡起她已经修剪好的一小堆秧苗，用结实的手指把它们压到沙土里，并用指关节把它们周围的土压实。那人站在她身旁，向下看着她。"我告诉你该怎么做，"她说，"你要记住，转告那位夫人。"

"好的，我会用心记住的。"

"哎，你听着，大约一个月以后这些菊花苗就会生根了。这时她就得把它们取出来，移植到像这样肥沃的泥土里，彼此相隔一英尺，明白了不？"她捧起一堆黑土给他看，"这样它们很快就会长得高高大大的了。哎，你记住，告诉她，要在七月份把菊花割下，留大约八英寸的茬儿。"

"在开花之前？"他问道。

"嗯，在开花之前。"她的脸色变得热切紧张了，"它们又会长起来。大约九月底就会生出蓓蕾。"

她停了下来，好像有点困惑，"最要当心的就是出蓓蕾的时候，"她踌躇地说，"我不知道该怎么对你说。"她锐利的目光深深地钻到他眼睛里，仿佛在搜索他的心思。她的嘴略微张开一点，好像在谛听着什么。"不过我没法让你明白，"她说，"你有没有听到过会自动种植的手？"

"这可说不上，夫人。"

"嗯，我只能告诉你在摘掉多余蓓蕾的时候会有什么感觉，一切好像都由你的手指尖来决定。你瞅着你的手指飞上飞下，好像不用动脑筋，手指头自个儿就能把活儿干好，你能感觉到一点。手指头把蓓蕾摘呀摘呀，一点儿也不会出错，好像手指和植物生长在一起了。明白了吗？你能感觉出来，一直到胳膊

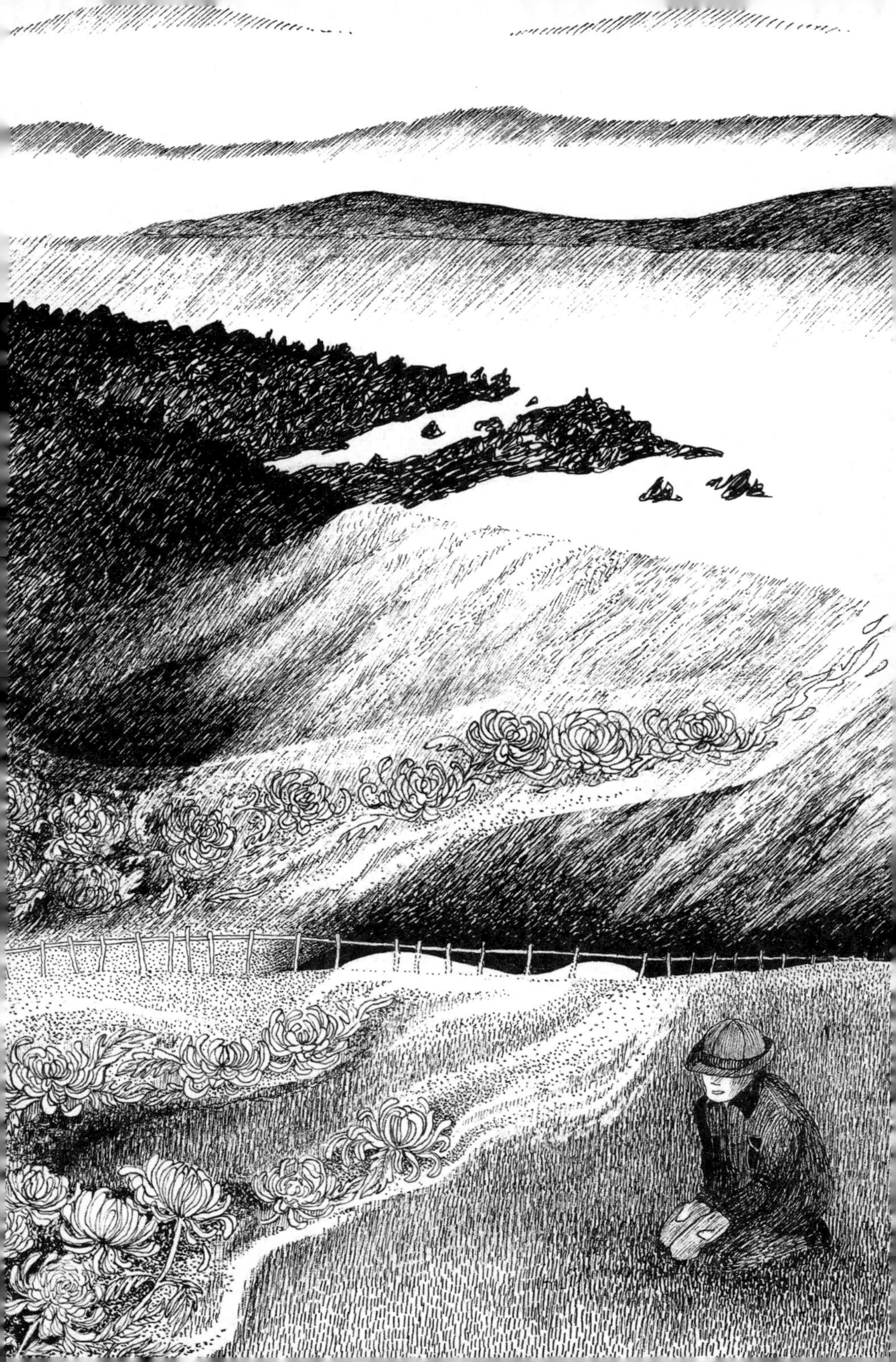

都有这种感觉。你不用动脑筋，它们自己会干，绝对不会出错。你能感觉出来，你如果能达到那个火候，就什么活儿也万无一失了，你明白了吗？你懂了吗？"

她跪在地上，抬头看着他，心中充满了激情，胸脯剧烈地起伏着。

那人的眼睛眯了起来，忸怩地向一旁看去。"我也许明白，"他说，"有时夜里我在那儿的大篷车里……"

埃莉莎的声音变得沙哑了。她打断他的话："我从来没有过你那样的生活，可是我明白你的意思，在黑夜茫茫的时候——啊，星星放射出尖角的光芒，四下里静悄悄的。啊，你感到向上飘浮，飘啊……每一颗有尖角的星星都好像钻进了你的身体。就是那样的感觉，热乎乎，辣酥酥的……真舒服。"

她跪在地上，手向他的腿伸去，手指几乎要碰到他油腻的黑裤子。她踌躇了一下，手又垂到地上，她低低地蜷伏着，好像一只摇尾乞怜的狗。

他说："形容得好，就是你所说的那样。不过，我饿的时候，就没有这种感觉了。"

她爬起来，直挺挺地站着，脸上现出了羞惭的神色。她把花盆递给他，轻轻地放到他怀抱里，说："给，你把它放到大车的座位上，这样你可以好生看着它。也许我会找出件东西给你修。"

她在屋后的锅碗瓢盆堆里翻寻了一下，捡出两只破旧的长柄平底铝锅。她捧过来交给他，说："喏，给你，也许你能把它修好。"

他态度一变，拿出了行家的派头。"保证修得像新的一样。"说着，他在大车的背后安了一个小铁砧，从一只充满油污的工具箱里翻出一把小榔头。埃莉莎走出园门看他干活。他把两只锅子凹陷的地方全都敲平。他咧着嘴，完全是一副有把握的行家的神气。活儿比较棘手时，他则会吮吸下唇。

"你就睡在大车里吗？"埃莉莎问他。

"就睡在大车里，夫人。不管晴天还是雨天，里面都是干乎乎的。"

"这种生活一定挺不错，"她说，"一定挺不错。但愿女人们也能过这种生活。"

"女人不适合过这样的生活。"

她撇了撇嘴，露出了牙齿。"你怎么知道不能呢？凭什么这么说？"她说。

"啊，我不知道，夫人，"他收回了自己的话，"我当然不知道。喏，你的东西修好了，你不用买新的了。"

"多少钱？"

"啊，五毛钱就行了。我一向收费公道，活儿干得好，所以沿着这条公路，上上下下的主顾都感到满意。"

埃莉莎到屋里拿了一枚五角银币，丢到他手里，然后说道："总有一天你会为发现有了个对手而感到吃惊。我也会磨剪子，我也会把小锅子的凹痕敲平。我能向你显显女人的本事。"

他把榔头放回这只油兮兮的盆子里，把那只小铁砧塞进一个看不见的角落。"夫人，女人干这一行可是个寂寞营生，也是个担惊受怕的事儿，整夜都有野兽在大车底下窜来窜去。"

他说，然后用一只手撑在那头驴子的臀部，从横木上爬了过去，在驾驶位上坐稳，拿起了缰绳。"谢谢你的好心，夫人，"他说，"我会照你的话去做，我还是回到通往萨利纳斯的大路上去吧。"

"注意啊，"她喊道，"如果路上时间长的话，你要使沙土保持潮湿才行。"

"沙土，夫人？……沙土？哦，那当然，我一定会的。"他舌头一弹，发出"略"的一声。两头牲口在套轭里使劲拉拽着车，那只杂种狗在后轮之间站好，大车转了个弯驶出门前的小路，循着河边的原路辘辘地回去了。

埃莉莎站在铁丝围栏的前面，看这辆大篷车缓缓地驶去。她两肩挺直，头向后仰，半闭着眼睛，看着面前模糊的景色。她的嘴唇翕动着，无声地说着"再见，再见"。接着她悄悄地低语道："这个方向上，阳光微弱又灿烂。"她听到自己的低语声吃了一惊，便从迷惘的状态中震醒过来，向四周环顾了一下，看看有没有人在听。还好，听见她话的只有睡在灰土上的两只狗，它们抬起头来朝她看看，把下巴朝前伸伸，伸展开身体，又睡着了。埃莉莎转过身，匆匆地跑进屋内。

在厨房里，她伸手到炉灶的后面摸摸水箱，里面盛满了中午做饭时烧的热水。在浴室里，她扯下身上的脏衣服，将其扔到角落里，接着拿起一小块浮石狠擦着小腿、大腿、下身、胸脯和胳膊，一直擦到皮肤发红，划破了几处后才停下。她在卧室里，站在一面镜子前擦干身体。这时她细看着自己的身体，收紧腹部，并将胸部高高挺起，又转过头来，望望自己的背影。

一会儿后她开始慢慢穿上衣服,先套上款式最新的贴身衣裤,穿上最好的袜子,再穿上那件最能衬出她身段之美的衣服,接着小心翼翼地梳理头发、画眉毛、涂唇膏。

她还没有梳妆完毕,就听见一阵轻雷般的蹄声,夹杂着亨利和他助手的呐喊声,原来他们是在把一群红色的小公牛驱赶到畜栏里。她听见园门砰的一下关上,便赶紧打扮,为迎接亨利回来。

走廊上响起了他的脚步声。他一进屋子便唤道:"埃莉莎,你在哪里?""在屋里穿衣服呢,还没有好。水箱里有热水供你洗澡,赶快洗吧,时间要晚了。"

埃莉莎听到他在澡盆里溅泼起水的声音,便把那套深色的衣裤放到床上,把衬衣、短袜和领带放到它旁边,把他那双擦亮的皮鞋放在床边的地上,然后到走廊上一本正经而僵直地端坐着。她眺望着那条河滨大路,路旁的柳叶经过霜冻变得黄灿灿的,在灰色的浓雾中看起来就像是一抹阳光,在这个灰蒙蒙的下午,这是唯一有色彩的景物。她端坐在那里好长时间一动也不动,连她的眼睛也只是难得眨巴两下。

亨利发出砰砰啪啪的声音走出屋来,一边走一边把领带塞进背心。埃莉莎挺直身体,绷起了脸。亨利突然停住脚步,朝她看着,赞叹道:"啊,埃莉莎,你看起来怎么这么好!"

"好?你认为我看起来真好?你说'好'是什么意思?"

亨利语无伦次地说下去:"我不知道,我是说,你看起来和平时不一样,又高兴又强壮。"

"我强壮?是的,那当然。可你说说'强壮'是指什么?"

他有点不知所措。"你好像在进行一场竞技,"他不知道怎么措辞才好,"对,一种竞技。你看起来壮得像是能用膝盖顶断一头牛犊,高兴得又像是能把那头牛如吃西瓜一样吃下去。"

有一瞬间她没那么严肃了,温和地说道:"亨利!别扯了。你不知道你在说什么。"但顷刻间她又完全恢复了那严峻的神态,带着夸耀的口气说:"我是强壮的。不过我以前从不知道这一点。"

亨利迷惘而恍惚地朝山坡下的拖拉机棚看了一眼,当他的视线又回到她身上时,眼神才恢复正常。"我去把汽车开出来。在我发动的时候,你可以把外衣穿上。"他说。

埃莉莎进入屋内。她听见他将车开到园门外面,使发动机空转了起来。她费了好长时间戴帽子,这儿拉一下,那儿按一下。亨利等得不耐烦了,她听见他关掉了发动机,才套上外衣,走了出来。

这辆双座敞篷小汽车在河畔土路上颠簸着前进,将一群群鸟儿惊得飞起来,兔子也吓得蹿进灌木丛中。两只鹤沉重地扑棱着翅膀,飞过一排柳树,落到河床里。

埃莉莎看见远处前方的路上有一个黑点,她知道那是什么。

当汽车从那个黑点旁边开过的时候,她想别过脸去不看,可是她的眼睛却不听指挥。她哀愁地对自己悄悄说:"他本来可以连盆带花统统扔到路旁的,这不会费多大的事,可是他留下了那只花盆。"她对自己解释说:"他是因为想要留下那只花盆,才把菊花苗倒在路上的。"

敞篷小汽车转了个弯,她看见那篷车就在前面。她转过脸来朝着她丈夫,这样当汽车开过那辆有篷的货车和那两头奇怪的牲口时,她就可以眼不见为净了。

车辆一晃而过。她没有回头去看。

她拉开嗓门,盖过发动机的吼声,对亨利说:"今天晚上真棒,能有一顿丰盛的晚餐。"

"现在你的情绪又变了。"亨利带点抱怨的口吻说,他一只手离开方向盘,拍拍她的膝盖,"我应当经常带你下馆子才是,这对咱们都好,咱们在农场上太沉闷了。"

"亨利,"她问道,"咱们吃晚饭时喝点酒,行不?"

"当然行。这还用说!这当然好。"

她沉默了一会儿,然后说:"亨利,在职业拳击赛上,男人们会把彼此打成重伤吗?"

"有时会受点儿伤,不过这种情况也不太多,你问这干吗?"

"噢,我在报纸上看到过,他们把对方的鼻子打坏,鲜血顺着胸膛流下来。我在报纸上看到过,有时拳击手套都给血濡湿了,变得血淋淋、沉甸甸的。"

他转过身来望着她,说:"怎么回事,埃莉莎?我还不知道你以前看过这些新闻。"他停下车,然后又向右转弯,在萨利纳斯河的桥上驶过。

"也有女人爱看拳击赛吗?"她问道。

"啊,当然,有一些。怎么回事,埃莉莎?你想去看吗?我以为你不喜欢呢,要是你真喜欢的话,我带你去。"

她松弛下来,软弱无力地倚在座位上,低声地说:"啊,不了,我不想去看。我不会想去看的。"她将脸转开,不让他看见,"咱们能喝上酒,那就行了,那就够好的了。"她竖起了外衣的领子,这样他就不会看到她正在软弱地啜泣,像一个老妇人似的。

(1937年)

# 乞力马扎罗的雪

*Ernest Hemingway*

**欧内斯特·海明威**
**(1899—1961)**

美国20世纪最著名的小说家之一，硬汉派作家代表。其作品《老人与海》先后获得美国普利策奖、诺贝尔文学奖，《太阳照常升起》和《永别了，武器》被美国现代图书馆列为"20世纪100部最佳英文小说"。

乞力马扎罗山终年积雪，银装素裹，海拔达一万九千七百一十英尺，据称为非洲第一高山。马塞人称它的西高峰为因阿杰－恩埃，意为天宫。在西峰之巅附近，有一具风干冻硬的豹尸。这只豹到这样高的峰岭来寻找什么，谁也无法解释。

"这疮一点也不疼，真怪，"他说，"你知道，刚开始就不怎么疼。"

"真的？"

"不假。不过气味太难闻了，实在对不起。"

"别说了，请你别说了。"

"你瞧那几只鸟，"他说，"它们到底是看到我病倒了，还是闻到这股气味才飞来的？"

说话的人躺在含羞树阴头里的一张帆布床上，透过枝叶向那片骄阳烤炙的平原上望去，那儿有三只可憎的大鸟蜷伏着，天上还有十几只在来回盘旋，它们掠过时，投下了迅速移动的影子。

"打卡车抛锚那天起,这些大鸟就在天上盘旋了。"他说,"今天是它们第一次降落,我本来还留神观察过它们盘旋的姿态,打算用在短篇小说里,现在回想起来真可笑。"

"求你别写了。"她说。

"我不过这么说说罢了,"他说,"说一说心里就轻松得多。但我不想因此让你心烦。"

"哪能呢。"她说,"我是因为出不了丁点儿力,才这么焦心的。我想,在等飞机来的这段时间里,咱们不妨尽可能想开些。"

"倒不如干脆说飞机不会来了。"

"你吩咐我做点什么吧,拜托了。总有一些我干得了的事情。"

"你可以把我这条腿截掉,以防坏疽(jū)蔓延。不过,恐怕截肢也没有用啦。要不,你干脆把我崩了吧。你现在枪法也不赖。我不是教会你打枪了?"

"你别说这丧气话了。我给你念点儿什么吧?"

"念什么呢?"

"从书包里随便拿一本书,只要是没看过的都行。"

"我可不想听,"他说,"只有聊天最轻快。要不咱们来吵个架吧,吵吵架时间就消磨过去了。"

"我不和你吵,我从来就不喜欢吵架。不管多么糟心,咱们可别再吵架了。今天他们也许会开另外一辆卡车回来,也许飞机也会来的。"

"我不想动了,"男人说,"现在挪来挪去已经没啥意思了,只不过是让你心里轻松一些。"

"懦弱！"

"你就不能让人死得舒坦一些，非要骂他几句？骂又管什么用呢？"

"你不会死的。"

"别说蠢话啦！我死到临头啦！不信你问问那些孬种。"他朝那三只样子可憎的大鸟停歇的所在望去，它们把光秃秃的头缩在簇起的羽毛里。第四只斜掠而下，趁势快奔了几步，然后缓缓地蹒跚着向那三只走去。

"每个营地周围都有这些大鸟，不过是你从来没有注意罢了。只要你不糟践自己，你就不会死。"

"这些话是在哪儿看到的？你真是个地道的笨蛋！"

"你不妨也替别人想想吧。"

"哎，我的老天，"他说，"我就是干这一行的。"

他静卧了一会儿，举目远眺，越过那在热浪中闪烁的平原，直望到灌木丛的边缘。只见黄色的背景上衬出几只又小又白的野羊，在葱茏的灌木丛的映衬下，一群斑马白花花的，显得异常分明。这是个舒适宜人的营地，依山而设，浓荫覆盖，水味甘冽。附近有一口快要枯涸的水库，每天清晨沙松鸡成群结伙地飞到那儿喝水。

"要不要给你念点啥？"她问道，坐在他床边的一张帆布椅上，"起了一阵微风了。"

"不要，谢谢。"

"说不定卡车会来的。"

"来不来根本无所谓。"

"可我在乎。"

"好多我觉得无所谓的事情,你都在乎。"

"哈里,没那么多的。"

"喝点酒,好吗?"

"不是说喝酒对你有害吗?布莱克的书里说人要滴酒不进。你不该喝啦。"

"莫洛!"他唤了一声。

"是,先生。"

"拿威士忌苏打来。"

"是,先生。"

"你不该喝啦。"她说,"我说你糟践自己,就指的这个。书上说喝酒有害。我知道喝酒对你不好。"

"不,"他说,"喝酒对我有好处。"

现在就这么一了百了了,他想。现在他再没有机会来处理后事了。一生就这样在为喝酒之类的区区小事的拌嘴中结束了。自从他的右腿生坏疽以来,他就不觉得痛。没有疼痛,自然恐惧也消失了。他现在只是感到异常厌恶和愤怒,这就是他的终局了。对于正在来临的事他倒并不怎么奇怪。多少年来它就像鬼似的一直缠着他,而现在它本身已没有任何意义了。奇怪的是,只要你对人生厌烦够了,你的一生就会这样轻易地了结。

现在,那些留着想将来写的题材再也写不成了。他原想了解透彻些,胸有成竹以后再动笔,可以写得完美些。不过,写不成也好,省得尝到失败的苦味。也许是他没有这才气,永远也写不出来,所以才一再拖延,迟迟没有动笔吧。反正现在已经晚了,他永远也弄不明白了。

"当初没上这儿来就好啦。"女人说,她看了一眼他手里拿着的酒杯,不由咬了一下嘴唇,"在巴黎绝不会有这场飞来横祸。你一向说你爱巴黎。咱们本来可以待在巴黎,要不,上哪儿去都行。我说过不管你上哪儿我都愿意跟你去。就说你想打猎吧,本来可以上匈牙利去,咱们在那儿打猎,会很惬意的。"

"都怪你那些个臭钱!"他说。

"这么说不公平,"她说,"我的钱一向都是你的。我把什么都撂下了,你想去哪儿我就去哪儿,你想干啥我就跟着干啥。我可真后悔,咱们不该到这儿来。"

"你原来说你爱这儿。"

"当时我是这么说的,谁想到你会生这病呢?现在我恨这儿。我不明白老天爷为啥非得让你的腿生坏疽。唉!到底是怎么到这一步的?"

"我想都怪我当初把腿擦破了,忘了搽碘酒,因为我从来没感染过,所以就根本没有去管。后来伤口恶化了,别的抗菌剂又都用完了,只好用苯酚稀释溶液,可能就是这使血管麻痹了,才开始生坏疽的。"他望着她,"还能有什么别的原因呢?"

"我不是指这个。"

"要是当初雇一个技术高明的司机,而不是让那个没见识的吉库犹人[1]开车,他也许就会检查机油,绝不至于把卡车的大瓦[2]

---

1 吉库犹人:非洲班图人的一支,为肯尼亚的基本居民。
2 大瓦:汽车曲轴上的主轴承。

烧坏啦。"

"我不是指这个。"

"要是你没有离开你那一帮子该死的威斯特伯里、萨拉托加和棕榈滩[1]的老相识——偏偏瞎了眼挑上了我——"

"不,我是真心爱你的,你这昧着良心讲话。我直到现在还爱着你,以后也会永远爱你。你爱我吗?"

"不,"男人说,"我不觉得,我从没爱过。"

"哈里,你说什么胡话?你头发昏啦?"

"没有,我没有头啦,昏也发不起来了。"

"你别喝了,"她说,"亲爱的,求求你别喝啦!只要能做到的,我们就得尽力去做。"

"你去做吧,"他说,"我太乏了。"

现在,他遐想开了,他看见自己背着背包站在卡拉加奇火车站上,从辛普伦开往奥连特列车的前灯划破了黑暗,当时他刚从战场上撤退下来,准备离开色雷斯[2]。他准备把这段情节留到将来写,并在其中穿插一段故事:

早餐时,南森的女秘书就问那老汉,山上那白花花的是不是雪。老头儿望了一眼说,不,那不是雪,下雪还早着呢。于是那个女秘书就转告其他几个姑娘:不,你们瞧,那不是雪。她们都信以为真,以为自己看错了。后来等到他提出交换居民,

---

[1] 棕榈滩:美国佛罗里达州著名的游览圣地。
[2] 色雷斯:爱琴海与黑海之间的地区,分属希腊和土耳其,是著名的农业区。

把她们送往山里去的时候,她们才知道自己受了骗,那白花花的确是积雪,可是已经为时太晚了,那年冬天她们踩着积雪,艰难地行进,终于相继倒毙。

那年,他们住在高厄塔耳山一个伐木人的屋子里,一口方形的大瓷灶占了半间屋子。圣诞节期间,雪整整下了一个星期。他们在塞着山毛榉树叶的垫子上睡觉,突然一个逃兵闯到屋里来。他两只脚在雪地里冻坏了,裂口处鲜血直流。他说宪兵在紧紧追捕他,于是大家给他穿上羊毛袜子,围住宪兵扯淡,让雪花盖没了足迹,那个逃兵才得以脱险。

在施伦兹,圣诞节那天,从小酒店望出去,雪是多么晶莹刺眼啊!你看见每个人都从教堂那边回家去。他们就是从那儿背着沉重的滑橇,傍着松林覆盖的峭峰走上那条被雪橇磨得光滑、呈尿黄色的河滨大道的。他们从那儿顺着那道冰川的大斜坡一直滑到"梅德纳尔之家"。那雪很平滑,看起来就像蛋糕上的糖霜,细得像粉末一样。他记得那次阒然无声地从山坡上飞快地滑行下来,宛如一只鸟从天降落。

大雪封山,他们在"梅德纳尔之家"旅店困了一个星期。屋外风雪交加,屋内他们挨着油灯,在腾腾烟雾中打牌。伦特先生越输,赌注下得越大。他输惨了,把什么都输完了——滑雪学校的经费、那一季的全部收益连同他的老本全都输了个精光。他至今仿佛还能看到当时的情景。伦特先生肿着长鼻子,翻开纸牌后发狠说"豁出去了"的样子,历历在目。那一阵子,不下雪时他也赌博,下大雪时也赌博,成天赌个没完。他想起他这一生好多光阴都消磨在赌博上了。

可是这关于赌博的生涯,他连一句都没有写。一个寒冷而晴朗的圣诞节,在平原的边际,群山显现。那天巴柯飞越防线,去轰炸载送奥地利军官去休假的列车。军官们四散奔跑,巴柯扫开了机枪。他记得后来巴柯走进食堂,谈起了这件事,大家听了以后,悄无声息,接着有个人说:"你这该死的杀人凶手!"关于这件事,他也一句都没有写。

他们杀害的奥地利人,就是不久前跟他一起滑雪的那些。不,换了一批人。汉斯,那个跟他一起滑了整整一年雪的奥地利人,是一直住在"国王狩猎酒店"里的,他们一起到锯木厂上边那个小山谷去打野兔的时候,还谈起那次在帕苏比奥的战斗及向帕蒂卡和阿萨洛纳的进攻。这些事他连一个字都没有写。关于蒙特科尔维诺、西特科蒙穆尼、阿尔西洛,他也一个字都没有写。

在福拉尔贝格[1]和阿尔贝格[2],他住过多少个冬天?住过四个冬天。于是他记起他们徒步到布卢登茨买礼物的时候遇见那个卖狐皮的人,记起醇美的樱桃酒特有的樱桃味儿,记起在像粉末般的雪地的冰壳上飞速滑行,一面唱着"嗨!嚯!下来",一面滑过最后一道坡,从险峻的陡坡上笔直地飞下来,接着在果园转了三个弯,从果园出来又越过那道沟渠,上了旅店后面那条结了冰的大路,把捆缚的带子敲松,踢掉滑雪板,把它们靠在旅店的木墙上。灯光从窗里照射出来,烟雾腾腾,散发着新

---

[1] 福拉尔贝格:奥地利西部的一个州。
[2] 阿尔贝格:奥地利西部蒂罗尔州的一个村镇。

酿酒扑鼻香味的温暖房间里,有人正在拉手风琴。

"在巴黎咱们住在哪儿?"他问那个正坐在他身边帆布椅里的妇女,此刻,他们正在非洲。

"在克里昂。这你是知道的。"

"我怎么知道?"

"咱们始终待在那儿。"

"不,不是待在那儿。"

"咱们在那儿待过,在圣日耳曼区的亨利四世城堡也待过。你曾经说你爱那地方。"

"爱是粪堆,"哈里说,"我是爬到粪堆上打鸣儿的公鸡。"

"如果你一定要离开人间的话,"她说,"难道你非得把带不走的都赶尽杀绝?我是说,难道你非得把一切统统带走?非要把你的马、你的妻子都杀死,把你的鞍子和盔甲都焚毁吗?"

"对!"他说,"你那些臭钱就是我的盔甲,就是我的马和我的盔甲。"

"别这么说。"

"好吧。我不说了,我不想伤你的心。"

"现在不说已经晚了。"

"那么好吧,我就继续伤你的心,这样更有趣。以前我真正喜欢的就是跟你干那件事,可惜我现在不能干了。"

"不,不是这样的。你喜欢干的事情多着呢,而且你想干的、喜欢的事我都干过、都喜欢。"

"啊,哎,少夸张了,行不行?"

他瞥了她一眼,看见她哭了。

"听着,"他说,"你以为我乐意这么说吗?我不知道这么说是为啥,我想,大概是为了让自己活下去而不惜伤天害理吧。咱们开始聊天的时候,我还是好好的,并没有想说起这些伤你心的话,可是现在我古怪得像个老怪物似的,对你真是狠心透顶了。亲爱的,我刚才说的话,你别介意。我爱你,真的。你知道我爱你。我对别的女人从来没有爱得这样深。"

他顺口溜似的说出了靠女人混饭惯用的谎话。

"你对我很好。"

"你这个贱人!"他说,"有钱又下贱!哦,这读起来像诗。我现在浑身都是诗。腐烂和诗。烂透了的诗!"

"别说了。哈里,为什么你现在一定要这么凶神恶煞的呢?"

"我什么也不愿意留下来,"男人说,"一样东西也不愿意留下来。"

现在天晚了,他刚才睡了一觉。夕阳隐没到山后,把阴影投到整个平原上。一些小动物在营地附近吃食,它们的头很快地起落,尾巴频频摆动,他看见它们都离灌木丛远远的。

那几只大鸟不再在地上窥伺了。它们都沉甸甸地栖息在一棵大树上,数量很多。他那个随身侍者正站在床边。

"夫人打猎去了,"那个侍者说,"先生要什么?"

"什么也不要。"

她打猎去了,想弄到一点肉食,她知道他喜欢看打猎,故意跑得远远的,以免惊扰他所能看到的这一小片平原而影响他的休息。她总是考虑得那么周到，他想。无论是她知道的、读到的，或是听到的事情，她总是思考得那么缜密。

他来到她身边的时候，他已经沉沦了，他的沉沦不能归罪于她。一个女人怎么会知道你口是心非呢？怎么会知道你只是为了贪图享乐而信口胡诌呢？自从他口是心非以后，他靠谎言和女人们鬼混，比过去对她们说真话更成功。

不过，与其说他撒谎，倒不如说他没有真话可说。他的一生已经结束，现在他是靠挥霍金钱跟另一批不同的人，在从前那些最好的地方和一些新的地方重新过起了行尸走肉的生活。

不让自己思考是不可思议的事情。这会使大部分人精神崩溃。多亏你意志坚强才没有崩溃，既然往常的工作你已经再也干不成了，你就干脆装得对它们毫不关心算了。可是，你心里念叨着要写这些人，你说你实在是和他们离心离德的，只不过是他们国度里的间谍；你说你终究会离开那个国度，作为一个熟悉其底细的人将它彻底揭露。可是他永远也写不成，因为日复一日，他为了贪图安逸，扮演自己所蔑视的角色而磨钝了才能，丧失了意志，终于什么都干不成了。这样也好，反正他不工作，他和现在认识的那些人相处起来反而舒坦得多。非洲是他年华正茂的时期觉得最幸福的地方。他之所以上这儿来，为的是要从头开始。他们这次来非洲狩猎前他就打定主意尽可能不过舒适的生活，纵然还做不到艰苦，至少也得摒弃一切生活上的享受，正像拳击手为了消耗体内的脂肪而到山里去干活和训练一样，他想通过比较艰苦的生活来重新锻炼自己，以便把心灵上的脂肪去掉。

她曾经喜欢这次狩猎远征，她说过她简直入迷了。这次狩猎远征里，有多少激动人心的事情啊！每一次变换环境，结识新的人，接触新的愉快事物，都使她欣喜。他也曾经产生过能重新恢复工作意志力的幻觉。可是现在，难道就落到了这样一个悲惨的下场？他明白木已成舟，悔也无益，不必像一条蛇那样，因为脊梁骨被打断而啃啮自己。这不能怪她。反正没有她，也会有别的女人把他引上这条绝路。他既然以说谎谋生，就活该以说谎来葬送自己。他听到山那边传来一声枪响。

她的枪法很准。这个善良有钱的婆娘既是对他天赋关怀得无微不至的保护人，也是他天赋的破坏者。胡说，毁了他天赋的正是他自己。为什么要嗔怪这个女人呢？难道就因为她好好地供养了自己？他纵然才华横溢，却因为弃而不用，因为出卖了灵魂，出卖了信仰，因酗酒过度知觉渐渐迟钝，因为懒散、怠惰、势利、傲慢、偏执和其他种种原因，而毁灭了自己的天赋。他的天赋是什么？难道就是一张旧书目录卡？就算这是天赋吧，他也没有充分利用而是拿它做买卖。他从来不好好发挥自己的天赋，让其有所作为，而是徒托空言地想象自己能够有何作为，想象自己如果不靠钢笔或铅笔谋生，可以靠什么别的东西谋生。非常奇怪，每当他爱上另一个女人的时候，不知怎的，这女人总是比前一个女人更有钱。可是当他不再真心恋爱的时候，当他只是撒谎的时候——就拿现在这个女人来说吧，她比以前他爱过的那些女人更有钱，她的钱多得不可胜数。她有过丈夫、孩子，也找到过情人，但是她不满意那些情人，却深深地爱上了他，把他作为一个作家、一个男子汉、一个终身伴侣而以身相许，作为一份引以为豪的财产而倾心爱慕。非常奇怪，当他根本不爱她，而且对她撒谎的时候，他所能报答她的，居然比他过去真心恋慕的时候还要多。

一切都出于天意，他想。不管你靠什么谋生，这就是你的天赋所在。他一辈子都在出卖生命力，不是以这种方式就是以那种方式。奇怪的是，当你对一个女人薄情的时候，你反而能给予她更多的东西来酬答她的金钱。他发现了这个奥秘。但是现在这些也写不成了。是的，他再也写不成了，尽管这些很值得一写。

现在她出现在视线里了，她穿着马裤，背着一支来复枪，穿过开阔地带向帐篷走来。两个男仆扛着一只野羊跟在她后面。她仍然是一个相当清秀的女人，他想，她的身段也很婀娜。她也很懂得床笫（zǐ）之乐。虽然她谈不上很美，他倒是很喜欢她的容貌。她读过大量的书，喜欢骑马和射击，可惜过于贪杯了。还比较年轻的时候就死了丈夫。有一段时期，她一心扑到两个刚长大的孩子身上，可是孩子并不需要她，有她在旁边，他们就不自在。后来她又在养马、读书和喝酒上寻求精神寄托。她喜欢在晚餐前的黄昏时分读会儿书，一边阅读一边喝掺了苏打水的苏格兰威士忌，喝个八分醉，晚饭的时候再喝上一瓶葡萄酒，往往就酩酊大醉、昏昏欲睡了。

这是她没有情人时的情况。有了那些情人以后，她就不需要用借酒浇愁的方法来催眠，也就喝得少了。但是不久这些情人使她感到厌烦。她的丈夫从没有使她厌烦过，而这些情人却使她厌烦透顶了。

后来,她两个孩子里有一个在飞机失事中遇难。遭到这次不幸后,她再也不需要情人,再也不用酒来麻醉自己了,她迫切需要建立另一种生活,突然间对茕茕孑立的生活感到心惊胆战。她需要跟一个她所敬重的人共同生活。

事情的开始很简单,她喜欢他的著作,也一向羡慕他的生活。她认为他干的正是她理想的事情。她采取了种种步骤获得了他,最终坠入情网,爱上了他。一切经过,都是顺理成章,极为正常的:她给自己建立了新生活,而他则出卖了旧生活的残余。

他出卖旧生活的残余,是为了换取生活保障和舒适,此外还为了什么呢?他不明白。不过他要什么,她就会给他买什么,这一点他是明白的。她也是一个非常好的女人。在他所结交的女人当中,他最愿意和她同床共枕,因为她更有钱、更风趣、更有欣赏力,而且从来不当众和他吵闹。可是她重新建立的生活现在快要结束了。两星期前,他们到一群羚羊的近旁想拍下它们的照片(这群羚羊站立着,昂着头窥视着,用鼻子嗅着空气,耳朵向两边竖起,一听到些微声响就会奔入灌木丛里)。他们没来得及拍下羚羊的照片,它们就已飞快地溜跑了,就在这时,一根荆棘刺破了他的膝盖,他却没有给伤口涂抹碘酒。

这会儿她到他跟前来了。

他在帆布床上侧转身体看她,"你好。"他说。

"我打了一只野羊,"她告诉他,"给你做碗美味的汤,我还吩咐厨师捣一些土豆泥,拌上克宁奶粉。你这会儿感到怎么样?"

"好多啦。"

"那太好啦！我一直认为你会好起来的。我去打猎的时候，你睡着了。"

"我睡了个好觉。你跑得很远吗？"

"不远，就在山后面。我一枪就撂倒了这只野羊。"

"你枪法挺准。"

"我爱射击。我已经爱上非洲了。说实在的，要是你不出这件事，这可算我玩得最美的一次了。你不知道跟你一起是多来劲儿。我已经爱上了这地方。"

"我也爱这地方。"

"亲爱的，你不知道我看到你病势好转了，心里有多高兴。刚才你那样闹别扭，我简直受不了。你别再那样跟我说话了，行吗？你能答应我吗？"

"不了。"他说，"我记不起说了些什么了。"

"你何必要把我毁掉呢？我是个中年妇女，不值什么，可是我爱你，你要我干什么，我都愿意。我已经被毁了两三次了，你总不忍心再把我毁掉吧？"

"我倒是想在床上再把你毁掉几次。"他说。

"好吧。那可是一种愉快的毁灭。上帝就是安排咱们女人这样毁灭的。明天飞机就会来了。"

"你怎么知道？"

"飞机肯定会来的。仆人已经把生火的木柴都准备好了，还准备了会冒出浓烟的野草。今天我又去检查了一下。那块空地足够让飞机着陆，咱们准备在它两头生两堆冒浓烟的篝火。"

"你有什么根据认为飞机明天会来呢？"

"我肯定它准会来。要不是有事耽误,它早该来了。到了城里,你的腿就会治好,咱们就可以搞点儿那种愉快的毁灭,而不是那种烦心的谈话。"

"咱们喝点酒吧,太阳落山了。"

"你能喝吗?"

"我正在喝呢。"

"咱们就一起喝上两杯吧。莫洛,去拿两杯掺苏打水的威士忌来!"她唤道。

"你还是穿上防蚊靴的好。"他告诉她。

"等洗过澡再穿吧……"

他们喝酒的时候,天渐渐昏黑下来,在这暮色苍茫的、无法瞄准射击的时刻,一只鬣(liè)狗穿过空地往山后窜去了。

"那个坏东西每天晚上都要跑到山那边去,"男人说,"两个星期以来,每晚如此。"

"每天晚上发出那惨叫的就是它。真是一种污秽的畜生,不过我可不在乎。"

他们一起喝着酒,他没有痛的感觉,只是因为躺着不能翻身而感到有些不舒服。仆人们生起了一堆篝火,影子在帐篷上跳跃。向生活投降是愉快的,他再度感到"有酒权且醉"的心情。她确实对他很好。今天下午他对她太冷酷无情了,也太不公平了。她是个妙不可言的女人。可是就在这时候,他忽然想起自己快死了。

这个念头来得非常突然,不像是流水或者疾风那样的冲击,而是一股发着恶臭的空虚突然袭来。奇怪的是,那只鬣狗竟嗅到了他的念头,沿着念头的边缘悄悄地溜过来了。

"怎么回事,哈里?"她问他。

"没有什么。"他说,"你最好挪到那一边去,到上风那一边去。"

"莫洛给你换药了吗?"

"换了。我刚敷上硼酸膏。"

"你觉得怎么样?"

"有点儿发抖。"

"我要进帐篷去洗澡了。"她说,"我马上就洗好。咱们吃好晚饭以后就把帆布床抬进去。"

他暗自思量,他们结束吵架是做对了。他跟这女人从来没怎么吵闹过,而他跟他所爱的那些女人却吵得很凶,最后总是以感情破裂而告终。他爱对方越深,要求对方的也就越多,这样就把什么都毁了。

他想起在君士坦丁堡单独生活时的情景,从巴黎出走前,他们就吵了一阵子。那时候他夜夜宿娼,可是寂寞非但无法排遣,反而变得更加难忍了,于是他给第一个离开他的情妇写了封信,告诉她,他是怎样始终割舍不了昔日的感情,对她苦苦思恋……有一次在摄政院外面他见了个女人,以为是她,便拼命追赶,跑得头昏眼花,直想呕吐。另一次他又在林荫大道看到个女人,外表有点像她,就跟踪了半天而又始终不敢看清楚,唯恐看出不是她,而淹没了这一缕深情。他跟不少女人睡过,可是对她的渴念总是有增无减。他绝不介意她干了些什么,因为他深知这刻骨的相思无药可医。他冷静清醒地在夜总会写了封信，寄往纽约，求她把回信寄到他在巴黎的事务所，这样好像安全些。

当晚他又苦苦思念起来，心里空荡荡的，非常难受。他徘徊街头，彷徨、苦闷。经过塔克辛姆饭店时遇到一个姑娘。他先带她去吃晚饭，后来又到一个地方去跳舞，但嫌她舞艺太差，便丢下她，另找了一个淫荡的亚美尼亚妓女。她把肚子紧贴着他的身体摆动，擦得肚子都发烫了。一个英国少尉炮手因争风吃醋和他吵了起来，他把这娼妇硬从炮手手里拉走。那炮手叫他到外面去，于是他们在黑灯瞎火的鹅卵石街道上打了起来。炮手朝他的下巴上狠狠地揍了两拳，他虽然没有倒下，却知道来者不善，一场恶斗是免不了的了。那个炮手先猛击他的身体，然后又打中他的眼角。他再一次使出左撇子特有的招数，狠狠给了那炮手一拳，炮手扑过来，抓住了他的上衣，扯掉了他的袖子。他往炮手的耳朵后面猛击两拳，把他搡开，又挥动右拳把他击倒。炮手倒下时头碰在了鹅卵石路面上。

这时他听见宪兵来了，便赶忙带着姑娘溜掉，乘上出租汽车，沿着博斯普鲁斯海峡往留米利希萨兜了一大圈儿，然后在凉爽的夜风里回到城里，睡觉。她在床上就和她的外貌一样，给人熟透了的感觉，像玫瑰花瓣，像糖浆那样滑腻多汁，她腹部光滑，胸部高耸，臀下不需要垫枕头。在晨曦的照射下，她的容貌就显得相当粗俗了，他没有等她醒来就离开了她，带着发黑的眼圈来到彼拉宫，拎着那件只剩下一个袖子的外套。

当天晚上，他离开君士坦丁堡到安纳托利亚去。那次旅行令他记忆犹新。他整天在种满罂粟花的田野里穿行——那一带的人种罂粟花熬鸦片。亲临那场景真让人觉得奇怪,好像失去了对距离的感知。火车终于到达目的地,到了他们和那些刚从君士坦丁堡来的军官共同率部发动进攻的地方。那些军官两眼一抹黑,炮弹都打到自家部队里去了,那个英国观察员像个孩子似的狂喊乱叫。

那天,他第一次看到了战士的尸体,穿着芭蕾舞裙式的白裙和有绒球的尖鞋子。土耳其人前赴后继,像浪潮般涌来。他眼看着那些穿短裙的战士们溃散奔跑,督战军官朝他们开枪,接着军官们自己也拔腿逃跑了。他同那个英国观察员一并仓皇逃跑,他跑得气喘吁吁,肺都痛了,嘴里散发着便士的铜腥味,遇到岩石就躲到后面歇一会儿。土耳其人还在像浪潮般涌来。后来他目睹了不少难以想象的事情,再往后他又看到了许多更糟糕的事情。所以那次他回到巴黎后,非但矢口不谈这一段经历,哪怕听别人提起都受不了。

在回家的路上,他经过咖啡馆,有位美国诗人在里面坐着,面前放了一大堆碟子,马铃薯般的脸上露出傻乎乎的表情,正在跟一个名叫特里斯坦·查拉[1]的罗马尼亚人讨论达达运动。查拉经常戴一副单片眼镜,老是闹头痛。他回到公寓跟他的妻子晤面,这时他又爱他的妻子了。争吵已经过去了,发疯般的狂怒也消散了,他为自己的安返高兴,事务所仍和往常一样把他

---

[1] 特里斯坦·查拉(1896—1963):诗人、散文家、编辑,出生于罗马尼亚,长期在巴黎从事文学活动,为达达运动的创始人之一。

的函件送到寓所,一切都很美满了。谁料一天早晨,那封情书的回信被放在一只盘子里送来了。他一看到信封上的笔迹浑身都凉了,刚想把那封信塞到另一封信下面,却被他的妻子发现了。她说:"亲爱的,那封信是谁寄来的?"于是夫妻间刚刚弥合的裂痕又破裂了。

他想起他同情妇们相处时的欢乐和吵架。她们总是捡最妙的场合跟他闹翻。为什么她们总是偏偏在他心情最好的时刻跟他吵架呢?这些事他一桩也没有写,起初是因为他不想伤害她们当中任何一个人,后来他又觉得即使不写这些,要写的东西已经够多的了。他始终认为要写的事情实在太多了。他不仅目睹过各种事件,还经历过沧海桑田般的世事变化。他见过很多世面,阅人甚深,也目睹过许多微妙的变化,他记得人们在各种不同时刻的各种不同的嘴脸。他经历了种种世态炎凉,感到责无旁贷地要完成这浮世绘的画卷,可是现在他再也写不完、成不了了。

"你觉得怎么样啦?"她说。她洗完澡从帐篷里走了出来。

"还行。"

"你现在能吃晚饭吗?"他看见莫洛拿着折叠式小桌跟在她后面,另一个仆人端着放菜碟的托盘。

"我想写作。"他说。

"你应该喝点肉汤恢复元气。"

"我今晚上就要死了,"他说,"用不着恢复元气了。"

"别说得那么吓人,哈里。"她说。

"你干吗不用鼻子嗅一嗅？我的大腿都烂掉半截子了，还喝什么肉汤？这不是开玩笑。莫洛，拿威士忌苏打来。"

"请你喝点肉汤吧。"她柔情地说。

"好吧。"

肉汤太烫了。他只好拿着盛肉汤的杯子，等它凉了，才咕嘟咕嘟一口气喝下去。

"你是个好女人，"他说，"你不用关心我啦。"

她抬起她那张以前在《激励》和《城乡》杂志封面上尽人皆知、人见人爱的面庞望着他。现在她因为嗜酒过度和无节制的房事而姿色略衰，可是她那丰满的胸脯、她那美妙的大腿、她那轻柔地爱抚他的手背仍很可爱。这些都是《城乡》杂志的照片从未展示过的。他凝望着她，看着她那动人的微笑，就在这时他又感到了死神的降临。这回没有冲击，而是化为一股冷气，像一阵使蜡烛闪烁、使烛焰升起的冷风一般吹来。

"待会儿叫仆人把我的蚊帐拿出来挂到树上，把篝火生旺。今晚我不想到帐篷里睡，不必费事了。今晚天气晴朗，不会下雨。"

就这样在你听不见的窃窃耳语中与世长辞吧，以后再也不会有什么吵嘴了。这一点保证能做到。他从来没有过这样的体验，这次肯定不会搞砸了。也许会吧。你已经把什么都搞砸了。不过，又也许不会。

"你会听写吗？"

"我没学过。"她告诉他。

"好吧，没事儿。"

他此时的思想经过了高度压缩，只消一段文字就可以表达无遗,然而显然没有时间了。

湖畔的小山上,有一座圆木房,木头的缝隙处都涂抹了胶泥。门口的柱子上挂着一只钟,这是召唤人们进屋吃饭用的。屋后是大片的田野,田野后面是森林。一排伦巴第白杨树从房子那儿一直伸展到船坞。另外还有许多白杨树散布在小屋四周。森林边上有一条小路通向山里,他曾经在这条小路上采过黑莓。后来,那座木屋被烧毁了,壁炉上方鹿脚架上挂的猎枪都被烧掉了,枪筒和弹夹里的铅弹融化在一起,枪托烧成了焦炭,搁在那一堆准备熬碱水以便在大铁锅里做肥皂的灰烬上。他问祖父能不能把这烧坏的枪拿出去玩,祖父说不行。他知道,在祖父心目中这仍旧是他自己的猎枪。从此他再也没有买过猎枪,再也不打猎了。一座被漆成白色的木屋在原本的地方重新盖了起来。从门廊上他可以眺望白杨树和树后面的湖水,只是再也没有猎枪了。以前挂在鹿脚架上的猎枪筒,还搁在灰堆上,再也没有人去碰过。

战后,我们在黑森林里租了一条鲑鱼滋生的小溪,有两条路通往那里。一条是从特里贝格顺着那条浓荫覆盖的白色大路走出山谷,岔入一条群山间的小道,经过许多高大的黑森林式的房子以及一些小农场,一直通往小溪岸边。我们就是在那儿钓鱼的。

另一条路是爬上陡直的山坡到树林边沿,然后翻过山顶,穿过松林,越过一片草地通往桥边。窄窄的溪畔有一排桦树,潈潈而湍(tuān)急的溪水,在桦树根下面冲出一个个小坑。特里贝格旅店的老板这一年生意兴隆。我们都和老板很有交情，都替他高兴。想不到来年通货膨胀，老板头年赚的钱，还不够补进经营旅店必需的物品，他只得上吊自尽了。

这些都能口授，但是好多事情却无法口授。在城堡前的广场上，卖花人在大街上给花卉染色，染液在路面上到处流淌，公共汽车就从那儿出发。老汉们和妇女喝葡萄酒和用苹果渣酿制的廉价白兰地，喝得烂醉；孩子们在寒风里淌着清鼻涕，到处都可以闻到汗酸和穷酸的气味。"业余者咖啡馆"里的顾客们一个个喝得醉醺醺的。"风笛"跳舞厅里满是妓女，她们接了客就到舞厅楼上去睡。看门女人在她的陋室里招待那个共和国自卫队员，椅子上搁着他那顶插着马鬃毛饰的头盔。门厅那边还住着一户人家，男的是自行车比赛选手。那天早晨女的在牛奶房里看到《机动车》杂志上说他参加了规模盛大的巴黎环城赛，首战告捷，名列第三，别提有多么高兴了。她兴奋得脸都红了，哈哈大笑，接着又兴冲冲地跑到楼上，拿着那张淡黄色的体育报高兴得直嚷。他，哈里，某个凌晨要乘飞机出门，"风笛"跳舞厅老板娘的丈夫为他开来了出租汽车。动身前，他俩坐在酒吧间里锌皮面的桌子旁边喝了一杯白葡萄酒。那一阵子，他和那一带的街坊们都很熟，因为彼此都很穷。

城堡广场附近有两种人：酒鬼和体育迷。酒鬼们酗酒打发穷日子，而体育迷则用锻炼来忘掉贫困。他们都是巴黎公社的后裔，因此，弄懂政治对他们来说并不是件难事。他们知道他们的父兄和亲朋是被谁打死的。当年凡尔赛的军队打垮了公社，开进并占领了巴黎，遇见任何手上长茧的，或者头上戴便帽的，或者带有任何劳动者标志的，都格杀勿论。就是在这样一个贫困的地区，在一家马肉铺和一家酿酒合作社对面，他开始了他的写作生涯。巴黎再没有其他地区让他这样酷爱了。

他记得那茂密的树林，那白色的灰泥墙下部涂成棕色的古老房屋，那在圆形广场上一长溜绿色的公共汽车，那路面上流淌的花朵的汁液，他记得那从山坡陡直地通往塞纳河畔的莱蒙昂红衣主教大街，另一条狭窄而熙熙攘攘的莫菲塔德路，那条通往万神殿的大街和另一条他经常骑自行车驶过的大街——那是那个地区唯一的柏油大街，路面在轮胎下是那么滑溜，路两旁尽是高而狭的楼房。他还记得保尔·魏尔伦[1]逝世时住的那家高耸的便宜旅店。在他们住的公寓里，只有两个房间。他在旅店的顶楼另租了一间每月六十法郎的房间，他在这里写作，从窗口可以眺望到密密麻麻的屋顶、烟囱以及巴黎所有的山坡。

而从那套公寓望出去却只能看到一些店铺。那家木柴煤炭铺子的老板也卖劣质甜酒。马肉铺子外面挂着金黄色的马头招牌，敞开的橱窗里悬挂着金黄色和红色的马肉。合作社涂着绿漆，他们就在那儿买酒喝，那可是物美价廉的甜酒。再就是邻屋的灰泥墙壁和窗子。夜里，要是有人喝得烂醉如泥躺在街心——尽管有人宣传根本不存在这样的情况，但法国人喝起酒来往往喝得酩酊大醉——哼哼唧唧地呻吟，邻居们就会打开窗户七嘴八舌地议论。

---

[1] 保尔·魏尔伦（1844—1896）：法国诗人。

"警察在哪儿?你不需要他的时候,他才露面,现在准是跟那个看门女人睡觉去啦。找他去。"什么人从窗口向那醉汉身上泼了一桶水,呻吟声才停止。"倒的什么?水。啊,这可是聪明办法。"于是窗子都关上了。他的女仆玛丽对八小时工作制提出抗议说,要是当家的干到晚上六点才下班,他在回家的路上就只能喝得微醺,钱也不会花太多。可要是干到五点就下班,那他保准每晚都会喝得烂醉,自己也就一个子儿也捞不到了。缩短了工时,工人的老婆就要受罪。

"你想再喝点肉汤吗?"女人问他。

"不用了,承情了。味道好极了。"

"再喝点儿吧。"

"我想喝威士忌苏打。"

"喝酒可没有好处。"

"是啊,喝酒只有害处。柯尔·波特写过这样的歌词,还谱了曲子。你就是为了他的诗才生我的气。"

"你知道我是喜欢你喝酒的。"

"唔,你是喜欢的,不过喝酒到底是对我有害。"

等她走开了,他想:"我想要的,不,不光是我想要的,而是世上所有的东西,我都会得到。"哎,他乏了,太乏了。他想睡会儿,便静静地躺着。死神还不在这儿,它准是到另一条街上去了。它骑着自行车,在人行道上悄悄地溜达。

不,他从来没有写过巴黎,他所牵记的那个巴黎。可还有好些事物他也从来没有写过，它们现在怎么样了？

大牧场和那银灰色的艾灌丛、湍急而清澈的灌溉水渠和那浓绿的苜蓿，现在怎样了？那条小径蜿蜒曲折，向山坳里伸展。而牛群在夏天胆小得像鹿一样。你把牛群赶下山来，在吆喝声和无休止的嘈杂声中，行动迟缓的大群牲口扬起了一片尘土。群山后面高峻兀立的主峰在苍茫暮色中清晰地呈现。

他在月光下顺着那条小径下山，山谷里一片银辉。他记得，穿过树林下山时，伸手不见五指，根本看不清路，只好抓住马尾巴摸索前进。这些事，还有其他好些事，他都想写。比如那个干杂活的憨小子，有一回留下他一个人在牧场，大家临走前一再叮嘱他提防有人来偷干草。从福克斯来的那个老混蛋，打牧场经过，想偷点饲料。憨小子曾给那老家伙干过活，挨过他揍，不让他拿。老家伙扬言要再狠揍他一顿，说话间就要闯进牲口栏去。那傻小子从厨房里抄起来复枪，把老家伙崩了。等到大家回到牧场的时候，老头儿已经死了一个星期，在牲口栏里冻得硬邦邦的，被狗啃掉一大块了。

你把啃剩下的尸体用毯子包起来，捆在雪橇上，让那傻小子帮你拖，你俩套上滑雪板，拖着尸体赶了六十英里路。最后，你把那小子押到城里去。那小子还稀里糊涂满以为尽了责、为朋友仗了义，准会得到你的报酬呢，哪里想到会被捉起来呢。他帮你把这个老混蛋拖进城来，是为了让大家知道这老混蛋有多坏，知道他怎样想偷人家的饲料的。等到行政司法长官给傻小子戴上了手铐，他简直无法相信，于是放声大哭。这是他留待将来写的一个故事。在那大牧场上他知道不下二十个有趣的故事，可是他一个都没写过，怎么回事呢？

"你来告诉他们是怎么回事。"他说。
"什么怎么回事，亲爱的？"
"没什么。"

她自从和他同居以后，酒喝得没有以往多了。可是他有生之日，绝不会写她。这一点他现在很清楚。他也绝不会写她们当中任何一个。有钱的人都是迟钝、单调的，要么拼命灌酒，要么成天玩双陆棋[1]。他们都是迟钝、单调的，老是重复同样的事情。他想起可怜的朱利安[2]对有钱人那种荒诞而不切实际的敬畏感。记得朱利安有一次写了一篇短篇小说，开宗明义就来了一句："富翁跟你我不同。"有人曾打趣朱利安说："说得对，他们比咱们有钱啊！"可是朱利安并不觉得这是句取笑他的幽默话。他认为有钱人是一种富有魅力的特殊阶层，而一旦发现并非如此，他就被毁了，正如一些其他幻想把他毁了一样。

他一向瞧不起那些被毁了的人。你不必仅仅因为理解就去认同、追捧这样的观点。他想："我是怎么也压不垮的，只要不去理会，满不在乎，什么事也伤害不了我。"

好吧。现在即便是死，他也满不在乎。一生中他所害怕的

---

[1] 双陆棋：一种双方各有15枚棋子，掷骰子决定行棋格数的游戏。＊（＊为编者注）

[2] 朱利安：此处在本篇于1936年发表之初为"司各特·菲茨杰拉德"，作者借此讽刺他对物质主义的追求，后在其要求下，在之后的单行本中改为朱利安。＊

只有疼痛，而他又比谁都能熬痛，除非痛的时间太长，耗尽了他的意志。现在却有一样东西使他疼痛难忍，但就在他感觉到撕心裂肺的时候，这疼痛却一下子停止了。

他记得很久前的某个晚上，担任投弹的军官威廉逊钻过铁丝网爬回阵地的时候，一个德国巡逻兵扔来的手榴弹把他炸倒了，他尖声惨叫，恳求大家把他打死。他是个胖子，尽管有时喜欢说些难以置信的话来炫耀自己，却很勇敢，也是个好军官。可是那天晚上他在铁丝网里给炸惨了。一道闪光突然把他照亮，只见他的肠子流了出来，挂在铁丝网上，他还活着，大家不得不把他的肠子割断，才把他从铁丝网旁拖开。他一个劲地喊："打死我吧，哈里。看在老天爷的分上，打死我吧。"有一回他们曾经争论过，上帝给人带来的，人是否都能忍受。有人认为经过一段时间，痛苦会自行消除。可是他始终忘不了威廉逊和那个晚上。威廉逊的痛苦并没有消除，甚至把自己留的吗啡片全部给他服用以后，痛苦也没有消除。

而现在他经受的痛苦却极其轻微，如果病情不进一步恶化的话，那就没有什么可担心的了。唯一遗憾的是没有更好的同伴和他在一起。

他思量了一下他想要什么样的同伴。

不，他想，你做所有事儿时，总是拖得太久，做得太晚，不可能指望人家还在那儿啰。筵席已散，人已走完，现在只剩下你和女主人了。

"我对于死,会像对其他所有东西一样感到厌烦的。"他想。

"真烦啊!"他不禁说出声来。

"你说什么,亲爱的?"

"干什么事情都拖太久了。"

他端详着她的脸。她躺在自己和篝火之间的一把椅子上,火光照着她楚楚动人的面容,他看得出她困倦欲睡了。他听见那只鬣狗就在那圈火光之外发出响声。

"我一直在写作,"他说,"但我累了。"

"你觉得你能睡着吗?"

"肯定能。你为什么还不去睡?"

"我喜欢陪着你坐在这儿。"

"有什么奇怪的感觉吗?"他问她。

"没有。只是有点儿困乏。"

"我可是感觉到了。"

刚才他又一次感到死神的临近。

"你知道,我从来没有失去的,只有好奇心。"他对她说。

"你从来没有失去什么。你是我所知道的尽善尽美的完人。"

"天啊,"他说,"女人的见识太少了。你凭什么这样说?凭直觉吗?"

因为恰恰在这时死神来了,死神的头靠在帆布床的脚上,他嗅到了它的呼吸。

"千万别信死神是拿镰刀的骷髅这一套。"他告诉她,"它也很可能是两个骑自行车的警察或者是一只鸟儿,或者生就鬣狗一样的嘴脸。"

现在死神已经移到他身边来了,可是它已不再具有形体,只是占据着空间。

"叫它走开。"

它没有走,反而移得更近了。

他对它说:"你这个臭杂种。"死神还在一步步逼近,现在他说不动话了,死神发现他不能说话,又逼近了一点。他想做手势把它赶走,死神却爬到他的身上来,压到他的胸口上,趴在那儿。他既不能动弹,也说不出话来,只听见女人说了句"先生睡着了,把床轻轻地抬进帐篷里去吧"。

他无法叫她把死神赶走,现在它更沉重地蜷伏在他身上,使他连气也透不过来。但是当他们抬起帆布床的时候,忽然一切恢复了正常。他胸口的重压消失了。

现在已是早晨,晨光照耀了好一会儿了,他听到了飞机的声音。飞机在天际出现,一开始显得很小,接着绕了一大圈飞近了。两个男仆跑出帐篷,浇了煤油点了火,堆上野草,于是平地两端就冒起了两股浓烟,被晨风刮向帐篷。飞机又低飞了两圈,接着往下滑翔,平飞了一段距离,平稳地着陆了,老康普顿穿着便裤和花呢夹克衫,头戴棕色毡帽,朝他走来。

"怎么回事,老兄?"康普顿说。

"腿坏了。"他告诉他,"你要用点早餐吗?"

"谢谢,只要喝点茶就行啦!你知道这是一架'天社蛾',我没有能弄到那架'夫人'。只能载一个乘客。你的卡车还在路上。"

海伦把康普顿拉到一旁,向他说着什么。康普顿回来时显得更兴高采烈了。

"得马上把你抬上飞机,"他说,"我还要回来接你夫人。恐怕还得在阿鲁沙停机加油。最好马上就动身。"

"喝点茶再走吧?"

"你知道,我真的不想喝。"

两个男仆抬起了帆布床,绕过那些绿色的帐篷顺着石坡走到平地,走过那两团正熊熊燃烧、冒出滚滚浓烟的火堆——火仗风势,把野草都烧着了——来到那架小飞机跟前,好不容易才把他抬进飞机。一进飞机他就躺到皮椅子上,那条坏腿直僵僵地伸到康普顿的座位旁边。康普顿上了飞机,发动马达。他向海伦和两个男仆扬手告别。马达先是咔嗒作响,一会儿便变成熟悉的隆隆声。康普顿留神察看那些野猪的洞穴。飞机摇摇摆摆地在两堆火光之间的平地上转动着、轰鸣着、颠簸着,随着最后一次颠簸,起飞了。他看见他们都站在下面挥手送别。山下的那个宿营地现在变得扁平,平原伸展开来,一簇簇的树林和灌木丛也变成扁平的了。那一条条野兽出没的小径,现在都似乎平顺地通向那些干涸的水穴,还发现了一口他以往从来不知道的水池。斑马,现在只看到它们那隆起的圆背了。指头那么大的羚羊越过平原,就像是黑点在地上蠕动,当飞机的影子向它们逼近时,它们四散奔跑,显得更小了,动作也不是太快,不像是在奔驰了。极目远眺,只见平原一片灰黄。前面是老康普顿穿花呢夹克衫、戴棕色毡帽的背影。他们飞过了第一批丘陵,只见一群大羚羊正往山坡上跑去。接着他们又飞越崇山峻岭,陡峭的深谷里铺着葱郁的森林,山坡上长着密密层层的竹林，接着又出现一大片茂密的森林。他们飞过了森林，又越过一座座尖峰，一道道山谷。群山渐渐向下低斜，接着又出现了一片平原。现在天热了起来，大地显出的一片紫色中间夹着一片棕色。飞机颠簸着，康普顿回首顾盼，观察飞行的情况。接着前面又出现了黑压压的山岭。

飞机没有往阿鲁沙方向飞，而是转向左方，很显然，康普顿揣想他们有足够的汽油。他往下看，见到一片筛落下来的粉红色的云，正越过低空掠过大地。空中，一阵像是由突然出现的暴风雪挟来的初雪正在袭来，他知道那是大群蝗虫从南方飞来了。接着飞机向上爬高，好像是在向东飞。天色暗了下来，他们卷入了一场倾盆暴雨，好像穿过瀑布似的。他们穿出暴雨，康普顿转过脸，咧嘴笑着，用手指着前方。极目所至，远处像整个世界那样浩瀚无垠，在阳光中显得那样巍峨、博大，而且白晃晃得令人难以置信，那是乞力马扎罗山的方形顶巅。他一下子明白了，那正是他即将飞去的地方。

正在这时，茫茫黑夜里鬣狗停止了呜咽，开始发出一种奇特的几乎像人那样哀怨的哭声。女人听到了这声音，不安地辗转反侧。她没有醒，她梦见在自己长岛的家里。这是她女儿初进社交界的前夜。好像她父亲也在场，他举止很粗暴。接着，鬣狗大声的哀号把她吵醒了，她一时不知身在何处，非常害怕。她打开手电照着另一张帆布床——他们在哈里睡着以后把床抬了进来。在蚊帐杆下面，他的身影依稀可见，不知怎的，他伸出那条坏了的腿，搭在帆布床沿上，敷药的绷带掉了下来，她感到惨不忍睹。

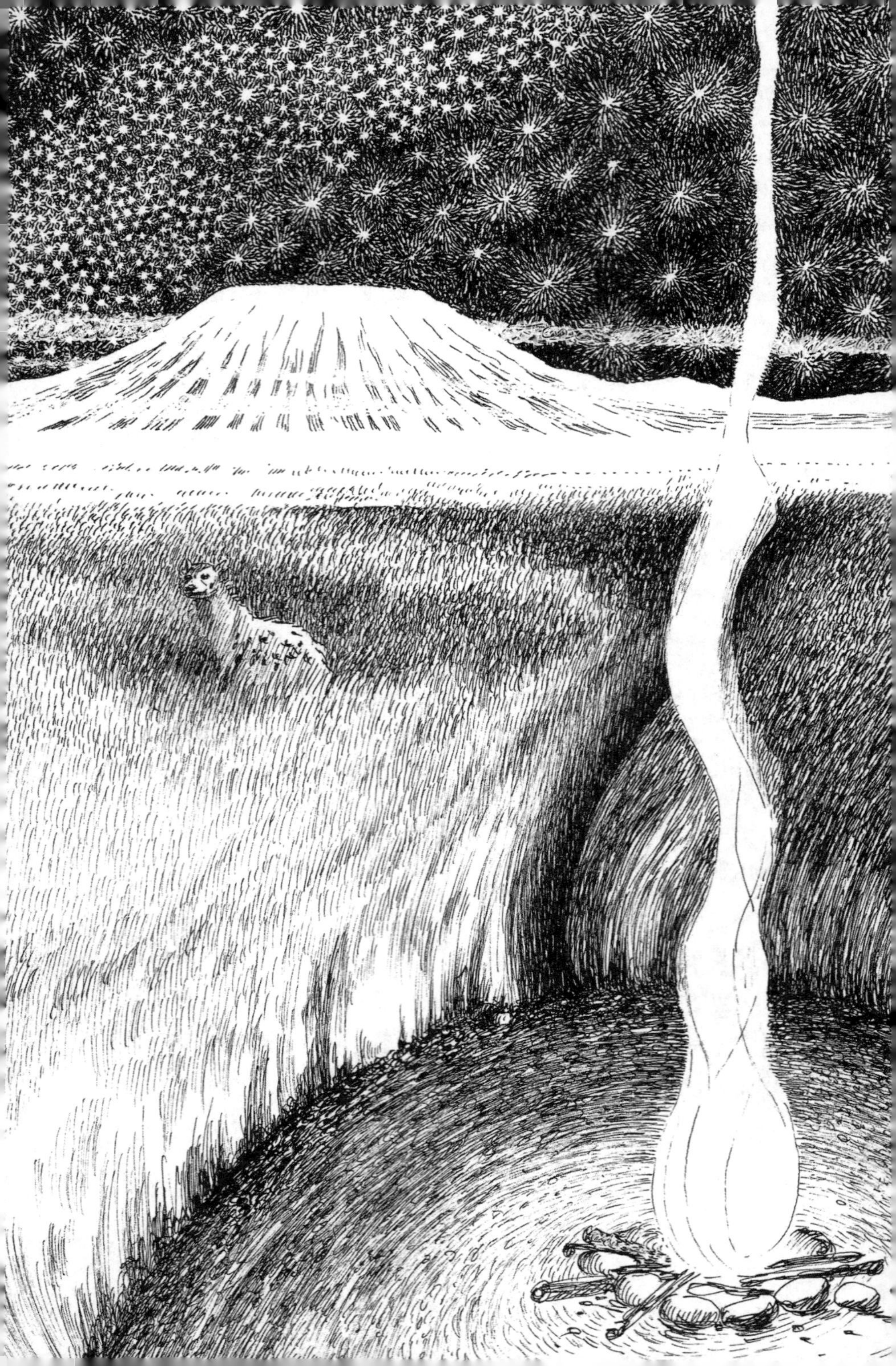

"莫洛！"她喊道，"莫洛！莫洛！"

接着她叫他："哈里，哈里！"她听不见应声，于是提高了嗓音喊道："哈里！请你醒醒，啊，哈里！"

没有回答，连他的呼吸声她也听不见。

帐篷外，鬣狗还在发出那奇怪的哀号声，她就是给那种哀号声惊醒的。但她听不见鬣狗的哀号声了。她的心怦怦跳得厉害。

（1936年）

白夜

费奥多尔·陀思妥耶夫斯基
（1821—1881）

享誉世界的俄国小说家，与列夫·托尔斯泰、伊凡·屠格涅夫并称为"俄罗斯文学三巨头"。著有长篇小说《死屋手记》《罪与罚》《白痴》《卡拉马佐夫兄弟》以及中篇小说《白夜》《脆弱的心》《地下室手记》等。

## 第一夜

　　这是一个奇妙的夜晚。亲爱的读者，大概只有当我们青春年少的时候才会有这样美好的夜晚。群星荧荧，夜空如洗，只要抬头一望，就会情不自禁地问自己："难道在这样的天宇之下，还能有郁悒不快的人吗？"这也是年轻人才会提的幼稚问题，亲爱的读者，这确实很幼稚，然而，但愿上帝能经常使你这样反躬自问……

　　提起郁悒不快的先生们，我也不由得回忆起自己这一整天里的行止。

　　从清晨起，我就为某种莫名其妙的忧伤所折磨。我忽然感到，我孤零零地被所有人抛弃了，谁也不理我。是啊，你理所当然地会问："这所有人指的是哪些人呢？"因为我在彼得堡住了八年光景，却几乎连一个熟人也没有。不过，问题不在于熟人，而在于我本来就熟悉整个彼得堡。正因为这一点，当彼得堡的市民纷纷收拾行装到乡间避暑的时候，我产生了被所有人抛弃的感觉。

我害怕单独留下来，所以整整三天我都在城里到处转悠，陷入了深深的苦闷和迷惘，不知道怎么才好。不管是逛涅瓦大街、进公园，还是沿着河滨漫步，我曾习惯于在某一时间、某一地点遇到的脸庞，一个也看不见了。他们自然不认识我，我可认识他们，而且可以说是相当熟悉，差不多把他们的脸都研究到了家。他们喜气洋洋，我也感到高兴；他们愁容满面，我也就闷闷不乐。

我差点儿和一位老头儿交上朋友。每天的同一个时间我都在方丹卡河畔遇见他。他神态凝重，若有所思，老是喃喃自语，左手不断地摆动，右手撑着一根长长的、顶端镶金的竹节手杖。甚至他也注意到并关心起我来了。假如我在规定的时间偶尔没有在方丹卡河畔的老地方露面，我敢说他一定会郁郁不乐。正因为如此，我们有时候差点儿就要点头寒暄了，特别是当双方心情都比较好的时候。

不久前，我们整整两天没照面，第三天路上相遇时，彼此几乎要举手脱帽，但双方及时抑制了冲动，放下手来，不无依恋地与对方交臂而过。

房屋我也同样熟识。我走在路上，每一幢房屋都仿佛跑到我前面的街上，打开所有的窗户望着我，几乎出声地招呼我，一个说："您好，身体怎样？至于我，蒙上帝保佑，身体还算不错。到五月份又要给我添建一层楼了！"另一个讲："近来好吗？我明天就要开始修理啦！"还有一个说："我差点儿被烧光，可把我吓坏了！"诸如此类。它们当中有的和我很亲近，有的和我过往甚密。有一个打算今年夏天请建筑师诊病,到时候,我一定要每天顺路去看看。上帝保佑,千万别瞎治一通,把病看坏了!我永远难忘一所挺漂亮的淡红色小房子的遭遇。这是一座怪可爱的砖石结构的小房子,它总是那么和蔼可亲地望着我,那么骄矜(jīn)地望着大而无当的四邻,所以我每次从那条街上经过,心里总分外高兴。想不到上星期,我走过那条街,抬头看看我的朋友,突然听到它凄惨地哀诉:"他们把我漆成黄颜色啦!"这些恶棍!野蛮人!他们什么都不顾惜,连廊柱和墙檐也不放过,把我的朋友气得像金丝雀。我的肺几乎气炸了,直到现在我还不忍去探望我那被糟蹋得不成样子的朋友,可怜它被刷成了大清帝国黄龙旗的颜色。

读者,您从上面的一段话可以明白,我对整个彼得堡是多么熟悉。

前面说过,足足三天,我都心神不安,很久之后我才猜到苦恼的原因。在街上我心里很不是滋味:这个不露面,那个看不见。我直纳闷儿,某某人又到哪儿去了呢?就是在家里也很不带劲儿。一连两个晚上我都在苦思冥想,在我这小小的角落里,究竟缺少什么?为什么待在里面这么不舒服?我心里直犯嘀咕,开始审视屋里被烟熏成墨绿色的墙壁、结满了蛛网的天花板。嘿,蛛网结那么多,主要是玛特辽娜的功劳呢。我认真研究所有的家具,仔细察看每一把靠椅(哪怕一把椅子放得和昨天不一样,我都会马上感到不自在),考虑毛病是否出在这儿,连窗户也看了。可是一切都是白搭……心情一点儿也轻松不起来!我甚至没头没脑地把玛特辽娜喊来,美美地训斥了一顿,怪她没有扫掉蛛网，没有把屋子拾掇(shí duo)干净。然而她只是诧异地望了望我，一句话不说就走开了。所以直到现在蛛网还安然无恙地挂在原处。

　　直到今天清早，我才猜到是怎么回事。啊，原来他们避开我，溜到乡下别墅去了！请原谅我用字粗俗，不过我实在顾不上讲究辞藻了……因为彼得堡的居民不是已经走了，就是马上便要迁往别墅去消夏。每一位正在雇马车的仪表堂堂的绅士，在我眼里都变成了可敬的家长。现在他办完了日常公事，正轻装前往乡间，和一家人共享天伦之乐。街上的每一个行人都流露出一副特殊的神态，仿佛对所有迎面遇见的人都在絮叨："诸位，我只是路过这儿，两个小时以后我就要动身往别墅去了！"

　　如果我看到，先有白皙的纤手像打小鼓似的敲叩窗玻璃，而后一个俊俏的姑娘开窗探出头来，把卖盆栽的小贩叫到跟前，我马上就会想象到，她买那些花，并不是打算在闷热的城市居屋中惜春赏花，而是由于马上就要动身到乡间别墅去，才顺便弄盆花带走。

　　除此之外，我钻研这门新学问，已经取得了优异的成绩，已经学会了单凭外表就能准确地判断，什么样的人住什么样的别墅。石岛、药草岛以及彼得果夫大道的别墅主人，一向以其温文尔雅的举止、华美入时的服装和乘坐华贵的马车为特征；住在帕尔戈罗沃或更远的乡居者，只要一露面，就使人看出，他们精明而稳重；克列斯多夫岛的消夏旅客最显眼的特点则是他们那种安详恬适的神态。

　　我往往遇到长长一列车夫，手挽缰绳，牵着马在车旁懒洋洋地走着。车上桌椅、土耳其式或非土耳其式的沙发等各种家具及其他什物堆积如山,而顶端往往安坐着一位虚胖的厨娘,像爱护自己的眼珠似的看守着老爷的财产。我有时还看到许多满载家用什物的船只在涅瓦河、方丹卡河上浮动着,驶往乔尔纳雅及其他岛屿。这些大车和船舶在我眼里成十倍成百倍地增加着,仿佛所有的东西都乘上车船,浩浩荡荡地到乡间别墅去了。整个彼得堡仿佛会化为渺无人烟的荒漠。我看到这一切感到十分羞愧、愤懑(mèn)和忧郁,我没有任何别墅可去,没有任何事情可做。尽管我也想搭乘任何一辆大车,随任何一位雇有大车的体面绅士同行,然而没有人,根本没有一个人邀请我,我似乎完全被人遗忘了,似乎和这个世界已经断绝往来了!

　　我走了好长时间,好多路程,照例已忘乎所以,不知身在何处了。后来,我突然发现自己已来到关卡附近。一时我变得心情舒畅。于是我越过拦路杆,踏着草地和播过种子的田畦信步走去,竟然没有丝毫倦意,反而感到心头负担消失,全身轻松。过往行人和蔼可亲地望着我,好像真要向我点头寒暄。不知为什么,人人都喜气洋洋的,抽着雪茄烟,连我也一反常态地十分高兴。蓦然间我仿佛到了意大利,大自然的美景使我这个常带三分病的、在城区里差点儿闷死的市民,惊叹不已。

　　我们彼得堡的自然景色,随着春回大地,会突然把上天赋予它的力量难以名状地、撩人心弦地全部显示出来。春木葱茏,百花吐蕊,风光明媚……不知怎的,它使我不由想起那个病恹恹的弱不禁风的姑娘来了。看着她,你时而惋惜,时而爱怜,当然有时也会视而不见。可是顷刻间出乎意料地,她会变得格外美，美得简直难以形容，使你惊喜、陶醉。你不禁要问自己："是什么力量使她那忧郁沉思的双眸如此闪闪发光、澄如秋水？是什么使她那苍白消瘦的两颊泛起了红云？是什么使她那柔弱的面容焕发出激情的光辉？是什么使她丰满的胸脯这样迷人地隆起？到底是什么使那可怜姑娘的面庞上突然露出生命力和青春之美，绽开了动人的笑容，溅起了银铃般的笑声？"你四下探寻，煞费思量……然而这一切稍纵即逝，说不定第二天你遇到的依然是先前那双沉思而迷惘的目光，还是那张苍白的面容，还是那逆来顺受的表情和怯懦的举止，甚至还有忏悔、哀怨、懊恼，怪自己孟浪，不该追求那片刻欢娱……于是你感到遗憾，这瞬间的美竟这样快地枯萎了，像昙花一现般空幻。你感到遗憾，你甚至还没有来得及爱她。

然而，我的夜晚毕竟比白天强得多，事情的经过是这样的……

我很晚才返回城里，当我走近寓所的时候，钟楼已经敲过十点。我走的是沿河堤的街道，这时已阒无人影。的确，我的住所离市中心是相当远的。我边走边哼着曲子，因为心情愉快的时候，总要哼点什么。一个既无朋友，也无熟人，在高兴时也无法与人分享欢乐的人总是这样的。

突然，我碰到了一桩怎么也料想不到的奇事。

路旁有一个女子凭着河畔的栏杆站着，臂肘撑在栏杆上，看样子正凝眸注视着浑浊的河水。她戴一顶挺可爱的黄色小帽，披一件漂亮的小黑斗篷。"这是个姑娘，而且我敢肯定，是个黑发姑娘。"我心想。她大概没有听见我的脚步声。我屏住呼吸，心儿怦怦直跳，从她身边走过。她依然一动不动。"奇怪，"我寻思着，"她一定是想什么心事，想得出了神。"突然，我呆若木鸡地站住了，一阵低沉的呜咽声进入我的耳膜。对！我没有听错，姑娘在哭，一会儿后传来了连连的抽泣。天哪！我的心紧缩起来，尽管我在女性面前很羞怯，这时候也顾不得了！我返回身来，朝她走去，我本要脱口而出，叫一声："女士！"可是我转念一想，这个称呼已在许多描写上流社会的小说里用过千百遍，正因为这一点我踌躇起来。正当我思考如何恰当地措辞的时候，姑娘清醒过来，回过头望了望，蓦然想到了什么。她低头垂目，从我身边经过，沿河堤匆匆走去。我立即尾随。她大概猜到了我的心思，离开河堤，穿过马路，沿人行道慌张地走去。我没敢穿过马路去追她，心儿怦怦地直跳，像一只被捉住的小鸟。忽然，一件偶然的事帮了我的忙。

在那边的人行道上，离我遇见的陌生姑娘不远处，突然出现一个穿晚礼服的绅士。他已到了该尊重自己的年龄，可是他的走相却谈不上庄重。他小心翼翼地扶住墙，跟跟跄跄地走着。那姑娘步子像箭一样快，慌忙而胆怯，那些担心有人自告奋勇要在深夜送她们回家的姑娘们就是走得这么慌张的。本来那位跟跟跄跄的绅士是怎么也赶不上她的，可是我的福星高照，他竟发起狠来。那位先生对谁也没打招呼，突然拔腿飞奔，向陌生姑娘追去。她虽然快步如风，但是原来跟跟跄跄的先生现在却越追越近了，终于追上了。那姑娘厉声尖叫起来，于是……谢天谢地，我右手正好握着一根结实而多节的手杖，转瞬之间我已经来到对面的人行道上。那位不速之客一眨眼就认清了形势，明白好汉不吃眼前亏，一句话没说就慢下步子往后退了。等到我们离他很远了，他才说些充硬汉的门面话，向我抗议，不过我们也听不清楚了。

"我挽您走吧，"我对陌生姑娘说，"这样他就不敢再来纠缠了。"

她默默地把手交给我。由于激动和惊恐，她的手还在颤抖呢。噢，冒失鬼先生，此刻我是多么感谢你啊！我偷看了她一眼。模样儿真俊俏，的确是黑发——我猜对了。不知是由于刚才的惊恐还是原先的苦恼，她那黑色的睫毛上还闪着晶莹的泪珠，可是她的嘴唇已经绽开了一丝微笑。她也偷看了我一眼，羞赧地低下头去。

"瞧，刚才您为什么要撇开我呢？要是我陪着您，就不会发生这意外了啊！"

"可我不了解您啊！我以为您也是……"

"难道您现在了解我啦？"

"了解一点儿了。唔，比如说，我知道您为什么发抖。"

"噢，您一下子就猜对了！"我回答，打心底里喜欢、佩服这位姑娘聪明。她秀外而慧中，真是难得啊！

"是啊，您一眼就看出了是在跟什么人打交道。的确，我在女性面前总是羞羞答答的。我不否认我很紧张，比刚才您受那位先生吓唬时还要紧张……现在我怵得慌，简直像做梦。不，就是做梦我也不敢想哪一天会跟一个女人谈话。"

"怎么？真——的——吗？"

"真的！我的手直哆嗦，它还从来没有让您这样可爱的小手握过呢。我现在不习惯和女性交往了。不，应该说，就从来没有习惯过。过惯了单身汉的生活……我都不知道怎样和她们谈话。比方现在，我不知道是否对您说了什么傻话。您坦白地告诉我吧！预先声明，我不会多心的……"

"哪儿的话，哪儿的话，恰恰相反。既然您真要我坦白地讲，我就说吧，女人恰好喜欢男人有这种羞怯的性格。我不会再撇开您，您可以把我送到家门口。"

"承蒙您待我这样好，"我一开口就兴奋得喘不过气来，"您准能使我不再羞怯了，那样一来，我便会开诚布公，什么手段也耍不上了！"

"手段？什么手段？干啥用的？您太不像话啦！"

"对不起！请原谅！我一时说漏了嘴。不过，在这样的时候总是想……"

"想让人家喜欢，对吗？"

"啊，对。看在上帝分上，请您费心为我想想吧！要知道，我快二十六岁了，可还从来没有真正认识过什么人。唉，我怎么才能把自己的事儿讲得娓娓动听，讲得巧妙恰当呢？不过如果把心里话倾吐出来，这可能对您更有利……当心要说话时，我没有办法沉默。好吧，反正都一样……您爱信不信，没有哪个女人和我交往过，没有，从来没有！没有任何交往！只不过我每天都在幻想，早晚会遇上一个。啊，真想让您知道，我曾经在幻想中热恋过多少回啊……"

"怎么个热恋法？热恋上了谁？……"

"啰，不是爱上了哪个具体的人，我热恋的是我梦想中那个理想的女性。我在幻想中创造出一部又一部的恋爱史。唉，您不理解我！当然，要说一个也没接触过也不可能，我确实遇见过两三个女人，可都是些什么样的女人啊！全都是神气十足的贪图实惠的女人……说起来您恐怕要笑话我。跟您说吧，有几次我很想就这样无拘无束地在街上跟哪一位贵妇人攀谈几句。自然，要等她单独一个人的时候，而且当然要讲得谨慎、谦恭而又热情，就说我一个人闷得要死，希望她别撵我走，说我缺少心眼儿，无法探明哪个女人的内心。我要告诉她，女人们，哪怕是严守妇道的女人，都有义务倾听像我这样一个不幸之人羞怯的自白。说到底，我无非是请对方说上几句亲切的同情话，别一下子就要把我撵走，相信我说的是真话，把我的话听完。您要嘲笑我，那也随便。我只求她给我一点希望，随便讲上两三句话，哪怕三个字也行，然后，哪怕我和她永远不再见面也无所谓！……哦，您在笑话我了……其实，我讲这些只不过是为了……"

"别见怪，我笑的是您在跟自己过不去。您只要真的尝试一下，很可能会成功的，哪怕是在街道上也行，越随便越好……任何善良的女子，除非是个蠢货，或者为了什么事正在生气，她是不会不说上两句您所恳求的话，就撵您走的……瞧，我说到哪儿去了！当然，她也可能把您当作疯子。这是我自己的想法。其实我对于人生懂得太少啦！"

"啊，太感激您了！"我兴奋地叫道，"您不知道您这番话对我有多大的作用！"

"好啦，好啦！不过请您说说，您凭什么断定我这个女人值得……您的关怀和友谊……反正,不是您说的贪图实惠的那一类女人。您为什么敢于接近我呢?"

"凭什么?为什么?您单独一个人,而那位先生对您无礼,现在又是夜里,您得承认这是一种义务……"

"不,不是,我指的是这件事以前,在马路的那一边,您不是就打算接近我吗?"

"在马路那一边?唔,真的,我不知道该怎么回答,我担心……您知道吗?我今天很幸福,我一边走一边唱。我到郊区去了,这样幸福的时刻,我还从来没遇过。您……这也许是我的错觉……唔,请原谅我,不过我还得说一下,我仿佛觉得您在伤心流泪……而我……我听不得这个……我的心都揪起来了……啊,天哪!难道我不配替您难过?难道我对您产生了一点兄妹般的同情就是罪过?……对不起,我说了同情……总而言之,难道我身不由己地走到您跟前去,就得罪您了吗?"

"够了,别说了……"姑娘说着,低下头,紧握着我的手,"都怪我自己提起这个。不过我很高兴,没有看错人……好啦,我就要到家了,从这里拐进巷子,只有几步路了……再见,我很感激您……"

"这么说,难道咱们当真就再也不见面了?难道就到此了结了?"

"瞧您,"姑娘嘻嘻地笑起来,"您本来只想听两三句话,可是现在……不过,我也说不准,也许咱们还会见面的。"

"我明天准来,"我说道,"噢,请原谅,我简直是在提要求了……"

"是呀，您太性急了……您简直是在下命令呢！"

"听我说，您听我说，"我打断了她的话，"要是我说了什么不中听的话，一定请您谅解。是这么回事，明天我不能不来。我是一个幻想家，我的现实生活少得可怜，所以我很珍惜这样的时刻，甚至是现在的每一分钟。所以，我不能不在幻想中重温这几分钟。我会整夜、整星期乃至整年地在幻梦中怀念您。明天我准来，就在这儿，就在这个时刻。我会沉湎于今天的回忆中，我该是多么幸福！对我来说，光是这个地方也够可爱的。在彼得堡我只有两三个这样可爱的地点。有一次我回忆啊，回忆啊，甚至哭出声来，就像您刚才一样……谁知道，十分钟前您或许也是回忆得落了泪呢……哦，请原谅，我又忘乎所以了。您过去可能有一个时刻在这里感到特别幸福吧？"

"那好，"姑娘说道，"我，那么，我明天大概也能到这儿来，还是十点钟吧。我看得出，我已经不能拒绝您了……事情是这样的，明天我自己有事，需要到这儿来。不过，您别以为我是在和您约会。我预先声明，我到这里来是为了自己的事。嗯……这……干脆对您直说了吧，您来也不要紧。第一，可能会再遇到今天这样不愉快的事。得了，不说了……总之，我无非想跟您见面……谈几句话。只是，您不会瞧不起我吧？您会不会认为我是个轻易约会的女人？我本来不想约会，要不是……算了，还是让我暂时保守秘密吧！不过，首先要讲好条件……"

"条件！说吧，讲吧，预先把什么都提出来吧！我什么都同意，什么都愿意接受。"我喜出望外地叫起来，"我保证，依您的话，恭恭敬敬……您是了解我的……"

"正因为我了解您，才约您明天来。"姑娘笑着说，"我完全了解您，不过到这里来是要遵守条件的，首先（请您务必要照我的请求，瞧我讲得多坦率），您千万别爱上我，陷入情网……这是绝对不行的，请您相信。我答应交个朋友，咱们拉拉手……可是，咱们不能谈恋爱，我求求您！"

"我对您发誓！"我握住她的手激动地说。

"算了吧，不必发誓，我是了解您的，您像火药似的一点就着，我这样讲您别见怪。您要知道……我也是没有一个可以谈谈话、商量商量的人。我总不能到街上去找个能出出主意的人吧，不过您是例外。现在我已对您非常了解，就好像咱们已经做了二十年的朋友了……您不会说了话不算数吧？"

"等着瞧吧……只是不知道我该怎样熬过这一昼夜！"

"美美地睡吧，晚安！同时要记住，我已经完全信赖您了。刚才您讲的那些话很有道理！难道每一种感情，甚至兄妹般的同情，都能说出道理吗？您知道吗？您说得好极了。您是信得过的，我一下子就看出，可以对您讲知心话……"

"看在上帝的分上，您到底有什么心事？"

"明天再说吧，暂时得保一下密，这样对您更好些，尽管从远处看有那么点罗曼史的味道。说不定我明天就告诉您，也可能不讲……我还要先和您多谈谈，咱们彼此会了解得更深些……"

"噢，明天我就把自己的一切向您倾诉！不过，怎么回事呢？我仿佛遇到了奇迹……老天爷！我这是在哪儿呢？要是碰到别的女人，也许一开始就大发脾气，把我撵走了。您没有为这事生气吧？您说说看，仅仅两三分钟您就给了我一辈子也受用不完的幸福。是的，太幸福了！谁知道呢，也许您已经使我和我自己和解了，打消了我的重重疑虑……或许这是我一时的心血来潮……好啦，就在明天，我要把一切都告诉您，您会了解全部，全部情况！"

"好，我准来听，那时您就开始……"

"完全同意！"

"再见！"

"明天见！"

于是我们分手了。我徘徊了一个通宵，我下不了回家的决心。我是多么幸福啊……直到明天！

## 第二夜

"哟，您竟这样认真哪！"她笑着紧握住我的双手说。

"我到这儿已经两个小时了。您不知道这一整天我是怎么挨过来的。"

"知道，我知道……好啦，谈正经的吧。您知道我为了什么来的吗？可不能像昨天那样闲扯。听我说，往后我们应当更清醒些。昨夜我考虑了很久。"

"哪方面？哪方面不够清醒呢？我是愿意听从您的意见的。不过，说老实话，我一生中从来没有比现在更清醒的时候了。"

"真的吗?第一,求求您别把我的手攥得这么紧。第二,我向您宣布:关于您,我今天仔细考虑了很久。"

"唔,考虑结果呢?"

"结果吗?结果是:什么都得从头来。我今天的最终结论是:我对您还一点不了解。昨天我的举动简直像个小孩子、小丫头。当然,到头来都怨我自己心肠好,也就是说,我每次分析自己的行为,结果总是把自己夸耀一番。为了纠正错误,我决定详细了解您的一切。由于我无从在别人那里打听,您得把自己的一切对我通通讲清楚。比如说,您是什么样的人呢?快点,您就开始讲讲自己的身世吧。"

"身世!"我吓了一跳,喊起来,"身世!谁告诉您我有什么身世?我没有什么身世!"

"要是没有身世,就谈谈您是怎样生活的吧。"她笑嘻嘻地打断了我的话。

"根本没有什么身世好讲!我过的是所谓的光棍生活,也就是单独一个人,孤零零一个人,形单影只地生活,您可明白这是怎么回事吧?"

"怎么会是孤零零一个人呢?难道说,您从来没见过任何人吗?"

"不,见倒是见过,可终究还是孤零零一个人。"

"怎么,难道您和谁也没有说过话?"

"严格说来,就是这样。"

"那么,您到底是什么样的人呢?快讲给我听听!等一下,我有点猜到了,您大概和我一样,也有一个奶奶。她早就瞎了,一辈子哪儿也不放我去，因此我差不多忘记该怎样讲话了。两年前有一次我淘气，她觉得我不好管束，便把我叫到身边，用别针把我的衣服和她的别在一起。打那以后，我们就整天整月地坐在一起。她虽然看不见，可还能织毛线袜子。我只得坐在她身边，或者做些针线活，或者念书给她听——真是怪脾气。我跟她用别针扣在一起已经两年光景了……"

"啊，天哪，多可怜！不，我可没有这样的奶奶！"

"那您怎么老是待在家里呢？"

"哎，您不是想知道我是怎么个人吗？"

"嗯，当然想知道！"

"当真？"

"我说这话非常认真。"

"告诉您吧，我，是个活宝。"

"活宝？活宝？！什么样的活宝？"姑娘叫起来，哈哈大笑，好像整整一年都没机会笑似的，"真的，和您在一起真有意思！瞧，这里有张长椅，咱们坐下谈吧！谁也不打这里过，没有人听得见我们讲话。开始讲您的身世吧。别哄我了，您准有一段身世，只不过瞒着我罢了。首先，您说的活宝是怎么回事？"

"活宝？活宝指的是一种古怪的人，一种很可笑的人。"听了她那天真的笑声，我自己也忍俊不禁，笑了起来，"指的是这样一种性格和气质。嗯，您可知道幻想家是什么意思？"

"幻想家？怎么不知道呢？我本人就是个幻想家！有时候，我勉强坐在外婆身边，什么乱七八糟的思想都往脑袋里钻——想呀想得入了迷。比如说，有一次我居然以为就要嫁给中国的皇太子了……要知道，有时幻想怪有意思的，不过也不一定，只有天知道！特别是在本来就有心事的时候。"姑娘这一回相当认真地补充了一句。

"妙极了！您既然差点儿嫁给中国皇太子，那您就完全能理解我了！听我说……哦，请原谅，我还没有请教芳名。"

"真不简单！亏您这么早就想起来了！"

"啊，我的上帝！我压根儿就没想到这件事，我太高兴了……"

"我的名字叫娜斯金卡。"

"娜斯金卡！这么简单？"

"这么简单！怎么？您还嫌少？哟，您真不知足！"

"嫌少？不，恰恰相反，够多的了！娜斯金卡姑娘，您实在是好心眼儿，一开始您就让我称您娜斯金卡！[1]"

"瞧您！别说了！"

"那么好吧，娜斯金卡，您就听听我这可笑的身世吧。"

我在她身旁坐好，摆出一种正襟危坐的架势，一板一眼地讲起来：

"在彼得堡，娜斯金卡，您可能不知道，有一些相当离奇的角落，照耀着彼得堡所有居民的太阳都照不到那些角落。那儿有另一个仿佛特殊订做的太阳，发着另一种特殊的光。在那些角落里，娜斯金卡，人们过的仿佛也是另一种生活，和我们周

---

[1] 娜斯金卡为昵称。俄罗斯人初见面或相交不深，彼此称呼必须用名字和父称，只有很熟的人才直呼名字或昵称。

围这种沸腾的生活大不相同。那样的生活不是我们这个一本正经的时代所能产生的，也许只有在几万里以外，某个无人知晓的国度里才会有那样的生活吧。那种生活可以说是大杂烩，既有纯粹的梦幻、狂热的理想——唉，娜斯金卡——又有某种灰不溜秋的，纵然不能称为庸俗透顶，至少也得说是相当平庸的东西。"

"哎哟，我的天！多么动听的开场白！下面我将听到些什么呢？"

"您会听到，娜斯金卡——这名字真好，我永远也叫不腻烦，告诉您，在那些角落里，生活着一些怪人——幻想家。如果必须给他们下个详尽的定义的话，可以说幻想家不是人，而是某种中性的生物。他多半居住在某个他人难以接近的角落里，仿佛藏在里面，连阳光也不愿见，只要一钻回去，就像蜗牛似的缩在里面，至少在这一点上他很像乌龟，那种身体就是家的有趣动物。在他的住处，那照例漆成绿色的四壁已被烟熏黑，可他就是喜欢这阴郁不堪、烟味呛人的鸽子笼，您说这是怎么回事？为什么这位可笑的先生，当他那些寥寥无几（最后会完全绝迹）的熟人难得来拜访的时候，接待来客总是那样狼狈、神色大变、惶惶不安呢？真好像他刚刚在这小屋中干过什么犯罪勾当，仿佛他印了假钞票或是写了首打油诗寄给某杂志社，并且附了一封匿名信，诡称本诗作者已去世，他的友人认为发表其遗作乃是自己的神圣职责。您说，这是为什么？娜斯金卡，您说，宾主谈不到一起，这又是为什么？来客平素爱说笑，能言会道，喜欢议论女人和其他一些令人兴奋的话题，可是闯进这屋子以后竟会神情沮丧，笑也笑不起来，俏皮话也说不出来，这是为什么呢？还有，这位来客大概不久前才结识他，为什么第一次拜访就窘得要命，绝不再来了呢？他第一次来访，只愣愣地望着主人仰起的面孔，主人自己呢，也曾想使谈话自然些，有趣些，显示自己对社交界并非一无所知；也想议论一番女人，至少想用这样的办法来讨好这位走错了地方的倒霉客人。可是他尽了最大努力也毫无效果，因而惊慌失措，一筹莫展。为什么来客本人也窘得发慌，哪怕有随机应变的本领也施展不出呢？为什么到后来，客人好像蓦然想起一件极为重要的事情（其实根本没有那回事），猛地抓起帽子匆匆告辞，主人为了竭力表示歉意，多少挽回一下僵局，而热烈地紧握他的手，他却拼命把手抽回呢？为什么这位客人一出门就哈哈大笑，并暗暗发誓，以后再也不来拜访这个怪人（尽管这个怪人实际上是个非常好的青年）了呢？

"同时来客无论如何不想错过机会，充分发挥想象力，把刚刚与之交谈的主人的面部表情和一只可怜的小猫相比（当然与事实相去甚远）。那小猫受了骗，被孩子们逮住，他们揉搓它，吓唬它，百般折磨它，弄得它浑身尽是尘土、狼狈不堪。小猫拼命挣扎才摆脱掉，钻进椅子下的暗处，在那里足足待了一个小时，竖起毛，打着喷嚏，用两只小爪子洗着受侮弄的脸，以后好长时间一直满怀敌意地看待周围的一切，连好心肠的女管家从主人餐桌上拿来剩菜喂它吃时，也不例外。这又是为什么呢？"

"您听我说。"娜斯金卡打断了我。她这段时间一直睁大眼睛，张开嘴巴，惊讶地听我说话。"我一点也不明白为什么会发生这样的事，也不明白为什么偏偏是您向我提出这些荒唐问题。只是我隐约感到，所有这些离奇事一定都发生在您身上，而且和您说的不差分毫。"

"毫无疑问！"我带着十分严肃的神色回答。

"既然毫无疑问，那就讲下去吧！"娜斯金卡说道，"我非常想知道故事的结局。"

"娜斯金卡，您想知道我们的主人公（其实不如说是我，因为所有事情都是我做的）在自己的角落里都做了些什么吗？您想了解，为什么朋友的突然来访会使我一整天心神不安和惊慌失措吗？您想知道，有人推开我的房门时，我为什么会全身一震，惊得面红耳赤吗？为什么我殷勤好客而又不会接待客人，丢了脸而羞愧得无地自容吗？"

"对，我正是想了解这些！"娜斯金卡答道，"嗯，您讲得非常顺溜，不过别这么顺溜行不行呢？这样讲真像是照本宣科。"

"娜斯金卡！"我用庄重而严肃的口气回答着，勉强忍住笑，"亲爱的娜斯金卡，我知道我讲得确实顺溜，不过，对不起，我不会别的讲法。现在，亲爱的娜斯金卡，现在我就像是被所罗门王[1]封闭的灵魂，在七道封条的坛子里被关了整整一千年。现在，那七道封条终于全都揭掉了。亲爱的娜斯金卡，我早就在寻觅像您这样的人了。因此，我们见面完全是缘分——

---

[1] 所罗门王：以色列－犹太联合王国的国王，古代传说中智慧的化身。

现在，我脑海中几千个阀门都打开了，只能像开了闸似的滔滔不绝地讲下去，要不然我会憋死的！所以，求求您别打断我，娜斯金卡，请您耐心地、乖乖地听，要不，我就闭嘴不说了。"

"啊不！不！千万别那样！讲下去，我再也不插嘴了。"

"那我就讲下去吧。娜斯金卡，我的朋友，一天之中有一段时间是我特别喜爱的。这时差不多所有的私事、公务都结束了，大家都行色匆匆地赶回家去，准备吃晚饭，躺下休息一会儿，一路上也盘算着一些黄昏、夜晚以及空闲时间的赏心乐事。这时我们的主人公……娜斯金卡，还是容许我用第三人称叙述吧，用第一人称实在让人难为情。这时，我们的主人公也并非无所事事，他随着人流缓缓地走着。在他那苍白而略有倦意的脸上，泛起了一种奇怪的得意神情。他含情地望着彼得堡寒冷天空中渐渐暗淡的晚霞。'望着'这个词不确切。他不是望着，而是有点漫不经心地扫视着，好像太疲乏了，或者被某个其他更有趣的事物吸引住了，所以他对周围的一切只是偶尔漫不经心地投以一瞥。他之所以很得意是因为在明天之前，那些使他讨厌的公事不会再纠缠他了，他像一个放了学可以尽情玩耍淘气的小学生那样高兴。娜斯金卡，您只要从侧面瞧他一下，就会发现，愉快的心情已经对他那脆弱的神经和亢奋的想象力起了奇妙的作用。现在他正在沉思着什么……

"您认为他在考虑晚餐吗？考虑今晚该怎样消遣吗？他看什么这样出神呢？是不是在看华车疾驰而过，某位衣冠楚楚的先生正向里头的女士点头致意呢？不是，娜斯金卡，他现在哪有心情顾到这些闲事呢，他正全神贯注于自己独特的生活。他一下子变得富有了，落日余晖向他投送临去秋波并不是徒然的，夕照使他温暖了的心里百感交集。现在他几乎看不到他所走过的街道，而原先街上每个微小的物件都会使他触目惊心呢。此时此刻，'幻想女神'（如果您读过茹科夫斯基[1]的作品，亲爱的娜斯金卡）早已用美妙的手纺好金线，正在他面前织出非凡绚丽、光怪陆离的生活图案——谁知道呢？也许'幻想女神'已经用她美妙的手，把他从花岗岩人行道上轻轻抛起，送上了晶莹灿烂的七重天。您不妨试着拦住他，试着突然问他此时站在何处，已走过哪些街道。他很可能什么都想不起来，只好面红耳赤地撒个谎挽回面子。瞧！当一位颇为可敬的老夫人颇有礼貌地叫住他，因迷失方向而向他问路时，他居然会吓得发抖，差点儿叫喊起来，并且惊恐地四下张望，这是为什么？他烦恼得皱起眉头，大步往前走，根本没有注意到好多行人都望着他暗笑，冲着他的背影窃窃私议。他也没有注意到一个小女孩睁大了眼睛望着他心不在焉的笑容和挥舞的手势，慌忙给他让路，而后放声大笑起来。

"这时，依然是那位'幻想女神'在嬉戏的飞翔中带走了老婆婆、好奇的过路人、发笑的女孩，带走了方丹卡河上的货船里吃晚饭的乡下人（假定我们的主人公当时正沿河走着），她戏谑地把所有的人和物都绣到自己的底布上，就像蜘蛛把苍蝇粘在蛛网上似的。而怪人带着新的思绪已经回到了他那小小的安

---

[1] 茹科夫斯基：即瓦西里·茹科夫斯基（1783—1852），19世纪俄国浪漫派诗人。

乐窝，坐下来吃着晚饭。直到吃过饭很久以后，当服侍他的那位玛特辽娜带着若有所思的愁容收拾完餐桌，并把烟斗递到他手里，他才如梦初醒，惊奇地想起自己已经吃过饭，因为他根本把吃饭的过程都忘了。

"屋里越来越暗，他心里感到空虚、忧伤，整个幻想王国已经在他的周围倾圮了，而且没有轰然巨响，只是无声无息地烟消云散了，如同做了一场梦，而他自己也回想不起究竟梦见了什么。然而，一种使他胸口隐隐作痛的愁绪，一种新的欲望诱人地挑逗着、刺激着他的幻想，悄悄地招来一大群新的幻影。斗室笼罩在寂静中。孤独和懒散培育着幻想。年老的玛特辽娜在隔壁厨房里不慌不忙地煮自己的咖啡，幻想家的想象力也像她咖啡壶里的水一样悄悄地翻动着，升起了串串水泡，慢慢地沸腾了。瞧，它像一股股水蒸气不断地往外冒，弥漫开来。瞧，幻想家随便拿起的那本书，没读到第三页就跌落了。他的想象力重新鼓足了劲。顷刻，一个崭新的世界在他眼前重新闪现，一种迷人的新生活再一次展示出灿烂的前景。又一个幻梦，又一次幸福，又一服调制得法的美味的迷魂汤！

"哦，他怎么能看得上我们的现实生活呢！在他那入了迷的心中，我和您——娜斯金卡，生活都是那样懒散、迟滞、没精打采。在他看来，我们都对命运不满，简直在受生活的煎熬！确实如此，您看，我们人与人之间的关系，看起来是多么冰冷、阴沉，好像谁和谁都在生气……我们的幻想家思忖着，'可怜的人啊！'他这样想一点也不奇怪！试看这些神奇的幻影是多么迷人，多么精妙，多么洒脱、疏密有致地配置在他面前那幅出神入化、生趣盎然的画面上啊！那个处于画幅中心的头号人物当然是他本人——我们尊贵的幻想家。

"瞧，多有意思，形形色色的奇遇、令人心醉的幻想层出不穷。您可能要问，他幻想些什么呢？其实，又何必问呢！反正他的幻想包罗万象……他在幻想中扮演一个最初默默无闻、后来声名显赫的诗人角色；他在幻想中与霍夫曼[1]交友；他的幻想中有巴托罗缪之夜[2]、黛安娜·薇侬[3]、伊凡四世[4]攻占喀山汗国的英雄业绩、克拉拉·莫勃莱[5]、尤菲米娅·邓斯[6]，有面对主教会议的胡斯[7]、歌剧《罗伯特》[8]里的鬼魂出现（您还记得那乐曲吗？

---

1 霍夫曼：即恩斯特·霍夫曼（1776—1822），德国浪漫主义小说家和作曲家，其作品富于神秘主义色彩，将幻想与现实融为一体。
2 巴托罗缪之夜：指1572年8月24日（圣巴托罗缪纪念日）前夜，巴黎天主教徒大肆屠杀胡格诺教徒。
3 黛安娜·薇侬：英国著名小说家司各特（1771—1832）长篇小说《罗布·罗伊》中的女主人公。
4 伊凡四世（1530—1584）：为莫斯科和全俄罗斯大公、俄国沙皇。于1522年征服喀山汗国。
5 克拉拉·莫勃莱：司各特的小说《圣罗南之泉》中的女主人公。
6 尤菲米娅·邓斯：司各特的小说《爱丁堡监狱》中的女主人公。
7 胡斯：即扬·胡斯（1369—1415），捷克爱国者和宗教改革家，参加君士坦丁堡的主教会议时被敌人诱捕，处以火刑。他的死激起了捷克人民的义愤，加速了胡斯战争的爆发。
8《罗伯特》：指德国作曲家梅耶贝尔（1791—1864）的歌剧《恶魔罗伯特》。戏中，魔鬼在墓穴中唤醒了埋于此处的修女。

很有些坟场的气息！），还有敏娜[1]、布伦达[2]、别列津纳河战役[3]、沃－达伯爵夫人家里的诗歌朗诵会[4]，有丹东[5]、埃及女皇克娄巴特拉[6]和她的情夫们。他还幻想在科洛姆纳的小屋[7]里有自己的安乐窝，身旁有一位可爱的人儿相伴，共度漫长的冬夜；她微启朱唇，睁大双眸，静静地听他讲话，就像现在您听我讲一样，我的小天使……

"啊，不，娜斯金卡，对他来说，对他这个贪得无厌的懒汉来说，我和您向往的那种生活，怎么会有吸引力呢？他认为这是一种寒碜可怜的生活，根本没想过有朝一日他可能也会忧郁苦闷。那时他为了换取哪怕一天这种可怜的生活，不得不付出自己所有的幻想岁月作为代价，而且换取的不是欢乐，不是幸福。到了那悲苦、悔恨和无限哀伤的时刻，他将无心挑拣了。然而目前那可怕的时刻尚未来临，他暂且一无所求，因为此时

---

[1] 敏娜：俄国著名浪漫派诗人茹科夫斯基根据德国诗人歌德原著改写的一首同名叙事诗中的人物。

[2] 布伦达：俄国浪漫派诗人伊凡·科兹洛夫（1779—1840）同名叙事诗中的人物。

[3] 别列津纳河战役：别列津纳河在白俄罗斯境内。1812年11月在这里发生大战，从莫斯科撤退的拿破仑一世的残军在渡过该河时被击溃。

[4] 朗诵会：指当时在伯爵夫人沃隆佐娃－达什柯夫斯卡娅（1818—1856）的沙龙里经常举办的诗歌朗诵会。

[5] 丹东（1759—1794）：18世纪法国大革命时期的著名活动家。

[6] 克娄巴特拉（公元前69—前30）：古埃及最后一任法老，又称"埃及艳后"，一生中有许多风流韵事。此处原句为意大利语。

[7] 科洛姆纳的小屋：为俄国诗人普希金（1799—1837）于1830年所写的一首长诗。

他超乎欲望之上,他拥有一切,心满意足。他本人就是雕塑自己生活的雕塑家,每时每刻都在按照新的幻想创造着生活。是啊,因为这个神话般的幻想世界创造起来太轻巧、太容易了,而且是那么栩栩如生,仿佛这一切根本不是幻影!说实话,有时候我宁愿相信整个这种生活并非感官亢奋的产物,并非海市蜃楼,并非幻象的错觉,而是真正存在的现实!

"您说,娜斯金卡,为什么在这样的时刻,他会呼吸急促?为什么他的脉搏会由于某种魔力,在某种不可知的意志驱使下,跳动得越来越快?为什么热泪会从幻想家的眼里涌出?他那苍白而湿润的两颊为什么绯红似火?为什么他整个身心会沉浸在无名的欢乐之中?为什么多少个不眠之夜在永不枯竭的欢乐和幸福中转瞬即逝?当玫瑰色的朝霞在窗口闪烁,晨曦中游移不定的、梦幻似的微光照进这个昏暗的房间时,我们的幻想家为什么和我们彼得堡的老爷们一样精疲力竭地倒在床上?亢奋使他麻木,使他心中交织着甜蜜和痛苦。他昏昏沉沉地进入了睡乡,这是为什么?

"是啊,娜斯金卡。旁观者会不由自主地深信,是发自内心的真情在激荡着他的心灵,他那虚无缥缈的幻梦中真的存在着活生生的、感触得到的东西!然而这是多么虚妄!比如说,爱情竟会挟带着无尽的喜悦和难耐的痛楚袭入他的心田。您只要看一看就会深信不疑!您望着他,亲爱的娜斯金卡,难道会相信他在如痴若醉的幻想中热恋的对象,他居然从来不认识?难道他看到的只是诱人的幻影?难道他感受的激情只出现于梦境中?难道他俩真的没有手挽手地度过一生中那么长的岁月?难道他们没有心心相印，抛弃周围的一切，将各自的小天地和生活同对方的结合在一起？时间很晚，要分手了，难道她没有偎依在他胸前，悲痛得泣不成声，感觉不到阴霾密布的空中大雨滂沱，任凭狂风从她的黑睫毛上卷去泪珠？难道这一切都是幻想？还有在那荒芜凄凉的花园里，小径上长满青苔，显得凄寂而阴郁，他俩常在那里结伴散步，怀着隐秘的希望，倾吐着愁绪和情愫。他们相亲相爱，情长谊深，难道这也是幻想？还有这幢祖传的、式样奇特的房屋，她陪侍着面目阴沉的年老丈夫在那儿度过了多少年寂寞而忧伤的时光。她的丈夫沉默寡言、性格暴戾，老是使他们提心吊胆。他俩像胆怯的孩子，满怀凄凉和羞怯，互相隐瞒自己的爱情。这难道也是幻想吗？他俩忍受着痛苦，担惊受怕，而人们（我不说您也明白，娜斯金卡）又是多么狠心！然而他们的爱情却是那样纯洁无邪！我的天哪，他后来又遇到了她吗？在远离故土的海外，在南国酷热的晴空下，在壮丽的不朽之城[1]里，在豪华的假面舞会上，在灯火辉煌的宫殿（一定是意大利式的宫殿）中，在爬满了香桃木花和玫瑰花的阳台上，在阵阵的乐声中，我们的幻想家遇到的难道不是她？认出了他以后，她连忙摘掉面具低声说：'我已经自由了！'说罢全身颤抖着投入他怀抱里的难道不是她？他们惊喜得喊起来，紧紧拥抱在一起，刹那间忘却了悲哀、离别和忍受过的种种折磨，忘却了那座阴森森的房屋、年老的丈夫、远在

---

[1] 不朽之城：罗马的别称。

故土的凄清的花园和那张长椅，忘却了她曾在那儿接完最后一吻，挣脱了他紧紧拥抱着自己的、由于绝望和痛苦而麻木的臂膀……哦，娜斯金卡，您想必会承认，如果这时候有一位不速之客——一位高个儿、健壮、爱说爱笑的小伙子，推开您的房门，毫不在意地喊道：'喂，我刚从巴甫洛夫斯克来！'这时您会惊得跳起来，仿佛一个刚从邻居果园偷了一只苹果塞进衣兜的小学生，难为情地涨红了脸……我的天哪！老伯爵已经见上帝去了，难以形容的幸福就在眼前！就在这个节骨眼上，心上人从巴甫洛夫斯克来了！"

结束了那悲怆的倾诉，我颇为动情地沉默下来。记得当时，我几乎克制不住情感，想尽情大笑一场。我已经感觉到有一个不怀好意的小鬼开始在我的心里蠕动起来，喉咙已经开始哽咽，下巴开始颤抖，眼睛越来越湿润了……我期待着张着聪明的眼睛、静静听我讲述的娜斯金卡会迸发出一阵抑制不住的爽朗笑声，笑得前仰后合。我已经在后悔自己太过分了，不该讲那些郁积已久、已能倒背如流的话。因为我早就对自己做了否定的判决，可是现在我却忍不住宣读了出来。应当承认，我并不期望别人能理解我。然而，让我奇怪的是，她竟一声不吭，过了一会儿才轻轻地握了握我的手，羞怯而同情地问道：

"难道您的一生就是这样过的吗？"

"是的，娜斯金卡，"我答道，"而且看来，我的一生还将这样结束！"

"不，不行，"她忐忑不安地说，"不会这样的。唉，其实连我自己也会这样在奶奶身边过一辈子。听我说，这样的生活实在是很不好，你可知道？"

"知道，娜斯金卡，知道！"我叫了起来，干脆不再按捺自己的情感，"我现在比以往任何时候都更清楚，我虚掷了自己最宝贵的岁月！现在我认识到了这一点，同时正由于认识到这一点而备感痛心。因为上帝亲自把您，我可爱的天使，派来告诉我并证明了这一点。我坐在您身旁，和您谈话，却很怕想到将来，因为将来等待我的依然是这种孤独，依然是这种沉闷无用的生活。既然我现在的的确确待在您身旁，感到幸福，我干嘛还要去想将来呢？噢，可爱的姑娘，愿上帝赐福给您，因为您没有马上就抛开我，因为我已经能够说，我这一生中至少也有两个夜晚过上了真正的生活！"

"啊，不，不！"娜斯金卡喊着，眼里闪着泪花，"不，永远也不会！我们不能就这样分手！两个夜晚太少了！"

"噢，娜斯金卡，娜斯金卡！您可知道，您使我再也不会和自己过不去了吗？您知道，我现在已经不像过去有些时候那样自暴自弃了吗？您大概还不知道，今后我也许再也不会为自己在生活中犯罪而苦恼了，因为那种生活本身就是犯罪和作孽。您别认为我夸张，看在上帝的分上，别那么想，娜斯金卡，因为有时候我会感到非常痛心，非常苦恼……因为在这种时刻我已经开始觉得，我永远也不会开始过真正的生活，因为我已经感到自己丧失了分寸感，失去了对生活的感觉，最后我甚至诅咒自己。因为数不清的幻想之夜以后，清醒的时刻总会到来，可是这种时刻显得更加可怕！同时，我会听到周围的人群正在生活的旋流里喧嚷、旋转，我听得到、看得见人们在生活——

实实在在地生活，看到生活之路是对他们敞开的。他们的生活不会像梦和幻影那样烟消云散，他们的生活不断更新，永葆青春，没有一时一分与别的时刻雷同。对比之下，那怯生生的幻想该显得多么沉闷，甚至平凡得近于庸俗。它无非是阴影的奴隶，思想的奴隶，第一朵乌云的奴隶。一旦浮云蔽日，忧伤便会紧紧缠住那颗十分珍惜阳光的心灵，那颗真正属于彼得堡的心灵，而在忧伤中哪里还有心思幻想！可以感觉到的是'永不衰竭的'幻想终于疲倦了，终于在无休止的紧张心情中衰竭了，因为人在成长，渐渐摆脱自己过去的理想，那些理想就自然倾圮为灰尘和碎砖瓦了。既然没有另一种生活，那就只好再用这些碎砖把它建立起来。可是心灵却在要求着、向往着某种不同的东西！于是，幻想家徒然地在旧日的幻梦中挖掘，竭力在灰烬中搜索残留下的火星，企图吹旺它，并用复燃的火焰温暖那颗冷却的心。让曾为他钟爱，使他销魂，使他热血沸腾、潸然泪下的一切，让曾经使他神摇目夺、飘飘欲仙的一切复活起来，使他产生更美丽的幻觉！

"娜斯金卡，您知道我已经落到了什么地步？您可能不知道，我已经不由自主地为我那些幻觉举行周年纪念了，我回忆几年前我曾钟爱过的那些从未发生过的事情。我追忆的仍是那些荒唐而虚无的幻想。我只好这样做，因为连荒唐的幻想也不复存在了，因为它们已无从产生，要知道幻想也是要在一定的条件下才能产生的！

"您知道吗？我现在最爱缅怀和凭吊我曾在那里自得其乐的地方，最喜欢按照已经一去不复返的生活方式来建造现在。我常常像影子一样，无端地、毫无目的地在彼得堡的大街小巷徘徊，黯然神伤。究竟回忆什么？我回忆起，比如说，整整一年前的这一天，这个时间，我也曾在这条人行道上徘徊，和现在同样孤独，同样凄凉！我甚至还记得，当时连幻想本身也是十分伤感的。尽管以前的境况也好不了多少，但到底感到生活比较轻松、安静，没有如今这些剪不断的满怀愁绪，没有来自良心的责备和揪心的悔恨让我日夜不得安宁。我有时不禁自问：'你的幻想到哪里去了？'接着又摇摇头说：'岁月过得好快啊！'我又问自己：'这么多年，你都做了些什么呢？你把自己最美好的年华都葬送在哪儿了呢？你这些年是不是在生活呢？'于是我自言自语地说：'你得多加小心，你瞧，人世间变得多么冷酷！再过些年，凄凉的孤独就要来到，随后颤巍巍的老年就会拄着拐杖跟踪而至，这以后就是悲哀和颓丧！你那幻想的世界将变得暗淡无光，你那些幻想迟早也要破灭消散，像枯黄的树叶一样从枝头飘落！'……哦，娜斯金卡！孤苦伶仃、形影相吊的日子真可悲啊！因为那时甚至连值得惋惜的东西都没有了——什么也没有，空无一物！因为丧失掉的一切，本身就是空虚，等于一个光溜溜的零，纯粹是子虚乌有！"

"唉，别再使我心酸了！"娜斯金卡说着，抹掉从她眼里滚出的一颗泪珠，"现在这一切已经过去了！现在有我俩在一起。今后不管我遇到什么意外，我们都永不分离。听我说，我是个平凡的姑娘，尽管奶奶也给我请过家庭教师，可我读的书很少。不过，说真的，我还是能理解您的心情。因为您刚才对我讲的那些，在奶奶把我和她的衣服别在一起以后，我有了充分的亲身体验。当然,我不可能讲得像您那样动听,我没上过学。"她羞怯地补充了一句,因为她对我那悲苦的自述和那文雅的词句依然感到崇敬,"但是您向我倾吐衷曲,我非常欣慰。现在我已经了解您,完全彻底了解了。您可知道吗?我也想对您谈谈我自己的身世呢,一点也不隐瞒。您听完以后,务必帮我出出主意。您是个挺聪明的人,能不能答应呢?"

"啊,娜斯金卡,"我答道,"我虽然从来不太会出主意,更不是一个高明的顾问,不过我认为,要是咱们能永远这样生活下去,那倒是个高明的办法。我俩每天都能给对方出许多高明的主意!嗯,我美丽的娜斯金卡,您需要哪方面的主意呢?您不妨直说吧,我现在是既快乐又幸福,有勇有谋,出主意不皱眉头。"

"不,不,"娜斯金卡打断我的话,笑起来了,"我需要的不仅是高明的主意,而且是发自内心的、兄妹式的忠告,就好比您从童年起就爱上我一样!"

"可以,娜斯金卡,太好啦!"我高兴地叫起来,"哪怕我爱了您二十年,也不会比现在爱得更深!"

"咱们握手!"娜斯金卡说。

"好,握手!"我回答着,把手伸给她。

"好吧,我这就讲自己的身世啦!"

## 娜斯金卡的身世

"我的身世您已经知道了一半,就是说,您已经知道,我有个老奶奶……"

"要是另一半也这么简短……"我笑呵呵地打断她的话。

"别开口,好好地听着。首先咱得订一条:您别打岔,要不我会讲得颠三倒四的!嗯,您就老老实实地听着吧!"

"我有个上了年纪的奶奶。我很小的时候就父母双亡,是奶奶把我抚养大的。奶奶以前想必比较有钱,因为她直到现在还常常回忆当年的好日子。她教会我法语,后来还聘请了一位家庭教师,我十五岁那年(我今年十七岁)就不学了。就在那个时候,我淘气了一阵——到底干了些什么,我不准备告诉您,反正没有闯什么祸。一天早晨,奶奶把我叫到跟前,对我说她眼睛瞎了,看不住我了,便拿起一枚别针把我的衣服和她的别在一起。还说,我要是不学好,就得在她身边坐一辈子。总而言之,起初我是寸步难离,无论是做活计,读书报,还是学功课,始终都得在奶奶身边。有一回,我试着耍了个小聪明,说服菲奥克拉坐在我的位子上。菲奥克拉是我家的女佣,耳朵聋了。菲奥克拉替我坐在那个位子上,这时候奶奶在安乐椅里睡着了,我就跑到附近的女伴家去玩。唉,结果很糟糕。我出去后,奶奶醒来,问什么事来着,以为我还乖乖地坐在老地方。菲奥克拉只见她动嘴是在问话,却听不见她问了什么,想了半天不知道怎么办才好,最后只好解开别针,拔腿跑了……"

娜斯金卡说到这儿停下来放声大笑,我也跟她一起笑。她马上止住笑声说道：

"唉，您可别笑话我的奶奶。我笑是因为觉得有趣……有这么个奶奶有啥办法呢？不久我就受到了惩罚，她叫我重新坐在原来的位子上，再也不准动弹了。

"哦，我还忘记告诉您，我们有，不，我是说奶奶自己有一幢房子。那是一幢只有三扇窗户的小木头房子，跟奶奶差不多一样老，上面有一间矮矮的顶楼，就是这间顶楼里住进了一位新房客……"

"那么说，以前还有过老房客啰？"我顺便问了问。

"当然有过，"娜斯金卡答道，"那个人比您还沉默，说实在的，他几乎不会转动舌头。他是个干瘦老头儿，又哑，又瞎，又瘸，终于无法活下去，咽了气。于是我们只得再招新房客。因为我们不这样做是无法维持开销的，房租加上奶奶的养老金几乎就是我们全部收入。好像上帝安排好了似的，新房客是个年轻人。他是暂时客居此地的外乡人。因为他没有还价，奶奶马上就把顶楼租给了他，过后才问我：'咱们的房客年纪轻不？'我不愿撒谎，就说：'怎么说呢，奶奶，不算太年轻，可也不老。'奶奶又问：'模样儿讨人喜欢不？'

"我还是不愿撒谎，就说：'是的，奶奶，他怪讨人喜欢！'奶奶讲：'唉，造孽！孙女儿，我对你讲这个是要提醒你，别看他看出了神！这算什么世道呀！哼，一个没多大出息的房客，也配讨人喜欢！跟以前的世道大不相同啦！'

"奶奶认为，什么都是以前的好！——当年她年轻，当年的太阳要暖和得多，当年奶油不会这么快就变酸——她动不动就想当年，什么都是以前的好！我就这样坐着不吱声，心里暗暗思量，奶奶到底为什么要特地提醒我，问房客是否年轻貌美。不过我并没有往心里搁，接着又开始数针数，打毛线袜子，后来也就把这档事给忘了。

"有一天，新房客一大早就来找我们，问我们以前曾答应过的裱糊房间的事，你一句我一句地谈开了。奶奶嘴碎，唠唠叨叨的，一会儿听到她说：'娜斯金卡，去到我卧室里把算盘拿来。'我立即站起来，不知怎的，满脸通红，竟忘记衣服是别针扣住的。其实应当背着房客，悄悄摘掉别针，我却猛地一冲，把奶奶的椅子也拖动了。房客一下子全明白了。我看到这情况，羞得耳朵都发烫，像被钉在那里一样动弹不了。我突然哭出声来，在那一刻又害臊，又伤心，恨不能找个地缝钻进去！奶奶还在大声问：'你还站着干吗？'我哭得更伤心了。房客见我羞愧难当，便鞠了一躬，立即走了！

"打那以后，只要过道里有一点响动，我就吓得要死，总以为房客来了，马上悄悄地解开别针以防万一。不过来的都不是他，他再也没来过。过了两个星期，房客让菲奥克拉来捎话，说他有许多法文书籍，而且都是值得读的，问奶奶想不想让我给她念点什么解解闷。奶奶同意了，表示感谢，不过一再问那些书是不是正经书。她说：'如果有伤风化，娜斯金卡，你可千万读不得，你会学坏的。'

"'我怎么会学坏呢？奶奶，有伤风化的书写的都是什么？'

"'唉！'她说，'上面写的都是年轻人怎样勾引好人家的少女，怎样用结婚当幌子，把她们从父母的家里拐走，后来又怎样遗弃掉这些不幸的少女。她们饱受命运的折磨，一个个死得很惨。'奶奶说：'这种书我读得才多呢，描写得很动人，整夜悄悄地读，连觉也不想睡。娜斯金卡，你可不能读那类书。他都捎来些什么样的书呢？'

"'都是司各特的小说，奶奶。'

"'司各特的小说！算了吧，这里面怕是有什么鬼花招呢。查一查看，他有没有在里边夹带什么情书、字条之类的东西。'

"'没有。'我说，'奶奶，一张字条也没有。'

"'再看看书皮夹层里，那些强盗有时候把字条往那儿塞！'

"'没有，奶奶，书皮夹层里也没有。'

"'唔，那还差不多！'

"就这样，我们开始读司各特的小说，大概用了一个月左右，差不多把一半读完了。后来他又一再把书捎来，其中也有普希金的作品。最后我上了瘾，几乎到没有书简直没法过的程度，再也不去幻想怎样嫁给中国皇太子了。

"有一次在楼梯上，我偶尔碰上了我们的房客。事情是这样的：奶奶叫我去找什么来着。他站住了，我的脸红了，他的脸也红了，不过他还是笑着向我问好，并问候了奶奶的健康，然后说：'怎么，您读了那些书了吗？'我就说：'读了。'他问：'您比较喜欢哪几本？'我就说：'我最喜欢《艾凡赫》跟普希金的作品。'那次见面就这样结束了。

"过了一个星期，我又在楼梯上碰见他。这一回不是奶奶差我拿东西，是我自己有意去的。时间是下午两点多钟，房客往往在那个时刻回来。他打了个招呼：'您好！'我也对他答礼：

'您好！'

"'怎么样？'他问我，'您整天陪奶奶坐，不觉得无聊吗？'

"他一问到我这件事，不知怎的，我马上羞得脸红起来，这一次我感到很难堪，因为十分明显，连外人也开始问到这件事了。我本想一句话也不答就走开的，可是拿不定主意。

"'听我说，'他开口道，'您是个好姑娘！请原谅我用这种口气跟您谈话，可我敢向您保证，我比您的奶奶更希望您过得幸福。您没有可以去串门儿的女伴吗？'

"我回答说没有，以前唯一的女伴玛申卡已经到普斯科夫去了。

"'那么，'他讲，'您愿不愿意和我一起去看歌剧呢？'

"'看歌剧？那么奶奶怎么办？'

"他说：'瞒着她不就得了……'

"'不行，'我说，'欺骗奶奶的事我可不干！再见！'

"直到吃过晚饭，他才来找我们。他坐下来跟奶奶聊了很久，问她是不是打算出去逛逛，有没有熟人串串门儿。他忽然说：'今天我弄到一张歌剧的包厢票，演的是《塞维利亚的理发师》[1]。几个熟人本来想去看，后来改变了主意，票就留到我手里了。

"'塞维利亚的理发师！'奶奶喊起来，'就是当年他们演的那个理发师吗？'

"'是啊，'他说，'就是那个理发师。'同时向我瞟了一眼。

---

1《塞维利亚的理发师》：意大利作曲家罗西尼（1792—1868）根据法国作曲家博马舍（1732—1799）的同名剧本写的歌剧。

我立刻全明白了，满脸通红，我紧张地期待着，心怦怦直跳。

"'敢情，'奶奶说，'怎么会不知道呢！当年在票友剧团，我还客串过罗西娜呢！'

"'这么说，您今晚愿意赏光啰？'房客说，'您要是不去，我的票也就白白浪费了。'

"'好，就去一趟吧。'奶奶说，'为什么不去呢？再说，我的娜斯金卡长这么大，还没去过剧场呢。'

"我的天，多么令人高兴啊！我们立刻收拾停当，乘车前往。奶奶尽管眼睛看不见，可还是想听听音乐，加上她是个好心肠的老夫人，更想让我去散散心解解闷，因为我们自己是绝对不会上剧场看戏去的。至于对《塞维利亚的理发师》的印象如何，我无须告诉您。整个晚上，我们的房客都是那样深情地望着我，谈吐那样文雅动人。我一眼就看出，第二天早晨他要试一试单独约我出游。这可太好了。上床睡觉的时候我又得意又兴奋，心跳得厉害，甚至发了点小小的寒热，整整一夜尽讲关于《塞维利亚的理发师》的梦话。

"我猜想，以后他会来得更勤。哪知道完全不是那么回事，他几乎不来了。大概一个月才来一次，无非请我们看看戏。之后我们又上过两次剧院，这是远远不能使我满意的。我觉得他仅仅是可怜我的处境，没有什么其他的念头。日子一天天过去，我变得心神不安，坐也坐不稳，书也无心看，针线活也做不成。有时我没来由地笑，或者故意惹奶奶生气，有时又伤心落泪。后来，我消瘦下去，几乎生起病来。歌剧演出季已经过去了，房客再也不来找我们了。当我们相遇的时候（当然还是在楼梯上），他只是默默无言地点头致意，严肃得很，仿佛压根儿不愿意说话，然后下楼走到门前的台阶上。可是我还是站在楼梯半腰，脸红得像樱桃，因为每次遇见他，我差不多全身的血都要涌到头上。

"现在很快就要结束了。整整一年前，五月份，房客来找我们，他告诉奶奶，说他在彼得堡的事情已经办完了，现在他又要到莫斯科去住一年左右。我听到这话，脸唰地一下就白了，跌坐在椅子上像死了过去。奶奶什么也没有察觉。他把退租的事通知我们之后，就鞠躬引退了。

"怎么办呢？我想了又想，心乱如麻，最后下了决心。明天他就要离开，我豁出去了，决定当奶奶晚上睡熟后，就跟他私奔。我把几件外衣和必需的换洗内衣打成一个包袱，提着它，胆战心惊地爬上顶楼去找我们的房客。我估计，那段楼梯足足走了一个小时。当我推开顶楼的房门时，他蓦然看到我，竟失声惊呼，以为我是幽灵。紧接着他急忙去给我弄点水喝。我已经站不住了，心扑通扑通地跳，把头都震疼了，神志也有些昏迷。等到定下神以后，我立刻把包袱放在他的床上，自己在一旁坐下，双手捂住脸，泪水止也止不住，哀哀哭泣起来。他大概一下子全明白了，站在我跟前，脸色苍白，神情忧郁地望着我，望得我心都碎了。

"'听我说，'他开言了，'听我说，娜斯金卡，我实在没有能力，我是个穷光蛋，目前什么也没有，连个体面的职位都弄不上。如果我娶了您，怎么维持生活呢？'

"我们谈了很久，终于我忍受不住了，发作起来，说我不能再和奶奶住在一起了,我要逃走,不愿再过这种像被别针扣住的生活。他怎么想都可以,反正我要跟他上莫斯科去,因为我没有他就活不下去。羞涩、爱情和自尊心一起在我心里翻滚着。我浑身哆嗦,倒在他床上,差点儿没哭得昏过去。我非常惧怕会遭到拒绝!

"他沉默了几分钟,然后站起来,走到我跟前,握住我的手。'听我说,我善良可爱的娜斯金卡!'他勉强忍住泪,抽抽噎(yè)噎地说,'听我说,我向您发誓,若有朝一日我有条件结婚的话,准会娶您做终身伴侣!请您相信,今后只有您才能给我幸福。告诉您,现在我到莫斯科去,要在那里待上整整一年。我希望在那里能把事情安排好。等我回来的时候,如果您仍旧爱我,我敢向您起誓,咱们一定能结成美满的婚姻。可现在,办不到,我没有能力,也没有权利许什么愿。不过我重申一遍,哪怕一年后办不到,迟早有一天会办到的。当然我是说您到时候没有爱上别人的话,因为我不愿也不敢叫您受到任何誓言的束缚。'

"这就是他对我讲的话。第二天他就离开了。当时我俩商定,在奶奶面前不漏一点口风。这是他的要求。好,现在我的身世大体上讲完了。过了整整一年,他回来了,到彼得堡已经整整三天了,可……可是……"

"可是怎样呢?"我喊起来,急于听到事情的结局。

"可是他直到今天还没露面!"娜斯金卡好像耗尽了最后一点力气才说出声来,"毫……无……音……信……"

她顿住了,沉默了,低下了头,突然双手捂住脸,号啕痛哭，哭得我的心都翻了个儿。

我怎么也没料到是这样的结局。

"娜斯金卡！"我开始用胆怯而柔和的声调劝她，"娜斯金卡，看在上帝的分上，别哭了！您怎么知道呢，也许，他还没有来彼得堡……"

"来了，来了！"娜斯金卡抢着说，"他来了，我知道。我们俩有约在先。那还是在他动身的头天晚上，我们什么话都说完了——刚才我向您转述的那些话都说完了。我们约定以后就到这条河堤路上来散步。当时时间是十点钟，坐的也正是这张长椅。后来，我已经不哭了，在听他讲话，感到甜丝丝的……他说一到彼得堡，马上就来看我们。到那时，如果我同意的话，我们便向奶奶讲明一切。现在他已经到了彼得堡，我知道，可就是不见他影子！"

"我的天！难道我没有办法减轻您的痛苦？"我不顾一切地从板凳上跳起来喊道，"您说，娜斯金卡，能不能干脆由我去找他？"

"能行吗？"她忽然仰起头问。

"不行，明摆着不行！"我发觉自己过于冲动了，"这么办吧，您给他写封信！"

"不，这不可能，不行！"她口气很坚决，可是已经低下头，不再望着我了。

"怎么不行？为什么不行？"我坚持自己的看法，"可是娜斯金卡，要看是哪种信呀。信和信是不一样的，而且……啊，娜斯金卡，确实是这样！相信我，包在我身上。我不会给您出坏主意。这件事完全可以办到。您已经迈出了第一步，为什么现在……"

"不行，不行！那样就好像我在死乞白赖地缠住他……"

"哎呀，我那善良的娜斯金卡！"我打断她的话，忍不住笑了，"不，不会！说到底，您是有这样的权利的，因为是他向您许诺的。而且根据各方面的情况，他很能体贴人，品德也高尚。"我越说越欣赏自己富于逻辑性的论断，"他是怎样对待您的呢？他用誓言承担了义务，答应非您不娶，却让您保留绝对的自由，哪怕现在您也完全可以拒绝他……在这种情况下，您可以主动出击。您有权利，您处于优势地位……比如说，您甚至可以解除他承担的义务……"

"那么，换了您，打算怎么写呢？"

"写什么？"

"写信呗。"

"嗯，我就这样写：'敬爱的先生……'"

"这……一定要用'敬爱的先生'这样正式的称呼吗？"

"非用不可！不过换个称呼也未尝不可。我认为……"

"算了！往下呢？"

"'敬爱的先生！我向您道歉……'不过，不，没有必要道歉，事实本身可以为您辩护，您可以写得简明扼要些：

"'我正在给您写信。请原谅我沉不住气。不过，我怀着幸福的期望已经整整一年了。现在我连一天的怀疑也不能忍受了。这是我的过错吗？现在，您已经回来了，很可能，已经改变了初衷。如果是这样，这封信会告诉您，我毫无怨言，更不会责怪您。我驾驭不了您的心,我并不归咎于您,这是我命薄缘悭!

"'您是个品德高尚的人。这封信的字里行间,您可以看出我心情烦躁,您一定不会讥笑我,但请您也别见怪。请记住,写这封信的是个可怜的姑娘,她孤身一人,没有人开导,没有人给她出主意,而且她从来也不善于控制自己的心。如果怀疑的阴影潜入了她的心,尽管是短短一瞬间,那就请您原谅吧。您生来就是善良的,绝不会,哪怕在思想上,亏待一个过去和现在都热爱您的姑娘。'"

"对,很对!我正想这样写!"娜斯金卡喊起来,眼睛里闪耀着喜悦的光芒,"噢,您消除了我的犹豫,是上帝派您来保护我的!感谢您,太感谢您了!"

"谢我干什么?因为上帝派我来?"我激动地望着她那转忧为喜的面庞。

"就当是这样吧。"

"啊,娜斯金卡!要知道,我们有时感激别人,确实仅仅是因为他们能和我们生活在一起。就因为遇见了您,我感激您,因为我可以一辈子回忆到您!"

"够了,够了!现在您听下去:当时我们约好,他一到彼得堡就立刻在我的熟人家留一封信,叫我去拿。那是一户好心眼的普通人家,不知道这件事的内情。如果他来不及写信给我,或者害怕信上讲不清楚,那么他就在到达彼得堡的当晚十点整到这里来,我们约好在这里见面。他回到彼得堡的事我已经知道了,可是三天以来既不见信,也不见人。上午我怎么也脱不开身。明天,您把我的信交给我告诉您的那户好心人家,他们会转给他的。如果有回信，明晚十点您亲自带给我。"

"可是信，信呢！先得把信写出来呀！这事非得后天上午才能办妥！"

"信……"娜斯金卡显得有些慌乱，"信……不过……"

她没有说完。起先她转过脸去，不看我，脸蛋红得像玫瑰花。接着，我突然感到有封信塞进我手里，一看，果然是一封写好、封好、只待转交的信。一段熟稔亲切的美好回忆在我脑海里掠过。

"罗——西——娜！[1]"我开始唱起来。

"罗西娜！"我俩齐声唱起来。我高兴得几乎把她搂住。她快活地笑着，脸红得不能再红了，黑黑的睫毛上颤动着珍珠般的泪花。

"哦，好啦，够了！现在该分手了！"她的话快得像绕口令，"这封信托您转交，这是投递的地址。分手吧！再见！明天见！"

她紧紧握住我的双手，点了点头，然后一闪身，像箭似的飞向自家那条巷子去了。我久久地站在原处，目送着她的背影。

"明天见！明天见！"尽管她的倩影早已消失了，这喊声还在我耳边回荡，久久不息。

---

[1] 此为《塞维利亚的理发师》中，罗西娜表示同意和情人约会的那首二重唱的一句。

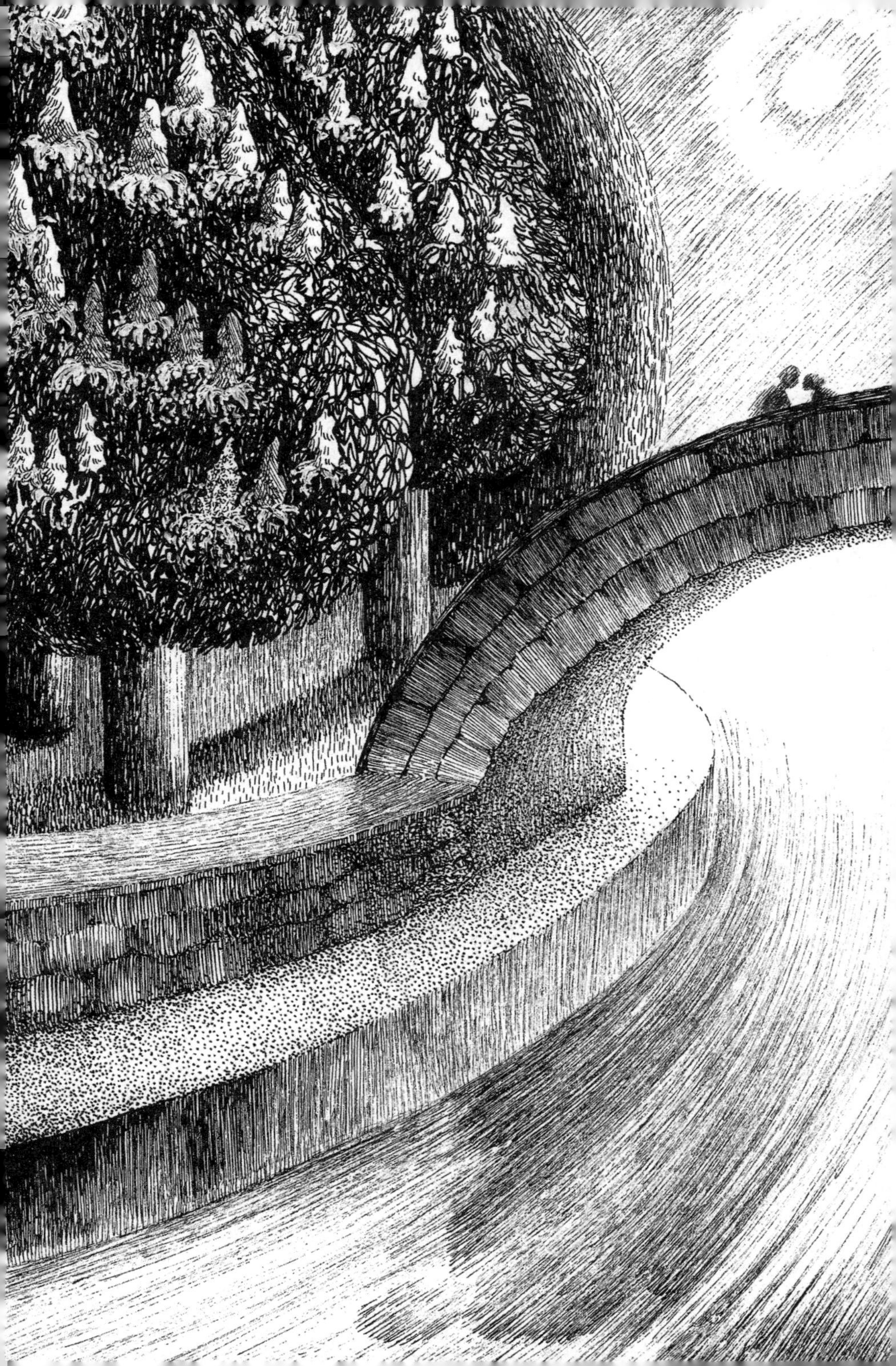

## 第三夜

今天凄雨绵绵，撩人愁绪，看不到一丝阳光，恰似我未来的老年时光一样。奇异的念头、郁悒的感想让我非常苦恼，一些模糊的问题乱糟糟地涌进我的脑海，我既无力也无心加以解决。反正解决这一切不是我能办到的！

今天我们不可能见面了。昨天分手的时候，乌云已经在掩蔽天空，而且开始起雾了。我说明天可能天气很糟，她没有搭腔，她不愿讲不符合自己愿望的话。对她来说，这一天应该是阳光灿烂，不该有一丝乌云遮住她的幸福。

"万一下雨的话，咱们就不见面！"她说，"下雨我就不来了。"

我总以为，她不会在意今天的雨。然而，她真的没有来。

昨天是我们第三次见面，是我们的第三个白夜……

真的，欢乐和幸福能使人变得多么美好啊！在心里沸腾的爱是多么热烈啊！你好像要将自己整颗心都注入另一颗心中去，一切都充满喜悦，一切都透出笑意。这种欢乐的感染力是多么强啊！昨天她说的话如此多情，心里对我怀着那么多的善意……她多么体贴、多么温柔，她是那样地鼓励并安慰着我的心！哦，幸福是多么逗人啊！可是我……我却把这一切信以为真！我认为，她……

其实，天哪！我怎么会没想到呢？我怎么会那么盲目，看不到一切早另有所属，而我已无缘？说到底，甚至她的柔情、她的关切、她对我的爱，也无非是出于她即将与另一个人相见的喜悦，无非是她硬要与我分享她幸福的愿望，可不是吗？……他没有来，我们空等了一场，她便紧蹙眉头，愁容满面，胆怯慌乱起来。她的动作、言语便不再那么活泼、逗人和欢快了。说也奇怪，她却加倍对我殷勤起来，仿佛她本能地想把她苦苦追求、唯恐不能实现的一切，都倾注到我身上。我的娜斯金卡完全丧失了勇气，非常惊慌，看来好像终于领悟了我对她的爱，对我这片痴情流露出由衷的怜悯。的确，当我们不幸的时候，我们对别人的不幸，就感受得分外深切。感情不会分散，而是更加专注……

我怀着热切的希望迫不及待地去见她。我没有预感到即将领略的滋味会和现在一样，没有料想到结果竟是这样的。她笑逐颜开地等待回音——他本人就是回音。他一定会应她的召唤及时赶来！

娜斯金卡比我早到了整整一个小时。起初她一味嘲笑我讲的话，咯咯的笑声不绝。我讲了几句就沉默下来。

"您知道我为什么这样快乐吗？"她说，"为什么瞧着您这样高兴？为什么今天这样喜欢您？"

"为什么？"我问道，我的心不由得颤抖了。

"我喜欢您是因为您没有爱上我。换了别人就不会这么老实，而是会对我纠缠不清，或是无病呻吟，苦苦相思，可是您却这样可爱！"

说到这里，她把我的手使劲一握，我差点儿叫起来。她咯咯地笑了。

"天哪！您真是个好朋友！"过了一会儿，她颇为认真地开始说，"是上帝派您来保护我的！如果您现在不跟我在一起，我会怎样呢？您多么无私！您对我的爱多么真挚！我出嫁以后，我们也会保持比亲兄妹还要亲的情谊。我一定爱您，几乎像爱他一样深……"

在这一瞬间，我不知怎的伤心到了极点，却也怪，在我内心深处有一种类似笑的冲动。

"您只是心神不定。"我说道，"您分明是胆怯。您担心他可能不来。"

"噢，瞧您说的！"她答道，"要不是我沉浸在幸福中，您的怀疑和指责也许会让我哭出来。不过，您到底开了我的窍。您的看法值得我深思。不过，我以后再仔细想吧。现在我向您承认，您讲得对。不错！我确实有点心神不定，我整个身心都在等待着，觉得一切都是那么轻飘飘的！……唔，算了，暂且不提关于感觉的事！"

这时传来了脚步声，黑暗中出现了一个行人的身影，直朝我们走来。我俩都发抖了，她险些儿失声喊叫。我松开她的手，摆出准备走开的姿势。但是我们的料想落了空，来的不是他。

"您怕什么？为什么您松开我的手？"她说着又把手递给我，"那有什么关系？我们一起迎接他。我想让他看到我们多么相爱。"

"看到我们多么相爱？！"我脱口喊了出来，心想，"唉，娜斯金卡，娜斯金卡！您这句话包含了多深的意思啊！这样的爱情有时候真叫人心灰意冷。你的手像冰一样冷，我的手像火一样热。你是多么盲目啊！哦，幸福的人有时候多么讨厌哪！不过，我不愿意生你的气……"

我心里的苦悲终于溢了出来。

"您听我说,娜斯金卡!"我喊道,"您可知道这一整天我是怎样过的?"

"怎么过的?快讲讲吧!您为什么直到现在才吭气儿?"

"首先,娜斯金卡,我把您委托的事都办妥了,信送到了,在您那好心的熟人家里坐了一会儿,后来……后来我就回家,上床睡觉了。"

"就这些?"她打断我的话,笑起来。

"是的,差不多就是这些。"我硬是忍住痴情的泪水回答道,"我在我们约定时间的一小时前才醒来,可是又好像根本没有睡过。我走着,想把这一切都告诉您,仿佛时间对我来说已经停滞了,似乎有一种感受将永远保留在我心里,仿佛一分钟要延长到永恒,好像整个生命对于我已经停止……我醒来的时候,觉得有一支曾经在哪儿听过、后来却又忘却了的甜蜜旋律,眼下又回到我记忆中来了。我觉得这旋律藏在我心灵深处已有一辈子,它一直想涌出,直到现在才……"

"哎哟,我的天!我的天!"娜斯金卡又打断我的话,"这到底是怎么回事?我连一个字也听不懂!"

"啊,娜斯金卡!我很想用什么方法向您表达这种奇怪的感觉……"我向她诉苦,悲哀的声调里仍旧怀着一丝希望,不过这希望颇为渺茫。

"得了!别说了!算了吧!"她急促地说着。这个鬼灵精,一下子就识破了我的心思。

她突然变得异常饶舌、快活而调皮。她挽住我的胳臂,嬉笑着，要我也跟着她笑，对我每一句发窘的话，她都报以一长串银铃似的笑声……我开始生气了，她却突然对我撒起娇来。

"您听我说呀！"她开始说，"要知道，您没有爱上我，我还真有点懊丧呢！这说明人心实在难测！不管怎么说，铁石心肠的先生，您没办法不夸赞我，我是多么单纯坦率呀！我什么都告诉您了，毫无保留，不管脑子里有什么愚蠢的想法，我全都告诉您了。"

"听！好像十一点了吧？"我说。市内远处的一座钟楼上传来有节奏的钟声。她骤然停住，不再笑了，开始数钟声。

"是的，十一点了。"她终于说，语调变得胆怯而犹豫。

我当即后悔不该惊动她，让她去数钟声。我诅咒自己一时狠心，我为她难过，又不知道怎样弥补自己的过错。我开始安慰她，绞尽脑汁，提出种种理由、论据，解释他为什么还不来。此时要哄她相信是再容易也没有了。其实任何人到了这一步，都会乐于听从哪怕是最不着边际的劝慰，只要有一丁点儿可信，就会乐于接受。

"简直可笑。"我说开了，越说越激动，也越来越欣赏自己如此透彻的道理，"他根本就不可能来。娜斯金卡，连我也给您弄糊涂了，以至于时间都不会算了。您只要想一想，他顶多只来得及收到您的信。即便收到吧，也可能有种种变化。也许他不能亲自来，即便有回信，最早也得明天才能到您手里。明天天一亮，我就去拿回信。说到底，您不难设想出千百种可能性，比如说，信送到时，他碰巧不在家，他也很可能直到现在还没读到信呢。说真的，可能有各种各样的情况。"

"说的是呢!"娜斯金卡答道,"可我连想都没有想过。当然,可能有各种各样的情况。"她以十分通情达理的口吻说下去,但从中可以听到某种懊丧的不谐和音,似乎她心不在焉,另有心事。

"那就这么办,"她继续说,"明天您尽量早点儿去,要是有什么信息,您都应当马上通知我。您不是知道我的住处吗?"于是,她向我重说了一遍她的住址。

随后,她突然对我非常温柔、腼腆,似乎是在专心倾听我的话,可当我向她提出某个问题时,她却一个字也回答不出,尴尬地扭过脸去。我仔细注视着她的眼睛——果然,她在流泪。

"怎么能这样呢?怎么能这样呢?唉,您真是个大孩子!哪有这么孩子气的!别这样了!"

她试着笑,想控制住自己,可是下巴颤抖着,胸脯还在起伏不已。

"我在想您的事。"她沉默片刻后对我说,"您的心地多么善良!我又不是石头人,哪能感觉不到呢……您知道我忽然想到什么?我把你们对比了一下。为什么他不是您?为什么他不像您这样?他不如您,尽管我爱他比爱您要深。"

我什么都没回答。看样子,她盼望我说点什么。

"当然,我也许并不十分理解他,不完全知道他的情况。说起来,我好像总有点怕他。他经常是那么严肃,似乎有点傲慢。当然,我知道,这仅仅是外表,实际上他的心比我的还温柔……我提着包袱去投奔他的时候(您记得我说起过那件事吧),他以多么深情的目光望着我啊,我至今没有忘记。不过,无论怎么说，我实在太尊重他了，这可能说明我有点配不上他，对吗？"

"不，娜斯金卡，不对，"我答道，"这只证明，您爱他胜过世上的一切，您爱他远远超过了自己。"

"嗯，就算是这样吧。"天真的娜斯金卡应道，"您知道现在我想到了什么？不过，我现在不打算谈他的事，我只想谈谈我很早以前就有的一种感受。您说说看，为什么我们彼此间不能像同胞手足那样？为什么最好的人也总好像有什么事瞒着别人，尽管明知道话说出来会得到别人的同情，却偏偏不肯及时爽爽快快地说出来？似乎所有的人都担心，如果过早地泄露自己的感情，就有损于自己的尊严……"

"哦，娜斯金卡！您说的是实话，不过这是多种原因造成的。"我打断她的话，这时我比任何时候都更约束着自己的感情。

"不，也不能一概而论！"娜斯金卡满怀深情地说，"比如您，就与众不同！说真的，我不知道该怎样向您表白自己的心情，可是我觉得您……就拿现在来说吧……我觉得，您在为我做出某种牺牲……"她飞快地瞟了我一眼，羞怯地补充了一句，"如果我的话不合适，就请您谅解吧。我是个头脑简单的姑娘，没见过什么世面，有时我也实在不会讲话。"她又补充了一句，声音因为某种隐秘的感情而发颤，却又勉强露出笑容，"不过，我想告诉您，我不是个忘恩的人，您的好意我是心中有数的……啊，但愿上帝为此赐福给您吧！您告诉我那么多关于幻想家的话，都完全不是事实。不，我的意思是说，那些都和您毫不相干。您现在挺健全正常，完全不像您自己描述的，将来如果您爱上谁的话，愿上帝通过她赐给您幸福！我知道，用不着我为她祝福，她跟您生活肯定会幸福的。我自己也是女人，您应当相信我的话……"

她沉默了，紧紧地握着我的手。我心情激动，一句话也说不出。这样过了几分钟。

"唉，看样子他今天不会来了！"她终于抬起头说，"已经很晚了！"

"他明天会来的。"我以十分肯定的口气说。

"可不是。"她心情好起来，"我自己现在也明白，他只有明天才能来。好，再见吧！明天见！万一下雨的话，我可能就不来了。可是后天我准来，一定来，不管发生什么事也要来。您一定要待在这儿，我要和您见面，把一切都告诉您。"

后来，我们分手的时候，她把手伸给我，用坦然的目光望着我说：

"往后咱俩将永远在一起，对不对？"

啊！娜斯金卡，娜斯金卡！你哪里知道我现在多么孤独！

九点钟才过，我在房间里就待不住了，也不顾阴雨，穿上外衣走出门去。我到了河滨，坐在我们坐过的长椅上。我向她住的那条胡同走去，可是突然感到十分羞愧。所以在离她家几步路的地方，连她家的窗子都没望一眼就转身回来了。我回到家里，心情十分惆怅，这是从来没有过的。多么阴湿恼人的天气！要是天好的话，我定会在外面散步整整一夜……

明天，只要挨到明天就行！明天她会把一切都告诉我的。

不过，今天信还没来，其实这也是意料中的事，他俩可能已经聚在一起了……

## 第四夜

　　天哪，事情竟会这样结束！事情竟会以这种方式告终！

　　我是九点钟到的，她已经在那儿了。我老远就看见她。她站在那儿，像第一次一样，用臂肘支在堤岸的栏杆上，没有听见我走到她跟前。

　　"娜斯金卡！"我拼命克制着激动的心情，招呼她一声。

　　她飞快地转过身来。

　　"喂！"她说，"拿来，快点儿！"

　　我瞪着眼，莫名其妙地望着她。

　　"咦，信在哪儿？您带来了吗？"她抓住栏杆，又问了一遍。

　　"没有，我没有信，难道他还没来过？"

　　她顿时脸色苍白，样子挺吓人，两眼直愣愣地望了我很久。我把她最后一线希望也粉碎了！

　　"那……随他去吧！……"她终于开了口，声音断断续续，"既然他……这样抛弃了我……那就……别提了……"

　　她低下眼睛，后来想抬头望望我，却抬不起来。又过了几分钟，她竭力压抑着内心的激动，可是突然转过身去，俯在堤岸的栏杆上，痛哭起来。

　　"算了，别哭了！"我刚劝了她两句，看到她这模样，实在没有勇气说下去，况且我又能说些什么呢！

"别安慰我！"她抽噎着说，"别再讲到他，别再说他会来，别再说他并没有无情地、没人性地抛弃了我！啊，为什么？为什么？！难道我的信，那封倒霉的信上写了哪些得罪他的话？"

这时她已泣不成声。望着她悲痛到如此地步，我的心也碎了。

"哦，他太狠心，太无情了！"她又数落起来，"连一行字，一行字也不写！哪怕回个信，说他不要我，嫌弃我也好啊！可是整整三天，连一行字的回信也没有！他就这样薄情地羞辱、欺侮一个孤苦无依的姑娘！而这个姑娘的唯一过错就是爱他！哦，整整三天我忍受了多少折磨啊！我的上帝！我的上帝！我一想到是我自己先去找他的，就后悔在他面前那么自轻自贱，向他乞求哪怕一丁点的怜爱……到头来却落得这样的下场……您听着，"她转向我又说开了，黑黑的眸子闪闪发光，"不，不是这么回事！这不可能！这太不近情理！要么您错了，要么我错了！莫非他还没有收到信？莫非他到现在还什么也不知道？怎么可能呢？您想一想，您说说看，看在上帝的分上，您给我解释解释。我实在不能理解，他怎么能这样野蛮粗暴地对待我！连一个字也不写！即使对世上最低贱的人也不能这样啊！也许他听到了什么流言蜚语，莫非有谁在他跟前造我的谣言？"她喊叫起来，问我："您是怎么想的呢？"

"听我说，娜斯金卡，明天我就以您的名义去找他。"

"真的？"

"我要把他的情况都问个明白，也要把您的一切都讲给他听。"

"唔，真的？"

"您得再写一封信，别说不，娜斯金卡！我要让他尊重您，他会了解一切情况的，万一……"

"不，我的朋友，不用啦，"她把我的话打断了，"够了！我绝不再写一句话，绝不再写一个字……够了！我不认识他，我再也不爱他了，我要把他忘……掉！"

她说不下去了。

"冷静点儿，冷静点儿！坐在这里吧，娜斯金卡！"说着，我扶她坐在长椅上。

"我很冷静。您别急！没有什么！只不过流点泪，会干的！您认为我会寻短见，会投河吗？"

我的心情十分沉重，想要讲点什么，却开不了口。

"您听着！"她抓住我的手讲下去，"告诉我，换了您不会这样做吧？对于一个投奔您的姑娘，您不忍心抛弃吧？您不会横下心来无耻地嘲弄她那颗脆弱而痴情的心吧？您一定会体恤她，对吗？您一定很清楚，她一向是那么孤单，她不会照看自己，她不会珍惜自己而陷入了您的情网。她是无辜的，她毕竟是无罪的……她什么坏事也没有干！……哦，我的上帝，我的上帝！"

"娜斯金卡！"我再也抑制不住自己的激动，终于叫了起来，"娜斯金卡！您揉碎了我的心！您简直是在用刀子割我的心，您简直是要我的命啊，娜斯金卡！我再不能沉默了！我要说，我要把郁积在心里的话，统统……"

我一边说，一边从长椅上站起身来。她拉住我的胳膊，吃惊地望着我。

"您怎么啦？"她怯生生地问。

"听我说！"我毅然决然地说，"娜斯金卡，听我说！我下面要讲的都是胡思乱想，都是痴人说梦。我明白，这永远不可能实现，但我还是不能不说！看您经受这么大的痛苦，我要预先恳求您的宽恕！"

"什么事？怎么啦？"她说时已经不哭了，盯着我瞧，泪眼中闪烁着好奇的神情。

"这是无法实现的，可是我爱您，娜斯金卡！就是这个！好了，我要说的就是这一点！"我说着挥了一下手，"您看，您现在还能像刚才一样和我谈话吗？最后，您还能听得进我要向您说的话吗？"

"唔，那又有什么？那又怎么啦？"她打断我的话，"那又有什么呢？是的，我早就明白您爱我，不过我一直以为，您对我也就是单纯的、一般的喜欢罢了……天哪，我的天哪，我的天！"

"一开头确实是单纯的喜欢，娜斯金卡，可是现在，现在……我正像您当初提着包袱去投奔他一样，而且处境比您还要糟，娜斯金卡，因为他当时是没有情人的，而您现在却有。"

"您这是说些什么啊？我一点也不明白您的意思。我倒要问一问，您这是要干什么？不，我不是问您要干什么，我是问您为什么这样突然地……天哪！我尽讲些蠢话。可是，您……"

娜斯金卡窘极了，双颊绯红，两眼低垂。

"有什么办法呢，娜斯金卡？我有什么办法呢？是我的过错，我辜负了您对我的信任……不，不，这不是我的过错，娜斯金卡。我感觉得出，我的心告诉我，我没有错，因为我绝对不会委屈您，欺侮您！过去我是您的朋友，现在我还是您的朋友,我没有背信弃义。瞧,我流泪了,娜斯金卡。让它流吧,流吧,反正对谁也没有什么妨碍。它会干的,娜斯金卡……"

"有话坐下来说,您坐下来呀!"她边说边拉我坐在长椅上,"哦,我的天哪!"

"不!娜斯金卡,我不坐下,我已经不能再待在这儿了。您从今以后再也见不到我了。我把话讲完就走。我只想说,本来您永远不会知道我爱您。本来我想保守秘密的,不会暴露自己的私心来使您痛苦。不会!可是我现在实在忍不住了,这事是您自己讲起来的,都怨您,不能怨我。您不能撵我走……"

"哪儿的话,我绝不会撵您,不会!"娜斯金卡说话时尽量掩饰自己的窘态,一副可怜的样子。

"您不会撵我?不会!倒是我自己曾想从您身边溜走。我就要走开,不过我先得把话都讲清楚。因为您刚才在这儿诉说的时候,我真是如坐针毡!您在这里伤心流泪,都是由于,由于——我只好讲了,娜斯金卡——是由于别人嫌弃您,拒绝了您的爱情。那时我深深感到,我是打心底里爱您。娜斯金卡,我是打心眼里爱您啊!……我因爱莫能助而非常痛苦……我的心都要碎了。所以我,我……我不能再沉默了,我必须讲,娜斯金卡,我必须讲啊!"

"对,对!讲吧,就这样讲吧!"娜斯金卡做了个莫名其妙的动作,"我这样和您讲话,您也许感到奇怪。不过……您说吧!我过后再讲,我要把一切都告诉您。"

"您是看我可怜,娜斯金卡,您纯粹是怜悯我。亲爱的朋友!失去的已经失去了,再也找不回,说出口的话再也追不回！可不是吗？好，您现在全都知道了。对，这算是出发点。好吧！现在一切都很好，不过您听我说。刚才您坐在这儿流泪的时候，我心想——哦，让我把心里话都说出来吧——我想，您……我想，您会不会……喏，出于某种纯客观的理由，再也不爱他了。那么——这一点我昨天，甚至前天就想过了，娜斯金卡——那么我就要，我一定要让您能爱上我，因为您讲过，娜斯金卡，您亲口讲过，您差不多已经爱上我了。我还有什么要说的？唔，我想说的差不多就是这么些了。只剩下一点，那就是：万一您爱上我，那会怎么样呢？就是这一点，再没有什么别的话可讲了！您听我说，朋友——无论如何，您总还是我的朋友——我，当然，是个平平庸庸的人，两手空空，没有多大出息——但是关键不在这里……不知怎的，我老是有点词不达意，这是心慌的缘故，娜斯金卡……主要是，我一定会在内心悄悄地爱您。即便您还爱着他，继续爱着我不认识的那个人，您也不会觉得我对您的爱是沉重的负担。您只会觉得，只会时时刻刻感到，在您身旁跳动着一颗感激的心、一颗炽热的心。它为您……娜斯金卡，娜斯金卡！我爱您爱得好苦！"

"哦，别流泪，我不忍心看您这样难受！"娜斯金卡说着，很快从长椅上站起来，"走，咱们走走吧，别流泪，别哭了。"说着，她用自己的手帕为我擦泪，"好了，咱们走吧，我也许要对您说点什么……是啊，既然他如今抛弃了我，既然他已忘了我，尽管我还爱他——我不想欺骗您……那么您听着，您还要回答我。比方说，如果我真的爱上了您，不，如果我只是……哦，我的朋友，我的朋友！我那天侮辱您，拿您的爱情开玩笑，还夸奖您没爱上我……想到这点我是多么后悔啊！哦，天哪！我怎么没有早点看出来？没有早点看出来！我多么笨呀！不过……唔，反正我打定了主意全都告诉您……"

"听着，娜斯金卡，您知道吗？我得离开您，这就是我的打算！否则我简直是在折磨您。瞧，您现在为嘲笑过我而受良心的责备。可是我不愿意，是的，不愿意在您这样痛苦的时候，再火上浇油……当然，都怨我，娜斯金卡，好，咱们分开吧！"

"别走，您先听完我的话，您不能等一下吗？"

"等什么？"

"是的，我爱他，不过我对他的爱终究会淡薄的，肯定会淡薄的，不可能不这样，而且它已经在淡去了……也许今天我和他的缘分就要到头了，因为我恨他，因为他肆意嘲弄我，而您却在跟我一起伤心流泪；因为您不会像他那样嫌弃我；因为您爱我，而他根本就不爱我；此外，还因为我自己也爱您……是的，我爱您！像您爱我一样地爱您。以前我亲口对您说过这话，您亲耳听到过——我爱您，因为您比他好，因为您比他高尚，还因为，因为他……"

可怜的姑娘心情太激动了，终于，她没有把话讲完，头就靠在我肩上，然后偎依在我胸前悲泣起来。我安慰她，劝她，但她的悲伤和泪水就是止不住。她紧紧握住我的手，在阵阵抽噎的间隙中说："等一下，等一下！我马上就不哭了！我要告诉您……您别介意这些眼泪……这不过是一时的脆弱，等这一阵过去了……"她总算止住哭泣，擦掉眼泪，于是我们又重新往前走。我几次想开口，可她总让我再等一等。我们就这样默默地走了好久……最后，她心情平静下来，重新说话了。

"是这样的。"她微弱的声音颤抖着，然而，突然有一种激越的声音穿透我的心房，让我感到一阵甜蜜的隐痛，"您别以为我是水性杨花，不要认为我这么快、这么轻易地就忘情和变心……我整整一年始终热恋着他，可以向上帝起誓，我从来没有，任何时候也没有对他不忠过，甚至连不忠的念头也没有过。可是他把我的心看得一文不值，他嘲弄了我——那就随他去吧！不过，他刺痛了我，伤了我的心。我——我不再爱他，因为我只能爱那种品德高尚、襟怀坦荡、理解我的人，因为我本身就是这样的人。所以，他配不上我……既然他鄙视我，就随他去吧！其实他这样做还好些，免得以后我白白地空等他一场，认清他的为人也晚了……好了，事情已经结束！可是，谁知道呢？我好心的朋友，谁知道呢？"她紧握着我的手继续说："也可能我的爱情只不过是一场幻梦，是一种错觉，也许只是因为我不服奶奶的管束而引起的一场无聊的胡闹。也许我不应当爱他这样的人，而应当爱上别个心疼我的人，而且……而且得了，不谈这些了。"娜斯金卡顿了顿，激动得喘不过气来，"我只想对您说……我想对您说，如果您不计较我爱他，不，应该说爱过他，如果您不计较这一点，仍然表示……如果您感到您的爱意深沉有力，足以排尽我往日的……如果您真心可怜我，不愿意我一个人受命运的摆布而毫无慰藉和希望的话，如果您能永远像现在这样爱我，那么我可以起誓，我的感激、我的爱一定会和您的爱相称……现在，您愿意握我伸出的手吗？"

"娜斯金卡……"我喊道，呜咽使我的声音哽塞住了，"娜斯金卡……哦，娜斯金卡！"

"好了，好了！现在真的够了！"她竭力克制着自己说，"好，这一下所有的话都已经说完，对不？好了，您感到幸福，我也感到幸福。再不说这些了，一个字也别提。您看我可怜，暂且不谈这些，看在上帝的分上，谈点儿别的吧！"

"对，娜斯金卡，这件事已经谈够了，现在我挺高兴，我……好啦，娜斯金卡，我们马上就谈些别的事吧！马上就谈，是的，我准备好了……"

说实在话，我们也不知道谈什么好。我们一起笑，我们一起哭，我们讲了千百句不相连贯、毫无意义的话。我们一会儿在人行道上走，一会儿又返回，开始穿过街道，接着又停下，重新回到堤岸上漫步，就像两个天真的孩子。

"娜斯金卡，我现在是一个人生活，"我说，"可是明天……唔，当然，您也知道，娜斯金卡，我很穷，我总共只有一千二百卢布，不过，这不要紧……"

"当然不要紧，奶奶还有养老金，她不会加重您的负担。可是我们也应当供养奶奶。"

"当然，应当供养奶奶……不过还有玛特辽娜……"

"啊，对了，我们还有个菲奥克拉！"

"玛特辽娜心肠好，只是有一个缺点，她缺乏想象力，娜斯金卡，她完全没有想象力，不过，这没关系！"

"反正她们两个都可以跟我们待在一起。那么您明天就搬到我们这边来吧！"

"怎么？到你们那边去？好，我同意……"

"对,您就租我们一间屋子。我们那儿有个顶楼目前正空着,前不久住过一个破落贵族的老夫人,她搬走了。我知道奶奶打算找个年轻的房客来住,我问她:'干吗要租给年轻人呢?'她就说:'这是因为我年老了。你呀,你不用胡想,娜斯金卡,我绝不会把你嫁给他。'不过,我没猜错,她正有那样的想法……"

"哈哈,娜斯金卡……"

我俩大笑起来。

"唔,好了,好了。那么,您住在哪儿?我都忘了。"

"那儿,在……桥附近的巴拉尼可夫大楼里。"

"就是那座特别大的房子吗?"

"是的,就是那座。"

"啊,我知道,那房子挺好,不,您还是听我的,把那屋子退掉,尽快搬到我们这儿来……"

"明天吧,娜斯金卡,明天就搬。我在那边还欠了点房租,不过这没有关系……我很快就要领薪水了……"

"您知道,也许我可以教教书,边学边教……"

"那真是太好了!我不久就要得到一笔奖金……"

"就这么定了,您明天就做我的房客……"

"行,咱们要去看《塞维利亚的理发师》,这出戏很快又要上演了。"

"好,我们一定去,"娜斯金卡笑着说,"不,最好不看《塞维利亚的理发师》,还是换点别的……"

"好,那就看点别的吧,当然,那样更好,我怎么没想到这一点?"

我们一边谈着,一边仿佛腾云驾雾,忘乎所以地走着。我们时而站住,絮絮私语很久,时而又漫无目的地信步走去;我们一会儿嘻嘻哈哈,一会儿又饮泣流泪……一会儿娜斯金卡忽然想回家,我不敢强留,想一直送她到家门口。我们踏上归途,一刻钟后,忽然发现又回到了堤岸上我们那条长椅旁边。一会儿她忽然发出一声长叹,泪水又夺眶而出,我不由得心里发慌,身子发凉……但是,她旋即又紧握我的双手,拉着我继续散步,说东道西,没完没了……

"现在该回去了,时间大概很晚了。"她终于说,"够了,咱们别再孩子气了!"

"说得对,娜斯金卡,不过今天我简直没法睡着,我不想回家。"

"我大概也睡不着,那您就送送我……"

"一定照办!"

"不过这次一定要送到家门口。"

"一定,一定!"

"是实话吗?迟早得回到家里去!"

"是实话。"我笑着说。

"好,咱们走吧!"

"走吧!娜斯金卡,您往天上看看。瞧!明天准是大晴天。多么蓝的天,多美的月亮!您瞧,那朵黄色的云彩就要遮住月亮啦,快看!快看!不,它从旁边飘了过去。看哪,快看!"

但是娜斯金卡并没有看那朵云彩,她默默地站在那儿,一动不动。片刻后，她开始挨近我，起初还有点儿不好意思，后来贴得越来越近了，她的手在我手掌中颤抖起来。我望着她，她更紧地偎依在我的怀里。

就在这时，一个青年男子从我们身边走过。突然，他停住脚步，定睛看了看我们，接着又往前走了几步，我的心在胸膛里震颤起来。

"娜斯金卡。"我压低了声音问，"那个人是谁，娜斯金卡？"

"是他。"她悄悄地回答着，同时更紧地贴着我，身体哆嗦得更厉害了……我双腿无力，好不容易才站稳。

"娜斯金卡！娜斯金卡！是你呀！"一声呼唤从我们背后传来，同时年轻人朝我们走了几步……

天哪，这是一声什么样的呼唤啊！她一下子惊跳起来，挣脱了我的怀抱，迎着他飞了过去！我站在那里望着他们，就像雷电轰顶似的。她刚刚向那年轻人伸出一只手，就要投入他的怀抱，忽然又向我转过身来，快如疾风闪电，一下子飞到我身边。我还来不及清醒过来，她就双臂紧搂我的脖子，紧紧地、热烈地吻了我一下，一个字也没说，又飞快地跑到那年轻人身边，拉住他的双手，带着他走了。

我久久地站在那里，目送着他们的背影……最后，他俩从我的视野里消失了。

## 清晨

我的白夜在清晨结束了。这一天天气不好,雨下个不停,哀怨地敲打着我的窗户。小房间里昏昏暗暗,院子里灰蒙蒙的。我的头又痛又晕,四肢酸疼不已,一阵阵寒热悄悄地侵入了我的肌体。

"先生,有您一封信,是市局邮差送来的。"玛特辽娜在我身边急促地说。

"信?谁寄来的?"我喊了一声,从椅子上蹦起来。

"不知道,先生,你自己看吧,也许,上面写着谁寄的。"

我拆开信封。是她写的!

娜斯金卡给我写道:

哦,宽恕我,宽恕我吧!

我跪下来向您哀求,宽恕我吧!我欺骗了您,也欺骗了自己。这仿佛是一场梦、一幕空虚的幻象……今天我为您苦恼得要死。宽恕我,宽恕我吧……

别责备我,因为我对您的心丝毫没有改变。我说过,我要爱您,现在我就爱您,非同寻常地爱您。天哪!如果我能同时爱你们两个该多好!哦,假如您是他该多好!

"哦,假如您是他该多好!"我脑海里闪过了这句话。我回想起了你说过的话,娜斯金卡!

上帝可以作证，为您我什么都愿意做！我知道您心里非常难受、忧伤。我伤了您的心，不过您知道，如果一个人的爱是纯真的，那他很快会忘记他所受的委屈，而您是真正爱我的。

感谢您！是的！感谢您这种真诚的爱！因为这种爱将深深地铭刻在我的记忆里，它就像一个甜蜜的梦，我醒来后也久久不能忘怀。我永远也不会忘记那美好的一刻，当时您情同手足地向我敞开了自己的心，同时，还慷慨地接受了我奉上的那颗破碎的心，爱护它、抚慰它、治愈它的创伤……假如您肯宽恕我，那么，我内心永不磨灭的感恩之情，将大大加深我对您的崇敬和怀念……我要把这种怀念之情珍藏起来，忠贞不渝，永不变心，因为我的心太坚定了。这颗心昨天还极其迅速地回到它终生所属的那个人身边。

我们还会见面的，您会来看我们，您不会抛开我们的，您永远是我的朋友，我的兄长……您见到我的时候，一定会向我伸出手来的……对吗？您会把手伸给我的，您已经宽恕我了，难道不是吗？您还像从前那样爱我吗？

哦，爱我吧，别抛弃我，因为此时此刻我太爱您了，因为我不会辜负您的爱，因为我力求无愧于您的爱……我亲爱的朋友！下个星期我就和他举行婚礼。他是带着爱回来的，他从来就没有忘记我。您别因为我在信里提到他就生气。我打算和他一起来看望您。

您也会喜欢他的。难道不是吗？

宽恕我们，别忘了要爱我！

您的娜斯金卡

我把这封信一遍又一遍读了很久，热泪欲夺眶而出，最后，信从我手中跌落，我双手捂住了脸。

"哥儿！喂，哥儿！"玛特辽娜开腔了。

"什么事，老太婆？"

"我把天花板上的蜘蛛网全都掸净了。这下子你结婚也罢，请客也罢，都挺合适……"

我看了看玛特辽娜……这是一个精力还颇为充沛的、年轻的老太婆，然而不知道为什么她突然在我眼里变得双目无神、满面皱纹、弯腰驼背、老态龙钟了……不知道是为什么，我觉得我住的房间也变得像玛特辽娜一样老了。墙壁和地板油漆剥落，一切都昏暗无光，蜘蛛网显得更多了。不知是什么原因，当我向窗外望去的时候，我感到对面那幢房屋也同样破旧不堪、毫无光彩，廊柱上的灰泥已经剥蚀脱落，屋檐开裂，黑乎乎的，墙壁从鲜明的深黄色变得斑斑驳驳，十分难看……

也许是阳光从云层的缝隙中突然探头窥望了一下后，立刻又躲到雨云背后去了，我眼前的一切又变得黯然失色。也许闪现在我面前的凄凉之景，正是我的未来吧。于是我看见了十五年后的自己正和现在一样，除了变得苍老了以外，住的依然是这同一个房间，依然如此孤独，陪伴我的还是这位经过许多年丝毫也没有变得聪明些的玛特辽娜。

难道我会记恨吗，娜斯金卡？难道我会忍心在你恬静得如蓝天般的幸福生活上投下乌云的暗影吗？难道我会忍心责怪你，让你的心蒙上忧伤，暗暗忍受内疚，迫使它在欢乐的时刻也要悲哀地颤抖吗？难道我会忍心把你和他双双走向祭坛时插在你黑鬈(quán)发里的鲜花（哪怕是其中的一朵）掐碎吗？哦，绝不！绝不！愿你的天空永远晴朗！愿你动人的微笑永远是那么欢悦开朗、无忧无虑！你曾让另一颗孤独而感激的心得到了片刻的欢乐和幸福，因此我祝愿你永远幸福！

我的上帝！整整一分钟的欢乐时光，这难道还不够我受用一辈子吗？

（1848年）

**丛林之兽**

亨利·詹姆斯
（1843—1916）

英籍美裔小说家，被誉为西方现代心理分析小说的开拓者。著有长篇小说《华盛顿广场》《卡萨玛西玛公主》等，中短篇小说《螺丝在拧紧》《丛林之兽》等。作品注重现实生活中的真实性，充满长句和模糊、奇妙的比喻。

# 一

他俩邂逅之时，她怎么会说起那句使他吃惊的话，这并没有多大关系，很可能只是他们缓缓踱步、流连徘徊时他无心说的某句话引起的。一两个小时前，几个朋友领他到她待着的那座房子里来，参观另一座房子的客人（他是其中之一）被邀请过来用午餐。他总是认为宾客一多，就可以混迹其间，不受注目了。

午饭后，客人都散开了，他们到这里来原是为了领略一下韦瑟伦德别墅的风光，见识一下使这地方闻名遐迩的名画、瑰宝和其他各种珍贵的艺术品。到处都是非常宽敞的房间，客人可以任意徜徉，也可以落在人群的后面，在某些需要认真思考的东西面前伫立良久，心驰神往地欣赏、玩味和品评。在僻静的角落里往往可以看到单独或成对的游客双手扶膝，俯身观赏陈列品，兴奋地频频颔首赞叹，宛若在嗅如兰之馨。两三个游客在一起，不是啧啧交口称誉，便是默默沉浸在悠远的遐想之中。因此马丘认为这场面在某些方面颇像大吹大擂的拍卖预展，可能引起，也可能扑灭参观者购买某种展品的欲望。来韦瑟伦德的参观者中，肯定有不少人垂涎（xián）这些珍品，约翰·马丘在这些人（不管是行家还是外行）面前几乎是同样不安。这几间宽敞的房屋带他领略着诗意以及思古之幽情。他很想远离人群，好生品味鉴赏。这样的冲动来得如此之快，连他自己都始料未及，但他并不想像他某些同伴那样，好似狗一般垂涎欲滴地趴在食品橱柜前。

简单地说吧，这个十月的下午，他因离开人群独自参观从而接近了梅·巴特兰。他们坐在一张长桌子的两边，彼此相隔甚远。她的相貌在他记忆中已不太清楚，却能使他回想起一些往事，从而感到甜蜜的惆怅。这种情感好像是他某件忘却了的事情的延续，似曾相识，让人愉快，却又依稀模糊，难以名状。他觉得这是一件饶有兴味的事。特别有趣的是，尽管那位年轻女士并未直接流露出些微迹象，他却有点觉察到，她身上本身也藏着某种线索，然而他也看出，如果自己不去求索，她是不会主动交待的。除了这一点以外，他还看清了几件别的事情，这些事好奇怪，因为在他们邂逅的那个瞬间，他还在思忖，是不是曾经与她有过露水情缘，但这无关紧要。可如果真是无关紧要的话，那就很难说明，为什么此时此刻她给他的印象竟如此深刻。他无法解释，只好权且这样回答：眼下的生活里，有些事看来是无法深究的，只能随遇而安。不知道怎么回事，他断定这位年轻女士大概是这一家的穷亲戚，他为此感到满意；他还断定，她在这里不是暂住而是久居，而且多少可以算是这个家庭的一员，不过几乎是处于干活糊口的卑微地位，他对此也很满意。她是不是有时受到某种庇护呢？而为酬答主人的好心，她是不是在尽各项义务以外，还要领人参观，做些讲解，勉为其难地应付那些讨厌鬼，答复他们建筑物的竣工期、家具的式样、图画的作者、闹鬼的场所等问题呢？但这并不代表她会接受人家赏她的几个先令的小费。不，她根本不像这种人。最后，她终于来到了他面前——她显得很清秀，虽然比以前老多了，比上次见面时老多了——也许是因为她已经猜想到在两小时之内，他对她用的心思比对其他事物用的心思加在一起还要多，因此他也就琢磨到了别人因愚昧而未能琢磨到的一些真情：她在那个家庭的处境的确要比别人困苦；她在那里这么多年，尝了多少辛酸啊！她记得他，正像他记得她一样，只不过她对他的印象要深得多。

他们终于开口说起话来，房间里只剩下他俩了——这房间相当有特点，壁炉架上挂着一幅精致的肖像画——他们的朋友们已离开了房间。妙得很，甚至在还没有交换片言只语之前，他们就心照不宣地愿意留下来交谈了。很凑巧，周遭的事物也很动人，部分是由于韦瑟伦德别墅几乎处处都有令人流连忘返的景物，比如秋日渐渐向晚时，暗淡的日光透过高高的窗户向屋里窥视；阴沉的天空下，云隙间刺射出长剑般的红光，长长的剑锋在古旧的护壁板、陈旧的壁毯、色彩暗淡的古旧金器和其他器皿上晃悠嬉戏。也许最妙的还是她来到他身边的方式：他本来想，她既然受主人吩咐处理一些简单的事务，因此仿佛只要他不重提旧事，她就能继续温柔又专注地忙着手上的事务。可是他一听见她的声音，往事的空隙便被填满，失掉的环节重新接上。他凭直觉感到，她神态中轻微的讽刺意味消失了。他几乎是一跃而起，抢到她前头说："我是多年前在罗马遇见你的。现在我记得一清二楚。"她承认，自己原来有些失望——认为他准已忘记了；为了证明这一点，他就凭记忆滔滔不绝地讲了起来。此时她脸上的表情和声音，对他来说，就像是个奇迹。她就像点灯人手里的火把，在一长串煤气灯上依次燃起明亮的火焰。马丘暗自庆幸，这火焰是光辉熠熠的。她好笑地指出，他想把每桩事情都说对，却由于太性急，把大部分都说错了。他听了这话更加高兴。她说，他俩初次见面不是在罗马——而是在那不勒斯；不是八年前——而是将近十年前；当时她也不是和叔叔婶婶一起——而是与母亲和兄弟一起；此外，他当时也不是和彭布尔一家而是和博伊一家结伴从罗马来的——他对这件事有些糊涂了，她却言之凿凿，而且说拿得出证据。她认识博伊一家，至于彭布尔家，她只是听说过，并不认识，是他的那些游伴们介绍他们相识的。他们碰上一场来势迅猛的暴雨，不得不到一个挖掘文物的坑道里去避雨——这件事是在庞贝发生的，而不是在恺撒宫，他们到那里去是为了见识一件新出土的重要文物。

　　她纠正他，是为了让他明白，实际上他对旧游的印象已经很淡薄了。他接受了她的指正，听得津津有味。只是经她考证无误后，自己原来的叙述就所剩无几了，也就未免有点扫兴。他们还逗留在那，她玩忽了自己的职守，为了开导他把其他人撇在一边——他俩把这座房屋里的一切都忘怀了，一心等待着，看自己的脑海里还能不能再浮现出一两件往事来。不过总之，没多久，他们就将手中的一切，如放置纸牌一般摊在了桌上，不幸的是这副纸牌并不完美——他们祈求、召唤、敦促"过去"给他们带来一些什么，然而它所能够带来的也仅不过如此。"过去"曾使他们在很久以前见了面——那一年她二十岁，他二十五岁。但是他们彼此似乎都暗暗称奇，为什么他们的初晤什么也没有剩下。他们凝眸相视，深感辜负了机缘，在遥远的过去，在异邦的那次见面若不是那样平淡无奇，现在的这次邂逅就会有意义得多。很明显，他们共同经历的至多只有十来件琐细的往事，都是些阅世不深的年轻人单纯、浅薄、无聊的琐事。这都是些微小的胚芽，只是埋得太深（难道不是太深了吗？），时间太久，已经抽不出嫩叶了。

　　马丘心想，要是当初为她出了些力，那该多好啊！比如说把她从海湾里的沉舟中救出来，至少也得把她那化妆用品袋——在那不勒斯街上被一个怀揣匕首的流浪汉从她马车上偷走的那个化妆用品袋夺回来。要不，他单身羁留在旅馆里也该发次高烧，那也挺有意思，她就会来照顾他，帮他写家信，等他病体复原时带他去兜风散心。那一来他们便具备现在这局面所缺少的某些东西了。不过现在这局面也自有妙处，不应破坏，因此他们只得在百无聊赖中再用几分钟回想一下，既然他们都有一些共同的熟人，为什么过了这么久还没有重逢。他们没有用"重逢"这个字眼，他们一分钟一分钟地厮守在一起，不想去找大伙儿，这就无异于承认不想再辜负这次重逢的良缘。他们提出种种假设来说明为什么没有会面，徒然表明彼此相知甚浅。马丘甚至有一瞬间感到剧痛：既然所有的共同点都不存在，硬是把她当成多年老友又有何用？不过说到底最好还是把她当作老友看待。他的新交够多的了——比如在另外那座房屋里，到处都有这样的新朋友；如果她是个新交的话，也许他根本就不会注意她。他很想让想象力驰骋一番，假定自己的确曾和她有过一段艳遇或共过一段患难。他几乎真的要搜索枯肠，硬想在过去的经历中寻出某种能使他信以为真的情节。他暗自思量，如果仍旧找不到，他俩的重逢也就只会是一场空。他们会就此分道扬镳，再也不会有第三或第四次见面机会，不管怎样尝试，也不会成功。就在这节骨眼上——他后来才自己弄明白——在一切都归于无效以后，她决心亲自插手了，于是顺利地扭转了局面。她一开口，他就觉得她一直在讳莫如深。又过了三四分钟，她这种吞吞吐吐、欲言又止的样子触动了他。不过她说出的话至少消除了紧张的气氛，提供了失去的一环——就是他自己也不明白怎么会轻易失去的那一环。

"你对我讲过的那一番话，我始终没有忘怀，而且一再使我想起你。那一天酷热难当，我们渡过海湾到索伦托去纳凉。我是指我们在归途中坐在船上的天篷下乘凉的时候，你对我讲的那番话。难道你忘记了吗？"

他已经忘记了，而且对这一点只不过有些惊奇，一点也不惭愧。但使他欣慰的是，他知道她并没有俗不可耐地要他回忆什么甜言蜜语——女人的虚荣心往往使她们在这方面的记性特别好——没有要他记某句奉承话或一时的失言。换了个性格不同的女人，恐怕就会要他回忆什么"求婚"一类的蠢话了。因此他说真的已经忘记的时候,感到的是怅然若失,而不是快慰。他已经觉察到,她指的是一件值得注意的事情。"我怎么也想不起来了。不过我记得去索伦托的那天。"他说。

"恐怕你未必记得了,"梅·巴特兰沉吟了一会儿说,"而且我也不要求你记得。任何时候,要求一个人回想起十年前的自己总是很糟心的。如果你已经不像过去那样生活了,"她宛然一笑,"那岂不更好吗?"

"啊,如果你没有,我又何必呢?"他问道。

"你是说我不像过去那样生活了吗?"

"不像我过去那样。当然,我过去是一头蠢驴,"马丘说下去,"不过我很想听你说一说我那时到底愚蠢到什么程度——你记得多少就说多少,总比什么也不知道强些吧。"

可是她还是迟疑不决地说:"如果你现在已经完全变了……"

"那我就更应该知道过去的我。而且,我也许没有改变。"

"也许吧。可是如果你没有变,"她补充了一句,"那我觉得你就应该记得。而且我对你的印象和你对自己用的那个难听的称呼也绝没有共同之处。要是我也认为你愚蠢,"她解释道,"就不会记住我要说的那件事了。这是关于你自己的事。"她等待了一会儿,看他是否还记得,可是他只是惊讶地看着她,没有丝毫省悟的表示,她只好将他一军。"后来发生了没有呢?"她追问道。

他还是瞠目,不知所措,可是思索了片刻,脸上渐渐有了血色,开始现出若有所悟的神色。"你是指,我告诉你了吗?"他问道,但仍是期期艾艾,害怕自己的想法不一定对,又怕泄露了自己的底细。

"是关于你自己的事——只要记得你这个人,当然也就不会忘记这件事。所以我才问你,"她微笑了,"当时说的那件事发生了吗?"

啊,他明白了,但还在疑惑,而且有点困窘。他也明白,她有些歉疚,仿佛这事是提错了。但是他略一思考就感到这话虽然有点冒失,却绝没有提错,虽然开头使他略微吃惊,说也奇怪,过后却使他回味无穷。她是世界上唯一知道这个秘密的人,而且已经知道了许多年,他自己倒反而把曾经泄露过内心秘密的这件事完全忘怀了。也正因此,再度相逢时两人不能当作什么也没发生过。"依我看,"他终于说,"我是明白你的意思的。奇怪的是,我一点想不起来曾向你倾吐衷曲。"

"你是不是已经向许多人吐露过了?"

"没有,我没告诉过别人。"

"那么只有我知道了?"

"世界上只有你知道。"

"好吧,"她很快就回答,"我自己也从来没有说出去过。以前我从不向别人转述你的话。"她望着他,他也望着她,她的眼神使他感到她是完全信得过的,丝毫不容怀疑,"以后也绝不会。"

她的语气非常恳切,几乎有点过分,他倒因此放下心来,知道她不会嘲笑他了。自从她说知道这件事以后,整个问题对他说来是一种新的享受——既然她没有嘲笑的意思,那就说明她对他是寄予同情的,而在这段漫长的岁月中,更无第二个像她这样的同情者。他感到这会儿无法启口，与其现在告诉她，倒不如当年无意中告诉她来得更加有益。"那么就请你别说了吧。现在这样最合适。"他说道。

她笑着说："啊，只要你感到合适，我也就觉得合适！"然后又加了一句："你现在还是那么感觉的吗？"

他不得不承认她确实很关注他，不过这越来越使他诧异了。他一向认为自己形影相吊，而现在，你瞧，他一点也不孤单了。自从回忆起与她同船前往索伦托以来，这种新的感觉似乎已持续了一个小时。她才是孤单的——他望着她，似乎渐渐认识到，她之所以孤单，是他不够忠诚这一无情的事实所造成的。把已经告诉她的话再告诉她一次，岂不是等于请求她把以前出于慈悲施舍给他的东西再施舍一次吗？而她的施舍若不是因这次重逢，他一定无法忆起，更谈不上对此有所回报，甚至连道谢的话都没有。他最初只是请求她别嘲笑他。她已经坚持了十年，现在还在坚持。他应该如何报答这深厚的恩情啊！不过要做到这一点，他首先得明白他在她心目中的形象。"我究竟是怎样讲的呢？"他问道。

"讲你当时是怎么感觉的吗？啊，很简单。你说很早以前就打内心深处感觉到，你注定会遭遇某种稀罕的奇事，可能是极为奇特而可怕的事情，你说你迟早会遇到它。你还说你的这种预感已在骨髓里生根，深信它可能将你压倒。"

"这算是很简单吗？"约翰·马丘问道。

她寻思了一会，突然很笃定地说："也许是因为你说的时候我好像能理解。"

231

"你真的能理解？"他急切地问。

她那和蔼的目光又停留在他身上，最后她温柔地问道："你相信吗？"

"啊！"他无可奈何地喊道，好像有千言万语要说。

"无论它是什么，"她清楚地说明，"反正它还没有来到。"

他摇摇头，这会儿是完全投降了，"它还没有来到。不过，你要知道，这不是我要做的事情，不是我将要在世界上完成的受人景仰的丰功伟绩。我还不至于蠢到这种地步。毫无疑问，我要真这么愚蠢，那倒好了。"

"也许只是件你将要忍受的事情，是吗？"

"啊，姑且说是一件我在等待的、必须正视的、在我生活中必然爆发的事情，它很可能会使我丧失意识，很可能会使我毁灭；另一方面，它也很可能会改变一切，使我的世界从根本上动摇，而我得接受这改变带来的全部后果。"

她把话都听进去了，眼中的光芒里仍无嘲笑的意味。"你所描绘的恐怕是一种期待吧——或者说是许多人所熟悉的那种害怕坠入情网的危险感？"她问道。

约翰·马丘感到惊异，追问道："过去你问过我这样的话吗？"

"没有……那时我说话不像现在这样没有拘束。这是我现在的感想。"

"当然，"他沉吟了一会儿说道，"你这样想，我当然也会这样想，当然，我将要遭遇的也许也不过如此。问题在于，如果真是这样的话，我早该知道了。"

"你是说你已经坠入情网了吗？"看到他只是对她默无一语地

凝望着,她追问了一句,"坠入情网,并不是什么大不了的事。"

"你瞧我还是老样子,可见它不是什么大不了的事。"

"那就证明它不是爱情。"梅·巴特兰说。

"嗯,不过,至少我当时认为是爱情。我把它当成爱情了——直到现在我还这样认为。它给我带来惬意和欢乐,也给我带来痛苦。"他解释道,"可是没有什么新奇的感觉。这不是我所向往的爱情。"

"你向往的是只你一人占有的东西——是别人从来没有也无法分沾的东西?"

"问题不在于我'想要'什么——天知道我什么都不想要,问题在于我头脑里始终萦绕着一种不祥之感——我天天和它在一起,一刻也无法摆脱。"

他说得那么透辟,前后那么连贯,以至于这种不祥的预感变得更加强烈起来。即使她以前未曾对此在意过,她现在也会上心的,所以问道:"是不是一种大难临头的感觉?"

显然,他现在也很想再谈一谈:"我认为它真的到来时,不一定是某种动乱。我倒认为它应该是很自然、很明白的东西。在我心目中它是'必然的事情'。'必然的事情'当然是水到渠成、非常自然的。"

"那又怎么会是奇特的呢?"

马丘想了一想说:"对我来说,并不奇特。"

"那么对谁来说是奇特的呢?"

"嗯,"他想了想,终于露出了笑容说,"比如说对你吧。"

"啊,我也会在场?"

"嗨,你一直是在场的——因为你知道内情。"

"哦,我明白了。"她认真考虑了一番,"不过我是指在那大难临头的时候。"

说到这儿,他们的轻松心情一下子变得沉重起来,久久地双目对视,仿佛他们的心牢牢地拴在一起了。

"那要看你自己愿不愿意和我一起等待。"他说。

"你害怕了吗?"她问。

"现在别离开我。"他接着说。

"你害怕了吗?"她追问了一句。

"你以为我纯粹是精神失常吗?"他避开她的问题接下去说,"你只把我当成于人无害的疯子吗?"

"不。"梅·巴特兰说,"我理解你,我相信你。"

"你是说,你觉得我这种可怜的顽固信念能符合某种可能的现实吗?"

"能符合。"

"那么,你愿不愿意和我一同'守望'?"

她犹豫了一会儿,然后又第三次追问:"你害怕了吗?"

"在那不勒斯我告诉过你我害怕了吗?"

"不,你没有。"

"那么,我不明白。我很想明白。"约翰·马丘说,"请你亲口告诉我,你是不是这样想的?你要是答应我,就会明白了。"

"那么就这样吧。"

他们边说话边向前走,这时候已经走了一段路到了门口,在走出去之前,他们略停片刻,仿佛要充分达成谅解似的。"我愿意和你一同'守望'。"梅·巴特兰说。

## 二

她知道——只是"知道",既不打趣他,也没有泄露他的秘密——这个事实很快就使他们之间形成了良好的默契。而在韦瑟伦德度过的那个下午之后的一年中,他们见面的机会多了,这种默契也就更深了。使他们增加见面机会的是她的姨妈——那位老夫人的亡故。从她母亲去世以来,她一直在她姨妈的庇护下生活。这位老夫人虽然在丧偶后,身份只是新财产继承人的寡母,却由于气度不凡、品质崇高,并未丧失在这个大宅邸里的最高地位,直到她辞世才从这个重要位置上被罢黜(chù)。其后这个家族里有不少变动,使这年轻女子深受影响。

马丘经过仔细观察,发现这位姑娘自尊心很强,寄人篱下的生活使她内心抑郁,虽然还没有达到悲愤欲绝的地步,也够痛苦的了,长期以来没有什么值得快慰的事。堪以告慰的是,巴特兰小姐终于有能力在伦敦安个小小的家,内心的痛苦得以极大地宽解。根据姨妈的极为复杂费解的遗嘱,她得到了一份小小的财产,正好使这个奢望得以实现。分遗产的事情颇费时日,好不容易才完全办理清楚,于是巴特兰通知他幸运的结局终于在望了。

在这以前,他也曾和她有过多次晤面的机会:她曾不止一次陪伴老夫人到城里来,此外,他又去拜访过那些朋友,他们再次领他到韦瑟伦德宅邸去参观（这对他们来说是很方便的）。到了那里，他又寻找机会避开大家，单独和巴特兰小姐清静地谈了一次话。在伦敦，他又不止一次地劝说她暂时离开姨妈，和自己同往国立美术馆和南肯辛顿博物馆。那些美妙的陈列品使他们回忆起意大利，详谈起那儿的美妙风光。这一回他们不像当初那样试图重新品尝年轻无知时的情趣了。在他第一天到韦瑟伦德宅邸时，他们就已经很好地重温旧梦，并从而得到了足够的收获。马丘觉得他们已不复在溪流之源徘徊，而是一篙点开轻舟，顺着急流直下了。

他们确确实实是共同泛舟了，对我们那位绅士来说，这一点是非常清楚的。同样清楚的是，这件幸运之事的起因乃是那深埋在她内心的秘密宝藏。他已经亲手挖出了这一笔小小的窖藏，使他们所珍爱的宝物重见天日——也就是重见他们慎重遮掩下，清静小天地里的微弱光线。他亲自埋下了这宝物，却又很奇怪地长期遗忘了它的埋藏地点，而后又无意中碰上了。这机缘是如此难得，以致他在暗自庆幸之余，花了很多时间来品尝美好舒适的未来，也就不再萦怀任何其他问题了。他无疑该花更多的时间来探究，是什么奇怪的偶然原因导致了他的失忆。而他的未来之所以那样清新美好，正是这偶然原因造成的。他从来没有打算"让人一探究竟"，主要是因为他天生不喜欢把自己向他人全盘托出。他不可能这样打算，因为告诉别人真情，只能遭到冷酷世界的讪笑。但是既然神秘的命运使他不由自主地开了口，他也只好承认现实，并竭力从中取得补偿。所幸，知道他秘密的恰好是最合适的人，这就大大减轻了泄露秘密的严重性，一切都在他的意料之外。梅·巴特兰显然是那个对的人，因为——怎么说呢，她就是那个最合适的人，她轻松化解了一切。要是她不是，到这时候他早就知道得一清二楚了。在这种处境中，他无疑会把她当成非常关心自己困境的知己。她仁慈、富于同情心、严肃，绝不把他当作极端可笑的人。总之，他发觉她的价值就在于，他时时刻刻都能感受到她的宽恕。所以他也把她放在心上，小心仔细地告诉自己，她也有自己的生活，也会遇到些事，也会需要友情的关怀。在这方面他遇到一件很特殊的事，使他的意识极其突然地从一个极端过渡到另一个极端。

他曾认为自己，尽管无人知晓，是世界上最公平无私的人，默默承受着最沉重的负担，一直悬心吊胆，整天守口如瓶，不让别人窥见这沉重负担及其对他生活的影响，不要求别人谅解自己，而自己对别人却是体贴入微，几乎有求必应。他从来没有打扰过别人，要求他们去认识他这个鬼迷心窍的人，尽管在听说别人也有些神魂不定的时候，他也曾经打过这样的主意，因为要是他们也像他那样神魂不定，一生中从来没有安定过一个小时——他们就会理解他的心境。可他从来没有勉强他们这样做，总是很客气地听取他们的意见。正因此，他的举止才总是那样彬彬有礼（虽说也总是那样苍白乏味）。也正是因为这个缘故，他才自诩，在贪婪的人世间，他还不算自私，也许还算是非常慷慨。在人们看来，他很珍视自己的这种品质，无时无刻不在加意提防，唯恐丧失。然而现在他认为，不妨稍带一点自私，因为他过去从未有过更适当的机会。反正"稍稍自私一点"巴特兰小姐总会容许吧。他也丝毫不会勉强她,恰恰相反,他始终记得应当在哪些方面对她表示体贴关怀——最深切的体贴关怀。他必须非常明确地判定,她的事务、她的需要、她的特性——他甚至不厌其烦地探究起她的特性——有哪些会在他们的交往中出现。这一切自然表明,他已经把他们的交往视为当然之事。但有时他却深感,深远的问题早已存在,已无力挽回了。那天在韦瑟伦德宅邸,在秋日昏暗的光线下,当她向他提出那第一个尖锐的问题时,它就已经诞生。在此深厚的基础上,婚姻成了那个突出的问题。可困难的是,恰恰是这个基础本身使他们不可能结婚。他的信念,他的忧虑,总之,所有他摆脱不了的顽固思想,都不适合邀请一位女士来分担。而他偏偏又想这样做,这就是问题的症结所在。有什么东西正埋伏在迂回曲折的岁月中,像一头趴在丛林里的猛兽窥伺着他。这潜伏的猛兽究竟是注定要吞噬他,或者为他所杀,这都无关紧要。确切无疑的是,这畜生必然会猛蹿出来,而同样确切无疑的是,一个体贴的男子是不会让一位女子陪同他去猎兽的。这便是他在描绘自己的生活时,用的最后一个比喻。

然而起初,他们在多次的短暂会晤里从没有提过这种看法,他想借此慷慨地表明,他不指望,事实上也不想老是谈这件事。他脑袋里的这种想法,就如同一个人驼着的背一样。无论你提起它与否,这差异无时无刻都存在着。当然要是你像驼子那样,即使不说别人也知道,因为就算驼子没有别的,总有一张会时时表现出自己痛苦的脸。即使这样,她也在默默地观察他。一般说来,人们能做的,便是默默地观察,这也就成了他们守候彼此的主要方式。然而同时，他又不想表现得既紧张又严肃，他料想自己对别人是过于严肃了。对待这个唯一的知情人，他最好显得轻松而自然——宁可愉快地谈论严肃的问题，也不要看起来像是在回避，宁可回避也不要虚情假意地提起，就算要提，也要让它显得滑稽、熟悉，不能学究气十足、太一本正经。他心里无疑经常在考虑这种事。例如，当他向巴特兰小姐写那封愉快的信时就是这样。他在信里说，他一直以来十分关切而感到结局难以预卜的，只不过是她在伦敦购置了一幢房屋这件事。这是他们长期以来第一次重新提起此事。买房的消息原是她告诉他的，可是她回信的口气却很冷淡，说什么对于他如此悬念的竟是这样一件小事而深感不满。她几乎使他纳闷，自己在她心目中是否比自己所想的还要古怪。总之，随着时间的推移，他渐渐地觉察到她时时刻刻都在审视着他的生活，并且根据她所知道的那件事加以衡量和评价。那件事因年深日久而变得神圣了，他们对之讳莫如深，偶尔提及总是当成有关他的"终极真理"来对待。他提到这件事总是用这个名称，而她态度却不太明朗，因此每隔一段时期加以回顾，他总是找不到些微痕迹能证明她已十分了解他的思想，态度上已从一味纵容转变为完全的信任。

他老是觉得，她只是把他看成一个于人无害的精神病患者，这种看法涉及的范围很广，因此久而久之，他一想起他们之间的友谊，便会这样简单地描述。在她心目中，他的精神不太正常，但她仍然喜欢他，而且保护着他不受世界上其他人的侵害，不要任何报酬，对他关怀备至，简直是他仁慈而又贤明的守护神。对于没有其他至爱亲朋的他来说，这种关怀是多么高尚而宝贵啊！世界上的其他人当然把他当成怪物看待，但是她，只有她，才知道他古怪的程度，特别是古怪的原因。唯其如此，她才能把掩盖真相的帷幔弄得更为整齐。她因他高兴（或者说他们所认为的高兴）而高兴，正如她对他的每种心情都会做出反应一样。她能凭自己万无一失的触觉探知他内心的细微变化。不过至少她从来没有谈起他生活中的那件秘密，偶尔提及只称之为"你的终极真理"。她实际上很巧妙地使他的秘密看起来也好像是她自己生活中的秘密一样。

总之，就是这个缘故他才经常感到，她是在体谅着他——总的说来，他想不出对此还能有什么别的叫法。他体谅自己，但是她更加体谅他，因为旁观者清，她能深入他自己所无法深入的隐秘角落，对他每一种不幸的反常心情明察秋毫。他知道自己的感受如何，可是她除此以外，还知道他的神色如何。他知道，许多重要的事情由于自己优柔寡断没有去做，而她却能掂出这些事准确的分量，知道他只要心情不那么沉重，原本可以做成哪些事情，并从而推论出他（尽管聪明）还有哪些不足之处。她特别熟悉他生活中的各种形态——知道他怎样在政府机关里办公，知道他怎样管理他那些微薄的祖产、他那藏书室、他那乡间别墅的花园，知道他在伦敦经常和哪些人应酬往来，而且深知在这些生活的表象下，他是超然物外的，这种超然物外的态度决定着他的一切行为。或者说表面上决定着，而实质上是长期伪装着可勉强称为行为的一切，深知这些生活的表象和这种超然物外的态度之间有多大差别。他这样的双重生活实质上无疑像是戴着一个假面具，面具上绘着应付社会的假笑，从洞孔往外窥视的那双眼睛却带着和面具上其他部分毫不协调的神情。愚蠢的世界啊，多年来一直没有清楚地发现这些，只有梅·巴特兰发现了。她凭自己无法言传的绝技，能够迎着他的目光，立刻——也许也只是有时，让自己的眼神爬上他的肩头，并与他面具下的眼神交汇，一同透过孔洞向外窥视。

就这样一年年过去了，他和她年纪越来越大，她始终和他一起"守望"着，并让他们之间的默契交往赋予她自我存在以形体和色彩。于是，她自己也学会了在生活的表象下，保持超然物外的态度。从社会层面上来看，行为本身对于她已经成为一种虚假的解释方式。只有一种解释会始终是真实的，但是她却不能向任何人，特别是不能向约翰·马丘坦露。诚然，她的整个态度已不啻一种坦露，但是，就好像命中注定似的，他意识不到这一点，犹如意识不到许多其他现象一样。何况，如果她也像他那样必须为他们的"终极真理"做出牺牲的话，可能自然而然地她会更快地得到补偿。在伦敦相处的期间，他们无论谈多久，如果有个陌生人在旁，绝不需要竖起耳朵，就能把他们的每句话都听清楚。可是，另一方面，那"终极真理"又会随时浮到表面上来，一到这种时候，旁听者就会纳闷他们究竟在谈什么了。他们很早就庆幸，社会上的人大都是庸俗无知的，从而给他们隐秘的谈话提供了不少方便。然而也还有些时候，通常是在她某句话的影响下，谈话几乎变得很有生气。她经常重复一些话，但每两次重复之间会相隔很久。

> 幸亏我们的交往表面上完全符合男女交往的常规——友谊已渗透进日常，以至于朝夕相处后，我们终于成为生活里片刻不可缺少的东西。

这话她是经常有机会说的，然而在不同的时候，她总赋予它一些不同的新细节，特别是他来祝贺她生日的那个下午。她的生日恰巧是在星期日，那时正是浓雾弥漫、天色昏沉的季节，可他还是照例带来了礼物。认识她这么久，他已养成了一百来种小小的习惯，购买这件生日礼物也是其中之一。他用这一类的小恩小惠向自己证明，他还没沦落到真正自私的地步。礼物多半不会超过一件小小首饰，不过总是相当精致，而且他总是特意挑选那种超出他经济能力的精品。

"你知道吗？我们的习惯至少挽救了你，因为它毕竟会使那些庸夫俗子认为，你和其他男人没有什么不同。一般男人最突出的劣根性是什么？不就是他和愚蠢的妇女无了无休地厮混在一起的本领吗？我不是说他们这样厮混下去不会感到厌烦，而是说他们怎么厌烦也不在乎，或者明知无聊也不想改变行径，这两者反正是一码事。看起来，我就是你的愚蠢女人，是你在教堂里祈求的日常必需品的一部分。用这样的方法来掩盖你的行踪实在是再好不过了。"梅·巴特兰说。

"那你用什么来掩盖自己的行踪呢？"马丘问道，他那愚蠢的女人多半能以这样的话引起他的兴致，"我当然明白你说在别人面前挽救了我是什么意思，这我一向是明白的。可是挽救你的又是什么呢？你知道吗，我常常想到这一点。"

看来她有时也会这么想,可是和他想的不一样。"你是说在别人面前吗?"她问道。

"嗯,你实际上是和我休戚相关的,这是我和你休戚相关——也就是尊重你,珍视你为我做的一切——的结果。我有时扪心自问,这样做是否公平?我是说,是不是应当这样把你牵连进去,而且——也可以这么说吧——让你这样关注我,我甚至觉得你实在没有时间做别的事情了。"

"不做别的事情,只是关注你吗?"她问,"啊,除此以外,我还能有什么别的愿望呢?如果说我是按照咱们很久以前约定的那样,一直和你在一起'守望',这又有什么不好呢?在任何时候,'守望'本身就够吸引人的。"

"啊,可不是吗。"约翰·马丘说,"要不是你好奇的话——!不过,你是不是有时也想到,一年年过去,好奇心并没有得到充分的满足?"

梅·巴特兰沉吟片刻,问道:"你问这话,是不是正好因为你感到自己的好奇心也没有得到满足?我是说,因为你也不得不久等下去。"

啊,他懂她的意思!"等待那一直没有发生的事情发生。等待那猛兽蹿出来?不,我对这事的看法还是和过去一样。这不是我能抉择、能拿定主意并加以改变的事。这不是谁能改变得了的事。这件事是神祇掌管的,无法臆测。人在法则下,只能受法则管辖。至于法则会采取什么形式,将如何运行,那完全是它自己的事情,人是无能为力的。"马丘说。

"是的。"巴特兰小姐答道,"当然一个人即将来到和已经来到的命运，总是有其独特的方式和途径。只不过你要明白，你的命运原本的降临方式和途径是非常特殊的，是具有你自己与众不同的特点的。"

这句话的言外之意使他惊疑地望着她。"你说'原本的降临方式'，听你的口气，倒像是你心里已经开始怀疑了。"他说。

"哦，不见得吧！"她含糊地反对。

"你好像认为，"他说下去，"现在太平无事了。"

她费解地慢慢摇摇头，说："你完全错了，我并不那样觉得。"

他继续望着她。"那你究竟是怎么回事呢？"他问道。

"噢，"她又等了一会儿才说，"我比以前任何时候都更加相信，我的好奇心（照你的说法）将会得到十倍的满足。"

他俩现在变得坦率而严肃了。他已经从座位上站起来，再一次在那间小客厅里踱起方步来。他年复一年地到这客厅里谈论那无法回避的话题。在这里，他可能会这样说，他曾遍尝了他们亲密交往的各种滋味。他对这里的每一个物件，就像对自己家里的东西一样熟悉。连地毯都被他随兴之至的踱步磨破了，犹如百年老店的办公桌被一代一代职员的臂肘磨光了一样。他各个时期神经质的心绪曾在这里留下印迹，这地方记载了他中年哀乐的全部历史。女友刚才的一番话给予了他深刻的印象，不知怎的让他觉得自己对这些问题看得更加清楚了。一会儿后，他又在她面前停住脚步，问道："你大概有些害怕了吧？"

"害怕？"

听到她重复这个词，他以为自己的提问已让她的脸色有了些许波澜，他唯恐自己触及事情的真相，便亲切地解释道："你可记得这就是你好久以前——在韦瑟伦德的头一天问我的话？"

"啊，对了，当时你还对我说你不知道——要我自己看。后来，尽管过了这么长时间，咱们还是很少提起它。"

"正是这样，"马丘插话说，"倒好像这件事太微妙了，以至于咱们不敢随便提起。倒好像稍微用心探究就会发现我真的害怕似的。因为那一阵子，咱们还不知道该怎么办才好，不是吗？"

她一时茫然不知所措。"有些日子我认为你是害怕的。不过有些日子，说实在的，咱们哪样的想法没有啊。"她最后说。

"啊，什么样的想法都有过！"马丘微微喘息似的呻吟了一声，他们时刻萦怀的那桩事从来没有像现在这样暴露无遗。它往往在料想不到的时候露出狰狞的面目，像野兽般怒目而视。虽然他对之已经比较熟悉，但碰到这样虎视眈眈的目光，仍然会不寒而栗，从灵魂深处发出长叹。他们以前想过的事情，从头到尾都像波浪似的在他身上卷过，而往事又仿佛已经化为过眼烟云，无影无踪了。他觉得当下感受最强烈的也正是这一点——一切都变得单薄，化为乌有了，只剩下令人忐忑不安的悬念，仿佛是充斥在周围的虚空之中。甚至他原来的畏惧，如果的确是畏惧的话，也消失在了荒漠之中。"然而我断定，"他接下去说，"你看得出来，我现在不害怕了。"

"我看见的、辨认出的，是你适应危险的本领超越了以往任何时候：你和危险朝夕相处了这么多年，已经失掉了害怕危险的感觉。你明知有危险，却并不放在心上，也不必像过去那样在黑暗中吹口哨为自己壮胆了。考虑到这种危险是多么可怕，"梅·巴特兰最后说，"我只有钦佩你那无可比拟的勇气。"

约翰·马丘微微一笑，问道："这算得上是英雄气概吗？"

"当然——不妨这样说。"

这正是他求之不得的。"那么我真是个勇敢无畏的人啰？"他问道。

"在我面前，你是这样的。"

然而他还是有些疑惑地说："可是勇敢无畏的人难道不该知道自己害怕的——或者说不怕的是什么吗？你说，我是不知道这一点的，我无法把焦点对准它，我叫不出它的名字，我只晓得自己暴露在危险面前。"

"是的，可是你——我该怎么说呢——你离危险很近，而且直接暴露在它面前。这一点是足够清楚的。"

"清楚得足够使你感到，在我们称之为'守望'将尽之时，我也不会害怕，对吗？"

"你不会，"她说，"但不是在我们的'守望'将尽的时候，那也不是你人之将尽之日。所有的事情都还在云雾中，有待你去发现。"

"那为什么你就不需要去发现呢？"他问道。这一天他一直觉得她在隐瞒着什么，他在问这话时仍然有这样的感觉。由于他是第一次有这种感觉，这天就成了特殊的一天。她一时没有回答，于是事态就更显得严重，使他一鼓作气说下去，"你知道一件我不知道的事。"尽管他是个勇敢的人，这时声音也有点颤抖了，"你知道会发生什么。"她沉默无语，脸上现出一种异样的表情，几乎等于默认，于是他更加肯定了，"你知道，却不敢告诉我。这是件很糟糕的事，你害怕我发现。"

这一切很可能是真的，因为她的表情无形中透露出，他已经越过了她偷偷在自己周围布置的一道神秘的防线。不过，说到底，她可能并没有担心。最后真正的结论是，他自己根本不必徒然地焦虑。"你永远也不会发现的。"她说。

## 三

正如上文提及的那样，所有这些事情都使这一天成了特殊的一天。大量的事实说明，他们之间发生的其他事情，甚至相隔了很久的事情，和这个时刻相比都退居次要地位，只不过是这个重要时刻的序幕和结局。直接结果就是，他们松懈了下来，不像以前那样坚持不懈了，几乎是一点也不努力了。他们的话题仿佛由于本身太重而落了下来。而且马丘觉得，正如他偶尔想到的那样，应当警惕自我中心主义。他觉得自己一直是在（大体上相当过得去）切戒自私心，从来没有犯过这方面的过失，稍有偏差，他总是立即在天平的另一端加上砝码。

他常常在季节容许的时候请他的女友去看歌剧，以弥补自己的过失，而且为了表示不愿意她只享受同一种精神食粮，一个月里总有十二个晚上他要带她到歌剧院去，甚至在送她回家后也偶尔留下来，用他自己的话来说，是共度良宵。为了更好地做到这一点，他还坐下来享受特地为他准备的小份但总是很考究的宵夜。

他决心做到这一点——不让她永远以他为中心。例如碰巧钢琴就在手边，而他俩又都熟悉刚看过的那出歌剧，他们就会共同过一遍歌剧里的某些片段。就在这样的一个晚上，他提醒她，说她尚未回答他在她上次生日时提出的一个问题。"挽救你的是什么呢？"——所谓"挽救"，是指使她看起来比较合群，不显得那么孤芳自赏。他自己，正像她所说的，大体上做的是大多数男子所做的事——在寻求生活答案时跟一个不比自己高明的女子胡乱结合在一起——总算是逃避了人们的议论。而她是怎样逃避的呢？他们的结合，既然已经像他们猜测的那样，已多少引起了人们的注意，怎么她没有引起飞短流长的议论呢？

"我从来没有说过，"梅·巴特兰回答，"我没有引起大家的议论。"

"啊，由此可见，你并没有得到'挽救'。"

"对我来说，这不算什么问题。"她说，"你有了你的女人，我有了我的男人。"

"你认为你一切都正常吗？"

"啊，任何时候人们都有那么多闲话要说！我不明白这有什么不正常的。从人情的角度来看，我和你一样，没有什么不正常的。"

"我知道，"马丘答道，"从人情的角度看，你无疑是为某种目的而生活。就是说，你不仅是为了我和我的秘密。"

梅·巴特兰莞尔一笑说："我并不认为这就恰恰表明，我不是为你生活。问题恰好在于我和你的亲密关系。"

他明白了她的意思，笑出声来："是的，但是既然直到现在大家都以为我只是普通的人,而你——难道不是吗?——也不过是个一般的人。你帮助了我,使我看起来和别人一样。而如果我就是个一般人,照我的理解,你就不是在为了我而妥协了,是不是?"

她又迟疑了一会儿,可是随后的回答却是够清楚的:"是这么回事,我关心的只是帮助你显得和别人一样。"

他字斟句酌,用相当得体的言辞表示感谢:"你对我多么友爱,多么仁至义尽!我该怎样酬谢你的善意呢?"

她最后一次庄重地停顿了片刻,仿佛在为他选择道路。她终于做出了选择,平静地回答道:"你最好的酬谢莫过于像现在这样生活下去。"

他们又陷到原先的状态中——他依然如故地生活下去。很久以后,需要他们进一步探测彼此内心深渊的那一天,终于不可避免地来到了。在他们内心的深渊里有一座拱架结构作为桥梁,其结构虽然很轻,而且偶尔会在令人眩晕的空中摆动,却是相当坚固。不过为了使自己安定下来,他们需要在必要时把一个铅锤垂入自己的内心深处,测量一下这深渊究竟有多深。而现在,情况有所不同了:他们近来常常畅所欲言地谈论,在一次这样的谈论结束前,他指责她,说她"知道"某件事,而又认为这是一件不便启口的坏事,因而有看法也不敢告诉他。她一直认为没有必要反驳他,可是他进一步说,这分明是件坏事,她故意遮盖,生怕他自己发现。于是她便辩解了几句,可是她的辩解使事情越发含糊不清了。马丘觉得不能掉以轻心,想认真探究一下,可是因为他特别敏感,这件事变得非常棘手,无法认识它的真面目，只能远远地围着它兜圈子，一会儿稍稍挨近些，一会儿却离得更远了。至于巴特兰，他有点怀疑她"知道"的未必比他自己多，她并没有什么知识来源是他不知道的，她的神经当然可能更灵敏一些。妇女们对于她们感兴趣的事总是非常敏感的，只要是关于人的事情，她们往往能看出连对方本人有时都看不出的隐秘之处。她们的神经、她们的敏感、她们的想象力引导着她们，启发着她们，使她们看到隐秘的事情。而且梅·巴特兰还有一个可贵之处，那就是她的整个身心都沉浸在他的事情里面。而马丘呢，说也奇怪，这些日子他有了以前从未有过的感受。他渐渐地害怕在一场灾祸中失去她——当然这场灾祸还不算是毁灭性的灾祸。部分原因是他突然深深感到，自己比以往任何时候都更需要她，部分是由于她的健康状况看来有些欠佳。这两件事是同时出现的新情况。在这以前，他已成功地培养起内心超然的态度，以上的叙述都说明了这点。在目前这个关键时刻，他所卷入的复杂情况达到了前所未有的严重程度，甚至严重得使他自忖是不是真的能在不久的将来看到、听到、触摸到在暗中窥伺他的那个东西，进入它的直接活动范围。

不可避免的这天终于来到了。他的朋友告诉他，她害怕自己患有一种严重的遗传疾病。他也多少觉察到了病情变化所带来的阴影，并感到了恐惧带来的寒气。他马上开始想象种种不幸和灾难，首先想到的，是她的险境也同样威胁着自己，像是自己极为重要的东西被夺走了。但这也使他的心灵里恢复了一些惬意的安宁——因为这表明他首先考虑的仍旧是她所可能遭受的痛苦。"如果她在知道、看见之前就去世了，那可怎么办呢？"假如在她不幸的最初阶段就问她这样的问题，那未免太残忍了。但是他立刻感到这问题表明了自己对她的关心。他最为她担忧的也就是这种可能性。而且如果她在某种——谁知道呢？——不可阻挡的神秘灵光的启示下，确实已经"知道"了的话，那非但不会使事情好转，反而会更糟，因为她原已把他的好奇心当成她自己生活的基础。她活在世上一直是为了有朝一日能亲眼看到那注定要看到的东西。要是未能达到这个目的就溘然去世，那就太让人心碎了。这些想法使他变得胸怀坦荡，但是尽管有这些豁达大度的想法，随着时间的推移，他也越来越惶惶不安。他感到时光在以一种奇怪的方式飞快地流逝，而他感到最奇怪的一点就是，这尽管给他带来种种不便，却也带来了几乎是他一生经历（如果这能称为经历的话）中唯一确有裨(bì)益的意外遭遇。现在她一反常态，总是闭门不出，要见她就得上她家去——而不可能和她约定在某个地方见面了。以往他们曾多次这样做——几乎走遍了伦敦的各个角落，他们熟悉、喜爱着这座城市。他还发现，她总是静坐在火炉旁，和那把座位很深的老式椅子越来越形影不离了。

有一次他隔了较长时间没有上她家去，见面以后他觉得她突然比自己所想的老得多了。接着他省悟到，是由于多时不见才突然有这感觉的。他们认识了这么多年，相貌上的变化原是不可避免的事——她的确老了，或者说即将老了，既然如此，那么作为她伴侣的约翰·马丘岂不也老了。但这一事实真相是他从她的相貌中推断出来的，自己对此并没有深切感受。从这件事开始，使他感到惊诧的事情越来越多，几乎像潮水般源源而来。这些事仿佛密植在生活的早期,多年以来隐藏不见,而到一生之黄昏(对一般人来说,意外之事在这个时期已经绝迹)却出奇地一齐涌现。这真是世界上最奇怪的事。

使他惊诧的事情之一,乃是他竟发现自己在认真思考——他确实已经思考多时了——他所焦虑的这件大事会不会就是这位可爱的知心女友(只有在想到有这样的可能性时他才毫无保留地给予她这样的评价)眼看着就要从自己身边消失。他多年来百思不解的谜,其谜底竟是毫不含糊地将他一生境遇中最宝贵的东西抹去,这该是多么意想不到的伤心事。他将一落千丈、笼罩在凄惨的阴影之中,自己的一生只落得个荒唐一梦休。他绝不甘心这样的惨败。长期以来他一直馨香祷祝自己获得成功,万万想不到会是这样的下场。

他想到自己,或至少说他的伴侣已经等待了这么久,就不免灰心丧气;而想到她可能因白等了一生而受到人们的窃窃私议,更是感到难受;再想到自己起初竟把这样一件悲哀事当成趣事,就更感到触目惊心了。

随着她病情的恶化,事态也严重起来,导致他心情恶劣,他甚至观察到自己的外形都受到了毁损。这可以说是又一件使他惊诧的事。与此相关联的还有一件事,使他惊得目瞪口呆,那就是他隐约意识到(可惜他没有勇气,要不然它就会凝结为具体的形态)一个问题——这一切,也就是说,她的种种经历、她的徒然等待、她可能面临的死亡和这些事所隐含的无声的责备,都意味着什么呢?难道说,时至今日,已经太晚,无法得出答案了吗?不,自从意识到这奇怪的问题以来,他从未承认过内心低语的这句话。

最近几个月，他的信心一直没有动摇，他始终认为，无论自己来得及看到与否，该发生的事总是会发生的。可是随着事态的发展，近来他有了一个想法，认为自己的确没有多少时间了，即使有，也是少得不值一提。而且越来越明显，他长期生活在某种混沌不清的境界所投射的漫长阴影中，要证明这种生活是否真实，也的确没有充裕的时间了。于是，他原来摆脱不了的信念终于有了一些改变。他将遇到他的命运，而他的命运也将要发挥某些作用。现在，当他省悟到自己已过了年华正茂的时期，也就是说感到自己已经老朽无用之时，他又省悟到另一个道理：一切都是互相制约的，他和他那混沌不清的境界同样都受某种既定的规律所约束。只有当一切的可能性都已变得陈旧，当神祇的秘密变得黯然无色甚至消失的时候，才算是真正的失败，哪怕破产、身败名裂、戴上颈手枷或是被处绞刑都不算失败，只有空虚无所作为才是失败。

就这样，当他的生活道路意外地折入阴森的幽谷时，他在黑暗中摸索彷徨，十分疑惑。他不在乎自己将遇到多么可怕的失败，也不在乎含垢忍辱——因为他毕竟还没有衰老到经受不起这些打击的程度。只要他以各就各位、随时待命的姿态迎接，就能经受得住。此时他只剩下了一个愿望，即不要受命运摆弄。

## 四

在一年伊始，某个春光未老、春意烂漫的下午，她完全按照自己的方式平复了他显而易见的恐慌心情。他去看望她，时间已比较晚了，但黄昏尚未来临。天色将暮，在四月凄艳的霞光的映衬下，她出现在他面前。这光景比最阴郁的秋日更使人感到悲凉，大家都认为这一年的春天来得较早，这个星期一直比较暖和，于是梅·巴特兰开春以来第一次没有坐在炉边。马丘感到她的周围弥漫着一种安静淡远的气氛，宛若这纤尘不染的陈设和清冷而百无聊赖的环境也深知再也不会看到温暖的炉火了。她本人的外貌——他说不清是什么道理——使这种情调更为深沉。她几乎像蜡一样苍白，脸上布满了针尖刻痕般细密的皱纹和斑迹。她身上披着褶皱下垂的、色调柔和的白衣，脖子上系着一条已经褪色的绿围巾，多年的使用使它原来就很温柔的颜色变得更加淡雅了。她宛若一尊安详优雅而又神秘莫测的狮身人面像。她的头部，也可说她的全身都洒满了银粉。她是一尊人面狮身像，但是看她那白色花瓣和绿色花萼，她又像一朵百合花——不过这是一朵惟妙惟肖的人造百合花，恒常受到精心保护，纤尘不染，洁白无瑕，微垂着头，带着浅浅的皱痕，被扣在一只明净的钟形玻璃罩下。房间收拾得井井有条，家具器皿擦得锃亮，没有一点污渍，这原是她的每间住屋永恒的特点。

可是此时，马丘却觉得所有的家务都已结束，所有的东西都已折叠起来，收藏好，她无事可做，所以才叠着手闲坐着。

在马丘的心目中，她此刻已成了局外人，她的工作已经完成，好像隔着一道深渊或是从一个业已到达的海岛疗养地和他通话，让他觉得自己像是被奇怪地遗弃了。难道她和他一起'守望'了这么长时间，问题的答案已经自动在她的脑海里清楚地呈现，因此她的职务已经不复存在？是不是这样呢？他甚至在几个月以前就指责过她，说她在那个时候就已经知道某件事情的端倪，却瞒住他不让他知道，但过后由于隐隐约约有点害怕会引起不和，甚至可能引起对立情绪，他并没有继续追问。

总之，他在最近一段时期变得有些神经质了，这是以往多年以来从未有过的。奇怪的是，他在有把握的时候一直没有犯过这毛病，一直等到他开始怀疑时才露出征兆。他仿佛感到如果说错了话，某种东西就会落到他头上，这种东西至少会减轻他紧张等待的心情。但是他不愿说那句错话，因为那会使一切变得丑恶。他希望他想知道的那件事，如果能落下来，就凭它自身的分量落到他身上。而如果她打算抛弃他，当然应该由她来告辞。所以他没有再直接询问她所知道的那件事，只是在看望她的时候旁敲侧击地问："时至今日，你认为我最坏的遭遇会是什么？"

过去他也经常问她这样的话，他们总是时而紧张地沉默，时而回避。他们心灵上的交往有一种古怪而不规则的节奏，往往是先热一阵子，就那个问题紧张地交换看法；然后又冷一阵子，眼看着自己的种种想法在冷漠的间歇中被冲洗掉，宛若浪潮在海滩上描画出图样，然后又把它冲洗掉一样。他们谈的永远是些最陈旧的老话，但只要稍微搁置一段时期，或是偶一提起,就又重新浮现,听起来仍是那么新颖有味。此时她也就是这样,带着新鲜的感觉和耐心来回答他的询问:"嗯,是的,我曾经反复考虑过,可是我过去总好像拿不定主意。我想到过一些可怕的事情,但很难说你最坏的遭遇会是什么,你想必也一样吧。"

"可不是!我现在觉得以前一直没有做过别的事情,一生尽是在思考可怕的事情,其中大多数我曾经在各个不同的时期告诉过你,可是也有好多事情我一直无法说清。"

"也都非常可怕吗?"

"非常可怕,太可怕了——其中有一些。"

她望了他一会儿,他遇上了她的目光,无端产生了一种奇怪的感觉,觉得她的眼睛还是那么清澈。如果充分领会了她眼神的含义,就会觉察到它们仍像她年轻时一样美丽,不过这是一种奇怪的冷若冰霜的美丽,乃是这暮春傍晚暗淡飘忽、令人悲从中来的凄艳景色所产生的效果(假如说不是起因的话)的一部分。"而且,"她最后说,"我们还谈过一些使人毛骨悚然的事情。"

这样一幅凄美的图画中,这样一个凄美的人儿说起"一些令人毛骨悚然的事",已经够使他感到奇怪的了。谁知一会儿后她又做出了更奇怪的事情——不过这一点是他后来才领会到的——奇异事件的音调已经在空气中颤动了。这是一种信号,暗示她的眼睛又闪烁着年轻时的光芒了,他不得不承认她的话。"是啊,过去有些时候,我们的确什么都聊,聊得很深入,走得相当远。"他感到自己的话里有一种万事完结的口气。他也盼望如此，他很清楚事情的完结要越来越依靠他的伴侣了。

可是她脸上泛起了一缕柔和的笑容。"啊，是很远啊——"她意味深长地说，稍带一点古怪的讽刺意味。

"你是说，打算走得更远些吗？"他追问道。

她继续向他凝望着，显得那样文弱、富于智慧，自有一种风韵，但又茫然若失，好像丢失了什么线索似的。"你认为我们走得够远了吗？"她问道。

"嗯，我想，'走得够远'是指我们正视过大多数事情。"

"也包括我们彼此间的事情吗？"她还在微笑，"可是你的话很对。我们曾常常在一起想入非非，也常常忧心忡忡，不过其中有些事我们从来没有说过。"

"我们还没有遇到最坏的事情。如果我知道你的想法，我就能够平添勇气，应付过去。不过，我总觉得，"他解释道，"我好像已经失去了设想这些事情的能力。"他有些纳闷，不知道自己的脸色是不是和声音同样虚弱，"我的精力已经耗尽了。"

"那么你凭什么认为，我的没被耗尽呢？"

"因为你给我一种完全相反的感觉。你不用想象、设想、比较什么问题，也不用现在做出什么抉择，"他终于吐露了真情，"而是你知道一件我所不知道的事。你曾经向我有过这样的表示。"

他立刻就看出，最后这句话在她的心里引起了很大震动，因为她一口咬定地说："亲爱的，我什么也没有对你表示过。"

他摇头否认，"你瞒不过我。"

"哦，哦。"梅·巴特兰因无法隐瞒而发出痛苦的声音，简直像是一声拼命忍住的呻吟。

"几个月前我曾说过,这是一件你害怕我发现的事情。当时你无形中承认了。你回答我说,我无法发现,也不会发现,而我也没有假装已经发现了。不过我知道,你确有一桩瞒我的事。我明白在所有可能发生的事情当中,唯有它一定曾经是,而且现在仍然是那件你认为最坏的事情。我请求你,"他接下去说,"也是这个缘故。今天我就怕自己不知道——我不怕明白真相。"看到她还在沉吟,他又说道:"我从你脸上的神色,从这里的气氛和种种迹象都可以断定,你在经历过这件事以后已经打算置身事外,而让我去受命运摆弄。"

她纹丝不动地坐在椅子上聆听着,脸色煞白,好像心里正在斗争,要不要下决断。从神态来看,她好像同意他的话,可是内心微妙的活动仍不让她马上开口承认。这无疑是一种有所保留的投降。"这确实会是最坏的事,"她终于熬不住说了出来,"那件我从未提过的事。"

他愣怔了好一会儿才问道:"比我们提过的所有的事情还要可怕吗?"

"还要可怕。你不是清清楚楚地说过它是最坏的事情吗?"

马丘思量了一会儿,回答道:"当然。如果你和我的想法相同,那肯定是一件最坏的事。把我们所能设想的有害和可耻的事情加在一起也不过如此。"

"要是它真会发生的话,那的确是这样。"梅·巴特兰说,"不过你要记住,现在咱们讲的只是我的想法。"

"只要你以为是这样,"马丘答道,"那就够了。我绝对相信你,所以你知道这个秘密而又不肯进一步向我透露,那就等于抛弃我。"

"不,不,"她反复说,"我是和你站在一起的,难道你还看不出来?我还和以前一样。"为了让这说法更有说服力,她站起身来给他看——这些日子她很少冒险这样做了——她全身衣着齐楚,显得是那样柔和、美丽、苗条。"我没有抛弃你。"她强调说。

她这样不顾身体孱(chán)弱,挣扎着起立,乃是一种慷慨大度的保证。假如这种情不自禁的动作没有获得太大的效果就好了,他就会更多地感到痛苦而不是愉快。但是当她白衣飘举、荡荡漾漾地站在他面前时,她冷若冰霜的眼神里的魅力已经散布到她周身,因而顷刻之间仿佛已经恢复青春。他不能因她痛苦的挣扎而怜悯她,但却把她所表现的样子信以为真,以为她真的仍能帮助他。她发出的光辉仿佛随时都会熄灭,因此他必须抓紧、利用这宝贵的瞬间。他渴望知道的三四件事都在脑海里翻腾,然而自动浮到他嘴唇上的却只有一个,而这实际上已包括所有其他问题:"那么,请你告诉我,我会不会神志清楚地感受痛苦?"

她立即摇头说:"绝不会!"

这证明了她确有权威,他并没有错认。这也对他起了非凡强烈的影响。"难道还有比这更好的事吗?你怎么能称它为最坏的事呢?"他一再问道。

"你以为这是再好不过的事?"她问道。

她的话好像有深刻的特殊含义,使他又苦闷惶惑起来,虽说他仍有一线希望得到拯救。"要是一个人什么都还不知道,那为什么不是呢?"他说完后,他们思考起这个问题来,眼光默默地交流。这一线希望渐渐扩大了,她的脸上也随之泛起了他希望见到的奇妙光彩。他领会到了这种光彩的含义,突然脸上发热,连额头也变红了。他倒吸了口气,立即恍然大悟,于是所有的问题一下子都有了答案。他喘息的声音充斥在空气中,然后化为了清晰的语句:"我明白了——如果我不将受苦的话!"

她的目光里仍然流露出怀疑的神色。"你明白了什么呢?"她说。

"就是你现在想的——以前也一直在想的。"

她又摇头否认:"我现在想的已经不是我一直在想的了,我的想法变了。"

"是什么新的东西吗?"

她迟疑了一会儿,答道:"是新的东西,但不是你所想的那样。我明白你想的是什么。"

他的预见又落空了,不过她的更正可能错了。"我不是笨蛋吧?"他问这话的口气既有些怯懦,也有些坚强,"这一切不会其实一直以来都是个错误吧?"

"错误?"她怀着怜悯的心情跟着他说了一句。他看出这件可能发生的事情对她来说将是极其可怕的,她保证他不会蒙受痛苦,那绝不会是她的真心话。"啊,不是的,完全不是这么回事,"她宣称道,"你是对的。"

但是他忍不住暗自思忖,她肯定是急中生智,用这样的话来挽救他。他好像觉得如果自己过去的一切都是平凡陈腐的,那他就完了。"你说的是真话吗?我不是那种连自己也不愿承认的不可救药的白痴吧？我没有生活在痴心妄想和令人糊涂的幻觉中，空等了一辈子，到头来却眼看着大门当着我的面关上吧？"马丘问道。

她又摇摇头。"无论如何那是不可能的，无论如何，现实就是现实。门没有关上。门还开着。"梅·巴特兰说。

"那么真的会有什么事发生吗？"

她又等了一会儿，她那冰冷而又亲切的眼光定在他身上。"早晚会发生的。"她用滑行的步子缩短了他们之间的距离，她靠近他，挨着他站立，只有短短一会儿。这动作仿佛微妙地表示，她此刻心中似有千言万语，欲诉还休。他一直站在壁炉架旁边，炉子里没有生火，架上没有多少东西装点，一只古老而精致的小法国钟、两件产自德累斯顿的玫瑰色小巧瓷器就算是全部的摆设了。他在等待的时候她紧紧抓住炉架，仿佛想从中得到支持和鼓励。然而她老是使他等待，他便只好一直站在那儿。她的举止和神态突然使他非常生动而清晰地感到，她还有情愫要倾吐。她消瘦的病容放出柔和的光晕，脉脉含情，宛若发出银子一样的白色光辉。她无疑是正确的，因为他从她脸上看到了真情。然而奇怪的是，他们刚谈到的这事是多么可怕，话音未落，她的举止神态却又把它表现得无比柔和，前后之间非常矛盾。他惶惑不解地呆望着，可是她所启示的真理又让他感激。他们就这样默然无语了好一会儿。她朝着他，脸上显得明亮起来，周围有一股难以估量的压力，而他的目光则是十分温和，却又像是在迫切期待着什么。但是结果并不是他所期待的，完全是另一回事：一开始她似乎闭上了眼睛，在同一瞬间缓慢而轻微地颤抖了一下，他仍然睁大眼睛——实际上在更紧张地凝视——她却转过身去，回到椅子跟前。如果说她有什么打算，那也只是到此为止，但是他仍然一心想着这件事。

"啊，你会不会是想说——？"

她顺手按了下烟囱旁的唤人铃，又坐到椅子里，面色出奇的苍白。"恐怕我病得太厉害了。"她说。

"病得太厉害，以致不能告诉我了吗？"突然，他心里涌出一种恐惧感，话几乎到了嘴边：她会在启示他之前死去吗？他及时忍住了，没有问出口来，但是她的回答表明，她好像已经听清他心里的话。

"你现在——还不知道吗？"她的语气似乎透露着，某些变化已悄然发生。

"现在？"她的侍女听到了铃声，很快前来听候吩咐，这时已到他们身边。"我什么也不知道。"他说这话时很是不耐烦，内心惶惑不安，想从此不再过问这件事。后来他为当时这种不耐烦的心情感到可耻。

"啊！"梅·巴特兰轻声一喊。

"你哪儿疼吗？"侍女走到她跟前时，他问道。

"没。"梅·巴特兰说。

她的侍女用一只臂膀搂住她，准备搀扶她回屋时，她用恳求的眼睛望着他，这表明女主人身体确实是很不舒服。可是他却不顾这些，又一次表示了自己的惶惑："那么到底发生了什么事呢？"

在侍女的搀扶下她又站了起来，他觉得不得不告辞了，于是就茫然若失地拿上帽子和手套走到门边。但他仍在等待她的回答。

"就是你说的那些注定要发生的事。"她说。

## 五

翌日他再次造访，但是她已病得不能见他。他们认识那么久以来他还是第一遭被挡驾，他离开时感到怏怏不快，几乎是愤慨，或至少感到他们日常生活中的这次失联实际上意味着一切将要结束了。他忧心忡忡地独自徜徉，有一个念头特别顽强地萦绕在他心头：她已经奄奄一息，他将要失掉她；她已奄奄一息，他的生活即将告终。他路过公园，在里面停留了一会儿，直瞪瞪地望着前面，一个劲儿琢磨那一再出现的疑问。不在她身边，这疑问无端又袭上心头；而在她身边，他又是相信她的；可是当他孤单凄凉时，就最容易产生一种想法，一种可怜的自我安慰温暖着他，使得冰冷的苦恼稍减：为了挽救他，她欺骗了他，使他看不到真相，从而得到安宁。他必将遭遇的事情不就是现在正在发生的事吗？要不然究竟会是什么呢？她奄奄一息，不久即将亡故，把他孤零零地撇在世上——这就是他在琢磨的丛林猛兽，这就是那件冥冥中难以预卜的事。上次他离开她时，她已经预料到这一点，否则她还会是什么别的意思呢？这不是一件怪异的事，不是什么命中注定的、稀罕奇特的事，更不是什么使人青云直上、流芳百世的佳运，只是带有一般厄运的烙印。但是此时在马丘的心目中，此等的厄运也就足够了，能够让他接受，他甚至愿意把它当作无限等待后的完满结局而屈尊接受。在苍茫的暮色中，他在一张长凳上坐了下来。他不是一个傻瓜，正像她说的，某件事情确实发生了。他起身之前就已深深感到这最后的结局是值得他走过那迢迢远路的，而在这条漫无尽头的路上她步步紧随着他，为他分忧，为他献出自己的一切，甚至是生命，以促使最后的结局早日到来。他一直是在她的帮助下生活的，离开她将是何等残酷的事情。他将苦苦怀念她。绵绵此恨，曷其有极！

幸好一个星期之内他便会知道分晓。尽管她这几天的拒绝暂时使他走投无路、在痛苦沮丧之中坐立不安，她最终还是结束了他的苦难，像往常一样接待了他。但是要让漂浮在他们半生中的过去如过眼烟云般在她面前重现，到底是要冒点风险的，更何况虽然她还是一往情深地希望他不再苦苦思念下去，以便结束他长期以来的烦恼，却已很难如愿了。显然，这是她还能伸出手来时（多半也是为了使自己心里没有牵挂）的唯一愿望。她让他非常感动，以致坐到她椅子旁边时他就激动得忘乎所以了。是她自己又使他回想，使他在告别前重新体会一下她那天说的最后一句话。她希望他们之间的事能妥善解决。

"我不知道你理解了我的意思没有。你再也没有什么可等待的了。它已经发生了。"她说。

"真的吗？"啊，他是多么惊讶地望着她啊！

"真的。"

"就是你以前说可能发生的事情？"

"就是我们年轻时就开始等待的。"

和她面对着面，他再次相信了她，他是无力反驳这种权威性的答复的。但他还是继续追问下去："你是说它已经确切无疑地发生过了，而且是有名称、有日期的？"

"确切无疑。我不知道它的'名称'，可是它是有期限的！"

他发现自己又茫然不解了。"难道它是在夜里发生的——来了，放过我又过去了？"他满脸疑惑地问道。

梅·巴特兰脸上隐约泛起了奇异的笑容。"啊，不，它没有放过你！"她肯定地说。

"可是既然我并没有感觉到，它怎么会没有放过我呢？"

"啊，你并没有感觉到，"在这个问题上她好像又踌躇了一下，"你并没有感觉到，这件事奇就奇在这一点，妙也就妙在这一点。"她说话时声音柔弱得几乎像个生病的孩子，但是在这一切已告结束的最后关头，她的口气却又像女先知那样直言不讳。她清楚地知道她了解这一切，而且知道这件事对他影响之深，竟比得上一直统治他的那个自然法则。这是那个法则的真实声音，是法则本身借她的口发出的声音。"它确实没有放过你，"她接下去说，"它完成了它的使命。你完全在它的掌握之中。"

"我却一点也不知道？"

"你却一点也不知道。"他俯向她，手放在她椅子的扶手上，现在她总是带着隐约的笑容，把自己的手放在他手上。"只要我知道就够了。"她说。

"啊！"他迷惑地喘了口气——她自己最近也常常这样。

"我很久以前说的话是真的。现在你再也不会知道了，我想你应当满足。你已经经历过了。"梅·巴特兰说。

"可是经历了什么呢?"

"哎,还不就是你注定会遭遇的那件事吗?统治你的法则已得到证实。它已经起了作用。我太高兴了,"接着她又勇敢地补充,"终于能够知道它不是什么了。"

他继续盯着她,感到一切,包括她在内,都不是他所能理解的。他本想紧追不舍地要求她回答,转念一想,又觉不应在她身体虚弱时烦扰她,而应低首下心,像对待先知的启示一样虔诚地接受她所给的一切,只是因为他预感自己即将变得十分孤独,才说了一句:"既然你因为它'不是'什么而感到高兴的话,可见本来比这还要坏得多,是吗?"

她把目光移开,直瞪瞪地向前看,又过了一会儿,仍凝视着某处的空白,问道:"唉,你可知道我们惧怕的是什么?"

他又纳闷起来,猜测道:"是我们从来没有惧怕过的事情吗?"

听到这话,她又慢悠悠地转过脸来望着他。"我们幻想过不少事儿,可曾想过我们会这样坐着谈论这件事吗?"她反问道。

他试图给予肯定的回答,他们想过很多,他却恍惚感到,那些幻梦总是迷惘地陷在某种寒冷的浓雾中,不见其形。"可能我们那时还没法像现在这样谈这件事?"他说。

"这么说吧,"她尽力向他解释,"我们没有从这方面谈过。你看,这是另外一个方面。"

"我想,"可怜的马丘回答说,"对我来说哪个方面都一样。"看到她微微摇头,他便更正了自己的说法,"看来,我们没有能到达——"

"没有能到达我们现在这光景吗？不。我们不是已经到这了吗？"她微弱地强调着。

"这对我们又有什么好处呢？"他不客气地指出。

"还是有点好处的，好处是它并不在这里。它已经过去，落到了后面。"梅·巴特兰说，"以前——"但是她的声音又中断了。

他怕她过于疲劳，便站起身来，但是感到很难抑制自己的渴望。等待了这么多年，结果她什么也没有告诉他，只说他自己没有看出问题。而这一点不用她说，他也早就明白了。

"以前——？"他茫然地重复她的话。

"以前，你看，它总是将要发生。因此它永远在眼前。"

"啊，现在我再也不在乎会发生什么事情了！而且，"马丘补充说，"我似乎宁愿它一直在眼前，也不愿它因你的离去而消失不见。"

"啊，我！"她摆了一下苍白的双手，表示对自己的去留并不萦怀。

"什么都不在眼前了。"他悚然地感到在他们的一生中，这是他最后一次站在她面前了。他正在堕入无底的深渊，无法承受的千钧重担压在他身上，迫使他不得不说出胸中最后一点抗议。"我相信你，但是我不能不懂装懂。我觉得什么也没有发生，直到我自己去世那天（我恳求老天这一天快快来到），再也不会发生什么了。可是，"他又说，"正像你说的，我已经吃完了我的蛋糕，连半点碎屑都没有剩下——我实在不明白，我从来没有感觉过的事，怎么会是我命中注定必然要经历的事呢？"

她的答复也许不是那么直截了当，却是那么泰然自若。

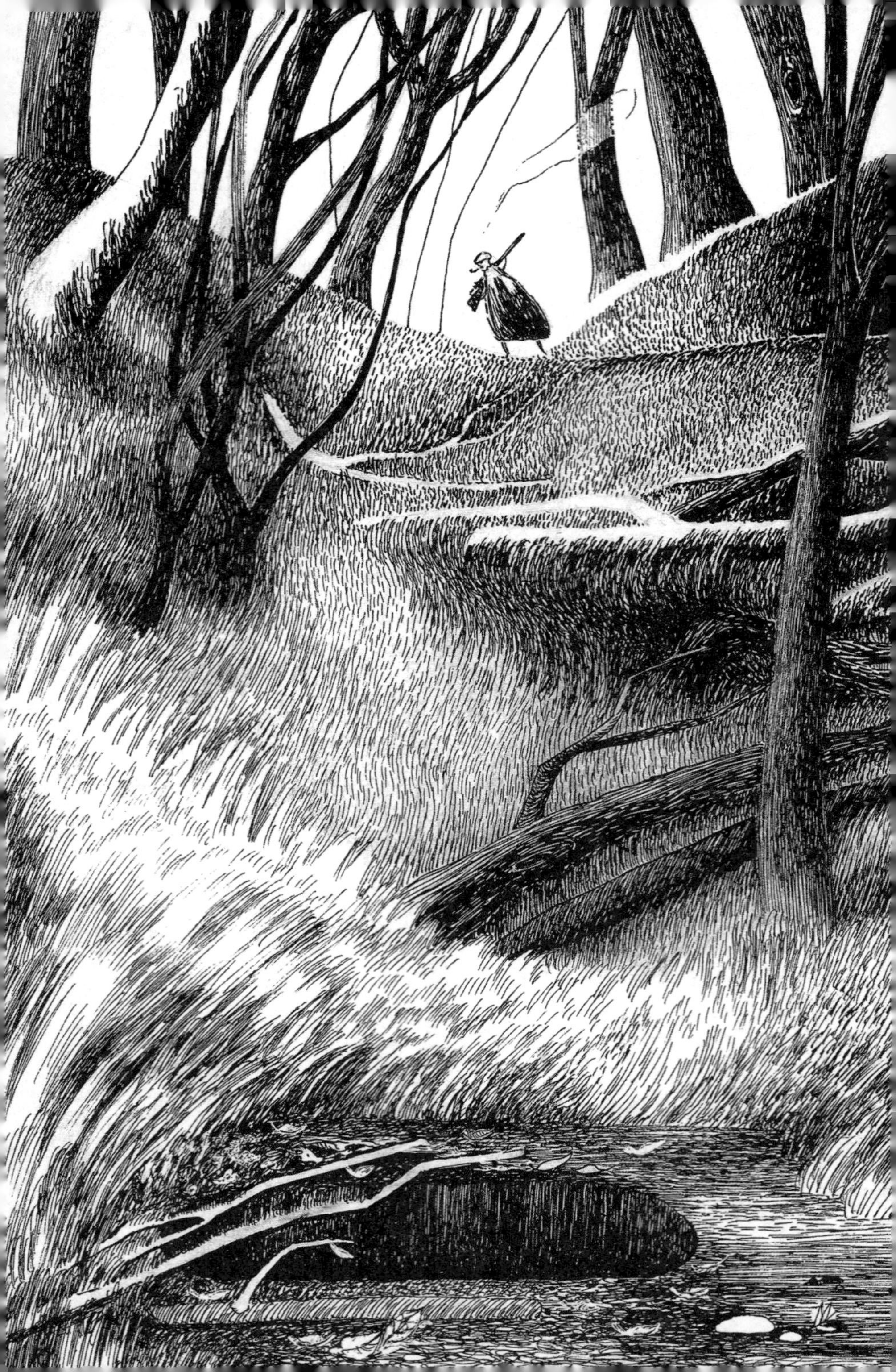

"你过于相信你的'感觉'了。要知道你命中必然要忍受的事情,你不一定会理解它。"

"那么这世上——如果忍受了痛苦后还不能理解痛苦本身的话,到底怎样才能呢?"

她抬头默默地望了他一会儿才回答说:"不,你还不明白。"

"但我很煎熬。"约翰·马丘说。

"别这样,别这样!"

"我怎么才能躲开那件事呢?"

"别这样!"梅·巴特兰重复说。

她虽然身体虚弱,说话的声调却是那样异乎寻常,使他瞪着眼睛凝视着,刹那间,好像一直隐藏着的一道光线闪过他的眼帘,随即又落入黑暗,但是这微光一闪已在他心中形成一种想法。

"是因为我没有权利吗?"他又问道。

"没有必要知道的事,还是别知道的好。"她仁慈地劝说,"你不必知道——因为我们不该知道。"

"不该?"他如果能明白她的意思那就好了!

"不,你问得太过分了。"

"太过分?"他还在问,但是他的迷惑心情,刹那间突然消失了。她的话如果有什么含义的话——她那消瘦的脸庞也有同样的含义——他感到这就是全部意义所在,他恍然悟到她所知道的是什么,这个想法立即化为一个脱口而出的问题,"那么你现在奄奄一息就是为这件事吗?"

她一开始只是严肃地看着他,好像想弄清楚这话的含义,她也许看到了什么，或者害怕着什么会引起她的同情。"要是能够的话，我还是要为你活下去的。"她微微合上眼睛，仿佛退回到自己的内心深处做着最后一次努力。"可惜我不行了！"她说，又抬起眼来向他告别。

她的确是不行了，这一眼就可以看出。此后他再也没有见过她，剩下的只是黑暗和死亡。在那次奇怪的谈话以后他们就永别了。她在被严密看守的病房里忍受着痛苦，他根本无法进入，在医生、护士和两三个无疑是为觊觎(jì yú)她的"遗物"而赶来的亲戚面前，他竟拿不出多少所谓继承遗产的合法权利。多奇怪，他们的亲密关系竟没有给他多留下一些。那个最无聊、隔了四层关系的表亲倒反而比他多一些权利，虽说她在这个人的生活中毫无地位。在他的生活中她是主角中的主角，这样一个和他形影不离的人，还可能是什么别的呢？生活的规律真是怪不可言，他竟拿不出任何凭据来要求什么，这种不合理的事使他大惑不解。一个女人曾经是他生活中的一切，而他们的关系竟得不到大家的认可。如果说她最后几个星期的情况是如此，举行葬礼的那一天就更为明显。葬礼是在那巨大的、灰色的伦敦公墓举行的：人们向她曾属于尘世的、曾为最珍贵的遗体告别。在她墓前致哀的人并不多，可是人们对待他就像对待一千个吊丧者之一那样冷漠。

总之，从这一时刻起他就面对着如下的冷酷事实：梅·巴特兰虽曾对他关怀备至，但他从中得的利益却是微乎其微。他说不出他期望得到什么，但没有料到会承受双重损失，她的关怀不但没给他带来实质性的好处，也没有带来应有的精神安慰。

不知什么原因，他没有得到一个失去了至爱亲朋的人应有的特殊地位、尊严和礼遇。好像在大家的心目中他没有失去至爱的亲人，好像还缺乏必要的标志和证据，好像他的身份永远也不会得到肯定，他蒙受的损失也永远不会得到弥补。好几个星期过去了，有些时候他很想强硬地据理力争，自己是死者的至亲，设想人们会提出的疑问，并把自己的反驳记下来，以求精神上多少得到些安慰。但是更加无可奈何的烦恼心情却紧随而来，在这种时候他反复考虑，感到固然问心无愧，却也于事无补。他彷徨踌躇，想扭转局面，不知是否早该做些什么。

　　他发现自己其实对许多事情都感到纳闷，一种猜测又引来许多其他猜测。在她生前他究竟该做些什么而不泄露他们之间的秘密呢？他大概没有让人猜到她在观察他吧，否则有关猛兽的迷信早就会泄露出去了。这也是他现在缄默不语的原因——现在丛林已被搜空，猛兽已偷偷逃走。这听来太荒唐乏味了。对他来说，现在和以往的殊异之处是：他生活中惴惴不安的悬念已经消失，这使他惊奇。他无法说清这事给他印象究竟如何。也许最恰当的比喻是，在某个场所里，一切都已准备就绪，音响条件良好，奏起了洪亮的音乐，听众都在聚精会神地聆听，可是音乐突然中断，而且被严格禁止了。过去他至少在某些时候还能想到把罩在他那形象上的面纱揭开（说到底，他过去的所作所为若不是向她揭开这面纱，又是什么呢？），而今天这样做就不行了。他如果和人们详谈丛林已经清净，已经安全，他们就会像听家庭主妇讲故事一般，把他的故事当成天方夜谭。

　　实际上，可怜的马丘在没胫(mò jìng)荒草中费力地前进，那里已没有生物在活动，没有呼吸的声音，没有恶毒的眼睛在未知的巢穴里闪闪发亮。他好像在神志不清地寻觅那猛兽，更像是在苦苦惦念着它。他以一种奇异且不断膨胀的存在方式到处奔走，有时在生活的丛林旁往来徘徊，焦急地问自己，痛苦地臆测，猛兽原本是藏在这里还是那里。可是不管怎么样，反正它已经跳了出来，至少他对巴特兰给的保证是深信不疑的。他的旧意识已变成新意识，这一变化是确切而无法改变的，要发生的事情已确切而无法改变地发生了，因此他既不会为未来担忧，也不能对未来抱有希望，总之，绝对不存在什么事情将要发生的问题了。他将完全和另一个问题生活在一起，即他那尚未探明的过去，他以往的命运还是被云遮雾盖，无法看清。

他成天生活在这种苦恼的幻象中，如果不让他猜想揣测，他也许就不想活下去了。她，他的女友，曾经要求他别多想，曾经禁止他探明真相，而且甚至否认他有发现的能力，这许多做法简直剥夺了他的安宁。说句公道话，他倒并不想让过去已发生的事情再重复一遍，只是不愿虎头蛇尾，睡得太死，以致不能通过苦苦思索重新想起自己意识中已失去的东西。他有时甚至暗自发誓：想不起来誓不罢休。他把这个念头作为自己生活的唯一动力，朝思暮想，再也没有任何别的事情能使他这样疯魔了。对他来说，这种意识中已失去的东西就像一个走失或被拐去的幼儿，他就像那个五内俱焚的父亲，到处寻找，走遍了大街小巷，频频敲门，并托警察查访。正是这种迫切心情驱使他浪迹天涯，踏上了一次极其漫长的旅行。一个想法老是在他前面悠荡，地球的另一侧说不定能为他提供线索，说不定通过某种暗示能使事情水落石出。在离开伦敦前,他去拜祭了梅·巴特兰的坟墓,在这大都会冷落可怕的郊外,他走过许多仿佛没有尽头的林荫道,在许多坟墓中找到了她的安息之处。他此行虽然只为了向她重新告别,最后站在墓前时却被勾起了万般感伤。

他站了一个小时,简直难以舍去,却又无力看透死亡的黑暗。他直直凝视着墓石上她的姓名和生卒日期,想起他们严守的秘密而频频击额、深深吸气,等待着石头因怜悯从而给予他启示。但是他白白跪在石头上,石头严守着它所隐藏着的一切。他之所以把墓碑看成一张脸,则是因为她的姓和名像是一双漠然不相识的眼睛。他最后一次长长地审视这张脸,却没有丁点儿暗淡的微光出现。

## 六

此后他外出漂泊了一年,深入亚洲的穷乡僻壤,在富于浪漫色彩的所在流连,到庄严崇高的圣地朝拜,但无论到何处,他总不免感到,对一个有他这样见识的人来说,世界是多么庸俗而空虚啊!而自己的那种思想境界回想起来却是那么美妙,使一切丰富多彩、雅趣盎然。和它的光彩相比,东方的霞光也会黯然失色,显得粗俗而淡薄。但可怕的是,他在失去其他一切的同时,也失去了自己的独特见解。既然他自己变得平庸了,那么他看到的一切当然也无一不是平庸的。现在他自己只是平庸的事物之一，混迹于尘土之中，没有丝毫特异之处。他参谒神庙和皇陵时往往心驰神往，联想到伦敦近郊的墓地里那块几乎难以辨认，却和陵庙同样崇高的石板。这块石板对他来说久而弥新，远而弥近，已成为他往昔光荣的唯一见证。他只剩它了，那是他的证据和骄傲，一想到它便觉得法老们当年的荣光犹如粪土。无怪乎他归来的翌日就回到它旁边。

他这次和上次一样被一股无法抗拒的力量吸引过去，不同的是这次他感到一种坚定的信念，这无疑是在外好多个月的结果。无数变幻着的情感以及在大地上的那次漫游涌入了他的心中，按他自己所说的，像是从他自我的那片沙漠的边缘回归到了中心。此刻他已无可无不可，既习惯于平凡的东西，对末日的到来也会逆来顺受。他夸张地想象自己是曾经见过的某些瘦小老人，他们虽然看起来是那么干瘦枯槁，但据说当年都曾进行过二十次决斗或被十位公主热爱过。他们令人赞叹，而他只能赞叹自我。他之所以那么急于——用他自己的话来说——回到自己的小天地，也正是为了重温这种自我赞叹的境界。这个念头使他加快了脚步，一刻也不迟延。他回得那么迅速，正是因为离开唯一珍惜的那一部分太久了。

因此，说他到达目的地时有些兴奋，站在那里充满自信，那是一点也不假的。长眠于地下的那人知道他那不寻常的经历，因此，说也奇怪，他觉得这地方已经不再是冷漠空虚的了。迎接他的是温柔——而不是以前的嘲弄。他觉得墓前充满了真心欢迎的气氛，我们在久别归来之时，那些属于我们，和我们有密切关系并主动承认这种关系的事物正是这样欢迎我们的。那一小块墓地，那刻有铭文的石碑，那有人照料的花草都使他感到这些是属于自己的。他当时的心情正像一个沾沾自喜的地主在察看自己的产业。已经发生了的——唉，既然已经发生了就随它去吧。他这次归来没有带上他过去常为之发愁却找不到答案的那个问题，"什么？究竟是什么？"这个问题现在已经失去了吸引力。可他再也离不开这块地方了，每个月都要回来，因为纵然没有其他收获，至少可以在这里抬起头，吐一吐闷气。因此，非常古怪，这儿渐渐成为他排遣苦闷、获得安慰的地方。

他一直定期来这儿，终于养成一种根深蒂固的习惯。这最终的一切都是够奇怪的，在他那终于变得很单纯的世界里，这死亡之园给他提供了几平方英尺的土地够他苟延残喘。他无论走到哪里都没有人看得起，甚至连他自己也看不起自己，而在这里却仿佛成了至高无上的君主。虽然没有成群的证人，或者更确切地说，除了约翰·马丘本人别无他人，可他凭脑中记载着的往事就可以享受这种权利。过去如同翻开的一页那样一目了然，那页上有他女友的坟墓，有往昔的事实，有他生活的真相，也有他退隐的藏身之所。他不时到她的墓前去，宛若和一个同伴手挽手又遨游在过去的岁月里。那个同伴，说来也奇特，乃是另一个比较年轻的自己。更加奇特的是他们行行重行行，总是围绕着一个静止不动的第三者。这第三者的目光随着他绕行的路线转移，一刻不停地跟随着他，他则根据她的位置确定着方向。

简单地说，他就这样稳定下来，只是依靠自己曾经生活过这一意识而苟且偷安，不但把它作为生命的支柱，还当作是认识自己的依据。

多少个月以来他都借此聊以自遣,这一年就这样过去了。若不是发生了一件意外,这种情况也许会长久持续下去。这件事表面看起来似乎无关宏旨,却比他在埃及或印度游历时留下的印象深刻得多,把他猛烈推往另一个方向。他后来才意识到,这件事只是如同一根极其偶然的发丝那样细微,而如果他没遇上这件事,也会通过另一方式得到启发。我是说,他在有生之年里还是认识到了这一点,但也仅仅是这样认识而已,此外再没有做多少事情。不管怎么说吧,我们姑且承认他最后还是认识到,无论发生还是没有发生什么事情,他自己迟早会得到启发的。秋季的某一天发生了一件意外,点燃了一连串悲惨的往事,一下子把他的心照得透亮,让他意识到自己的痛楚一直到最近为止都没有消除,只是处于抑制状态。创口仿佛是奇怪地被打了麻醉,但仍在不时抽痛,一碰就会汩汩流血。这次碰到他创口的是某个同他一样平凡的人的脸。

那个灰色的下午,各条小径上的树木还很茂密,这张脸在墓园里朝马丘的脸望着,眼光像刀刃一样锋利。这感觉是那样浓烈,以致他在这不断刺来的目光前退缩了。这个默默袭击他的人是他在到达女友的坟前就注意到的,当时他的注意力为不远处一座新坟吸引住了,上坟人的情绪很可能像坟墓一样凄惨。仅仅这一事实就使他不想多看这个人。不过他站着的时候,一直隐约地感受着他近旁的这个人:中年左右,穿着丧服,俯着的背脊在林立的碑石和墓地的紫杉当中时隐时现。马丘本来认为,这样的情境会使他枯萎的心灵复苏,而今,这断论受到了一次过分沉重的打击。对他来说，最近从未有哪一天像这个秋季的日子那么悲惨可怖。他怀着从未有过的沉重心情靠在刻有梅·巴特兰名字的低矮石板上，无力动弹，好像他心里的源泉已经枯涸，上苍赐予的安宁也突然被彻底粉碎。如果此时能够遂愿的话，他真想直挺挺地躺卧在这愿意接纳他的石板上，安眠于此。在这广阔的世界上，现在还有什么值得他保持警醒呢？他带着这个问题凝视着前方，也就在这个时候，因为那人正从墓园里他身旁的一条小径上通过，所以他立即捕捉到那人脸上透着一种惊愕。

那人正要离开（他自己如果有力气动弹的话，这时也会离开的），正沿着小径走向一扇大门，离他更近了。那人步履缓慢，脸上好似带着饥渴的表情。两个男子在一瞬间打了个照面。马丘立即感到对方忍受着极深的痛苦，这一感觉是如此强烈，以致图景里的其他东西，如那人的衣着、年龄以及大致可以推测的性格和社会等级，都仿佛不存在了，只余下脸上流露出的那深深的创伤。重点是，那人把所有的悲伤都倾泄而出。此外，那人经过他身旁时还情不自禁地被触动了，这可能代表着对他的同情，也许更可能是对一种截然不同的悲痛的怀疑。那人也许已经觉察到了我们的朋友，也许在一个小时前已经注意到马丘和自己的哀痛心情大相径庭，因此环境中有一种明显的不协调感。总之，马丘意识到眼前那个内心受到巨大创伤的人和他有着一样的感受——这氛围像被什么东西亵渎了一样不太对劲；而后，马丘在醒悟、骇异和震惊之余，目送着那人的背影，觉得那人大可羡慕；他遇到了一件极不寻常的事——尽管他也曾用这个词来形容别的事，但只有这事才真正可被称为极不寻常。他呆呆地目送这人走出墓园，而这事正是在这种印象下衍生出的。那陌生人走过去了，但是那令人悚然心惊的悲痛情绪仍充溢在空气中，使我们的朋友既怜悯又纳闷：它表现的究竟是什么冤屈、什么痛楚、什么难以愈合的创伤？这个男子曾经享受过什么幸福，竟使他为伤逝而活生生地流血，悲痛欲绝？

那人有样什么东西——想到这里他极度悲痛——是他，约翰·马丘所没有的；他了无生趣的结局不就是最好的证据吗？他从来没有过真正的热情，而热情的含义正好就在此；尽管他忧患余生，感喟，憔悴，但是他深重的创伤在哪里？我们说的极不寻常的事便是这个问题的答案突然出现了。他刚才亲眼看到的事情，像红彤彤的火焰一样清楚地告诉他，他确确实实、极其愚蠢地错过了某样东西。他所错过的东西使所有的疑团蔓延为一场大火，化为内心的极度痛苦。他原来只看到自己生活的外部，没有深入其中，他不懂得该怎样纯真地爱一个女人，并为她的去世而悲痛欲绝、深切悼念。他深信这就是那个陌生人的脸的含义，这张脸还在他面前，像个冒烟的火炬那样熊熊燃烧。

这个念头并不是插上经验的翅膀飞到他面前的，它只是偶然、意外、傲慢无礼地从他身旁擦过，推撞了他，使他心烦意乱。好在光明终于来临，火光冲天而起，顷刻之间把他空虚的生活照得通明。他站在那里呆呆地凝望着，痛苦地抽了口气，沮丧地转过身去。就在这时，他看到面前那记载着他生活经历的翻开的一页，其中的内容比过去镌刻得更加清晰了。石板上的名字正像他的近邻走过时那样猛烈地袭击着他，当着他的面正告他,他错过了的是她。这就是那可怕的结论,他以往一生的答案,他已看得清清楚楚,以致浑身变得像他身子下面的石板一样冰冷。一切都凑到一起,供认、说明了事实真相,使他胆战心惊。最使他惊骇的是他以前怎么会那样盲目。现在他幡然醒悟,注定要遭受的辛酸事,他已挨遍尝遍了,苦酒已喝得杯底朝天,也已充分领略过了人生。今后世界上的任何事都与他无关了。

这就是那分外沉重的当头一击,这就是上苍对他的惩罚,零碎的往事一点一点拼凑到一起。他看明白了,吓得面如死灰。以前她看到了,他却没有,现在她才把真相向他彻底揭开。在他苦苦等待的整个期间,等待本身就是他命中注定所能得到的一切。这就是显而易见的可怕真相。这一点他为之整夜祈祷的那个伴侣早已在某个时刻看出来了。她曾经给他机会以逃脱厄运,然而人的厄运向来都是难以逃脱的。那天她告诉他厄运已经到来时,她看见他只是呆呆地望着她给他指明的那条生路。

那条生路就是珍爱她。这样,只有这样,他才能真正地生活。谁能说得出她是怀着多大的热情在生活啊?因为她爱他爱的是他本人;而他除了从冰冷的利己主义出发,考虑如何利用她以外,却从来没有想到过她!(啊,这不是明摆着的事实吗?)她说过的话一点一点在他脑海里浮现,记忆的链条越拖越长。猛兽确实曾经潜藏着,而且已经在某个时候蹿跳起来过了——那个四月寒冷的黄昏,那时她面色苍白,患着病,消瘦憔悴,但是非常美丽,可能还有康复的希望,她离开座位站在他面前,让他凭自己的想象猜出真相。他却没有猜到它。她绝望地离开他时猛兽早已扑来,而那个印记[1]在他离开她时已经打在注定要打的地方。

他已经证实了恐惧的由来,看到了所遭受的命运,他已经失败,毫厘不爽地遭到了一切应有的失败。他突然回忆起她曾经祈祷上帝不要让他知道,于是一声呻吟升到他唇边。因醒悟而生的恐惧——这就是一切的真相,存在于一呼一吸之中,他的泪水似乎已在眼睛里结成了冰。但是他仍然噙着眼泪,以便充分感受其中的痛苦,至少这(虽然为时已晚,而且带有苦味)有点生活的味道。那苦味突然使他作呕,他毛骨悚然,好像在事情的真相中,在他自己残酷的本来面目中看到了命运既定的事实。他看到了自己生活中的丛林,看到了那头潜藏的猛兽,然后他眼看着猛兽随着空气的颤动站了起来,巨大而可怕,准备向他扑去,把他吞噬掉。他两眼发黑——猛兽已近在咫尺,在幻觉的支配下他本能地转过身去躲避,脸朝下扑倒在坟墓上。

(1903年)

---

[1] 印记出自《新约·启示录》第十三章:"我又看见另有一个兽从地中上来……他又叫众人,无论大小贫富、自主的和为奴的,都在右手上或是额头,受一个印记。"打上兽的印记原来是指反基督,后来泛指犯罪作恶。

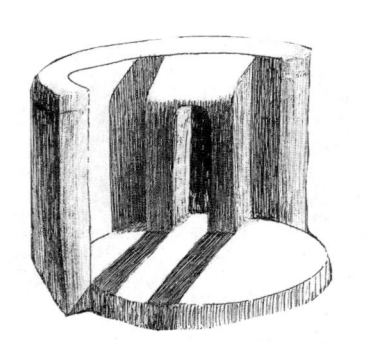

# 宝贝儿

安东·巴甫洛维奇·契诃夫
(1860—1904)

俄国著名剧作家和短篇小说大师，与居伊·德·莫泊桑、欧·亨利并称为"世界三大短篇小说巨匠"。著有短篇小说《变色龙》《套中人》等，戏剧《三姐妹》《樱桃园》等。

退休的八级官员普列勉尼科夫的女儿奥莲卡，坐在屋后的门廊上，呆呆地想心事。天气闷热，苍蝇嗡嗡地不肯飞走，逗弄着人。想到不久就要黄昏，她心里感到高兴。阴暗的雨云从东方涌过来，不时从那边吹来一阵阵潮湿的空气。

库金站在花园中央，仰望着天空。他是"季沃里"露天剧场的经理，他本人就寄住在这个院里的一个厢房内。

"又来啦！"他灰心地说，"又要下雨啦！天天下，天天下，好像故意刁难我似的！这简直是要我上吊！叫我破产！赔钱把命都赔掉了！"

他双手向上一扬，朝奥莲卡接着说：

"瞧，奥尔迦·谢苗诺芙娜，我们过的就是这种日子。真要叫人哭一场！一个人尽心竭力，豁出命来干，晚上也睡不着觉，老是挖空心思想怎样把事情搞好。可又怎么样呢？首先，观众都是些不识货的乡巴佬。我为他们排练好的小歌剧、精致的假面剧，请第一流的杂耍艺人演出。你当他们真能欣赏？这种高尚的艺术，他们一窍不通。他们只要看丑角！他们要那些庸俗的东西！其次，请您看看这鬼天气，差不多天天晚上都下雨。从五月十号下起，五月、六月，一连下了两个月的雨。简直要命！看戏的不来，可是租金还得照付，演员的工钱还得照给。"

第二天傍晚，又是阴云笼罩，库金歇斯底里地大笑起来：

"好啊，下就下个痛快！把花园淹掉，把我也淹死吧！叫我今世倒了霉，来世也还要倒霉！让那些演员告我去吧！大不了下监牢！发配到西伯利亚！上断头台！哈哈哈！"

第三天还是照旧……

奥莲卡默默地、心情沉重地听库金说话，有时眼眶湿润。慢慢地，他的不幸使她动心，她渐渐地爱上他了。他身材瘦小，脸色蜡黄，向前梳的几绺卷发披在脑门上，讲话用的是微弱的男高音。他一讲话，嘴巴就往一边撇，脸上老是有灰心丧气的神情。

可就这么个人，还是引起了她的一往情深。她总是要爱一个人，没有爱她就活不下去。早先，她爱她爸爸，现在他害了病，坐在一个黑房间里，呼吸都很困难；她还爱过她的姑妈，往常她姑妈隔一年总要从布良斯克来；再往前些，她在上初中的时候，爱过她的法语老师。

她是个文雅的、心软的、体贴人的姑娘，生着温柔的眼睛和很健康的身体。男人要是看见她那丰满的玫瑰色的脸蛋儿，看见她那长着黑痣但柔润白皙的脖子，看见她一听到什么开心的事情，脸上就浮现出天真善良的笑容，就会暗想："唔，这姑娘挺不错呢……"，也就跟着微笑起来。女人呢，在谈话间往往会情不自禁地抓住她的手，抑不住满心的喜爱，叫出来说：

"宝贝儿。"

这所房子坐落在城市的尽头,离"季沃里"露天剧场不远,她从出生那天就一直住在这所房子里,而且她父亲在遗嘱里已经写明,这屋子将来归她所有。一到傍晚和夜里,她就听见剧场里呜哩哇啦地奏音乐,噼里啪啦地放鞭炮,她觉得库金仿佛在跟他的命运打仗,猛攻他的头号敌人——淡漠的观众。她的心甜蜜地震颤起来,没有一点睡意了。等到黎明时分,他回到花园里,她就轻轻地叩自己卧室的窗子,从窗帘后露出脸和一个肩膀,对他友爱地微笑着……

他向她求婚,他们结了婚。他偎在她身旁,看清她白净的脖子和丰满好看的肩膀,高兴得扬起手来说:

"宝贝儿。"

他感到幸福,可是因为结婚那天昼夜下雨,他的脸上还是带着灰心的表情。

他们婚后生活得不错。她经常坐在他的办公室里,照料"季沃里"剧场的事情,记账目,发工钱。时而在票房的窗口,时而在饮食部,时而在后台,她那玫瑰色的脸颊,甜蜜而天真的、光彩焕发的笑容,显露在人们眼前。她常常对相识的人说,人生最重要、最不能缺少的东西就是剧院,一个人只有在戏剧里才可以享受到真正的乐趣,才会变得有教养、有人道主义精神。

"可是你以为观众懂这道理吗?"她又说,"他们只要看丑角!昨晚,我们改编的《浮士德》上演,全部包厢差不多都空着。要是万尼奇卡和我叫他们上演一出庸俗的剧,剧院里保证会挤得满满的。明天万尼奇卡和我叫剧团上演《俄耳甫斯在地狱》，请您来赏光吧。"

关于剧院和演员，库金怎么说，她也学着怎么说。她也跟他一样看不起观众，因为他们不识货，对艺术漠不关心；她参加彩排，纠正演员的动作，监督乐师伴奏；遇到本地报纸发表了批评文章，她就眼泪汪汪地跑到报社的编辑部那儿去求情。

演员们喜欢她，管她叫"万尼奇卡和我"，或"宝贝儿"；她疼他们，经常借给他们一些钱；要是他们偶尔骗了她，她就会偷偷流几滴眼泪，可是从来不告诉她丈夫。

冬天，他们混得很好。整个冬季，他们租下本城的剧场演戏，只留出短短的几天给小俄罗斯[1]的剧团，或是让给魔术师，或是让给本地的业余剧团演出。奥莲卡发福了，由于心满意足而神采焕发；库金呢，变得又黄又瘦，老是抱怨亏损太大，但其实那年冬天他的生意还挺兴隆的。他晚上常咳嗽，她就给他泡热的木莓汁和酸橙花汁喝，用香水擦他的身体，给他裹上她暖和的大围巾。

"你真招我喜欢！"她经常摩挲他的头发，真心地说，"我真疼你！"

将近四旬斋[2]，他到莫斯科去搭一个新的戏班子。他一走，她就心绪不宁，睡不着觉，整夜整夜坐在窗前，望着星星。这时候她往往把自己比作母鸡，要是公鸡不在窝，母鸡也总是通宵

---

1 小俄罗斯：指乌克兰。★
2 四旬斋：基督教的斋期，从圣灰星期三到复活节共四十天。基督教徒在此期间，斋戒并忏悔，纪念耶稣在荒野绝食。

不眠，烦躁不安。库金在莫斯科稽延时日，写信说要到复活节才能回来，信里还交代了关于"季沃里"剧场的几件事。可是到复活节前的那个星期日，夜已深沉了，忽然传来不祥的敲门声。不知道是谁在狠命擂那院门，就跟擂一个大桶似的——嘭，嘭，嘭！睡眼惺忪的厨娘起来，光着脚啪嗒啪嗒地踩过泥水塘，跑去开门。

"劳驾，开开门！"有人在门外用粗嗓门喊，"你们家来了封电报！"

奥莲卡以前多次接到丈夫的电报，可是这回不知怎的，她恐惧得浑身麻木。她双手颤抖着拆开电报，看见如下的电文：

> 伊凡·彼得罗维奇今日暴卒，星期二殡葬，情即[1]电复。

电报上就是那么写的——殡葬，还有那个完全讲不通的字眼"情即"。电报上是剧团舞台监督的署名。

"我的冤家！"奥莲卡哭得很伤心，"万尼奇卡呀，我亲爱的，我的冤家！为什么我会遇上你？为什么我要认识你、爱上你啊？你要把你这可怜伤心的奥莲卡丢给谁啊……"

库金的葬礼于星期二在莫斯科举行。星期三，奥莲卡回到家，刚刚进屋，就往床上一倒，号啕起来，连隔壁院子里和街

---

[1] 正确写法为"请即"。*

上的人都听得见。

"可怜的宝贝儿！"街坊说，在自己胸前画十字，"奥尔迦·谢苗诺芙娜，可怜的宝贝儿，这么伤心。"

三个月后，有一天，奥莲卡做完弥撒，穿着丧服，悲悲戚戚走回家去。凑巧有个邻居，瓦西里·安德烈伊奇·普斯托瓦洛夫，也从教堂回家，在她身旁走着。他在商人巴巴卡耶夫开的工厂当经理。他戴一顶草帽，穿一件白背心，扣眼上系着金表链，气派得与其说像商人，倒不如说像乡绅。

"万事都是命中注定的，奥尔迦·谢苗诺芙娜，"他庄重地说，语调里含着同情，"亲人去世，那一定是老天的安排，我们一定要强忍住悲痛，顺从上帝的旨意才对。"

他陪奥莲卡到院门口，说了声再会，就走了。整整一天，她耳边老是萦绕着他那稳重庄严的声音，她一闭眼就看见他的黑胡子。她很喜欢他，而且显而易见，她也给他留下了好印象，因为不久就有一位泛泛之交、上了岁数的夫人到她家里来，刚刚在桌旁坐定喝了一口咖啡，就马上谈起普斯托瓦洛夫，说他是一个踏实可靠的人，随便哪个待嫁的姑娘都愿意嫁给他。三天以后，普斯托瓦洛夫亲自登门拜访了。他没待多久，约莫十分钟光景，说的话也只三言两语。可是他离开时，奥莲卡已经深深地爱上他了，整夜都没睡着。她脑子发热、如痴若醉，第二天一早就派人去请那位上了年岁的夫人来。这门亲事很快谈妥，二人随即举行了婚礼。

普斯托瓦洛夫和奥莲卡婚后过得很好。

通常，他午饭后在贮木场里办公，饭后就出去接洽生意，于是奥莲卡就替他坐在办公室里，算账，登记订单，直到黄昏方走。

"木材一年比一年贵，一年要涨两成。"她对顾客和朋友说，"您想想看，往常我们总是在本地买木材，现在呢，瓦西奇卡[1]只好上莫吉列夫省去运木材了，要花多少运费呀！"说到这儿，她总是捧住脸，神色惊恐地添上一句："哎，要多少运费呀！"

她仿佛已经做过多年的木材买卖，觉得生活中最要紧、最不可缺少的东西就是木材，什么"梁木"啦，"矿柱木"啦，"桁(héng)条"啦，"支柱"啦，"小木块"啦，"箱子板"啦，"厚板"啦，等等，她听到这些字的声音，就感到分外亲切。晚上睡着以后，她梦见厚板和薄板堆积如山，一串没有尽头的运货马车把木料从远远的地方运来。她还梦见一大批十二俄尺高、五俄寸见方的木料竖了起来，在木材堆置场上开步走，于是原木、梁木、薄板彼此撞击，发出非常响亮的嘭嘭声。木头们一会儿被撞倒，一会儿又立起来，互相碰挤倾轧着。奥莲卡在睡梦中喊了出来，普斯托瓦洛夫就对她温存地说：

"奥莲卡，亲爱的，你做噩梦啦？在胸上画十字吧。"

丈夫的想法，也就是她的想法。要是他认为屋里太热，或者生意清淡，她就也那么认为。她丈夫不喜欢任何娱乐，每逢假日总是待在家里，她也那么做。

---

[1] 瓦西奇卡：奥莲卡对丈夫瓦西里的爱称。\*

"您老是待在家里,要不然就去办公室,怪闷的。"她的朋友们对她说,"您应当看看戏,宝贝儿,要么看看杂技也行。"

"瓦西奇卡和我没有工夫看戏。"她一本正经地回答说,"我们哪有工夫去看那些无聊的东西?上戏院有啥意思呢?"

每逢星期六普斯托瓦洛夫和她总是上教堂去做晚礼拜,遇到假日就去做早弥撒。他们从教堂出来,并排走回家去的时候,总是现出柔和的面容。他俩周身都散发出令人愉快的馨香,她的绸衣裳发出好听的窸窣声。

在家里,他们品茶,吃花式面包和各种果酱,然后又吃馅饼。每天中午,他们院子里总飘着香喷喷的甜根汤、煎羊肉或者烧鸭子的气味,遇到斋日就飘着鱼的香味。谁走过他们的院门口都不由得垂涎三尺。两口子每星期去洗一次澡,并肩回来时精神焕发、红光满面。

"是的,我们没有什么可抱怨的,谢谢上帝。"奥莲卡常常对熟人说,"瓦西奇卡和我的生活美满极了,但愿上帝保佑,人人都能过这样的生活就好了。"每逢普斯托瓦洛夫到莫吉列夫省去采购木料,她总是得了相思病似的,通宵失眠,哭哭啼啼。有一个军队里的年轻兽医,叫斯米尔宁,租了她家的厢房住,有时候傍晚来看她,跟她聊天、打牌,这样就排遣了她怀念丈夫的胸闷。他谈起自己的家庭生活,她就特别感兴趣。他结过婚了,有一个儿子,可是他跟妻子分居,因为她曾对他不忠实,现在他还耿耿于怀,却又每月汇给她四十卢布用作儿子的生活费。

奥莲卡听了这全部经过,唉声叹气直摇头,替他难过。

"唉，上帝保佑。"在分手的时候，她总是对他说，并举着蜡烛照明，送他下楼，"谢谢您来给我解闷儿，求圣母保佑您健健康康的……"

她总是学丈夫的样，做出十分稳重、通情达理的样子。在兽医下了楼，快出门的时候，还要叮嘱他：

"您要明白，弗拉基米尔·普拉托内奇，您应当跟您夫人和好。您就看在儿子的分上原谅她吧！您放心，那小家伙会明白的。"

等到普斯托瓦洛夫回来，她就把兽医的家庭不幸低声讲给他听，两个人都唉声叹气、摇头。他们又谈到那男孩，说那孩子一定很想念父亲。后来由于某种奇特的联想，他们两个都到圣像跟前去，顶礼膜拜，求上帝赐给他们儿女。

就这样，普斯托瓦洛夫夫妇相亲相爱，夫唱妇随地过了六年和睦安静的生活。可是想不到，一年冬天，瓦西里·安德烈伊奇在办公室里喝了热茶，没戴帽子就到院子里去发送木料，受了风寒，病倒在床。她请来最好的大夫给他治病，可是他病势越来越严重，过了四个月终于一命呜呼。奥莲卡就又守寡了。

"你撇下我孤零零地依靠谁啊，我的冤家！"她送丈夫下葬后抽抽搭搭地哭道，"没有了您，我这个苦命的人怎么活得下去啊？好心的人们，可怜可怜我这个孤苦伶仃的人吧……"

她穿上黑衣服，缝上长长的丧章[1]，再也不戴帽子和手套了。

---

1 丧章：18、19世纪欧美丧服的标志，有各种形式。一般是在帽檐上缀一根长长的黑带子或在袖口上缝缀白带子；女子是在衣服上缝缀长长的黑绉绸飘带，寡妇是在脸上蒙黑面纱。

她很少出门，只是偶尔上教堂去或者上丈夫的坟去，在家过修女一般的生活。

直到六个月以后，她才取掉丧章，打开百叶窗。有些早晨，可以看见她跟厨娘一块儿上市场去购买食品，可是现在她屋里发生了什么事情，她在家里怎样生活，那就只能臆测了。大家也真是在纷纷猜测，因为有人见过她在自家的小花园里跟兽医饮茶，他给她大声地念报纸。还有一次，她在邮政局遇见一个熟人，她对那女人说：

"我们城里缺一位好兽医，这是各种时疫蔓延的根源，我常常听说有些人因为喝了不干净的牛奶得了病，或者从牛马身上传染了疾病。实际上我们得像关心人类自身健康一样关心家畜才行。"

她是在重复兽医的话，现在她对各种事情的看法跟他一样了。显然，要是她精神上没有寄托，她就连一天也活不下去，她在兽医住的厢房里找到了新的幸福。要是别人有这种行径就会受到指责，可是对于奥莲卡，却没有一个人往坏里想，她所做的一切事情都是情有可原的。她和兽医关系上的变化他俩都没往外讲，还极力瞒着，可是日子一长终究不行，因为奥莲卡不能长久地守住秘密。每逢他屋里来了客人——同一个团里的同僚，她就给他们斟茶，或者给他们开晚饭，谈起牛瘟，谈起家畜的口蹄病，谈起本市办的屠宰场。他如坐针毡，等到客人离开，他就抓住她的手，生气地说：

"我早就叮嘱你别谈你不懂的事！我们兽医在一起谈业务的时候，你别充内行乱插嘴。真叫人讨厌！"

她惊讶且沮丧地瞧着他，问道：

"可是，沃罗吉奇卡，那我谈些什么呢？"

她眼睛里噙着泪，搂住他，求他别生气，他俩又和好如初了。

可是幸福的日子不久长。兽医所隶属的那个团被调往远方，大概是西伯利亚吧。他随军开拔，从此一去不回了。于是剩下奥莲卡孤零零一个人。

现在她茕茕孑立，形影相吊。父亲早已去世，他的扶手椅丢在阁楼上，布满了灰尘，还瘸了一条腿。她消瘦了，长丑了，人家在街上遇到她，已不再像往常那样多瞧她一眼，也不再朝她微笑了；显然好岁月已经消逝了，往事不堪回首。现在她得开始过一种新的生活，一种不堪设想的陌生生活。

傍晚，奥莲卡坐在门廊上，听"季沃里"剧团呜哩哇啦地演奏音乐，噼里啪啦地放鞭炮，可是这已经引不起她的任何反应了。她冷漠无趣地瞧着她的空园子，没有任何想法，没有任何指望，静坐到夜幕降临，就上床睡觉，做梦也无趣，只梦见她的空园子。她吃喝都很勉强，毫无胃口。

最糟糕的是，她失去了对所有事物的见解。她茫然地看着周围的东西，也依稀明白周围发生的事情，可是任何对那些东西和事情的见解也没有，不知道说什么好。没有自己的看法，多么可怕呀！想想看吧，一个人看见一个瓶子，看见天在下雨，或者看见一个乡下人赶着大车经过，却说不出那瓶子、那雨、那乡下人为啥在那儿，有什么意义，哪怕给她一千卢布也说不出来。当初有库金、普斯托瓦洛夫、兽医在身边，样样事情奥

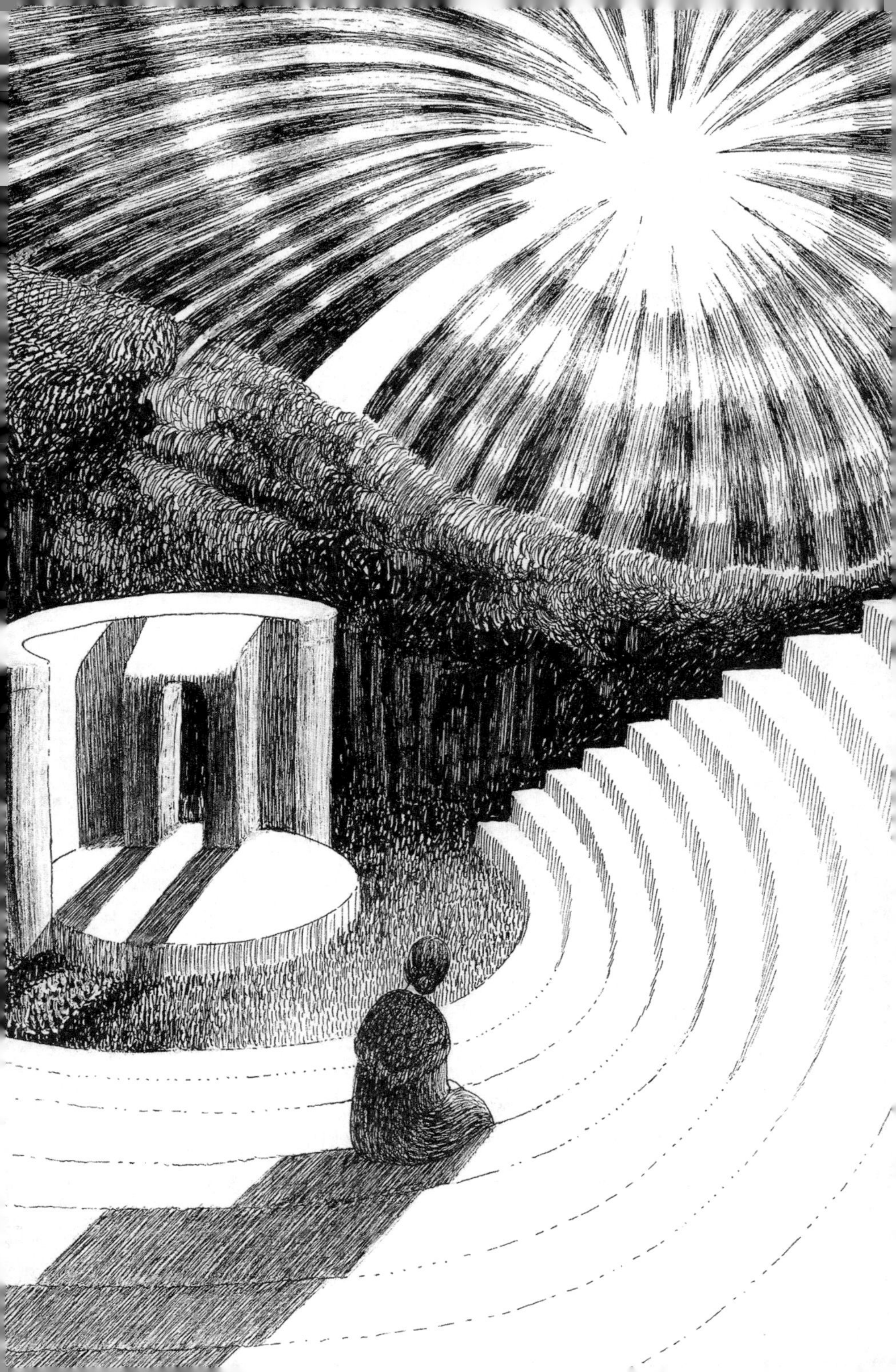

莲卡都能说出个道理，谈得出自己的看法，可是现在，她脑子里和心里，就跟外面那个院子一样空荡荡的。生活变得又严峻又苦涩，仿佛她嘴巴里塞了一把苦艾似的。

这座城逐渐向四面八方扩展开来。她所住的那条路已经叫作大街，"季沃里"露天剧场和木材堆置场的原址上已经开辟了新巷道，盖了新房子。光阴过得好快！奥莲卡的房子黯黑，屋顶生锈，小屋倾斜，整个院子生满酸模草和刺人的荨树。奥莲卡自己也老了、丑了。夏天，她坐在走廊上，灵魂跟以前一样空洞、阴郁、苦涩。冬天，她坐在窗前望着雪花飘舞。每当闻到春天的芳香，或者听到教堂的钟声叮当作响的时候，历历往事就突然涌上她的心头，她的心绵柔地痛苦起来，不由得眼泛泪光。

可是这也只不过一会儿工夫，过后她心里又是空空洞洞，感到活着无味，没有意思。小黑猫布雷斯卡依傍在她身边，柔声地喵呜喵呜叫，可是这种猫儿的抚爱不能引起奥莲卡心里的涟漪。她不需要这个！她需要的是那种能够吸引她整个身心、整个灵魂的爱，那种给她思想、给她生活目标、能够温暖她日益衰老的心灵的爱。她把小猫从裙子上抖落掉，心烦意乱地对它说：

"走开，走开……我不需要你！"

就这样，时光日复一日、年复一年过去了，她没有欢乐，没有见解，只迷惘地听着厨娘玛甫拉说的话。

七月里闷热的一天，快到傍晚了，牲口刚沿街过去，整个院子里弥漫着飞尘，忽然有人来敲院门了。奥莲卡亲自去开门，定睛一看，不由惊讶得发呆。

原来门外站着兽医斯米尔宁，他白发苍苍，穿着老百姓的服装。往事一下子都涌上心头，她忍不住哭出声来，把头埋在他的怀里，一句话也说不出来。她心里像开了锅似的，根本没有注意到和他是怎样走进房子，怎样坐下来喝茶的。

"我的亲人！"她高兴得颤巍巍，喃喃地说，"弗拉基米尔·普拉托内奇！是什么风把你吹来的？"

"我要在这里久住了。"他说，"我已经辞掉职务，打算上这儿来安家，凭自己的本事碰碰运气。现在我的儿子也该上学了，他长大了。您要知道，我已经跟我妻子和解了。"

"她在哪儿呢？"奥莲卡问。

"她跟儿子在旅馆里，我出来找房子。"

"哎呀！我的亲爱的！找房子？为什么不住我的房子？难道这儿不称你的心意？咦，我又不要你们房钱。"奥莲卡着急得喊起来，又哭开了，"你们住在这儿正屋里，我搬到厢房里也蛮好的。哎呀，我真高兴！"

第二天，房顶就上了漆，墙壁粉刷一新，奥莲卡两手叉腰，在院子里走来走去下着命令。她的脸上现出往日的笑容，容光焕发。她精神抖擞，全身都是麻利劲儿，仿佛大梦初醒似的。兽医的妻子到了，那是一个瘦精精的丑陋女人，留着短短的头发，一脸乖戾的神情。她带着她的小男孩萨沙。他十岁多，蓝眼睛，胖乎乎的，腮帮上有两个酒窝，可是身材很小，跟年龄很不相称。孩子刚刚走进院子，就跑起来追那只猫，院子里立刻就充满了他那快活而欢畅的笑声。

"那是您的猫吧,大妈?"他问奥莲卡,"等她生了小猫,您可务必送我们一只,妈妈特别怕耗子。"

奥莲卡跟他讲话,斟茶给他喝。她的心温暖起来了,胸脯里感到一阵甜蜜的疼痛,好像这男孩是她自己亲生的。每逢傍晚他在桌旁坐下复习功课,她就带着深深的柔情和怜悯望着他,对自个儿喃喃地说:

"我的宝贝儿,我的心肝……多漂亮的小东西,多聪明。"

"海岛是,一片被水包围的陆地。"他念道。

"海岛是,一片被水包围的陆地……"她学着说,在思想沉寂多年以后,这还是她第一回这么有信心地发表见解。

现在她有自己的见解了。晚饭的时候,她跟萨沙的父母谈心,说现在中学里功课太多太难了,不过中学毕竟比职业学校强,因为受过中学教育的人,路子很宽,学医也行,当工程师也行。

萨沙上中学了。她母亲前往哈尔科夫去看她妹妹,再也没有回来。他父亲每天出去给牲口医病,有时接连三天不在家里住。奥莲卡觉得萨沙被父亲母亲抛弃了,在家里成了多余的人,吃饭也是饥一顿饱一顿的。她就让他搬到自己的厢房里去住,在那儿给他隔了个小间。

一连六个月,萨沙跟她一块儿住在厢房里。每天大清早,奥莲卡上他的卧室里去,他一只手垫在腮帮底下,静悄悄地睡得正香。她不忍心叫醒他。

"沙什卡,"她难过地说,"起来吧,乖孩子,该上学了。"

他就起床,穿好衣服,做完祷告,然后坐下来吃早饭,他喝下三杯茶，吃完两大块脆饼干，外加半个奶油面包卷。他还没有醒透，因此心绪不太好。

"你那个寓言还没背熟啊，沙什卡。"奥莲卡说，盯着他看不够，仿佛他要出远门似的，"我为你要操多少心啊！你要用功念书，乖孩子……要听老师的话。"

"哎，我知道，您就别多管了！"萨沙说。

然后他就出门沿着大街上学去了。他小小的个儿，却戴上一顶大制帽，背一个书包。奥莲卡悄无声息地跟在他后面。

"沙什卡！"她在后面唤他。

他回过头来，她就拿些枣子或者硬牛奶糖塞到他手里。当他们拐进他学校所在的那条街，他感到后面跟着一个又高又胖的女人，有点难为情，就回过头来说：

"您还是回去吧，大妈，剩下的路我一个人走吧。"

她停立着，目送他的背影，眼睛一眨也不眨，直到他走进校门不见了为止。

啊，她多么爱他！她往日的依恋没有一回像现在这么深，她从来没像现在那样纯粹自然地、那么无私地、那么乐意献出自己的心灵，把自己完全融化在母爱中。为这个戴着大制帽、脸蛋上有俩酒窝的别人的孩子，她愿意献出整个生命，而且是心甘情愿地、高高兴兴地、带着柔情的泪水献出来。这是为什么呢？谁又说得出来这是为什么呢？

她目送萨沙进了学校，就走回家去，心满意足，安详宁静，沉浸在母爱里。在最近半年中，她的脸变得年轻了，笑眯眯的，喜滋滋的，遇见她的人瞧着她，都感到高兴，对她说：

"您好，奥尔迦·谢苗诺芙娜！宝贝儿，近来怎样，宝贝儿？"

"现在中学里的功课太难啦，"她在市场上说，"功课太重啦，昨天一年级的老师叫他背熟一个寓言，翻译一篇拉丁文，做一道什么习题……哎，您也明白，小小的孩子怎么受得了？"

她开始讲到老师、功课、课本，她讲的完全是萨沙讲过的话。

三点钟，他们一块吃饭。到傍晚，他们一块复习功课，一块儿哭泣。她服侍他上床睡觉，在床边待好长时间，在他胸前画十字，喃喃地念祷告。她自己上床睡觉的时候，还在幻想遥远的、朦胧的将来：萨沙毕了业，做了大夫或工程师，有一座自己的大房子，有好几匹马和一辆马车，结了婚，生儿育女……她睡着以后，还在想着这个，闭着的眼睛里流下泪水，顺着她的脸颊滚下来。那只黑猫躺在身旁叫着：

"喵呜……喵呜……喵呜。"

忽然，院门上传来挺响的敲门声。奥莲卡惊醒过来，吓得气喘吁吁，心房怦怦乱跳。过了半分钟，敲门声又响了。

"这一定是从哈尔科夫拍来的电报。"她想，从头到脚都哆嗦开了，"萨沙的母亲派人来叫他上哈尔科夫去了……哎呀，我的天啦！"

她绝望了。她的头、手、脚，全都冰凉了，她觉得世界上再也没有比她更不幸的人了。可是再过一分钟，她听见门外人说话了，原来是兽医从俱乐部回来了。

"咳，老天保佑。"她心里一块石头落了地，又觉得舒坦自在了。她就躺下，想着萨沙。萨沙呢，在隔壁房间里正酣睡着，偶尔在梦中喊起来：

"我要揍你！滚开！住嘴！"

（1899年）

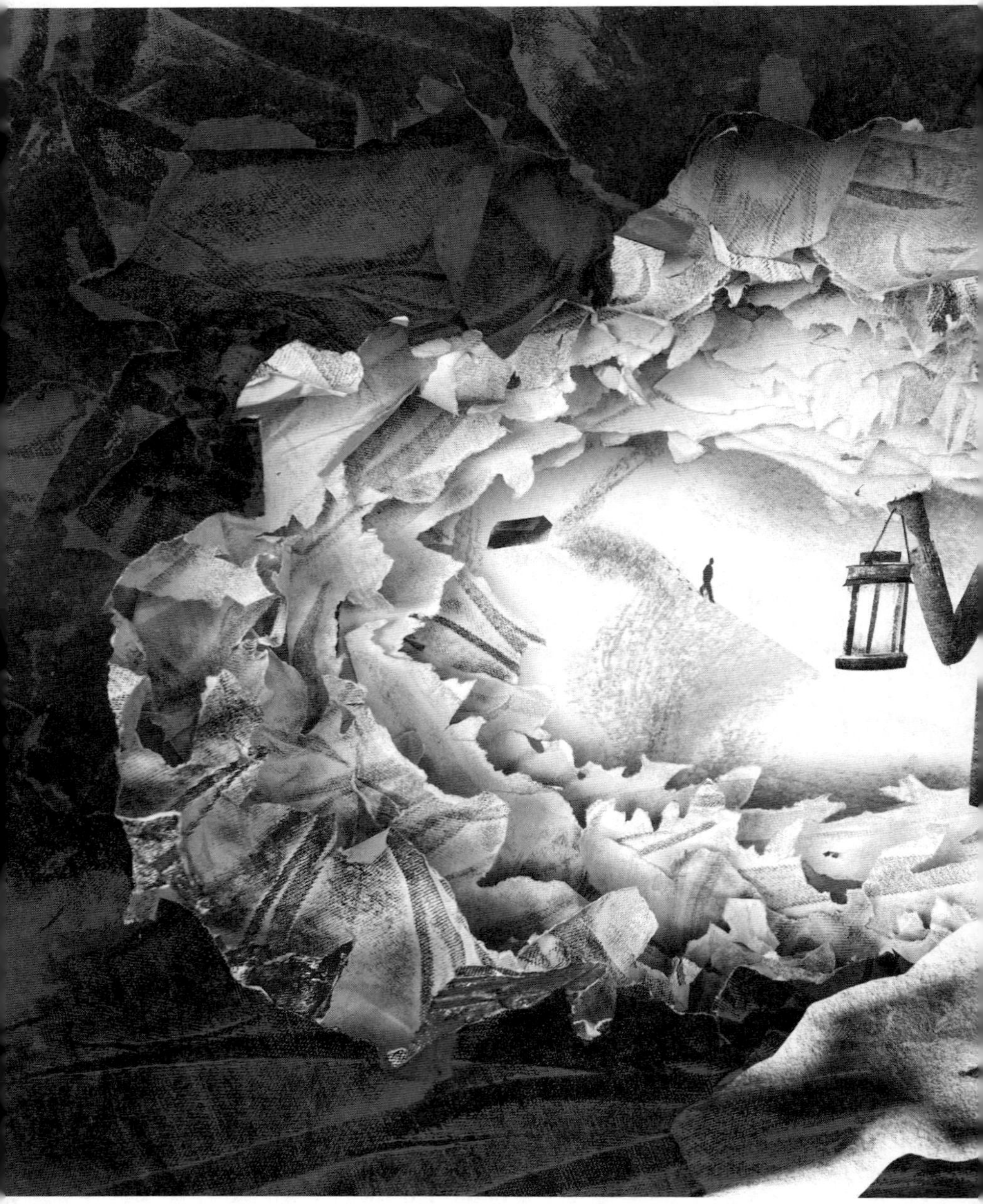

*Kindness*
善良

乡村医生

伊凡·屠格涅夫
（1818—1883）

俄国批判现实主义作家、诗人和剧作家，与列夫·托尔斯泰、费奥多尔·陀思妥耶夫斯基并称为"俄国文学三巨头"。著有长篇小说《罗亭》《前夜》《烟》等，中短篇小说《初恋》《春潮》等。

某年秋天，我有事到远郊去，归途中着了凉，生了病。幸好我开始发烧的时候，是在乡镇的一家旅馆里。我叫人去请大夫。半小时后大夫来了，他个儿不高，比较瘦，一头黑发。他开了一帖治发热常用的发汗药，并叫人给我敷上芥末硬膏，然后熟练地把我给他的五卢布钞票塞进了袖筒。收钱的时候，说实在的，他有点不好意思，大声地咳嗽，并且把目光移往别处。就在打算走的当儿，他不知怎的和我聊开了，留了下来。我当时烧得难受，预料会通宵失眠，有机会和这么好心的人交谈，心里也很高兴。我叫人沏了茶，于是我那位大夫朋友便忘乎所以地讲开了。这小个儿还挺精明的，他娓娓而谈，说得生动有趣。生活有时很奇怪，有人对相处甚久、交往殊深的人从来没有开诚布公地谈过一次心里话，而对一个萍水相逢、连认识都说不上的人，倒像是对神父忏悔似的会把内心的隐秘和盘托出。我不知怎地得到了这位新交的信任，反正他如俗话所说，没来由地唠开了。他给我讲了个出色的故事，兹转述如下，以飨读者。我尽可能用那位大夫的原话。

"你认不认识，"他说开了，声音突然变得微弱而颤抖（这是他吸了一撮地地道道的"白桦"鼻烟的缘故），"你认不认识咱们的地方法官帕维尔·卢基奇·米洛夫？不认识？……噢，没关系。"他清清嗓子，擦了擦眼睛，"反正，就这么回事。让我想想，说准确些，是在四旬斋期间，正是天气回暖的时候，我坐在法官家里，玩'优先'牌戏。我们的法官是顶呱呱的好手，'优先'牌打得好极了。突然，"这位大夫经常用"突然"这个字眼，"家里来人说有人要见我。我问：'他想干什么？''他带了一封便函来。'我想，无疑是什么病人家里写的。'把便函给我。'我说。嗯，果然是病人家里写来的……好的，你要知道，我们就靠看病吃饭呢……写便函的是一个地主的遗孀。她写道：'我的女儿快死了，看在上帝的分上，快来吧！我派了马车来接你。'嗯，去看病不要紧……可是这位夫人离我们镇有二十俄里哪！天又快黑了，路又这么糟糕，一点不假！这位夫人自己也不像以前那样富裕，这趟出诊最多只能挣到两个银卢布，就连这也够呛，也许我能到手的，就是一块亚麻布和一点面粉罢了……然而，治病要紧，这可是个垂危的病人呢！我立刻就把手中的牌交给地方议员卡利奥平，准备出发。

"我看见门廊外停着一辆小马车，拉车的十足是农村的马——大肚皮，毛儿蓬蓬松松，像毡毯一样厚密。马车夫没戴帽子，以示尊敬。嘿，老兄，我想，这不是明摆着的嘛，他这主人可不是那种用金盘子吃饭的……先生，见笑了，不过我告诉你，干我们这一行的都是穷光蛋，对这些事情都得长点心眼儿呢……要是马车夫坐在车上，神气得像个王子，见了你非但不摘帽子，反而哼着鼻子嘲笑，手里玩着鞭子。嘿，对劲，你就稳能到手两张五卢布的钞票。可这号主顾完全是另外一码事。好啦，我想，没法子，去一趟吧，治病要紧。于是我抓了些必需的药品，就动身了。请你相信，我这一路上可吃足了苦头。路坑坑洼洼，难走极了，又有烂泥又有雪，又是过溪流又是过沟，接着又突然出现一道裂了口的小坝，弄得我昏天黑地，晕头转向，不过总算是到了。一幢小房子，茅草屋顶，窗户里都亮着灯，屋里的人一定都在等我呢！一个戴着帽子、神态尊严的小老夫人走来迎接我。

"'救救她吧！'她说，'她快死了。'

"我说：'请你镇静些……病人在哪儿呢？'

"'在这儿，请你往这边走。'

"我看见一间干净的小房间，屋角点着一盏油灯，床上躺着一位约莫二十岁的姑娘，不省人事，体温很高，呼吸困难，她是在发高烧呢！屋里还有两个姑娘，是她的姊妹。她们都很恐慌，眼泪汪汪。

"'昨天，'她们说，'她还好端端的，吃饭挺香。可今天早晨却喊着头疼，到了晚上就病成这样儿了。'

"我又说了一遍：'请你们镇静。'你要知道，使病人的亲属宽心，也是医生的职责。说罢我就着手诊疗，给她放血，叫人给贴上芥末硬膏，还开了一帖合剂。

"这段时间我一直望着她，望了又望，我的天，我以前从来没有见过这样的脸蛋儿——真是美若天仙！我为这姑娘难受，简直心都要碎了。这样可爱的容貌，这样美丽的眼睛……谢天谢地，她终于好点儿了。她开始出汗，恢复了一点神志，向四周打量着，露出微笑，用手摸了一下脸……她的两个妹妹俯在她身旁问道：'你觉得怎么样？'

"'没怎么样。'她说了这话，便转过脸去……我一瞧，她又睡着了。

"'哎！'我说，'咱们现在必须让病人安静地睡觉。'于是我们都踮着脚尖走出去，只有女仆留下，以防万一。客厅的桌上放了一只俄式茶炊，茶炊旁边有瓶朗姆酒，干我们这一行的少不了要喝点酒。那家子给我送茶，请我在这儿宿夜，我当然领情了，这么晚能到哪里去呢！那位老夫人老是哼哼唧唧的。

"'你怎么啦？'我问她，'她不会死的。安下心来睡觉去吧，已经夜里两点了。'

"'要是出了什么事，你把我叫醒，行吗？'

"'没问题。'老夫人去睡了。

"那两个姑娘也到她们的卧室去了。客厅里有一张为我搭的床，我躺了下来，说也奇怪，怎么也睡不着。你会以为我已经伤足脑筋了，该睡了，可我心里老是牵挂着那个病人。最后我再也熬不住了，一骨碌爬下床来，心想，还是去看看她病情怎样了吧。她的房间和客厅紧挨着，我起来悄悄打开门，心跳得很厉害。我看见那个女仆睡着了，张开嘴巴，像牲口一样一个劲打鼾。病人脸朝我躺着，两只胳膊不住地抖动，可怜的姑娘！我走到她面前……突然，她睁开眼睛，直瞪瞪地看着我。

"'你是谁？'她问。

"我有点尴尬。'别怕，'我说，'我是大夫。我来看看你的

病情。'

"'你是大夫?'

"'是的,我是……你母亲派人到镇上接我来给你看病。我们已经给你放了血。现在,你得好好休息,两天以后,上帝保佑,你就能起床走动了。'

"'啊,对啊!让我死了吧……求求你,求求你。'

"'老天爷,你说到哪儿去了!'可是我心里却在想,她又发烧了。我摸了她的脉搏,果然,猜对了。她瞅着我,突然抓住我的手。

"'我告诉你,我为什么想死,我要告诉你……既然现在没有人。可是请你一个字也别说出去……听着……'

"我俯下身体,她的嘴唇就贴在我耳边,她的头发拂着我的面颊——我承认,我的头发晕了,直转圈儿——她开始耳语……我一个字也听不懂……啊,她肯定是神志模糊,说胡话了。她低声细语,讲了又讲,可说得很快,仿佛讲的是外国话。说了一阵后,她颤抖起来,头落到枕头上,向我竖起了一根手指。

"'听着,医生,你一个字也不能泄露……'

"我设法使她安静下来,给她喝了点水,唤醒女仆,便走了出去。"

医生又猛吸了一下鼻烟,有好一会儿坐在那儿纹丝不动。

"第二天,"他接下去说,"出乎我意料,病人没有什么起色。我考虑来考虑去,终于毅然决定留下,虽说还有其他病人等我诊治……你要知道,大夫是不能忽视求诊的主顾的,否则会影响业务。可是首先,这姑娘确实是病得很重;其次,说实话，我被她强烈地吸引住了。此外，这一家子都挺不错的。他们虽然经济拮据，但特别有教养……一家之主是个学者兼作家，故世的时候固然是两手空空，可他生前设法让孩子们接受良好的教育，也给他们留下了很多书籍。不知到底是因为我把全部精力都用于照看病人了呢，还是其他缘故，反正我和这一家搞得很近乎，可以说，我们之间亲如一家……这一段时间，雪融化得越来越厉害，交通完全断绝，我简直都无法从镇上弄到药……姑娘的病势不见好转……一天又一天，一天又一天……可是……哎……"医生停了一下，"事实上，我都不知道该怎样对你解释……"他又吸了点鼻烟，打了个喷嚏，又灌了一口茶，"我坦率地告诉你吧，我的病人……该怎么说呢？……爱上我了，我想……也可能她并非真的爱上我……不过，反正……这当然……"医生说到这儿，垂下目光，脸上泛起了红晕。

"不，"他有点兴奋地说下去，"'爱'这个词用得不恰当。说到底，人应当有自知之明。她是个有教养、聪慧、博览群书的姑娘，而我，唉，我连拉丁文都差不多忘完了。我的外貌，"医生说到这儿，苦笑着看看自己，"我想，也没有什么可夸耀的。上帝还没有使我成为傻子，我不会看错的，我的头脑有时还挺管用。比如，我非常理解亚历山德拉·安德烈耶芙娜——这是那个姑娘的父称和名字。我明白她对我的感情不是爱情，可以说只是爱慕尊敬之类。虽然她很可能把自己对我的感情错认为爱情了……她的处境，你谅必也想象得到……反正，"医生一口气说了这许多没有条理、不相连贯的话，又显然有点困窘地添了一句，"我想，我刚才想到哪儿讲到哪儿，有点乱……使你摸不着头脑……所以我还是按照事情发生的顺序讲吧。"

他喝完了那杯茶,换了安详点的语调说下去。

"当时的情况是,我的病人病情越来越严重了。好心的先生,你不是医生,所以你根本想象不到当一个医生,特别是一个开业没有几年的医生,一旦明了无法治愈病人时,心里是多么难受。他的自信心全失。我也说不上他是多么惊恐。他好像把以前熟悉的东西全都忘了,觉得病人对他失掉了信心,觉得别人开始看出他一筹莫展了,因此他们也不想对他叙述病人的症状了,而且用一种奇怪的眼光睨视他,并窃窃私议……啊,真可怕!他感到要是能找到症结,这病是能治好的。也许这个办法对吧?他试了试——不,这个办法到底还是不对,他不等一种疗法奏效就改变了主意……他先抓住一种方法,然后又抓住另一种。他拿起了处方书……有了!他想,就这个办法对!说老实话,他有时简直是把书随便翻开一页,随意一瞥,就断定其中某一条正是命运安排好的疗法……可这时候,病人正生命垂危,换一个医生也许能把病治好吧。你总以为我会认识到我不能大包大揽,必须听听另一个医生的意见吧。可是你瞧,一个人在这种场合会变得多么愚蠢。唉,时间一天天地过去,你会习以为常,对自己说,没有关系,病人死了,这不是我的过失,我是照章办事。

"倒是另一件事使你惶恐不安,病人的家属盲目地信任你,而你却始终明白自己已束手无策!亚历山德拉·安德烈耶芙娜一家对我正是这样盲目信任着。他们甚至不再认为她病危了。而我呢,也向他们保证,叫他们别担心,其实我自己的心也在七上八下呢。更糟的是,雪融得更厉害了,马车夫为了购药多天外出奔波。这期间我一直守在病人的房间里,实在不忍离开。我对她讲各种发噱的故事,跟她玩纸牌,整宿整宿地陪伴在她床边。老夫人噙着眼泪感谢我。可我却暗想,实在惭愧,我向你坦白,现在再也没有理由隐瞒了……我爱上了自己的病人。而亚历山德拉·安德烈耶芙娜也越来越喜欢我。她的房间除了我以外谁也不让进。我们常在一起谈话,她问我在哪儿读书,过什么样的生活,还问起我的父母和朋友。我觉得我们不该这样闲聊,可是要阻止她,斩钉截铁地阻止她,我又下不了决心。我总是双手捧住头责备自己:'坏蛋,你是在干什么呀?'

"……于是她就握住我的手,久久地望着我,然后转过脸去,叹息道:'你多好啊!'她的手烫得厉害,眼睛显得很大,但倦怠无神。'确确实实,'她总是说,'你是个好人,心地善良,不像我们的邻居……你和他们完全不同……我怎么不早点认识你呢!'

"于是我就说:'亚历山德拉·安德烈耶芙娜,安静下来,我很感谢你的一片好心。我不明白我有什么地方值得你……不过你还是安静下来,看在老天爷的分上,安静下来吧……一切都会好起来的。你的病会好的。'"

"我得顺便告诉你,"那个医生身体向前倾,扬了扬眉毛,补充道,"他们这一家跟邻居很少来往,因为小百姓自以为高攀不上,而他们也不屑巴结有钱人。我告诉你,这一家人特别有教养,能和他们交上朋友,我感到很荣幸。亚历山德拉只肯从我手里服药……这个可怜的姑娘总是要我扶她起来,她把药吞咽下去了就凝神看着我,看得我心慌意乱。可是这些天来,她的病越来越重了,我认为她会,她准会病笃去世。信不信由你,我非常愿意代替她进黄泉。可是她的母亲和妹妹都在观望着我,直直地瞅着我的眼睛,我感觉得出她们渐渐对我失去了信心。

"'哎,她的病怎么样了?'

"'不用担心,一点也不要紧。'我答道,然后她问我'一点也不要紧'是什么意思呢?我说这话的时候脑子里晕乎乎的。

"有一天夜里,我和平时一样坐在她床边,女仆也坐在房间里,呼噜呼噜地直打鼾……哎,这也为难了可怜的村姑,她也是忙得筋疲力尽了。亚历山德拉整整一夜都很不舒服,难受得辗转反侧,直到半夜才迷迷糊糊地好像睡着了——反正她不再动弹了,只静静地躺着。屋角里圣像前的油灯点着。我坐在那儿,头向前垂下,也正打盹儿呢。突然,好像有人在我肋部推了一下。我向四周一看,全能的主啊!亚历山德拉正睁大了眼睛看向我……她的嘴唇张开,脸颊烧得通红。

"'怎么啦?'

"'大夫,我快死了吗?'

"'看在老天爷的分上,别这么说!'

"'不,大夫,你别对我说我会活下去……别对我说……但愿你明白……你听着,看在上帝的分上,你别把病情瞒着我。'我注意到她的呼吸很急促,'要是我明白我真的快死了的话……我就能把心里的话都向你倾诉了。'

"'亚历山德拉·安德烈耶芙娜,看在慈悲的主的分上!'

"'你听着,我一宿没有合眼,一直在盯着你看……看在上帝的分上,我信任你,你心地善良,为人老实。我以人世间一切神

圣的东西起誓,恳求你,对我讲实话!但愿你知道,你这话对我关系多大……大夫,看在上帝的分上告诉我,我的病危险吗?'

"'我能告诉你什么呢,亚历山德拉·安德烈耶芙娜?'

"'看在上帝的分上,我哀求你告诉我。'

"'亚历山德拉·安德烈耶芙娜,我不能对你隐瞒真相——你的病确实很危险,不过上帝是慈悲的……'

"'我快死了,我快死了……'她仿佛为自己快死了而感到高兴,脸上都发光了。我忧心忡忡。'别害怕,别害怕,我一点也不怕死。'她突然臂肘撑在床上,抬起身体,'现在……嗯,现在我能告诉你了,我打心底里感谢你,你为人厚道,心地善良。我爱你。'

"……我像被鬼迷住了似的看着她。对你说实话,我当时有一种毛骨悚然的感觉……

"'听我说呀,我爱你!'

"'亚历山德拉·安德烈耶芙娜,我哪儿值得你爱呢?'

"'不,不,你不理解我,亲爱的……'

"突然,她凑到我面前,双手捧住我的头,吻了我。信不信由你,我拼命忍住才没有哭出声来……我跪在地上,把头埋在枕头里。她什么也没有说,手指在我的头发上哆嗦着,我听得见她在哭泣。我开始安慰她,叫她放心……其实我对她说了些什么我都不知道。

"'你会把女仆惊醒的……相信我……我非常感激……你安静下来。'

"'别……别这样,'她翻来覆去地说,'别管她们,让她们

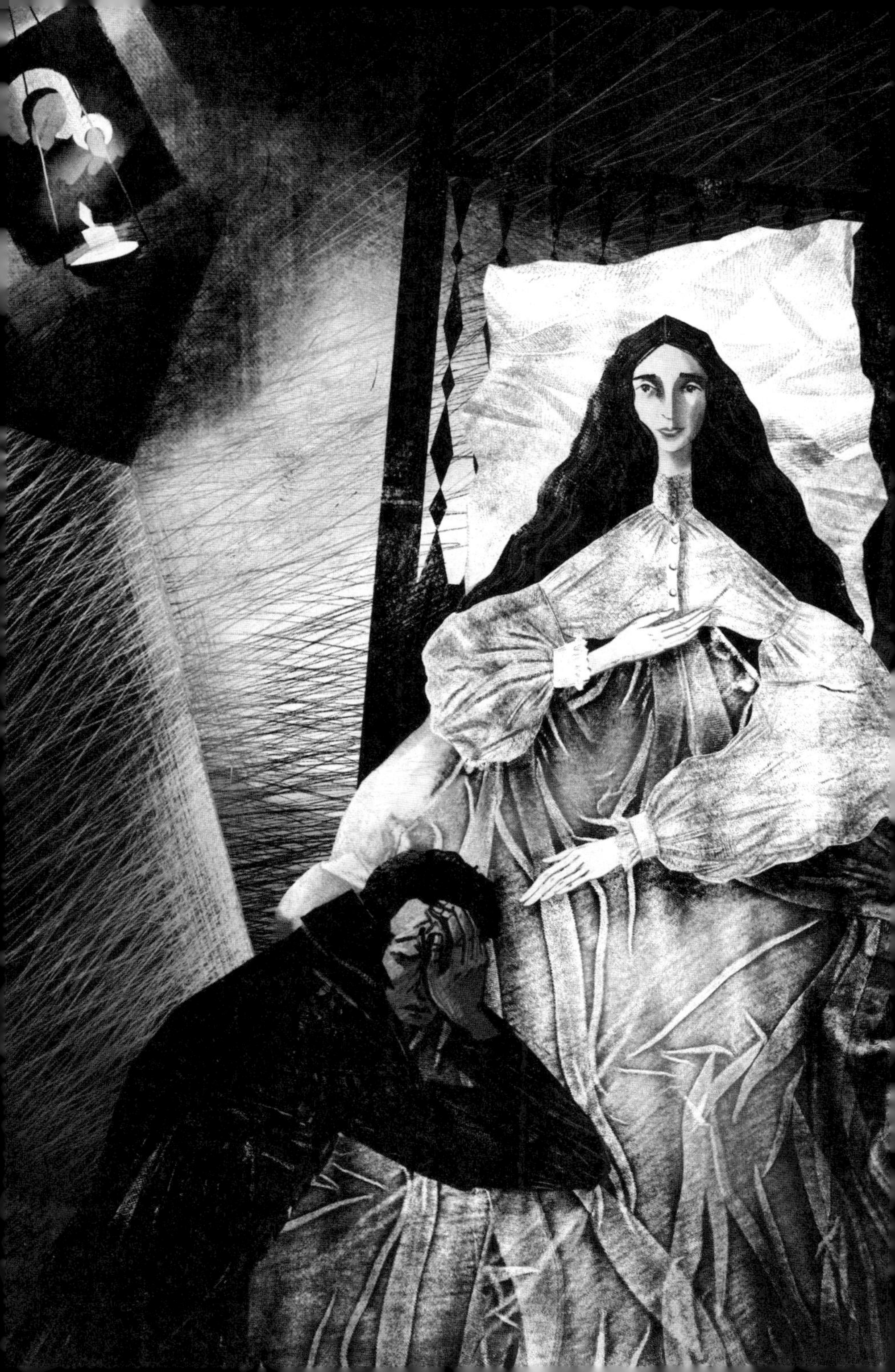

醒来吧！让她们来吧，这都无所谓。我反正快死了……你为什么这样羞怯胆小？抬起头来……要么，你可能不爱我，我看错了？要是这样的话，就请你原谅。'

"'你说什么？……我爱你，亚历山德拉·安德烈耶芙娜。'

"她凝睇着我，张开臂膀。'那就拥抱我吧！'

"……老实告诉你，我真不懂我熬过那一夜怎么居然还没有发疯。我心里明白，我的病人正在一点一点让自己消失。我看出她已近乎神志不清。我也了解，要不是她相信自己快死了的话，是绝对不会想到我的。可是，不管怎么说，没有恋爱过就在二十五岁的妙龄病逝，确实是令人哀痛啊！就是这个念头在折磨她，所以她才在绝望中抓住我。现在你都明白了吗？

"她仍旧紧紧抱住我。'怜悯我吧，亚历山德拉·安德烈耶芙娜，怜悯咱俩吧！'我说。

"'为什么？'她答道，'有什么可怜悯的？你不懂得我必死无疑吗？'她老是重复着这句话，'如果我知道我能死里逃生，继续当一个有教养的大家闺秀的话，我就会为这些话感到害臊的。是的，会感到害臊的……可是，现在事已如此……又有什么关系呢？……'

"'谁说你快死了？……'

"'啊，够了，别哄我了！瞧瞧你，你说谎也说不圆。'

"'你会活下去的，亚历山德拉·安德烈耶芙娜，我会把你医好的。咱们去请你母亲祝福……没有东西能把咱们分开，咱们会幸福地过一辈子。'

"'别，别说这些，我听你说我一定会死的……你告诉过

我……'

"那会儿我真是痛苦,因好几件事儿痛苦至极。你要知道,有时候,一些小事情,虽然本身没有什么,却能使人很痛苦。她忽然想起问我的名字,我的教名。我就说,我那个倒霉的名字叫特里封。是的,先生,我叫特里封,特里封·伊凡内奇,那一家子都管我叫大夫。可是她既然问了,我也没有办法,只好回答:'叫特里封。'

"她眯起了眼睛,摇摇头,用法语轻轻说了句什么。啊,这肯定不是什么恭维话,她还不客气地笑出声来。嗯,我就这样和她差不多整整待了一宿。黎明时,我失魂落魄地走了出去。正午,我用过茶点后回到了她的房间。全能的上帝,她那样子我简直认不出来了。有些死人的面色都比她好些。说实话,我到今天都不明白,简直不明白,我当时是怎么经受住这场严峻考验的。我的病人有三天三夜处于弥留状态,这是怎么样的三个夜晚啊!她都和我说了些什么话啊!……最后一夜,你想想吧,好不奇怪,我坐在她身边,一心一意地向上帝祈祷:上帝啊,快把她收去,把我也一起收去吧……这时那位老夫人,她母亲,突然闯进屋里来……我头天已经告诉她病情非常严重,没有什么希望了,还是赶快去请神父。生病的姑娘一看见她母亲就说:'你来了我很高兴……看看我俩,我们爱上彼此了,立下了山盟海誓。'

"'她说什么,她在说什么?'我吓得面如土色,忙说道,'她在说胡话,是高烧烧的。'

"可是亚历山德拉接着又说:'得了!刚才你对我说的话完全不一样,你还收下了我的戒指……为什么要装假呢?我妈是很仁慈的，她会原谅我们，她会理解的，我快要死了，还撒什么谎呢？把你的手伸给我。'我跳了起来，跑出屋去。当然，老夫人把事情的来龙去脉都猜了个准。

"好啦，我不想再絮叨惹你厌烦了，而且，对你说实话，我一回忆起来就痛心。第二天，我的病人就与世长辞了。愿上帝使她的灵魂安息吧！"医生叹了口气，连忙接下去说，"她临走之前把大家都请了出去，叫我单独留在她身边。

"'原谅我，'她说，'也许我对你的做法不对……是我病糊涂了……可是，相信我，我从来没有爱谁，像爱你那样深……别忘记我……把我的戒指珍藏起来。'"

医生说到这儿把脸别了过去。我紧紧抓住他的手。

"哦，"他说，"咱们还是谈谈别的事吧！要么，你也许喜欢来一局小额赌注的'优先'牌吧？你知道，干我们这一行的，本不该拥有这样崇高、复杂的情感。我们这一号穷大夫，只该考虑如何不让孩子哭喊，如何不受老婆指责，那件事以后，我很快也就结婚了……娶了个商人的闺女，她带来了七千块卢布的嫁妆。她叫阿库琳娜，这名字和特里封可是半斤八两，挺般配。我得说一句，她是个丑泼妇，幸亏她整天睡觉……来一局'优先'牌，怎么样？"

于是我们玩起"优先"牌来，下的是一戈比的小额赌注。特里封·伊凡内奇从我手里赢去了两个半卢布，他很晚才回家，对于赢钱非常高兴。

（1852年）

看不见的珍藏

*Stefan Zweig*

斯蒂芬·茨威格
（1881—1942）

奥地利犹太裔作家、传记大师。著有小说《一个陌生女人的来信》《一个女人一生中的二十四小时》《象棋的故事》等，传记《人类群星闪耀时》等。作品尤其擅长刻画女性心理；传记作品兼具历史的真实和艺术的魅力。

火车驶过德累斯顿两站后,一位上了年纪的绅士走进了我们的车厢,彬彬有礼地跟大家微笑致意,还特地向我点头,仿佛我是他的朋友。我一下子想不起他究竟是谁,他含笑地自报了姓名,我这才回忆起来:啊!我当然认识他,他是柏林最有名的艺术鉴赏家和古玩商,第一次世界大战前我常到他店里去,观赏并购买名人手迹和珍贵书籍。他在我对面坐了下来,我们先是天南海北地闲聊,后来,他话锋一转,突然说:

"我得跟您谈谈这次旅行中的一件事。因为这个插曲可以说是我从事古玩行业三十七年以来最奇特的遭遇了。"好了,下面用他自己的话来叙述吧,省得用过多的引号。

您大概也知道,自从币值一落千丈以后,我的事业大受影响。现在古玩市场上是什么情况呢?暴发户们突然对哥特式圣母像之类的古董和古版书、古老的蚀刻画和画像大感兴趣。他们什么都要,真是供不应求,我费了好大的劲,才没有让他们把店里的货物一抢而光。要是让他们任意买的话,他们恨不得把你衬衫上的袖扣和桌子上的台灯都抢购了去呢!所以我越来越需要源源不断地添进新货——请您原谅，我竟突然把这些高雅的东西叫作货物——但是这帮市侩们已经使人习惯于把一部威尼斯古版珍书看成若干美金，把圭尔奇诺[1]的素描看成几张一百法郎钞票的化身。他们好像钱多得烧手，无孔不入地抢购，你怎么也满足不了他们的购买欲。一天夜晚我环顾店内，发觉值钱的东西已被搜刮得一干二净。我这家老店是我祖父和父亲传下来的，本来货色很齐全，可现在店里只有一些寒碜的破烂货，是那种以前连来自北方的街头小贩也羞于放到手车上叫卖的货色。我羞愧极了，恨不得关门大吉。

就在这狼狈的处境中，我忽然想到，不妨翻看过去的账簿，说不定某些老主顾愿意出让一点他们有钱时买进的古书古画。然而，想不到顾客名册竟如尸体纵横的战场，实在提供不了多少线索。我的大部分老主顾都早已去世，即使有少数人还在世，也都是晚景凄凉，已把他们珍贵的收藏物拍卖殆尽，对他们不能抱多大希望了。最后，我突然翻到一捆书信，也许是我们最早的一位老主顾写来的。自从1914年大战爆发以来，他再没有向我们订购或者打听过什么东西，所以我完全把他忘了。他实在太老，最早的一封来信几乎是在六十年前。他在我父亲和祖父经营期间买过东西，可是在我自己经营店务的二十七年里，我记不得他曾经光顾过。从种种迹象中推断，他大概是个迂腐而古怪的人物，是德国风俗画家门采尔或者施皮茨韦格笔下那

---

[1] 圭尔奇诺（1591—1666）：意大利宗教画家。

种老派的德国人。这种人极少活到我们这个时代，只有在一些外省的小城市才能偶尔见到几个这种怪僻的老头子。他信上的字像印出来的一样工工整整，钱数下面用尺子划上红线，而且每次总把款项用文字和阿拉伯数字写上两遍，以免出错；此外，他还把裁下来的空白书页作信纸，装在用过的旧信封里，这些都表明这个外省人天生小气，节俭成癖。这些古怪信件的签名后，还跟了一串复杂的头衔：退休林务官兼经济顾问官，退休陆军中尉，一级铁十字勋章获得者。他既然是1870年战争的老兵，那么要是现在还活着的话，准有八十多岁了。这位老人的过分节省固然可笑，可是在收藏古代蚀刻画方面却表现出非凡的聪明才智、渊博的专业知识和高雅的艺术趣味。我把他将近六十年的订单仔细地研究了一下（其中第一张订单还是用银币计价的呢），我发现，在花一个塔勒[1]就可以买一大堆最精美的德国木刻的时代，这个不起眼的外省人一定已经不声不响地收集了一大批铜版画，和那些暴发户当中最出名的收藏家相比也毫不逊色。因为，单把半个世纪里他在我们店里零星购买的各种珍品加在一起，在今天就已经极为可观了。此外，可以料想，他在别处也一定收购了不少便宜货。当然，他从1914年以来，再没有订过货。可是我对古玩市场上的行情是很熟悉的，他如果转让过这样一批版画我绝不会毫无所闻。所以说，这批收藏珍品肯定还在这位奇人手里，即或他已去世，也会留在他的继

---

[1] 塔勒：德国旧制银币。

承人手里。这件事引起了我的兴致。第三天（就是昨天晚上）我便乘上火车，径往萨克逊省一个寒碜的边远小城去。我走出那小小的车站，在大街上信步走着。我觉得这样一些外观平庸的屋子，里面的陈设也一定是小市民的品位。要说它里面居然会住着一个拥有伦勃朗的无比精美的画幅，以及全套丢勒和曼坦尼亚的铜版画的人，那简直是难以置信的。不过我还是到邮局去打听了一下。当我听说那位林务官或者经济顾问还活着的时候，实在惊讶极了，于是我在午饭之前便前去拜访。说实话，我心里相当紧张。

我毫不费力就找到了他的住所——一幢简陋大楼的三楼。这种楼房大概是上世纪六十年代一位投机取巧的蹩脚建筑师马马虎虎盖起来的。二楼上住着一位诚实的裁缝，三楼的左侧挂着一块闪亮的铜牌，上面刻着当地邮政局长的名字，在右侧，我终于看到了写着这位老人姓名的瓷牌。我迟疑地拉了下门铃，一位戴着一顶干净小黑帽，白发苍苍的老夫人旋即前来开门。我把名片递给她，问林务官先生是否见客。她先是惊疑地看了我一眼，又看了看我的名片，然后又看看我。在这座被上帝遗弃的小城镇上，在这么一幢老式的房屋里，如果有大城市的客人来访，当然会引起骚动。不过她终于心神安定下来，和蔼地叫我稍等，便拿着名片进去了。我听见她在屋里轻声讲话，接着又听见一个男人洪亮的声音："啊……柏林来的富克尼先生，从那家大古董商行来的……请进，请进……能见到他我非常高兴！"老夫人踩着碎步很快地回到门口，请我进入客厅。

我脱下外套，摘下帽子，跟她进去，在这间陈设简陋的客厅中间，我看见一位年事很高但是还很硬朗的老人挺立在那儿迎接我。他蓄着很浓的胡须，穿了一身镶边的、类似军装的衣服，非常亲切地向我伸出双手。这个手势显然是表示衷心的喜悦和欢迎，可是他僵直的姿势却显得很不协调。他没有迎上前来，我只好走过去握手，心里有点不大自在。我想握他手的时候才发现，他两手平放着一动不动。我一下子全明白了，他失明了。

我从小看见瞎子就不舒服。我觉得自己能看见，却未能充分利用自己的眼睛，心里总不免有些羞愧和不大自在。尤其当我看到他浓密的眉毛下，那双凝视着前方却一无所见的黯淡的眼球时，心里就更不是滋味。可是这位盲人并未让我长久地感到不自在，他一碰到我的手，就用力握着，高兴地笑着说："真是稀客！"他笑容满面地向我说："柏林的大老板居然会光临，确实是奇迹……不过，要是这样一位有名望的古董商乘火车前来，我们可得多加小心了……俗话说得好：吉卜赛人来了，快把房门关上，把口袋扣紧……是啊！我知道，你干吗要冒风险来找我。在我们倒霉的、日益衰败的德国，现在古董生意可是很不景气，没有买主了，于是大老板们又想来寻找旧日的老主顾了。不过恐怕您会白跑一趟呢！我们这些靠养老金过活的人，能有口面包吃就很满足了。现在的物价像发疯似的往上涨，我们可是无法问津了啊……我们这号人淘古物的日子早已过去了。"

我赶快请他别误解我的来意，我一点没有兜卖的意思，只不过是专程拜访我们的老主顾，德国最大的收藏家之一。我刚说完，这位老人的脸上便起了奇怪的变化。他依然僵立在屋子中间，却变得容光焕发，显得颇为得意，转向他认为妻子所在的方向,仿佛对她说:"你听见了吗!"接着转向我,改变了原先那种老军人的粗鲁口气,而用一种快乐的,几乎可以说是饱含温情的声音说道:

"那太好了……你为了结识我这样一个老朽而白跑一趟,很使我抱愧呢!不过我倒是有一点值得看的东西,这可不是您每天都看得见的,即使在繁华的柏林城里,在维也纳阿尔贝蒂娜艺术馆和那该死的巴黎,你也未必能找到比它们更精美的东西……可不是,兴致勃勃地收集了五十多年,我弄到不少各式各样在任何地方都难觅到的宝贝呢!路易丝,把柜子的钥匙拿来!"

这时,一件意外发生了。原来站在一旁,亲切地微笑着倾听我们谈话的老夫人,突然大惊失色,向我举起紧握的双手,恳求似的向我摇头。我猜不透她是什么意思。接着,她走到丈夫身边,双手轻轻地抚着他肩膀,提醒道:"可是赫尔瓦特,您也不问问这位先生有没有其他约会,再说,现在已经到吃午饭的时候了。吃完饭你又得休息一个小时,这是医生再三叮嘱的。咱们没有什么好东西招待客人。您当然是要上餐厅的,饭后您要是愿意,就来喝杯咖啡,那时我的女儿阿纳玛丽也在家,她对这些艺术品比我懂得多,可以招待您参观收藏的艺术品。这样岂不更好?"

她说了这些话,又一次向我使了个急切央求的手势。这下我会意了:她希望我拒绝马上观赏他的藏画,于是我立即编了个谎,说有人要请我吃午饭。当然能看看他的收藏,我高兴万分,也感到非常荣幸,不过要到下午三点以后才行,届时我一定回来,从容欣赏,一直看到六点。

老人像个被夺走心爱玩具的孩子似的生起气来,转身嘟囔道:"当然啰,这些柏林的先生们时间总是安排得很紧。可是这一回您可得腾出时间来,因为我给您看的不是两三幅画,而是二十七本艺术珍品,每一本专门收藏一位大师的杰作,而且差不多都值得喝彩。好吧,下午三点,不过要准时,否则我们就看不完了。"

他又一次向空中伸手等我握。"您等着瞧吧,您会高兴——也可能会恼火。而您越恼火,我就越高兴。我们这些收藏家就是这样:一切都留给自己,什么也不让给别人!"他说,然后再一次用力地和我握手。

老夫人一直送我到门口。在整个会面的时间里,我注意到她一直提心吊胆,神色尴尬。这时刚走到门口,她吞吞吐吐地对我低声说道:"可以让……可以让……我的女儿阿纳玛丽,在您来之前到您的旅馆里去见您吗?这样当然比较妥当……有好多话我现在无法说。"

"好,令爱来接我,我非常乐意,非常荣幸。"我说。

一小时后,我从广场旅馆的餐厅里刚进入休息室,一个已不再年轻的姑娘便走了进来。她衣着朴素,精神萎靡,一进来就举目环顾,寻找人。我走到她面前,自我介绍,告诉她,我已经准备好,可以立即跟她去看藏画。可是她一下子脸涨得通红,像她母亲一样,显出慌乱和尴尬的神色,她吞吞吐吐地请求和我说几句话。我立刻发现,她很难启口。每当她鼓起勇气想说话的时候,局促不安的红晕便升到脑门,手指摸弄着衣服。终于她断断续续、迷惘地说了起来:

"母亲叫我来找您……她什么都跟我说了……我们得求您帮忙……想趁您见我父亲之前,先和您通通气……我父亲准要把他的收藏品拿给您看,可是这些藏画已经不全了……缺了几幅……干脆说吧,已经所剩无几了……"

她喘了口气,几乎哭出声来,然后突然凝视着我,上气不接下气地往下说:

"我得对您坦白……您知道现在我们是如何艰苦度日后,我想您是会理解的……世界大战爆发以后,我父亲完全丧失了视力,在这以前,他眼睛就不行了。战争刚开始的时候,尽管他已有七十六岁高龄,他还执拗(niù)地要参军去和法国作战,后来军队没有能像 1870 年那样长驱直入,他心里怄气,于是他的视力很快日益衰退,终于完全丧失了。不过早先除此以外,他身子骨儿还是很硬朗,还能外出散步几个小时,甚至去打猎(这是他喜爱的消遣)。失明以后,他唯一的乐趣就是他的藏画。他每天都要看一遍……所谓'看'就是每天下午把所有的画夹都拿出来,一张一张地摸弄。经过几十年的抚摸,那些画的顺序,他都背熟了……再也没有别的东西能引起他的兴趣。他常常叫我把报上古董拍卖的消息念给他听。他听见价钱涨得越高,就越高兴……可怕的是,父亲对于物价和生活的困难一无所知……他不知道,我们已经坐吃山空,他一个月的养老金,连两天的生活也维持不了……再加上我妹夫又阵亡了,留下我妹妹拖着四个小孩。起先,我们就算尽量节省,也还是维持不了,后来只好开始变卖东西——我们无论如何都不愿碰他心爱的藏画……变卖了仅有的一点首饰,可是,我的天,这又能值多少！六十年来，我父亲把能够省下来的每一个铜板全部用来收购各种版画了。有一天，家里的东西终于变卖完了……我们真不知道这日子该怎么过下去。这时候……这时候，我母亲和我就暗暗地卖了一幅画。父亲当然绝对不会答应，但他根本不知道日子多么难过，他根本想象不到，在黑市上弄点粮食多不容易，他也不知道，德国已战败，阿尔萨斯和洛林已经割让出去。我们念报的时候，不忍把这一类消息念给他听，免得他难受。

"我们第一次卖掉的是一幅很珍贵的画，一幅伦勃朗的蚀刻画。商人给我们出价好几千马克，我们满以为用这笔钱可以维持几年的生活，可是您知道，币值跌得多么厉害……我们把钱存进银行以备将来需用，可是两个月以后，这笔钱就一文不值了。我们只好卖了一张再卖一张，那正是通货膨胀最厉害的时期，而那些商人总是拖延付款，等钱寄来，已经所值无几了。后来我们就到拍卖行去试试，可是就是在那儿，尽管买主出价几百万，我们也还是上当受骗……等到这几百万到我们手里，早已变成了一堆废纸。就这样，我父亲收藏中的珍品，包括几幅名画在内，全都慢慢地被零星出售掉以维持我们最可怜的生活。我父亲却毫无所知。

"所以今天您来，我母亲就非常惊慌……唯恐父亲把那些画夹子打开给您看，真相就都暴露了……这些旧的厚纸框子，父亲一摸就知道里头夹的是什么。我们每拿走一件，就要把一些仿制品或者同样厚薄的纸页塞在里面。这样他摸的时候，就不会发觉。只要他能抚摸、能数这些画页（这些画的顺序他也记得清清楚楚），那他就跟从前能看见这些画的时候一样高兴。而平时在这小城市里，父亲认为没有什么人有资格观赏他的宝物……每张画他都爱若至宝。我相信，要是他知道，他手摸着的这些画都早已散失，一定会心碎的。自从德累斯顿蚀刻画馆的前任馆长逝世以后，您是他这几年来的第一个知音，他愿意打开画夹子让您看。所以我请求您……"

这个芳华已逝的姑娘突然向我伸出双手，眼里闪着泪花。

"求求您……别让他伤心……别难为我们……请您别把他最后一个幻想也打破，请您帮助我们，使他相信，他描述的那些画幅依然存在……要是他猜到了实情，准会活不下去。也许我们做了对不起他的事，可是有什么法子呢？人总得活下去啊……人的生命，我妹妹的四个孩子，总比画页更重要吧……到今天为止，我们一直没有剥夺他的这个乐趣，他每天下午能把他的画翻上三个小时，跟每幅画絮絮说话，心里会有说不出的高兴。今天……今天说不定是他最幸福的一天了。他盼了多少年，好不容易盼到一位行家来鉴赏他心爱的宝贝。我请您……我举起双手恳求您，别破坏了他的乐趣。"

她这番话说得非常哀婉动人（我现在的复述根本不可能把这种感情表达出来）。我的天，我曾经见过许多人被卑鄙地洗劫一空，被通货膨胀弄得倾家荡产，或是上百年的传家宝被人用一个黄油面包骗走——但是我还是被这个不寻常的故事打动了。不用说，我答应她守口如瓶，并且帮她们，出演这出骗局。

我们一起回到她家——路上我听她说人们用低到极点的价钱欺骗了这两个可怜又善良无知的女人，夺取了她们的无价之宝，我心里难过极了，这更坚定了我竭力帮助她们的决心。我们爬上楼梯，刚推开门，就听见客厅里传来老人高兴而洪亮的声音："请进！请进！"凭着盲人的敏锐听觉，他一听见我们的脚步声，便知道他所热盼的人来了。

"他每天饭后都要午睡片刻，可是今天他急于把他的宝贝给您看，兴奋得睡不着了。"老夫人含笑对我说。她女儿递了个眼色，她明白我同意帮忙，便完全放心了。桌上摊了一大堆画夹子，像是等我们去观赏。盲人一摸到我的手，就一把抓住我的手臂，把我按在特地准备的软椅上。

"好，咱们马上就开始吧！要看的东西很多，而柏林来的先生们时间又很有限！第一个夹子里全是丢勒大师的作品，您马上就可以看出，搜集得相当齐全，一幅比一幅精美。您自己来判断吧，您瞧瞧！"说着他打开画夹的第一幅，"这是《骏马图》。"

于是，他轻柔地就像拿一件容易打碎的东西似的，小心翼翼地用指尖取出一个硬纸框，里面嵌着一张发黄的空白纸。他得意地把这张一文不值的废纸举到面前，整个脸上十分动人地现出一种凝神注视的神情。他那毛玻璃似的眼睛，不知是由于纸的反光，还是出于内心的喜悦——突然发亮，闪烁着一种智慧的光芒，使人很难相信他是看不见的。

"怎么样？"他沾沾自喜地说，"你见过比这幅更加精美的画吗？瞧每个细部，印得多么清晰，线条多么分明——我把这张画和德累斯顿复印版的画比较过，德累斯顿的那张尽管也不错，但显得逊色多了。再看它的来历！瞧这儿——"他把画页翻了个个儿，用指甲非常精确地指着这张白纸的某一点，使我不由自主地探出脖子去，看那儿是否真的还盖了图章，"您瞧，这是那格勒藏画的图章,这是收藏家雷米和厄斯代勒的图章。这些著名收藏家大概怎么也想不到,这幅画居然会跑到这间陋室里来。"

听到这位毫不怀疑的老人这样热情地赞美一张白纸,我不由地战栗了。看见他用指甲毫厘不爽地指着子虚乌有的收藏家的鉴印,我真是毛骨悚然。由于被震慑住了,我的喉咙像被堵住了一样,不知道如何回答是好。惊慌之余,我抬起眼睛看了看母女两人,老夫人浑身颤抖,激动地伸出双手,向我恳求。于是我振作起来,开始扮演我的角色。

"令人……叹为观止!"我终于结结巴巴地称赞,"真是一张精美绝伦的艺术品!"老人马上显出得意非凡的神气。"不过,这还算不了什么!"他得意地说下去,"您还得看看这幅《忧郁》或者《基督受难图》,这才是一幅精工印制、珍贵无比的画呢。这种质量的画,才称得上举世无双。您瞧!"说着他的手指又非常轻柔地抚摸着一幅他想象中的画,"瞧这色彩多么鲜艳,笔力直透纸背,色调又是多么温暖。柏林的古董老板和美术馆的专家们见了,准会羡慕死了呢!"

他就这样得意地口若悬河,边说边向我展示画夹,足足忙了两个小时。我陪着他一起看了这两三百张空白的纸张或是蹩脚的仿制品,而这些名画在这个可悲的盲人的记忆里依然是真实存在的,他对此毫不怀疑,以至他可以准确无误地按照顺序,精确地赞美描述每一幅画。啊,我没法形容,这是多么令人惊悚!这个看不见的珍藏,早已散失,荡然无存,可是对于这个盲人,对于这个受骗者来说,还完整无缺地存在着。他从幻觉

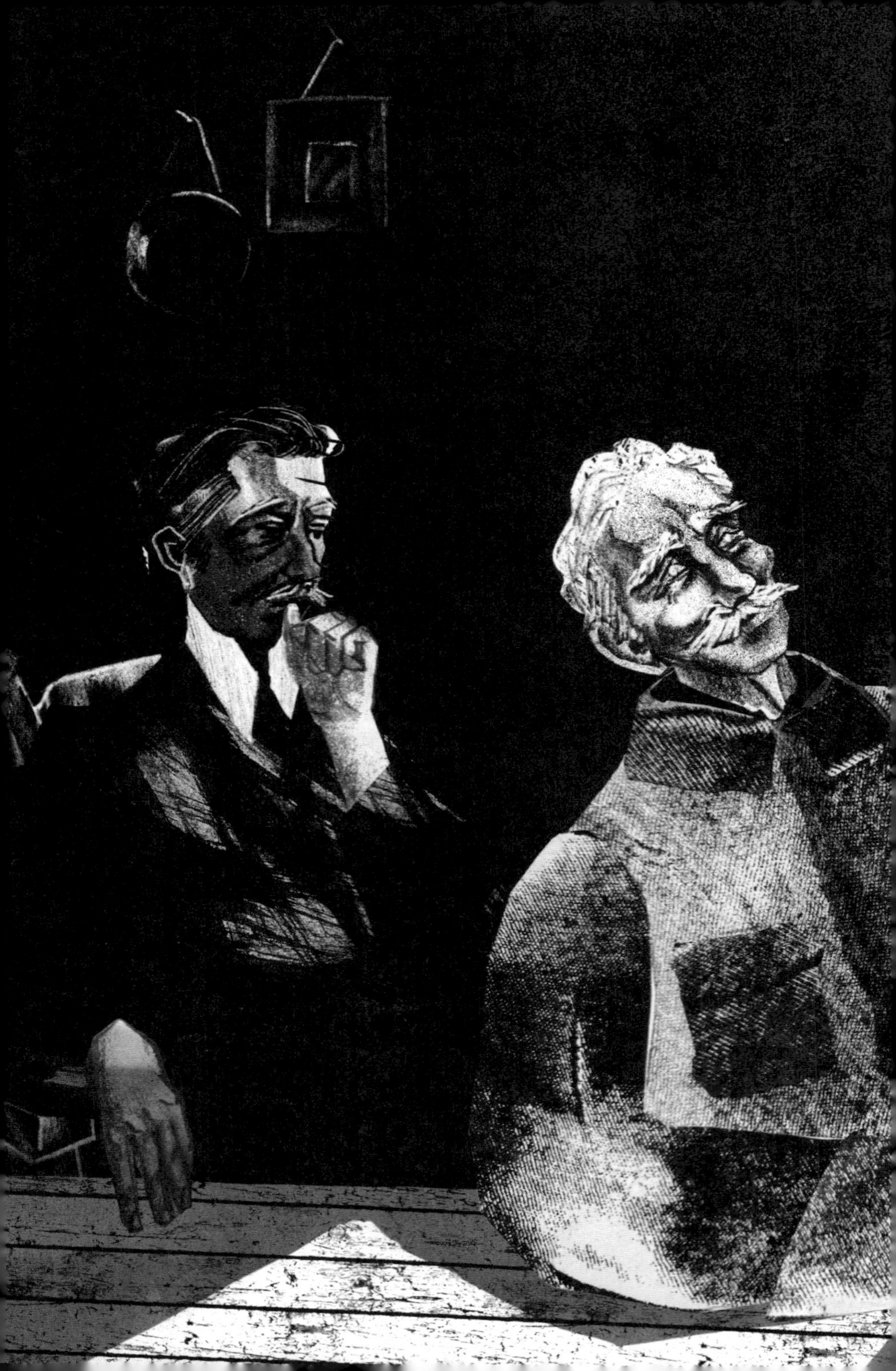

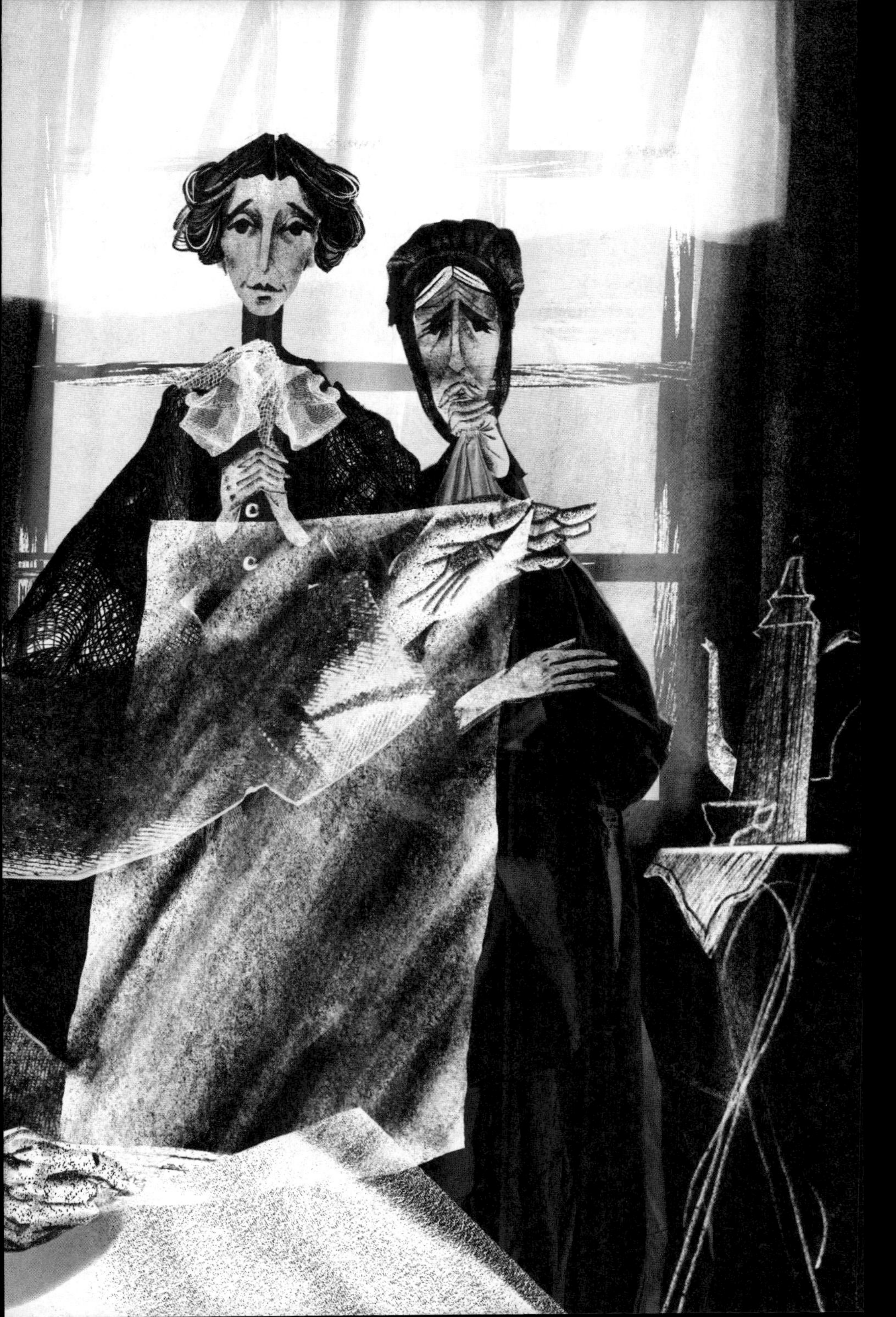

中产生的激情是如此强烈，以至于我也差一点开始相信，它们依然存在。只有一次差点出了差池，他好像嗅到了什么，险些失去他那梦游病患者平静的心情，不能热情地说下去。他拿起一张伦勃朗的《安提俄珀》（这是一幅试印的复制品，其价值是难以估计的），又在夸奖印制的清晰，边说边用神经质的指头，异常钟爱地重描着这幅图画的印刷线条。可是他那训练有素且十分敏感的触觉在这张陌生的纸上没有摸到他所熟悉的那些凹纹，于是他的脸突然阴沉下来，声音也发抖了："这不是……这不是《安提俄珀》吧？"他喃喃自语，神情有些惘然。我赶快从他手里接过那幅夹在框子里的画，凭我的记忆滔滔不绝地陈述着这幅蚀刻画，这幅我也熟悉的画的各个细节。盲人疑虑的脸松弛了下来。我越赞美，这个饱经沧桑的老人便越兴奋，终于掉转脸去朝他的妻女欢呼起来："这才是识货的行家！你们听听看，我这些画多么值钱！你们总是埋怨我把所有的钱都花在图画上。这话不假，不过六十年来，我戒烟戒酒，既不旅行，也不看戏，又不买书，总是省了又省，倾其所有地买这些画。有朝一日，等我故世了，你们就会看到……你们将比我们城里的任何人都有钱，就跟德累斯顿的首富一样有钱。那时候，你们就会对我干的这些傻事深感庆幸了。可是只要我活一天，这些画就一幅也不能散失，等我进了棺材埋到土里，再让这位专家帮你们拍卖，你们不卖也不行啊！我一死便没有养老金了。"

他边说边用手指爱抚着那些早已空空如也的画夹，就像抚摸他的宠儿一样。这是一个惊心动魄的场面，因为在世界大战的岁月里，我还从来没有见过哪个德国人的脸上有这样幸福的表情。他的妻女站在一旁,那种恐慌的模样跟那位德国大师的蚀刻画上的妇女形象十分相似。画上这些妇女前来瞻仰救世主的坟墓,看到墓穴已经打开,里头空无一物,脸上既露出恐怖的表情,同时又显出虔信和见到奇迹的狂喜。正像画上的女门徒脸上被救世主的神力照得光芒四射一样,这两个饱经沧桑、愁苦可怜的小资产阶级妇女的脸,也被老人天真无比的喜悦所照亮,她们含笑的脸上流着泪水,我一生中还没见过这样激动人心的景象。这个老人一个劲儿地翻着画页,不厌其烦地讲着他购买这些名贵艺术品的经过。等到最后,大家终于把这些虚妄的画推到一边,老人才很不乐意地让出地方来放咖啡,这时我才松了一口气。这位老人仿佛年轻了三十岁,他心情欢畅,欣喜若狂,口若悬河地讲了几百个买画觅宝的逸事,他一再站起身来,不要别人帮忙,自己抽出一幅又一幅名画。他心醉了,像喝醉了酒似的有些飘飘然。可听到我说,我得告辞了,他简直吓了一跳,像个任性的孩子一脸不高兴,生气地跺着脚说:"不行,您还没有看完一半呢!"两个女人好说歹说,这个气冲冲的倔老头方才明白,他不能再拖住我,否则我就要误了火车。

  他又进行了一番挣扎,最后总算让我走了。握别的时候,他的声音变得非常柔和,他握住了我的双手,用盲人特有的本能,顺着我的手掌一直爱抚到腕部,似乎想多了解我一点,向我表达难以言宣的友爱。"您的来访,带给我莫大的快乐。"他带着一种使我永远难忘、发自内心的激情说,"我真幸福,终于能和一个行家一起共同鉴赏了一遍我心爱的藏画。不过您会看到,您不是白白地到我这瞎老头子这儿来的,并非白来一趟。

我让我的老伴作证，我向您许诺，要在我的遗嘱上加写一条，委托您那久享盛誉的商行来主持拍卖我收藏的名画。您应得到这种荣誉。"说到这里，他把手温存地放在这些早已空空如也的画夹上，"直到它们散布到世界各地为止。请答应为我印一份漂亮的藏画目录，我不需要比这更好的墓碑了。"

我望了一眼他的妻女，她俩紧挨在一起，一阵战栗从一个人传到另一个人身上，仿佛她们的身体是一个整体在那儿一同震颤。我这时心情十分肃穆，因为这位毫无怀疑的老人把那看不见的、早已散失殆尽的藏画像宝物似的托我保管。我深受感动地答应他，去办这件我实际上永远无法办到的事。老人毛玻璃似的眼珠又为之一亮。我感到，他打心底里渴望真正感觉到我的存在：我从他对我的深厚情意，从他带着感激之情用力握着我的手指的亲热劲儿，感觉到了这种真诚的愿望。

他的妻女送我到门口。她俩不敢说话（因为老人耳朵尖，句句都听得见），泪水却不断流下。她们的眼光多么温暖，多么富于感激之情！我恍恍惚惚，摸索着走下楼梯，心里却非常羞愧：我像童话里的天使一样降临到一个穷苦人家，使一个盲人在一小时内重见光明，用的办法是欺骗和撒谎。实际上我原是以一个卑鄙的商人身份跑来，想从别人手里骗走几件珍贵艺术品的。可是，结果我得到的远远超过这些：在这阴暗、迟钝、抑郁的时代，我再一次深深感受到了纯真的热情，一种纯粹的艺术情操，而我们这些人似乎早就忘怀了。我心里充满了敬畏的感情，虽然说不知怎的感到汗颜无地。

我走到街上的时候，听见楼上的窗户打开的声音，我听见有人在喊我的名字。果然，老人不听劝阻，硬是要用他失明的眼睛，向着他以为我走的那个方向目送我。他拼命把身子探到窗外，他的妻女只好小心地从后面抱持着。他挥动手绢，喊道："一路平安！"他的嗓音充满欢乐，像少年一样清朗。这是一个令人难忘的情景：楼上的窗口露出一张白发老人高兴的笑脸，凌驾于大街上忙碌困苦的人群之上。我的善意帮助所造成的幻觉，使他心目中的生活变得更加美好起来，超凡入圣，远远脱离了我们这个严酷的现实世界。我不觉又想起了好像是歌德说的那句意味深长的话："收藏家是幸福的人！"

（1927年）

镇上的穷人

萨拉·奥恩·朱厄特
（1849—1909）

美国小说家、诗人。19岁在美国杂志《大西洋月刊》上初次发表作品。著有短篇故事集《尖尖的枞树之乡》《白鹭鸶》等，长篇小说《沼泽岛》等。作品描绘新英格兰乡村小镇的市民生活，笔法精致，语言幽默文雅。

初春的一个下午，威廉·特林布夫人和丽贝卡·赖特小姐驾着马车沿着东汉普顿路驰行。特林布夫人的栗色马已经衰老了，行动不灵，而车轮又陷在了路面的黏土里，滚动起来很不利索，因此，马车行进得很慢。除了树林北边几处地方积雪未融和一段篱笆脚下还堆积着整整一冬的吹雪以外，地上的雪差不多都融化了，但是雪下的冻土依然未消。

"咱们家乡的北边还有很多雪呢。"很了解天气的特林布夫人说道，"虽然有些地方化雪了，地面上有些潮湿，可是我感到空气还是冷飕飕的。要等到内地的乡村那儿积雪全部融化了，咱们这儿才能有真正的好天气。"

"昨天我听说，一直到帕斯里为止，都还能乘雪橇来往。"赖特小姐附和她的话，"我不喜欢在北方的城市生活。我表妹艾伦的丈夫是帕斯里人，可能你已经听说了，他继母新近去世了，他不得不到北方去参加葬礼，前天刚刚回来。路程足足有二十一英里，他们动身的时候乘的是马车，走了十英里光景就发现马车无法行驶，只好下车改用马拉雪橇。那个赶雪橇的居然狮子大开口，向他们索取四英镑六先令的车费。真想不到他会敲这么大个竹杠。他们告诉这人，他们是去参加葬礼，但去不去无所谓，且还能坐水牛、乘火车，怎么去都行。"

"唔，我想，往北边去土质贫瘠，田地里收成很差，因此那儿的人碰到好户头，就要狠捞一把了。"特林布夫人心平气和地说，"咱们这儿固然也不太富裕，但是想到我不是生在帕斯里那一带，可真要谢天谢地。"

那匹老马拖着沉重的步子向前走去，下午的太阳突然从早春的阴云里露出脸来，将明亮的光线洒在泥泞的道路上。赖特小姐觉得光线刺眼，赶快把大块面纱往前拉了一下，罩到她高高翘起的帽檐上。她不习惯乘马车，也不习惯在露天久待。特林布夫人却是个活跃的女商人，她在任何条件下，都能把自己的事务料理妥帖。她已故的丈夫留给她一片挺好的农场，尽管遗留的现金有限，不够周转，但大家都说她把这农场侍弄得丁是丁卯是卯，比她丈夫在世时还要好。然而，失去了老伴，她是很痛心的，在别人面前，尤其在亲近的朋友面前谈起他，总免不了有些伤感。但从来没有人私下议论，说她的感情不够真挚。她为人非常热心，也非常慷慨，在汉普顿镇这个狭小的圈子里扮演的是女善人的角色。

在一片金缕梅和矮栎树丛的后面，隐约露出一座受风雨剥蚀、孤零零的农屋，特林布夫人不由得喊出声来：

"啊！这不是勃莱姐妹住的地方吗？"

这谷仓式的房子过于破旧了，维修起来既不省钱，住起来更不舒适，当马车驶近时，可以看见干缩的木板间有不少缝隙，露出一长条一长条的光线。附近的田地看起来既多石头,又很潮湿,即使北边的帕斯里也不会更为凄凉。

"是的,夫人,"赖特小姐说,"这是她们现在的住所。可怜的,我知道这地方。不过我已经多年没来了。特林布夫人,你想不到吧,我整个冬天一直没有见她们姐妹俩到外面来做礼拜,还真有点思念她们。"

"唔,是啊,丽贝卡,我们可以停一会儿,没问题的。"特林布夫人热心地答道,"典礼结束得比咱们预料得早,你要在我那儿过一夜,而且就算咱们现在到家,下午茶也还要一段时间才开始,所以耽搁一会儿碍不了事。每逢我家里有人路过她们家,我总是托他们捎一篮东西给勃莱姐妹,可是自从她们搬到这里以后,我还一直没有来看过她们。啊,准有一年多了。我知道她们是在寒冬腊月里搬家的。她们生活过得很惨。我要说一句,要不是我生那场胸膜炎(当时闹病的人很多),我定会走动走动,帮帮她们的忙。——哎,那件事是匆匆决定的,她们是被迫离开的,当时许多人都责怪行政管理委员会,但是木已成舟,谁也没有办法了。那年夏天,安娜和曼丹娜来参加聚会时,除了对朋友们有点恋恋不舍以外,看起来和往常一样,她们总是给我带信,说日子过得挺舒坦。"

"她们姐妹为人就是这样,"丽贝卡·赖特说,"从来不怨天尤人,虽然曼丹娜不像安娜那样开朗。要是曼丹娜的视力不那么差,安娜的手腕没有因为老是治不好而僵直疼痛的话,她们早就会离开镇上。那一阵子,我到阿萨兄弟家里去时,总先去看看她俩,她们一跟我谈起必须离开的事,总不由得流泪。你要知道，我和勃莱姐妹俩从小就是邻居，是在一块儿长大，一块儿上学的。咱们今天回家打这条路上经过，也是天意。我一直盼望有个机会来看看她们，就因为腿一瘸一拐的很不方便，老是来不成。"

"咱们今儿个打这儿路过，我也很高兴。"特林布夫人说。

"我想看看她们日子过得怎样。"丽贝卡·赖特小姐说下去，"她们答应到这镇上来，因为她们知道自己总要求告人家，总感到多些人的帮助会好些。她们举止谈吐也都挺有身份，且为人正派，和一般家境贫寒、寄人篱下的人大不一样。镇上聚会的那天，她们急切地盼望有人会收留她们，非常希望就在村里的某一家寄宿。我刚坐下，看见阿贝尔·詹尼斯家答应供应她们膳宿，禁不住拍手叫好。可就是有一点，这家子一向以懒散、马虎出名，他们之所以收留勃莱姐妹也无非是贪图镇上的补助。去年咱们选的那批行政管理委员没有往年的那样理想。我希望他们对勃莱姐妹多照应些才是。"

"我对你也欠照应，早该带你过来。"特林布夫人歉疚地说，"我有马，而你腿脚不便，要来一趟也太远了。可是一忙，什么也顾不上了，我记性也太差，该记的事好多都忘了。"

"再没有比你更体贴人的了。"丽贝卡·赖特小姐提出异议。

特林布夫人没有回答，拿出鞭子来，在栗色马身上轻轻抽了一鞭，那马走快了一些，但还是不肯放开步子小跑。她们还要沿着大路往下，拐入一条小巷，跑好长一段，才能到达那座房屋跟前。

"勃莱姐妹的父亲没有遗留一个子儿，把她俩撇在人世，我对他从来没有什么好感。"特林布夫人说。

"他在世时很受大家赞扬，虽说也难免有些人飞短流长，说什么他早年生活也并非无可非议。"她的同伴说，"他当年是朗勃拉泽牧师的好帮手。他们两位为咱们教区干了不少好事，做好事的方式也与众不同。勃莱执事不用人催促就把东西修好了。你知道教堂第一次翻修就是他当执事时搞的，旧布道坛背后的共鸣板，还有那些靠背长椅，他都给修理得漂漂亮亮的，可花了好大一笔款项。他们第二次着手翻修，并且给教堂的墙上画壁画的时候，第一次修理时欠下的那笔债都还没有偿清。我的奶奶是个心直口快的人，她拼命反对拆修她坐的那些靠背长椅。当时曾开了一次教区会议，估算修理费用，她老人家一下子站起来说：'甭算了，让这些东西保持原样，可以不花一个子儿。而且全教区没有一个细木匠干得了这精致活儿。再说这又是件吃力不讨好的事情，说不定将来哪一年咱们的曾孙辈又要费九牛二虎之力，使这座老教堂恢复原来的模样。'可是大家一致主张要把教堂内部统统拆修，少数反对的人只好同意照办。"

"当年为这翻修的事，争吵得很厉害，对不？"特林布夫人用安慰的口吻，表示赞同赖特小姐的看法，"唔，那次相当糟糕。教堂原来的样子我记得很清楚，我小时候就到这一带来看望过母亲的一个表姐妹。特林布一家是她的邻居，那一阵子，我跟特林布两小无猜，在一起玩耍，建立了青梅竹马般的感情。特林布先生多次谈起他第一次见到我的情形，当时我戴的是一顶意大利草帽，上面插了一支羽毛，这原来是我母亲戴的帽子，后来我改制的。"

"我一想起以前老教堂里听的那些讲道，心里就不是滋味。"丽贝卡·赖特小姐歇了一会儿说道，"现在再也听不到牧师提什么地狱里的硫黄火那些可怕的玩意儿了。特林布夫人，你可知我是多么高兴啊！现在这年头儿，牧师比往年通情达理多了。上个主日，我坐在教堂里听牧师讲道的时候，不由得想起，要是朗勃拉泽老先生和勃莱执事听到现在的讲道和过去的有那么大的差别，他们一定会把棺材盖上的土地砸开，像熟透了的豆子一样蹦出来，站到他们的墓石旁边。"

特林布夫人尽情开怀大笑了一阵，然后一边说一边把缰绳抖了三四次，以加强语气。"什么也瞒不过你的眼睛。"她显得非常高兴，"我倒是想，要是勃莱执事知道他可怜的女儿受的什么罪，他一定会拼命从坟墓里爬出来的。唉，人生在世，应当为去世后留下的亲属，特别是女儿未雨绸缪啊！虽说她们有个小家，可是咱们看见了吧，她们不管怎样勤俭，也无法维持生活啊！勃莱老先生，当年遇到捐款什么的，出手总是很慷慨。我猜，他准是以为来日方长，以后总有时间攒一笔钱。可是天有不测风云，他没有来得及存钱，就撒手归天了，留下自己的两个女儿在世上受苦。他应当向松鼠学学才对，甚至这些野生小动物，平时也在贮藏食物准备过冬呢。既然松鼠都有这样的见识，人岂能不懂未雨绸缪的道理呢。连我小学练的习字帖里都写着：'在慷慨解囊以前，先要想想是否公平。'我一直把这句话记在脑子里。"

"习字帖里还有一句话：'人生一世，犹如草木一秋。'这句话和上面那句话紧挨着。"丽贝卡·赖特小姐接着她的话茬儿严肃地说,"我的天哪,这穷地方看起来可不就是个吃不饱、饿不死的所在?想起为人正派的勃莱姐妹在这儿受罪,我就揪心。"

那匹栗色马虽然被主人赶得离开归家的路,到了这出乎意料的地方,未免有些困惑不解,然而它仍然驯服地来到屋前停下。门前庭院里篱笆的一角已经被啃坏了,显然是临近的人家惯常把马拴在这儿。两只羽毛蓬乱的老母鸡在院子里走来走去觅食。终于,灶房的窗洞里露出一张脸来,两颊用手绢包扎着,好像那人正患牙疼病似的。我们这两位朋友走到窗旁的边门时,詹尼斯夫人郁郁不乐地走过来为她们开门,一等她们走进去,便立即把门重新关严,尽管屋内的空气比屋外还要冷。

"请坐,"詹尼斯夫人简明地说,"这样子见客太怠慢了,可也没法子呀。这四天我一直在打摆子,还不得不料理家务。我们当家的到法院陪审去了。没有他,可真不方便。请你们两位宽衣吧。"

心宽体胖的特林布夫人环顾着这个简陋阴暗的厨房,想不出什么话可说,于是和蔼地微笑了一下,摇了摇头,算是领了主人的盛情。"我们在你这儿只坐几分钟,稍微聊一聊,就得进去和勃莱姐妹谈谈,我们和她俩是老相识了,好久没有和她们见面了。我想你不认识丽贝卡·赖特小姐吧,她经常在外地。"

"听说,她在普兰菲尔德和兄弟一家在一起生活。"詹尼斯夫人回答道,她坐在炉边,摇来晃去,"我猜,你是今年秋季回来的,是吗?"

"是的,夫人,"丽贝卡小姐带一点歉疚的口气说,"我们到东教区去参加牧师的就职典礼,顺这条路回家,看看家乡的情况，我想在这儿歇一歇。勃莱姐妹的日子过得怎么样？"

"她们和往常一样，过得还可以。"詹尼斯夫人随口敷衍道，"我们当家的自作主张，收留了她们，我对他很生气。本来家务就够忙的了，还要找上这个累赘。他从镇上多领点钱也可以解决些困难啊，可这个傻瓜只要了五美元一个月的膳宿费，这么点钱够花销什么？我跑去和镇行政管理委员会的人交涉，他们总算答应另外供应一点柴火和一些零星的日用品，我第四趟去找他们，软缠硬磨，把他们弄烦了。看起来，只要再跑两趟，欠缺的东西，他们差不多都会答应给，只求把事情了结。可是我们当家的，经常到外面去，没有时间给我劈柴，多一半要我来劈，我们的房间又太窄，东西堆得挤挤攘攘的，什么都得往阁楼上放，只好成天拖着沉重的脚步在她们房间里来来去去。特林布夫人，我对她们也算得是尽了心了，可是我不像你殷实，干什么都不费劲，我确实没法照顾周到，真难啊！"

这个可怜的妇人看起来自己也是家徒四壁，处境很惨，而且显然不善料理家务。可想而知，这寄人篱下的姐妹俩是多么不受欢迎了。特林布夫人想到这里不禁揪心，可是她忍住了没有说出口。这时丽贝卡小姐又简短地谈到有关就职典礼的某些情况。

大家沉默了一会儿，主妇终于说道："你们打后楼梯上去。你们教堂里还偶尔有些人屈尊来看望她们，真使我高兴。这里从来没有人住这么长时间，她们来这儿以后都老了好些。特林布夫人，每逢你们送给她们什么吃的，她们总要送一些来让我们尝尝新。说实在的，我吃得津津有味。要是不介意，你们前脚走,我后脚马上关门,有那么一丝冷风,我都会感冒。"

她们俩在昏暗的过道里磕磕绊绊地走,丽贝卡小姐低声悄语地说:"我一直听说她挺会哭穷。她是不是从帕斯里那一带来的?"

"不管她是从哪儿来的,反正也是可怜人。"特林布夫人答道,同时伸手敲门。

一阵不寻常的声响后,静寂了片刻。随后,勃莱姐妹里的一个过来开了门。两位来客用热切的眼光向里面打量了一下,只见房间很小,天花板低低的,墙壁因为多年没有粉刷,呈暗褐和深灰混合的颜色,仿佛旧日的尘埃和积得太厚的蛛网,已无法打扫干净。站在那儿的两位上了年纪的妇女,看上去就像被监禁的人,干枯的脸上带着忧虑的神色。一望便知她们都是秉性文雅、有自尊心的。可是房间里陈设简陋,空空荡荡的,和她们的好出身完全不相匹配。地板的中央放着一张没有铺桌布的小桌子,桌上一只盘子里放着几块饼干,不知什么缘故,越发反衬出整个图景的孤寂凄凉。

姐妹俩当中年纪较大的安娜·勃莱小姐右臂悬在绷带上,手指下垂,怪可怜的。她凝视着这两位来客,喜不自胜。她原来没想过她们会来。

从房间里仅有的那个窗口上,只能看见屋后田野的景致。客人的来临确实出乎意料。惊诧的心情刚刚平定,下一分钟她又笑又哭。"啊!妹妹,"她说,"这不是咱们亲爱的特林布夫人吗?老天爷啊,丽贝卡·赖特小姐也来了!你们是心地多么善良的亲人啊!今天我一整天都预感到会有一件大喜事临门。我刚才还对自己说：'现在太阳差不多快落山了，该不会空想一场吧？不过我还不能向曼丹娜泄露自己失望的心情。'你看，今天一清早这把剪子就插在地板上，这是一个屡试不爽的吉兆。来，我得再亲亲你们俩。"

"我不知道，咱们几个该往哪儿坐。"曼丹娜伤心地说，"能坐的只有一把椅子，除此之外只好往床上坐。还有一把椅子已经东倒西歪，没法坐了。房东答应十天之内给我们另找一把椅子来，可是他们先是推托忘记了，后来詹尼斯夫人又说自己要用，暂时还腾不出来——不是这个借口就是那个借口。我打算等到哪天能出去一趟，找一段木头在上面钉块板子。"曼丹娜用一种悲哀的语调说，过了会儿她又添了一句，"唉，既然你们来了，我也不想再叹什么苦经了。"客人们凑合坐下，特林布夫人理所当然地坐在那把唯一的椅子上。

"丽贝卡，咱们多少次挨肩坐在床上，诉说咱们姑娘家的私房话，记得不？你记得是在哪儿？就在那间小小的后卧室里，当咱们还是年轻姑娘的时候，咱们经常透过那一串串的牵牛花儿窥视咱们心目中的情郎。"安娜·勃莱心情愉快地笑开了，她清瘦的脸上越来越显露出喜悦的神采，"咱们俩共同种了这么多年的牵牛花，一直长得很好，所以我们离开的时候，我就带上了一些牵牛花籽。可不知怎的母鸡找到这些花籽了。我气得拼命追赶这些可恨的母鸡，听起来真有点傻乎乎的。可是我多么看重那些牵牛花籽啊，我把它看成回忆家乡的相思豆。你要明白，我生了那场大病，再加上其他一些变故，欠了一大笔债，没有法子，只好把暂且用不上的东西都拍卖掉。"

在座的人谁也无法说几句舒心话，勃莱姐妹又心事重重地想到自己流落他乡的悲惨处境。她们的客人第一次真正懂得了，她们以前那座整洁的小村舍（现在回想起来不啻舒适的王宫），和这位于遥远外省的某座农屋楼上连墙壁都没有油漆过的冰窖有多大差别啊！特林布夫人想到汉普顿这个镇相当殷实，却对镇上的穷人这样苛待，心里很不是滋味，既感到愤懑不平，又为自己没有尽到责任而有些惭愧。"要是我自己供给她们膳食的话，我一定会给勃莱姐妹安排较好的生活。"她一边暗自打定主意，一边几乎是噙着泪水朝那个破炉子、那张可怜的床和勃莱姐妹仅存的一个面上铺有鬃毛的大箱子（曼丹娜把这箱子当成椅子坐在上面）打量了一下。尽管这房间很寒碜，却充满了殷勤好客、竭诚款待的气氛。

丽贝卡又在口若悬河地谈起就职典礼，因为谈起一般的事情比谈起她们的苦况要容易得多，而勃莱姐妹显然也渴望听一些新闻。自从夏末以来，她们一直没有去过教堂，特林布夫人听到这情况以后忙问是什么原因。

"好啦，曼丹娜，你别诉苦啦。"矮小的老姐姐安娜恳求道，脸上流露出简直像年轻姑娘那样腼腆的神情，故意装得很乐观，仿佛她们面前的生活还是充满希望和欢乐似的，"客人高高兴兴地来看望咱们，咱们可别叹苦经使她们扫兴，她们和咱们一样明白必须改变现状。咱们对老家的事物习惯了，到这儿来开头难免感到有些苦。不过她们也确实尽了心了，我很明白。转眼又要到夏天了，要是天气不太热，能够出门到田野里逛逛，倒也挺开心，来了以后还没有看到过鸟儿在树上歌唱呢，该出去看看。"

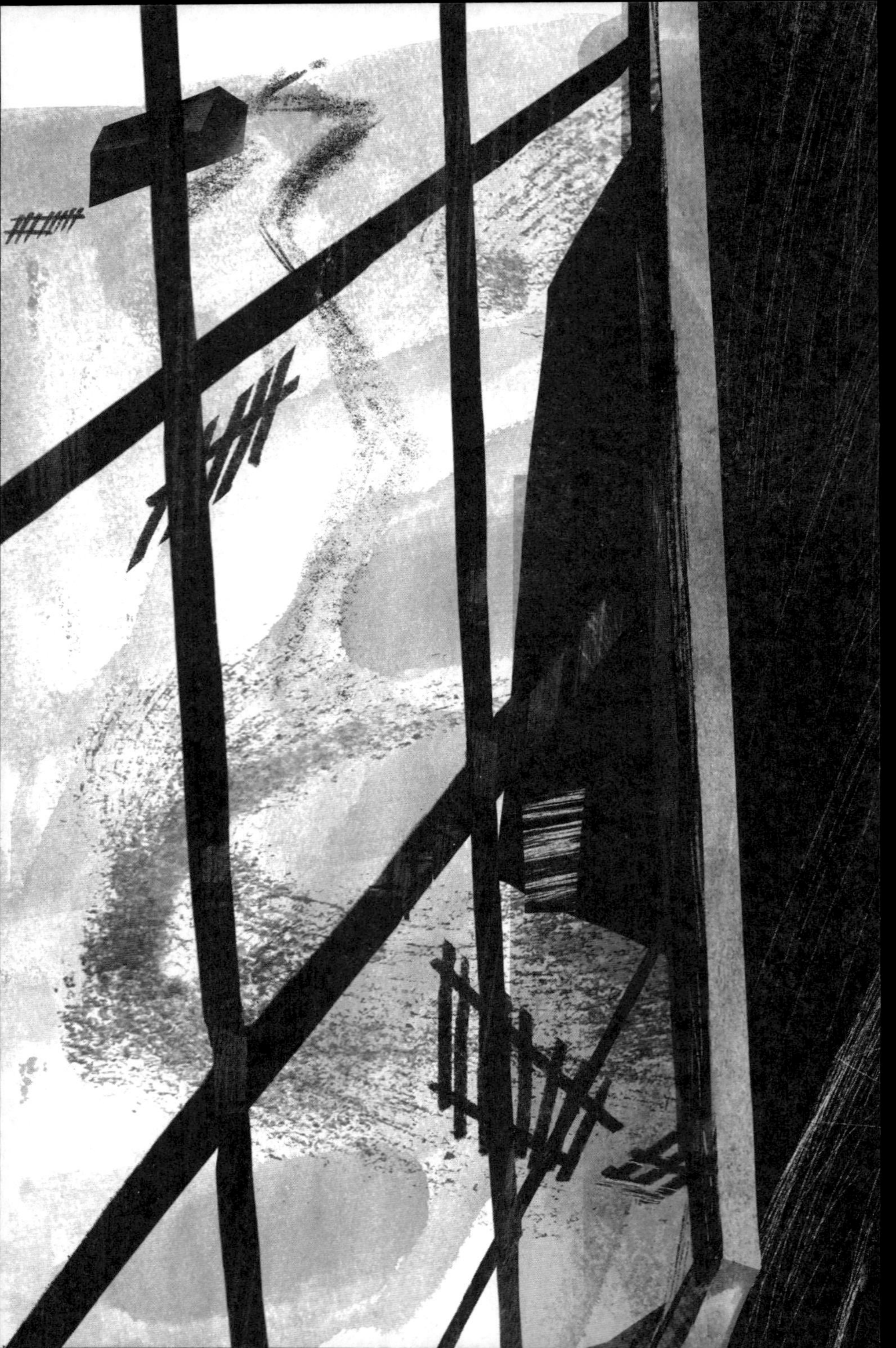

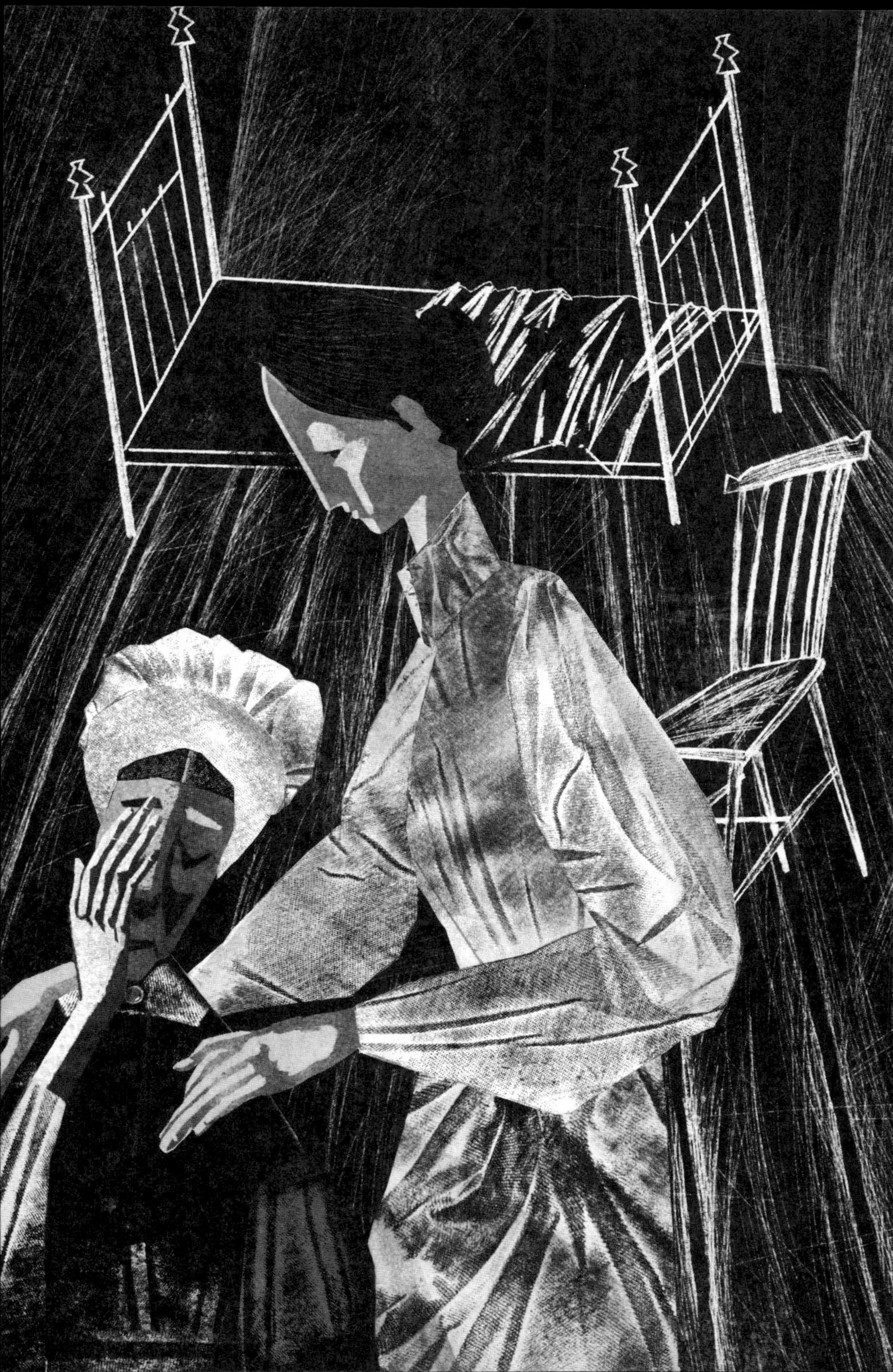

"要是能见到老熟人就好了。"做妹妹的叹了口气,她看起来比姐姐更老,也不像姐姐那样心平气和。"要是你想去看看鸟儿,你只管去吧,我最渴望的是去做礼拜,观看信徒们在侧廊里走来走去。安娜,不管你是否要数落我,现在我可忍不住要说出来,我们都缺少一双结实的鞋子和胶皮套鞋——我们穿的鞋子早就破烂了,我们一再要求,可是他们总是不肯给……"

可怜的老曼丹娜,坐在大衣箱上,把头埋在胳臂里,抽抽噎噎地哭出声来。做姐姐的坐在她身旁,像哄孩子似的,用手拍着她瘦削的肩膀,试图安慰她。特林布夫人想,妹妹哭泣,姐姐安慰,这绝不是第一次了,在这漫长萧瑟的冬季,这个悲惨的场面一定已经重演过多次了。这对姐妹相依为命的情景将留在她脑海里永不泯灭,她自己也不禁泪如泉涌。

安娜·勃莱终于迅速地转过身来,装出愉快的样子和客人继续交谈:"你们没有看见詹尼斯夫人的那个小男孩吗——就是最小的娃娃边上的那一个,他多么伶俐啊!啊,别哭啦!曼丹娜,亲爱的,客人会笑你孩子气的!他可是个逗人爱的小家伙,和人挺亲,很喜欢待在我们这儿,不过恐怕这房间对他来说太冷了,现在我们正等待房东多供一些木柴。"

"我一想起这个镇上有那么多英亩的树林,就愤愤不平!"丽贝卡·赖特呻吟了一声,"我想,下个星期天,我要代替牧师讲道,我要把这情况告诉大家,让同情的火花飞散开来。我一直听说'大家管,就是没人管'这句谚语,现在我才知道这句话是千真万确的。"

"好啦,丽贝卡,别说这些啦!偏偏不凑巧让你看到我们的狼狈相，不过我们还不像你表面上看到的那么寒碜，我们还有一个大壁橱，凡是房间里没地方放的东西都可以藏在那里。你知道，你和特林布夫人来得不凑巧。正如曼丹娜所说，一等到我弄到一双结实的鞋子和套鞋，就可以到树林里去捡好多干燥的松枝。当年我挺喜欢在树林里散步，你还记得不？要是我们有一间前屋，可以眺望街上来往的行人，有双鞋子可以去做礼拜，那就没有什么可埋怨的了。现在我们只好用手头仅有的一点东西，将就着招待你们。今天我们煮的茶太多了，上午喝不完，天气也很暖和，我们就没有往炉子里添柴火。我们有一个挺好的壁橱。"她边说边走到屋角去，"我知道这是好茶，因为这就是你捎来的茶，特林布夫人。这是我们有枝叶花纹的瓷杯，你可能不知道，可是丽贝卡一看就认识这是我们家早先就有的。我们留下了四只，还有六只都和别的东西一起拍卖掉了。我时常纳闷，这些杯子到底谁买去了？我从来没有问过，害怕会勾起自己的伤心事。你知道这些杯子是我母亲的。"

她往四只杯子里斟了茶，把那张小桌子推到床边。丽贝卡·赖特还坐在床沿上，曼丹娜擦干了眼泪，走过来坐在她身旁。特林布夫人坐在房间尽头的一把椅子上。安娜兴冲冲地在房间里跑来跑去，一会儿进壁橱，一会儿出壁橱，忙得不可开交，好像她还有好多事情要张罗似的。然后她又过来站在特林布夫人面前。她个头矮小，但是精神很好，并没有站累了、腰酸背疼的样子。四只瓷杯里的凉茶没有完全斟满。桌上铺了一块折成两叠的旧台布，放着一只盘子，盘子里有六块饼干——两块叠在一起，放得很整齐，和一小块（必须承认，这是很小的一块）白色的硬干酪。另外在一只玻璃碟子里，还放着一小块显然是为款待客人才拿出来的蜜饯桃脯。这块桃脯很甜，丽贝卡小姐不用问就明白，这是她们从老家带来的最后一点珍馐。安娜·勃莱小姐请客人和她妹妹吃桃脯时，不由自主地说了句过去常说的话："今年我们的蜜饯没有往年那样好，里面的糖霜已经开始渗出来了。"两位客人都说蜜饯味道很美，丽贝卡还说吃了这桃脯，就好像回到了过去，感到自己又变年轻了。丽贝卡回忆起以前勃莱一家总要在花园的一角留一两株桃树。"我一直把这蜜饯留着准备招待客人。"她的好友说，"能让你吃到一些，我很高兴，丽贝卡。去年夏天，我一直盼望你不到普兰菲尔德去，能够回来看看我们。"

饼干吃起来不太干硬。安娜小姐把最后一点桃脯放在自己的那块饼干上。尽管大家吃了以后，剩下的桃脯还不够一小匙，但她还是彬彬有礼地先问客人一声，她们是否还要吃一点。接着是一片沉默，默默无言之中，这四个上了年纪的妇女心中升起了一缕亲切的柔情。这时，西沉的夕阳从窗口射进来，使这寒碜的房间充满了惨淡的光，没有刷漆的木料都变成一片金褐色。安娜·勃莱头发斑白，面容苍老，站在桌子的一端，好像笼罩在一层光晕之中。特林布夫人脸上的肌肉颤动着，凝望着她，她想到《圣经》中"两三个人聚在一起"的那段，不由得有点儿心悸。

"我想咱们不妨请詹尼斯夫人也上来坐坐。"安娜·勃莱说，"她心地还是善良的，可是生活太艰苦了，让她丧失了勇气。我发现，她不像我们有欢乐的往事可以回顾。下一次咱们可以把她也请来,请她一起聊聊,高兴高兴。"

那匹栗色马站在那道被啃啮过的栏杆前边,打了好一会儿盹,日落后的凉爽空气使它迫不及待地想溜达溜达。在渐浓的暮色中,两位来访的朋友乘着颠簸摇晃的马车沿着变硬了的、崎岖不平的泥路回去。特林布夫人和丽贝卡·赖特一语不发,直到詹尼斯的房屋在视线中消失、屋里人的声音听不见为止。还得过一段时间才能走上比较熟悉的那段路,恢复自然正常的谈话。

"都怪我不好,"特林布夫人终于说,"也甭怪别人,也甭骂管理委员会的人了,谁也别责备,干脆自己承担过错得了。不过我告诉你,我打算鼓动一下大家!明天一早我就要着手进行。我要让勃莱姐妹回到她们自己的家屋去——整整一个冬天,这座屋子都空着没人住——我要让镇上的人替她们付房租,买她们需要的柴火。这笔费用不见得比管理委员会现在所付的费用高。我和你就赶着这匹马,驾着这辆车,也可以乘一段车,走一段路,到处去募捐,凑足了钱就把她们拍卖掉的家具和其他各种东西都赎回来,放到原处。咱就告诉她们要搬到一个新的地方,悄没声儿地把她们带到老家去得了。丽贝卡,你可别将这消息泄露出去。我是个寡妇,守着这个农场,将来也不知道留给谁享用,咱倒不如为勃莱姐妹尽一份心呢。要是我从长眠中一觉醒来,发现自己在天上,要是那里的人问起我勃莱姐妹怎样了,我真不知道该用什么话来回答呢。别对我谈起汉普顿镇的事情。别向我提起镇上穷人家的名字!我回家看到桌上丰盛的晚餐就会感到羞惭,但愿我能马上就把她们带回家。"

"我本打算问问那个新来的大夫有没有办法治好可怜的安娜·勃莱的胳膊。"丽贝卡小姐说,"大家都说这位大夫技术很高明。要是她的胳膊医好了,又能编草帽或是织地毯了,她也多少能挣一些外快呀!这位大夫说不定也能治好曼丹娜的眼睛。她们一向像有身份的人家,过着简朴而体面的生活。刚才我在她们房间里真不好意思说,在那次拍卖中买下她们那六只最好的杯碟的就是我。这几只杯子的价钱和其他东西一样非常低廉。我本想自己派点用场,现在我非常愿意物归原主。特林布夫人,你真是个好心人,我想勃莱老先生的女儿不会被孤零零地扔在世界上,我想他施舍出去的面包将会通过你又回到她们手里,安娜一定会到处这样说的。"

"亲爱的,她说什么我都不会在乎,"特林布夫人痛苦地呼唤了一声,"我真懊悔死了,在这次就职典礼上我坐在那里夸夸其谈,讲了一整天的空话,就是没有想到勃莱姐妹。我打心底里希望转眼间就到了明天早晨,好马上去找行政管理委员会。"

(1890年)

小水手的故事

伊萨克·迪内森
(1885—1962)

丹麦著名作家,原名卡伦·布里克森。曾在非洲生活17年,1938年,其描写非洲生活的小说《走出非洲》在美国出版并获热销,根据此书改编的同名电影于1986年荣获七项奥斯卡金像奖。著有《冬天的故事》《草地上的阴影》等。

八级飓风在海上刮了三天以后，三桅帆船"夏洛特"号终于起航了。船从马赛出发，在阴云密布的天宇下、波涛汹涌的大海上，驶往雅典。一个名叫西蒙的小水手站在湿漉漉的、颠簸晃荡的甲板上，抓住一根支索，举目望着天上飘动的云朵和主桅杆上的上桅帆桁。

　　一只鸟在桅杆上找寻栖所以躲避风雨，不幸双脚缠在扬帆索上一根松散的滑车绑绳上了，它在高高的桅杆上拼命挣扎，想把脚爪从绳子里挣脱。小水手站在甲板上，看见它的翅膀直扑扇，它的头不住地扭来扭去。

　　根据自己的生活经历，小水手形成了一个信念，他认为在这个世界上，每个人只能靠自己，根本不能指望别人的帮助。但是，这场哑然无声的生死挣扎，却把他强烈地吸引住了。他出神地观看了一个多小时，纳闷这究竟是种什么鸟。这几天，好些鸟都飞到这艘三桅帆船上来，在索具上栖息：有好些燕子、鹬鸟，还有一对游隼。他相信这是一只游隼。他回忆在许多年以前，有一次他在家乡住屋附近看到一只游隼，栖在一块离自已很近的石头上,一会儿后展翼从石头上径直飞起。也许这就是那只鸟吧,他想:"这鸟的遭遇和我相似,当时它在那儿,现在它在这儿。"

这样想着,他心里油然产生了一种同情感,一种同病相怜、同忧相救之感。他站在那儿望着高处的鸟,惊悸得心都快跳出来了。周围没有水手会取笑他,他开始想怎样攀援着支索上去,帮助这只游隼摆脱困境。他把头发向后一抹,挽起袖口,向四周的甲板扫视了一下,就开始向上爬,在这晃荡的帆缆上,他不得不停下两三次喘息休息。

他爬到桅杆顶端,发现这果然是一只游隼。当他的头和游隼的头一样高的时候,这鸟停止了挣扎,用一双充满怒火和绝望神情的黄眼珠狠盯着他。他一只手抓住游隼,另一只拿出刀子来,割断滑车的绑绳。他向下一看,直感到目眩心悸,但一想到并没有谁命令他这样做,这完全是他自愿从事的冒险行为,又不由得自豪、坚定、沉着起来,仿佛天空、大海、这只船、这只鸟和他自己融为一体了。就在他释放隼鸟的时候,它在他拇指上啄了一下,血流如注,让他几乎松了手。他很生气,就在鸟头上猛击一掌,然后把它藏进上衣里,爬了下来。

他回到甲板上的时候,大副和厨师正站在那儿抬头仰望呢,他们吼着问他爬到桅杆上去干什么。他疲倦的眼睛里充满了泪水,双手拿出游隼来给他们看。这时游隼乖乖地躺在他手里,一动不动,他们哈哈地笑了一阵,走开了。西蒙把游隼放到甲板上,观察它的动作。片刻后,他想到在滑溜溜的甲板上,它也许起飞不了,于是他再次抓住它走了一段,把它放在一卷帆布上。隼鸟开始用嘴梳理羽毛，一会儿后身体猛烈地向前蹿动了两三下，突然振翼飞走了。小水手目送它在灰蒙蒙的大海上飞翔，越过重重波谷。他心里想："在那儿飞的是我的游隼。"

"夏洛特"号返航以后，西蒙登上了另一艘船，在那儿签了雇佣合同。两年以后，他在纵帆船"赫柏"号上当了水手，当时船停泊在挪威北部海岸线的博德港，用于采购鲱鱼。

帆船从世界的各个角落驶往博德港的几大鲱鱼市场：港湾里停泊着瑞典的、芬兰的和俄国的船只，帆樯林立。港岸上人们的生活骚动、沸腾着，呈现一幅五光十色的光景。人们操着多种语言，喧闹地争吵不休。岸上搭起了许多有篷货摊。西蒙从未见过的一些身材矮小、黄皮肤的拉普人，他们走动起来悄无声息，眼睛流露出戒备的神色，兜售着用小珠子缀成图案的皮革货品。正是四月时节，晴空无云，海水清澈，茫无边际，看得久了，只令人觉得刺眼。大海散发着腥咸气味，天空充满了群鸟的尖叫声，好像在天宇的高处，有人在不断地磨砺着看不见的刀刃。

四月的夜晚还是明亮的，西蒙感到很诧异。他不懂地理，不明白明亮的夜色是纬度高造成的，却认为这是宇宙难得发了善心而赐予人们的恩惠。西蒙从出生以来，就身材矮小，显得和年龄不称。但是去年冬天，他个头往上蹿了，肢体也壮实了，他认准了这好运气也和这美满的天气是同一个来源，准是新的仁慈泽被大地。他生性怯懦，一直需要上苍的这种鼓励。现在他不用向老天祈求什么了，剩下来就都要看他自己了。他慢悠悠地到处走动，豪情满怀。

一个晚上,西蒙获准离船上岸,信步走到一家货摊上。货摊老板是一个俄罗斯籍的犹太小商人,他出售金表。所有的水手都知道,他的表是用劣质金属制成的,动辄停摆,可是他们还是要买这种面子货,拿来炫耀。西蒙盯着这些表好长时间,没有买。这个老犹太人的小铺子里有各种各样的货物,其中有一箱橘子。西蒙在各次航程中尝过橘子的美味,当下他买了一个,打算登上一座小山,在那儿一边欣赏海景,一边吮吸橘汁。

他走啊走啊,不觉到了郊区。他瞧见一个穿蓝色上衣的小姑娘,站在一道栅栏的里边,朝他看去。她约莫十三四岁,身腰纤细得像一条鳗鲡,可是脸蛋倒是圆墩墩的,皮色洁净,有些雀斑,拖着两根长长的发辫。他俩互相瞅着。

"你在这儿等待谁呀?"西蒙没话找话地搭讪着。

姑娘的脸上绽开了一朵欣喜的却有点儿高傲的笑容,"当然是等我打算嫁的那人呗。"她说。

她的面部表情给了他信心,他咧开嘴对她嘻嘻笑了,"那人也许是我吧。"他说。

"哈哈,"那姑娘说,"他比你要大好几岁呢,我可以告诉你。"

"哎唷,"西蒙说,"你自个儿也没有长成大人呢。"

小姑娘一本正经地摇摇头说:"是没有,可是我长大了就会变得非常俊俏,会穿上褐色高跟鞋,戴上漂亮帽子。"

"你吃橘子吧?"西蒙问道,她所说的这些东西,他一样也送不起。她看看橘子,又看看他。

"橘子很好吃。"他说。

"那你自己为什么不吃呢?"她问道。

"我在雅典的时候，已经吃过好多了。"他说，"在这里我买一个橘子就得付一个马克。"

"你叫什么名字？"她问道。

"我的名字叫西蒙。"他说，"你叫什么名字呢？"

"诺拉。"姑娘说，"你给我橘子要什么代价吗，西蒙？"

西蒙听到她叫他的名字，胆子壮起来，说："你能不能让我吻一下？"

诺拉严肃地看了他一会儿，"行。"她说，"让你吻一下，我可不在乎。"

他好像快跑过一阵似的，浑身发热，趁她伸手拿橘子的时候，他抓住了她的手。可是就在这当儿，屋里有人叫她。

"是我父亲。"她边说边打算把橘子还给他，可是他不肯接受。"那么你明天来吧，"她很快地说，"我明天让你吻。"说了这话她就溜走了。他站在那儿目送她，待了一会儿才回到船上。

西蒙没有制订计划的习惯，现在他不知道明天是不是要回到她身边去。

第二天晚上，其他的水手们上岸去了，他只好留在船上，但也感到无所谓，他打算坐到甲板上，和船上饲养的一只叫巴尔萨泽的狗逗着玩，再不然就练习一下前不久买来的六角手风琴。暗淡的夜色笼罩在他的周围，天空是淡淡的玫瑰色，大海非常平静，颜色像掺了水的牛奶一样，只有在驶向岸边的船尾处才被搅成一道一道鲜艳的靛蓝色波纹。西蒙坐在那儿拉手风琴，过了一会儿，他自己拉的音乐开始向他倾诉强烈的感情，他不由得停止拉琴，站起身来，仰望着天空，瞧见一轮圆圆的月亮高挂在天上。

天空相当亮,好像根本不需要什么月亮,好像只是由于月亮的任性,它才在天宇出现的。月亮圆圆的,娴静而有点高傲。这时他明白,无论如何,必须到岸上去。但是他不知道该怎样离船上岸,因为其他人已经把小艇划走了。这小水手站在甲板上好长时间,船上也只有他孤单的身影。就在这时,他看见从远处一艘大船旁边驶来一只小艇,便忙高声呼唤。他发现这是"安娜"号货船上的俄罗斯船员要上岸游玩。这些俄罗斯船员弄明白了他的意图,就划船过来接他。他们先伸手向他要船资,等他付钱时,却哈哈大笑,把钱还给他。他想,这些人一定会以为,他是上城寻欢去的。接着他带着几分骄傲的心情,觉得他们有两分猜对了,不过话说回来,他们又大错特错,对他的事情他们根本啥都不明白。

上岸的时候,他们邀请他陪同着一起玩,喝点酒,他没有拒绝,因为他们帮了他的忙。有一个俄罗斯水手,身材特别高大,就像一只熊,他告诉西蒙,他叫伊凡。他狂饮滥喝,立刻就喝得酩酊大醉了,于是他就像熊似的钟爱起这小伙子来,粗鲁地摸弄他,先是朝着他的脸眯眯地涎笑,又呵呵地大笑,接着送给他一条金表链,并且连连地吻他两边的腮帮。这倒提醒了西蒙,他和诺拉再见面时,也应当送她一件礼物。他一有机会就脱了身,忙走到他认识的一个货摊去,买了一块小小的丝绸手帕,蓝莹莹的,和她眼睛的颜色一样。

这是星期六的晚上,街角巷尾,房屋之间,人们熙来攘往。他们好几个人一排并肩走着,有的还唱着歌,大家都渴望着在这夜晚寻找一点乐趣。西蒙一来离开了窒闷的船，二来喝了点烈性酒，头晕乎乎的。他在皎洁的月光下，在喧闹丰富的生活中，飘飘然地走着。他把手帕珍藏到衣袋里去，这是块他以前从来没有摸过的丝绸手帕，这是他送给心爱姑娘的礼物。

他记不清那条通往诺拉家的小径了，迷了路，只好又回到原地。他非常害怕去迟了，便开始奔跑起来，在两栋木屋之间的通道里和一个彪形大汉撞了个满怀，抬头一看，原来又是伊凡。这个俄罗斯人把他紧紧搂住。

"好！好！"他得意忘形地叫起来，"我到底找到你啦！我的小鸡雏，我到处找你，可怜的伊凡因为失去了朋友，都流泪咧。"

"让我走，伊凡。"西蒙喊道。

"哦嗬，"伊凡说，"我要跟你走，你想要什么我都给你买，我的心和我的钱都是你的，都是你的。我自个儿也曾经十七岁过，上帝的小羊羔，今儿夜里我又要变成十七岁了。"

"让我走，"西蒙喊道，"我有急事。"

伊凡一只手紧紧搂住他，把他胸部都勒痛了，另一只手轻轻拍着他，"我感觉到了，我感觉到了，"他说，"现在你相信我吧，我的小朋友，没有什么能把咱俩分开，呃！我听见别人来了，今儿个咱们好好过一夜，你到自个儿是老爷爷的时候都会记住的，呵呵。"

突然，就像熊带走一只绵羊似的，伊凡猛地把这少年往身边抱过来，差点把他碾碎。那彪形大汉贴紧着这瘦弱的少年，男人身上热乎乎的体温和那股令人恶心的热气简直要把他气疯了。他想到诺拉正在等候他，想到她正像一只纤美的船儿浮现在朦胧的空气中。他也想到他自己却在这里,被一只热乎乎的多毛野兽紧抱住。他又羞又怒,用尽全身力气揍了伊凡一下。

"伊凡,你不让我走,我就杀了你。"他喊了出来。

"哦,你以后可是会感谢我的。"伊凡一边说一边唱起什么小调来。

西蒙在口袋里摸刀子,把它打开了。他的手抬不起来,就怒气冲冲地,在那个大汉的胳膊下面拼命往里一戳,他几乎是一下子就感到一股血迸射出来,喷进他的袖子里。伊凡"呃"地一下停止了歌声,松开了搂抱这个少年的手,深沉地长哼了两声,紧接着两腿一软摔跪在地上,呻吟了两声"可怜的伊凡,可怜的伊凡"就脸朝下,扑倒在地。就在这时候,西蒙听见别的水手们唱着歌,正沿着附近那条小街走来。

他呆呆地站了一会儿,擦净了小刀上的血迹,眼看着那个庞大的身躯下面汪了一摊殷红的血,接着他拔腿就跑。他停下了一秒钟,看往哪条路合适的时候,听见背后水手们在尸体旁叫喊了起来。他想,得往海边跑,在那儿可以把手洗干净。可是他却不由自主地跑向另一条路。过了一会儿,他发现自己正在昨日散步的那条小径上,而自己对它是那么熟悉,就好像在他的人生中已经走过数百次了一样。

他放慢步子,回头看了一下,突然看见在月色朦胧中,诺拉就站在栅栏的另一边,离他很近。西蒙气喘吁吁、摇摇晃晃地跑到她面前,两腿一软,跪了下来,有好一会儿说不出话来。那个少女俯身看着他,"晚上好,西蒙。"她用细小而羞涩的声音说,"我等了你好长时间。"过了一会儿又加了一句:"我吃过你的橘子了。"

"哦，诺拉，"小伙子轻声喊道，"我杀了一个人。"

她睁大了眼睛直勾勾地瞪着他，但并没有走开。"你杀了人？为什么？"她过了一会儿问道。

"为了到这儿来，"西蒙说，"因为他缠住了我，可他是我的朋友。"他慢慢地站起来。"他爱我！"小伙子哭出声来，一下子泪如泉涌。

"是啊，"她慢悠悠地说，"是啊，就因为你要准时赶到这儿。"

"你能把我藏起来吗？"他问道，"他们追得太紧。"

"不行，"诺拉说，"我不能把你藏起来，因为我父亲是博德市这儿的教区牧师，要是他知道你杀了人，一定会把你交给他们的。"

"那么，"西蒙说，"给我点东西擦擦手吧。"

"你的手怎么啦？"她问道，向前凑了一小步，他伸出双手给她瞧。"这是你自己的血吗？"她问道。

"不，"他说，"是他的血。"她又退回原地。"现在你恨我吧？"他问道。

"不，我不恨你，"她说，"你把手背到身后去。"

他照办了，她走到他的面前，隔着栅栏用双臂搂住他的脖子，把洋溢着青春气息的身体贴着他的身体，温柔地和他接吻。他感受着贴在他脸上的她的脸，像月亮一样凉爽。等到她松开时，他的头直发晕，也不知他们吻了一秒钟还是一小时。

诺拉站得直直的，眼睛睁得大大的，"现在，"她慢条斯理地自豪地说，"我向你许下诺言，这一辈子，我不嫁人。"小伙子仍旧背着手站着,仿佛被她捆住了一样。

"现在,"她说,"你该跑了,他们快来了。"他们的眼光碰到一起,对视着。

"别忘记诺拉。"她说。他转过身去,撒腿就跑。

他跳过一道栅栏,一座座房子围着他,他慢下步子,变跑为走。他根本不知道该往哪儿去,走到一所房屋跟前,听见里面传出一阵阵音乐和喧闹声。他慢慢地进了门,房间里挤满了人,他们都在跳舞。天花板上挂着一盏灯,照着跳舞的人们;地板上扬起来的尘土弥漫在室内,空气都变成褐色的了。房间里有几位妇女,但大都是男的和男的跳舞,有的神情庄重,有的嘻嘻哈哈,地板被踩得咚咚作响。西蒙进来一会儿后,大家都退到墙边,腾出地方来,让两位水手表演他们本国的土风舞。

西蒙想:"船上的人很快就要来这儿,搜寻杀死他们伙伴的凶手了,他们看到我这双手,一定知道是我干的。"他紧贴着这舞蹈室的墙边,混在大汗淋漓的跳舞人中约有五分钟。这五分钟对他来说意义相当重大。他感觉到,就在这五分钟里,自己好像成长起来、变得和其他人一样了,既不恳求命运,也不怨天尤人。他昂然地站在这儿,回想着不久前刚杀了一个人、吻了一个姑娘。他没有向生活索求更多的东西,生活也没有向他索取更多的东西。他是西蒙,一个男子汉,是和周围的男子汉一样的男子汉;他即将赴死,正如人终有一死。

他看到一个妇女走进来,大家纷纷给她腾出地方。她站到房间中央,向四周扫视了一下。这时他才从沉思中清醒过来。她是个身材矮、腰身粗的老夫人,穿着拉普人的衣服,站在那儿尊严而有威仪，好像这房间是她的似的。显而易见，这里的人大都认识她，而且都有点怕她，虽说有几个人在笑。她一开口讲话，喧闹声立即停了下来。

"我的儿子在哪儿？"她问道，声音高亢而尖锐，像鸟儿的声音一样，紧接着她的目光落到西蒙身上。她穿过人群（大家纷纷让开），走到西蒙面前，伸出一只苍老、瘦削、黑黝黝的手，抓住他的胳膊肘。

"现在跟我来吧。"她说，"今儿夜里你不必跳舞了，你以后还可以尽情地跳一跳咧。"

西蒙向后退缩，因为他以为这老婆子一定是喝醉了。可是当她用黄眼珠直瞪瞪地盯住他看时，他总觉得以前在哪儿见过她，心想还是听从她的好。这老太婆拽住他向前走，他服从地跟着走，一言不发。"别把他打得太狠，苏尼瓦。"房间里有个人对她喊道，"他没有干啥坏事，只不过想看看跳舞。"

就在他们出门的时候，街上一片慌乱，大群人呼呼啦啦地跑过来。其中有一个冲进这屋子，恰巧和西蒙撞个满怀，这人朝他和老太婆瞅了一眼，便向里面跑去。

他俩沿着大街走着，老太婆拎起了裙子，把裙子的下摆塞到小伙子手里。

"把你的手在我的裙子上擦干净。"她说。

他们没有走多远，就到了一座小木屋跟前，停了下来。小木屋的门很低，必须弯下腰才能进去。拉普老太婆仍旧拉着他的胳膊，先进了屋。西蒙在进去之前，先抬起眼睛顾盼了一下，夜色里升起了薄雾，月亮周围有很大一圈光晕。

老太婆的房间又窄又暗，只有一扇小窗户，地板上一盏提灯发出的微弱的光照着房间里的一切。墙上到处挂着驯鹿皮和狼皮，也有拉普人用来雕刻纽扣和刀柄的驯鹿角。屋里的空气腐臭难闻，令人窒息。他们一进屋，老太婆就转过身来，按住他的头，用弯扭的手指分开他的头发，梳成拉普人的发型，并给他戴上一顶拉普人的帽子，然后退后一步瞅着他。

"现在，在凳子上坐下。"她说，"不过，先把刀子拿出来。"她的声音和态度都很严肃，小伙子慑服之余只好照她的话做。

他目不转睛地盯着她的脸，这是张扁平的、布满了细细皱纹的脸，且她脸色黧黑，好像抹了一脸泥土似的。他坐在那儿，忽听到外边脚步杂沓，许多人走了过来，停在屋子外面。接着有人敲门，过了一会儿又敲起来。老太婆站着，侧着耳朵像耗子一样寂静无声地谛听。

"不行。"小伙子边说边站了起来，"这样连累了你可不好。他们要追的是我，你最好还是让我出去自首吧。"

"把刀子给我。"她说。他把刀子交给她的时候，老太婆用刀子在自己拇指上扎了一下，血流如注，滴得裙子上到处是血。"进来吧。"她喊道。

门打开了，两个俄国水手站在门口，外面还有好多人。"有人到屋里来过吗？"他们问，"我们来搜查一个杀死我们伙伴的凶手，他逃跑了。你有没有看见或是听见什么人往这儿来？"拉普老太婆气势汹汹地扑到他们面前，她的眼睛给灯光照得像金子一样闪闪发光。

"我看到什么，听到什么？"她喊道，"我听到你们在镇上

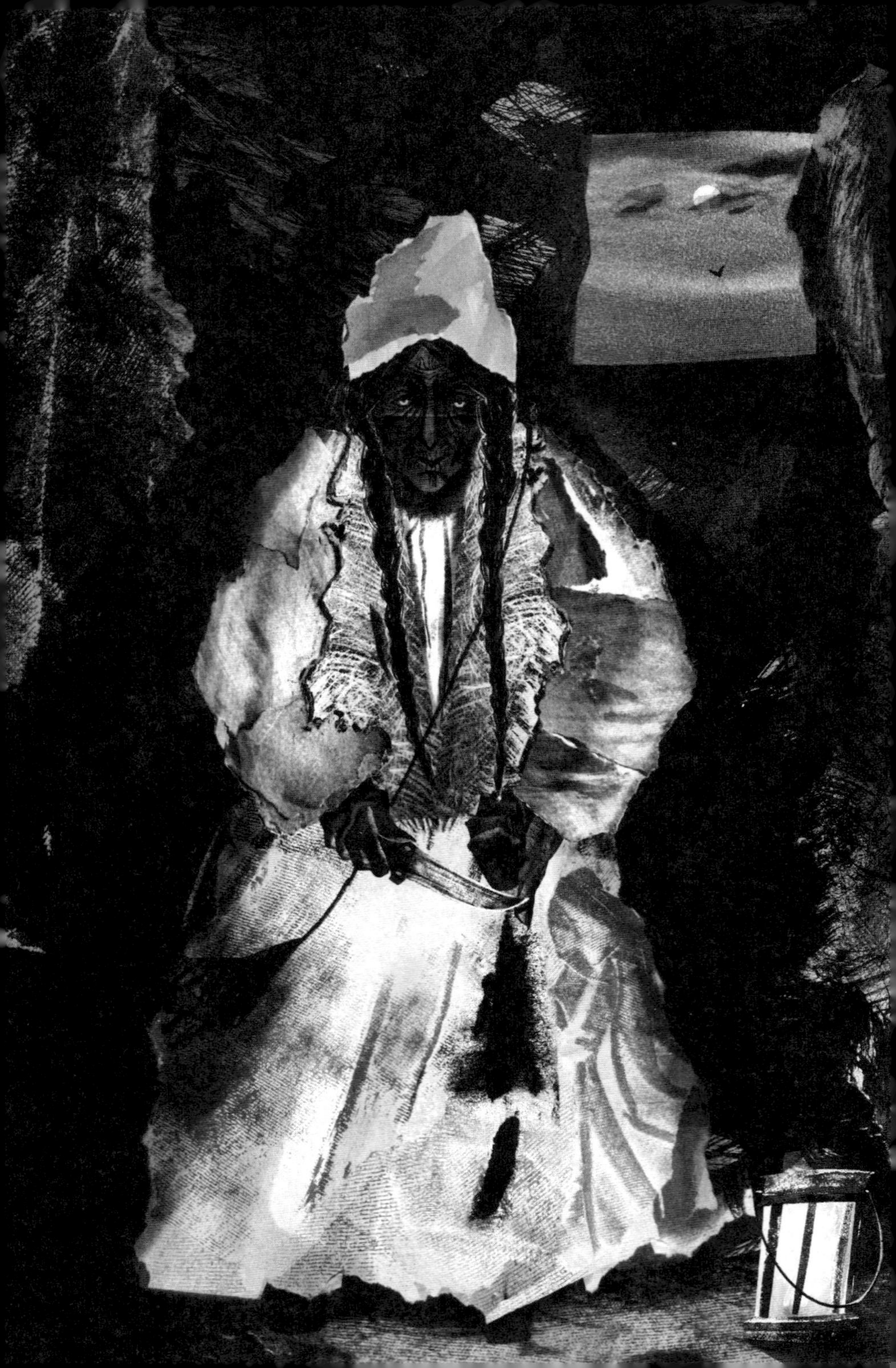

到处喊杀人，你们把我和我可怜的孩子吓傻了。我正在划一张鹿皮，准备缝地毯，一愣怔把大拇指划破了。这孩子也吓得尽帮倒忙。好端端的一张地毯弄糟了。我要你们赔我的地毯。你们要是找凶手的话，那就进屋来搜吧，以后咱们再见面，我就会认识你们了。"她气势汹汹，在她站的地方蹦来跳去，并且恶狠狠地摆动她的头，就像一只发怒的猛禽一样。

那个俄国人走了进来，环顾了房间，看看她，再看看她鲜血淋满的手和血迹斑斑的裙子。

"别诅咒我们，苏尼瓦，"他胆怯地说，"我们知道，你要是愿意的话，能够显许多神通，这里有一个马克，算是为连累你流血赔个不是。"她伸出手来，俄国水手把一块硬币放在她手里，她在上面唾了一口。

"那么去吧，咱们之间不结仇怨了。"苏尼瓦说，把他们关到门外。她把拇指伸进嘴巴，暗笑了一会儿。

小伙子从凳子上起来，直端端地站在她面前，盯着她的脸，他感觉到好像站在了高空中，摇摇晃晃的，只抓住一点东西。

"你救我是为了什么？"他问她。

"你还不知道吗？"她回答道，"你不认识我了吗？不过你总该记得'夏洛特'号货船在地中海航行的时候，你在船上滑车绑绳上抓到的那只游隼吧？那一天你攀着上桅帆桁的支索爬上去，在狂风巨浪的环境当中，把它救了出来。那只游隼就是我。我们拉普人经常飞翔到各地去看看世界。我第一次遇见你的时候，正往非洲去看我妹妹和她的几个孩子。她要是愿意的话，也会变成游隼，当时她住在塔卡温加一座倒塌的古塔里面，那儿的人管那种塔叫作宣礼塔[1]。"她用裙子的一角裹住大拇指,并且在上面咬了一下,说:"咱们不会忘记吧,你抓我的时候,我啄了你的大拇指一下。今晚,我为你把大拇指割破,算是一报还一报。"她走到他跟前,用两根黧黑的像鸡爪一样的手指摩擦着他的脑门,她说:"你宁可杀人,也要去看你心爱的姑娘,天下的女人都是同气连枝的。我现在给你脑门上打个记号,这样姑娘们看到你的时候,就会知道这件事,她们会喜欢你的。"她摩挲着小伙子的头发,把它缠在自己的手指上。

"现在听着,我的小鸟,"她说,"我曾孙的小舅子,现在正在码头旁他的船上,他就要装一批托运的皮革到一艘丹麦货船上,他会在你的大副回来以前,准时把你带回你的船上去。'赫柏'号是明天早晨开船,是吗?不过你到了船上,要叫他把帽子给我捎回来。"她拿起他的刀子在裙子上拭净,还给他,说:"这是你的刀子,你再也不许用它来捅人了。你也不需要这样做。打现在起,你得像一个忠实的水手在海上航行。我的孩子们就这样麻烦也够多的了,千万别再惹麻烦了。"

小伙子在困惑中结结巴巴地向她道谢。"等一下,"她说,"我要为你冲杯咖啡,使你神志清醒过来,趁你喝咖啡的时候,我还得把你的外衣洗一下。"她走过去,拎了一把旧铜壶,把它咯啷一声放在炉火上。过了一会儿,她端了个没有柄的杯子过来,把这杯热气腾腾、浓烈的黑咖啡递给他喝。

---

[1] 宣礼塔:又称光塔或是唤拜塔,是清真寺常有的建筑,用以召唤信众礼拜。*

"现在你在我苏尼瓦这儿喝咖啡,"她说,"你喝下去一点智慧,将来你的思想就不会像雨点儿一样落到咸海里,没有丁点儿痕迹了。"

他喝完了咖啡,放下杯子。老太婆领他走到门口,把门打开,他惊讶地看到,天已经大亮了。这座屋子所在的位置地势很高,小伙子放眼远眺,可以看见大海,以及海面上升起的牛奶色的薄雾,他和她握手道别。

老太婆凝望着他的脸,"我们都没有忘记。"她说,"那天你在高高的桅杆上,照我头上敲了一下,我也得回敬你一下。"说罢她用足力气在他脑门上狠击了一下,他顿时感到天旋地转。"现在咱们算是两清了。"她说,恶作剧般笑眯眯地瞅了他一会儿,然后把他轻轻推下台阶,并向他点了点头。

就这样,那小水手又回到船上,第二天一早,船就起航了。在一生中,他常常讲起这个故事。

(1942年)

秘密伙伴

约瑟夫·康拉德
（1857—1924）

英国小说家，生于波兰，有"海洋小说大师"之称。描写在神秘的刚果河上航行的《黑暗的心》（后被改编成电影《现代启示录》）是他最负盛誉的小说。著有《水仙号上的黑家伙》《吉姆爷》等。

一

在我右边,是一行行的捕鱼桩,好像半浸在水中的竹篱,把热带的鱼划归于不同的水域,可到底如何划分的,却有点神秘莫测。

极目四望,看不到一点人类居住的踪影,蹊跷得很,好像是某个流动的捕鱼部落已把它抛弃,然后漂洋过海不知去向了。在我的左边是一群贫瘠不毛的小岛,使人想起颓垣、坍塔和残堡所组成的废墟,它们深深地立在蓝色的海洋里。我脚下的海水平静而安稳,好像固体一样,连极其轻微的涟漪也没有,水面上映照的夕晖是那么光滑平整,毫无波光动荡。

我回过头来,向停泊在沙洲外刚刚离开我们的拖船投以临别的一瞥,笔直平坦的沙滩和波平如镜的海洋,覆盖在巨大的天宇下面,几乎与之完全吻合,只不过一半是褐色的,另一半是蓝色的。在海水和陆地天衣无缝的吻合线上有两丛树,一丛在左,一丛在右,和海洋里的小岛同样显眼,那儿便是我们在返航的准备阶段刚刚离开的湄南河[1]的入海口。向河流的上游远眺,极目所至,全是一片连绵的、单调的地平线,找不到一点新鲜的景色,唯一能够使人赏心悦目的是较高的内陆上有一片较大的树林,水门寺[2]就坐落在其中。周围隐隐约约有几处银光闪烁,乃是波澜壮阔的湄南河的河湾。在沙洲里边最近的一处河湾上,那艘拖船正喷着蒸汽向内陆驶去,不久以后连船身带烟囱和桅杆都消失不见了,好像冷漠无情的大地不费吹灰之力,就把它吞噬掉了。

我目随着这艘拖船,只见它吐出的轻烟,随着蜿蜒曲折的河流,一会儿在这里,一会儿在那里,飘曳在平原上空,越来越远,越来越模糊,终于在水门寺所坐落的那座僧帽形小山后面完全隐没了。于是茫茫海天,空无所有,只剩下我和我的船在暹(xiān)罗[3]码头。

船只漂浮在远航的起点处,在静谧的浩浩烟波中显得分外乖巧。西沉的夕阳把它帆桁的影子远远地投向东方。这时我形单影只,茕茕伫立在甲板上。

船上没有一点声音,我们周围没有一处不悄然静止、死气沉沉,海面上没有一叶孤舟,天空中没有一只飞鸟,苍穹里没有一丝云彩。在这即将远航之际,我们都屏息静待,好像在衡

---

[1] 湄南河:又称昭披耶河,为泰国的第一大河,贯穿南北。"湄南"在泰语中意为"大河"。*

[2] 水门寺:又称巴南寺,位于曼谷,临湄南河而建,于1610年由皇室创建。*

[3] 暹罗:泰国的旧称。*

量自己是否能胜任这一漫长而艰巨的壮举。我和船都要迎接考验，执行指定的任务，远离人寰，没有任何人看见，只有天空和海洋作为我们的观众和裁判。

刚才，一定是耀眼的夕晖妨碍了我的视线，在夕阳即将离去的瞬间，我四下环顾，才辨别出在那最大的小岛上有一座高山，山脊后跳跃着的余光似乎破坏了这超然世外的庄严气氛。黑暗的潮流迅速涌来，幽暗的大地上方突然出现了大群繁星（这是热带所特有的现象）。

我仍旧逗留在甲板上，手轻轻地搁在栏杆上，像是搁在我所信赖的朋友的肩膀上那样。可是有那么多的天体在上方俯瞰，我和船之间再也不能默默无语地交流感情了。这时又传来了令人烦躁不安的声音——人语喧嚣，脚步杂沓。那个热心又忙碌的乘务员，急匆匆地掠过主甲板，在船尾楼甲板的下面急促地摇着晚饭铃……

我发现我的两位高级船员正在灯火照耀的餐厅里，坐在一张餐桌旁等候我一起用饭，我立即过去，坐下，一边把盘子递给大副，一边说："你有发现一只小船停泊在那些小岛之间吗？太阳落山的时候，越过山脊，我看见了它的桅杆。"

他猝然抬起了络腮胡子丛生的脸庞，和平时一样突兀地喊道："哎呀，我的天！你说的是真的吗？"

我的二副是一个沉默寡言、过于少年老成、脸颊圆圆的年轻人。我们偶然四目相对，我察觉他的嘴唇轻微地颤动了一下，我立即垂下眼帘。在我船上我向来不喜欢这般的冷笑。我还得说一句，我对这两位高级船员还不太了解，由于某些偶然的机缘，在两个星期前我才被任命为船长。我对船前部的水手们了解得也不深，这些人在一起共事已经一年半左右了，我是船上唯一的陌生人。

我提起这点，是因为这和下面要叙述的事情有些联系。但是我感觉最深切的是，我对这艘船也很陌生，说老实话，我对自己也有些陌生。除了二副以外，我是船上最年轻的人，还未受过所有的考验；我理所当然地认为他们都是称职的船员，做着分内的工作。可是我不清楚，自己是否能忠实于自己的理想（每个人都暗自给自己设立过一个理想的人格）。

这时，大副正瞪着圆眼睛，摸着那吓人的络腮胡须，显然是在苦苦思索，打算为那艘停泊的船发表自己的高论。他有个特点，对任何事情都认真考虑。他有一种事事过细的个性，正如他自己常说的，他"喜欢穷原竟委"。对自己所遇到的任何事物，哪怕是一星期前在他船舱里发现的一只倒霉的蝎子，他也要说出其原因——追究那只蝎子为什么会到船上来，为什么偏偏要到他的卧舱里，而不到蝎子一般爱去的光线昏暗的冷菜厨房，又到底为什么竟会淹死在他办公桌上的墨水缸里——这几个为什么，都使他伤透脑筋。至于那只船为什么停泊在那群小岛里边，解释起来就容易得多了。

我们吃完晚餐，正打算起身离开时，他发表他的高见了——那只船毫无疑问是从他们家乡来的，很可能是吃水太深，待春潮涨足，才能开过沙洲，所以就停泊在那儿了。

"正是这样。"二副突然用略微沙哑的嗓音，证实他的话，"这船吃水二十英尺，它是利物浦的'赛福拉'号，装运的是煤，从加的夫¹起航,共走了一百二十三天。"我们惊讶地看着他。

"拖船的船长到船上要许可证的时候,告诉我们了,先生。"这个年轻人解释道,"他们打算后天拖那艘船进入河流。"

他消息如此灵通,实在使我们吃惊。他说了这话以后,便悄悄地走出船舱。大副深表遗憾地说:"弄不懂这个年轻人为什么心血来潮,不立刻告诉我们,偏偏要在大家发表见解以后才透露出来呢?"他很想知道为什么。

他向外走去时,我拦住了他。过去的两天中,船员们工作很劳累,前一天夜里他们没有睡好觉,我深切地感到我这个新来的船长该做件不寻常的事,因此便吩咐他命令大家都去就寝。我没有派人做锚更,自告奋勇留在甲板上,到一点左右再由二副来接替。

"明天早晨四点钟他得把厨师和乘务员唤醒,"我最后说,"然后再来喊你。当然,稍有一点起风的征兆,咱们就要把所有的水手召集起来,立即起航。"

他没有露出惊讶的神色。"很好,先生。"他走到餐室外面,把头探进二副的卧室,把我这个怪诞的举动——船长亲自做五小时锚更的事——通知他。我听到二副疑虑地提高声音:"什么?船长本人?"接着是一阵唧唧哝哝的低声谈话,一扇门关上了,接着又一扇门关上了。片刻以后我走到甲板上。

我有一种奇特的感觉,睡不着觉,因此做了这次破例的安

---

1 加的夫:威尔士的首府,为重要的煤炭输出港之一。

排。我仿佛是在夜深人静之际，对这艘我一无所知的船和我不太了解的同事们做一番思想交流。先前，我们的船仓促地泊到码头上，和港湾里所有的船一样，乱七八糟地堆着许多不相干的东西，不时有些不相干的人从岸上闯到船上，因此我还没来得及把这艘船好好地察看一下。现在船上收拾得干干净净、井井有条，准备起航，主甲板在星光下铺展开去，分外漂亮。就此等吨级的船只来说，它算是相当宽敞了，样子也非常吸引人。

我走下船尾楼甲板，在船腰踱步，心里描绘着即将到来的航行，想象船只穿过马来群岛、直下印度洋、横渡大西洋的情景。我对航程的各个阶段、船只的每一个特点、在大海上可能遇到的各种情况，每一件事物都很熟悉！只是第一次负责指挥全船，倒也新颖。但是我揆情度理，这艘船也和其他船一样，上面的人也和其他船上的人一样，而海洋也会和平时差不多，未必会兴起特大风浪，特意为难我吧？

得出这个令人安慰的结论后，我不由振作起精神来，想抽一根雪茄，便走下甲板到船舱里去拿。那主甲板下面，一切都是静悄悄的，船尾的人都进入了黑甜乡。我又走到后甲板上，在这个无风的温暖夜晚，穿着睡衣裤，赤着脚，衔着一根点燃的雪茄，分外舒适地向前走去。船首也是万籁俱寂，只有在经过艄楼门口的时候，我才听到一阵阵平稳、安静、深深的呼吸声，他们都睡得很香。

我突然感到一阵欣喜，觉得和动乱不安的陆地相比，海洋是多么安全啊。海洋没有使人烦恼的问题，而是带有一种原始且纯朴的精神之美。海风怡荡，我们将乘风破浪，这目的单纯明确，使人分外舒畅。

前帆索具上的锚位灯，发出的光是那么柔和，在黑暗的神秘阴影中是那么亮，那么满怀信心，仿佛象征着人生征途里的一线光明。我绕到另一边向船尾走去，发现船舷上吊着一副绳梯。

毫无疑问，这是拖船船长上来拿我们的许可证时放下的，但他事后却没有按照规定拖上来。事无巨细，一丝不苟，乃是纪律的精髓。我对这种粗心大意的行为有点生气，可是转念一想，是我自己独断专行，让船员们提前下班，而又没有正式派人做锚更值勤，好好料理事务。我不禁问自己，就算出发点是好的，随便打破值勤常规，是否明智？我的行为可能使我显得古怪，天知道那个长着络腮胡子的大副会怎样解释，全船的人对他们新船长的越轨行为会有什么想法。我对我自己感到恼火。

当然我并非出于内疚，而好像是身不由己似的，走过去亲自把绳梯拽上来。且说那种绳梯是很轻的玩意儿，不用费多大劲就可以拉上来，加上我用力很猛，按说它应该"嗖"的一声飞到甲板上来，可是它非但纹丝不动，反而对我的身体施加了一股猛烈的反作用力，把我意外地向下拽。见鬼，怎么回事？

这绳梯纹丝不动，我惊得呆若木鸡，我也像那个愚笨低能的大副一样，暗自忖度起它的原因来。最后我扶着栏杆，探出头去。

船舷在朦胧平静、发着晦暗微光的海面上投下黑色的影子。但是我立刻就辨别出，紧靠着绳索的下端，浮着一个长形的苍白的物体。我还没有来得及猜测它到底是什么，那物体突然模糊地闪出一道暗淡的磷光，像是裸露的人体，随着夏日夜空中的闪电静悄悄地闪烁，在沉睡的海水中难以捉摸地忽隐忽现。我凝视之际，忽然看见了两只脚、一双长长的腿、青灰色的宽背脊一直到颈部全沉浸在水里，泛出尸体般淡绿色的微光。我不由得倒抽了一口冷气。一只淹在水中的手抓住了绳梯最低的一级，身体是完整的，就是没有头，一具无头尸体！我惊得目瞪口呆，一张口，雪茄从嘴里滑落。烟蒂落到了水里，发出轻微的啪嗒声和咻咻的熄灭声，在万籁俱寂中听来十分清楚。可能是这声音的关系吧，在船舷的阴影中依稀能看出一个模糊而苍白的椭圆形——那人仰起脸来了，我只能约略分辨出他的黑发，然而这已足够，足够使我全身的恐惧感冰消瓦解，已到嘴边的惊呼也消失不见。我爬到备用帆桁上，尽可能从栏杆上探身出去，使眼睛更靠近水面，好仔细察看那个浮在船旁的神秘物体。

他好像是游泳游得疲乏了，正抓着绳梯休息，他的肢体每动弹一下，周围的海面上便闪起微微的磷光，他的身体便显现出来，像鱼一般泛出死人般可怕的银灰色影子，也像鱼一样阒无声息。他也没有出水的动向，竟不打算上船，真是不可思议。可能他根本就不想上船，这真是奇怪得令人费解，正是这种疑虑不安的感觉使我说起话来。

"怎么回事？"我对着下面仰着的脸，用平时说话的语调问。

"抽筋了，"那人回答，也是和我一样低声悄语，接着略微有些担心地说，"我说，你不要惊动任何人。"

"不会的。"我说。

"甲板上只有你一个人吗？"

"是的。"

我不知怎的,总觉得他就要放开绳梯,游得无影无踪,像他来时那样神秘。但是这一会儿,这个好像是从海底(海底无疑是离我们的船最近的大地)升起来的人,只想打听一下时间,我告诉了他,于是他在下边试探性地问了句:"我想你们船长已经睡了?"

"肯定还没有。"我说。

他好像经历了一番思想斗争,我听到他疑虑而辛酸地低低咕哝了句:"这又有什么用?"接着他犹豫不决地说出声来:"喂,伙计,你能悄悄地喊他出来吗?"

我想,该是我露出身份的时候了。

"我就是船长。"

我听到水面上发出低低的"啊"的一声,他四肢周围的水泛起了漩涡,闪出一片磷光,他原来空闲着的手也抓住了绳梯。

"我叫莱格特。"这声音安详而果断,相当好听。那人冷静沉着,使我不知怎的也相应地沉着起来,我轻声说:"你一定是个游泳能手。"

"是的,差不多从九点以来我一直在水里。现在我的问题是到底是放开绳索,一直向前游去,直到筋疲力尽,最后沉下去,还是——到这条船上来。"

我感到这并不是一般走投无路的人惯用的套语,而是一个意志坚强的人的肺腑之言——他是真的这样考虑的。根据这一点,我早该推测到他是个年轻人,确实,也只有年轻人会纠结于这种答案再明显不过的问题了。我俩之间(但是我当时完全是出于直觉）面对着这沉寂且黑暗的热带海洋，思想上已产生了神秘的联结。我也年轻，了解他的想法，因此没说什么。水里的人突然开始爬上绳梯，我赶忙离开栏杆去拿衣服。

走进船舱之前，我在楼梯下的走廊里伫立了一会儿，侧着耳朵谛听。大副房门紧闭，房间里传出轻微的鼾声。二副的房门开着，用搭钩固定在舱壁上，但是房间里一片漆黑，一点声音也没有。他也很年轻，睡得很死。剩下的还有那个乘务员，但是除非有人叫他，否则他是不会醒的。

我从自己房间里拿出一套睡衣裤，回到甲板上来，看见那个从海里上来的人，赤裸着坐在主舱口，在黑暗里微露着白光，他的臂肘搁在膝上，双手托着头。片刻，他湿漉漉的身体就被灰色的条纹睡衣遮住了，这套睡衣和我穿的那身一模一样。他跟随着我，好像是我的化身，在船尾楼甲板上走着。我们都赤着脚，悄悄地向船的后部走去。

"怎么回事？"我一边压低声音问，一边把罗盘箱里亮着的灯取出，举起来照着他的脸。

"很棘手。"

他五官端正，嘴巴很好看，浅色的眼睛在比较浓密的深色眉毛下炯炯发光，额头光滑饱满，两颊上没有络腮胡子，只在嘴上留了棕色的胡髭（zī），下巴略微带点弧度，非常精致。我举灯照着他的脸审视，只见他全神贯注，表情是一个孤独的人苦思冥想时常有的那种。我的睡衣裤正合他身。他是个身体结实、健壮的青年，至多二十五岁。他洁白整齐的上齿咬着下唇。

"嗯。"我说，将灯放回到罗盘箱里。他的头部又隐没在了温暖阴沉的热带夜幕里了。

"那边有一艘船。"他喃喃地说。

"嗯,我知道,'赛福拉'号。你知道我们不?"

"一点印象也没有,我是那艘船的大副——"他顿了一下,随即更正自己的话,"应当说我过去是。"

"哦!出了事情?"

"是的,是非常严重的事情,我杀了人。"

"你说什么,就是前不久?"

"不,是在航行的时候。几个星期之前,在南纬39度,我杀了人……"

"是一时冲动吗?"我以确信的口吻猜度。

他难以察觉地轻轻点了一下头,在昏暗中,他那和我相像的头部架在灰色的睡衣上面,如同幽灵一般。在夜色里,我恍惚是对着一面昏暗的大镜子,看着镜子深处,映出自己的影像。

"一个康威大学的学生,有过失就得承认。"我的"化身"低声但很清楚地说。

"你在康威上过学?"

"是的。"他说,好像吃了一惊,接着又慢慢地说,"你兴许也是……"

确实如此,不过我比他大几岁,他进那所大学时我已经毕业了,我们很快地交换了入学的日期以后,沉默降临了。我突然想起了船上那位荒谬的大副以及他可怕的络腮胡子,还有他的"哎呀,我的天,真的吗?"式的智力水平。

我的"化身"向我暗示了他的想法,说:"我的父亲是诺福克岛[1]的教区牧师。你看我该不该因这罪名而在法官和陪审团面前受审呢？我自己认为是不该的，我虽然不是像天使一样的好人，但我没有妄杀无辜。那人既愚蠢又邪恶，一天到晚出坏点子，是根本不配活在世界上的卑鄙魔鬼。他自己不尽职，也不让别人尽职。但是谈这些有什么用！你肯定也非常了解这种猖獗狂吠的恶狗……"

他向我诉说，仿佛我们的经历也和我们的衣服一样相像。我非常了解在没有法律制裁的地方，这种坏蛋对社会有多大的危害，我也非常了解我的"化身"不是个杀人不眨眼的暴徒。我不想问他当时的详细情况，他只是用直率但无条理的言语把事情的经过概述了一遍。我也不需要了解更多的内容，我对于事情的经过，好像看对面这个穿睡衣的人一样，看得一清二楚。

"那天的黄昏时刻，我们正在安前桅帆的缩帆，前桅帆的缩帆！你也知道那种恶劣天气，而我们这艘船行驶又全靠这帆。你可以想象那些天来我们受了什么罪。在风浪中驾驶这船令人焦心透了。他还横蛮地不让我装帆。天气恶劣，风骤浪涌，好像没完没了，我被折腾得困乏不堪。我跟你说——船的吃水又深。我相信那个家伙自己也恐惧得要发狂了。这不是什么斯文地责备两句的时候，于是我转过身来，就像对付蛮牛似的，一下子把他撂倒。他爬起来扑到我身上，这时一阵汹涌的海浪向我们的船席卷而来，所有的水手们都看见这浪，连忙去拉帆缆。

---

[1] 诺福克岛：南太平洋的火山岛，于1788—1855年为英国流放罪犯的殖民地。

我卡住他的喉咙，像掐住一只耗子似的拼命摇撼。我们头顶人声鼎沸，一个劲儿喊'当心！当心！'接着砰的一声巨响，好像天崩地陷。

"据说，这艘船约有十来分钟隐没在风浪之中，只有三根桅杆、艄楼和船尾楼的一角隐约可见，整个船被惊涛骇浪冲击着，在迸溅的水雾中挣扎前进。也真是奇迹，他们居然发现我们挤在前系缆柱的后面。显然我是拼命了，当他们把我们拉起来的时候，我们还扭成一团，我掐住他的脖子，把他掐得脸上发青。他们觉得我做得太过了，就把我们两人向船后部推搡过去，像一群疯子似的狂喊着'杀人了！杀人了！'，并闯进了船长的小舱。这时海里像开了锅似的，你只要看一眼，就会急得头发花白。我们的船千钧一发，随时有沉没的危险。我看到船长也像其他人一样着急，胡言乱语起来。他已经一个多星期没有好好睡觉了，而在狂风大作的时候偏偏遇到这号事，差一点气疯了。

"我死死卡住那个恶鬼不放。他们说，费了九牛二虎之力，才把我的手指掰开，可是已来不及了，他们的宝贝同事已经成了一具尸体。真不知道当时他们为什么没有把我扔下海去。这件事够吓人的了，一个老法官和体面的陪审团听了准会睡不着觉。恢复了神志后，我首先听到的便是那八级飓风无休止的怒吼，还有那个老船长的声音，他俯在我的床边，眼睛在防水帽的下沿死死地盯住我。

"'莱格特先生，你杀了人，你不配当这艘船的大副了。'"

莱格特竭力压低嗓音，声音显得异常单调，他的一只手搁在天窗的边沿上稳住身体，就我所见，他始终一动不动。"在安

385

静的茶会上,这倒是个挺好的故事。"他最后仍旧用那种单调的声音说。

我的一只手也搁在天窗的边沿上,也是一动不动。我们面对面站着,相隔不到一英尺。我想,如果那位惯说"哎呀,我的天,真的吗?"的老兄,将头探进舱口看见我们,一定会认为自己因为眼花把一个人看成两个,或者以为自己活见鬼了——看见新来的怪船长在舵舱里与其灰色鬼魂在安静地闲谈。就在我担心之时,莱格特使人镇定的低语声,又传到我的耳畔。

"我的父亲是诺福克教区的牧师。"他说,显然他忘了已经把这个重要事实告诉过我了。这真是一则有趣的故事。

"你最好还是溜进我的特别舱里去吧。"我说罢就蹑手蹑脚地走开,我的"化身"也尾随我走来,我们都是赤脚,所以没有发出一点声响。我让他走进舱房,小心翼翼地关上房门,然后去唤醒二副,回到甲板上等候他来换班。

"没有任何刮风的迹象。"等二副走来时我说道。

"没有,先生,没有什么迹象。"他睡意蒙眬,声音沙哑,同意了我的看法,貌似恭敬其实非常勉强,差点打了个哈欠。

"嗯,你必须留神注意风的迹象,这是命令。"

"是,先生。"

我在舱尾楼甲板上踱了几圈,看见二副在岗位上朝前站立,臂肘搁在后帆索具的绳梯横索上,这才向下面走去。大副仍然和缓地发出轻微的鼾声。小舱里桌上的灯光还亮着,照见桌上有一只满盛着花卉的花瓶。这是我们食品供应商的一点心意——在今后至少三个月内,这就是我们所能看到的最后一些花朵了。舵罩的左右横梁上各悬挂着一把香蕉,船上的每件东西都和以前一样,所不同的只是,船长的两套睡衣同时有人穿,一套在舵舱里,另一套在船长的特别舱里。

这里必须说明一下,我的特别舱呈曲尺形,分一长一短两间。房门靠近凹角,通往短间。一进门,左边有一张长沙发,床铺在右边,我的写字台和放精密计时器的那张桌子朝着房门。但是任何人打开门,除非径直走进室内,是绝对看不见这舱房的长间的。长间里有好几只贮藏箱,上面放着一只书橱,舱壁的衣钩上挂着一两件厚的夹克衫、几顶帽子、一件油布雨衣以及诸如此类的东西。在长间的尽头有一扇门通往浴室,浴室另有一扇门,可以直接由大客舱进去,但那扇门却从来不用。

这位神秘的来客已经发现了我的住舱的结构特点。在我书桌上面的长平架上有一盏舱壁灯,把舱房照得通明。可是我走进舱房的时候,却到处看不见他。一会儿后他却从长间悬挂衣服的后边安详地走了出来。

"我听见有人走动,就立刻藏到里面去了。"他低声耳语道。

我也悄声说:"无论谁要进我的舱房必须先敲门,得到我的允许后才能进来。"

他颔首会意。他面容瘦削,晒黑的皮肤已经变苍白了,好像久病初愈(这也毫不奇怪,我一会儿就听他说,他被禁闭在舱房里将近七个星期),但是他的眼神和面部表情却没有病态。说实在的,他长得一点也不像我。然而,当我们背朝门,并肩倚在床头悄声说话的时候,如果有哪个冒失鬼偷偷打开门,定会以为自己见了鬼——看见船长化成了两个,在互相窃窃私语,真会感到不可思议呢。

他又告诉我在风浪平息以后,"赛福拉"船上的一些情况。接着我用几乎听不见的声音探询道:"不过你并没有说明你握住绳梯之前的那段经历。"

"我们望见爪哇角的时候,我已经把脱逃的方法仔细思忖了好几遍。我有六个星期什么事也没有干,每天晚上只有个把小时在后甲板上放风散步。"他抱着胳膊,倚在我的床头,凝望着打开的舷窗,低语道。我完全可以想象,他当时是如何苦苦思索的——即使不是百折不挠,至少也是执拗顽强地思索,这是我绝对办不到的。

"我估计在靠拢陆地之前,天一定黑了。"他继续说道,声音压得很低,尽管我们靠得很近,差不多挨着肩膀,我还是要侧着耳朵才能听清。"我请求和老船长谈话。他来看我的时候,总是没精打采,好像生了场大病——仿佛没有脸见我。你要知道,多亏那前桅帆,'赛福拉'号才没有沉没。它吃水太深,要是不张起帆,就无法行驶,是我替他张起了前桅帆。且说他来了,我在舱里和他相见的时候,他站在门口瞅着我,那神情就仿佛绞索已经套在我脖子上了似的。我请求他在夜间船经过巽(xùn)他海峡[1]的时候(那儿靠近安吉尔角,离爪哇海岸只有两三英里),不要把我的舱房锁上。我再没有别的要求,我在康威大学的第二年曾经在游泳赛中获过奖。"

---

[1] 巽他海峡:旧称噶喇叭,位于印尼爪哇岛和苏门答腊岛之间,连接着爪哇海和印度洋。*

"我相信。"我低语道。

"天晓得他们为什么每夜都把我锁起来。看到他们有些人的脸色,你真会以为他们害怕我夜里出来把人扼死。我是个杀人不眨眼的野兽吗?我像这号人吗?啊,上帝!如果我是的话,他也不会放心大胆地走进我的房间了。当时天色已经昏暗,我尽可以把他撂倒,逃跑出去。嗯,我不是那号人。为了同样的原因我也不想把门砸开,大家听到响声会奔来阻止我,我不想和他们扭打混战——那又得死个把人,因为我一旦逃出,就绝不会再让他们扭回牢房。他拒绝了,看起来比以前更懊丧了。他害怕那些水手;他也害怕那个和他共事多年的二副——一个头发斑白的老骗子;他也害怕那个老乘务员,鬼知道和他共事了多少年——少说也有十七年吧——这个游手好闲的家伙刚愎自用,把我恨得要死,就因为我是大副。你要知道,在'赛福拉'号上哪个大副航行一次都得卷铺盖回家。这两个老东西在船上掌权,鬼才知道那个船长害怕到什么程度(那场地狱般的风浪把他的精神彻底摧垮了)。他害怕法律对他的制裁,也许还害怕他老婆,哦,是的!她也在船上。不过我想她是不会干预的,我离开了'赛福拉'号,只会使她高兴。

"你明白吗!我打上了该隐的烙印[1],那也行,我准备在地球上到处流浪——为一个那样的亚伯付出这样的代价也就够大了吧。可是他无论如何也不肯答应,'这件案子必须公事公办。

---

[1] 该隐的烙印:据《旧约·创世纪》记载,人类始祖亚当的儿子该隐因嫉妒而杀死自己的兄弟亚伯,在西方文学中,常用该隐作为骨肉相残或杀人的象征。

我在船上代表法律。'他像风中的树叶那样瑟瑟发抖。'你不答应？''不答应！''我希望你能睡得安稳。'我说罢就转过身背着他。'我倒要看看你的能耐！'他边喊边锁上了门。

"这以后防范更严了，我无法逃脱。那是三星期以前的事情，船经过爪哇角时，开得很慢，在加里曼丹附近漂泊了十天。我们在这里停泊时，我想，他们认为万无一失了。最近的陆地（这次航行的目的地）离船也有五英里远。即使我能逃到陆地上，当地领事也会立刻把我逮捕归案。而逃到那些小岛上，又是毫无生路的，那里恐怕连一滴水也没有。但不知道是怎么回事，那天夜晚乘务员送来了晚饭以后，就走出去让我独自用餐，没有把门锁上。我把晚餐吃了个精光。晚饭后我走到后甲板上，本来也没有什么企图，只不过为了呼吸点新鲜空气吧，我想。

"突然，我被逃走的念头诱惑了。我还没有打定主意，不知怎么一来，就下意识地踢掉拖鞋，下了水。有人听见跳水的溅泼声，大声喊嚷起来：'他跳水了！快放下救生艇！他自杀了！不，他在游水了。'我当然是在游水，像我这样水性好的人，跳海自杀是不容易办到的。没有等救生艇下水，我就已经登上了最近的那个小岛，我听见他们在黑暗中划船，并且高声呼喊。闹腾了一阵后，他们放弃希望了。一切都静了下来，船停泊的地方又像以前一样，一片死寂。

"我坐在一块石头上，想开了心事。我觉得天一亮他们肯定会到处搜寻，我在这个光秃秃的石头岛上根本无处藏身——即使有的话，又有什么用？但是我既然离开了那只船，就绝不能回去。片刻以后，我就脱光衣服，把衣服捆在一起，在里面塞了块石头，扔到小岛外侧的深水里。这个举动看来和自杀也差不多了，随他们怎么想吧。我是不会轻易淹死的。我打算一直游泳，直到沉下去为止——但这和自杀是两码事。我游到另一个小岛上，我就是在那个小岛上第一次看到你们的锚位灯的。我心想，可以向灯光游去。我轻松地继续游水，半路上遇到一块高出水面一两英尺的大石头——我敢说，在白天你从船尾楼上用望远镜就能看到这块石头——就攀援上去，休息片刻。然后我又开始游泳，最后这一程准有一英里多。"

他声音越来越低，说话的时候，始终直瞪瞪地凝视着那黑洞洞的没有露出一丝星光的舷窗，我没有打断他的话。他的叙述，或者说他的为人有一种不容置辩的气概，一种难以形容的高尚品质。他讲完以后，我只低声说了句毫无意义的话："你是向我们的锚位灯游过来的？"

"是的，一直向它游过来。这是个游泳的好目标。我在水里看不见星星，因为海岸把星光挡住了，也看不见陆地，水像玻璃一样。我简直就像在一个一千英尺深的大水潭里游泳，到处都没有可以攀援的地方。我不愿像一头疯狂的牦牛一样东窜西突，直到精疲力竭淹死在水中，不过也不打算往回游，绝不！如果待在某个小岛上，结果也可想而知：我精赤条条，拥过来许多人抓住我颈背，硬往回拽，我则会野兽一样进行搏斗。那样肯定又要闹出人命，我不愿如此，所以只有继续向前游。后来我遇到了你们的绳梯——"

"你为什么不叫唤呢？"我问，声音稍微放大些。

他轻碰我的肩膀，这时，我们头顶上响起一阵懒散的脚步声，片刻后又停了下来。二副从船尾楼甲板的另一边向这边走来，可能现在正伏在栏杆上吧。

"他听不见我们谈话吧？"我的"化身"凑到我耳边，焦虑地低声问。

他的焦虑充分回答了我刚才提出的问题。这也提醒了我，我们处境非常困难，我关上了舷窗以防万一。话说稍微响点，说不定就会被甲板上的人听到。

"是谁？"他悄声问。

"我的二副，不过我也和你一样对他很不了解。"

接着我把自己的情况介绍了一下。两个星期之前，我根本没有料想到会被任命为这艘船的船长，我对这艘船和船上的海员们一无所知。在起航前，我也根本没有时间把船上的情况或是把同事们了解清楚。至于那些船员们，他们也不明白为什么我被派来负责这艘船的返航事务。我告诉他对于船上的其他人来说，我几乎和他一样是个十足的陌生人。在和他们谈话的时候，对这一点特别敏感，觉得稍有失察，这艘船上的人就会把我看成可疑人物。

他转过身子对着我，我俩，这艘船上的两个陌生人，可以说是患难与共了。

"你的绳梯——"沉默了一阵以后，他喃喃地说道，"谁能想到一艘停泊在这里的船，半夜里会挂着绳梯！我当时感到一阵眩晕。过了九个星期非人的生活，谁都会身体虚弱的。当然，我困乏极了，哪怕到舵链的这段距离都游不动了。可是瞧！面前有一条绳梯可以抓住。可是我抓住绳梯以后又不禁问自己：

'这又有什么用?'这时我看见一个人探头俯视,我想我得马上游开,让他去叫唤吧,用哪种语言都随便,我也不在乎被人看见,我——我喜欢这样。接着你却悄声地和我说起话来——好像你早就期待我来似的。我就又待了一会儿。我寂寞得要命,不是指游泳的时候,而是能够和'赛福拉'船以外的人谈话,我感到高兴。至于问起船长,那只是一时心血来潮,我想,这可能没有什么用处,船上的人都知道我的事,而且明天一早,那边肯定会派人来。不过,我不知道为什么——我想被人看见,我想和人谈谈话,再向前游去,我事先也不知道会说什么……也可能就是'晚上很好,对吗?'这一类的话。"

"你觉得,他们很快就会来吗?"我不无怀疑地问。

"很可能。"他有些委顿地说,突然变得形容憔悴了,头在肩膀上转来转去。

"嗯,等着瞧吧。你且到那床上睡一会儿。"我低声说,"需要我帮忙吧?来。"

这床很高,床下面有许多抽屉。这个惊人的游泳能手,现在疲惫得连床也上不去了,确实需要我托住他的腿,扶他上去。他在床上翻了个滚,仰卧着睡下,一只胳膊搁在眼睛上,把脸几乎全部遮住,看起来就跟我平时的睡相一模一样。

我向我的"化身"瞅了一会儿,小心翼翼地把挂在铜杆上的两片绿哔叽的帷幕拉拢。

有一会儿工夫,我想,安全起见该把帷幕别在一起,可是在长沙发里坐下以后,就不想起来找别针了。本来这是举手之劳,但是偷偷摸摸的举动、低声悄语和他激动而诡秘的神情,都使我过分紧张、极度疲乏了。

　　这会儿已是深夜三点，而我从九点以来，一直没有坐过，但我也不瞌睡——因为我也不可能上床睡觉。我坐在沙发上，疲累极了，又看着那绿色的帷幕，恍惚自己分成了两个人同时在两个地方。我竭力要去除掉这种幻觉，头脑却又响起了敲击声，烦恼极了。我立刻就宽慰地发现，敲击声不是在头脑里，而是在门外。我还没有使杂乱的心绪定下来，"进来"两个字就脱口而出。乘务员捧着托盘走进门，给我送来早晨的咖啡，我终究还是睡了一觉！我感到有些惊慌，失声喊道："这边来。我在这里，乘务员。"声音之大，就仿佛他在几英里以外似的。他把托盘放在长沙发旁的桌子上，这才很从容地说了声："先生，我知道你在那里。"我觉得他犀利地瞥了我一眼，我当时竟不敢正视他的眼睛。他一定感到奇怪，我为什么到长沙发上睡觉，而又预先把床前的帷幕拉拢。他走了出去，照例把门打开，上了搭钩。

　　我听见水手们在上面冲洗甲板。我知道一会儿就会有人来通知我是否起风。我想，肯定还是风平浪静的，这使我感到格外恼火。说实在的，我分成两个人的感觉比以前更深了。乘务员突然又在门口出现了，我从长沙发上霍地蹦起来，吓了他一跳。

　　"你到这儿来干什么？"

　　"关舷窗，先生——上边在洗甲板。"

　　"本来就关上了。"我紫涨着脸说。

　　"好的，先生。"但是他还站在门口没有动弹。我瞪眼看着他，他也用异样、暧昧、可疑的眼光盯了我一会儿，接着露出了犹豫不决的目光,脸上也改变了表情,用一种彬彬有礼、几乎是甜言蜜语的音调说:"我可以进来把空杯子拿走吗,先生?"

"当然可以!"我转过身背朝着他。他迅速地拿了杯子走了。于是我解开搭钩,关上房门甚至拉上了门闩。但关上门也不是长久之计,何况舱房里热得像火炉一样。我向我的"化身"窥视了一眼,发现他没有动弹,那只胳膊仍旧搁在脸上,但是他的胸脯起伏着,头发湿淋淋的,下巴上满是亮晶晶的汗珠。我从他身上俯过去打开舷窗。

"我得在甲板上露个面。"我想起来。

当然,理论上我可以为所欲为,在大海之上,没有人能违拗我的意旨,可是实际上我连锁上房门也不敢。

我一把头探出升降口,就看见二副赤着脚,大副穿着长筒橡胶靴,站在船尾楼附近。那个乘务员站在船尾楼楼梯的半腰,在和他们起劲地谈论什么。他看到我,立刻走了下去。二副也跑下来到主甲板上,发布什么命令。大副迎着我走来,举手碰了一下帽檐,眼睛里露出一种好奇的神色,令我不悦。我不知道乘务员有没有告诉他们,我举动奇怪,想必喝醉了酒或竟然是酩酊大醉。反正我看得出来,这家伙是想好好地打量我一下。我看见他微笑着向我走来,走到近距离射击范围内,讥笑的意味更浓了,连络腮胡子也堆上笑意了。可是还没有来得及开腔,我就命令他:"在水手们吃早饭前,用千斤顶和支柱把帆桁堆好。"

这是我上船以来第一次发布的特别命令,而且我待在甲板上亲自监督他们执行。我感到必须抓紧时机,显示自己的权威,把那个露出冷笑的狗崽子的傲气打下去。我还借此机会,当水手们列队在我面前经过，走向船尾时，把每个人的面容审视了一番。在吃早饭的时候，我自己什么也没吃，冷漠而威严地向大副、二副训了一顿话，他们感到很狼狈，趁还能保存面子，赶快从舱房里溜之大吉。

这一段时间内，双重自我使我心烦意乱到狂躁的地步。我不断地观察自己，也在不断地观察我的秘密"化身"，因为他和我一样，全然依附于我自己。这时他正睡在门后的那张床上，我坐在桌子面前，正好对着那扇门。我此时简直像个疯子，不，比疯子更糟，因为我清醒地意识到事态的严重性。

我整整摇了他一分钟，他终于睁开眼睛，神志十分清醒，用探询的眼光望着我。

"到目前为止还没有出事。"我轻声说，"现在你必须躲到浴室里去。"

他照办了，像幽魂一样悄无声息。接着我按铃叫乘务员，大胆地吩咐他在我洗澡的时候把房间收拾干净。"要快一点。"我的口气不容分说，他只好应诺"是，先生"，就跑去拿簸箕和刷子。我洗了个澡，故意在宽衣、洗浴时弄出了点儿声响，还吹着口哨，好让乘务员听见。我的秘密伙伴则一直端立在小小浴室旁，他的脸在白天的阳光下显得狭长，他的眼皮下垂，眉头微皱，拧成一道严峻的黑线。

洗完后我回到房间里，这时乘务员快打扫完了。我差遣他去喊大副来，我和大副扯了一会儿，表面上好像是关心他，说他乱蓬蓬的络腮胡子怪吓人的，该剃一剃了，等等，实际上是让他看清我的舱房里没有别人。他们走后我就可以大大方方地关上房门,让我的"化身"回到套间里来。他再也没有别的地方可待,只好一动不动地静坐在一张小折凳上,被挂在那里的厚厚的外衣闷得透不过气来。

我们听着乘务员从大客舱里走进浴室、灌水瓶、擦洗浴缸、整理东西、掸拂灰尘、发出丁零当啷的声音,收拾好了,又出去到大客舱里,最后咔嗒一下转动钥匙,把门锁上。这就是我隐藏我的化身的方法,眼下,我再也想不出更好的方法了。我坐在书桌旁边,准备有人进来,就装出忙于处理公文的样子;他在我的身后,从门口是看不见他的。在白天,为了慎重起见,我们不能谈话,而且我也受不了那种和自己耳语的奇怪感觉。我不时地回过头来,看见他在那个低矮的折凳上,脚光着合拢在一起,抱着臂膀,头垂到胸前僵直地坐着,一动不动,任何人都会把他当成我。

我每次回过头来看他,总是有点迷惑。有一次,当我看着他的时候,门外传来了一个声音:"打扰了,先生。"

"嗯!"我继续看着他,门外那人通知,"那边的船上派小艇来了,先生。"这时我看见他吃了一惊——这是几个小时以来,他的第一个动作,可是他低垂的头并没有抬起来。

"好吧,放下绳梯。"

要不要悄悄关照他些什么呢?我有点迟疑不决。可是到底关照些什么呢?他安然如山,好像什么事也没有发生似的。我能告诉他哪些他还不知道的事情呢?……我终于什么话也没说,走到甲板上。

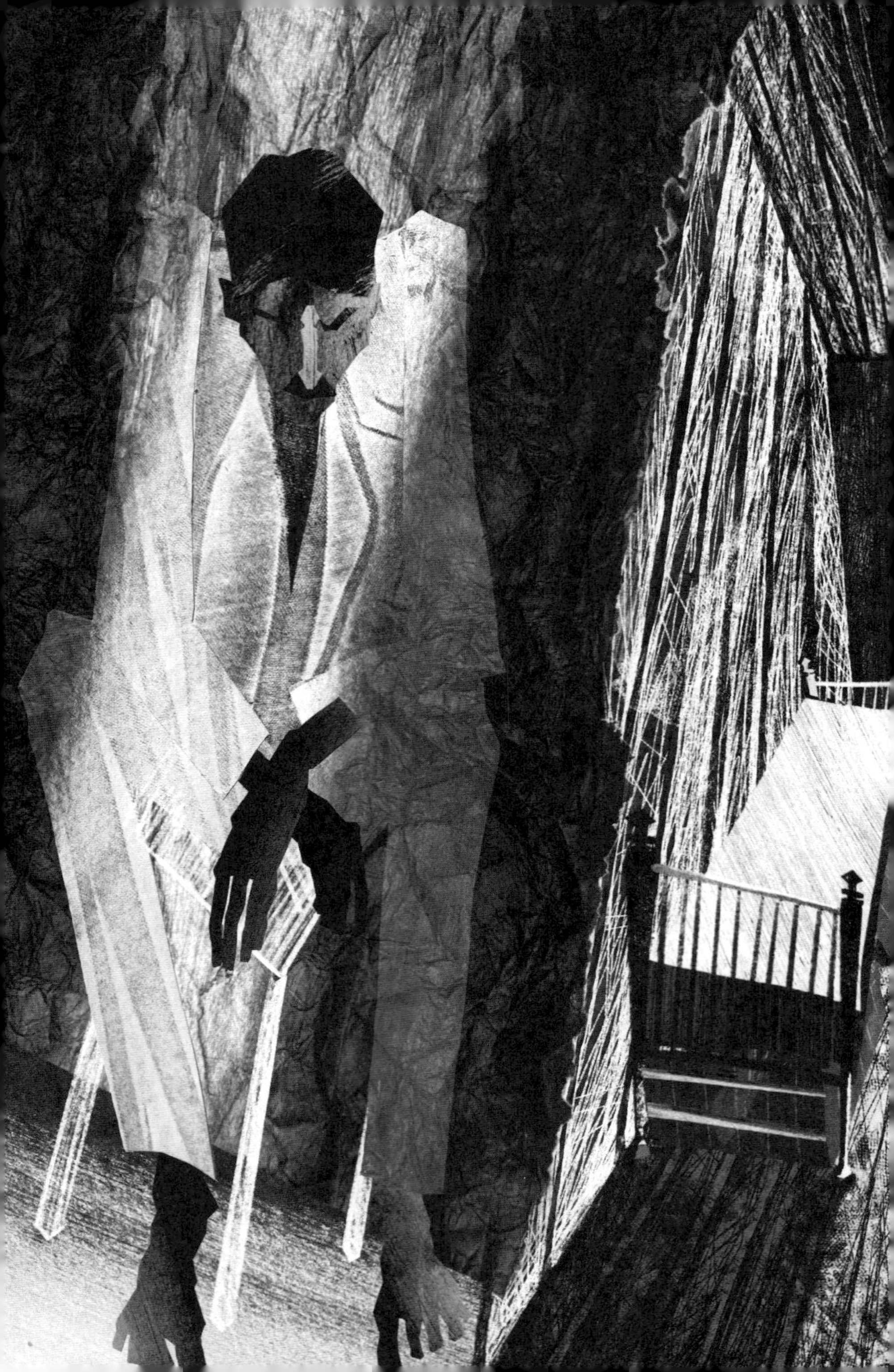

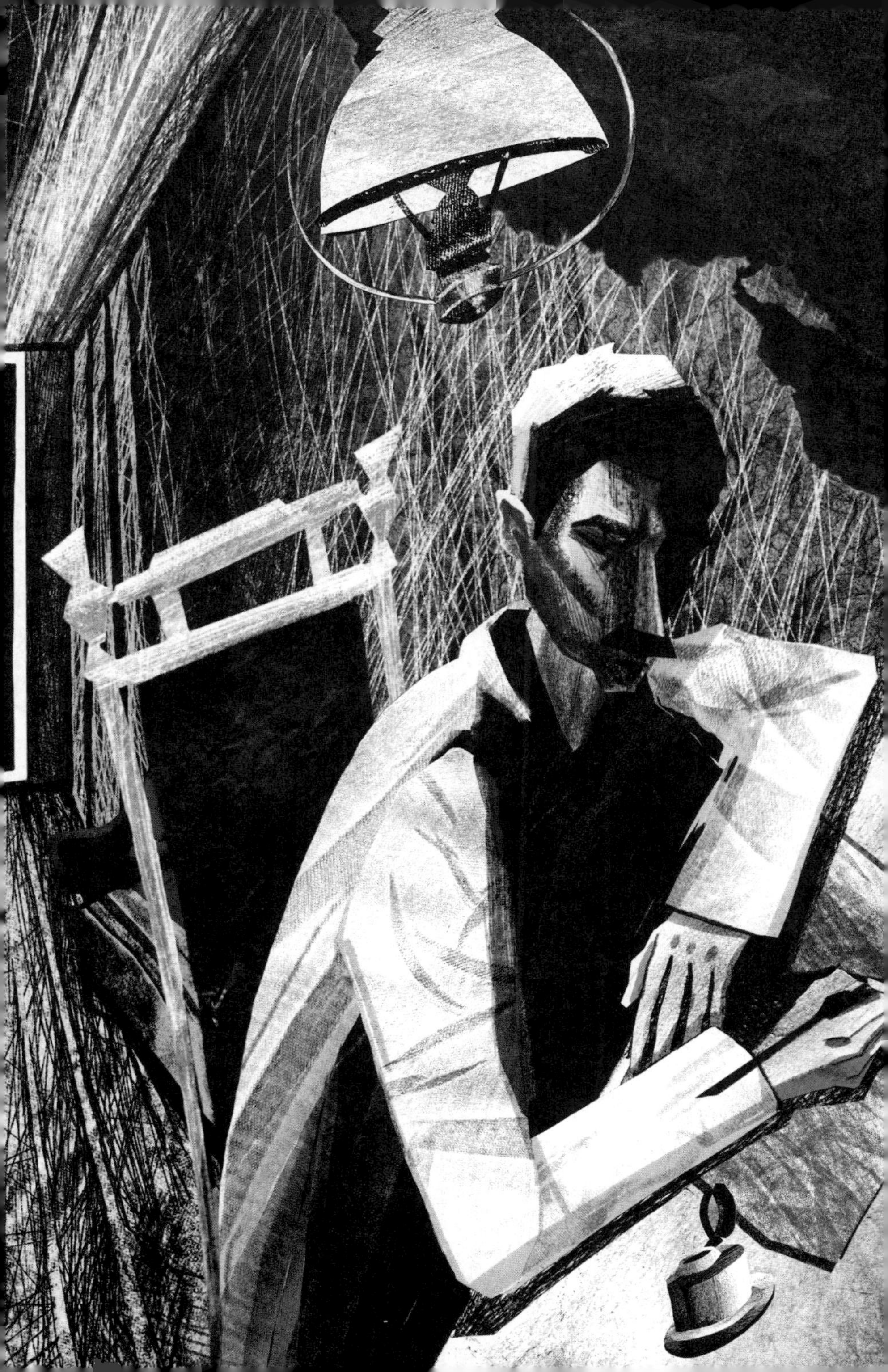

# 二

"赛福拉"号的船长,脸盘四周生着稀疏的红须,肤色和发色相近,眼睛的颜色很特别,是一种污浊的蓝色。他肩膀高耸,但个儿并不高,只不过是中等身材,一条腿还有点罗圈,实在是一个其貌不扬的角色。他和我们握了手,呆滞地望着四周。据我判断,他的性格肯定相当固执且沉闷。我故意对他彬彬有礼,他就好像有点窘迫了,对我说话时含含糊糊、咕咕哝哝的,好像他对所说的话感到害臊。他报了自己的姓名(好像是什么阿奇伯尔德吧——不过时间相隔太远了,我现在已经记不准了)、他的船名以及其他情况,就仿佛一个罪犯在硬着头皮不得已而悲哀地低头认罪。他说他在这次航行中遇到了可怕的天气——可怕的,嗯,可怕的,而且——他老婆也在船上。

这时我们在餐厅里就座,乘务员捧着托盘送来了一瓶酒和两只玻璃杯。"谢谢!不用了。"他从来点滴不沾的。不过他倒想喝点水,于是喝了满满两杯。

"啊,累死了,渴得要命,从天亮以来,一直在搜索船周围的各个小岛。"

"干什么,为了好玩?"我故意温文而有礼貌,假装很感兴趣。

"不!"他叹了口气,"是令人痛苦的职责罢了。"

他说话老是含糊不清,而我又想让我的"化身"听清每个字,就想出个主意,说很遗憾,我耳朵有点重听。

"这么年轻就耳力不济。"他点点头,用混浊的、愚蠢的蓝眼睛盯着我，问我怎么搞的？是疾病？他的口气里没有一点同情，好像认为我耳聋了是活该。

"是的，生过病。"我用愉快的音调说，他好像为我的无所谓感到有点震惊。但是我的目的达到了，因为他不得不提高嗓门。把他的话原封不动地记下来是不值得的，这件事距今已两个多月。他当时的想法颇多，以至于自己都糊涂了。

"如果这样的事发生在你船上，你会怎么想？我管'赛福拉'号已经十五年了，我是个出名的船长。"

他忧心忡忡的。我要不是老是惦念着我那同房间的"化身"的话，实在是应当同情这个船长的。当时我和船长坐在大客舱里，他则隔着一层舱壁，离我们只有四五英尺。我合乎礼仪地看着阿奇伯尔德船长（如果这是他的姓名的话），可是所看见的却是另一位，穿着一套灰色睡衣，坐在一只低矮的凳子上。他的脚合拢在一起，胳膊交叠着，暗色的头垂在胸脯上。我们说的每句话都坠入了他的耳中。

"我打年轻时就下海，到现在已干了三十七个年头了。可从来没有听说过在英国船上发生这样的事情，可偏偏就在我的船上，而且又偏偏是发生在我内人在船上的时候。"

我和他虚与委蛇。

"你告诉我当时大海波涛汹涌，大浪掀到船上来了。"我说，"你想，会不会是海浪把那个人打死的？单凭海水落下的重量就可把一个人的脖颈折断，这是我亲眼见到过的。"

"老天爷！"他震惊地说，混浊的蓝眼睛盯着我。"海浪！没有一个死于海浪的人会是那个样子的。"他好像对我的说法感到非常愤慨。我看着他，对他接下来的独特表演始料未及，他把头凑到我脸上，吐出舌头，这个举动来得非常突然，我猝不及防，惊诧得向后退缩。

他用这种绘声绘色的方式使我失去了镇静之后，又颇有见识地点点头，向我保证，如果我见到这个场景的话，那就一辈子也忘不掉了。当时天气太恶劣了，无法把尸体做合乎体统的海葬，所以到第二天拂晓，他们把尸首抬到船尾楼，用一块旗布蒙在死者的脸上，船长简短地祈祷后，大家就把尸体照他生前的原样（仍然穿着油布雨衣和长筒靴）扔入巨浪翻滚、随时会把船和惊恐万状的人一齐吞噬掉的大海里。

"是那前桅缩帆救了你们。"我插了一句。

"上帝保佑——是它救了我们，"他热烈地呼喊起来，"这是上帝的特别恩典，我确信，它经受住了十二级飓风和暴雨的考验。"

"就是为了安装这前桅缩帆才——"我话刚说出口，就被他打断了。

"多亏上帝保佑，否则一切都完蛋了。不怕你见笑，连我也几乎不敢下命令，当时好像我们一扯起什么，马上就会被风刮跑。如果前桅缩帆也被刮跑，那就连最后的一线希望也没有了。"

他对这场飓风还是心有余悸，我让他说下去，然后好像是漫不经心地扯到一个小问题上："你们急于把那个大副交给岸上的人吧？我想。"是的，他的确急于把他交给司法人员，他在这一点上顽固执拗到不可理解、令人畏惧的地步。他倒不光是因为担心别人会怀疑他"纵容杀人的罪行"，而仿佛是另有一种隐秘的动机——在海上过了三十七年正直、从来没有过失的生活，当船长的二十年中（最后的十五年在"赛福拉"号上），一直没有出过差错，这一切好像使他失去了怜悯心，一定要执法如山。

"你要知道，"他继续说下去，好像是在复杂的感情中谨慎地摸索，"当初我并没有要雇用那个年轻人，他家里和我的船老板有些关系。我可以说是不得已才用他的。他看起来倒很精干，也很有教养，有绅士风度什么的，可是你要知道，我不知怎的，一直不喜欢他。我是个直爽人。你懂的，他不是在'赛福拉'号这样的船上当大副的料。"

我已经在思想感情上和那个同舱人息息相关、休戚与共了，我感到阿奇伯尔德仿佛是在斥责我本人不是在"赛福拉"号这样的船上当大副的料。我对这一点感受特别深。

"根本不是这块料，你知道的。"他又坚决地说了一遍，并且不必要地盯着我看。

我文雅地莞尔一笑。他有一会儿好像有点不知所措了。

"我想，我只好汇报他自杀了。"

"请原谅，你说什么？"

"自杀！我一回去，只好向船老板去函，说他自杀了。"

"也只好这样啰，除非你在明天天亮前能找到他，"我平心静气地表示同意，"我是说，除非能发现他还活着。"

他含糊地咕哝些什么，我真的没有听清，于是我迷惑不解地把耳朵朝着他。他简直是大声吆喝了："陆地——我是说，大陆离我们的停泊地点至少有七英里。"

"差不多吧。"虽然我除了巧妙地假装重听以外，没有任何做作（我不善于假痴假呆，所以也不敢尝试），但我听了他的话，一点也不激动，不好奇，不惊讶，毫无兴趣，这使他对我开始不信任了。同样可以肯定，他本来就有些疑神见鬼，把我的礼貌看成一种不自然的奇怪现象。可是我又怎么能以其他方式接待他呢？总不能亲切地接待他吧！因为某些不用讲的心理原因，这是不可能的，我的唯一目的便是避免他的质询。也许我可以粗暴无礼地对待他？可以这样，不过肯定会引起他单刀直入的质问，看来出其不意地对他谦恭有礼，是遏制这种人的最好的办法。不过就这样我的防线还是有被他突破的危险。我是不会用赤裸裸的谎言来回答他的问题的，这倒不是为了道义，而同样的是心理上的原因。要是他知道我和我的"化身"在感情上息息相关，要是他知道我多么害怕他抓住这个弱点，对我严词盘诘，那就糟了。

而且说也奇怪——我是事后才想起的——我有些地方使他想起了他正在搜寻的那个人，他感到我和他一开始就不信任而憎厌的那个人有些神秘的相似点，因此困惑不安。

不管怎么说吧，沉寂并没有延续很久，他采取了另一种旁敲侧击的方法。

"我想，从我们船到你们船上，最多只有两英里路吧。"

"在这么热的天气里，也够远的啦。"我说。

接着又是一阵充满不信任的沉默。有人说需求是发明之母，但是恐惧也会使人急中生智，我害怕他会单刀直入地问起我那个化身藏在哪里，于是突然灵机一动说："这个客舱挺不错吧。"我说，仿佛是第一次注意到他的眼睛四下搜寻，从一扇关闭着的门扫视到另一扇。"装备也很齐全，比方说，"我继续说下去，好像漫不经心地转过身去，从椅背上把浴室的门推开，"这就是我的浴室。"他不由自主地露出渴望搜寻的神态，可是并没有向那边细看。我起身关上浴室的门，邀他到处参观一下，好像我为船上的设备非常自豪似的。他只好随着我到处转悠，可是提不起精神，没有任何兴趣。

"现在咱们去看看我的住舱吧。"我把声音放得很大，并且踩着很重的步子走到右舷。

他跟随我走进去，向四周凝视了一下。我聪明的"化身"已经消失不见，我的计谋成功了。

"很方便，是吧？"

"很好，很方……"他没有说完，就粗鲁地走了出来，好像是为了躲避我的一出骗人的把戏，但是这已经办不到了。我刚才太惊慌，现在产生了一种报复心理，非叫他奔波一大圈不可。我坚持请他到处走走，我的温文礼貌中一定透露出一种威胁的意思，因为他突然屈服了。我毫不放松，领他到处参观，连一个细小的地方也不放过：大副办公室、餐具室、食品室、贮藏室、船帆贮藏室（也是在船尾楼下面），他只好硬着头皮逐项参观。最后我把他领到后甲板上，他垂头丧气地长长叹息了一声，忧郁地咕哝了一句说，他实在要回船去了。于是我就向走到我们跟前的大副示意，照顾船长登艇。

络腮胡拿起经常挂在脖子上的哨子，吹了一声，接着大声喊道："'赛福拉'号的客人要走啦！"我的"化身"在下面的房间里一定听到这喊声了，不过他当然还没有我那么宽慰。不知道从哪儿跑出来四个人，从绳梯上下去了，我们船上的水手们也在甲板上出现，沿着栏杆排成了一行。我讲究礼节地伴送来宾到船梯前，也许礼数过于周到了吧。他是个顽强的野兽，人已经在绳梯上了，还不肯走，以罕见的执拗劲，死死咬住不放。

"我说……你……你不认为……"

我放开嗓子盖过他的声音："当然不麻烦……我很高兴，再见。"

我明明知道他想说什么，可故意假装耳朵有点背，摆脱了他的纠缠。他全线崩溃，只好仓皇撤退。可是我的大副目睹了他告别的一幕，露出了迷惑不解的神色，脸上蒙上一层若有所思的神情。因为我平时不愿意过于冷峻，多少和船员们交谈几句，他就乘机跟我攀谈起来。

"这人好像为人还挺不错，他的船员们告诉我们弟兄一件很离奇的事情，我想那位船长也一定对你讲了吧，先生？"

"嗯，我听那船长讲了。"

"这件事实在可怕呀，先生。"

"确实。"

"比我们听到的美国船上发生的那些谋杀案还要厉害。"

"我不这样想，我还认为，这件事和那些谋杀案根本不是一码事。"

"哎呀，我的天哪！你真的这么认为吗？我对美国船上的情况并不熟悉，所以也不能反对你的说法，不过我觉得这件事够可怕了……可是最离奇的是，那些人好像认为凶手就藏在我们船上，他们真是这样想。你听到过这些离奇的事情吗？"

"荒谬透顶——真是!"

我们在后甲板上来回踱步,水手们一个也看不见(这是个星期天),大副紧追不舍地说:"关于这事儿还发生了一些小小的争论。咱们的伙计们生气了,'听你们的口气,倒好像我们会窝藏逃犯似的。'他们说,'要不要到我们的煤仓里搜查一下?'他们争吵得相当厉害,可是后来讲和了。依我看,这个逃犯是不会投海自杀的,你看咧,先生?"

"我不做任何假定。"

"你不感到这件事可疑吗,先生?"

"一点儿也不。"

我突然离开他。我觉得这样做会留下不好的印象,可是我的"化身"在下面,我却在甲板上,是很令人心烦的。整件事是很伤脑筋的,可是总的来说,我和他在一起要好受些,没有那一心挂两头的烦躁感。在这艘船上没有一个人是我敢于信任的。既然水手们都已知道了他的事情,那就不可能让他冒充别人,此时他要是无意中被发现,那所有人可都要被吓坏了……

乘务员忙着收拾桌子,摆上餐具。我第一次回舱时,就只能和他互递眼色了。快到傍晚的时候,我们谨慎地耳语了一番。星期天船上阒无声息对我们不利,风平浪静对我们不利,自然环境对我们不利,人也对我们不怀好意——所有的一切都对我的秘密伙伴不利。时间也对我们不利,因为长此以往,秘密总会被拆穿。求上苍保佑吗?一个犯了杀人罪的人连这个权利也被剥夺了。至于在成功之中占重要地位的偶然因素,对我们也是凶多吉少,我只能希望发生一些偶然事件。我们还能希冀什么呢？有哪些偶然事件会对我们有利呢？

我们俯在床头，肩靠着肩，我的第一句话便是："你都听见了吧？"

他都听见了，他恳挚的耳语便是证明："那家伙告诉你，他简直不敢下命令？"

我明白他指的是安上前桅缩帆的事情。

"是的，他害怕，前桅缩帆一扯起来便会刮掉。"

"我向你保证，他从来没有下过任何命令，他可能以为自己下了，可一句话也没有。主接帆被刮跑以后，他和我站在船尾楼上，哭哭啼啼，他是真的哭泣了，一个劲儿谈我们最后的一线希望，再没有谈过其他事情，那时夜幕又快要降临了！听到自己的船长这样啜泣，天气又这样恶劣，真会使人精神失常的。面对这种绝境我反而振作起来，打算豁出命来干。我毅然担当了这个重任，心情沸腾地离开他。后来——可是告诉你又有什么用呢？你是明白的！你以为如果不是我那么凶狠地对待他们，他们会照我的话做吗？绝对不会的！也许水手长会吗？也许！当时，大海不但是波涛汹涌，简直是发了狂似的巨浪滔天！我想，世界末日也不过是那个样子吧。一个人如果只偶尔见一下也许能沉住气，可是日复一日，每天都是这样风急浪险，我不责怪任何人，我比他们也强不到哪里去。只是——我既然是这艘老迈的载煤船的大副，不管怎样……"

"我完全理解。"我在他耳边诚恳地回应他。他非常激动，就是这样窃窃私语也已上气不接下气，我能听见他气喘吁吁。事情的全过程非常简单，他那股紧绷着的巨大力量，当时至少是给了船上二十四个人生存的希望,而它的反冲力了结了那个卑鄙小人的狗命。

可是我没有时间来仔细地权衡这件事的功过了——大客舱里传来了脚步声,接着有人重重地叩门。"起风了,可以起航了,先生。"现在发生了新的情况,要求我凭思考,甚至可以说,凭感觉做出决定。

"召集水手们到甲板上集合,"我对着门外喊道,"我马上到甲板上去。"

我就要出去了解船上的情况了,在我离开舱房之前,船上仅有的两个陌生人,四目相对。我目视着那个藏着轻便折凳的角落,他把手指放在嘴唇上,做了个意义含糊的手势,有点神秘,同时脸上掠过一丝微笑,仿佛表示遗憾。

现在,脚下的船第一次按照我的命令航行了。我不想在这里叙述我第一次下令指挥是什么感觉。不过我想说一句,这种感觉并非纯粹的。我并不是单独一个人下这命令,因为在我舱房里还有那陌生的来客,或者说,我的全部心思并没有都用在船上,我的一部分心已经不在那儿了。这种一心挂两头的状态还对身体产生了影响,仿佛这个秘密已穿透身体,进入灵魂深处了。

船行驶了还不到一小时,我吩咐站在身旁的大副拿出罗盘测出某座宝塔的方位,这时我发现,自己的心飞到舱房里正附着他的耳朵,悄声说话。我的心思多少泄露了一些,使大副吃了一惊。我也没有别的词儿形容,只能说,大副好像得到什么使他困惑不解的情报似的,蓦地退缩了一下。此后,他始终带着一种心事重重的、阴沉的神态。一会儿后我离开栏杆去看罗盘，行动有些诡秘，舵手也发觉了——我发现他异乎寻常地睁圆了眼睛。一船之长被怀疑有荒谬怪僻的举动尽管不太有利，毕竟还是小事，可是我的失神落魄达到了更严重的地步。对于一个海员来说，在某些特定的条件下，应当有一些自然而然的反应，就和一般人迎面遇上另一个人会眨眼那般自然，那般出于本能。比如说，在某种情况下，他不用思考，一个命令就自然地涌到他的嘴边；他不假思索，双手就会本能地做出某个手势。可是当时，我完全失去了这种下意识的机敏。我必须用意志力才能强迫自己的心思离开舱房回到现实中来。我察觉到有些人多少带着点不满的眼光盯着我。我在他们心目中一定是个优柔寡断的指挥。

除此以外，我还老是担惊受怕。比如说，在出航的第二天下午，我光脚穿着草拖鞋，从甲板上下来，停在餐具室敞开的门口欲与乘务员说句话。他正在那儿背朝着我做什么事情，一听见我的声音，像俗话所说的，他差点吓得灵魂出窍，一失手砸碎了只杯子。

"你怎么了？"我诧异地问他。

他极为慌乱地回答说："请原谅，先生。我本来以为你是在自己舱房里的。"

"你瞧，我没有在那儿呀。"

"没有，先生，不过我可以发誓。一会儿以前我听见你在那儿走动，真是离奇得很……很抱歉，先生。"

我走了回去，我和我的秘密化身被当成一个人，这事使我不寒而栗。不过在我们三言两语、忧心忡忡的耳语中，我并没有提起这件事，我想他一定是发出了某些轻微的声响。如果他从来没有偶尔发出点声音，那才真是奇迹呢。

他尽管形容憔悴，却总是那么镇定自若，不光是安详——竟可说是安如磐石。他听从我的建议，差不多总是待在浴室里。总的来说，浴室确实是最安全的地方，除了乘务员到里面收拾一下以外，任何人都找不出丝毫借口到那里去。里头面积很小，有时他倚墙坐在地板上，双腿弯曲，头枕着肘弯；有时我发现他坐在那只轻便折凳上，穿着那身灰色的睡衣，留着深色的短平头，样子就像一个有耐性而冷漠的囚徒。夜晚我把他偷偷地领到床前，和他轻言悄语，头顶上传来值夜海员踱来踱去的、均匀的脚步声。他实在是度日如年。幸亏我的住舱里有一个贮藏箱，里头藏有不少美味罐头，至于硬饼干我是随时可以弄到的。他就这样一直靠煨鸡、鹅肝酱、芦笋、煮牡蛎、沙丁鱼等各种各样罐头里装的珍馐美肴和硬饼干果腹，他总是喝早晨给我送来的咖啡。在他的饮食上，我只能帮这么多。

每天乘务员先打扫住房再打扫浴室，这时总得绞尽脑汁想出些花招，才能应付过去。渐渐地我一看见乘务员的身影就觉得可憎，甚至听到那个没有恶意的人的声音也感到讨厌，甚至觉得他一定会引起不虞之祸。被发现的危险像一把刀似的悬在我们头顶上。

出航的第四天，微风习习，我们沿着暹罗湾东边平静的海面弯弯曲曲地航行，接连地逆风换舵。在晚餐桌上，我意识到自己正在和不可避免的命运捉迷藏，很是烦恼。就在这时，那一举一动都使我担惊受怕的人，突然放下了菜盘，匆匆地向甲板上跑去。这不至于出什么危险，我也没有介意。可是一会儿他又下来了，原来，他记起今天下午下了场阵雨，我的外衣淋湿了，还晾在栏杆上，特地去取下来。我迟钝地坐在餐桌旁，一发现他臂膀上搭着我的衣服，不禁大惊失色。毫无疑问他是向我门口走去的。这可是十万火急，一秒钟也不能耽误。

"乘务员！"我像打雷一样地惊喝道。我神经太紧张了，竟控制不住自己的声音，掩饰不住激动的心情。像这样的事情当然会使那个留络腮胡子的大副用食指轻叩前额，沉思默想的。我曾发现他在甲板上和木匠诡秘地说话，就是这种姿势。当时我站得太远了，一个字也听不见，可是我觉得这个哑剧毫无疑问是针对我这个新来的奇怪船长的。

"是，先生。"乘务员面色苍白，屈从地转身朝着我。他经常受到我斥责——无缘无故地被拦下来，忽而被蛮横无理地驱出房间，忽而又被喊进来，被差遣飞速到餐具室去干一些莫名其妙的差事——他摸不着头脑，脸上沮丧的神情越来越重。

"你拿着大衣上哪里去？"

"到你房间去，先生。"

"是不是又要下雨了？"

"不知道，先生。要不要我再上去看看？"

"不！不用了。"

我的目的达到了，因为我的"化身"在房间里一定把事情的经过都听清了。在这一段插曲中大副和二副始终眼睛盯着盘子，没有抬头看一下，可是我看见那个该死的狗崽子二副嘴唇轻微地颤动了一下。

我料想乘务员把我的外衣挂在钩上后,马上就会出来,可是他却迟迟不来。我好不容易才控制住忐忑的心情没有吆喝他出来。

突然,我察觉到那家伙(可以听得很清楚)不知为什么在开浴室的门。完了!这个地方小得连转身的地方也没有。我的声音哽在喉咙里,全身僵硬,我料想马上就会传来恐惧的惊呼声。我想动弹一下,可是连站起来的力气也没有。一切都是静悄悄的,我的"化身"会不会扼住了这个可怜虫的喉咙?我真不知道怎么办才好,就在这当儿我看见乘务员走出了我的房间,关上门,然后静悄悄地站在餐具柜旁边。

"谢天谢地,没出事。"我想,"可是不对头!他不见了,一定是走了!他走了!"

我把刀又搁下,仰靠在椅背上,头晕乎乎的。过了一会儿,我的神志清醒了一些,能够用镇静的声音讲话了,就叫大副于八点钟亲自把船调个方向。

"我不到甲板上来了,"我继续说,"我想我得睡一觉,在半夜之前,除非风向变了,不要叫醒我。我有些不舒服。"

"刚才你的气色确实很坏。"大副说。不过听口气他不是很关心。

他们两个都出去了,我看着乘务员在收拾桌子。那个可怜的人脸上什么神情也没有。可是我暗暗纳闷,他为什么避开我的眼光呢?接着我想探听一下虚实。

"乘务员!"

"先生。"他和平时一样有些吃惊。

"你把我那件大衣挂在哪里了?"

"挂在浴室里,先生。"他还是平时那种忧虑的音调,"它还没有干透,先生。"

我在餐厅里又待了一会儿。我的"化身"是不是像来时一样神秘地失踪了呢?他的到来已经有解释了,他的失踪却无法解释……我缓步走进阴暗的房间,关上门,点上灯,有好一会儿不敢转过身来。我终于转过身来的时候,一眼看见他笔直地站在挂衣服的角落里。要说我是震惊,也未免有点言过其实,但是刹那间我确实不由得怀疑他是否是真人。我暗自思量,会不会他有什么隐身法,只有我能看见他,别人看不见他呢?真好像鬼在作祟。他一动不动,脸色阴沉,朝我微微抬手说:"天啊,真险!"我自己也想,真险,刚才确实差一点就要发疯了。

那位留着络腮胡子的大副现在下令逆风转换到另一个方向了。在水手们各就各位之后的深深静寂中,我听见他去船尾楼上高声呼喊:"向下风满舵!"接着在甲板上远远地重复着他的命令"向下风满舵",在微风习习中船帆只发出轻微的拂动声。命令声停止了,船身正在缓缓地转过来。我在这重新静寂下来的紧张时刻屏住呼吸,甲板上静得简直像是没有一个活人。突然,一声生气勃勃的呼唤打破了沉寂:"主帆改向!"头顶上水手们呼喊着,牵着主转帆索奔跑起来,发出一阵杂沓的脚步声。我们两个在下面的房间里又回到床头的位置上。

他没有等我问话。"我一听见他笨手笨脚地在这里走动,连忙在浴室里蹲下。"他对我轻轻地说,"那个家伙把门打开,只伸进手来挂上外衣,没有发现……"

"真险。"我也轻轻地搭腔,比以前更感到吃惊。这可真是千钧一发,险极了。我同时也钦佩他顽强不屈的精神,正因如此才能履险如夷、逢凶化吉啊。他的悄语里没有一点忐忑不安,他可不是那号遇事就心烦意乱的人。他的神志是非常健全的,以下的话更加证明了这一点。

"我是绝对不能再回到人间的。"

这好像是鬼魂说的话,但是我明白他的言外之意,他所指的正是"赛福拉"号的老船长勉强承认他有自杀的可能。这种假设对他有利,如果我没有理解错的话,他正好将计就计,拟下坚定的行动计划。

"船开到柬埔寨就得把我放逐到沿海的岛屿当中。"

"把你放逐到岛屿中?咱们可不是少年历险记里的人物。"我反对道,他却轻蔑地对我悄声说:

"咱们确实不是!这里面丝毫没有少年历险记的意味。可是再没有别的办法,我再没有其他要求。你总不会以为,我会害怕他们的判决吧?关监牢,绞刑架,他们高兴怎么判就怎么判吧。可是你难道能看着我回去向一个戴假发的老家伙和十二个体面的店老板[1]低头认罪吗?他们怎么能知道我是否犯罪或是犯了什么罪呢?这是我的事。《圣经》上是怎么说的?'从大地上驱逐出去。'很好,我现在就准备从大地上被驱逐出去了。我是在黑夜里来的,我也要在黑夜里离去。"

---

[1] 指法官和十二个陪审团成员。

"不行!"我低声咕哝道,"你不能那样。"

"不能?……对,我不能像末日审判[1]时的鬼魂一样赤裸裸的,我还要穿这套睡衣,世界末日还没有来到——而且……你不是理解我的吗?"

我突然感到非常惭愧,说实话,我是理解的。我之所以犹豫不决,我之所以不肯让那个人从我的船上游水而去,只不过是因为假冒伪善,实际上是一种怯懦的表现。

"现在还不行,要等到明天夜晚。"我用很轻的声音说,"这会儿船向离岸方向抢风行驶,风向对我们不利。"

"据我所知,你是理解的。"他悄声说,"你当然是理解我的。人生有一知己足矣。当时你好像是鬼使神差在那儿似的。"接着他还和以往一样低声悄语地加了一句(好像我们每次说话的内容,都是凡俗的人不配听见的):"这真是太奇妙了。"

我们继续站在一起,秘密地谈话,不过有时沉默无言,有时隔好长时间才悄悄交谈片言只语。他和往常一样凝视着舷窗。不时有一阵微风吹到我们脸上。我们的船就像在船坞里停泊一样,平稳而轻柔地在水面上滑行。水平如镜,即使在船航行时,也没有一点声音。大海上阴影幢幢,四周黑黝黝、静悄悄的,好像是幽灵的海洋。

半夜里我走到甲板上,下令把船调往另一方向,抢风行驶。大副深为诧异,他踱着步,可怕的络腮胡子在我周围掠来掠去,

---

[1] 末日审判:基督教的一种教义,据《新约》称,耶稣将在世界末日审判一切死去的和当时仍活着的人,善人上天堂,恶人下地狱。

表示无言的谴责。如果问题仅在于尽快驶出这个风平浪静、昏昏欲睡的海湾的话,我当然不会这样做。我相信,他会告诉来换班的二副,这种做法是缺乏判断力的。二副只是打了个哈欠,这个令人难以容忍的狗崽子,睡眼惺忪地拖着脚步走来走去,懒洋洋地倚在栏杆上,不成体统,我实在看不顺眼,就狠狠地申斥了他几句。

"你睡醒了没有?"

"嗯,先生!我睡醒了。"

"好,那就劳驾你做出个睡醒的样子。密切注视着,如果有潮流,咱们在天亮之前,要向某些岛屿靠拢。"

暹罗湾的东面,散布着许多岛屿,有些是孤零零的,有些是成群的。衬在远方青黛色的高峻海岸上,这些岛屿好像漂浮在一小片一小片银镜似的海面上,或是灰蒙蒙的,似乎那儿荒凉贫瘠,或是呈墨绿色的,好像丛生着常青的灌木丛。其中较大的海岛有一两英里长,起伏的山岭依稀可见,到处覆盖着阴湿茂密的树叶,有些地方露出肋骨般的灰色岩石。商人们不到这些小岛上去,没有人去做贸易,也没有人去旅游,甚至地图上也没有标出它们的位置,岛上居民的生活方式是个猜不透的谜。在最大的那些岛屿上一定有村庄——至少有渔民的居住点——与外界的交往方式很可能是借助当地的小船。可是整个上午,我们的船由微弱的风吹送着,向它们驶去的时候,我透过望远镜朝这些散散落落的岛屿瞭望,却连一个人或是一叶独木舟的影子也看不见。

中午我没有发布改变航向的命令,大副对此深表关切,他的络腮胡子好像一直在我面前晃来晃去,要引起我的注意。我终于说话了:"我打算向海岸行驶,能靠多近就靠多近。"

他极为惊讶地瞪着我,眼睛里射出凶光,有一会儿工夫,样子实在可怕。

"咱们在暹罗湾中心,航行得不太顺利。"我漫不经心地继续说,"所以今天夜晚我打算寻求陆风[1]。"

"哎呀,我的天哪!先生,你是说在茫茫黑夜中停靠在那么多的岛屿、暗礁和浅滩之间?"

"如果海岸上有合适的陆风,总得靠拢海岸才能找到,对不对?"

"哎呀,我的天哪!"他又低声呼唤了一遍。整个下午他都带着做梦似的恍恍惚惚的神情,这表示他茫然不知所措。晚饭后,我推说就寝,走进自己的住舱,我俩在床上铺了一幅半展开的海图共同俯看。

"那里一定是科林。自从今天拂晓以来,我一直在注视着这个地方。它有两座小山和一处低低的海岬,那儿肯定有人居住。在对面的海岸上,好像是一条大河的入海口,毫无疑问在上游不远处有个城镇。我看这是你最好的机会。"

"哪里都行。就科林吧。"

他沉思地凝望着海图,好像从高山上俯瞰,估计着逃脱的机会,目测各地的距离——目随着自己的身影在交趾支那[2]的茫

---

[1] 陆风:从陆地吹向海洋的风。
[2] 交趾支那:中南半岛的旧称。

茫大地上流浪，接着又离开了这幅地图，消失到地图上没有标明的地区去了。这时仿佛有两个船长拟订这条船的航线。

这一天我心神不定，不停地奔上奔下，根本顾不上衣冠齐整，一直穿着那套睡衣，趿着草拖鞋，戴着软帽。暹罗湾里非常闷热，难以忍受，我经常穿着这套凉爽的衣服，船员们也习以为常了。

"照目前的航向，这只船将要越过交趾支那的南端海岬。"我附着他耳朵轻声说，"天知道在什么时候，不过当然要到天黑以后。我要在黑暗中努力判断方位，尽可能使它挨近离海岸半英里的地方——"

"千万要小心。"他警告地咕哝了一声——我突然想起了这是我第一次指挥航行，稍有失策造成事故，我的前途，我唯一的前途就要断送了。

我在这房间里一分钟也不能耽搁了。我示意他藏匿起来，便向船尾楼走去。那个不知趣的狗崽子在那儿值班，我在甲板上蹲了一会儿，考虑成熟后，打了个手势招呼他过来。

"喊上两三个水手把后甲板舱口打开。"我用温和的口气说。

他听了这个不可理解的命令，感到非常惊讶，竟冒失无礼地或者说忘乎所以地学我说了一遍：

"把后甲板舱口打开，这是什么意思，先生？"

"你不用管，我吩咐你怎么做，你就怎么做。把舱门开大些，门板拴牢。"

他紫涨着脸走开了，可是我相信他对木匠嘲笑地说了句"使后甲板通风，可真有道理"。我知道他一定会冲进大副的舱房，把这件事透露了。因为一会儿后，大胡子就假装无意地走到甲板上偷偷地从下面窥望了我几眼——我想他是想看看我是疯了还是喝醉了。

晚饭前不久，我越发感到心神不定，又下去找我的化身，却发现他很安详地坐着，不禁觉得奇怪，感到这是不近情理的。

我把我的计划匆促地低声告诉他。

"我要尽量使船靠拢海岸，然后再掉过头来。我马上就设法把你藏到走廊尽头的船帆室里去，那里有一个拉出船帆的方孔，为了让船帆透气，在天晴时一直是开启的。这个方孔直通后甲板，当船放慢速度准备抢风转向，所有的水手都去后部拉主桅横杆索的时候，你可以趁机溜出去，并从后甲板敞开的舱口下去，我已吩咐他们把舱门板扎牢。你要攀援着绳子下去，免得发出溅泼的声音，要知道让人听见就坏事了。"

他沉默了片刻，接着低语道："我懂。"

"你离开的时候，我不去看你了。"我费劲地说，"其他的事……我只希望，我也能理解。"

"你理解的，从头到尾都是理解的。"他低声地说，我第一次听见他的声音仿佛紧张地颤抖了。他抓住我的肩膀，这时晚饭铃响了，我吃了一惊，然而他没有，只不过把手松开了。

晚饭后一直到八点多，我都没有下去，稳定的微风挟带着露水推动着潮湿黑暗的船帆。晴朗的夜空中星星闪烁着暗淡的光。在低空星星的背景下，几片不透明的黑影在缓缓移动，那是仿佛在漂流的小岛。在船首左边可以远远地眺见一个大岛，遮蔽了一大块天空，显得阴沉森严。

我打开门,看见我自己的"化身"正在凝视着海图。他从挂衣服的角落里出来了,正站在桌子旁边。

"天色够黑的了。"我悄声说。

他后退了一步,倚在床上,安详冷静地瞥了我一眼,我坐到长沙发上。我们没有什么可交谈的。在我们头顶上,值班的船员在甲板上来回踱步,接着我听见他加快了脚步,我知道这意味着什么——他是在向升降口走来。果然,一会儿门外就传来这个值班船员的声音。

"我们正快速向海岸前进,先生。陆地看来很近了。"

"很好。"我回答道,"我马上就上甲板来。"

我等他走远,才站起身来,我的"化身"也行动起来。到了最后低声交谈的时候了——我们都一直听不到对方自然说话时的声音。

"你瞧!"我拉开一只抽屉,拿出三枚一英镑金币,"无论如何你得拿上。我一共有六个金币,我本想都给你,可是船开过巽他海峡的时候我还要留点钱向当地小船买些水果和蔬菜。"

他摇摇头。

"拿上,"我低声地强烈要求他,"谁也没准儿会遇到什么——"

他意味深长地拍拍睡衣上唯一的口袋。钱放在那里,当然是不安全的。我拿出一块用旧的绸手巾,把三枚金币包在一角,扎好,塞给他。我想他被感动了,因为他终于收下,很快地放到睡衣里面,紧贴着皮肤,在腰带上系好。

我们的目光相遇。几秒钟过去了,我伸手把灯捻灭。在黑暗中我们仍旧凝眸相视。接着我走了出来,把房门开得大大的。经过餐厅,只见乘务员还留在里面,临睡之前还在热心地擦拭着镀银的调味瓶架。我放低声音,以免吵醒住在对门的大副,悄悄唤了一声:"乘务员!"

他忧虑地回头看了我一眼:"先生!"

"你能不能给我到厨房里打点热水来?"

"厨房里恐怕已经熄火好一会儿了,先生。"

"你去看看吧。"

乘务员飞快地走上楼梯。

"喂。"我对着大客舱放大声音唤了一下,声音也许太大了一点,可是我害怕他听不见。转眼之间他已到了我的身旁——分身成两个人的船长溜上楼梯,经过一条小小的黑暗的通道,拉开一扇门,就进了船帆室,在船帆上面跪行而过。我突然想起一件事——我看见自己光着头、赤着脚到处流浪,阳光毒辣辣地照着我的黑发。我一把将软帽抓下,摸着黑,匆匆地塞到我的"化身"手里,他躲闪了一下,悄悄地用手挡开。我不知道他以为我是怎么想的,后来他一下子理解了,把软帽收下。我们在黑暗中摸索着,紧紧地握住对方的手,一会儿才松开……我们就这样一言不发地默默分手了。

当乘务员回来的时候,我静悄悄地站在餐具室门口。

"很抱歉,先生,是温水,我点上酒精灯烧一会儿吧?"

"不用了。"

我慢慢地走到甲板上,现在要不惜一切代价使船尽量靠拢海岸。因为船一放慢速度抢风转向,他就必须离船下水。必须！他是义无反顾，再不能走回头路了。一会儿后我朝下风的方向走去，看到陆地离船头已经很近，感到心快跳出来了。现在无论发生什么，我是绝对不会再耽误一分钟的。二副忧心忡忡地跟在我身后。

我凝视了一会儿，终于感到能控制自己的声音了。

"船可以向上风转过来的。"我用安详的口吻说。

"当真，先生？"他不敢相信，结结巴巴地说。

我没有理他，稍微提高声音，刚好够舵手听见。

"满帆全速。"

"满帆全速，先生。"

风吹拂着我的面颊，帆张满了，整个海上万籁俱寂，眼看着陆地的巨大阴影变得越来越大，越来越浓黑。我实在紧张得受不了。我横下心，闭上眼睛——因为船必须再靠拢一些，必须！死一般的沉寂令人难以忍受。我们是不是停滞不前了？

我再睁开眼睛的时候，面前的景象使我的心猛跳起来。科林，黑森森的南山赫然耸立，好像是永恒黑夜的帷幕，高高地挂在船的上空。在硕大无朋的黑影中，看不见一线微光，听不见一点声音。它不可阻挡地向我们压顶而来，好像伸手就可以碰到。我看见值班的船员们模糊的身影聚集在船腰，他们都一声不吭，畏惧地凝视着。

"你还要向前行驶吗？先生！"一个忐忑不安的声音在我身旁问道。

我不得不向前行驶。

"满帆全速，不能有一点迟缓，现在这样是不行的。"我带着警告的口吻说。

"我看不清船帆了。"舵手用一种颤抖的奇怪声音回答我。

够近了吗?船不仅仅是驶到了陆地的阴影中,简直是要被大陆的黑暗所吞噬了一般,近得无可挽回了,超出了我能控制的范围。

"快喊大副来。"我对身旁像死人一样静立的年轻人说,"把全体水手召集起来。"

我的声音在高耸的陆地间回荡,显得分外响亮。几个声音一齐喊起来:"我们都在甲板上,先生。"

寂静又笼罩了一切,巨大的黑影滑得更近,耸得更高了。没有一丝光亮,没有一点声音,船上一片死寂,仿佛它是死人的三桅帆船在黄泉之门前面慢慢漂游。

"我的上帝!咱们到了哪里呀?"

这是大副在我身旁悲叹,他好像遭到雷劈一般地魂不附体,仿佛他威武的大胡子也起不了精神的支柱作用了。他一个劲地拍手,绝望地喊道:"完了!完了!"

"住口。"我威严地说。

他放低了声音,但我朦朦胧胧地看见他做了个绝望的手势,并说:"我们到这里来干什么?"

"寻找陆风。"

他拉扯自己的头发,不顾一切地冲着我喊道:

"船出不去了。你闯下大祸了,先生。我早就知道要落到这个下场。船不能转向上风了,靠岸太近了,你要放慢速度已经太晚了,等不到转过来,就要碰到岸了。哎呀,我的上帝啊。"

他边喊边举起拳头连连砸他的宝贝脑袋。我一把抓住他的胳膊。

"船已碰到岸了。"他号啕大哭,拼命挣脱。

"是吗?……满帆全速!"

"满帆全速,先生。"舵手喊道。他的声音充满惊恐,像孩子一样尖细。

我死死地抓住大副的胳膊,不住地摇撼,并命令道:"转过身来,听见吗?……你向前走。"——摇撼——"停在那里"——摇撼——"给我住嘴"——摇撼——"你的脑袋瓜要彻底检修一下"——摇撼,摇撼——摇撼。

这段时间内,我始终不敢看陆地,否则心脏会受不住。我终于松了手。大副逃命一般地、不顾死活地奔向前去。

我不知道我的"化身"在船帆室里对这混乱的局面是什么看法。这一切他都能听见,也许他也能理解我为什么一定要把船这么靠近海岸,差一点都不行。

我第一次发出"立即向下风"的命令。这声音回荡在科林山高耸的阴影里,发出不祥的回音,好像我是在一个大峡谷里呼唤。接着我目不转睛地察看陆地,在平静的水面上和习习的微风里,是不可能觉察到船转向的。不!我感觉不出船的转向。我的"化身"现在一定准备溜出来,缘着绳子下水了。也许他已经离开船了……

笼罩在桅顶上空、硕大无朋的黑影开始悄悄地转动,离开船舷。现在我忘记了那秘密的陌生人正准备离去,只记得我在船上是个十足的陌生人。我不熟悉这艘船,它会脱离险境吗?

该如何操纵它呢?

我把主帆桅横杆扳过来,束手无策地等待着。船也许停了,它的命运吉凶未卜。科林那大片黑压压的陆地耸立在船尾栏杆的上空,好像是永恒黑夜之门。它现在该怎么办?它还有没有生路?

我迅速地走到船舷,在阴暗的水面上我什么也看不见。黑油油、平坦如镜的海面像是睡着了一样,只有暗淡微弱的粼光在上面闪烁。我还没有学会凭触觉来判断,而光凭视觉又无法看清船是否在移动。我现在需要将一件容易看见的东西,哪怕是一张纸片也好,扔到水里,就可观察清楚了。我身边没有带东西。跑到舱里去拿吧,我又不敢。时间紧迫,稍纵即逝。我的眼神急切,突然,我辨别出离船舷一码以内黑油油的水面上漂浮着一个白色的物体,闪着微弱的粼光。那是什么?……我认出那就是我自己的软帽。一定是从他头上掉下来的……他没有捞起来。现在,我有了所需之物。看到这个标记,我的眼睛便有辨认方向的依据了。但是这一会儿,我几乎没有想到另一个我,现在离开了这只船,永远离开了所有友爱的面容,他将作为一个逃犯,永远在大地上漂泊流浪。但他所杀的是败类,因此他睿智的额头上并没有诅咒的烙印。他高傲,不屑于解释自己的行为。

我观察着这顶帽子——这是我突然怜悯他的血肉之躯而送给他的,本意是让他的头部免受烈日暴晒。可是瞧,现在它却成了一个标记,帮了我这个陌生而无知的船长的忙,使全船的人得以绝处逢生。啊,它在向前漂动,这就及时地警告了我船是在向后退。

"转舵。"我低声说,对我身旁像石雕一样静立的舵手说。

这个人的眼睛在舵轮的光辉里闪着狂热的光芒,跳到另一边,转动起舵轮。

我走到船尾楼的顶部,在被黑影笼罩的甲板上,全船的水手在前转帆索的旁边站立着,等待我的命令。头顶上的星星好像从右向左滑动。周遭的一切阒无声息,我听得见两个宽下心来的水手在悄悄地交谈:"船身转过来了。咱们去拉索吧。"

前帆桁发出很大的响声,它在一片欢呼中转过来了。现在,可怕的络腮胡子又发出各种命令了。船已经向前行驶,我单独和它在一起,我们心心相印,默默地相爱,世界上没有任何东西、任何人能够在我们之间投下阴影,能够破坏我们——第一次发布命令的海员和他指挥的船——之间亲密无间的交流。

我走向船尾栏杆。像黄泉之门一样高耸的陆地在海面上投下黑压压的影子,在那周围,我及时辨别出那顶即将隐没不见的白色帽子还漂浮着。它留在后边,标记着那个与我同住一间舱房、与我心意相通、好似另一个我的秘密伙伴,已潜入海水领受惩罚之地。一个自由的人,一个高傲的游泳者,搏击着海水去寻求新生。

(1910年)

缀满蛛网的房屋

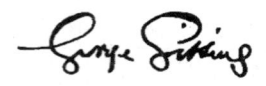

乔治·吉辛

（1857—1903）

英国小说家、散文家。生于约克郡的一个下层阶级家庭，后获得欧文斯学院（现曼彻斯特大学）的奖学金。在大学赢得许多奖项，包括1875年的莎士比亚奖。著有散文集《四季随笔》等。

一个六月的早晨，五点钟光景，晴空的阳光透过公寓卧室的窗帘倾泻进来，使所有寒碜、低劣的东西都改变了形状。比如那肮脏的浅黄色窗帘吧，就变得像金帛一样焕发光彩，好像它也分沾了新诞生的一天的荣耀似的。房间里有个年轻人躺在床上。他醒来已有一个小时了，心绪不宁，辗转反侧，但又不打算重入梦乡。他目随着在糊墙纸上缓缓移动的阳光，仔细观察着纸上花的纹路。这些花纹他以前从未注意过，它们不是植物学家所熟悉的那些有名目的花卉，然而在这夏日的光中幻变着，也颇能撩人思绪。这个年轻人想到花园、田野和成排的树篱，心烦意乱地想开了心事：

"写这部小说至少得用三个月时间，靠什么来维持生活呢？……把手头上的一点存款匀开来，每个星期只摊到十五个先令……又要付房租，又要付伙食费、洗衣费……这点钱够用吗？看来，我非得马上搬走了。这家公寓虽然谈不上高级，可是在这儿开销也不小呢。每星期没有二十五个先令是下不来的，这是明摆着的事情……这部著作三个月能脱稿吗？准能，要是完不成才见鬼！这一回我准会联系上出版的地方。现在我只要一心埋头写作，把心放宽些……好在这是夏天，不需要生炉子。随便找一间可以凑合的房子住上，只要安安静静、能透进阳光就行……就是不知道萨里山区哪个村民肯为了区区十五先令供给我食宿？……躺在这里发愁是不顶用的。最好还是起来，到外面走上个把小时，看看有没有合适的房子。"

年轻人打定了主意，连忙起床，穿衣，走到阳光灿烂的大街上。他名叫戈德索普，还不满二十三周岁。自从到法定自立年龄以来，他一直在伦敦过着茕茕独处的贫困生活。虽然左支右绌，聊以自慰的是他总算能安下心来埋头写作。

他刚走出这闷热的房屋，呼吸到清新的空气，闻到牧草地散发的芳香，看到横亘天际的远山，顿时就心旷神怡，周身血液欢快地流动起来。虽然每当他想起生活开销，他清醒的头脑便不由得蒙上消沉的阴影，但是他风华正茂，对未来满怀希望，内心的豪情（这不仅是年轻人的幻想）足以使他勇敢地面对现实。

他兴冲冲地好像要撒开腿飞奔似的，迈着轻盈而有弹性的步伐，走过了泰晤士河南岸某个郊区，然后又向萨里山区的第一个坡地迈进。他越往前走，心里越是开朗，决心也越大。他无论如何是能自力更生度过三个月的。再不济他总能给人家抄抄写写、当个小职员或是干个小工活混口饭吃吧。不过，只要手头这点可怜的积蓄还能勉强维持生计，他总得孤军奋战，坚持这清苦的写作生涯。他一边勇敢地下了决心，一边哼着歌前进，高兴得好像继承了一笔遗产似的。

上坡了，有一段路浓荫覆盖，静悄悄的，两边的房屋大都破旧低矮，不过时不时也会出现一座轩敞的新屋，表明这一带近来的变化：现代化的生活正闯进伦敦的近郊，破坏了原先的诗情画意。忽然，这个喜气洋洋的梦想家目光落到一排凄凉孤寂的旧屋上，不由萌发了好奇心，霎时间脑海里浮想联翩。他的面前是一排三幢无人居住的空屋，看来原先是供中等阶层的人家租赁的，可眼下已被退租多年，破旧失修了。

这三幢房屋都是砖砌的，正面的墙上抹了仿白方石的拉毛水泥，由于风雨剥蚀，颜色已经渐渐暗淡，变成深灰的了。底层和二楼的窗户，以及门楣上的扇形气窗统统被木板钉死，以防盗窃。房主显然认为不会有人从顶层闯入，所以没有将那里的窗户钉上木板，有几块窗玻璃已被击碎了。从这几幢房屋的正面可以看出，攀缘植物曾蔓生在每扇门的上方，现在这些植物虽已枯萎，残余的枯枝败叶仍然稀稀拉拉地附在拉毛水泥上。三幢房屋前都各有一块狭窄的庭园，用栏杆和人行道隔开。现在这些庭园已经荒芜了，到处丛生着酸模、荨麻以及几种退化的灌木。门上的漆都已褪色，而且一大部分已经起泡剥落。三个门环不翼而飞，分明是被硬拔掉的，看来里头很可能已遭到歹徒撬窃。

在灿烂的阳光下，这种败落的情景比在阴郁的天空下更显得凄凉，不过，满目疮痍的感觉却有所减轻。戈德索普遐想开了，他开始为这些冷落破旧的房屋编造一些故事。他走过街道到房屋近前仔细观察，站在那儿凝视着无人光顾的门槛、钉死的窗户上污渍斑斑且开裂的木板、腐朽的栏杆以及破败的园门。他正看得出神，忽然听到近处什么地方传来了一阵微弱的、发颤的乐声，这是什么人在用不熟练的手指拉着六角手风琴。乐声仿佛来自屋内，但怎么可能呢？毫无疑问，这古怪的破屋久已无人居住了。手风琴拉的曲调是《甜蜜的家庭》。戈德索普凝神细听，拉手风琴的人仿佛是在走动，乐声一会儿变得远些、模糊些；一会儿又变得近些、清晰些。他好像走出了屋子，在露天演奏似的。也许他是在屋后吧？

这排无人居住的空屋两侧各有一条过道，和两边的住家隔开。戈德索普顺着一条过道走去，发现这三座荒凉的房屋后面各有一个二十米深的后园。过道两边的围墙很低，一个中等身材的人就能张望到园里的情景。戈德索普用好奇的眼光，窥探着最靠近旁的那个园子。这个朴素的小园看来已经多年没有人拾掇了。从前，这儿种植着赏心悦目的花朵和美味的果蔬，这会儿，残存的花卉、蔬菜混杂在蓬蒿当中，在这场优胜劣败的生存竞争中已经败下阵来，奄奄一息了。到处蔓延滋生的杂草已经把花坛湮没，把小径盖住。整个这后园被绿色的榛莽所霸占，满目凄凉荒芜。

戈德索普对着这幅静物画儿看了一会儿，忽然他的注意力被一个人影所吸引。这人坐在这座房屋后墙下的一张轻便折凳上，拉着一只呼哧呼哧直喘息的六角手风琴，缓慢而凄切地奏出《甜蜜的家庭》的曲调。这是个中年人，衣着还算体面，看样子好像是职员或店主。他头戴一顶尺寸稍大的旧草帽，架着腿坐着，脚也穿一双尺寸稍大的旧便鞋。他侧着头向上仰视，好像在凝神细听手风琴的音调，露出温和喜悦的神情。他的脸庞圆圆的，非常淳朴，显示出他性格善良；两道眉毛弯弯的，小小的嘴唇略微噘起，唇髭稀稀拉拉的，滚圆的下巴和颈部连成一片，蓄有一撮稀疏的短须。

戈德索普掩在墙外，端详了一番这个相貌平凡的人，然后又举目察看房屋的后部，急于了解一下它是否仍能居住。可是他失望了，一点这样的迹象也没有。虽然房屋的后窗没有钉上木板，玻璃也比较完整，只有几块是破的，而且后墙上爬满的五叶地锦的繁枝茂叶，一直伸展到屋檐上，把衰败破落相都掩盖了起来，和屋面的破落景象形成鲜明的对照。可是，从门窗缝隙窥望进去，屋内却是昏暗而布满尘土，看来，绝无住人的可能。

然而，他继续凝神察看，忽然看见顶层的窗户里有个东西，像是窗帘，而且这窗户比其他窗户光洁些，这岂不说明它不久前曾被擦洗过吗？年轻人隔墙仰头张望了一阵，感到脖子有些酸痛，便走开了。这时，《甜蜜的家庭》已经奏完，四周变得静悄悄的，只有某个卖牛奶的人的叫卖声划破清晨的沉寂。

戈德索普边走边思索刚才看到的情景，心中兀自纳闷，不知到底是怎么回事。

在归途中，他存心再一次经过那三幢废弃的房屋，从那过道的边墙上向里面窥望。那人还在园里，但是已不再坐着拉六角手风琴了，原先的草帽也换成了一顶圆顶的毡帽。他站在深可没膝的草丛中，好像在观察着身边的各种植物。过了一会儿，他迈步走到庭园的尽头——那里有一道后墙，比戈德索普身旁那道边墙略高些，墙上有一扇木门——掏出钥匙，开启了后门，走了出来。然后可以听到他随手关上了门，把它重新锁上。一分钟后,这个体面人矮小的身影便在这条过道的后端出现了。戈德索普不肯错过机会。他假装出神地凝视身旁那座房屋的屋顶,等那陌生人快从自己身旁经过时,才转过头来彬彬有礼地打了个招呼,鼓起勇气询问:"请问,这几幢房屋怎么落到这么个无人照管的地步?"

那个陌生人微微一笑——这是和他温和容貌相称的一种温柔而谦恭的微笑——然后用同样温和的隐约带些外省口音的语调回答:"难怪你感到诧异,先生,我要是第一次看到这景象也会诧异的。这都是争执和诉讼造成的。"

"啊,我也料想是这么回事。你知道这是谁的产业吗?"

"嗯,知道,先生。事实上——这房屋——是我的产业。"

他说这话既带点儿腼腆而抱歉的口吻,又透露出些微的自豪感。戈德索普的兴趣不禁油然而生。他突然动了个念头,于是看着这陌生人的眼睛,用他素有的从容而温和的口吻说:

"让这些房子空着未免太可惜了。这些房子真的不能住吗?今年夏季天气这么好,为什么不能在这儿住呢?总比露宿强吧?和你说实话,我正在物色房租便宜的住所。你能出租一间,让我住上三个月吗?"

那陌生人有些惊讶,带着一丝不安的笑容望着这年轻人。

"你在说笑话吧,先生。"

"一点儿也不是说笑。难道不行吗?这些房间就都破烂得无法住人了?"

"也不能那么说。"那人审慎地回答,说话时仍用诧异的眼光在对方的脸上溜来溜去,"照我看,楼上的房间实际上还不算太坏，我刚才对这些房间观察了一番。先生，你真的想——？"

"我是诚心的，我敢向你保证。"戈德索普高兴地喊道，"你别看我穿的衣服还算体面，可是我身边只剩一点少得可怜的钱了，这点钱我打算凑合着用三个月呢。我正在写一本书，脱稿后好歹能卖几个钱，但还得花三个月的时间。房子好赖我不在乎，只要安静就行。咱们能谈妥吗？"

陌生人听他说话，越来越惊讶，脸都发圆了，眼睛里透露出一种近似畏惧的表情，小嘴巴也撅起来，好像要吹口哨似的。

"写书，先生？你在写书？你是个文学家啰？"

"哪里，刚刚入门。告诉你，我是个清贫的文人。"

"哎呀，你可是像约翰逊博士[1]般一流的人物！"那人喊道，脸上露出关切的神情，"像查特顿[2]一流的人物！不过说心里话，我当然希望你不会有他或是哥尔德斯密斯[3]那样悲惨的遭遇。"

"反正我和奥利弗的姓差不多，"年轻人扑哧一笑，"我姓戈德索普。"

"是吗，先生！多奇怪的巧合！我姓斯派塞。能……能不能请你到我庭园里来一趟？咱们可以在那儿谈谈。"

片刻后他们站在绿油油的草丛里，戈德索普带着喜悦的心情东张西望，说这地方景色如画，他生平还没见过这么美好的

---

1 约翰逊博士：即塞缪尔·约翰逊（1709—1784），英国辞书编纂家、作家、评论家。
2 查特顿：即托马斯·查特顿（1752—1770），英国诗人。
3 哥尔德斯密斯：即奥利弗·哥尔德斯密斯（约1730—1774），英国诗人、剧作家、小说家。

庭园。

"哟,那边长的是马铃薯,那些又是什么呢?耶路撒冷的洋蓟吗?看那株蓟草长势好旺,我一生中还没有见过比它更好的!还有罂粟花、金盏花、蚕豆,那是什么,莴苣吗?"

斯派塞先生得意得脸都涨红了。

"我觉得,这园子稍微拾掇拾掇就能像个样子,先生。"他说道,"事实是,我不久前刚到这儿来。说来很遗憾,再过一年多点的时间——从下一个施洗约翰节[1]起整整一年后,这产业就不属于我了。这是租借的房产,租约快要满期了。五年前,先生,我的一个叔叔从我另一个叔伯那儿继承了这份产业,当时这些房屋就已残破不堪,只有一幢出租。租借人和地产所有人打了多年的官司——我不懂这号事情,对这些事情完全是门外汉。反正后来,有关这些房子的争执和诉讼不断,不知怎的我的叔叔也牵连了进去。事实上,我的叔叔手头上不太宽裕,也许他没有能力翻修这些房屋,尤其是租约快要满期了,也没有心思去翻修。你想不想进去看一看整个房屋?"

他们由后门进去,一进门是个小小的洗衣房,窗户上缀满了厚厚的、毛茸茸的灰白色蛛网。天花板的每个角落也结满了蛛网,粘上尘土的蛛丝顺着墙壁长长地挂下来。尽管房屋是这样残破不堪,戈德索普却注意到屋里有自来水——洗涤槽湿淋淋的,上面的水龙头看起来还是新的。这证实了他心里的疑窦,

---

[1] 施洗约翰节:施洗约翰节在每年的6月24日,是英国四大结账日之一。

不过他没有说出口。他们走过洗衣房进入厨房,这里也到处可见厚厚的蜘蛛网。不过,窗户虽然多年没有擦拭,它和窗框相接处的蛛网却扯碎了,参差不齐地耷拉着,说明窗扉最近打开过。瞧!那边窗台上有一只盘子,一只茶杯和一个茶托,一副刀、叉、羹匙齐全的餐具——显然都是新近洗过的。戈德索普假装没有看见这些,偏过脸去,掩藏了忍俊不禁的微笑。

"我得点根蜡烛,"斯派塞先生说,"楼梯暗得很。"

生锈的炉子上有一根现成的蜡烛和一盒火柴。炉膛里空空的,来客断定这是多天没有住人的迹象。斯派塞先生点燃了蜡烛,向前走去。前面的过道、楼梯、平台、每个凹凸的角落都挂着蛛网的帷幕。室闷、霉臭的空气里也充满了蛛网的气味——反正戈德索普闻到了一股从来没有闻过的怪异味道,他把它解释为蛛网的气味。二楼的两个房间也是同样的情况。屋外,天空充满了金灿灿的晨光,而前屋钉着木板的窗户里只透出几缕微弱的光线,照到飞舞的灰尘和蛛网上,照到褪色的烂墙纸和坍塌的壁炉上。

"我劝你还是别租,这两间屋哪一间都不行。"斯派塞先生心神不安地望着他的同伴,"实在说不出有什么吸引人的地方。"

"顶层的两间,肯定比较卫生些。"年轻人回答说,"我看到有几块玻璃打碎了,呼吸新鲜空气倒很方便。"

斯派塞先生越来越心神不安了。他张开圆嘟嘟的小嘴巴,很像是鱼在喘气,说不上一句话来。然后他默默地引路走到顶层。那儿也是蛛网密封,可是肯定比下面两层清静得多。他们刚走进第一间屋子,就看到灿烂的阳光从窗口倾泻进来,令人耳目一新。

戈德索普高兴得喊出声来:"啊,住在这儿能行,安玻璃花不了几个钱吧?再请个老婆婆把房间打扫一下就行了。"一会儿后他又加了一句:"我想,后屋的窗户没有破吧?"

"没有,我想没有——我——不——"斯派塞先生喘着气,结结巴巴地说。他拿着蜡烛站在那儿,蜡烛的光线在阳光中消失不见了,烛油不断滴落到他的裤子上。

"咱们去看看那一间吧,"戈德索普喊道,"下午的阳光肯定能照进后屋,从那儿可以望到后园。"

"别说了,先生!"他的同伴面红耳赤,虚汗淋淋地打断他的话,"在你走进那屋之前,我要先告诉你,我——呃——事实上,先生——这是暂时情况——我自己正占用着那屋。"

"啊,抱歉,斯派塞先生!"

"哪儿的话,先生!不要紧。我是有原因的——我觉得——先生,这房间里只放了一张床和一张桌子,先生,就这点家具——临时凑合。"

"是的,是的,我很明白。这样做再切合实际也没有了。要是这房屋是我的,我也会这样做的。有了房屋不住,那算什么呢?"

斯派塞先生感到很满意,高兴地喊了声:"啊!和一个文学家交往,这是多么幸运啊!先生,你心胸开阔,你看事情总是从有见识的人的角度来看。我实在说不出认识你有多么高兴。咱们到后面去吧。"

他踌躇不安,硬着头皮把门打开。戈德索普怀着尊敬的心情走进房间,看出斯派塞先生说房间里陈设简陋并非言过其实。这间屋子略微打扫了一下,可是墙角和天花板还悬着好多蛛网,糊墙纸也是破一片挂一片的,很寒碜。窗户上挂了窗帘,地板上却没有铺地毯。屋角安放了一张小行军床,被褥倒是叠得整整齐齐。房间中央放着一张桌子和一把椅子,都是最便宜的货色,壁炉上有一个汽油炉。

"一个人实际上需要的东西并不多。"斯派塞先生说,"反正,这里的气候挺好,并不需要什么,我觉得,在这儿混得挺不错。唯一的开销就是自来水费。先生,说实在的,要是你不嫌寂寞的话——我恰巧是这么个个性,仔细想想,这离群索居的生活还挺令人高兴。我有书做伴,先生——"

他打开一只小橱,里面分成好几格,首先映入戈德索普眼帘的便是那只六角手风琴。他还看见折叠得整整齐齐的衣服和几件陶品,而在最上面的两格放着约莫三十来本书,都是式样相当古老的。

"先生,"斯派塞先生继续谦虚地说,"文学一直是我的慰藉。我从来没有太多的时间读书。不过,先生,我一向拿'*日读数行*[1]'这句话作为座右铭。"

斯派塞先生发音不准,由此可见他对古希腊及古罗马谈不上研究有素。可是他念这几个拉丁词却是兴致勃勃,并且怯生生地望着对方,观察对方听后有什么反应。

---

1 原文为拉丁语。*

"我太高兴了。"戈德索普唤了一声,"你肯把前屋租给我吗?我能在这里写作真是太好了,太好了!你要多少房租,斯派塞先生?"

"啊,先生,说实在的,我不知道该怎么回答你才好。这些窗户肯定还得拾掇一下。事实上,先生,你要是愿意自己出钱修理,并且……并且叫人把这房间打扫干净的话,并且……并且咱们不妨讲明吧,在居住期间负担一半自来水费的话,嗯,说实在的,我没有理由再要你破费什么了。"

现在轮到戈德索普发窘了。他准备的钱并不多,但并不打算利用这个萍水相逢之人的慷慨。他们又详细地商量了一番。结果是不按照斯派塞先生的提议,而是定为每星期付两个先令的房租,租期三个月;戈德索普独自生活,不能在起居、杂务方面提出任何要求;除此以外,斯派塞先生还请他别让任何人进屋,哪怕是偶然来访也不行。斯派塞先生用商业文件上惯用的字体工工整整地把这些条件写在一张便条上,然后由双方在契约上郑重签字。

戈德索普迈出了这关键的一步,在回家用早餐的路上,又把自己的处境好好考虑了一番。很明显,他必须在住房里购置几件斯派塞先生认为必不可少的家具,即使花钱再省,购置费用在他少得可怜的存款中也显得是一笔庞大的支出,那些存款他本打算用来维持三个月的生活。果然,四天后,他在缀满蛛网的房屋顶层安顿下来。简单地算了一下,他便知道付了房租后,每天的开销就得控制在十五个便士之内。可是这有什么要紧?他心情非常好,精力充沛,满怀希望。他的房东亲切又体贴，给予了他无微不至的照顾：帮他打扫房间，帮他把行李从原先的寓所里搬出来，帮他以最便宜的价格采购东西，并且在环境许可的范围内让他尽可能舒适地安顿下来。

搬来后的第一个早上，乔迁新居的年轻人刚被灿烂的阳光唤醒，就感到一阵前所未有的舒畅和满意。他所睡的床、用餐和写字的桌子都是自己的，样样称心如意，相形之下，以前在公寓里的生活就未免太可怜了。他满怀喜悦的心情，深信在这里会比以往写得更好。

不到一个星期，他就和斯派塞先生打得火热，开始轮流做饭，在一起用餐，还经常和斯派塞结伴散步，每晚坐在那片荒芜的庭园里抽上两斗价格最低廉的烟草。斯派塞先生逐渐坦露了自己的身世。他刚踏进社会是在内陆某个小镇上给一个药剂师打杂，后来靠亲戚的资助，主要也是靠自己的刻苦钻研，终于自学成才，爬到药剂师助手的位置。他没有家累而又一直节衣缩食，二十五年来积攒了一笔钱，估计不至于在济贫院度过晚年。去年，他的叔叔去世了，这对他起了重大的影响。斯派塞是在一个深夜讲起这件令人激动的事情的。夜雨淅淅沥沥地下着，这两个朋友蜷缩在顶楼小屋那个锈迹斑斑又没有生火的炉子两旁。

"戈德索普先生，我这半辈子都在想，能有自己的房子该多高兴啊。我说的不是租借的房子，而是真正属于自己的房子，你能住上一辈子，直到老死也不用担心会被撵出去的那种房子。我常常梦想得到这样一幢房屋，一直琢磨着，那该多有意思。用不着什么宽敞华丽的房屋，啊，实在用不着！再小些，我也无所谓，说实在的，对我这号人来说，住屋越小越好。嘿，终于有一天，我听到——你可以想象我当时的心情。不过，首先，我得告诉你，我已经有十五年（可能还不止）没有看见我的叔叔了。我一直以为他日子过得很富裕，我也知道他没有结过婚。不过说实在的，我从来没想过他会留给我什么遗产，我从来没有朝这方面去想。戈德索普先生，你是富有想象力的，请你描摹一下当时的情景：我站在柜台后面，正专心想着当天的事务，一位年轻的绅士进来了——他的模样，现在我还记得清清楚楚，如在眼前——他问这儿有没有一位叫斯派塞的。'先生，我就是斯派塞。'我说。他接下去便说：'你是伦敦克拉珀姆区已故世的艾萨克·斯派塞的侄子吗？'我吃了一惊，先生，对你说实话，我实实在在地吃了一惊，但愿我当时没有失态。那个年轻人接下去告诉我，我叔叔没有留下遗嘱，不过，据悉我是他最近的亲属，如果这情况属实的话，我就有权继承他的全部遗产。其中的主要部分乃是伦敦的三幢房屋。戈德索普先生，你是个文学家，善于设身处地揣摩别人的心理。请你想想，我听了这消息以后，心里是多么高兴。到底是三幢房屋呢！可是先生，你看到这些都是什么样的房子了。我立即赶到伦敦（那是去年秋天的事情），见到了我叔叔委托的律师。他把这房产的原委由来都对我说了，我也亲自看了。啊，戈德索普先生，真令人大失所望啊，先生！"

他说完这话，哈哈一笑，好像因为把这件不足道的小事情过分渲染，而感到有些抱歉似的。然后低下头静坐了一会儿。

"命运捉弄了你一番。"戈德索普说，"真是恶作剧啊！"

"真忍不住要骂上几句呢,先生——虽说我原则上是从来不骂人的。不过,我得告诉你,这些房屋并非全部遗产。很幸运,叔叔还留给我一笔钱,我发现,这笔钱和我的积蓄加在一起生利息,就是一项可观的收入。当然,所谓可观的收入,是对于我这样家境贫寒的人说的。将来即使这些房屋归于地产所有人——我认为这是很不公平的,戈德索普先生,不过我并不是要反对土地法——必须租屋居住的话,我也能过稳定的生活。先生,这也算不幸中的大幸呢。先生,想必你也同意我的看法吧?"

"当然啰!你算是福星高照呢,斯派塞先生,我很羡慕你。"

"唉,先生,我也很愿意这么想,我生性是知足常乐的,戈德索普先生。不过,先生,但愿你能看到,律师向我解释有关房屋的事情时,我是多么吃惊!我完全不知道土地租借制度,一开头我实在摸不着头脑。先生,恐怕那个律师会认为我是个傻瓜呢。我到这里来看这些房屋时,戈德索普先生,还真的软弱得流下了两滴眼泪呢。"

他们傍着一盏很小的灯坐着,灯光暗淡,他们的心情也开朗不起来。

"得啦,"戈德索普喊道,"不管怎么说,在这十二个月之内,这些房子总还是你的。这段时间内,干吗不一直住下去呢?冬天这儿有点风,不过咱们可以把壁炉砌好,生起火,把屋里弄得暖暖和和的。我拿到稿费以后,会多付给你一些房租,斯派塞先生,我喜欢这老屋,说真话,我喜欢!得啦,咱们还是来一段音乐再睡觉吧!"

斯派塞先生笑逐颜开,从小橱里拿出他的六角手风琴,和往常一样，先谦虚一番，说了几句"拉得不好别见笑"之类的话，便坐下来拉《甜蜜的家庭》。这首曲子他拉了好多年了，演奏水平一直没有提高。《甜蜜的家庭》以后，他又拉了一首《苏格兰的风铃草》，接着又来一首《安妮·苏莉》，于是斯派塞先生的全部节目到此结束。他说要学点新曲子，但是看来没有一丁点儿希望。

二十多年前，斯派塞先生费了九牛二虎之力获得药剂师助理的资格以后，他的智力就停止发展了。打那以后，世界对他来说就停滞不前了。他酷爱书籍，却对当代出版的书籍毫无所知。他父亲也爱书，在极其穷困的处境中，省下钱来收集了为数不多的几卷书，就是斯派塞先生藏在小橱里的那些。这一堆文库里有英国古典作家的，也有十九世纪初叶一些默默无闻作家的作品。斯派塞先生对这些著作非常熟悉，有时他会熟极如流地引证某个作家的一大段文字，连饱学之士也会瞠乎其后。他最爱读的是柯珀[1]的作品，这位诗人的作品有一种高尚的道德情操，对他的心灵有极大的抚慰作用。

他谈论起拜伦[2]来，就好像自己是这位诗人同时代的人，在承认这位爵爷的天赋的同时，又对其放荡不羁的生活方式表示憎恶。他评论文学作品纯粹从道德观点出发，根本不懂除此之外还有其他的标准。小说他读得很少，原因是他的父母不赞成他看小说。司各特对他来说只不过是一个名字。虽然他声称读

---

[1] 柯珀：即威廉·柯珀（1731—1800），英国诗人。
[2] 拜伦：即乔治·戈登·拜伦（1788—1824），英国伟大诗人。

过狄更斯的一两部著作,但谈起来总是带一种不自在的微笑,好像对其倾向有点怀疑。既然斯派塞先生在文学欣赏方面有这些特点,而这个年轻人头脑容易激动,对现代的思想易起共鸣,并自命要成为一个新小说流派的领袖,斯派塞当然是不会欣赏这个年轻文友的见解的。戈德索普并非不识眉眼高低的人,所以他很快便发觉,关于自己呕心沥血的作品,还是少谈为佳。他心胸开朗,又富有幽默感,很能理解并欣赏房东的言辞,对这善良单纯的人也是颇为敬重。斯派塞先生有这么一个——用他的口头禅来说——饱学之士与他住在一起,也是深感荣幸。所以他俩相处得很融洽。格拉布街[1]的传统对斯派塞先生来说是一个活生生的例子。他以为所有的作家都是在贫困中挣扎的,所以他经常引证十八世纪文人的例子,来鼓励戈德索普上进。当这年轻人潜心写作时,斯派塞先生就在屋子周围放轻脚步,不出声地走来走去。他的房客邀他去聊天时,他走进前屋总是带着恭恭敬敬的表情,一看到光秃秃的松木桌上放着的手稿,就不由得压低了嗓音。

　　几个星期过去了。戈德索普的那部长篇小说进行得比较顺利。他在伦敦只有两三个熟人,他总是避免和他们接触,生怕见面后总得花几个钱,而他又确实无钱可花。寥寥几封给他的

---

[1] 格拉布街:伦敦的一条街道,1830年以后改名为密尔顿街。这条街原来是(用约翰逊博士的原话)"写作历史小册子、编纂词典和写写昙花一现的诗歌的文人麇(qún)集之处"。所以后来格拉布街常被用作穷苦文人或雇佣文人及其著作的代称。

信，都是寄到邮局里由他按时去领取——他不想让邮差把信因送到这座前门多年没开、死气沉沉的屋子而感到震惊。这段时期天气很好，一直是阳光灿烂，却又不是蒸人的暑热，连这两间顶楼的房间也不十分闷热。将近六月底，斯派塞先生搞了一点园艺，聊以自娱。他在煤窑里发现一把破旧的耙子，耙子的一个齿尖断了，其余几个齿尖也都生了锈。他在草木丛生的荒园里挑上一块看来最省事的地方，用耙子慢条斯理、沉思冥想地干起活来。他干上一刻钟，就倚在铁耙柄上，凝视着他耙掉的那些缠结在一起的杂草。

每逢戈德索普来看他锄草，他就神色庄重地说：“看起来有好些蔬菜和花朵得好好留着，咱们的目标就是把它们周围的杂草清除干净。比如说，那些蚕豆就好像是优良的品种，还有这些耶路撒冷洋蓟。我曾经请教过有经验的人，他们说这种洋蓟一直长到秋末还可以做菜吃。据说，第一次下霜后，它会变得更美味。这种洋蓟是优良的品种，蛮不错。"

他们的餐桌上偶尔也摆上园里生长的蔬菜了。不过他们不得不承认，这些野生蔬菜的味道到底没有店里买的强。洋蓟长势很旺，这会儿已长得像一个茎叶繁茂的小树丛了，看起来颇有丰收的希望。可叹的是，在这种块茎作物成熟之前，他们就要迁出这幢屋子了。

"最糟糕的是，"一天，斯派塞先生在劳动得汗流浃背时说，"我总不由得想，这片园子要真是我的，该会呈现一片多么不同的景象啊。戈德索普先生，我不敢多想，确实不敢。我越想就越气愤。唉，戈德索普先生，你是个有才学、有想象力的人，你说说看,世界上还有比这种租地制度更残酷、更不公平的事情吗?说真的,我晚上想到这种事情就睡不着觉,真是的。"

听斯派塞的口气,除非被法院逼得走投无路,他是不打算离开这座屋子的。他曾多次请教已故世叔叔的法律顾问,每次回来总是愁眉不展。这件事的来龙去脉他都已一清二楚了,使他这些房产化为乌有的这场官司,其全部情况他也完全明白。他一谈起那个只闻名未见面的地产主人,总带着极其严厉的口吻。这个地产主人在他心目中,简直就是社会上邪恶势力的化身。

"戈德索普先生,我一生中对于该付的款子从来没有吝惜过,可我就是不甘心付这几幢房屋的地租,尽管数目不大。我感到这是明火执仗的抢劫。律师第一次告诉我事情的经过时,我还天真地纳闷,既然这些房屋没有带来任何好处,我的叔叔为什么还要继续付地租呢?现在我才懂,占有的感觉是非常甜蜜的。租借的也罢,产业总归是产业。我不甘心付地租,可又有什么法子呢?先生,到了非搬不可的那一天,我也只好丢手,可是不到那一步,我可不甘心眼睁睁丧失这几幢房屋。"

八月份温度升得很高。戈德索普觉得写作时必须脱掉外衣和背心才行。有时他精神倦怠,懒洋洋地直想搁笔。有一天,天气特别热,傍晚时分,他和房东坐在暮色苍茫的后园里,一反常态地默无一语。斯派塞的目光停在白天锄掉的那一大堆野草上,它们有一股过分强烈的气味,散发到闷热的空气里。戈德索普头痛了一天,这会儿正强打精神打算把著作的最后几章理出个头绪来,却发现自己心里很乱,无法清晰地思考。

"那个,"他突然做了个不耐烦的手势说,"咱们得去海滨避暑才行。"

"海滨？"他的同伴诧异地应了一声，"啊，戈德索普先生，我好长时间没有看到海洋了。嘿，准有——唔，至少有二十年了。"

"是吗？我每年都上海滨去，只有今年例外。我告诉你，一个人享受惯了，便会把奢侈品当作应得的东西。要是我的书脱稿后能出版的话，咱们就一起到南方海岸哪个地方去玩上几天。"

斯派塞先生流露出不安的神色。

"那敢情好啊。"他喃喃地低声说，"可我恐怕，戈德索普先生，我恐怕出不起这笔钱。"

"啊，我是说我付钱，请你陪我去玩！要不是你的好意，我这本书根本写不成。"

斯派塞和蔼可亲地答了一句："先生，有你这样一位饱学之士做房客，实在是蓬荜生辉啊！"接着他又问，"先生，你认为这部著作能很快脱稿吗？"

斯派塞先生总是把他房客的长篇小说叫作"这部著作"，而且总是带着一种郑重其事、极为恭敬的口吻。

"大约还得两个星期。"戈德索普严肃认真地回答。

暑热到了夜晚还未消退。戈德索普一觉醒来，打算起床写作。他急于要完成这部书，可又害怕房间里太热，昏头昏脑地写不出东西来。正在迟疑不决之际，他瞧见两三个蜘蛛正精力旺盛地又开始在天花板的角落结网了。他不时听到一只被蛛网缠住的苍蝇长久地嗡嗡哀鸣。斯派塞先生的房间里也在发生同样的事情。蛛网不断织出来，扫掉也是徒然。

"仔细想想，先生，"房东说，"这几幢房子真正的主人倒是这些蜘蛛。我迁出以后，这些房屋就要被拆掉，它已经不适合人居住了。只有这些蜘蛛才会感到舒适自在。事实上，先生，我觉得我们没有权利打扰它们。戈德索普先生，你是个有想象力的人，你会理解我的看法的！"

戈德索普呕心沥血地写完了这部长篇小说。他食欲减退（这也不一定是坏事），夜不成寐，好像经常发低烧。可是对他来说，这部著作是生死攸关的大事，他只好赶紧完稿，比原定的期限只稍晚几天。他把全部手稿拿去请斯派塞先生过目，斯派塞先生因成为曾位读者而赞不绝口。然后，戈德索普毫不延缓，立即把手稿拿到他寄予最大希望的那家出版社去。

年轻的作者这会儿只有耐心等待了。可是在这种情况下，等待无疑是一种酷刑：他的钱快用完了，如果不能很快拿到稿费，他就会落到一贫如洗的地步。在写作时，他一直为一股艺术创作的热情所支持，现在脱稿了，反而灰心丧气，只看到阴暗的方面。诚然他的母亲（一个贫苦的寡妇）曾写信催促他回家度假，可是他生怕一文不名地回到母亲身边。也许就在母亲的屋里接到退稿，老人家该会多么伤心啊！他尽往坏处想，越想越肯定自己是每况愈下，到了山穷水尽的境地了。

夜间，他伤心地左思右想，睡意几乎完全消失。一个小时又一个小时，他躺在床上谛听各种神秘的声响，只听得这座冷清凄凉的屋子一会儿发出爆裂的声音，一会儿又发出吱吱嘎嘎的声音；有时他想象，楼下空空如也的房间里有脚步走动，半夜时分不知道从哪儿传来一阵窃窃私语声，吓得他浑身冷飕飕的，

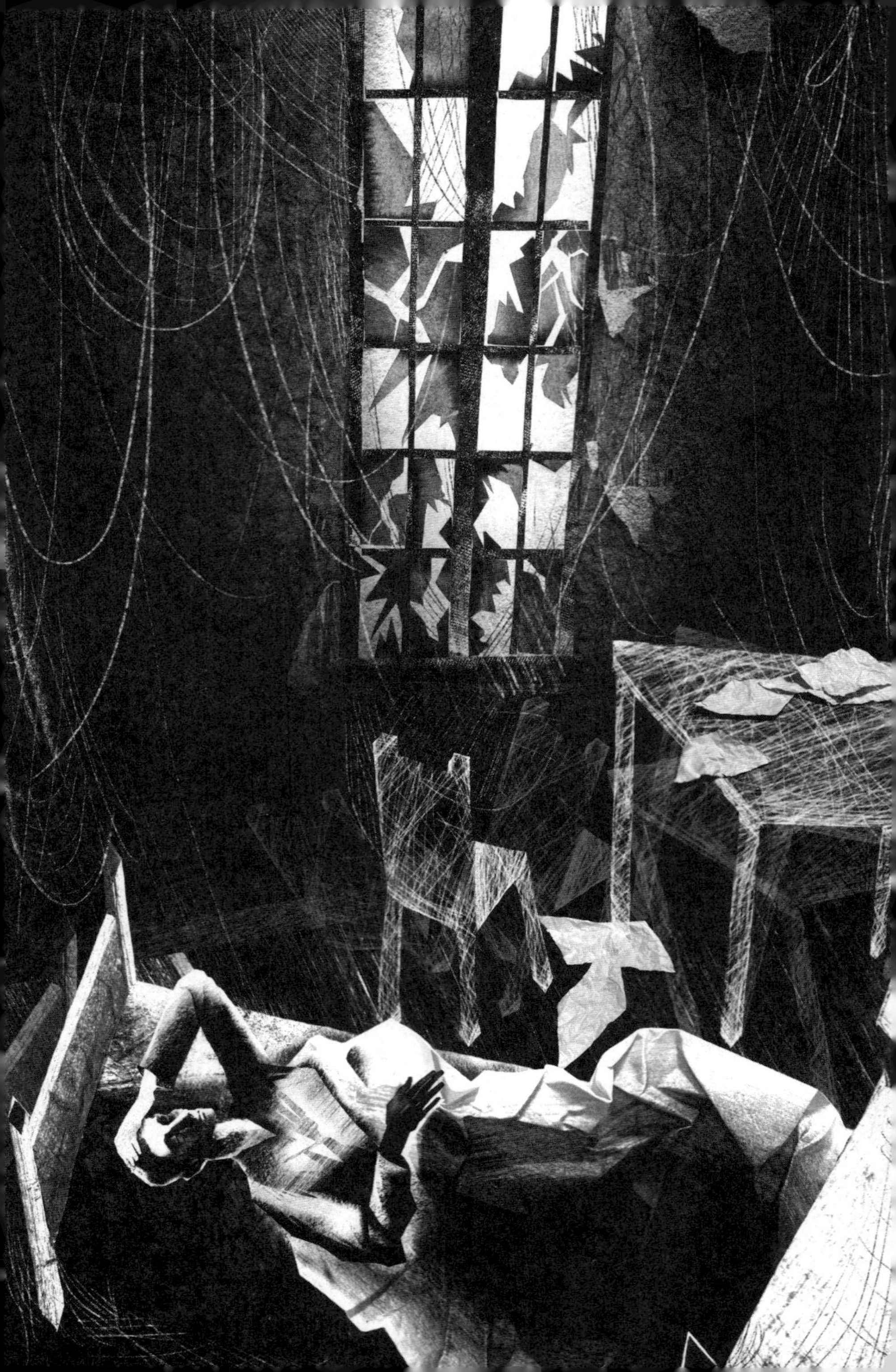

血都好像凝固了。房间里到处有食物的碎屑，老鼠猖獗，横行无忌，在天花板上、地板下、墙壁里到处奔窜，好像在举行狂欢的宴会。戈德索普开始厌恶这奇怪的寓所了。他觉得无论如何不能在这里长此住下去。

他把最后一个铜板花完了，只好典当变卖维持生活。就在这节骨眼上，手稿又回到他手上——出版社认为这部小说不行，退稿了。

那天上午，他浑身不舒服。他透露出这个悲惨的消息后，斯派塞先生惊愕得呆若木鸡、哑口无言。戈德索普默默地站了一两分钟，用安静而坚决的口吻说："一切都完了。我没有钱，我仿佛感到就要害一场大病。只好向你告辞了，老朋友。"

"戈德索普先生！"那一位严肃地呼唤了一声，"先生，我恳求你别轻举妄动！鼓起勇气来，先生！你想想塞缪尔·约翰逊，想想哥尔德斯密斯——"

"斯派塞先生，你放心，我不会走绝路的，至多就是卖掉表，借些路费回到达比郡。我必须回家了，要不然，你就要摊上送我进医院的美差了。"

斯派塞先生执意要借给他一笔小小款项。一两个小时以后，他俩到了圣潘克拉斯车站。当天日落之前，戈德索普这漂泊的游子就又回到母亲的身边栖息了。他在母亲的屋里卧病了一个多月，痊愈后又过了一个多月身体才完全康复。大夫断定他准是在什么很不卫生的地方住过一段时期，而这年轻人却宁可承认自己的病是过度劳累引起的。他觉得在斯派塞屋里住的那三个月，在八月下旬暑热的日子之前生活一直很惬意，写作也很顺利，如果把自己的病归咎于这座屋子，未免太忘恩负义了。斯派塞先生自己也写了不少洋溢着友情却很是古怪的短函，描述那个小园的情况，并衷心希望这位文学家朋友回到伦敦，尝尝耶路撒冷洋蓟的味道。可是圣诞节来了又过去了，戈德索普还是待在母亲身边，哪儿也没去。

在这段时期内，他把手稿寄给一家又一家出版商。终于，老天不负苦心人，在元月的某一天——这是戈德索普毕生难忘的日子，某家出版公司来了封短函，以冷冰冰的公事口吻通知戈德索普，他们已接受了那部来稿，并说愿意以五十镑的价格买下这部书的版权。翌日早晨，喜出望外的作者搭车前往伦敦。就在这时，八级大风已在英国刮了两三天，各地损失惨重。戈德索普一路上看见许多大树被连根拔起，倒卧在地，冷森森的倾盆大雨打在这些大树上，好像是在嘲弄它们。他到了伦敦以后，先到经济条件较好的日子里寄居过的那家公寓，幸好他原先住的那两间屋还空着。第二天，他去拜访那个宽宏大量采用他稿子的出版商。这时风停雨住，天气转晴，他便动身前往斯派塞的寓所。

他急于把这个好消息告诉斯派塞，急匆匆地顺着那条上坡路大步走去。一路上想到就要见到这个心地善良的忠厚人，他不由满心高兴。三幢房屋矗立在他面前，在微弱的冬日阳光下显得比以前更加阴郁了。他抬头一看，只见住房的窗户依旧，可是——屋顶是怎么回事啊？他惊愕而担忧，站在那儿愣住了。他房间的屋顶坍塌了，露出一个大窟窿，仿佛有个重物砸到上面，把屋顶压垮了。

事实正是这样,显然就是最近这次大风把烟囱刮倒了。他为斯派塞的生命安全感到焦虑,三步并作两步地跑到花园的后边,可是园门像往常一样上了锁。

他踮起脚,从墙头上向里窥望,却没有发现任何能表明他朋友命运的迹象,然而他看到一大堆灌木丛,约莫七八英尺高,那就是洋蓟,已经枯萎得发褐色了。他抬头看看后窗,呼唤斯派塞的名字,无人应声。他大为惊恐,赶紧又跑到通道里,叩对面房屋的门,问那个应门的妇女,知不知道住在被烟囱砸塌的那间房里那位先生的遭遇。那个妇女当即告诉他——这件事显然在左邻右舍中引起了轰动——烟囱倒塌发生在两天前的傍晚,正当狂飙肆虐、风势最猛的时候。当时斯派塞先生正坐在壁炉前边。一大堆被刮倒的重砖头砸穿了腐朽的屋顶,连顶楼的一大片地板也压断了。他没有被当场砸死,真是万幸。当时屋里的人要是在任何其他角落准会被砸成肉泥,幸亏他紧挨着壁炉,总算只挨了几块砖头,仅仅是背脊和两臂负了伤。可他震惊不已,呼救声从窗口传出,隔了好久才有人听见。大家奔去抢救,把这个可怜人抬下楼来,他在奄奄一息的状况下被送往最近的一家医院。

"当时他在哪个房间?"戈德索普问道,"是在前屋还是后屋?"

"在前屋,后屋没有被砸。"

戈德索普心想,这事真怪,斯派塞先生从后屋搬到前屋,好像命该要受到这一场烟囱倒塌之灾似的。他一边想一边急匆匆赶到医院。当天院方没有准他进去,说是第二天才能探病,不过他打听到朋友的伤情已有所好转。

翌日，戈德索普在探望病人的时间再次赶到医院，他走进狭长的急诊病房，焦急地扫视着每张病床，寻找那副熟悉的面孔，一下子和他四目相对了。斯派塞挤出一丝笑容，坐在床上，脸色苍白，身体羸弱，幸好还不像病势很重的样子。他招呼这年轻人时，声音颤抖，但充满喜悦。

"我听说你昨天在打听我的消息，戈德索普先生，我多么迫不及待地想见到你啊！你身体好吗，先生，你身体怎样？你的那部著作有什么消息没有？"

"这一点咱们待会儿再谈，斯派塞先生。你还是先谈谈遇险的经过吧！当时你怎么会在前屋的？"

"啊，先生。"病人微微摇头回答道，"说也奇怪，仅仅在出事的前几天我才搬到你房间里去住。我管它叫你的房间，因为我一直想，这是你的房间。谢天谢地，你当时不在那儿。戈德索普先生，我搬到前屋有两个原因。首先因为后屋屋顶漏得厉害，很令人恼火；其次，前屋上午有阳光，我想去晒晒太阳。实际上，先生，我的房间变得有点儿沉闷了。啊，戈德索普先生，我是多么想念你，要是你知道就好了！可是你那部著作——有什么消息吗？"

作者仿佛漫不经心地微微一笑，说出书出版的好消息。斯派塞高兴极了，足足有一刻钟在谈论这件事。

"听到这好消息，我的病就全好了！"他唠唠叨叨地说，"这部著作是在我的房屋里，我自己的房屋里完成的。先生，我不是早对你说过别灰心吗？"

"你今后打算住在哪儿呢？"戈德索普随即问，"你总不能再回到那幢古老的房屋去吧？"

"哎呀！不，先生。我一辈子都在幻想有一幢房屋该有多美啊！你知道这个美梦是怎样实现的，戈德索普先生，你也看到它最后落到了什么下场。很可能这是对我要求过高的惩罚吧，先生。我本应该记住自己的身份地位，不做非分的希冀。不过，戈德索普先生，我要继续侍弄那块园地，开了春，我要种上莴苣和小萝卜、芥菜和水芹菜。到明年施洗约翰节为止，这份产业还一直是我的。你会吃到我种的莴苣，戈德索普先生，我决心要做到这一点。唉，第一次霜冻时洋蓟的味道多么鲜美，你没有和我一起尝尝，真是遗憾呢！"

"啊，真的长得那么好，斯派塞先生？"

"先生，我觉得味道不错，挺不错的。就在第一次霜冻的时候。"

（1906年）

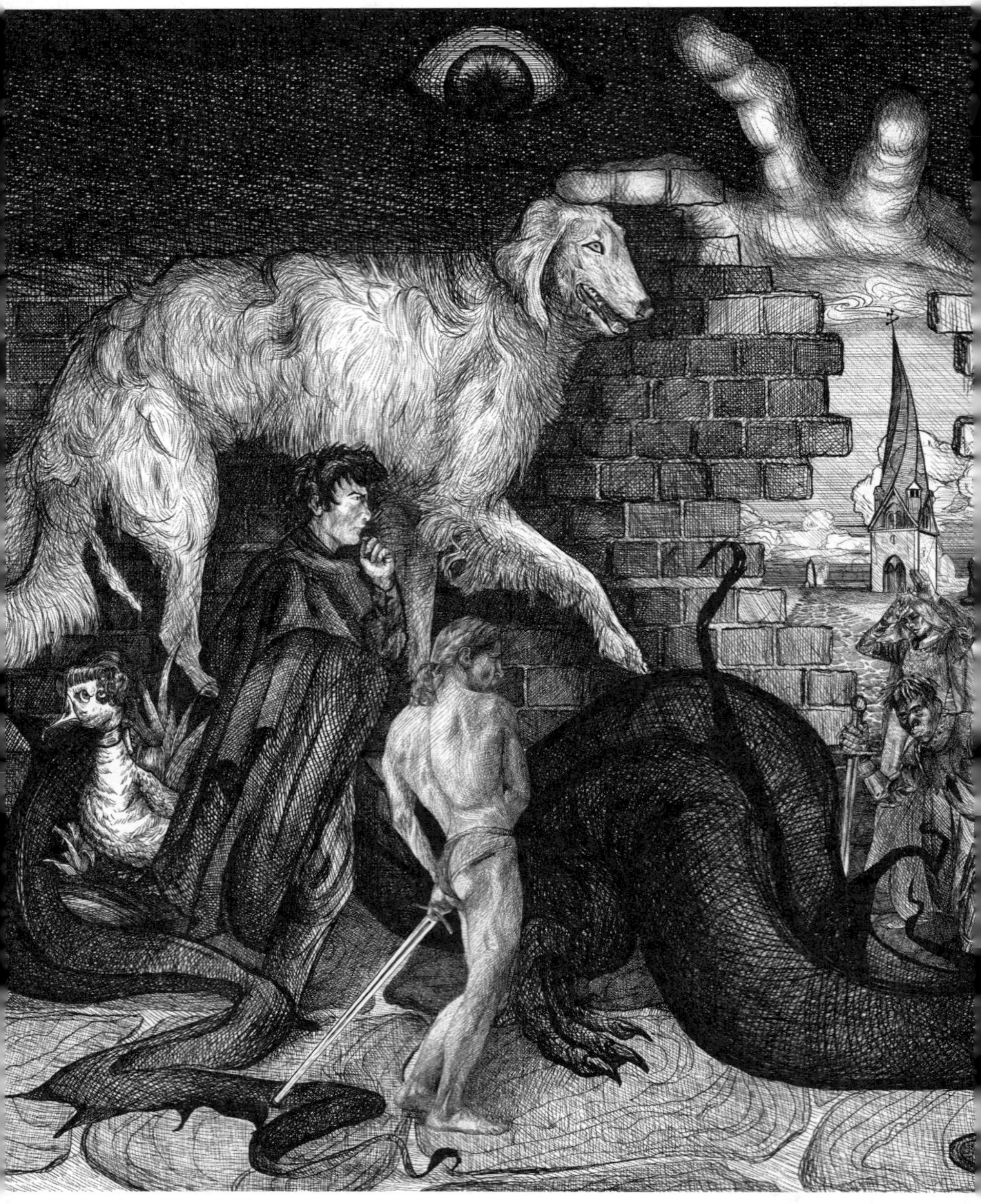

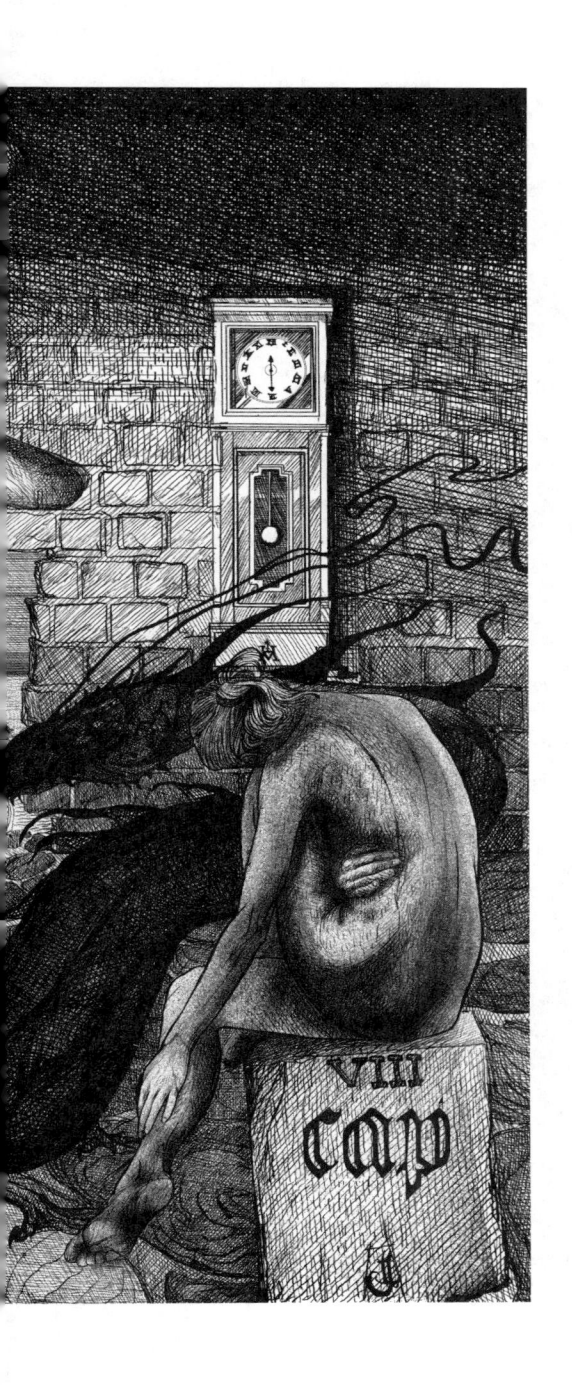

*Choice*
选择

普通的一天

雪莉·杰克逊
（1916—1965）

美国著名小说家，被誉为"哥特小说女王"。2007年，美国成立"雪莉·杰克逊奖"以奖励心理悬疑、恐怖和黑色幻想类小说。其小说《抽彩》被认为是20世纪最经典的短篇小说之一。

早晨，约翰·菲利普·约翰逊先生随手带上前门，下了台阶，走到灿烂的阳光里来。他感到这是最美好的一天，世界上万事顺遂。可不是吗？阳光和煦，他的鞋子换了底以后，穿起来挺舒服。他明白，自己选的那条领带也无疑和这个美好的日子、这温暖的阳光和感到舒服的脚相得益彰。这个世界岂不是个美妙的地方吗？稍嫌美中不足的是约翰逊先生是个小个儿，领带也许太鲜艳了点儿。但他顺着台阶走到肮脏的人行道上的时候，还是因感到幸福而容光焕发，对路过的行人们眯起微笑，而他们中有些人也对他报以微笑。他在街角的报摊面前停住脚步，买了份报纸，在匆匆离开时对那个报贩和其他两三个凑巧也在买报的人兴致勃勃地说了声"再见"，他也没忘记把所有的口袋装满糖果和花生，接着便往住宅区走去。他到一家花店里，买了一朵康乃馨，刚别到纽扣孔上，就遇到一辆马车，马车上有个小孩先是傻愣愣地望了他一会儿，没有说话，然后微笑起来，小孩的母亲瞅了约翰逊先生一会儿，也朝着他微笑。

约翰逊先生走了几个街区，过了大街，拐入一条小街信步走去。他每天早晨从来不按照一条固定的路线走,总是喜欢远兜远转,多绕些弯路,好像一条到处乱跑的小狗,不像一个有正事要干的人。这天早晨,有一辆搬家的有篷货车停在街区当中某个大楼前面。楼上某个住户正在搬家,家具一半搁在人行道上,另一半搁在台阶上。一群好奇的旁观者滞留在周围,察看着桌子上的擦痕和椅子上破烂的部位。一个妇人同时要看住一个小男孩、搬东西的人和家具,脸上流露出烦恼的神色。显而易见,她在竭力不让那些细瞅她的家具、箱笼的人窥探她家的私生活。约翰逊先生停住脚步,也混进看热闹的人群里头来。一会儿他走上前,彬彬有礼地碰了下自己的帽檐,说道:"也许我能帮你照看孩子吧?"

那妇人转过身去,不信任地瞪了他一眼,约翰逊先生赶紧找补了一句:"我们就坐在这台阶上。"说罢便招呼那孩子过来。那小男孩开始有些迟疑不决,后来渐渐对约翰逊亲切和蔼的微笑做出了友好的反应。约翰逊先生从口袋里掏出一把花生和那个男孩一起坐在台阶上,小男孩起初拒绝了,说他妈不许他接受陌生人的食物。约翰逊先生说,他母亲大概并不反对他吃花生吧,因为连马戏团都让大象吃游客给的花生。小男孩考虑了一下,一本正经地表示同意了。于是他俩亲密地并排坐到台阶上,一起剥花生吃。约翰逊先生问:"你们今天搬家?"

"是的。"男孩回答。

"你们往哪儿搬?"

"佛蒙特州。"

"好地方。常常下大雪,还有槭糖。你喜欢槭糖吗?"

"当然喜欢。"

"佛蒙特州有好多槭糖。你们打算住在农场上吗？"

"打算跟爷爷住在一起。"

"你爷爷喜欢吃花生？"

"当然喜欢。"

"应当给他带一些。"约翰逊边说边从口袋里掏花生，"就你和妈妈去吗？"

"是的。"

"告诉你，"约翰逊先生说，"你该带些花生在火车上吃。"

小男孩的母亲起初频频警向他们，后来仿佛断定约翰逊先生是个可靠的人，就放下心来，把注意力都放到那些搬运工人身上。每个家庭主妇总是唯恐搬运工会磕断桌子腿，或是将厨房的椅子压到灯罩上，其实他们很少这样粗心大意。这当儿大部分家具都已经装上卡车。而她又神情紧张地怀疑把什么东西搁在大橱后边、邻居家里或是晾衣绳上，忘记打包装车了，正在苦苦思索，究竟漏掉了什么。偏偏搬运工的头头又问了句："都在这儿了吗？夫人。"这使她更感到懊丧。

她拿不定主意，随便点了点头。

那个搬运工人问男孩："小家伙，你想跟家具一起上卡车吗？"说罢哈哈大笑。男孩也跟着他笑，接着对约翰逊先生说："我想，我在佛蒙特州会玩得很痛快！"

"会玩得很痛快。"约翰逊先生边说边站了起来，"吃点花生再走吧。"

男孩的母亲对约翰逊先生说："太感谢了！你帮了我大忙。"

"哪儿的话。"约翰逊先生献殷勤地说,"你们打算搬到佛蒙特州的哪个城市呢?"

做母亲的用责备的眼光瞅了小男孩一眼,仿佛怪他泄露了一项重要秘密似的,不太愿意地回答了句"格林尼治镇[1]"。

"啊,那是个可爱的城镇。"约翰逊先生说着掏出一张名片,在背后写了个名字。"我有个很要好的朋友住在格林尼治镇,"他说,"你们需要什么,尽管去找他好了。"接着他又对那小男孩认真地说了句:"镇上就数他夫人炸面包圈最拿手。"

"太好了。"小男孩说。

"再见。"约翰逊先生说。

他迈着穿了新鞋的脚,兴高采烈地向前走去。在这个街区当中他遇到一条迷路的狗,喂了它一颗花生。温暖的阳光照在他背上和头顶上。

他拐了个弯,另一条宽阔的大街展现在他面前。约翰逊先生决定顺着这条街折回住宅区去。他有些懒洋洋地走着,两边都有皱着眉头的人匆匆地赶到他前面,迎面走来的人和他擦肩而过,也是急急忙忙地赶到什么地方去。约翰逊先生在每个街角都停住脚步,耐心地等待绿灯。他看到有急事在身、步子特别匆促的人,总是让到一旁。一只小猫从一家公寓里跑到了人行道上。他正蹲下来拍拍这只小猫,一个年轻的女士冷不防急

---

[1] 格林尼治镇:这不是英国皇家格林尼治天文台的所在地,而是美国佛蒙特州的一个城镇,美国有好几个城镇均以此地为名,例如纽约市住宅区的几个镇中也有一个叫格林尼治的。

匆匆地走来，他陷在周围急速走动的腿脚中来不及闪开，被她撞了个跟头。

"请原谅！"那位年轻的女士慌忙把约翰逊先生搀扶起来，边说"非常抱歉"边匆匆向前走去。

那只小猫这会儿不顾危险，又回过来向家屋蹿去。"没有关系。"约翰逊先生仔细地掸拂了一阵衣服，说："你好像很着急要赶到哪儿去。"年轻的女士说："我迟到了。"

她脾气很坏，皱紧的眉毛像是打了个永远也解不开的结。她显然起晚了，因为她并没有额外花时间梳妆打扮。她衣着随便，没有佩戴项圈和饰针，口红也显而易见涂得马马虎虎。她打算从约翰逊先生身边擦过，可是他却冒着被怀疑的风险，一把抓住她的胳膊，说："请等一下。"

"你瞧！"她气势汹汹地说，"我碰了你，你的律师可以到我的律师那儿去，如果你碰伤了哪儿，我甘心赔偿损失，可是这会儿你得让我过去，因为我真的要迟到了。"

"什么迟到？"约翰逊先生问道，试图向她使用他那赢得大家好感的微笑，可是他怀疑这微笑并没有起什么作用，仅仅是使她没有再把他撞倒。

"上班迟到！"她咬着牙狠狠地说，"干活儿迟到！要是迟到了一会儿，我就要被扣掉一小时的工资。不管你的谈话多么令人愉快，我可受不了这笔损失。"

"我赔偿你的损失好了。"约翰逊先生说。尽管这句话不一定会兑现，那位年轻的女士也未必期待约翰逊先生会真的付款，可是约翰逊先生的话很干脆，没有丁点儿讽刺的语气，只是出于一个真诚、正派、说话算数的绅士之口。

"你究竟是什么意思?"

"我是说,既然事情明摆着是我拖累你导致你迟到了,我当然要赔偿你的损失。"

"别说傻话,"她说,皱着的眉头舒展开来,"我怎么能指望你赔钱呢?几分钟之前,我还提出赔偿你的损失呢。"她几乎是带着微笑,添上一句:"这实在怪我不好。"

"你不去上班,又怎么着呢?"

她愣住了:"那就拿不到工资了。"

"确实如此。"约翰逊先生说。

"你说确实如此,也不知是什么意思?我要是上班晚了二十分钟,就会被算作迟到一个小时,被扣掉一块两角钱,也就是说每分钟要扣掉两分钱,换句话说……"她思考了一下,"我和你说话的这会儿工夫,就差不多损失了一角钱……"

约翰逊先生扑哧一声笑出来,使她也忍俊不禁地笑了,他提出:"反正你已经迟到了,能不能索性再给我四分钟的时间?"

"我不明白你的意思。"

"你会明白的。"约翰逊先生向她保证。接着便领她到大楼底下的人行道上,说了句"你且站在这儿",便走到熙来攘往的人流里去。

他好像在做一件重大抉择似的,用审慎的眼光打量着来往的人群。他几乎要走开了,在最后一分钟却改变了主意,折了回来,终于在半个街区之外看到了他所要找的人,重新钻进川流不息的行人之中,拦住一个衣冠不整、好像醒得太晚、皱着眉头、行色匆匆的年轻人。

约翰逊先生竟学那姑娘迎头撞了他一下，那个年轻人"喔唷"一声倒在人行道上，责问他："你这冒失鬼急着往哪儿去？"

"我想跟你谈谈。"约翰逊先生说，看来没有什么正经事。

年轻人胆怯地从地上爬起来，掸掸身上的尘土，斜睨了约翰逊先生一眼说："干吗？你要我干什么？"

约翰逊先生扫了一眼过往的行人，埋怨道："我最反感的就是这年头，大家无论是有事没事，总是急匆匆的，好像奔命似的，你打算去干什么呢？"

"你听着，"年轻人说，打算从他身旁擦过去，"我已经迟到了，没时间听你唠叨，这里是一角钱，拿去，走你的路吧。"

"谢谢！"约翰逊先生把这一角钱装进衣兜，"哎，你要是不跑，又有什么要紧？"

"我迟到了。"年轻人说，打算摆脱约翰逊先生，而约翰逊先生却出乎他意料地纠缠不休。

"你一个小时挣多少钱？"约翰逊先生问道。

"你能不能让我过去？"年轻人说。

"不行！"约翰逊先生固执地说，"你一小时挣多少钱？"

"一元五角。"年轻人说，"现在，你是不是——"

"你喜欢冒险吗？"

年轻人目瞪口呆地望着约翰逊先生，不由得被他亲切和蔼的笑容征服了，几乎也报以微笑，但却抑制住了，一边竭力摆脱他的纠缠，一边说："我要赶路。"

"你喜欢神秘的、令人惊奇的、不平常的、激动人心的事情吗？"

"你在卖什么狗皮膏药呀？"

"对啊，"约翰逊先生说，"你想碰碰运气吗？"

年轻人迟疑了一下，以渴望的目光朝目的地那边瞅了一下，听到约翰逊先生以令人信服的独特口吻说"我赔偿你的损失"，不禁转过身来，说："那么好吧。不过我先得看看，你葫芦里卖的究竟是什么药。"

约翰逊先生呼吸急促地穿过街道，把年轻人领到那位姑娘的身边，她一直饶有兴致地观看约翰逊先生"俘虏"那年轻人的经过，现在她带着怯生生的微笑，望着约翰逊先生，仿佛精神上已经做好准备，见怪不怪。

约翰逊先生伸手到衣兜里，掏出钱包，抽出一张钞票，递给那位姑娘，"给，这差不多等于你一天的工资了。"

"不。"她不由自主地感到惊讶，"我是说，我不能收你的钱。"

"请别打岔。"约翰逊对她说。"喏，拿上。"他又对那个年轻人说，"这点钱赔偿你的损失。"年轻人迷惘地接过那张钞票，却悄悄地对那姑娘说："也许是假钞票吧？"约翰逊先生没有理会那年轻人，继续说："你叫什么名字，小姐？"

"肯特。"她无可奈何地应了一句，"米尔德里德·肯特。"

"很好。"约翰逊先生说，"你呢，先生？"

"阿瑟·亚当斯。"年轻人没好气地说。

"行嘞。"约翰逊先生说，"现在，肯特小姐，我想介绍你们见见面。亚当斯先生，肯特小姐。"

肯特小姐瞠目结舌，紧张地舔舔嘴唇，做了个打算溜之大吉的姿势，勉强说了句："你好！"

亚当斯挺直腰，狠狠地瞪了约翰逊先生一眼，也做了一个打算溜之大吉的姿势，说了句："你好。"

"现在，"约翰逊先生边说边从钱夹里拿出几张钞票，"这些够你俩一天的花销了。我建议你们上科尼岛去，也许挺有意思，不过我本人并不喜欢那地方。要不，你们上哪儿去美美地吃顿午饭，跳场舞，看场戏，或是看场电影，不过要选一部真正好的影片。这年头，坏影片可太多了。"说到这儿他灵机一动，建议道："要不你们去参观布朗克斯动物园，或是天文馆也行。"最后，他概括了一句："其实，你们爱上哪儿都行，痛快地玩上一天吧。"

阿瑟·亚当斯惊讶得目瞪口呆，看到约翰逊先生要走了，才如梦初醒地说道："啊，先生，你不能这样做。你怎么知道，我是说，我和她都算不上认识，你怎么知道，我们拿上钱一定会照你的话去做呢？"

"你们拿上钱，"约翰逊先生说，"喜欢往哪儿去，比如，博物馆什么的，都悉听尊便，不必照我的建议去做。"

"假如我拿上钱走掉，把她撇在这儿呢？"

"既然你问我了，我知道你不会这么缺德。"约翰逊先生温文尔雅地说，然后说了句"再见"，便走开了。

他沿着大街走去，感到阳光和煦地照在头顶上和自己那双精致的皮鞋上。他听到那个年轻人在背后说："瞧，你要是不愿意的话，就不必……"那个姑娘说："随便，除非你不愿意去……"他不由得会心地微笑起来，暗自思量，还是赶快走开

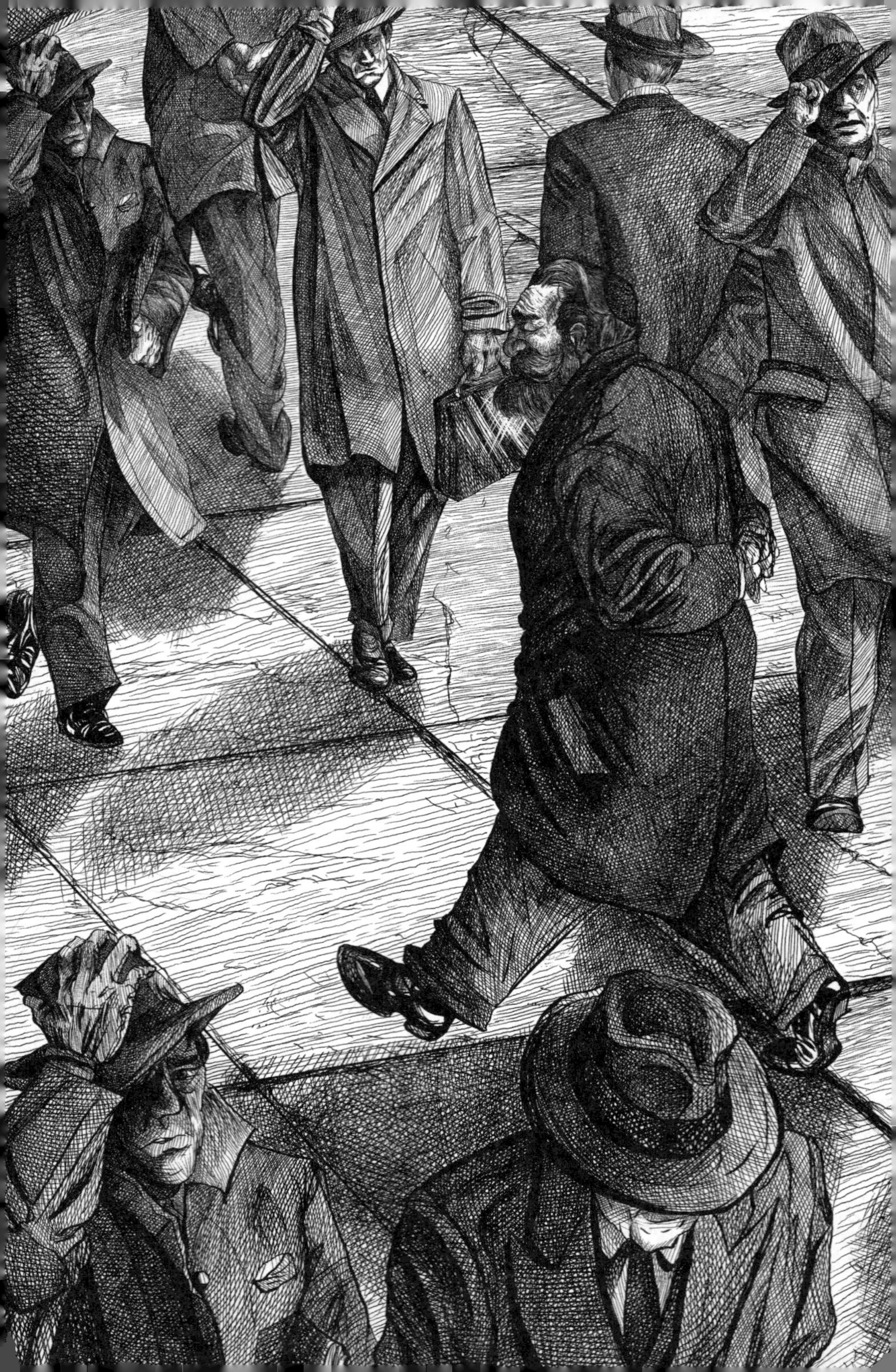

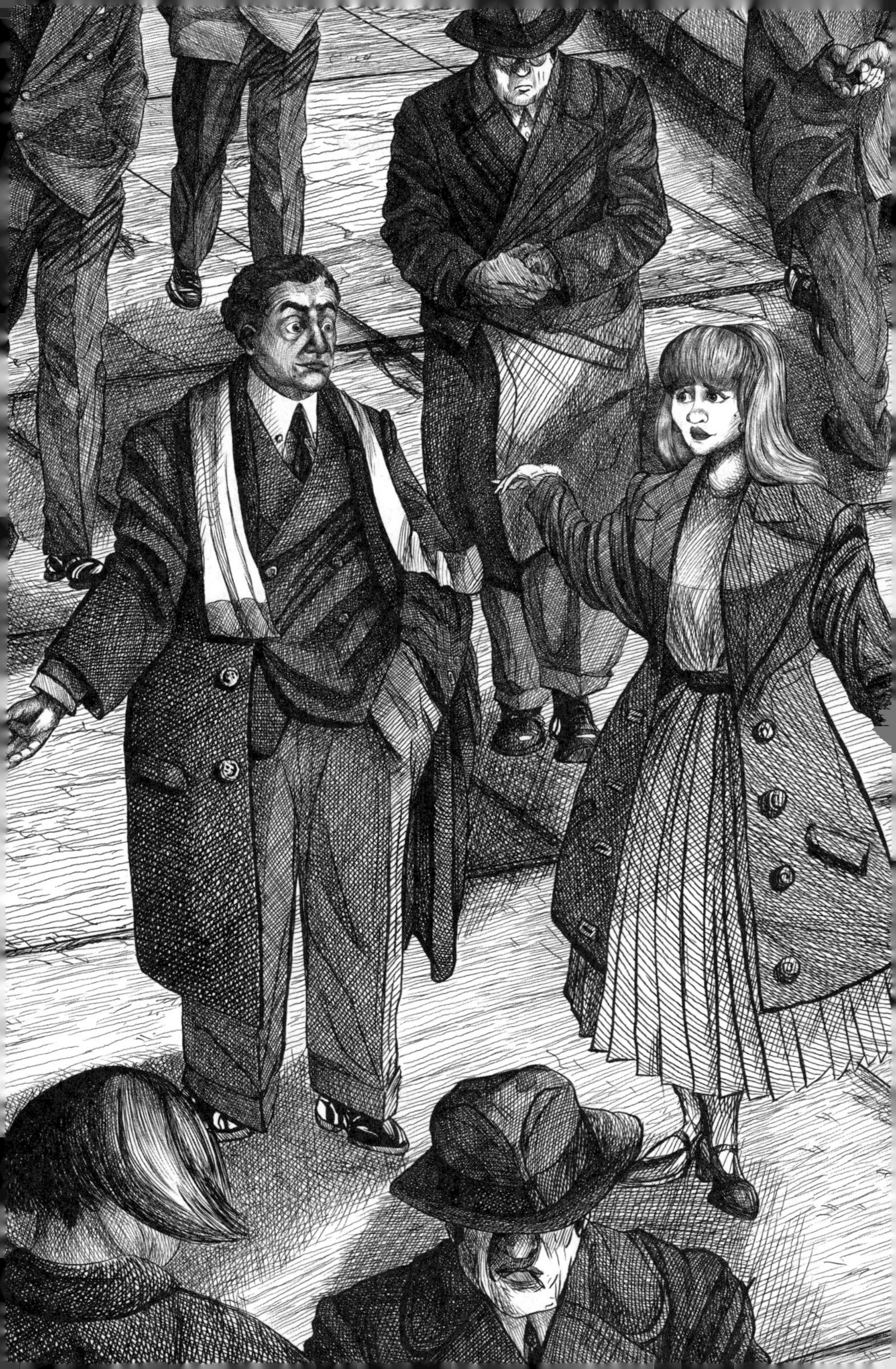

的好。他心里一高兴，步履就变得非常迅速，那位姑娘还没有来得及说"你愿意，我就愿意"，约翰逊就已经走过几个街区了。其间他停住脚步两次，一次是帮助一位女士把几个大包裹搬到出租汽车里去，另一次是拿一颗花生喂一只海鸥。他四下张望，只见大商店星罗棋布，行人摩肩接踵，许多绷着脸闷闷不乐的行人，想必是已经迟到了，急匆匆地从他身边擦过。有个男子向他要了一角辅币，过了一会儿，又有个公共汽车司机将车子停在十字路口，把座位旁的窗玻璃摇下，把头探到外面，仿佛是因为这一刻车辆较少，所以想看看街景，吸点新鲜空气。对这些人，他都饷以一颗花生。那个讨钱的男子把花生收下了，因为约翰逊先生在花生外面包了一张一美元的钞票。而那个公共汽车司机接过花生的时候，却讽刺地说了句："老兄，你是想转车，还是怎么的？"

在一个行人如织的街角，约翰逊先生碰见了一对青年男女——有一会儿他认为他俩是米尔德里德·肯特和阿瑟·亚当斯，便忙避开来往行人，紧贴在一家店铺的墙上。他们正在急切地浏览报纸，俯着的头凑在一起。约翰逊先生出于那难以被满足的好奇心，走到隔壁店铺，从那个小伙子的肩膀后面偷看，只见他们浏览的是"公寓招租"栏的广告。

约翰逊先生记起了要迁居到佛蒙特州的那位妇女和她的小男孩所住的街道，便走到小伙子身旁，拍拍他的肩膀，和蔼可亲地说："你不妨到西十七马路去看看，大约在街区的当中，有一家人家今天早晨刚刚搬出去。"

"唔，你说什么？"那个小伙子说，扭过头来，看清楚是约翰逊先生,便又添了一句,"哦,谢谢。你说在哪儿来着?"

"西十七马路,"约翰逊先生说,"大约在街区当中。"他又微微一笑,说:"祝你走运。"

"谢谢。"那个小伙子说。

那个姑娘也说了句:"谢谢。"于是他俩走开了。

"再见。"约翰逊先生说。

他在一家舒适的饭厅里用午餐。那里的饭菜很丰盛,正菜之后,又上了一道朗姆酒味的奶油巧克力蛋糕作为甜点。约翰逊胃口也真好,竟一口气消灭掉两份。他喝完了三杯咖啡,慷慨地付了小费以后,便又走到阳光明媚的街道上。脚上穿的那双崭新的皮鞋仍然很舒服。约翰逊先生一转脸,发现有个乞丐正馋涎欲滴地望着他刚才用餐的那家饭馆的橱窗,于是仔细地看了看口袋里剩下的钱,走到那个乞丐面前,把几个铜币和两张钞票塞到他手里:"这点钱足够你吃一顿小牛肉片的了,连付小费也够了。"然后还道了声"再见"才走开。

午饭后,休息了一会儿,约翰逊先生又走到附近一家公园去,用花生喂鸽子。他又给两个下跳棋的人当了两盘裁判,并替一位熟睡的妇女看住一男一女两个小孩。她一醒来看到约翰逊先生有些惊讶和害怕,后来却感到有趣。约翰逊先生就这样消磨了一个下午,等到准备回商业区时,已是将近黄昏了。他把身边带的糖果差不多都分完了,又把剩下的花生都喂了鸽子。是该回家的时候了。虽然夕晖照到身上怪惬意的,脚上穿着那双新鞋也仍然非常舒服,他却打定主意乘出租汽车回商业区。

他接连找到三四辆出租汽车,都让给了更需要的乘客,再找一辆可就不那么容易了。他独自伫立在街角上，拼命招呼，那样子就像撒网捞一条活鱼一样起劲，最后总算拦到了一辆出租汽车。这辆车本来是往住宅区匆匆驰去，仿佛鬼使神差地竟开到了约翰逊先生身旁。

约翰逊先生爬进汽车时，司机说："先生，我觉得你是个不祥的兆头，我原不打算把你带上的。"

"谢谢你的好意。"约翰逊先生不知所云地说。

"我让你搭车，就等于白送了十元钱。"那个司机说。

"是吗？"约翰逊先生问。

"可不。"那个司机说，"刚才有个乘客，他在下车时转过身来给了我十块钱，叮嘱我赶快把这笔钱押在一匹叫伏尔甘[1]的马身上。"

"伏尔甘？"约翰逊先生震惊地说，"这怎么行？在星期三哪能押一匹象征火神的马？"

"什么？"那个司机说，"反正我心想，要是在这里和赛马场之间没有人搭车的话，我就把这十块钱押上，可要是有人需要搭车的话，我就认为这是个不祥的兆头，得把这十块钱拿回家给老婆。"

"你做得对，"约翰逊先生热心地说，"今天是星期三，你押'伏尔甘'准会输钱。星期一，嗯，星期六也行。可是，你绝对不能在星期三把赌注押在一匹象征火神的马上。说起来，星期

---

[1] 伏尔甘：罗马神话中的火和锻冶之神。

日倒是个好日子。"

"'伏尔甘'在星期日不跑。"那个司机说。

"那你另挑一个黄道吉日吧。"约翰逊先生说,"司机,请你顺着这条街一直开下去。我在下一个街角下车。"

"不过,那个人叮嘱我押'伏尔甘'的。"司机说。

约翰逊先生已经把车门打开一半,犹豫了片刻说:"我告诉你,你拿上这十块钱,我再给你十块钱,凑成二十块,到星期四,你去把这笔赌注押在一匹……让我想一想,星期四……唔,押在一匹名字和粮食或是地里生长的食物有关的马身上。"

"粮食?"那个司机诧异地问了句,"你是说押在一匹叫'惠特[1]'或这一类名字的马身上?"

"对,"约翰逊先生说,"其实,我们还可以把事情弄得简单明了些,凡是名字里有 C、R、L 这三个字母的马都行。这样就非常好记了。"

"陶尔孔[2]怎么样?"司机问道,眼睛里闪出光芒,"你是说一匹有'陶尔孔'这样名字的马?"

"一点儿不错。"约翰逊先生说,"这是给你的钱。"

"陶尔孔。"那个司机又重复了一遍,"谢谢你了,先生。"

"再见。"约翰逊先生说。

他在自己居住的那条街上,拐过街角,径直向自己的寓所走去,进了门便唤了一声:"你好。"约翰逊夫人紧接着从厨房里

---

1 惠特:英文为 wheat,意为"小麦"。
2 陶尔孔:英文为 tall corn,意为"高高的玉蜀黍"。

应了一声:"你好,亲爱的,你回来得挺早啊。"

"我是搭出租汽车回家的。"约翰逊先生说,"我记得有块乳酪饼,晚饭吃什么?"

约翰逊夫人走出厨房,和他接了个吻。她是一位动作轻松自如的妇女。看见约翰逊先生微笑,她也微笑了,问道:"今天累吗?"

"不太累。"约翰逊先生边说边把外衣挂到壁橱里,"你呢?"

"很平常。"她漫应了一句,站在厨房门口。他在安乐椅上坐下来,脱掉那双精致的皮鞋,拿出当天早晨买来的报纸。"这儿、那儿走走。"她说。

"我的收获不小。"约翰逊先生说,"我遇到了一对年轻人。"

"那敢情好。"她说,"我今天下午睡了一小会儿,一天老是懒懒散散的。今天早晨,我走进一家百货商店,告发我旁边的一个妇女冒充顾客行窃,叫店方的侦探把她逮住了。我还把三条狗送到待领场——你是知道的,这是我惯做的事情。"她说到这儿,记起了什么,又补充了一句:"啊,你听着!"

"什么事?"约翰逊先生问道。

"唔,"她说,"我登上一辆公共汽车,问那个司机该怎么转车,他却只管回答另一个乘客的话。我怪他没有礼貌,便和他吵起来,骂他为什么不被拉去当兵。我嗓门很响,喊得大家都听见,我把他的号码也记下了,向公共汽车公司告了他一状。不弄到他被开除才见鬼。"

"很好。"约翰逊先生说,"不过,你看上去实在太累了。明天咱俩换换角色,你愿不愿意?"

"我可愿意了,"她说,"咱俩换换角色蛮好。"

"好,就这样吧。"约翰逊先生说,"晚饭有什么菜?"

"小牛肉片。"

"啊,午饭吃的也是这菜。"约翰逊先生说。

(1955年)

边远公署

威廉·萨默塞特·毛姆
（1874—1965）

英国著名小说家。曾获得英国牛津大学和法国图鲁兹大学授予的"荣誉团骑士"称号。1954年被英国女王授予"荣誉侍从"称号。著有长篇小说《月亮与六便士》《人性的枷锁》。

新派来的助手于下午到达。驻扎官沃伯顿先生接到报告，说已经看见那艘快船了。

他戴上那顶硬壳遮阳帽，走到浮码头上去。他走去时，那八个小个儿的达雅克士兵组成的卫队立正敬礼。他看到他们具有军人风度，制服整洁，所佩的枪也闪闪发光，心里非常满意。他们足以为他增光。他从浮码头举目眺望，注视着河流转弯的地方，一会儿那只船就要从那儿掠过。他穿一身没有一点污斑的帆布衣服，一双雪白的皮鞋，腋下挟着一根婆罗洲（加里曼丹岛[1]的旧称）的苏丹赠给他的金头马六甲手杖，样子够潇洒的。

他在等待那个新来者，心情是相当复杂的。他管辖的这个区域事务太繁忙，不是一个人所能应付得过来的，而且他还要定期巡视广大的农村地带。出外视察期间，将站上的事务交给本地的某个职员去负责吧，这不太妥当。可多年以来，他又一直是那里

---

[1] 加里曼丹岛：位于东南亚，为世界第三大岛。*

唯一的白人，要上级派一个白人来吧，他又难免有些疑虑。他习惯于孤家寡人的生活，在战争期间，他有三年之久没有见到一个英国人的面孔。

有一次，上司想要派一名造林官员来，他感到恐慌，在新官员预定要来之际，他虽然安排了接待事宜，却写了个便函，说自己因公需往河的上游去，而溜之大吉，直到通信员通知他客人已离开，他才回来。

现在那只船在河面广阔的一段出现了。它由判了长短不等刑期的达雅克犯人充当船工。有几个狱吏在浮码头上等待，一等船拢岸，就要把这些犯人送回监狱。这些犯人都体格强壮，熟悉水性，划起船来很有劲。船一拢岸，就有一个人从天篷里钻出来，走到岸上，卫兵们举枪致礼。

"咱们终于在这儿见面了。老天爷，船上挤得要命。我给你带了一封信。"

他说话的腔调是兴高采烈的。沃伯顿先生礼貌地伸出手来。

"我猜你是库珀先生吧？"

"对啊，不是库珀还能是谁呢？"

这句问话有点开玩笑的意味，可是驻扎官没有露出笑容。

"敝姓沃伯顿。我要领你去看看你的住处，你的行李有人拿上。"

他领库珀沿着一条狭窄的小径走进了一个场院，院里有一幢带游廊的平房。

"我尽可能让这座房子适于居住，当然，它有好多年没人住了。"

这房子建在木桩上，里头有一间长长的起居室，室前有一条宽阔的游廊，室后有一条过道，过道两边各有两间卧室。

"这房子我们住就挺不错了。"库珀说。

"你大概想洗个澡，换换衣服吧。今天晚上想和你一起吃个饭，如果承蒙应允，我就太高兴了。你看八点钟方便吗？"

"对我来说，什么时间都行。"

驻扎官彬彬有礼却又略带困窘地微笑了一下，便告退了。他回到公署来，他自己的寓所就在那里。艾伦·库珀给他的印象不是很好，可是他是个公正的人，知道光凭匆匆一面的印象就形成对一个人的看法是不公允的。

库珀看起来约莫三十岁，是个瘦高个儿，蜡黄的脸上没有一点血色。他生就一个鹰钩鼻子和一双蓝色的眼睛。当他进入平房，脱下硬壳遮阳帽，扔给在旁边侍候的仆役时，沃伯顿看见他的头颅很大，长着棕色的短发，和他瘦小的下巴形成了奇特的对比。他身上穿的一条卡其短裤和一件卡其衬衣，都是褴褛而肮脏的，破旧的硬壳遮阳帽已有好多天没有刷洗了。沃伯顿心想这年轻人在沿岸航行的轮船上待了一个星期，而最后四十八小时又躺在快速帆船的船舱里，也难怪这样邋遢。

"看看他来用餐时是个什么模样吧。"

沃伯顿走进自己的房间。他的东西在那里放得整整齐齐，仿佛他有个英国的贴身男仆似的。他脱下衣服，走下几级楼梯到浴间，用凉水冲洗身体。他对热带天气所做的唯一让步是改穿白色的晚礼服，其他衣着不管是浆过的衬衣、硬领还是真丝袜、漆皮鞋，都和在英国时同样正规，仿佛他是在蓓尔美尔街[1]的俱乐部里就餐一样。他以殷勤周到的主人身份走进餐室，看看餐桌是否摆得妥当。只见餐桌上陈设着艳丽的兰花和锃亮的银质餐具，连餐巾都叠放成考究的花样，银烛台上插着的蜡烛罩了罩子，放射出柔和的光辉。

他露出赞许的笑容，回到起居室，等候客人光临。不久客人来了。库珀穿的还是上岸时那条卡其短裤、那件卡其衬衣和那件褴褛的夹克衫。沃伯顿表示欢迎的笑容在脸上僵住了。

"你好，你衣冠好齐整啊！"库珀说，"我没有料到你会这样隆重。我差一点穿纱笼[2]来呢。"

"没关系，没关系，我想，你的仆人大概很忙吧。"

"你要知道，我很随便，你不必特地为我穿得衣冠齐整的。"

"不是为了你，我用餐总是要穿戴整齐的。"

"你一个人的时候也这样？"

"特别是当我一个人的时候，我要穿得格外整齐。"沃伯顿先生冷冷地看了他一眼，回答说。

他看见库珀的眼睛闪了一下，好像感到有趣。他气得满脸通红。

沃伯顿先生是个脾气急躁的人，你从他红彤彤的脸、一副爱吵架的样子和（现在渐渐变白了）红头发可以看出这一点。他的蓝眼睛，平时老是在冷冷地观察什么，怒气勃发时便会突

---

[1] 蓓尔美尔街：伦敦的一条街道，以俱乐部集中闻名。
[2] 纱笼：马来人穿的一种衣裳，以前是他们的民族服装。

然闪出怒火。不过他是个世情练达的人,而且他希望做一个正直的人,因此必须尽可能跟这个人友好相处下去。

"我在伦敦生活的时候,我所出入的社交圈子里如果每天晚餐不穿礼服,那就好像每天早晨不洗澡一样要被人家笑话、认为奇怪。我到婆罗洲来以后,也认为没有理由废除掉这样一个好习惯。在三年战争中我没有看见过一个白种人。可是我只要不生病,能起来用餐,也从来没有一次不穿礼服的。你在这个国家待的时间不长。相信我,要保持应有的自豪气概,再没有比这更好的办法了。一个白人哪怕是稍微屈从于周围的影响,很快他就会失去自尊心,可以肯定的是,当地的土著很快也就不尊敬他了。"

"嗯,如果你指望我在这么热的地方穿上浆过的衬衣,戴上浆过的硬领,恐怕你会失望的。"

"你在自己的平房里就餐的时候,当然,你爱怎么穿都悉听尊便,可是承蒙你赏光和我就餐,也许你该得出结论,还是穿文明社会中惯穿的衣服才是礼貌的做法。"

两个下身穿纱笼、上身却穿着缝有铜扣的时髦白上衣的马来仆役走了进来,其中一个提着帕希特酒[1],另一个托着装了橄榄和芒果的托盘,于是主人和宾客入席了。

沃伯顿自诩雇有婆罗洲技艺最高超的一名中国厨师,此人动足脑筋,在这艰难的环境中竭力弄到最精美的食品,并独出

---

[1] 帕希特酒:一种马来西亚酒。

心裁地把手头有的材料烹调成最可口的饭菜。

"你愿意看看菜单吗?"说着,他就把菜单交给库珀。

这份菜单是用法文写的,菜肴的名称怪动听的。两个仆役在桌旁侍候宾主用餐,在餐室两个相对的角落,还有两个仆役扇着巨大的扇子,使闷热的空气产生对流。菜肴极为丰盛,香槟酒异常醇美。

"你每天都这样款待自己吗?"库珀问。

沃伯顿先生向菜单漫不经心地瞥了一眼。

"我看不出今天的晚餐和平时有什么两样。"他说,"我胃口不大,不过我要求每天晚饭总得像样,这样才能使厨师的手艺不至荒疏,仆役的纪律不至松弛。"

宾主之间的对话不太融洽。

沃伯顿先生异常讲究虚礼,这也许是因为他看到客人因此受窘,而不无恶意地感到有趣吧。库珀到三宝垄只有几个月,沃伯顿先生询问他去瓜拉索罗的友人的情况,不久也就没有什么可谈的了。

"顺便问一句,"歇了一会他又问道,"你可遇到过一个叫亨纳利的小伙子?我想,他是最近踏进社会的。"

"啊,是的,他在警察队混事,是个讨厌的家伙,庸俗的暴发户。"

"我想不到他会变成那样。他的叔叔巴勒克拉夫勋爵是我的朋友,前几天我刚接到巴勒克拉夫夫人的一封信,要我照看他。"

"我本来就听说他和某些有势力的人沾亲带故的。我想,他就是凭借关系才混到这个职位的。他原想让人知道,他上过伊顿公学[1]和牛津大学。"

"你的话让我诧异。"沃伯顿先生说,"他这个家族的人都上伊顿公学和牛津大学,这总有两三百年了,他上这两个学校,完全是我意料中的事。"

"我以为他是个自命不凡的家伙。"

"你上的是什么学校?"

"我生在巴巴多斯,是在那儿上的学。"

"哦,明白了。"

沃伯顿这句简短的答话,讲得非常尖刻。库珀脸红了,好一会儿沉默不语。

"我收到两三封来自瓜拉索罗的信。"沃伯顿先生说下去,"在我的印象中,亨纳利是很出色的。据说他是个一流的运动员。"

"啊,是的,他很受人欢迎,瓜拉索罗的人们就喜欢这一号角色,可对我来说,我可不稀罕这个一流的运动员。说到底,一个人的高尔夫球和网球打得比别人强,究竟有什么用呢?谁又在乎他打桌球能连得七十五分呢?在英国,对这一类事情也未免过分看重了。"

"你是这样想的吗?我却觉得,一流的运动员在这次战争中的表现比谁都好。"

"啊,如果你打算谈这场仗,可真是谈到我熟悉的话题了。我和亨纳利在一个团,我可以告诉你,他让他同一部队的人简

---

[1] 伊顿公学:在伦敦西部,是一所培养贵族和富家子弟进入牛津大学和剑桥大学的预备名校。

直受不了。"

"你怎么知道的？"

"我就是受不了他的其中之一。"

"啊，你没有得到委任，所以才……"

"我得到任命的机会多着呢！我是所谓殖民地国家的人，既没有上过公学，也没有有势力的人撑腰。我始终是行伍当中的兵。"

库珀紧皱起眉头，他好像拼命按捺住怒火，才没有破口大骂。沃伯顿先生瞅着他，把蓝色的小眼睛眯起缝来，一边瞅着他，一边暗自忖度。接着沃伯顿话锋一转，开始向库珀谈起之后需要干的工作。时钟敲响十次的时候，他站了起来。

"好了，我不再留你了。我想你旅途劳顿，大概很乏了。"

他们互相握手。

"哎，我说，"库珀说，"你能不能费心给我找一个仆役，我从瓜拉索罗动身以后，我以前用的那个仆役一直没有照面。他在轮船上把我的旅行包什么的统统提走，溜之大吉，可我直到上了岸才发现他失踪了。"

"我问问我的管家看看。我想他一定会给你找到的。"

月色颇好，所以不需要提灯了。库珀从公署向自己的平房走去。

"我感到奇怪，他们究竟为什么要派一个这样的人协助我工作。"沃伯顿先生思忖着，"如果他们现在打算派出的就是这一号人，我还真看不上呢。"

他在自己的花园里溜达。公署建在一座小山顶上，花园顺着山坡延伸到河畔。河岸上有一座凉亭，他每天饭后都要到这儿来抽一支方头雪茄。他脚下流淌的那条河上，往往飘来某个马来人的低言悄语。这些马来人有冤屈要申诉或是有事要告发，也可能要透露消息或是要献乡野之言，却又太胆怯不敢在白天当面诉说，只好在晚间以这种方式陈述。否则他这个当官的是永远不会知悉下情的。他心情沉重地坐到一把长长的藤椅上。

库珀！这可是个心怀嫉妒、缺乏教养、自负专横而又爱慕虚荣的人！可是沃伯顿的恼怒一会儿便为静谧美丽的夜消融了。空气里充满了凉亭外花朵的芳香，许多萤火虫缓缓地飞过，幽幽的光一闪一灭，划出一道道银色的弧线。月光在宽阔的河面上铺了一条路，以便湿婆[1]的新娘以轻盈的步履凌波而来。对岸一排棕榈树美妙的剪影在夜空的衬托下呈现出来，静悄悄地进入沃伯顿的心扉。

沃伯顿是个古怪的人，他也有一段奇特的经历。他二十二岁那年继承了一份相当可观的财产，约十万英镑，于是他离开牛津后一直过着当时公子哥儿们过惯的花天酒地的生活（现在他已经五十四岁了）。他在芒特街有一套住房，有一辆双轮双座马车，在英国中部的沃里克郡有一所猎舍[2]。他的足迹遍及时髦人士聚集的场所。他容貌俊秀，爱逗笑，出手大方，在十九世纪九十年代早期也算伦敦社交界的一员。而当时社交界还等级森

---

1 湿婆：是婆罗门教和印度教的主神之一，兼具生殖与毁灭、创造与破坏双重性格。湿婆的新娘指女神帕尔瓦蒂，传说她施展手腕终于博得湿婆的欢心。
2 猎舍：在狩猎季节供猎人居住的小屋。

严，大家做梦都没有想到会发生动摇这森严制度的布尔战争[1]，而彻底摧毁这个制度的世界大战[2]，只有悲观人士才预料得到。

在那些岁月里，阔少们都过着纸醉金迷的享乐生活。一到某个时候，沃伯顿先生的壁炉架上就摆满了请他参加盛大宴会的请帖。沃伯顿先生自鸣得意地把这些请柬陈列出来给大家看，因为他是个势利小人。有些势利小人比较胆小，他们还耻于巴结上司以博得青睐，只是力求接近在政界有些名声或在文艺界名噪一时的人物，眼红腰缠万贯的富翁而已。

沃伯顿先生可不是那种一般的势利小人，而是赤裸裸的地道的趋炎附势之徒。他爱生气，性情急躁，可是他宁可被有身份有地位的人冷落，也不愿受平头百姓奉承。在伯克编的贵族名册里，他只是个不起眼的角色，可他却总是挖空心思硬要和某某高贵家族攀远亲，真令人绝倒。他的财产是从外婆格拉斯的家——一个正派的利物浦商人家庭——继承来的，可是他对此事却讳莫如深，只字不提。

在他时髦的生活中，他最害怕的就是当他在考厄斯[3]或是阿斯科特[4]和某个公爵夫人甚至王族成员在一起的时候，遇到某个出身寒微的亲戚和他打招呼。他的势利相太明显了，以至于他早已臭名远扬。不过有时他马屁拍得太地道了，倒反而不显得

---

1 布尔战争：指第三次布尔战争（1899—1902），交战双方为英国本土和它在南非的殖民地。
2 世界大战：指第一次世界大战（1914—1918）。
3 考厄斯：赛艇胜地。
4 阿斯科特：时髦人士聚居的胜地，以每年一度的赛马著称。

那么可鄙。他所恭拜的那些大人物尽管讥笑他，可是内心却感到他的敬慕未必不是真诚的。可怜的沃伯顿当然是个势利透顶的人，但说到底，他的良心并不坏。

他总是乐于为一个没有钱的贵族在票据上背书[1]。如果你处境困难，满可以指望他资助一百英镑。他常常办丰盛的宴席。他打惠斯特牌技巧很差，可是只要在一起打牌的是上流人士，他从来不在乎输了多少。很不幸他是个赌徒，而且是个牌运不佳的赌徒，但他牌品好，输了不红脸，尽管一次输上个五百英镑，也行若无事。你不得不佩服他那冷静的样子。他嗜爱打牌，几乎像追逐头衔一样热爱，这是他败落的根源。他过的生活奢侈豪华，他输的款项大得惊人。后来，他先是开始赌马，接着又在证券交易所做投机买卖，输得就更惨了。他个性直率，那些不讲道德的人把他当成冤大头。不知道他是否知道，他那些时髦的朋友都在背后讥笑他，他凭本能也一定模糊地感觉到了这一点，可骑虎难下，只好硬着头皮继续充阔佬，结果落到了放高利贷人的手里。三十四岁那年他破产了。

他满脑子是他那个阶层顾面子的思想。像他那一号阔少挥霍完钱财以后，无脸面留在英国，只有到殖民地去，他也毫不犹豫地选择了这一步。

谁也没有听见他发过牢骚，以前他听一个贵族朋友劝告，投机失败倾家荡产了，但他并不因此抱怨。他借给别人钱，从不去

---

[1] 背书：在票据背面签字，以担保透支者具备偿付能力。

讨债，而借了别人的债，他却一一还清。他不向别人求助，尽管大半辈子从来没有干过工作，也毅然谋求生计。他还像以前那样高高兴兴，无忧无虑，富于幽默感。他不愿向熟人们叹苦经，使人家不痛快。沃伯顿先生是个趋炎附势的人，但他也是个君子。

他对以前朝夕相处的一些高贵朋友别无所求，只是请他们引荐。于是当时三宝垄苏丹的那个有势力的人任用了他。他在临行前夕到他常去的夜总会最后用了餐一次。

"我听说你就要走了，是不是，沃伯顿？"赫里福德的老公爵问他。

"是的，我就要到婆罗洲去了。"

"我的上帝，你到那儿去干吗？"

"啊，我破产了。"

"是吗？太遗憾了。好吧，你回来就通知我们一声，希望你在那儿过得不错。"

"没错。那儿有很多打猎的机会，你知道的。"

公爵点点头，便走了。几个小时以后，沃伯顿先生望着英国的海岸隐入了雾霭之中，那些使他生活有价值的事物都被撇在身后了。

从那时起，二十年光阴流逝了。他和好几位显贵的夫人小姐还频通书信，他在信中闲话家常，饶有风趣。他对有爵位的人并没有丧失敬仰心，对《泰晤士报》上登载的有关这些人行踪的消息密切注意（尽管报纸出版六个星期后才能到他手里），他细读诞生、死亡和婚姻的新闻，随时给当事人写信祝贺或吊唁。他从报上的插图看到祖国名流的风采，定期回国探亲时他还能重温旧情,仿佛友情的线始终没断过。他对已在社交界崭露头角的新人的情况都了解得一清二楚,对上流社会的兴趣和跻身其中的愿望同样浓烈,上流社会的动态仍然是他唯一关切的事情。

可是另一件事也不知不觉进入了他的生活中,引起了他的兴趣。他目前的地位满足了他的虚荣心,他不再是渴求大人物青睐的谄媚者了。他成了土皇帝,他的话就是法律。他所到之处,达雅克的卫兵向他举枪敬礼,使他踌躇满志。他喜欢坐堂审判,调解酋长们的纠纷。当那些"狩猎人头"[1]的土著犯人作乱的时候,他总是严惩不贷,他为自己的铁腕感到自豪。为了强烈的虚荣心,他往往变得很有胆量。他曾经冷静无畏地独自闯入一个有铁丝网栅栏的村庄,迫使一个杀人如麻的海盗投降。他成了一个干练的行政官员,严格、公正而又廉洁。

他渐渐对马来的土著怀有深厚的感情,对他们的风俗习惯颇感兴趣。他津津有味地听他们谈话,赞赏他们的美德,而对他们的恶习却耸肩微笑,加以宽宥。

"在我得意的日子,"他往往说,"我曾和英国一些最高贵的绅士们亲密相处,可是我还没有遇到过比某些出身清贫的马来人更好的绅士,我为和他们交友而感到自豪。"

他喜欢马来人谦恭有礼、举止高贵、温文尔雅和突发的激情。他本能地知道该如何对待他们,对他们亲切、体贴。可是

---

[1] 狩猎人头:以前有些野蛮部落往往割取敌人的头颅作为战利品。

他从来没有忘记自己是个英国绅士,对那些入境从俗的白种人是不能容忍的,他丝毫也不屈从于当地的风俗。好多白种人娶当地妇女为妻,他绝不仿效,因为他觉得这种性质的通婚,尽管为习俗所尊重,但是不妥,而且是有失身份的。怎么能指望一个曾被威尔士亲王爱德华亲昵地称为乔治的人和当地的土著联姻呢?每当他返英探亲完回到婆罗洲,总是感到有点欣慰。他的朋友们也和他自己一样渐入老境了,而新一代人都有点厌烦他,把他看成老古董。他觉得他年轻时所爱的英国的魅力,在今天的英国已经丧失殆尽了。可是婆罗洲还始终未变,现在他已经将其视为自己的家乡。他想尽可能长久地留任,满心希望能在被迫退休之前死去。他在遗嘱内写明,无论他在哪儿死去,大家也得将他的遗体运回三宝垄,在听得见河水潺潺流淌的地方,埋葬在他所爱的人们当中。

可是他把这些情感隐藏在心中,不让别人发现。看到这个衣冠齐整、强壮、身材匀称、脸上刮得很光洁、头发渐渐灰白的绅士,谁也想不到,他对婆罗洲会怀有这样深厚的感情。

沃伯顿知道这个公署的工作该怎么做。在助手到达以后的几天里,他用怀疑的眼光观察着他,不久便看出他是个勤劳而能干的人,唯一的缺点就是对待当地人太粗暴了。

"马来人都是生性胆怯、非常敏感的。"沃伯顿对他说,"我想,你会发现如果你对他们有礼貌、耐心、和蔼些,你得到的效果就会好得多。"

库珀却刺耳地笑了一声。

"我生在巴巴多斯,战争时期我在非洲,自认对黑人还多少了解一些。"

"我对黑人可不知道。"沃伯顿尖刻地说,"不过我们谈的不是黑人。我们谈的是马来人。"

"他们不是黑人吗?"

沃伯顿先生的回答是:"你太无知了。"

他再没有说什么。

库珀来到后的第一个星期日,沃伯顿请他共进晚餐。主人讲究礼节,准备得十分周到。尽管头一天他们还在办公室里见过面,六点钟又在公署的游廊上一起喝了杯杜松子药酒,主人还是写了一封措辞客气的请柬,差遣一个仆役送到库珀住的平房。

主人这样拘泥礼节,库珀虽然不太愿意,也只好穿上晚礼服赴宴。沃伯顿虽然因看到客人尊重自己的愿望而感到满意,却发现这年轻人的礼服裁剪得很差劲,而且衬衣不合体,便有点瞧不起。不过总的来说,这天晚上他的心情还是不错的。

"顺便告诉你,"在握手时沃伯顿对库珀说,"我和管家谈过给你找个用人的事了。他推荐自己的侄儿。我已经见过他了,好像是个挺愿意干的伶俐小伙儿。你想见见他吗?"

"也好。"

"他现在正等着呢。"

沃伯顿向管家招呼了一下,叫他派人去找他的侄子,一会儿后,一个年约二十的瘦高个儿便出现了。他有一双乌溜溜的大眼睛,长得不错,穿着纱笼和一件小白外套,头戴一顶没有流苏的梅红色天鹅绒的圆筒毡帽,名字叫阿巴斯。沃伯顿先生用赞许的目光看着他,用地道流利的马来语和他交谈,态度也不知不觉地柔和起来。沃伯顿在和白人谈话的时候往往会含嘲带讽，而和马来人谈话的时候却是带一种恩赐者的和蔼态度。他是代表苏丹的。他完全知道该怎样维持自己的尊严，同时又使当地的百姓不感到拘束。

"他行吗？"沃伯顿向库珀问道。

"嗯，大概他也和其他人一样正派吧。"

沃伯顿告诉那个仆役，他被雇佣了，便打发他走了。

"你能找到这样一个小伙子真算运气，他出身很好。他家是将近一百年前从马六甲迁来的。"

"只要这个小伙子能在我需要的时候把鞋子擦干净，给我倒茶喝就行，至于他血统是否高贵，我并不在意。我要求的只是我关照什么他就做什么，而且要赶紧做好。"

沃伯顿先生噘起嘴巴，没有答复他的话。

他们进入餐厅用餐了。饭菜不错，酒也醇美，美酒佳肴立刻就在他们身上显示出作用。他们彼此不仅没有说什么尖刻的话，甚至还比较友好。沃伯顿喜欢过舒适的生活，而在星期日晚上他总是比平时还要吃得好些。他开始觉得自己对库珀不公正了。当然库珀没有绅士气派，可是这并非他的过失。如果对库珀了解较深，也许还会发现他是个挺好的人，缺点也许只是不拘小节，没有礼貌。他的工作确实干得不坏，麻利、认真、彻底。到了吃甜点的时候，沃伯顿心情颇佳，几乎对整个人世间都抱友爱的态度了。

"这是你来后的第一个星期日，我想请你喝一杯特别醇美的葡萄酒。这种酒我一共只剩二十来瓶了，都是留待特殊情况喝的。"

他向仆人吩咐了一声,不一会儿那瓶葡萄酒便拿来了。沃伯顿看着仆人把瓶子打开。

"这种葡萄酒我是从老朋友查尔斯·霍林顿那儿弄来的。当时他窖藏这种酒已经四十年了,我又藏了好多年。他家窖藏的酒质量再好也没有了,在全美国都是闻名的。"

"他是酒商吗?"

"不完全是。"沃伯顿先生微笑了,"我说的是里赫堡的霍林顿勋爵,他是英国最富的贵族之一,是我多年的老友。我和他的兄弟在伊顿是同学。"

这是沃伯顿绝不能轻易错过的好机会。于是他便谈了一则小逸事,好像并无其他目的,只是为了让人知道他认识一位伯爵。

葡萄酒的味道当然很醇,他喝了一杯,接着又喝了一杯。他顾不得什么谨慎了,几个月没有和一个白人谈过话,他开始讲起故事来,体现出自己和大人物交往甚密。听他的口气,大家会以为某个时期凡是组新内阁或决定政策,都是先由他向某个公爵夫人耳语或在晚餐桌上发表了宏论,国王的枢密顾问才心悦诚服地照办的。他在阿斯科特、古德伍德和考厄斯等地方度过的美好往昔,又在他心里出现了。他又喝了一杯葡萄酒,于是话锋一转,又谈到他以前每年一度到约克郡和苏格兰去旅游时所参加的盛大的别墅派对。

"那时候我雇用了一个叫福尔曼的人,我所用过的贴身男仆里要数他最好。你觉得他为什么不干了?你要知道,每个宅邸的管家房间里,夫人们的侍女和绅士们的仆从都是按照主人的爵位高低排列座位的。他告诉我,在一次又一次的宴会上,他因我是唯一的平民而感到懊丧。他的意思是说,他总是不得不陪在末席,还没有等菜盘送到他面前,菜肴的精华部分便都给别人拿完了。我把这件事告诉赫里福德的老公爵听,他狂笑着说:'老天爷作证,先生,如果我是英国国王的话,我一定会封你为子爵,好让你的仆人有个机会。''你自己把他用上吧,公爵,'我说,'他是我用过的最好的贴身男仆。''好,沃伯顿,'他说,'如果对你来说他是够好的,那么对我来说,他也会是够好的。叫他来吧。'"

接着沃伯顿又谈到蒙特卡洛[1]。一天晚上他和费奥多尔大公合伙,把庄家的赌本全赢过来了。还有马林贝德,有一次沃伯顿和爱德华七世在马林贝德,玩过巴卡拉特牌戏。

"当时他还是威尔士亲王。我记得他对我说:'乔治,如果你吃进五的话,就会连衬衣都输掉。'他说得对,我以为他生平说的话数这句最灵验了。他是个了不起的人,我总是说他是欧洲最伟大的外交家。可是我当时还是个年轻的糊涂虫,没有头脑,没有听他的话,要是我听了劝告,要是我没有吃进那张五的话,我大概今天也不会在这儿啰。"

库珀观察着他。他深陷的褐色眼睛冷酷而傲慢,嘴唇上挂着一丝嘲弄的微笑。他在瓜拉索罗曾经听过不少关于沃伯顿先生的传闻。据说沃伯顿先生不是个坏人,所辖地区也管理得井井有条。可是老天在上,这人确实是趋炎附势透顶。他们嘲笑

---

[1] 蒙特卡洛:世界著名的赌城。

他，骨子里倒并没有什么恶意，因为这样一个慷慨、和蔼的人是不可能为大家厌恶的。库珀早已听到过关于威尔士亲王和巴卡拉特牌戏的故事，他可没有抱什么纵容的态度。从一开始他就对驻扎官的举止不满，他很敏感，听到沃伯顿先生彬彬有礼的讽刺挖苦很是恼火。沃伯顿先生有种癖好，如果不赞成谁的话，就冷冷地沉默不语，使人下不了台。而库珀呢，由于在英国待的时间甚短，本来就不喜欢英国本土的人，尤其恨这个公立学校的学生，因为总是害怕他会露出高人一等的神气。库珀很怕别人对自己摆架子，于是仿佛是为了先发制人，他自己先摆起架子来，使谁都感到一种难以忍受的自大。

"嗯，战争多少也对我们有些好处。"库珀终于说，"那就是粉碎了贵族的势力。布尔战争铲除了一些，接着1914年的世界大战又来了个彻底铲除。"

"英国王侯的末日快要到了。"沃伯顿有些得意又有些悲哀地说，像是法国那些怀念路易十五的流亡贵族一般，"他们再也不能住在美轮美奂的宫殿里，挥金如土地招待嘉宾了。这一切行将消失，只剩下淡淡的回忆。"

"依我看，倒也是莫大的好事。"

"我可怜的库珀，关于古希腊的荣耀和古罗马的宏伟壮观，你知道些什么呢？"沃伯顿摊开双手，目光顷刻间变得恍惚迷离了，仿佛沉浸在往日的梦幻中。

"好啦，相信我，这些腐朽的东西我们都腻烦透啦！我们需要的是实干家组成的实干的政府，我是在英国直辖殖民地出生的，一生差不多都在各个殖民地度过，我根本不把贵族老爷放在眼里。英国的积弊在于趋炎附势,最惹我发火的莫过于势利小人了。"

势利小人!沃伯顿的脸色发紫了,眼睛冒出了怒火。这个贬称纠缠了他一辈子,他年轻时交往的那些贵族妇人,对他的爱慕未尝不欣赏,可是贵妇们有时也会发脾气,沃伯顿先生曾不止一次被她们嘲骂为势利小人。多么不公正啊!嘿,再也没有像趋炎附势那样使他憎恨的词汇了。说到底,他只是喜欢与和他同一阶层的人交往,他只有同他们在一起时才感到自在。天哪,这怎么能说是趋炎附势呢?不过是意气相投罢了。

"我也有同感。"他回答道,"对社会地位比自己高的人羡慕或是故意藐视的都是势利小人,这是英国中产阶级中最庸俗的人的通病。"

他看见库珀眼睛里闪出了嘲笑的光芒,并且抬起一只手掩住嘴唇上浮现的冷笑。欲盖弥彰,这恰恰使他的嘲笑意图更加明显了。沃伯顿先生气得双手有点儿哆嗦。

库珀很可能永远也想不到自己对这个上司冒犯得多厉害。奇怪的是,他自己对别人的言语举动很敏感,可对别人的情绪,却是异常迟钝。

由于工作的关系,他们在白天有时免不了见几分钟的面,再就是下午六点,他们在沃伯顿的游廊上一起喝点饮料——这是沃伯顿先生多年无论如何也不愿打破的老规矩。可是他们不再一起用餐了,库珀去他的平房里吃饭,沃伯顿先生在公署里进餐。每天公务完毕到暮色降临的这段时间他们都要去散散步,却是各走各的路,互不理睬。在这一带,密林丛莽紧挨着村庄的种植园,总共没有几条路。沃伯顿先生一看见自己的助手迈着大步信步走过,便特意绕道而行,以免和他见面。库珀没有礼貌,自以为是,偏执自负,已经使沃伯顿头痛了,不过起初他也只是厌烦而已,直到库珀来公署两三个月以后,发生了一件事,驻扎官的厌恶情绪才变为切齿的痛恨。

沃伯顿因故不得不到内陆去进行视察,他托付库珀料理分署的公务。在这一点上他倒比以前更放心了,因为他已经肯定了库珀的办事能力,唯一不合心意的是他毫无怜悯之心。库珀为人诚实、正直、勤勉从公,可就是对当地土著没有同情心。这个人和地位高的人讲平等,却把这么多人看得比自己低贱,沃伯顿实在有些齿冷。他态度生硬,不能容忍当地土著,对他们横行霸道。沃伯顿很快就发现,那些马来人都讨厌害怕这家伙。沃伯顿对此倒也有些高兴,相反如果他的助手能比得上他那样深孚众望,那倒会使他快快不乐呢。

长话短说,沃伯顿先生安排妥善后,便出门远行,三个星期后又回来了。在他外出期间来了些信件。他一进起居室,首先映入眼帘的是一大堆拆开的报纸。库珀已经和他碰过头了,他们是一起走进这屋子的。沃伯顿转向一个留在家里的仆人,厉声问,这些报纸打开了,是怎么回事。库珀连忙解释:

"我想看看沃尔弗·汉普顿谋杀案的全部经过,所以借你的《泰晤士报》看了,之后我又把报纸放回来了。我知道你不会介意的。"

沃伯顿先生气得脸色苍白,心中怒火中烧。

"可我偏偏介意了。我非常忌讳这种事。"

"很抱歉。"库珀镇静地说,"可情况是,我想先睹为快,实在等不及你回来了。"

"我很好奇,你怎么没有把我的信也拆开!"

库珀不动声色,只是微笑着看着他上司被激怒的样子。

"啊,这不是一码事。说到底,只是看看你的报纸,我没有料到你会这么介意。这里面又没有什么私人的秘密。"

"我非常反感任何人在我之前看我的报纸。"他走到那堆报纸的跟前,那里面有将近三十期,"我认为你这种行为很不礼貌。报纸被翻得乱七八糟了。"

"咱们很容易就能把它们整理好的。"库珀说着便走到桌边,打算和他一起整理。

"你别碰!"沃伯顿先生说。

"我说,为这么点小事当众大吵一场,不是太孩子气了?"

"你怎么敢这样对我说话?"

"哼,见鬼去吧!"库珀说了这话,便气冲冲地跑了出去。

沃伯顿先生气得浑身哆嗦,留在房间里凝视着报纸。他生平最大的乐趣被这个麻木不仁的蛮横家伙破坏了。

住在边远地区的人,每当信件来的时候,大都是急不可耐地拆开报纸,拿出最近的几期,先浏览一下祖国近期的新闻。沃伯顿却不是这样,他关照报刊经售商在每天所寄报纸的包扎纸上写上日期。当大批信件寄到以后,沃伯顿先生看看这些日期,然后用蓝铅笔注上号码。他的管家根据他的命令,每天早晨按号码顺序将一份报纸连同一杯茶放在游廊的桌上。于是沃伯顿拆开封皮,一边呷茶,一边读晨报。这已成了他的特殊嗜好。每个星期一的早晨,他读六个星期以前的星期一的《泰晤士报》,各个星期一至星期六都是这样。星期日他读《观察家》期刊。正好像他穿晚礼服进餐一样,按时读报是他和文明世界联系的一种纽带。无论新闻如何激动人心,他从来不屈从于好奇心的诱惑在规定时间之前打开另一天的报纸。在战争期间,有时战局的悬念实在令人难熬。当他在某天看到报载某方开始猛攻了,他心痒难熬地想知道进展。而他只要稍微变通一下,把书架上搁着的下一期的报纸打开就行了,这真是他平生经受过的最严峻的考验,他也熬了过来。可是这个乱来一气的蠢货居然把这些叠得整整齐齐、扎得紧紧的报纸全部打开了,只是因为他想知道某个可怕的婆娘是否谋杀了她可憎的丈夫。

沃伯顿先生把他的男仆喊来,叫他拿上包扎纸。他把报纸尽可能折叠得整整齐齐,并在每卷报纸外面包上一张纸,写上号码,可心里总是不痛快。

"我是绝对不会饶恕他的。"他说,"绝对不会!"

当然,他的贴身男仆是随他外出视察的,他哪次外出旅行也离不开这人,因为沃伯顿先生不是那种准备摒弃所有享受、一味在丛莽中跋涉的人,这个男仆最能体察他的心理,投其所好。他们回来以后,这个男仆到仆人下房里闲聊,听说库珀和仆役们闹了纠纷,除了阿巴斯那个小伙子以外,所有的仆人都走了。阿巴斯也想走,但是他叔父根据驻扎官的嘱咐把他安插在那儿,他害怕未得叔父允许就擅自离开会受到责备,才没有走。

"我跟他说,他做得对,老爷。"那个男仆说,"可他总是不顺心,他说这家主人不好,他想问问看,可不可以像别的仆人那样离开这儿。"

"不,他必须留下。老爷总得有仆人,那些走掉的仆人有人替换吗?"

"没有,老爷,谁也不愿上他那儿去。"

沃伯顿皱起眉头。库珀固然是个蛮横无理的蠢货,可他有公职,必须适当地配些仆役。如果他的住所里搞得乱七八糟,那又成何体统。

"溜掉的那些仆人在哪儿?"

"他们都在这个村子上,老爷。"

"今天晚上去看他们,就说我盼望着他们明天黎明能回到库珀老爷屋里去。"

"他们说不愿去,老爷。"

"我的命令也不听了?"

那个男仆跟着沃伯顿先生十五年了,很能察言观色,辨别出主人各种语调里的意味。他并不害怕主人,他俩曾经共患难过许多次。有一次,驻扎官在丛林里救了他的命,还有一次他们在急流中翻了船,要不是他,驻扎官早就淹死了。他知道在什么时候必须不折不扣地服从驻扎官的命令。

"那我就去了。"他说。

沃伯顿期待他的助手能抓紧时机为自己的鲁莽行为登门道歉,可是库珀这个没有教养的人偏偏不会表示懊悔。第二天早晨,他俩在办公室见面的时候,库珀还行若无事。既然沃伯顿外出三个星期了,他们有必要做一次较长的晤谈。谈完后,沃伯顿示意他可以走了。

"我想再没有别的事要说了，谢谢。"库珀说完这话，转身就走。可是沃伯顿先生叫住他："据我了解，你和你的仆人们发生了一点纠纷。"库珀粗鲁地大笑起来。

"他们试图讹诈我，又无耻地溜跑，除了那个没用的家伙阿巴斯知道点分寸以外，都跑了——可是我偏等着瞧，可不，他们又都服了。"

"服了是什么意思？"

"今天早晨，那个中国厨子和其他仆人都回来干活了，他们原来在我那儿满不在乎，倒好像他们是那儿的主人一样。我想他们该得出结论了吧，我并不是那么好惹的。"

"根本不是那么回事，是我命令他们立即回来的。"

库珀脸上泛起了红晕。

"求求你别干预我的私事，行不？"

"这不是你的私事。你的仆人都溜跑了，不怕别人笑话吗？你干傻事出洋相，尽管随你的便，可是我不能让别人把你当傻瓜一样耍弄。你住的地方一个仆人也没有，实在不成体统。所以我一听说你的仆人都溜跑了，就赶快派人关照他们在黎明时分回来干活，就这样，行了。"

沃伯顿先生微微颔首，表示晤谈结束。可是库珀并不理会。

"那我来告诉你我干了什么，好不？我要把他们召集来，把这一群讨厌的家伙统统辞退，叫他们在十分钟之内滚出我的院子。"

沃伯顿先生耸耸肩膀。

"你有什么把握能找到别人？"

"我已经关照我的办事员去办了。"

沃伯顿思忖了一会儿。

"我想你的所作所为太蠢了。今后你还是牢牢记住我的话,有好主人才有好仆人。"

"你还有什么话要教训我吗?"

"我本想教教你如何知礼、懂礼、守礼,可是太过于麻烦,我不想浪费时间。不过我要设法给你找几个仆人。"

"请你别为我麻烦了。我自己完全能够找到。"

沃伯顿先生尖酸地笑了笑,隐约感觉到他们厌恶对方的程度不相上下。他知道被迫接受自己所嫌恶的恩惠,是天下最令人恼火的事儿。

"我告诉你,你在这儿想雇到马来或中国仆人,就和请到英国管家或法国厨师一样困难。除非接到我的命令,谁也不会到你那儿帮佣。要不要我为你下道命令?"

"不要。"

"随你便吧,再见。"

沃伯顿先生怀着刻毒的幸灾乐祸的心理注视着事态的发展。库珀的办事员无法说服马来人、达雅克人或中国人到这样一位主人家里来帮佣。那个没有走的忠仆只会做本地饭菜,而库珀虽然饭量大,不讲究菜肴,但顿顿看见米饭,也感到恶心。在这样一个大热天,他每天需要洗几次澡,却没有一个挑水的人。他咒骂阿巴斯,阿巴斯也绷着脸表示反抗,家务事高兴就做做,不高兴就不做。库珀明白这小伙子只是因为驻扎官的硬性规定才留下的,心里够恼火的,这样的情况继续了两个星期。忽然一天早晨,他发现以前打发走的那些仆人又都回到他屋里来了。他勃然大怒,但是他已经学了点乖,这一回他一言不发,只是让他们待在屋里——喊不到用人,自己只好忍气吞声。他本来只是有点看不惯、瞧不起沃伯顿先生的怪癖,这一来可变成埋在心里的仇恨了,因为驻扎官用这种恶劣的手段使他成为当地人的笑柄。

这两个人现在彼此不来往了。以前,如果公署里碰巧有个白种人,沃伯顿每天下午六点要和他喝点酒。这是多年以来的惯例,可现在这个规矩被打破了,他们待在各自的屋里,好像另一个人根本不存在。他们在办公室里尽量少接触。沃伯顿有什么事要吩咐库珀,总是叫通讯员去带个口信;有什么指示,则是写封正式公函。他们经常见面,这是无法避免的,但彼此很少交谈,一个星期也说不上一两句话。他们少不了要看见对方,这使他们心里烦躁,郁闷地怀着敌对情绪。沃伯顿每天散步,一心只想着他的助手多么可恨。

可怕的是,他们这样乌眼鸡般的敌对状态,很可能要持续三年,直到沃伯顿下一次回国休假为止。他没有理由向总部提出控诉,因为库珀工作干得很好,而且当时很难找到人手。不错,他耳边确实也隐隐约约听到一些土著们或明或暗的埋怨,说库珀太严厉了,土著们当然有不满情绪。可是沃伯顿一调查情况,结果也只表明,库珀在本来可以温柔相待的情况下过于严厉了,沃伯顿对人富于同情心,相比之下库珀显得有些冷酷,如此而已。他并没有什么不端的行为,可是沃伯顿冷眼瞅着他,仇恨往往会使人目光锐利。沃伯顿怀疑他是故意对土著们毫不体恤,却又不出法律范围,叫人捉不住把柄,来惹上司发火。不过,哼,总会有一天他会做过头的。谁也没有沃伯顿清楚，不间断的暑热多么使人烦躁易怒，而通宵失眠之后，又多么难于克制自己。他暗自得意地微笑，心想："库珀迟早会落到我手里。"

机会终于来了，沃伯顿不由得笑出声来。

库珀看管犯人，监督他们筑路、搭棚屋，在快船需要往上游或下游航行的时候派他们去划船，打扫城镇的街道，或是干其他杂务，表现好的间或还可以干干家庭杂务。库珀对他们管得太严，他喜欢亲自督促他们干活，总是挖空心思想出一些点子来，叫他们多干，以此取乐。不久犯人们便看出他是在耍弄他们、叫他们干无用的活，便怠惰起来。他用延长工时的方法来惩罚他们。这是违反规章的，有人把这情况向沃伯顿先生汇报。于是沃伯顿也不和自己的下属打个招呼，就径自指示那些犯人仍按原定的时间干活。库珀出来散步，看见本来天黑才能歇工的犯人们溜溜达达回到监狱去了。他问监督的狱吏，犯人为什么怠工，狱吏说这是驻扎官的吩咐。

他气得脸色煞白，大步冲进公署。沃伯顿先生穿着没有一星污点的白帆布衣服，戴着整洁的硬壳遮阳帽，手里拿着一根手杖，身后跟着一群狗，正要出去散步。早些时候他看见库珀出去，以为他正沿着那条河滨路走去，不料库珀突然冒出来，跳上台阶，径直跑到驻扎官面前。

"我要问问你，我叫犯人们干到六点，你取消我的命令到底是什么意思？"他狂怒得不由自主地喊起来。

沃伯顿把他冷漠的蓝眼睛睁得大大的，装出一副异常惊讶的样子。

"你精神失常了吗？居然这么无知，你不懂规矩吗？对上司讲话怎么能这样无礼？"

"哼，见鬼去吧！这些犯人是我管的，你没有权力干涉。你管你的事，我管我的事，我要问问你，你让我出洋相到底安的是什么心？这地方谁都会知道你取消我的命令了。"

沃伯顿先生非常冷静。

"你无权下那样的命令。我取消它，是因为它是苛刻的、专横的。相信我，并不是我让你出洋相，倒是你自己大大地出了洋相。"

"从我到这儿来的第一天，你就讨厌我。你挖空心思拆我的台，叫我在这儿干不下去，因为我不愿拍你的马屁。你捅我一刀是因为我不愿奉承你。"

库珀气得唾沫飞溅，处境十分危险。沃伯顿先生的目光突然间变得更加冷漠，也更加锋利了。

"你错了。我觉得你是无赖，不过你在工作上非常卖力，我还是非常满意的。"

"你这个势利小人，你这个该死的势利鬼，你以为我是个无赖，是因为我没有上过伊顿公学。哼，瓜拉索罗的人告诉我的话果然不错。嘿，你不知道你成了全国的笑柄吗！你对我讲那个尽人皆知的关于威尔士亲王的故事，我差点熬不住要笑死了。我的上帝，大家在俱乐部讲这个故事的时候，欢呼的那股劲啊！老天爷作证，我宁愿当我这个无赖，也不愿当你这个势利鬼。"

他触到沃伯顿先生的痛处了。

"你要是不马上给我滚，我就把你揍倒。"沃伯顿先生喊道。

库珀反而靠得更近了些，把脸凑到他脸上。

"你敢碰一下！你敢碰一下？"他说，"老天爷作证，我倒想看看你怎么揍我。你要我再说一遍吗？势利小人！势利小人！"

库珀个头比沃伯顿先生要高出三英寸，他是个肌肉发达、身强力壮的年轻人。沃伯顿先生身体虚胖，五十四岁了，他攥紧拳头挥出去。库珀抓住他的胳膊，把他揉了个趔趄。

"别做蠢事！记住，我不是个绅士，我知道怎么动手。"

他蔑视地叫了一声，线条分明、苍白的脸狞笑了一下，便跳下游廊的台阶，走了。沃伯顿先生气得要死，心脏怦怦地撞击着肋骨，筋疲力尽地跌坐在一把椅子上。他仿佛生了痱子似的浑身刺痛。在一个可怕的瞬间，他差点儿喊嚷出来。可是他突然想起他的管家就在游廊上，便本能地控制住自己。那个男仆走上前来，给他倒了一杯掺苏打的威士忌，沃伯顿默默无声，拿起酒杯一饮而尽。

"你想对我讲什么吗？"沃伯顿问，打算在扭歪的嘴唇上挤出一丝笑容来。

"老爷，助手老爷是个坏人，阿巴斯又提出想离开他。"

"让他再等一段时间，我就要写信到瓜拉索罗，请求将库珀老爷调到别处。"

"库珀老爷对马来人不好。"

"你去吧。"

那个男仆悄悄地走了，留下沃伯顿一个人想心事。他仿佛看见，在瓜拉索罗的俱乐部，穿法兰绒长裤的人们因天黑了，从高尔夫球场和网球场回到屋内，围着窗前的桌子坐着，一边喝着威士忌和杜松子酒,一边讲威尔士亲王和他在马林贝德的那个有名的故事。他羞愧难当,脸上发烫。势利小人!大家都认为他是个势利小人,而他却总是把大家当成好人。虽然他们的社会地位都相当低下,他却一直雍容大度,并没有冷眼看待。他现在恨他们了。可是他对他们的恨,远远比不上他对库珀的深仇大恨,他恨不得揍他一顿。可是刚才要真打起来的话,库珀完全会把他揍扁。屈辱的眼泪顺着他红润肥胖的脸颊流下来。他坐在那儿两三个小时,一根接一根地抽烟,心想还是死了的好。

那个男仆终于回来了,问他是否穿晚礼服就餐。那当然,他从来都是穿晚礼服就餐的。他萎靡不振地从椅子上起来,穿上挺括的衬衣,装上高领,在装饰得很漂亮的桌边坐下。和往常一样,两个仆人在桌边服侍,还有两个仆人扇着两把硕大的扇子。在两百码以外的那座平房里,库珀只穿着一条纱笼和一件马来式的短外衣,正在吃一顿不太干净的晚饭。他赤着脚,往往一边吃一边看侦探小说。

晚饭后沃伯顿坐下来写信。苏丹外出了,他写了封机密信给苏丹的全权代表。信上写道,库珀工作表现很好,可自己确实无法和他相处,他们彼此非常厌烦,因此特呈请恩准将库珀调职。

第二天早晨他派专人去送信。两星期后回信随着本月份的信件来了。这是封私函,内容如下:

亲爱的沃伯顿:

我不想以公函答复,谨以我个人名义略写几句。当然,如果你坚决要求的话,我会呈请苏丹办理的,

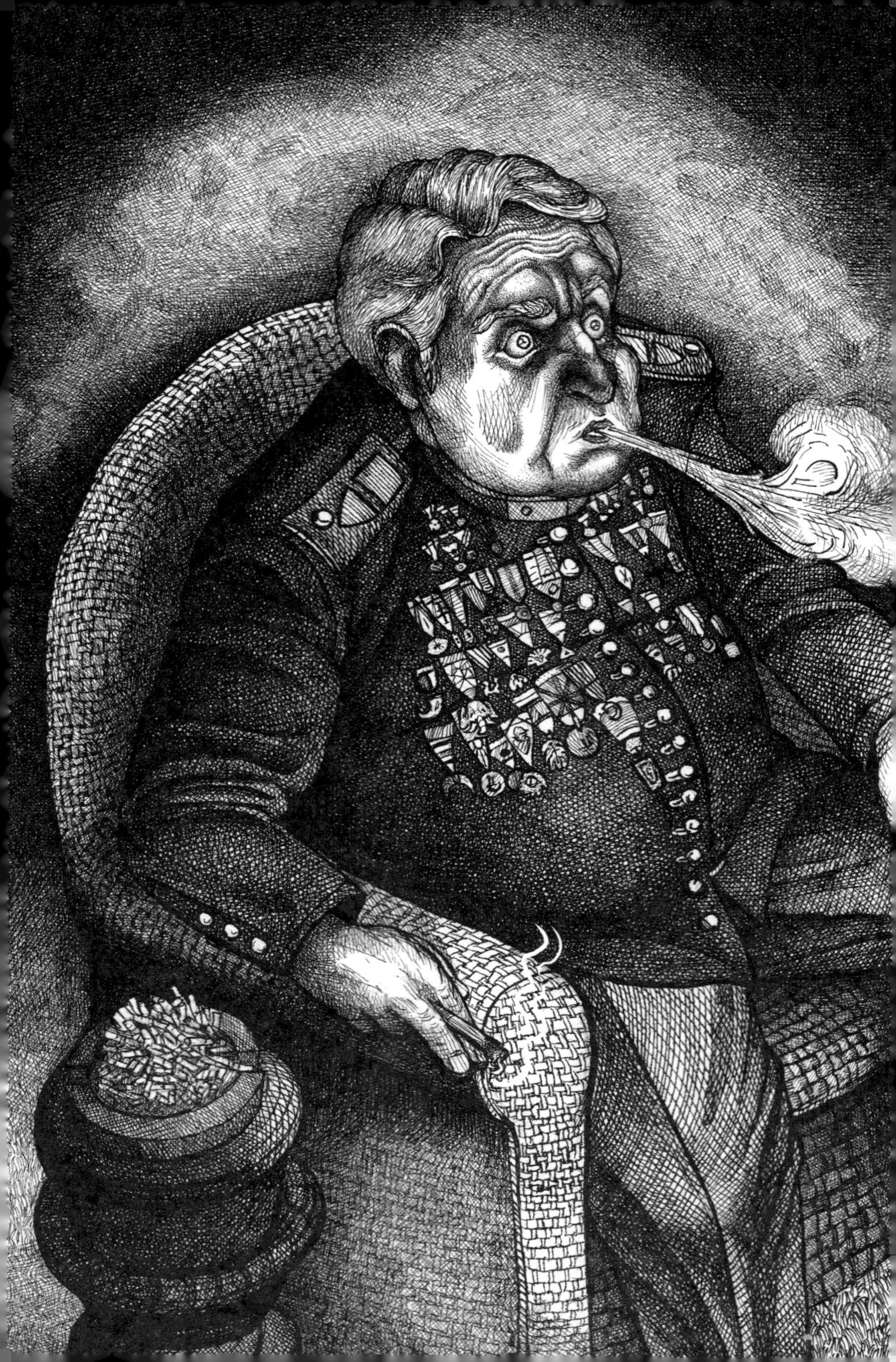

不过我想你不提此事要明智得多。我知道库珀是个粗中有细的人，他虽举止粗鲁，可是相当能干，只是在战争期间处境不佳，我想应当尽量给他创造一些机会。我认为你对一个人的社会地位未免太重视了。你必须记住，时代已经变了。有高贵身份当然是件好事，可是更要紧的是能干加刻苦。我认为你只要稍微容忍一下，是会和库珀和睦相处的。

      你的诚挚的理查德·坦普尔

  信从沃伯顿手里掉到地上。字里行间的意思很容易领会。他和狄克·坦普尔相识了二十年，狄克·坦普尔出身于某个郡的名门望族，可是这样一个人竟然也认为他是个势利小人，因而不屑理会他的请求。沃伯顿突然感到失去了生之勇气。他所属的那个世界已经消失了，未来属于低贱的一代。库珀就代表这一代人。他对库珀恨之入骨。他伸出手来打算把酒杯斟满，就在这时，他的管家走上前来。

  "我不知道你在这儿。"

  那个男仆捡起了那封信，啊，这就是他在这儿等候的原因。

  "库珀老爷走吗，老爷？"

  "不。"

  "大祸就要临头了。"

  沃伯顿疲乏无力，所以这句话落在他耳膜上仿佛什么意义也没有。但顷刻间，他在椅子上坐直了，定睛看着这个男仆，浑身的精神都提了起来。

"你这句话是什么意思？"

"库珀老爷现在对阿巴斯很不好。"

沃伯顿先生耸耸肩膀，库珀那样的人哪里知道怎样对待仆人呢。沃伯顿先生是知道这类浑蛋的。他们时而对仆人过分亲昵，时而又变得异常粗暴。

"那就让阿巴斯回去吧。"

"库珀老爷把他工资扣住不发，防他溜跑，这三个月一个子儿没给。我劝阿巴斯忍耐着点儿，可是他非常生气，道理听不进去。要是库珀老爷继续亏待他，那就要发生祸事了。"

"你向我汇报，做得对。"

这个蠢货！他对马来人太不了解了，以为冒犯了他们还能安然无事？要是他背上捅了克利匕首[1]那也完全活该。一把匕首！沃伯顿先生的心好像突然怦地一跳，他只要让事情自然发展，这个眼中钉总有一天会被除掉的。"巧妙地不动声色"这句话掠过他的心头，他不由得微微一笑，心跳也舒畅一些了。他看见自己所恨的那个人，倒伏在丛林里一条小路上，背上插着一把刀，这是那个横行霸道的无赖应得的下场。沃伯顿吸了口气，他有责任警告库珀，他当然应该这样做。他写了一封简短而刻板的便函给库珀，请他立刻到公署来一趟。

十分钟后库珀站在他面前了。自从沃伯顿差点动手揍他那天起，他们彼此没有说过一句话。沃伯顿这会儿也没有请他坐下。

---

[1] 克利匕首：这是马来人的一种匕首，锋刃呈波浪形。

"你要见我吗?"库珀问道。

他衣冠不整,邋邋遢遢,脸上和手上布满了一块块小红斑,这是蚊虫叮咬后他又用手抓挠的结果,他消瘦的长脸带有一种愠怒的神情。

"据我了解,你现在又和仆人们闹纠纷了。我管家的侄儿阿巴斯抱怨你扣了他三个月工资。我认为这种做法太专横了。这小伙子想离开你,这自然不能怪他。我得提醒你,把积欠的工钱付清。"

"我不打算让他走。我扣住他工资是为了能保证他好好干活。"

"你不知道马来人的性格。马来人对于伤害和嘲弄是耿耿于怀的,他们性情暴躁,报复心强。我有责任警告你,要是你欺人太甚,就会大祸临头。"

库珀轻蔑地嘿嘿一笑。

"你想他有什么招儿?"

"我认为他会杀死你。"

"你管这干吗?"

"啊,是不用管。我该守口如瓶,一个字也别说,可是我感到作为你的同事,我有责任向你敲敲警钟。"

"你以为我会害怕一个黑人孬种吗?"

"你怕不怕,与我毫不相干。"

"好吧,让我告诉你,我自己知道该怎么当心。我那个仆人阿巴斯是个偷东西的坏蛋。他要是想算计我、搞什么鬼,上帝作证,我会拧掉这个该死的东西的脖子。"

"我想对你讲的就这些。"沃伯顿先生说,"再见。"

沃伯顿先生对他微微颔首，示意他可以走了。库珀面红耳赤，不知道说什么做什么才好，好一会儿后才转过脚跟，跟跟跄跄地走了出去。沃伯顿嘴唇上挂着一丝冷笑，看他走出去，心想："好，我已经尽了责任了。"库珀回到那个安静无趣的平房，倒在床上，在寂寞中突然失去了自制力，痛苦的啜泣撕扯着他的胸膛，大颗大颗的泪珠顺着他消瘦的脸颊滚下来。如果沃伯顿知道这情况，会有什么感想呢？

这以后沃伯顿很少见到库珀，见了也绝不和他说话。他每天早晨看他的《泰晤士报》，在办公室办公，锻炼身体，穿晚礼服用餐，饭后坐在河畔抽方头雪茄。如果偶然碰见库珀，他干脆不理不睬。他俩虽然时时刻刻都意识到对方近在咫尺，却装得仿佛对方不存在。他们之间的敌意并没有随时间的消逝而减轻。他们都注视着对方的行动，都知道对方在干什么。

沃伯顿年轻时枪法很准，现在已上年纪，对在丛莽中打猎失掉了兴趣，而库珀每逢星期天和假日总要挎着枪出去。他们好像在暗中较量，如果库珀打到了什么，他就赢了沃伯顿一个回合；如果他一无所获，沃伯顿先生就会耸耸肩膀，嘿嘿地冷笑，表示轻蔑，这站柜台的居然也想打猎！在圣诞节他俩都不好受。两百英里以内只有他们两个白种人，而且是近邻，一喊就能听见，可他们却各自在住所里孤零零地吃饭，有意喝得酩酊大醉。

这年的年初，库珀发烧，在床上躺了好几天，沃伯顿再次碰见他，看到他变得那么瘦，不由感到惊异。他形体衰弱，病容满面，不必要的孤独使他烦躁。沃伯顿也心烦意乱，往往夜不成眠，躺在床上想心事。库珀大量喝酒，他身体显然快要垮了。在和土著们打交道时，他总加以提防，不让他的上司抓住话柄。他们在进行着一场悄无声息而又难解难分的搏斗。这是耐力的考验。几个月过去了，哪一方也没有示弱。他们好像是居住在永恒黑夜中的人，知道曙光永远不会出现而深深苦恼，看起来他们仿佛会在这种沉闷、可怕、单调、仇恨中无止境地生活下去。

所以当那件不可避免的祸事终于发生的时候，沃伯顿出乎意料地吃了一惊。库珀指责阿巴斯偷窃了他几件衣服，那小伙子矢口否认，于是库珀就抓住他颈背，一脚把他踢下平房的台阶。小伙子讨工资，库珀用自己所能想出的各种各样的脏话骂他，并威吓他说，如果一小时后看见他还赖着不走，就要把他扭送警察。翌日清晨库珀上班时，阿巴斯在公署外面拦住他，再次向他索取工资。库珀捏紧拳头，朝他脸上狠击一拳。小伙子被击倒在地，爬起来时鼻子里鲜血直流。

库珀继续往前走，到公署里开始办公，但是他定不下心来。那一击平息了他的怒火，他知道自己做得太过分了。他有些担心，他感到难受，也有些沮丧。沃伯顿就坐在隔壁办公室里，他一时冲动，想去告诉他事情的经过，在椅子上扭动了一下，可他知道沃伯顿听了会冷冷地嘲弄他，他仿佛看到他上司那副傲慢的笑容，于是又不想去了。有一会儿他有些后怕，唯恐阿巴斯会报复他。沃伯顿对他的告诫很对。他叹了口气，感到自己太愚蠢了，可是又不耐烦地耸耸肩膀，他并不在乎，他在世上也没有啥活头。这都是沃伯顿的过失，如果沃伯顿不惹他发怒，也就不会发生这种事。沃伯顿从一开始就处处和他为难，这个势利小人。不过他们都是这样的，就因为他是在殖民地出生的就歧视他。他在战争期间一直没有取得军官资格，这真是奇耻大辱。他并不比任何人差。他们都是一群卑鄙的势利小人。如果他现在屈服，那还算什么男子汉！当然，沃伯顿会听到刚才发生的事情，这个老东西什么都一清二楚。可是他并不气馁，婆罗洲的那个马来人他也不怕，让沃伯顿见鬼去吧！

库珀认为沃伯顿会知道刚才发生的事，还真想对了。沃伯顿去吃午饭时，管家把一切都对他说了。

"你的侄儿现在在哪里？"

"我不知道，老爷。他走了。"

沃伯顿没有吭声。午饭后他照例要睡一会儿午觉，可是今天他觉得一点儿也不瞌睡，他的视线不由自主地射到库珀正在休息的那幢平房。

那个蠢货！沃伯顿心里踌躇了片刻，那个家伙知道他的处境多么危险吗？他想应该派人去找他谈谈，可又想到每次好心劝说总是受到库珀一顿奚落，不由得涌起了一股无名的怒火。他太阳穴青筋暴露，双拳攥紧，心想："我已经警告过这个无赖了，现在让他自己去应付即将到来的灾祸吧，这与我无关，要是出了什么事，也不是我的过失。但愿瓜拉索罗的人听取忠告，把库珀调到另一个公署去。"

当晚，他很奇怪地心神不安，晚饭后在游廊上踱来踱去。他的男仆回到书房，沃伯顿问他，有没有看到阿巴斯。

"没有，老爷，我想，他也许到他舅舅的那个村子去了。"

沃伯顿用锋利的目光瞥了他一眼,可是那个仆役正低头向下看,他们的目光没有相遇。沃伯顿往下走到河边,在凉亭里坐下,可是他心里平静不下来。河水静悄悄地向前流,好像带来了什么不祥的预兆。它好像一条巨大的蟒蛇,在缓滞地扭动着身躯向大海滑去。河面上露出阴暗的林木,好像在威吓着人们,使人心情沉重郁闷。没有鸟鸣,没有微风,肉桂树的树叶纹丝不动。他觉得四周好像都有什么东西在窥伺着。

他穿过花园,向大路走去。库珀的平房尽收眼底。他的起居间里亮着灯,越过道路飘来了拉格泰姆舞曲[1],库珀正在放留声机呢。沃伯顿先生震颤了一下,他对留声机有一种难以抑制的本能的厌恶。要不是这个原因,他本来会过去和库珀说话的。可现在他转过身来,回到自己屋里去。他看书看到深夜才去睡觉,但入睡的时间并不长。他做了一些可怕的梦,好像被一声喊叫惊醒了。当然这声喊叫也是梦,因为任何喊叫——比如说,那座平房里发出的喊叫,都不会传到他房间里。他就这样睁眼躺到了天明。接着他听到慌慌张张的脚步声和七嘴八舌的讲话声。他的管家突然闯进屋里来,光着头,没有戴圆筒毡帽。沃伯顿先生仿佛心脏停止了跳动。

"老爷!老爷!"

沃伯顿先生跳下床来。

"我马上就来!"

---

[1] 拉格泰姆舞曲:一种早期的爵士音乐。

他趿上拖鞋，穿一条纱笼和一件睡衣就穿过场院往库珀的屋子走去。库珀躺在床上，嘴巴张开，一把波纹刀锋的匕首插入心脏。他是在熟睡时被杀死的。沃伯顿先生浑身一震，不过这并非因为见到意料之外的惨状，而是因为心里突然一阵狂喜。他心里的一块大石头落了地。

库珀的尸体已经凉了。沃伯顿把匕首从伤口里取出。这匕首是被狠命刺进去的，他费了好大劲才拔出来。仔细一看，他认出了这把匕首是几个星期前一个商人兜售过的。他知道是库珀买下的。

"阿巴斯在哪儿？"他严峻地问道。

"阿巴斯在他舅舅的村子里。"

当地警官正站在床端。

"带两个人到那个村子去逮捕他归案。"

凡是急需做的事沃伯顿都做了。他板起脸来发布命令，言简意赅，威风凛源。然后他回到公署去，刮了脸，洗了澡，穿上晚礼服，走进餐室。用纸封好的《泰晤士报》放在菜盘的旁边等他拆阅。他吃了点水果，管家为他斟茶，还有一个仆役给他端来了一碟鸡蛋。沃伯顿先生食欲甚佳，吃得津津有味。管家在一旁等待着。

"什么事？"沃伯顿先生问道。

"老爷，我的侄儿阿巴斯整整一宿都在他舅舅家里。这有证明，他的舅舅可以起誓，他一夜没有离开过那个小村。"沃伯顿先生皱起眉头，对他怒喝道：

"库珀老爷是阿巴斯杀死的，这一点你和我一样清楚。一定要依法惩办。"

"老爷,你不会把他绞死吧?"

沃伯顿先生迟疑了一会儿,他的声音还是那么生硬而严厉,可眼神却有了变化。尽管只是眼光一闪,那个马来人却迅速地觉察到了,他自己也心领神会地闪了一下眼神。

"阿巴斯犯的罪是非常严重的,他将被判处徒刑。"沃伯顿说到这儿停顿了一下,吃了点橘子酱,"在监狱里关一段时间以后可以监外执行,我要把他调到这儿来当仆役,你可以训练他干活。我敢肯定他在库珀老爷家里沾染了不少坏习气。"

"阿巴斯来自首行吗,老爷?"

"这是个聪明的做法。"

管家退下。沃伯顿先生拿起《泰晤士报》,整整齐齐地撕开包着的纸。他很喜欢把厚实的报页掀开,听那窸窸窣窣的声音。这个早晨清新、凉爽而美好,他用喜爱的目光将花园扫视了一下。他心上的一块大石头落了地,他的目光回到报纸上报道出生、死亡和婚姻的那一栏,一个他所熟知的名字引起他的注意。"奥姆斯柯克夫人终于生了个儿子,她那富孀婆婆可要高兴坏了!"他得给她写封贺信,随下批信件寄出。

阿巴斯会成为一个做事麻利的仆役。

那个蠢货库珀啊!

(1924年)

# 饥饿艺术家

*Franz Kafka*

弗兰茨·卡夫卡

(1883—1924)

奥地利小说家。曾长期任职于一家保险公司,白天工作,晚上奋力写作。著有长篇小说《审判》《城堡》,短篇小说《判决》《变形记》等。作品通过主角的孤独,探索异化、焦虑、内疚和荒谬等主题。

最近几十年来人们显然对职业性的禁食不那么感兴趣了。以前经营这种耸人听闻的长期绝食演出，收入非常丰厚。可是时至今日，这种演出已不可能获利，因为现在，我们生活在一个和以往迥然不同的世界了。且说，有一段时期全城的人对那位饥饿艺术家表现出强烈的兴趣，在他绝食期间，观众兴奋的程度逐日加深。每个人都想见识一下这种奇特的表演，每天至少去看一次；绝食表演的最后几天，有些人买了连票从早到晚坐在他小小的栅笼前面；甚至入夜以后，参观的人也是络绎不绝。摇曳的火炬把演出的场所照得通明，给人的印象尤为深刻。

每逢晴朗的日子，栅笼露天放着，参观饥饿艺术家更是成了孩子们的欢乐源泉，因为对他们的长辈来说，饥饿艺术家的表演只不过是谈资笑料，而孩子们却把它当成奇迹。他们张大嘴巴呆呆地站立着，手拉着手以便站得稳实些，以惊奇的目光盯着他看。只见他坐在那儿，脸色惨白，穿着黑色的紧身衣裤，根根肋骨都明显地凸起来。他甚至不是坐在座位上，而是坐在地上铺的麦秸堆里，有时谦恭地向人点点头，别人问什么，他就勉强挤出一丝苦笑，回答两句；有时从铁栅中间伸出一只胳膊，让大家看看他多么瘦，然后重新退缩回冥想的状态中去，对任何人、任何东西，甚至对那座时钟（这是他栅笼里的唯一物件）怪异的报时声，都毫不理会，只是半闭着眼睛茫然凝视着空中，偶尔拿起一只很小的玻璃杯，啜一小口水润润嘴唇。

除了临时的观众以外，大家还选出了专职的看守（很奇怪，这种看守通常都由屠夫担任），三人一班，日夜不停地轮番监视这个饥饿艺术家，以防他秘密进食以恢复元气。不过这种监视往往流于形式，只是为了使观众相信绝食不是虚假的。因为演出的主持人非常明白，饥饿艺术家于禁食期间，在任何情况下，哪怕受到强迫，也绝不会吞咽一丁点儿食物，因为职业的荣誉感阻止他这样做。当然，并非每个看守都懂得这一点。往往有些夜间看守不能恪尽职守，故意隐到一个偏僻的角落，假装全神贯注地打牌，实际上分明想给这个饥饿艺术家一个机会偷吃点东西（他们猜想，他总有什么东西藏在某个秘密的地方）以维持生命。最使饥饿艺术家烦恼的莫过于这样的看守。他们使他痛苦万分，像是无法忍受这禁食似的。所以当这种人看守的时候他往往克服虚弱，鼓起仅有的一点精神，尽可能长久地唱歌，以此来表示他们的怀疑是多么不公正。可是这样做并没有多大用处，他们还是怀疑，只不过对他一边填满嘴巴一边还能唱歌这件事感到诧异。还有些看守紧挨着铁栅坐着，他们不满足于展览大厅的微弱光线，动辄拿起主持人给他们的手电筒，用强烈的光线对准他照射。相比之下，后一种看守倒是合他心意得多。炫目的光线根本不会使他苦恼，反正他从来不能好好睡觉。而在一天中的其他时刻，不管光线多么强烈，甚至当展览厅里挤满了喧嚷的观众时，他都能打一会儿盹。所以他倒是很乐意在这些看守吹毛求疵的监视下度过又一个不眠之夜，他准备和他们讲讲实话，对他们谈谈自己流浪生活里的一些事情，什么事都行，反正只要让他们醒着，再一次让他们看到笼子里没有一点可吃的东西，并让他们相信他绝食的本领是谁也无法比拟的。不过他最幸福的时刻还是每天早晨，由他付款的丰盛早餐端到他们面前的时候。他们这些健康人辛苦了一个通宵以后，非常困乏，胃口特别旺，如猛虎扑食一样，把早餐吃了个精光。当然有那么些人风言风语，硬说这顿早餐是他企图买通看守人而用的一种不正当的手段，但这样说未免太冤枉他了。他请看守们吃早饭，正是为了要他们好好监视。如果不供应早餐，看守们虽然非常怀疑，但也就不肯出力严密监视，而悄悄离开了。

不管怎样，绝食表演者是不得不蒙受怀疑的。谁也不可能日夜不停地观察饥饿艺术家，所以谁也拿不出第一手凭据，能证明他真正严格地持续绝食，只有饥饿艺术家本人，所以对他的绝食观察始终、完全感到满意的也只能是他自己。然而出于某些原因，他从来没有感到满意过，倒不是因为绝食使他瘦得皮包骨头、惨不忍睹，或是许多人不忍来看他。也许恰恰相反，正是因为他对自己感到不满意才如此精疲力竭、形销骨立。任何新手都无法知道，只有他才知道绝食多么容易，可以说是世界上最容易做到的事情。他毫不隐讳这一点，然而大家都不相信。他们当中最宽厚的认为他是谦虚，而大多数人都认为，他说这话是一心标榜自己，要么他就是欺世盗名之徒，明明发现弄虚作假的绝食秘诀,却厚颜无耻地硬说绝食容易……他只好忍受所有这些诽谤,过了一段时间倒也习惯了。但是他内心的不满却始终难以平复。

值得称道的是,不管绝食多长时间,他从来没有自愿离开栅笼。演出的主持人为他规定的最长绝食期限为四十天,从来没有让他超过这个期限,甚至在大城市里,在有充分理由的情况下也是如此。经验证明,在大约四十天里,可以用逐步增加声势、大吹大擂的方法来激起观众的兴趣,可是超过四十天,城市里观众的兴趣就开始下降,来自各方的同情和支持也就逐步减退。当然,各个城镇之间,各个国家之间情况有些差异,但是一般说来,最多不能超过四十天。所以到了第四十天,那个用花朵装饰的牢笼打开了,热心的观众挤满了大厅,军乐队奏起音乐,两位医生走进栅笼,检查他绝食后的健康状况,并通过话筒把检查结果通知广大观众。

最后两位年轻的女士出场,她们为自己被选感中到荣幸,搀扶着饥饿艺术家走出栅笼,来到几步以外的一张小桌前,桌上放着为病弱者精心挑选的饮食。而偏偏就在这个时刻,饥饿艺术家总是表现得异常顽固。诚然,他完全可以伸出骨瘦如柴的双臂,让两位俯身帮助他的女士搀扶,可是他不肯起立。为什么绝食了四十天以后,偏偏要在这个特定的时候停止呢?他已经坚持了很久,坚持了一段仿佛无限长的时间,为什么当他处于,或者说即将进入最佳状态时,却要停止绝食呢?他完全可以绝食更久。他不但是空前未有的饥饿艺术家(这一点大家已经公认了),而且很可能(他感到自己的绝食能力是没有止境的）打破他自己的纪录，创造超乎世人想象的奇迹。为什么偏偏在这个时候欺骗他，剥夺他即将得到的荣誉呢？他的观众假装对他钦佩无比，为什么这点耐性也没有？既然他本人能忍受更长时间的绝食，为什么观众倒不能忍受呢？何况，他很疲惫，坐在麦秸堆里比较舒服，而现在人家却要他直立起来饱餐一顿，使他一想起就恶心，只是由于两位女士在面前，他才勉强控制自己，没有呕出来。他抬起头，望望这两位女士的眼睛。她们表面上看起来是那样友善，实际上却是残忍透顶。他转动着软弱无力的脖子，摇摇他那沉甸甸的头。但是接着，发生了一件从未发生过的事情。

主持人一语不发（因为军乐队太响，说话是无法听清的），向前走来——抬起双臂，举在饥饿艺术家的头顶，好像是祈求上帝俯视坐在麦秸堆里的这个人，这个受苦难的殉道者（他确实是个殉道者，不过是另一种意义上的），用一种小心翼翼的夸张动作抓住他消瘦的腰部，让大家看清楚他是多么衰弱。主持人将他托付给两位畏畏缩缩的女士时，故意暗中使劲推搡了一把，使他的腿和身体都跟跟跄跄地摇摆起来。饥饿艺术家现在完全垮了，头低垂在胸前，不听使唤地晃来晃去，身体仿佛被挖空了，两腿出于自卫的本能抽搐起来，膝部紧紧挨到一起，两脚在地上拖曳着，似乎不是站在坚实的地面上，而只是在寻找稳固的立脚点。他瘦弱不堪的身体完全倾压在一位女士的身上。她被压得气喘吁吁，转过脸来想找人帮忙——这个光荣的差使完全不像她预料的那么轻松。她先是拼命伸长脖子，尽可能不让自己的脸挨到饥饿艺术家身上。后来她发现这不可能做到，而她比较幸运的同伴正在用颤巍巍的手抓住饥饿艺术家瘦得皮包骨头的手，根本顾不上帮自己的忙，急得直流眼泪。幸亏早就安排好一个替补，那人一看情况不妙，赶紧上前解了她的围。接着食物端来了，主持人费了好大劲总算把一小口食物送进半昏厥的艺术家嘴里。他假装高兴，喋喋不休地说话，以分散观众的注意力，不让他们看到艺术家的昏迷状态，然后又把耳朵附到艺术家唇边，假装听到他的吩咐，向观众祝酒，这时乐队吹奏起响亮的装饰性乐段，以助声势。在乐声中观众渐渐走散，谁也没有理由对这井然有序的过程感到不满，除了饥饿艺术家本人。只有他一如既往，对这一切感到不满。

  多年来他一直以这种方式生活，每次绝食表演之后只做短暂的休息以恢复体力，因此闻名遐迩，受到世人的尊敬。但是尽管如此，他内心却很苦恼，特别是没有人认真对待他的苦恼。他需要什么安慰呢？还有什么是他渴求的呢？如果某个温厚的好心人哀怜他，试图安慰他，向他指出，他的忧郁大概是由绝食引起的，他听了这话，特别是正好当他绝食了一段较长时期以后，很可能会勃然大怒，会像野兽一样拼命摇撼自己牢笼的铁条，然而表演的主持人却有一套自鸣得意的办法对之加以惩罚。他会向大家道歉，请他们原谅艺术家的怒气发作，因为这种烦躁易怒的心情是由绝食引起的；这种心情是吃饱喝足的人很难理解的。然后他会话锋一转，很自然地谈到艺术家准备大大延长绝食时间的问题。他欲抑先扬地称赞艺术家的这番话无疑表现了极大的自我克制精神，其志可嘉，接着却拿出了几张公开出售的照片，上面拍摄的是艺术家绝食第四十天，躺在床上奄奄一息的模样，作为反证。饥饿艺术家尽管已经听惯了这番歪曲真相的话，每次听到以后还是灰心丧气，难以忍受。精力枯竭本是过早结束绝食所造成的，却被说成是过早结束的原因！茫茫人寰(huán)，有谁是知音？面对这种情况却又无能为力，他实在是痛心。他一再抱着真诚的愿望站在铁栏前，聆听演出主持人讲话。可是见到这些照片，他总是放松了手，痛苦地呻吟着，仰倒在麦秸堆上。本来心怀疑惧而散开的观众，这才放下心来，再次聚拢到笼前，端详着他。

几年以后，目击者重温这些场面时，往往根本不明白自己以前怎么会那么热衷于此。这时如上所述，大众的兴趣发生变化了，来势甚猛，几乎像是一夜之间发生的。也许其中有深刻的原因，不过谁肯费心探究呢？反正，当年走运的饥饿艺术家有朝一日突然发现自己被寻欢作乐的人们抛弃了。他们川流不息地从他身边走过，去寻找更受大家欢迎的新消遣、新娱乐了。演出的主持人做了最后一次努力，带他匆匆走遍了半个欧洲，看看哪里的观众仍然保持着以前的兴趣，结果是徒劳往返。到处都可以发现人们不约而同地显出对职业性绝食表演的深恶痛绝。当然，一切不会来得如此突然，很可能在绝食表演非常走运的时期，衰微之象已露征兆，只不过当时大家未加注意，现在回想起来才恍然大悟。可是要采取补救措施，已为时太晚了。将来说不定绝食表演会再度走运，然而生活在现在的人并不能从这渺茫的希望中得到丝毫慰藉。那么，饥饿艺术家该怎么办呢？他曾红极一时，受到成千上万观众的喝彩，又怎么能指望他降低身份在乡村集市的篷摊里出乖露丑呢？至于说改行，他年纪太老，而且也不愿放弃这项他为之献身的事业。所以他只好离开他的演出经理——举世无双的绝食演出事业的合伙人，而受雇于一个大马戏团。合同上的条款非常苛刻，他一眼也不想看，免得伤心。

一个大马戏团，常常大批解雇旧人，招用新人，不断更新设备和演出的驯兽，身怀绝技的人不愁没有受雇的机会，甚至饥饿艺术家也可以参加演出。当然这是说如果他要求不高的话。马戏团雇用他很划算，不仅是他本人技艺高超，而且有他长期的盛名可资利用。再说他的表演性质特殊，不受年龄增长的影响。别的艺人过了壮年，技艺就要走下坡路，到头来只能在马戏团某个僻静角落里栖身，而饥饿艺术家的情况恰恰相反。他一再声称，他的绝食本领一如既往，这句话倒是切实可信的。他还断言，如果能让他随自己的心意绝食的话（马戏团的主人很干脆地答应了他），他能创造空前的纪录，使举世震惊。不过这个声明难免引起其他艺人的嘲笑了，因为他全然没有考虑到舆论已经变了。饥饿艺术家因为过分热衷于自己的事业，轻易地忘却了他不再那么受人注目了。

然而他对自己的实际处境也并非毫不知晓。所以当他和他的笼子没有被作为主要的吸引物安置在马戏团正中，而是放在外围靠近装野兽的笼子（这个地方也还算醒目）时，他终于也把它作为理所当然的事实接受下来了。涂着鲜艳色彩的大幅海报上也画着他的笼子，并向观众宣告着笼子里有什么可看的玩意儿。野兽表演的间歇，观众从演出厅里蜂拥而出的时候，难免要经过饥饿艺术家的笼子。那里过道太窄，后面的人涌过来——大家都急于看驯兽的精彩表演，寻求刺激，实在不明白为什么要堵在这儿，因此一个劲地往前涌，谁也无法留下来安静地观看。正是由于这个原因，饥饿艺术家本来一直盼望大家来参观，把当众表演作为生活的主要目标，现在却开始感到畏惧了。

起初，他迫不及待地等候野兽表演的间歇时刻，看到大伙儿川流不息地向自己走来，究竟是件快慰的事。可是不消多久，甚至最执拗的自我欺骗也抵不住无情的事实了——他一再观察观众的行动，终于深信这些人多半，或者说毫无例外都是路过他的笼子去看野兽表演的。

人们从远处过来的那个画面是最美好的，因为他们一走到他笼子跟前，互相争执的两派人（他们络绎不绝地出现）震耳欲聋的喊叫声和辱骂声，就像风暴一样惊心动魄。一派想停下来看看他——并不是真的对他感兴趣，只不过是执拗地坚持自己的主张——这派人不久就更使他憎恶。另一派人则主张径直去看野兽。第一批人像潮水般席卷而过以后，零星掉队的人还在陆续走来，按说并没有人在后面推搡，他们本来可以从从容容地停下来看看他，可是他们为了及时赶到野兽表演的地方，迈着大步飞速地跑过，连瞅也不瞅他一眼。只是在极其偶然的情况下——也算是他交了好运——某一家父亲领着一帮孩子走到笼子前，用手指着饥饿艺术家，详细说明这种表演的意义，并讲起早先他自己看绝食表演的情况，演出的内容和现在毫无二致，但是激动人心得多，使观众毛骨悚然。孩子们听了父亲的话还是稀里糊涂，摸不着头脑。他们无论在校内还是校

# CIRCUS

## the HUNGER * ARTIST

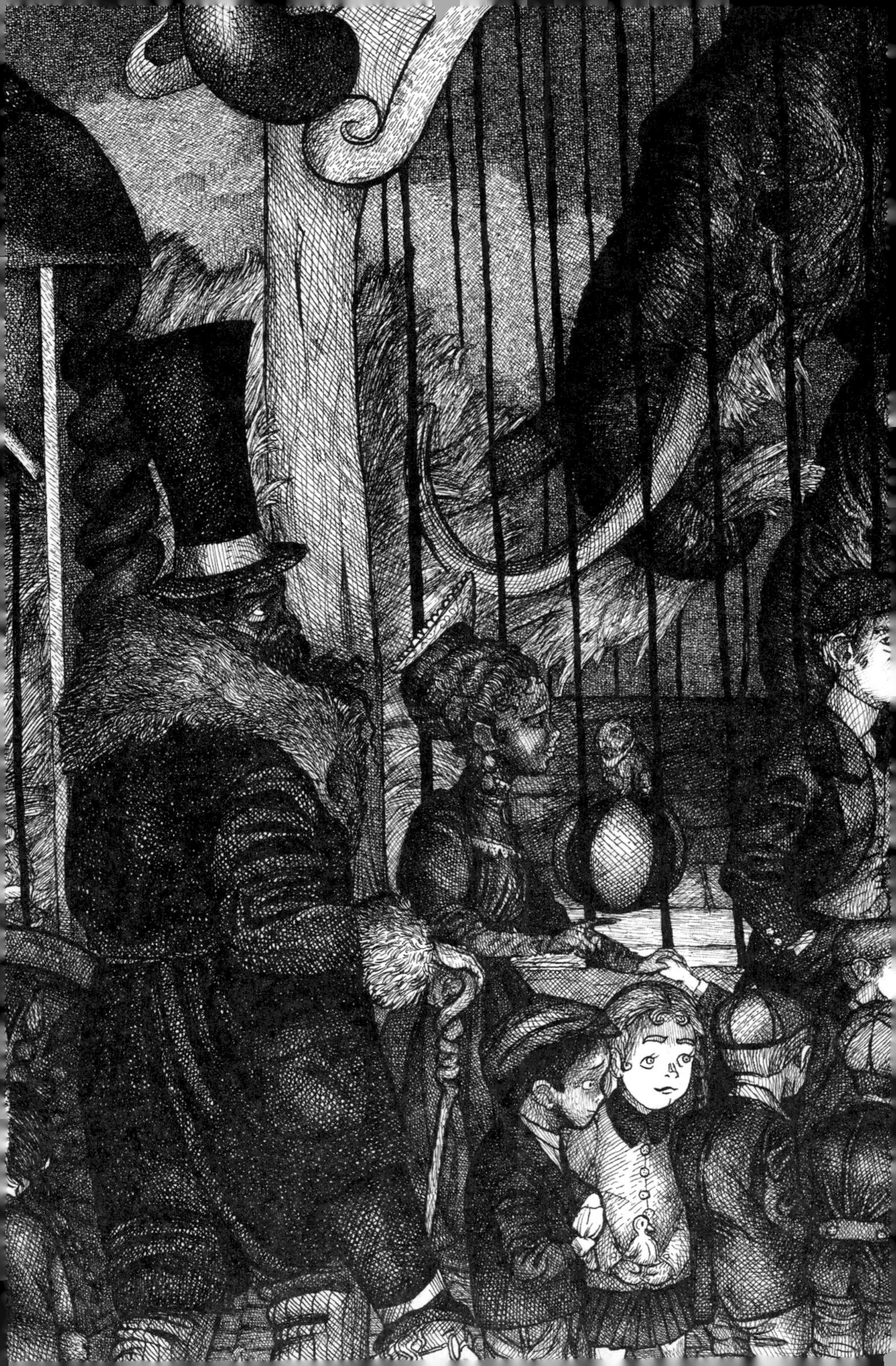

外都没有获得欣赏这种演出的准备知识。绝食和他们有什么关系呢？然而他们还是睁着乌溜溜的眼睛注视他。也许这是一个吉兆，表明以后好日子还会来到。饥饿艺术家好多次暗自思量，要是自己的笼子离野兽表演的地方不那么近，也许情况要好一些。靠得太近，自己的观众容易被野兽的表演吸引过去。更不用说野兽笼子散发出一股股恶臭，半夜里野兽不安地来回走动，服务人员拿大块生肉去喂野兽，打他身边走过，野兽噬肉时大声吼叫这一连串使他心情沮丧的事情了。可是他不敢向马戏团的管理处发牢骚。何况，说到底，他还得感谢这些野兽，多亏它们吸引大群观众，才有那么多人经过他的栅笼，其中总有那么一两个对他感兴趣。要是他呼吁一下，使大家注意到他的存在，或者严格地说注意到他只是观看野兽演出路上的障碍，大家就会出主意，决定将他单独关在什么地方。

不过说实在的，他只是个小小的障碍，只是个越来越无关紧要的小小障碍罢了。在这样的时候居然还希望大家对饥饿艺术家感兴趣，岂不奇怪？不过大家渐渐对这个奇怪的想法习以为常了。也唯其如此，大家才下了不利于他的判断。他可以尽量绝食，他也这样做了，但怎么做也于事无补了，人们冷漠地从他身边走过。试试吧！向他们说明绝食的艺术！对绝食没有鉴赏力的人，是无法理解的。漂亮的海报变得污渍斑驳、不可辨认，被人们扯掉了。马戏团有个小小的布告栏，起初每天都小心地贴出一张新的布告，通知大家艺术家已绝食的天数。过了几个星期，马戏团的职工们连这件小小的事也不屑去做，布告再也不换，长期停留在同一个数字上。于是饥饿艺术家如愿以偿，能像往日所梦想的那样一直绝食下去，并且正如他所预言的，并不为此而苦。但是没有人计算他绝食的天数，没有人，甚至连饥饿艺术家本人，也不知道他已经创造了多久的纪录。他的心情变得沉重了。每当哪个闲散无事的行路人驻足观看，都要对布告栏上的旧数字嘲笑一番，说马戏团骗人，说这是出于冷漠和恶意而编造的最愚昧的谎言。饥饿艺术家并没有骗人，他在诚实地工作，但是人世间却欺骗了他，没有给予他应得的酬谢。

然而，又过了许多天，连这种可怜的状况也到了尽头。某天，一个监工偶然看到了这个笼子，问服务人员为什么把这么好的笼子搁在那儿不使用。谁都瞠目结舌，不知所措，最后有个人看了布告，才记起了这是饥饿艺术家的笼子。于是大家用棍子捅捅麦秸堆，发现他在里面。

"你还在绝食吗？"监工问，"你究竟打算什么时候停止呢？"

"诸位，原谅我吧。"饥饿艺术家喃喃低语道。

只有监工耳朵贴在铁条上，明白了他的意思，于是伸出一个手指轻轻拍拍他的额头，让服务人员知道这个人的健康状态，接着说："当然，我们原谅你。"

饥饿艺术家说："我一直渴望你们赞赏我的绝食。"

监工和蔼地说："我们赞赏。"

饥饿艺术家说："但是你们不应当赞赏。"

监工说："好吧，那么我们就不赞赏吧，可是我们为什么不应当赞赏呢？"

饥饿艺术家说："因为我的绝食是不得已的，我不得不这样做。"

监工说:"你真是怪,你为什么不得不这样做呢?"

饥饿艺术家略微抬起头来,好像亲吻似的噘起嘴唇,附在监工的耳边,不让他漏掉一个音节,说道:"因为,因为我找不到自己所喜欢的食物,如果能找到的话,请相信我,我会毫不犹豫,像你一样,像任何其他人一样狼吞虎咽,吃个痛快。"这是他临终的话,他的眼光越来越暗淡了,可是眼睛里仍然流露着坚定的神色(虽然不像以前那么自豪了),深信自己还在继续绝食。

"得了,现在把这东西清除出去!"监工命令道。于是大家把饥饿艺术家的尸体连同麦秸等物一起埋葬掉。他们把一只幼豹放进笼子。甚至最迟钝的人,看到这只野兽在那长期死气沉沉的笼子里到处蹿跳,都感到耳目为之一新。这只豹子挺不错,它需要的食物,服务人员毫不迟疑地立刻送来。它好像连自己的自由都不惦念了。它高贵的躯体里装满了它所需要的食物,几乎到撑破肠肚的程度。它好像带着自由到处跑,自由潜藏在它上下腭之间的什么地方,生之欢乐从它的喉咙里如泉涌出。它的吼声是那样热情充沛,观看的人莫不惊讶。可是他们却打起精神,密密匝匝地围在笼子外面,简直不想离开。

(1922年)

马里奥与魔术师

托马斯·曼
(1875—1955)

德国小说家、散文家。1929年因长篇小说《布登勃洛克一家》获得诺贝尔文学奖，该作品被誉为德国资产阶级的"一部灵魂史"。著有长篇小说《魔山》《绿蒂在魏玛》等。作品充满敏锐的洞察力，极具象征和讽刺意味。

维尼尔塔在我的脑海里留下了不愉快的回忆。从一开始,这个地方的空气就使我们心神不安。我们感到烦躁,紧张不安。后来又发生了骇人听闻的西波拉事件。这是个令人生畏的家伙,似乎老天注定要将所有的邪恶集中于他一身。回顾往事,我们感到件件事的可怕结局乃是预先注定、理所当然要发生的。让孩子们亲眼看到这个神秘人物种种欺世盗名的劣迹,更是不合适。幸亏他们并不知道喜剧到哪儿结束,悲剧从哪儿开始,而我们也让他们一直恬然自信,相信整个这件事从头到尾都是一出戏。

维尼尔塔离第勒尼安海滨最著名的避暑胜地之一克莱门特港约有十五公里。克莱门特港已经都市化了,风景宜人,设备讲究,一年有好几个月游客挤得满坑满谷。主街两旁的店铺和旅馆鳞次栉比,非常热闹,充满了欢乐的气氛。从主街往下是一片广阔的海滨沙滩。沙滩上到处都是五光十色的帐篷、插着三角旗的沙堡以及被太阳晒黑的人群,成天地熙来攘往,人声鼎沸。可是海岸线上到处都是这种铺着细沙的广阔海滩、环抱的松林和高耸的山峰，那就无怪乎前面某个幽静的地方突然又出现了一个避暑胜地与之抗衡。

维尼尔塔胜地（使这个镇出名的那个塔早就倾圮，游客们已无从寻觅了）本来只是克莱门特港的一个附庸，好几年以来一直只是为数寥寥的游客领略田园风光的所在，某些不爱尘嚣的人的理想桃源。可是它逃脱不了风景胜地的历史规律：一旦出了名，"安静女神"就不得不沿着海岸退到马利纳佩特利拉或天知道的什么其他地方。我们都知道，世人寻求"安静"，无疑是迫使她逃走——向她扑去，梦想和她结婚，天真地认为和她在一起就能过安闲自在的生活，甚至于建立了名利场，还认为"安静"仍会留在自己身边。

就这样，虽然维尼尔塔原先比克莱门特港质朴无华，更适合沉思冥想，可由于意大利人和外国人纷至沓来，它也成了一个热闹的所在。现在虽然克莱门特港仍然为游客们喜爱，仍然像以往那样喧闹，那样拥挤，但它已经不再是旅游者最喜爱的去处了，近来好多人都到它的隔壁——维尼尔塔去了。维尼尔塔的风光更加宜人，收费也比较低廉。而且尽管它的美妙之处早就不像以前那样明显了，它依然像以前那样能吸引人。维尼尔塔有了一家大酒店，小旅店如雨后春笋一样涌现。有些是朴实无华的，有些是比较华丽的。

那些拥有或租借海滨别墅或松树园的人不能再像以往那样在海滩上逍遥自在了。每到七八月份，这儿就像克莱门特港的海滩一样，挤满了人，他们放声大笑、争吵、寻欢作乐。骄阳肆虐，像火一样炙人，把人们的脖颈晒得脱了皮。孩子们划着鲜艳夺目的平底小船，在闪着光的蓝色海波上摇摇晃晃地行驶着。母亲们逗留在远远的海岸上呼唤自己的孩子，空气里充满了她们焦急的喊声："尼诺！""桑德罗！""比奇！""马利亚！"小贩们跨过躺卧在海滩上晒日光浴的人们的腿，走来走去，兜售花朵、珊瑚、牡蛎和柠檬水，扯着南方人的大嗓门，喘着气高声叫卖自己的货物。

这就是我们来到维尼尔塔时呈现在面前的景象，够欢快的。可是我们想，还是来得太早了。时值八月中旬，在意大利，夏日的余威依然未煞。外地游客要领略这儿的风光，确实来得不是时候。

每到下午，滨海人行道旁的那些咖啡馆里都门庭若市。例如，我们有时坐在那儿看马里奥表演的埃斯基斯托咖啡馆就是这样拥挤（下面我马上就要谈到这个马里奥）。在那儿几乎找不到一张空桌。就在人们聊天的当儿各种各样的乐队竞相献艺，使人如堕五里雾中。

游客们从克莱门特港来，当然是在下午。对那些游览胜地坐立不安的常客来说，维尼尔塔之行是挺有意思的。一辆菲亚特牌的班车驶行于两地之间，使公路两旁的夹竹桃和月桂树篱蒙了一英寸厚的尘土。游客们都注意到了这个煞风景的现象。

是的，人们到维尼尔塔来，确实应当挑选九月份，那时大批游客已经离开，或是五月份趁海水尚未充分温暖、吸引大批南方旅客来游泳之前。当然，即使在旅游旺季前后，维尼尔塔也不会阒无游客，不过没有那么多来自本国各地的人，生活也不那么活跃罢了。那时在帐篷下面、小旅店和食堂里旅客所讲的多半是英语、法语和德语。可是在八月份的旺季，情况就不一样了，至少是在那家大酒店——我们不知道私人公寓的地址，所以都租住在大酒店里——外国游客会发现到处都是佛罗伦萨人和罗马人，会感到自己孤立无援，甚至会暂时感到失去了社会地位。

我们到达这里的当晚，就有这种体会，非常窝火。我们走进餐厅用餐，侍者领我们走到桌旁。这张桌子本身没有什么缺点，只是我们看中了前面游廊上的那些座位。那道游廊伸到水面上，可以凭栏远眺，而且有许多小巧的红罩台灯，尽管也像里面的餐厅被挤得满满的，也还有几张空桌。

孩子们看到这种节日般的景象欣喜若狂，我们便直截了当地说明我们喜欢在游廊上用餐。看来，我们讲这些话是出于无知，因为那个侍者略微发窘而又彬彬有礼地告诉我们，外边那个舒适的角落是专门留给"*我们的顾客*[1]"的。他们的顾客？我们不也是他们的顾客吗？我们不是匆匆来去、住一宿就走的游客，而是打算停三四个星期在餐厅里就餐的呀，为什么有些顾客就受到特别照顾，能在外面红灯照耀的游廊上用餐，而我们却不能？两者之间到底有什么区别呢？但我们并没有硬要他解释，而是在餐厅里坐下，在平凡的枝形吊灯的灯光下吃了顿饭。干脆这么说吧，饭菜非常单调乏味。我们后来发现，从这里往内陆方向仅数步之遥的埃列奥诺拉旅店，那儿的饭菜要好得多。

---

[1] 原文为意大利语。

三四天后，我们还没有来得及在大酒店安顿下来，就搬到埃列奥诺拉旅店去了。倒也不是因为游廊和红灯的事。孩子们马上就和侍者和小听差们打得火热，很快就把这些诱人的彩灯忘了。可是这会儿，在我们和游廊上的那些游客之间，说得更准确些，也许是和那些对阔佬们百依百顺的酒店管理人员之间发生了一件不愉快的小纠纷，从而破坏了节假日的欢愉气氛。

在下榻酒店的贵宾当中有几位身份很高的罗马贵族，他们和某亲王是一家。这些显贵人物居住的房间和我们的很近。我们的小家伙们前一阵子患了百日咳，现在虽然都好了，可是最小的一个尚未痊愈，咳嗽仍然不时轻微地打扰着隔壁人们香甜的睡眠。

王妃是一位充满母爱的女性，对这种情况大为惊恐。这种病性质不明，自然会引起疑虑。所以我们这位高雅的芳邻坚持广泛流传的看法，单纯认为百日咳的咳声也会传染，害怕自己的孩子会得这种病。她凭女性所特有的过分自信向酒店管理人员提出了抗议。于是，他们赶快派出了一个（大家都熟悉这号人物）穿礼服大衣的经理，深表遗憾地说，在这种情况下，他们不得不催促我们搬出大楼到边屋去住。我们竭力保证，孩子的百日咳已进入最后阶段，实际上已经痊愈了，不会有传染的危险，要求请一位医生来证明。他们却执意不听，只允许由酒店的内科大夫检查，要我们听从他的诊断。我们同意了，以为这样总会使王妃安下心来，从而也就免除搬迁的麻烦了吧。大夫出现了，他的举动颇像一位忠实于科学的正直公仆。他检查了孩子，谈了自己的看法，说病已痊愈，不会有传染的危险。

我们舒了口气，总以为事情已经了结。不料那位经理声明，尽管大夫断定孩子的病已经好了,我们还是必须放弃原来的房间,迁到边屋去住。这种越权干涉的行为引起了我们的愤慨。王妃不见得是这种不守信义的行动的主使人,很可能酒店里溜须拍马的管理人员甚至不敢将大夫的话转告她。

长话短说,反正我们正告这个经理,我们宁可马上离开这家酒店,说罢便收拾箱笼。我们这样做一点也不担心,因为已经和埃列奥诺拉旅店的人打过交道,有了一点交情,那家旅店令人愉快的外观,老板安乔列里和她的丈夫都给了我们深刻的印象。那女的身材苗条,生就一头黑发,具有典型的特斯坎人体型,年纪约莫三十二三,皮肤呈南国女人的暗象牙色。那男的举止文静,衣着讲究。他们在佛罗伦萨开了一家更大的旅店,平时在那里,只有夏天和初秋才来维尼尔塔经营这家。

早几年,我们的老板娘结婚前曾经是埃列奥诺拉·杜斯[1]的伴娘、旅伴和戏装保管人,嗯,甚至可以说是这位名优伶的朋友。她直言不讳地认为这段时期是自己一生事业的顶点,甚至当我们初次见面时,她就兴致勃勃地谈起这件事。客厅里到处都陈列着许多有这位伟大演员亲切题词的照片。小桌上、茶几上、柜子上,还摆着她俩共同生活的其他纪念品。这位女士如此狂热地吹嘘自己有趣的往事,当然是为了抬高自己的身价,以利今后的营业。然而当她引导我们参观旅店的各个部分,听她以洪亮而急促的特斯坎口音讲述这位不朽女士的逸事,叙述

---

[1] 埃列奥诺拉·杜斯(1858—1924):意大利著名演员,曾出演歌剧《茶花女》,被称为有史以来演技最出色的女演员之一。*

这位圣洁女人的苦难、她的天才、她深刻而高雅的情感的时候，我们却是真正地感到愉快有趣。

接着我们把自己的行李送到埃列奥诺拉旅店去。大酒店的职工们和所有的意大利人一样，对孩子很好，看见我们离开都有点依依不舍。我们的新住处幽静而舒适，离海很近。我们沿着种满幼小美国梧桐的林荫路，轻松自在地走一段路就到了海滨广场。安乔列里夫人每天在洁净、风凉的餐厅里供应她亲手烹调的汤菜，服务周到，饮食考究。

午饭后，我们在旅店前面发现了在威尼斯结识的几位朋友，和他们闲聊，很是惬意。通过他们，我们又认识了其他人。总之，看来诸事顺遂。我们以为搬对了，打心底里感到高兴。什么都很顺当，我们过了个挺满意的假日。

然而接下去并没有什么非常称心的事情。曾促使我们迁居的那些蠢事也许还会在我们的新居出现。我承认，我这人太死心眼了，老是把一些看不惯的庸俗行为、滥用职权、办事不公、阿谀奉承、贪污行贿等记在心上。我过分详细地讲述这件小事，为这件事很生气，回想起来犹有余恨，其实根本没有必要。这种现象实在太自然、太普遍了。而且我们和大酒店并没有断绝往来，孩子们还是像以前一样和那里的人保持着友好关系，我们有时在那里的花园里喝茶。我们甚至看见过王妃，她总是步态稳重而优美地走出来（她珊瑚色的嘴唇是那么醒目），用目光寻找她那几个在英国保姆的监督下游戏的孩子。她做梦也不会想到我们就在附近，因为她一在近处出现，我们就严禁孩子发出声音，连清清嗓子也不许。

天气热得厉害，简直像非洲一样热。一离开被靛青的波浪舔舐的海边，骄阳的无情烈火就令人难以忍受。离开海滩到旅店去吃午饭，虽然只有数步之遥，我也只穿一套睡衣裤，却是想起来都心烦。你喜欢好几个星期过这样的生活吗？当然，在南方这种情况是正常的。天气是典型的天气，太阳是荷马描写的太阳，气候是人类文化发祥地的气候……可是我在这里住了一段时期以后却受不住了，开始感到这里的生活沉闷单调。日复一日，无云的天空热得能喷出火来，使人心情沉重。这里没有暴雨，没有变幻无常的天气，只有灿烂的直射光线和鲜艳的色彩，我原以为这会使人心情愉快。可是日子一久，人就会怅然若有所失。这是因为北方人心灵中更深刻、更复杂的需求始终得不到满足。你要是觉得无聊，也许就终会对这里的环境感到厌恶。

确实，如果没有那件百日咳的蠢事，我也许还不至于有这些感觉。很可能，我本来就烦恼，很想有这些感觉，因此才有意无意地抓住身边一件现成的事来引起这种看法，如果不是引起，至少也是加深，并为之提供证据。

从这方面来看，如果你愿意这样认为的话，可以认为我们是有点故意引起这种感觉的。不过那大海，当你每天早晨伸开四肢躺在沙滩上，面对着它永恒壮丽的浩渺烟波，也会有这种感觉吧。不，可能也不是大海引起了这样的感觉，然而，确实，尽管我们以前对大海有过美的感受，我们在沙滩上并不自在，并不愉快。

真是太遗憾了。正像我说的，本地的中产阶级占据着海滩。

诚然，意大利人是很好看的，我们看见年轻人当中有不少人身材匀称、面容妩媚可爱。不过，我们周围也必然有不少平平庸庸的人。你得承认，在意大利阳光下的这些中产阶级的乌合之众，就算在你祖国的天空下也不会显得更可爱些。这些女人的声音啊，有时很难相信我们是在西方歌唱艺术的发源地。"伏吉埃罗[1]！"直到现在我还听得见那喊声（听了这喊声以后，足足有二十个早晨觉得它就在我背后），那叫喊声中气很足，很洪亮，带有呼哧呼哧的呼吸声。那个"埃"带有呆板的重音，非常刺耳。"伏吉埃罗！*我在喊你，快应一声*[2]！""应"像德国人的读音一样念成卷舌音，这一切都使我敏感的心灵遭受着折磨。这喊声是为一个讨厌的小鬼而发的。太阳把他的肩膀晒得生了皮炎，看了令人恶心。他缺乏教养，倔强，脾气极坏，超过我所见过的任何孩子。除此以外他还是个胆小鬼，稍微有点疼痛就哇哇哭喊，把整个沙滩吵得沸反盈天。

一天，一只沙蟹在水里钳住他的脚趾，这点小小的疼痛使他闹了个鬼哭神嚎——宛如某个古代英雄在临死的剧痛中高喊——这喊声能钻进你的骨髓，让你脑海里浮现出可怕的悲剧幻影。显然他认为自己不仅被咬伤了，而且中了毒。

他从水里爬出来躺在沙滩上，好像在忍受着极度难忍的剧痛，"哎哟，哎哟妈呀"一个劲地呻吟着，猛烈地摆动着胳膊和腿，全然不理他母亲的苦苦哀求和旁观者的询问。好多人围拢

---

[1] 原文为意大利语。
[2] 原文为意大利语。

过来。有人喊来一位大夫，就是对我家孩子的百日咳做出客观判断的那位，他在这里也履行了医务人员的职责。他和蔼地叫这男孩放心，告诉他，他根本没有受伤，只要到海水里再泡会儿就能减轻疼痛。伏吉埃罗没有下水，倒是被抬着离开了海滩，后面跟着一大群看热闹的。可是第二天他照样露面，照样破坏我家孩子用沙子砌的城堡。当然，他总是说自己是出于无意。总之这是个讨厌透顶的小家伙。

有好几桩倒霉的事或几个捣蛋的人（这个十二岁的小鬼是其中突出的一个），虽然我们开头觉察不出它们的影响，但很煞风景，让大家非常扫兴。不知怎的，大家变得挺别扭，总装得一本正经，不肯痛痛快快玩一玩——起初很难说这是出于什么心情，反正，近来这些意大利人变得过分矜持，彼此之间，以及对待外国人都有一种妄自尊大的味道。这是为什么呢？我们逐渐明白，其中有政治上的原因，各个民族的人都有自己的理想。事实上，这个热闹的海滩上到处都是有爱国心的孩童。这现象既不自然，又让人沮丧。孩子们也是一个人种，自成一个社会，也可以说，自成一国。不管他们的小小词汇多么殊异，他们按照共同的方式生活，极易互相辨认。

我们的孩子很快就和其他孩子——意大利本国的以及外国的孩子——打成一片。然而很明显，他们双方有时都感到困惑和失望。孩子们有时也争吵，或是有过分自信和武断的表现——不过也很难这么说，因为他们很不自然，说教的意味过重，说不上什么过分自信。他们往往争论谁的国旗更鲜艳，谁的祖国更加强盛、更有权势，该排第几。成人们也参与进来，他们的目的并非使孩子们和解，而是做出裁决并阐明自己的原则。他们谈到意大利的伟大和尊严。他们一本正经的话语未免使孩子们扫兴，我们看见自己的两个小家伙困惑不解，委屈地退出了这场论战，只好出来解释一番。我们告诉孩子，这些人正在经历某一个也许不是很愉快的却又不可避免的阶段，好像是在生一场病。

我们终于和这个"阶段"产生正面冲突了，这只好怪自己不小心。我们很久以前就知道并且估量过这个阶段，多次看出它与我们将发生抵触，但总以为是出于偶然。可是这一次的抵触却非常明显，证明以前绝不是出于偶然了。总之，我们触犯了公共道德标准，成了众矢之的。我们的小女儿——她八岁了，由于发育不好，看上去只有六七岁，瘦得像一只鸡雏——洗了好长时间的海水澡，然后又穿着湿漉漉的衣服跑到海滩上，在温暖的阳光下游戏。我们告诉她，这件泳衣沾了沙子硬邦邦的，该脱下来在海水里涮一涮再穿上，叫她以后要小心些，别把衣服弄得这么脏。她脱下衣服，裸露着身体向大海跑去，清洗她小小的针织泳衣，再跑回来。我们哪里能预料到她的行为，也就是我们的行为，会激起公众的愤怒，掀起一场轩然大波呢？

我不想对这个问题过多地絮叨，只想说一句，在过去的十年中，全世界的人对裸体的态度和情感发生了天翻地覆的变化。有些事情，例如小毛孩裸体这一类无伤大雅的事情，咱们本来就容许，现在更是连想也不用想了。可是在这一带，这点小事却被认为是冒大不韪。爱国的意大利小孩们呼喊起哄。伏吉埃罗用手指嘬起嘴唇打口哨。我们左邻右舍的成人们也突然七嘴八舌地议论起来。这可不是好兆头。一位大城市打扮的绅士,后脑门上扣着一顶尺寸不太合适的圆形硬礼帽,正在向那些义愤填膺的女人保证,要惩罚我们。他走过来对我们这些卑劣小人迎头痛击,用南方人那种通情达理又富有感情的语调维护道德和社会风纪。他说,我们在一个热闹好客的国家干出这样伤风败俗的事,完全是忘恩负义,也是对意大利人的极大侮辱。我们不仅是违反了公共浴场规章的条文和精神,还破坏了意大利的荣誉,这是犯罪的行为。他,那个大城市装束的绅士,知道该怎样捍卫意大利人的荣誉,他建议大家别轻易放过这种冒犯国家尊严的行径。

我们竭力赔礼道歉,恭敬地鞠躬,凝神谛听他的雄辩。他火冒三丈,这时要想反驳他,那简直是火上浇油,错上加错。我们心里有各种各样的回答,例如我们很想说,"好客"这个字眼,严格说起来,不一定正确,并没有把所有情况都考虑进去。事实上,我们并不是意大利的客人,而是安乔列里女士的客人。她几年前和挚友埃列奥诺拉分手以后就一直殷勤地款待旅客,做到宾至如归。我们很想说,我们希望这个美好的国度并没有降低身份成为一个神经过敏、谨小慎微的国家。可是话到舌尖上又缩回去了。

我们只向这位绅士保证,根本没有不尊重他们的国家、触犯他们条例的意思。我们指出这个激起公愤的女孩只是个年龄很小的小不点儿,想以此来减轻事情的严重性,可我们完全是白费口舌。他摆摆手,对我们的话置之不理,他不相信我们的话,说我们的辩解站不住脚。他要惩一儆百,拿我们做个样子给大家看看。我想,大概有人打了个电话给当地政府了吧,上面派人到海滩上来了。他说，这个案件"*非常严重*[1]"，要我们跟他到广场上的市政府去一趟。那里一位官位更高的官员也这样裁决，说事态"*非常严重*"，接着滔滔不绝地说教起来（腔调、词句和那个戴圆顶礼帽的人一模一样），说我们必须交付五十里拉的罚款和赎金。不管我们愿意与否，看来这一笔钱是非交不可的了。既然犯了法，就得向意大利政府捐一笔款子。我们付了钱，离开了市政府，我们该不该干脆就在这个时候离开维尼尔塔呢？

要是我们当时离开就好了！这一来我们就能避开那个要命的西波拉。可是由于种种原因，我们没有下决心换个地方。某个诗人说过，既然懒惰，就得受罪。这句话很能一针见血地说明，我们迟迟未动造成的后果多么严重。不过，不管怎么说，发生了这么件事，你总不能马上认输退出战场呀，特别是在来自各方面的同情鼓励你和他们干一场的时候。

埃列奥诺拉旅店的人异口同声地责备政府处罚不当，有几个我们在茶余饭后结识的意大利人觉得这个插曲玷污了祖国的声誉，建议以同胞的身份把那戴圆顶礼帽的人申斥一番。可是第二天海滩上看不见他那一伙人的踪影了。当然，他不是为我们走的。可能他原知道自己要走了，所以才骂得更起劲吧。不过，他走了总是令人欣慰的事。我们留了下来还有一个原因：这会儿我们自己觉得，留在这里无论舒服与否，这件事本身就很

---

[1] 原文为意大利语。

有意义。难道我们觉得某件事不遂意或伤害自尊心，就打退堂鼓，逃之夭夭吗？难道每当生活里起了点小小风波，不称心，甚至是相当痛苦，使人感到屈辱，我们就一走了之吗？不，当然不行。我们宁可留下来，正视现实，拼到底。也许正是这样才可以学到一些本领吧。哪知道我们的固执给我们带来了可怕的后果——我们正因为留了下来才碰上了西波拉，经历了那些可怕的倒霉事。

这里得补提一句，差不多就在市政当局惩戒我们的当天，旅游的淡季便紧接着开始了。

那位戴圆顶礼帽的、虔敬上帝的绅士，并不是唯一离开那个避暑胜地的人。大批游客离开了，到处都可以看到装载行李的马车驶往车站。海滩失去了特有的风味，维尼尔塔的各个咖啡馆和松树园里的生活变得平凡乏味，和欧洲一般的城市没有什么两样了。大酒店里也冷冷清清，要是愿意的话我们甚至可以在玻璃游廊里占据一张桌子。不过我们没有去，我们满足于安乔列里女士的旅店，然而我们的灾星并没有让我们满足太久。就在情况好转的同时，天气起了变化——晴朗天空持续的时间，几乎和游客们在海滩上度假的时间完全符合，一个小时的误差也没有。天上乌云密布，虽然气温并没有下降，但我们来这里以后的十八天里，甚或在这以前更长一段时间里的干热，让位给了西洛科风所带来的溽暑，不时有一阵小雨洒在天鹅绒般柔软光滑的海滩上。而我们原定在维尼尔塔逗留的时间已经过去了三分之二。不过，至少大海起了变化，它变得暗淡无光，微波不兴，懒散的海蜇在浅水地带恹恹地漂浮着。阴天也挺不错，烈日肆虐了这么多天，晒得人们唉声叹气，难道我们还会眷恋这样的日子吗？

就在这个节骨眼上，西波拉先生驾到了。这天，大街小巷，甚至在埃列奥诺拉旅店的餐室里，到处都张贴着海报，海报上称他为西波拉骑士。他是一位旅行演出的大师，自称是"幻术家、魔法师"，谨向可敬的维尼尔塔市民们献艺，向他们表演别开生面的、惊心动魄的神秘魔术。一位魔术大师！单是这个布告，就足以使我们的孩子头脑发热了。他们从来没有见过这样的玩意儿，而我们这次度假中居然有了这个使人激动的新把戏！从看了海报的那一刻起，他们就死乞白赖地恳求我们去买魔术演出的票。

起初，我们因为演出于九点开始，时间太晚，而有点犹豫，后来转念一想，看就看吧，看看西波拉到底有什么新鲜玩意。时间总不会太长吧，看一会儿就回家，再说是在假日，孩子们第二天当然可以晚点起床。于是，我们从安乔列里女士手里买了四张戏票。她包下好多正厅前排的票，卖给旅店里的旅客，赚些回佣。她不能担保这魔术师演得出色，我们也没抱很大希望。不过我们很需要看一看，散散心，孩子们强烈的好奇心也确实感染到我们了。

骑士将在一座大厅里表演，在旅游旺季里，这地方权充电影院，每星期都换影片。我们从来没有到那儿去过。通往表演厅的主街旁一顺溜全是一座"宅邸"的围墙。这座宅邸已经坍圮了，从标卖招贴来看，它显然是建于屋主人权高位显、炙手可热的时代。同一条街上有药房、理发厅以及镇上所有的大店铺。可以说这条街是从封建地主阶级，经过资产阶级通往无产阶级，因为大街的尽头是两排贫苦渔民的蓬门荜户，门前坐着好多老妇人在修补渔网。

表演厅就坐落在无产阶级的陋屋之间，实际上比木棚好不了多少，不过比较宽敞，有座小小的门楼。大门两旁贴着一层又一层色彩鲜艳的海报。在演出当晚，吃过晚饭不久，我们摸着黑往那儿走去。孩子们穿上了最好的衣服，他们想到能观看这么奇妙的表演，都高兴极了。好多天以来，天气一直很闷热，这晚上也不例外。天空中不时地亮起无雷声的热闪，下几滴小雨。我们打起了雨伞，走了一刻钟才到达目的地。

门口有人收票，表演厅里却没有引座员，我们得自找座位。座位是在第三排左侧。我们坐定以后，发现虽然自己来得挺晚，但比我们来得晚的还大有人在。好像这是不成文的规定，观众们都姗姗来迟，过了好长时间才把正厅坐满（这里没有包厢，没有楼座，只有正厅）。这种拖拉的现象使我们有些担心。两个孩子脸上都泛着红晕，这既是由于兴奋，也是因为疲劳。不过买站票的人倒是来得挺早，就在我们进来的时候，正厅的后面和两侧过道上都已站了不少人。

维尼尔塔的底层人民都在这儿了，好多是渔民。粗鲁而精干的小伙子们，穿着条纹运动衫，裸露的胳臂抱在胸前。这些本地人使我们很高兴，他们总是给这样的场面增添色彩，使表演为之生色。孩子们感到由衷的喜悦，因为在这些站立的观众里有他们不少朋友，都是我们每天下午往海滩远处散步时结识的。当夕阳在一天劳累的行程后沉入海面，把拍岸的浪花镀成一片金红，我们便转身回去，归路上碰到不少光着腿的渔民，站成好几行，拖长声音喊着号子，用力拉绳，然后把网里的鱼倒进湿淋淋的筐子。他们捕来的"大海的果实"往往是少得可怜的。渔家的孩子们有的在一旁观看，有的帮着拉绳拖筐，用他们贫乏的意大利语词汇讲着话，交朋友。所以我的两个孩子和"站厅的看客"互相点头打招呼，他们知道这些人的名字。瞧，基斯卡多在这儿，安东尼奥在那儿，他们招手，用不太响的声音呼唤他们。那些渔民用点头和微笑作为回答，露出一排排健康洁白的牙齿。瞧，连马里奥——埃斯基西托食品店里给我们送巧克力的马里奥——也来了，他也想看魔术师表演。他一定来得挺早，因为他几乎在最前面，可是他没有看见我们，有点心不在焉（这是他的老毛病，尽管他是当侍者的），所以我们没有向他打招呼，倒是向在海滩上出租小船的那个人挥手致意，他也来了，站在后面。

挨到九点一刻，差不多又挨到九点半，还没有开演。我们自然心神不安了。孩子们什么时候上床睡觉呢？带他们来看戏实在是打错了算盘，因为现在他们不看过瘾是不肯回家的。正厅终于挤满了。看来，全维尼尔塔的人——大酒店的旅客、埃列奥诺拉的旅客、海滩上熟悉的面孔——都在这儿了。我们听到英语、德语以及罗马尼亚人和意大利人交谈的那种法语。安乔列里女士本人坐在我们后面第二排，她那文静秃顶的丈夫坐在她旁边，不住地用右手的中指和食指捋着唇髭。每个人都来晚了，但都是在开演之前到的。西波拉故意让我们等待。

他故意让我们等待，这样说大概没错。他故意迟迟不露面，以增加悬念。我们也能理解他的用意，但他未免太过分，大家都等急了。将近九点半的时候，观众开始鼓掌了——这是一种温和的表示不耐烦的方法，同时也表明大家是急于热烈喝彩的。对于小孩来说，鼓掌本身就是一种乐趣，所有的孩童都爱鼓掌。平民观众高声呼喊："快点开始！"

啰，刚才那么难开始，这会儿轻易地一下就开演了。一声锣响，表演厅后面站立的观众七嘴八舌地欢呼："哦——哦——"帷幕向两边分开，露出的舞台与其说是演魔术的场所，倒不如说更像一间教室——主要是因为左前方那块黑板。此外，舞台上有一个普通的黄色帽架，几把普通的草垫椅子，稍后些有一张小圆桌，上面放着一只玻璃水瓶、一只玻璃杯，一只托盘上托着一杯烈性甜酒和一瓶淡黄色的液体。约有几秒钟的工夫没有动静，这些东西都深深印入了我们的脑海。

之后，灯光并没有暗下来，西波拉骑士出场了。他很快地向前走了一步，表示他渴望和观众见面，使大家产生一种幻觉，仿佛他已经为观众做了不少事了，而实际上，他当然什么也没有做，只是一直站在舞台侧翼罢了。他的服装也加深了这种假象。很难断定他有多大年纪，但肯定不小了。

他生就一张线条分明的留有创痕的脸，目光炯炯，嘴唇紧闭，黑色的小胡子上了蜡，在嘴唇和下巴之间留下了一撮帝须。他披着一件出外行走时穿的宽而长的黑披肩，有天鹅绒的领子和缎子衬里，做工像晚礼服那样复杂而精巧。他的臂膀裹在披肩里不能自由活动，伸出两只戴白手套的手拢住披肩的前襟。他脖子上围着一条白色的围巾，后脑勺上扣着一顶有弯曲边缘的大礼帽。比起其他地方，十八世纪的风气也许在意大利更为流行，因此代表那个时期特色的江湖医生和江湖骗子在意大利也是到处可见。至少可以这么说，你只有在意大利才能遇到地地道道的老东西。西波拉的整个外貌中就有很多那个历史时期的成分。他那有花花公子派头的奇装异服也有助于构建那种传统形象。他的衣服十分耀眼，穿在——或者说得更确切些，披在身上，显得千奇百怪，一处地方太紧，另一处又太松，别别扭扭的尽是皱褶。他的体形，无论从前边或后边看，都不太端正——这一点之后我才看出。可是我必须强调，他的姿势、风度和举止里全然没有一点滑稽小丑的气味。恰恰相反，他一举一动都很严肃，不像一个插科打诨的人。他和那些仪容不整的人一样，有一种古怪的、自得其乐的神气，但偶尔也露出一点桀骜不驯的气质。尽管如此，他一出场，表演厅里不止一处发出了笑声。

  他举止中的热切劲儿不见了。他的快步登场，原来只是精力充沛的体现，而不是出于热忱。他站在脚灯面前，漫不经心地脱下手套，露出又长又黄的双手，一根手指上戴了枚印章戒指，高高的底座上镶嵌着一粒天青石。他站在那儿，眼皮松松地耷拉着，冷冷的小眼睛四下转动着，把整个大厅打量了一番。他的眼光转得不快，而是慢条斯理地审视，时不时停留在某个人的脸上，嘴唇一抿，一语不发。然后他既随便而又惊人地把手套揉成一个球，远远地扔进桌上的玻璃杯里。接着他从里面的口袋里掏出一包纸烟，抽出一支，看也不看就用一个快速汽油打火机把烟卷点着，把烟深深地吸进肺里，而后，撮起嘴唇，

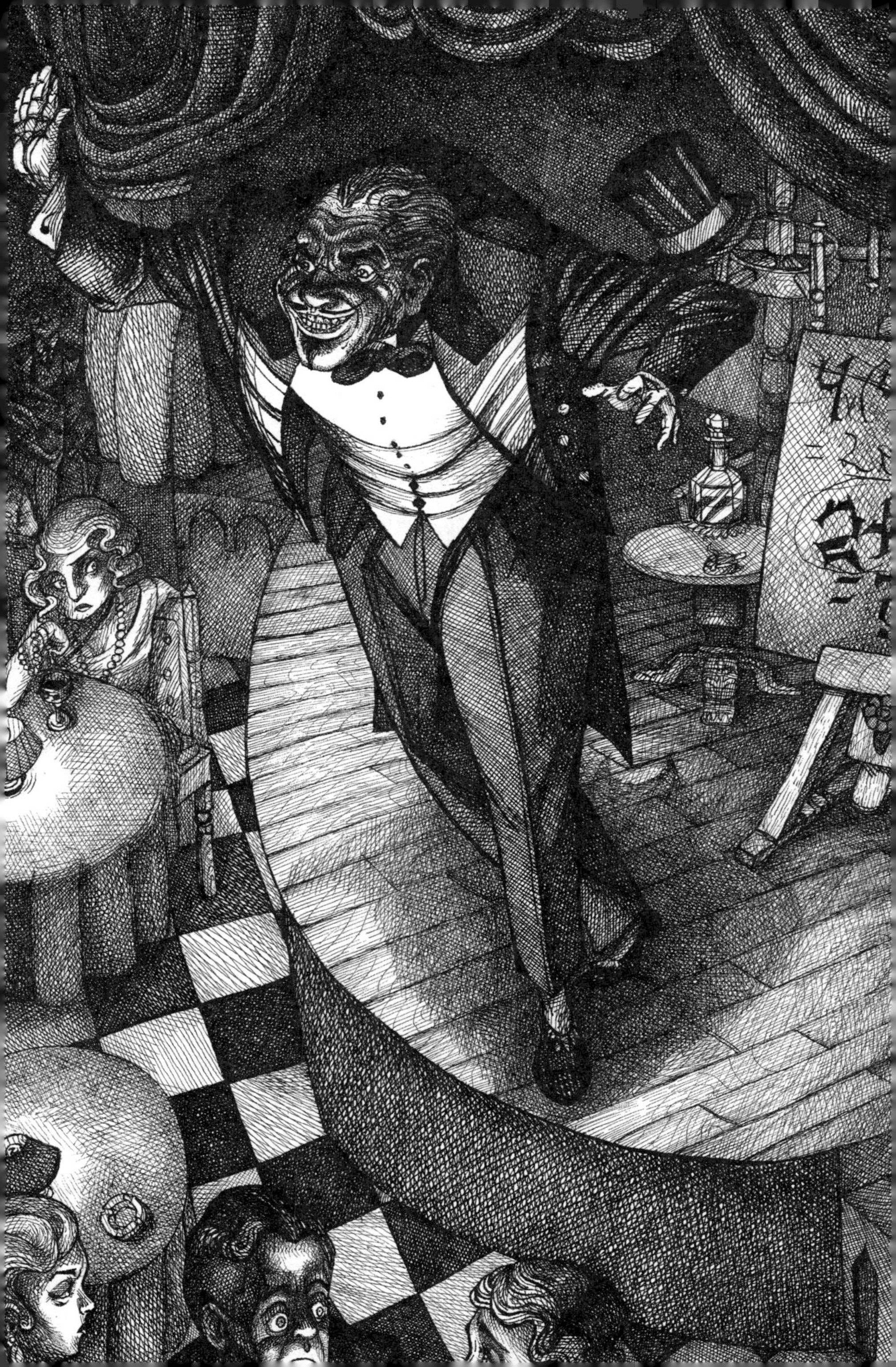

做了个傲慢的怪相，用脚轻轻叩着地，让灰色的烟雾从参差不齐的牙齿缝里冒出来。

观众用和他同样敏锐的目光盯着他。站在后面的年轻人皱着眉凝视着这个骄横自负的家伙，想挑他的毛病。他却干净利索，无懈可击。在拿出和放回烟卷时，衣服有点碍事，他只好把披肩向后掀开一点，露出一根爪状银把的马鞭，用皮带缚在左前臂上，样子的确很怪。看得出，他没有穿晚礼服，倒是穿了件礼服大衣。当他掀起衣襟掏里面口袋的时候，可以看见他系了一根条纹腰带，我背后有人悄悄耳语道，这根腰带是和骑士称号相配的装饰。我对这个说法只有姑妄听之——我自己从来没有听说过骑士会有这样的标记，他系上这根腰带仅仅是要表现出某种姿态，就像他一言不发地站在那儿，漫不经心而傲慢地朝观众的脸上喷烟。

上面说过，大家笑了。站在后面的观众当中有人干巴巴地大声说："晚安[1]。"几乎全场的人都爆发出欢快的笑声。

西波拉把头一歪。"是谁？"他好像受到触犯似的责问道，"刚才说话的是谁？嗯？为什么这样前倨后恭呢？"他像哮喘病患者一样说着话，音调相当高，像金属般尖厉刺耳。

"是我。"后边的一个青年看见西波拉如此飞扬跋扈地挑衅，便打破沉寂，挺身而出。他离我们不远，相貌英俊，穿一件羊毛衬衫，外衣披在一只肩膀上，像金属丝一样坚韧的鬈发梳得

---

[1] 原文为意大利语。

高高的、乱蓬蓬的,这是"觉醒的祖国"里青年们爱梳的发式,不那么美观,使他看起来像非洲人。"对!我说的,但你总得先说点什么,我只是在尽量表现得友好些。"

大家又笑了。这家伙会说话。我听见附近有人说:"*他的嘴巴真厉害*[1]。"反驳得有道理。

"啊,好样的!"西波拉应答道,"我喜欢你这一号的。相信我,我已经观察你好一会儿了。我这行正用得上你这样的人。我一看就明白,你当我的助手再合适不过了。你平时做的是你喜欢的事,可是我要叫你不干你喜欢的事,也许偏偏要你干你不喜欢,而是别人喜欢的事,这可能不可能呢?听着,我的朋友。把意愿和行动分开,别让他们同时存在,这对你来说会是个可喜的变化。这是美国式的分工!比方说,你会在这些可敬的高贵的观众面前,把你的舌头,整根舌头伸出来吗?"

"不,我不愿意。"那个青年怀着敌意说,"伸舌头是缺乏教养的表现。"

"不是你愿不愿意的事。"西波拉反驳道,"你会不由自主地做这件事。我很尊重你的教养。可是不等我数到十,你就会改变主意,在大家面前伸舌头,连你自己也想不到,怎么会把舌头伸这么远。"

他凝视着这个青年,他炯炯有神的眼睛好像陷得更深了。"一!"他发号施令时,让鞭子从小臂上滑下来,抓在手里,在

---

[1] 原文为意大利语。

空中"刷"地抽了一鞭。这时那小伙子转过身来,把舌头伸得很长,看得出他已经把舌头伸到极点了。然后他又转回到原来的位置,板着面孔。

"是我。"西波拉头朝那小伙子一摆,嘲弄地模仿他的口吻说,"是我。"观众们都乐了。他没有理会,回到小圆桌面前,拿起瓶子,倒了一玻璃杯酒(显然是法国科涅克白兰地酒),像酒鬼那样一饮而尽。

孩子们笑得前仰后合。他们实际上根本不懂他的话,但是舞台上这个怪人会在顷刻间在观众当中找到某个人演出这样的滑稽戏,这实在使他们开心。这次晚场演出会是什么样子,他们心中没谱,但是他们认为这是一个良好的开端。至于我们,我们彼此交换了个眼色,我当时不由自主地咂咂嘴唇,发出西波拉抽鞭子的声音。至于其他人,显而易见,他们一点也不明白一场变戏法的演出怎么会有这么个荒唐的开端。他们不明白这个小伙子刚才还有点像他们的代言人,怎么会突然对他们这样无理。他们觉得他的行为像一头蠢驴,就不再支持他,反而去支持那个魔术师了。此人现在离开放饮料的桌子,面朝观众发表了如下的演说:

"女士们,先生们,"他呼哧呼哧地喘气,用金属般刺耳的嗓音说,"诸位刚才看见了,这位满怀希望的、年轻的语言学家轻薄地指责我,我对这件事很生气。"我们都被他的双关语逗乐了,哄堂大笑,"请大家相信我的话,我是相当尊重他的。不过我并不在乎他是否祝我晚安,因为除非出于礼貌,出于真心诚意,否则祝人晚安是毫无必要的。谁祝我晚上好,也等于祝自己晚上好。因为只有我好,观众们才会有一个好的晚会。所以维尼尔塔的这个'万人迷'(这又是一句刺人的话)对我无礼倒是件好事,这足以证明我今晚很好,不需要他祝愿我好。我可以夸句海口,我的晚场演出都挺不错,几乎没有例外,即使偶尔几次演出不太成功,这种情况毕竟很少。干我这一行钱不好挣,我的身体也不太好。我有一点小小的生理缺陷,因此不能在这次战争中为祖国的荣耀作战,只好凭自己的才智和体力征服生活。说到底,征服生活也就是征服自己。聊以自慰的是,我的技艺已经引起有教养的人们的兴趣,受到过几家主要报纸的赞扬。承蒙他们不弃,称我为旷世奇才。我在罗马时,公爵的兄弟光临了我的一次晚场演出。高尚的观众都对我非常器重。万万没有想到,我倒要在一个不太起眼的地方(说到这儿,他对可怜的维尼尔塔小镇嗤笑了一声)栽跟头,想不到我倒要受一个被娘儿们宠坏的人诘问。"

西波拉这一番话当然是针对那个年轻人而发的,把他比成一个土气的唐璜。这个魔术师显然是个心胸狭窄、挟嫌衔恨的人,和他自己吹嘘的踌躇满志、誉满全球真是太不相称了。他把那个小伙子奚落了一顿,要不是他尖刻的戏谑流露出真正的敌意,你真会以为他只是拿那个小伙子作为筏子,说说他这一行惯用的俏皮话呢。那个丑陋的魔术师不住口地污蔑小伙子爱寻欢作乐,其实,你只要看看这两个人的模样儿,也不难知道谁正派谁不正派。

"好,在开始今晚的演出之前,我要舒坦一会儿,你们也许不会反对吧。"他往帽架走去,打算脱掉点衣服。

"*他讲得好*[1]。"我们的附近有人说。到这会儿,那个人什么也没有做,可是大家却把他所讲的话当作了不起的成就,对他有了深刻的印象。对南方人来说,讲话是一种生活乐趣。讲话的才能,在南方比在北方更受尊重。在这里,本国语——各民族的结合剂,受到了重视,被认为象征着祖国的荣誉。人们尊重本国语的形式和语音,从中找到乐趣,认为是一种美好的象征。他们爱说本国语,他们爱听本国语,他们一边听一边辨别,因为一个人说话的方式是衡量他身份地位的标准。讲话随便或是拙于言辞会受到藐视;谈吐文雅、娴于辞令会博得社会的喝彩。这个矮小的人善于字斟句酌,以取得效果。那么,至少在这一点上,西波拉已经赢得了听众,尽管无论从道义或审美的角度来看,他还不是意大利人公认有魅力的人。

他拿掉帽子,解掉围巾,脱掉斗篷以后,走到舞台前部,把上衣扯平,把有大袖扣的袖口捋下,并把那条可笑的腰带整了整。他的头发很难看,头顶几乎全秃了,窄窄的一圈染黑的鬓发,由前往后梳得服服帖帖,仿佛是用胶水贴在头上的。两鬓的头发也是染黑的,却由后往前梳到眼梢——总之,这是老式马戏团导演的发式,稀奇古怪,却完全适合他过时的容貌风度。而且他很自信,使大家竟不感到好笑。他先前告诉我们他有一点生理缺陷,现在这缺陷非常明显了,虽说它的性质直到现在我们还不清楚。他的胸脯太高,这倒是常见的情况。可是

---

[1] 原文为意大利语。

他背部的缺陷倒不是在两肩之间，而是臀部有一块隆肉，虽然并不妨碍行动，但他每走一步总要怪诞地往下一沉。不过由于他预先声明自己畸形，所以大家并不怎么惊奇，整个大厅里一片静谧，观众的表现很得体。

"献丑了，"西波拉说，"要是你们允许的话，咱们今晚的演出就从算术测验开始吧。"

算术测验？听起来不太像变戏法。我们开始怀疑这人是在耍把戏，可是我们还不知道他的真正意图是什么。我为孩子们感到难受，可是他们却无所谓，他们坐在这里就很满足了。

西波拉进行的算术测验既使人困惑，又很简单。一开始，他把一张纸贴到黑板的右上角，然后把纸掀起来，在下面写了点什么。与此同时，他仿佛要弥补表演的枯燥似的，一直滔滔不绝地讲话，显示出自己是个辩才无碍的、熟练的演说家。和那个青年渔夫之间奇怪的交锋已经缩短了舞台和观众之间的距离，接着他请观众选代表登上舞台，他自己则由木头阶梯走下舞台，和观众直接接触，进而消除了舞台与观众的隔阂。这种做法是和他的表演性质一致的，也让孩子们非常高兴。然后，他对个别观众又恢复了那种嘲笑口吻，保持一种严肃甚至乖戾的神态，我不知道他是否是故意这样做的，可是看起来，他的观众，至少是那些平民观众却相信这也是他耍的一种手腕。

当下，他写了点东西，把纸盖上，要求观众当中来两个人上舞台，帮助自己进行演算。这些算术题并不难，稍微懂一点算术的人都会做。但照例，没有人自告奋勇，西波拉只好叫人上台了。他留心没有打扰观众中的上流人士，只向平民讲话。

他朝站在我们后面的两个身体健壮、丑角般的小伙子打招呼，叫他们到前面来，他一会儿鼓励，一会儿责骂，怪他们目瞪口呆地站在那里不愿为大家效劳。这两个小伙子，磨磨蹭蹭、笨拙地顺着当中的过道走过来，爬到舞台上，站到黑板面前，在台下同伴的喊叫和喝彩声中，忸怩地傻笑着。西波拉和他们打趣了几分钟，称赞他们胳膊和腿粗壮结实，手大脚粗，给大家效劳再合适不过了，于是他递给其中一个小伙子一支粉笔，叫他记下自己报出的一连串数字。不料那个家伙生硬地说了句："我不会写字[1]！"他的同伴也说自己不会写字。天知道他们到底说的是真话，还是在耍弄西波拉。他们的话引起了哄堂大笑，西波拉却板着脸，感到受了侮辱，满脸厌恶的神色，坐在舞台中央的一把草垫椅子上，架着腿，从烟盒里又拿出一根廉价纸烟，点燃，自得其乐地抽着。当那两个乡巴佬笨拙地走上舞台的时候，他喝了不少法国科涅克酒，显然在微醺的状态中感到酒味更醇了。他又吸了口烟，噘起嘴唇把烟喷吐出来。他晃着腿，板着脸，不去理睬那两个没脸面的、嗤嗤傻笑的家伙，也不理睬观众。他目不转睛地凝视着空中，一本正经，像是不屑看某种极其丑恶的现象。

"丢人现眼，"他冷冰冰地吼了一声，"回到座位上去吧！意大利是个伟大的国家。在意大利每个人都会写字，这儿是没有愚昧无知的存身之处的。你俩在许多外国观众面前装得愚昧无

---

[1] 原文为意大利语。

知,这是一个低劣的笑话,你们扮演了糟糕的角色,使意大利政府,从而也使意大利整个国家蒙受耻辱。尽管我已经觉察到维尼尔塔好些方面不及罗马,却万万没有想到维尼尔塔是愚昧无知的最后一个避难所,如果真是这样,我实在为自己的来访感到羞耻……"

西波拉说到这儿,被那个留努比亚发式、肩膀上搭着夹克衫的青年打断了。我们现在看出了他的昂扬斗志只是暂时减退,只见他挺身而出,捍卫自己的故乡了。他大声说:"够了,你对维尼尔塔打趣得够了。我们都是这儿的人,绝不容许外地人取笑它。这两个人都是我们的朋友。他们也许没有念过书,可是到底是正直人,这表演厅里的某些骗子,罗马又不是他建的,却信口胡吹罗马的事情。"

这个年轻人的话棒极了,肯定杀了魔术师的威风。这一来尽管更加推迟了正常演出的时间,大家可有一场好戏看了,听听争辩总是令人高兴的。有些人因为自己不是当事人而幸灾乐祸,感到有趣,也有人烦躁不安。我和后一种人是有同感的。尽管在这个场合,我感到那个穿夹克衫的青年也好,那两个目不识丁的乡巴佬也好,都是西波拉买通来串戏的。可是孩子们很开心,他们不懂内情,被大人们的讲话吸引住了,都在屏息静听。哦,原来"魔术晚会",至少说意大利流行的那种"魔术晚会"就是这样的,他们显然觉得很有意思。

西波拉站起来,抢前两步,走到脚灯面前。

"喂,喂,你们瞧谁来了!"他装得很热心地说,"一位老相识!一个心机都用在舌头上的年轻人!"(他在这里特意用了个意大利单词,意思为"长苔的舌头",逗得观众哈哈大笑)然后他转身对两个乡巴佬说:"行了,我的朋友,现在我不需要你们了。我和这位有出息的青年有正经事要谈,他的英勇无疑是值得女士们赞赏的……"

"啊,别讲笑话了!咱们谈正经事吧。"那个青年喊道。他的眼睛闪出怒火,装出一副真的要扔掉夹克衫、用武力解决的样子。

西波拉并没有太认真地对待他。我们担心地交换了一下眼色。他可是在和一位脚下就是自己祖国土地的乡巴佬打交道,他很冷静,显得完全能控制局面的样子,他望着观众,笑了笑,头朝那个好斗的年轻人歪了一下,仿佛要请观众来证明,这小伙子的傲慢无礼无疑是愚蠢的表现。接着第二件奇怪的事发生了,它显示出西波拉不可思议的威力,他故意逗那个青年生气,以一种神秘的方式使空气中蕴藏的火药味都化为笑料。

西波拉和那个人挨得更近了,用一种奇怪的眼光直瞪瞪地瞅着他,甚至顺着大厅左边的阶梯走下两步,居高临下地站在那个寻事生非的青年面前,胳膊上吊着那根马鞭。

"孩子,你不太喜欢开玩笑,"他说,"这是很自然的,因为谁都看得出你身体不太好。甚至你那不太干净的舌头也表明你的胃病有多重,像你这样的人是不适于参加魔术晚会的。我可以肯定,你自己也搞不清楚,是否扎上法兰绒绷带上床睡觉更好些。今天下午你喝了那么多酸溜溜的白葡萄酒,太不对头了。现在你腹痛很厉害,疼得要弯下腰去。弯就弯吧,没有啥不好意思的,患肠痉挛的话弯下腰去会舒服得多。"

他带着深切的同情，一个字一个字安详地说，给人印象极深。同时他的眼睛狠狠地盯着这个年轻人，好像要钻进那人的心灵深处。年轻人仿佛非常疲劳，可是在扩大的泪腺管上方，发热的眼睛却又射出炯炯的光，真是一双最奇怪的眼睛。可以肯定，单凭男子汉的自豪感，那个年轻的对手还是抵挡不住魔术师那股逼人的目光，只好拼命沉住气，才没有退缩。接着，实际上是在一刹那之间，年轻人那青铜般充满活力的脸上，刚才那种傲慢神色全部消失了，只是张口结舌地望着那位骑士，张开的嘴角上露出一丝悔恨的苦笑。

"弯下腰来，"西波拉重申了命令，"你还有什么别的办法？你患了这么厉害的腹痛，自然非弯腰不可。你总不能因为有人提醒你，就偏偏不这样做。"

那个年轻人慢慢抬起前臂，抱在胸前，向下移动，紧紧捂住肚子，稍微转了一下身体，然后越来越深地弯下腰去，两脚蹭来蹭去，膝盖向里弯，他简直成了极度痛苦的化身，差一点趴到地上。西波拉让他这样站了几秒钟，接着甩起鞭子，一个箭步蹿回到小桌前，给自己倒了一杯法国白兰地酒。

"*他酒量不小*[1]。"坐在我们后面的一位夫人说。给她印象最深的就是这件事吗？我们不明白，听众对这个场面究竟能理解到什么程度。那个家伙又站直了身体，脸上露出忸怩的傻笑，仿佛简直不知道这一切是怎么发生的。大家带着强烈的兴趣注

---

[1] 原文为意大利语。

视着这个场面，终于鼓掌喝彩。好些人在喊："好样的，西波拉！"显然大家都认为这一场决斗是以那个年轻人的失败告终。然而观众也为他打气，正像我们有时也为演反派角色的演员打气一样。当然，他腹痛得愁眉苦脸、弯腰曲背的模样是非常有趣的，总之，这是一段逼真的戏剧表演，是那些站在后排的观众特别爱看的。可我不能断定，这南方人所擅长的自然而圆熟的演技究竟给予了这天晚上的观众多深的印象，也不知道观众对舞台上所表演的这一幕到底有多深的认识。

骑士喝过了酒，又点燃了一根卷烟。现在数字测验可以进行了。西波拉在后排观众中轻易地找到一位愿意在黑板上听写数字的年轻人。

我们也认识他（由于这么多演员都是我们认识的，整个演出变得非常亲切了），他就是大街上那家蔬菜水果商店的店伙。我们有几次上那儿购货，看见他手脚利索、动作敏捷。他像一个老练的店员那样很有把握地用粉笔写字，而西波拉则走下舞台，移动着畸形的身体在观众当中走来走去，收集二、三、四位数字，大声报数，那个店伙听了以后在黑板上写成一列。

在整个过程中，两边都开开玩笑，向观众说些旁白，插科打诨，存心逗观众笑一笑。魔术师有时会碰到一些不太会说意大利数字的外国人，他对他们非常耐心殷勤，本地人看了这些外国人的洋相很开心。但他也出出本地人的洋相，说出英语或法语数字叫他们译成意大利语，拿他们的窘态取乐。有些人报出和意大利历史大事有关的日期。西波拉立刻说出它们的来龙去脉，并且发表一通爱国议论。有人喊："一！"西波拉最恨别人拿他开玩笑，回过头去气冲冲地说，他不愿记下小于两位的数字。偏偏又有一个爱开玩笑的人喊："二！"南方人最喜欢这样，于是又报以一阵掌声和笑声。

黑板上写了长长一列十五个散散落落的数字。西波拉叫大家来一个加法竞赛，看谁加得快。计算敏捷的人可以心算，但是也不妨笔算。当大家在演算时，西波拉坐在黑板旁边的椅子上，带着残废人常有的自鸣得意的神情，抽纸烟，做鬼脸。不久，这五位数字的加法运算完成了。有人报出答案，另一个加以核实，还有一个报了个稍有差异的答案，可是第四个人的答案却和前面两位的相同。西波拉站了起来，掸掉上衣上的烟灰，揭开黑板右上角的那张纸以展示他的演算，一个将近一百万的数字赫然露了出来——原来他已经预先把正确的答案写好了。

观众在惊喜之余高声喝彩，孩子们高兴坏了。他们很想知道他是怎么算出来的。我们告诉孩子，这是戏法，一下子不容易讲清楚。总之，这人是个魔术师。现在他们明白什么是魔术晚会了。先是那个青年渔夫得了腹痛症，接着西波拉又预先写出了正确的答案——这一切简直漂亮极了。

我们想叫孩子回家，可是我们惊愕地看到，孩子们眼睛都熬红了，尽管时针几乎指到十点半，他们却坚决不肯回去，再催促，他们就要流泪了。然而很明显，这个魔术师不是在变魔术，至少不是一般人心目中那种全靠手脚敏捷的魔术。这场演出是根本不适合孩子们看的。再说，我也不知道观众们的真正想法。显然有些人非常怀疑加法答数是存心凑成的。可能有些人的数是随意报的，可是总的来说，西波拉当然预先安插了自己人，把整个运算过程控制在自己手里，他们做了手脚，当然就凑成了西波拉预先写的答案。然而尽管我们并不赞成他的种种做法，却不得不佩服他运算神速。再说，他的爱国精神，他那种敏感的自尊心，也很受他的同胞们赏识，观众们始终报以笑声和鼓掌。不过他的最终目的却很暧昧，很值得我们这些局外人思考。

西波拉很看重权力，虽然他并没有点明，却使每一个人，即便是没有得到他任何指示的人都非常清楚他的掌控力。当然，他在自己口若悬河的讲话中也提到了权力，但并没有用确切的词句，而是用一些意义含糊的、自吹自擂的话术。他继续做了一会儿试验，性质和第一个相仿，只是引进了乘法、减法和除法，使运算更复杂些。接着他又竭力使运算简单，以便使方法更加明了。后来他干脆叫大家"猜测"起自己预先写在纸下面的数字来，猜的人几乎是百无一失地猜对了。有一个人承认，自己原来想的是另一个数字，可是西波拉的皮鞭在空中呼啸了一声，自己便信口说出了一个不同的数字，而这个信口说的数字恰恰"猜对"了。西波拉耸了耸肩膀，假装佩服他所询问的人的猜测能力，可是他的恭维当中总带些挖苦和贬抑的意味。受他恭维的人虽然也露出笑容，虽然也会轻易地认为有一部分人是在为自己拍手叫好，会受宠若惊，心情却很不舒畅。况且在我的印象中，这位魔术师并不很受观众欢迎，空气中隐约有一丝勉强顺从和仇恨的气味——大家出于礼貌，加上西波拉的本领和自信，这种感情才被压抑下去，没有明显地暴露出来。

猜数游戏结束了，纸牌游戏又开始了。他从口袋里抽出两叠牌，我还记得他玩牌的方法大致是这样的：从第一叠里抽出三张牌，瞧也不瞧一眼就塞进上衣兜里，接着另一个人从第二叠里也抽出三张牌，这三张牌经过查对和原来的三张一样。当然也并非百无一失，有时仅有两张和原来的相同，不过称得上是十拿九稳。每一次西波拉总是扬扬得意地亮出三张牌，微微鞠躬答谢观众的掌声。不管怎样，观众不得不承认他拥有神奇的能力。

右边第一排有个意大利青年站了起来，俊秀的面容露出自豪的神色。他声明，自己在检牌的时候打算运用意志力，有意识地抵制别人的影响，他问西波拉在这种情况下会得到什么结果。那位魔术大师答道："你会给我增添一些麻烦，可是结果，你的反抗不会有丝毫影响。自由是存在的，意志也是存在的，可是自由意志却是不存在的。你企图获得自由意志，不啻水中捞月。你有抽牌或不抽牌的自由。可是一旦你抽了牌，那就由不得你了，你总是抽出那三张对的牌，你越是执意反抗，就越是毫厘不爽。"

必须承认，西波拉用这几句话来把水搅浑，引起思想混乱，真是再好也没有了。那个倔强的青年犹豫了一会儿才抽牌，他抽出一张便马上要求查对一下，西波拉抽的三张牌当中是否有这张。"可是为什么呢？"西波拉问他，"为什么不把牌抽完呢？"看到对方偏要坚持，这个魔术师便故意卑躬屈膝地做了个手势，说了句："遵命！"瞧也不瞧一眼便把三张牌像扇子般展开。左边的一张正是青年抽的那张。

观众来了个满堂彩，这位自由使徒在喝彩和掌声中坐了下来。鬼才知道西波拉用了哪些花招，用了什么手腕来发挥自己的天赋。可是即使不靠这些，他还是会得到同样的成功：观众的好奇心是没有止境的。大家都很欣赏这场令人惊异的表演，众口一词地称赞表演者技艺高强。我们听到附近的观众纷纷说："干得漂亮[1]！"这表明客观的评价盖过了原先的反感和内心的不满。

西波拉获得最后一次成功（虽然不是三张牌全对，但那张抽对的牌更能说明问题）以后，马上又喝了一杯法国白兰地补补气。他确实是"海量"，这件事给人的印象很坏。不过他在各方面消耗精力过多，也需要喝点酒，抽点烟，补补元气。他在表演的间歇满面病容、精疲力竭、眼睛凹陷。喝了小小的一杯酒以后，他精神恢复了一些，又信心十足地、叽叽呱呱地谈下去，吸进去的灰色的烟又从肺里喷涌出来。我记得很清楚，他又从纸牌游戏过渡到各种室内游戏——做这些游戏所用的是人性中比理智更高，但也不妨说是更低的东西，即直觉和电磁传输。

总之，用的是人性中一种低级禀赋。不过这些游戏的确切顺序我记不起来了，内容我也不想一一赘述，使人厌烦了。无非是寻找藏物啦，蒙上眼睛（依靠由某种未经探明的途径从一个生物体传到另一个生物体的神秘力量）做一连串的动作啦，每个人都知道，每个人都曾经参加过这些游戏，每个人都曾经窥察过这种神秘的表演，感到它暧昧可疑、虚假，却又难以解释。每个人既想看又瞧不起这种表演，对玩这种把戏的人的欺骗行径嗤之以

---

[1] 原文为意大利语。

鼻。其实说到底，这种把戏是一种成分不明的混合物，有点欺诈的成分并不能证明它就不含其他纯真的因素了。

我不想下结论。在这里我只能说，即便是这种邪恶的把戏，一旦有西波拉这样的人主演和指导，每个单独的事项都会增添一点分量，使整个表演异常生动，给人以深刻的印象。西波拉在舞台后部，背朝悄悄商量的观众，坐着抽烟。大家把一件东西传来传去，待会儿他得把这件东西寻找出来，还要拿着这件东西做一个预先规定好的动作。东西藏起来以后，西波拉走下舞台，头向后仰，一只手向前伸，另一只手让一个领路的人（这个人不知道东西藏在哪里，西波拉嘱咐他要保持被动，把思想集中到那个事先约定的目标上）握住，开始在厅里弯弯曲曲地行进。他的举止带有这类实验的特点，一会儿走错了路，只好四面摸索；一会儿很快地向前一冲，一会儿又停顿下来，似乎要听听动静，突然又心血来潮改变了路线。他俩好像交换了角色。原先是这个魔术师用他滔滔不绝的讲话对别人施加影响，现在恰恰相反，受着别人影响，执行别人指示的倒是他自己了。以前他把自己的意志强加给别人，现在他的意志不起作用了，反而要根据弥漫在空中的公众无声的共同愿望而行动。可是他明确表示，其结果是一样的。他说听人摆布，绝对的自我克制的能力，和将自己的意志强加于人，发号施令的能力是相反相成的。命令和服从是同一个原则的两方面，它们共同构成不可分割的统一体。知道怎样服从的人也知道怎样命令他人，反过来也一样。一种思想和另一种思想彼此渗透，正好像平民和领袖彼此渗透一样。在那要求极高而又使人精疲力竭的表演中，他集导演和演员的身份于一身。他的服从他人的意志，而服从又成了他的意志。这两者都由他的身体产生出来，因此他要承受沉重的负担。他反复地强调，他的命运是难以忍受的。大概正是因为这一点，他才需要寻求刺激，不断地拿起那只小酒杯吧。

就这样，他像一个盲目的占卜者似的，由那神秘的共同意志所引导、支持，摸索着前进。他从一个英国女人的鞋子里取出一枚镶着宝石的别针，他拿着它，一会儿停住脚，一会儿又向前跑两步，来到安乔列里女士面前，然后跪下来，把别针送给她，一面说着大家规定他说的话。这句话的意思是很明白的，无非是"谨献薄礼，聊表敬意"之类的。可是使用的语言却很难猜中，因为观众们原先规定要他讲法语。大家好像故意要刁难刁难他，因为观众心里很矛盾，一方面固然渴望看见他创造奇迹，另一方面却也很想让这个狂妄自大的人出乖露丑。这真是个奇怪的镜头：西波拉跪在这位女士的面前，苦苦思索观众们预先规定好的词句。"我必须说些什么，"他说，"我非常清楚我必须说的话。可是我又感觉，话一出口就会出错。"他大喊一声："你们小心，别无意中提醒我。"不过很可能这正是他所希望的。突然他操着蹩脚的法语喊了一句："*努力思考*[1]。"然后又突然喊出他需要说的那句话，用的固然是意大利语，最后那个"敬意"却是法语词汇，虽然说得很不流利，鼻化元音发得很不像样，但是由于在这以前他找到了那枚别针，并且跪着献给了

---

[1] 原文为法语。

对的人，他完完全全成功了，所以他发音不准反而给大家留下了更深刻的印象，博得了一阵又一阵的喝彩和鼓掌。

西波拉从跪的姿势站起来，揩掉额头上的汗水。这以后他还做了不少试验。找别针只是其中的一件，因为它深深铭刻在我脑海里，我才特意描写一番。以后他在和观众接触的过程中好几次改变手法，做了一连串的即兴表演，这样又过了不少时间。他好像从我们旅店的女老板身上得到了特别的灵感，做了不少精彩的表演。他对她说："夫人，我看得出，你有一种雍容华贵、卓然不凡的风度，有眼力的人都会发现你可爱的眉宇间有一圈光环——如果我没有弄错的话，它以前比现在亮，它的亮度正在慢慢减退。嘘，别作声！别提醒我，坐在你旁边的是你的丈夫，对不对？"他转过脸，来对一声不响的安乔列里先生说了句："你有这么一位夫人，福分不浅啊。……夫人，我觉得，你过去的经历在你现在的生活中起很重要的作用。你过去认识一位国王——以前有没有遇见一位国王？"

"没有。"这位每天中午给大家盛汤的女老板说。她金褐色的眸子在她高贵苍白的脸上闪着光。

"没有？哦，不是国王。我不过是打个比方，并不是说真的有那么个国王，有那么个王子，而是说在崇高的精神领域里的国王或王子。你曾经在一位伟大的艺术家身边待过，也许你会否认，不过我并没有完全说错。嗯，有了！此人是一位妇女，一位伟大的、世界闻名的女艺术家。你年轻时曾荣幸地和她交友，至今这段友情还珍藏在你的回忆中，使其他事情都黯然失色，你的一生也为之改观。她的名字？这还需要我说吗？她的名声早就传遍世界,将永远彪炳于祖国的史册。"最后他极其庄重地轻轻地说了句"埃列奥诺拉"。

这位娇小的女人完全慑服了,深深地垂下头去。全场掌声雷动,好像进行了一场爱国示威。几乎每一个在场的人都知道安乔列里夫人这段美妙的往事。西波拉确实料事如神,大家都能证实这一点,埃列奥诺拉旅店现在的旅客当然也不例外。但是我们猜想,他来到本地以后曾专门做了调查,他讲的这些事情总有一些是打听来的。不过我认为,没有任何理由怀疑我们目睹的神奇魔力。

幕间休息的时间到了,我们这位专横跋扈的主子退场了。现在我要承认,几乎一开始我就盼望这个时刻到来。人的思想往往是难以理解的,在这种情况下却是很容易理解。你肯定要问,我们为什么不趁机走开呢——我实在回答不出。我不知道为什么。我无法为自己辩解。

这时一定有十一点了,或许更晚。孩子都睡着了——最后的一批测验时间太长,他们太疲劳了。他们睡在我们怀里,小女孩在我怀里,男孩在他母亲怀里。我们倒也算放心,可是这么睡到底可怜巴巴的,我们看了不忍,就动了带他们回去睡觉的念头。

说实话,我们很想听从内心的劝告,确实想这样做,于是把这两个可怜的小东西唤醒,告诉他们该回去了。可是他们一醒来,就死乞白赖着不肯回去。你也知道孩子们多么不愿意在戏没有演完的时候离开,怎么哄也不顶用,你不得不强迫他们。于是他们苦苦哀求:"魔术很有意思,你怎么知道下一个节目是什么呢?"我们只好等到幕间休息以后再离开。孩子们想看下去,哪怕看得太疲倦，打一会儿盹也无所谓，可千万不能在美妙的晚会进行的时候回去上床睡觉！

我们让步了，可只答应他们再看一会儿，再看短短的几分钟。我不能原谅自己会待这么长时间，甚至不能理解我们为什么会待下去。我们当时是在想，既来之则安之——既然把孩子带来了，就让他们多待一会吗？不！我们并没有这样想。我们自己很欣赏这场演出吗？也对，也不对。我们认为西波拉的表演是瑕瑜互见，如果我没有弄错的话，全体观众对他的看法也都是这样，可是谁也没有中途离开。难道我们都被他迷惑住了吗？这个以这种奇怪方式挣饭吃的人，不管演的节目是好是坏，甚至在他没有表演的时候，也自有一种魅力，能使人麻痹，下不了走的决心。此外，强烈的好奇心也是个原因。我们很想看看这么个晚会结果到底怎样。西波拉本人一再暗示，他将要拿出来的戏法要比已经演过的更加奇特。

可是这些都不是真正的原因，或者至少说不是全部的原因。为了回答这个问题，我不妨反问一下：我们为什么直到现在还没有离开维尼尔塔呢？对我来说，这两个问题是密切相关的，几乎是同一个问题。为了打破这个僵局，我可以干脆说一句，我已经回答过了。因为，整个维尼尔塔一直是古怪、不舒服、令人烦恼、紧张而难以忍受的，今晚这座剧场的情况也完全是这样。是的，一点不错。它似乎是我们度假期间一切离奇事情、紧张和烦闷心情的来源。而这个人（我们正在等他回到舞台上）乃是这一切恶劣事物的化身。我们既然没有离开总的恶劣环境（如果可以这样说的话），那又何必非要离开这个表演厅呢？你可以认为这是在辩解，你也可以认为这是出于惰性，你看怎么合适就怎么认为吧。我简直找不到更合适的说法了。

唔，原定十分钟的幕间休息，拖长到将近二十分钟了。孩子们不睡了，看见我们依了他们，感到非常高兴，利用这点休息时间，他们又和后面平民观众当中的熟人安东尼奥、基斯卡道以及划小船的人打招呼了。他们先问我们一些话的意大利语说法，然后把手放在嘴边，打起了"长途电话"："希望你们明天交好运，捕满满一网鱼！"他们向马里奥——埃斯基西托·马里奥喊道："马里奥，来一份巧克力和饼干[1]！"这一回他注意了，面带笑容回应道："马上就来，先生[2]！"我们有理由称这种笑容为心不在焉的忧郁的微笑。

幕间休息过去，锣声响了。三个一伙五个一群谈天的观众重新就座，孩子们在座椅上挺直身体，双手放在膝上。幕布本来就没有落下。西波拉又一瘸一拐地走到台前，讲了一篇开场白，开始介绍下半场的节目。

容许我一劳永逸地声明一下，这个刚愎自用的残疾人是我一生中见过的最高明的催眠术大师。现在我们完全明白了，他之所以蒙蔽公众，在广告上说自己是魔术师，是因为治安条例上禁止施行催眠术谋生。也许这种掩耳盗铃的把戏在意大利很普遍，得到了行政当局的容许甚至纵容吧。这个人从一开始就没有怎么掩盖他的行径。

---

1 原文为意大利语。
2 原文为意大利语。

下半场节目更是非常露骨地局限于同一种实验。表面上，他还在远兜远转地夸夸其谈，实质上他是在施行一连串的攻击，目的在于瓦解大家的意志力，强制人们的意志，甚至使人们失去意志。他一会儿插科打诨，一会儿使人激动，一会儿又使人惊奇。

到了午夜，这些试验还在如火如荼地进行。我们目睹了他这些自然的以及反常的表演，从平淡无奇的到极为惊人的，应有尽有。观众看了这些怪诞的表演，一会儿笑，一会儿鼓掌，一会儿摇头，一会儿又拍膝盖，完全被这个严厉而刚愎自用的人迷住了。不过我也看到一些迹象，表明有些观众很不满意，他们无不意识到，西波拉的胜利乃是他本人以及公众的耻辱。

所有这些实验都有两个共同的道具：玻璃酒杯和爪状柄的马鞭。他总是借喝酒来给他的魔火增添燃料，没有这只酒杯，魔火就会熄灭。这一点倒也使人怜悯。可是他那根呼啸的鞭子，却是他君临一切、令人感到屈辱的象征。在他的鞭子面前，我们全部战栗蜷伏，目眩头晕，六神无主，屈服于他的淫威之下。难道在这种情况下他还要求得到我们的同情吗？他说的一句话让我觉得他真是这样想的。在一个实验中，他的催眠术发挥到顶点。

一个年轻人自愿作为实验的对象，事实证明他特别容易受影响。西波拉用抚摸和窃窃私语的方式，不但使他进入深度昏睡的状态，还把他的头搁在一只椅背上，脚搁在另一只上，让他失去知觉的身体停在半空，然后自己像坐板凳一样，坐到这个僵直的人体上，它居然没有凹陷下去。看到这个穿礼服大衣的恶棍坐在那个年轻人僵直的身体上,真是可怕而难以置信。观众们相信这个科学实验的受难者一定在受苦,人言啧啧,都在表示同情:"可怜啊!""真可怜!"西波拉嘲笑地模仿他们的声音:"可怜,可怜!"然后有点辛酸地说:"女士们,先生们,你们弄错了同情的对象。他并不可怜。受苦的是我,我才是应该被怜悯的。"我们没有理会他的话。好哇,这个实验里受苦者也许是他。那个小伙子苦眉皱脸地叫痛的时候,真正腹痛如绞的也许是他。可是从表象上来看完全不是这么回事。一个受苦的人会使大家受到羞辱吗?我们会说这样的人可怜吗?

我记不清事情发生的顺序了,直到今天,我的头脑里还在上演着西波拉忍受痛苦的一个又一个场景,只是它们的顺序乱了,不过这也没有什么关系。有一点我非常清楚:那些历时长、程序复杂、博得热烈掌声的节目,给我的印象并不怎么深刻,倒是有些很快就过去的小节目铭刻在我头脑里。我之所以记得西波拉把那年轻人的身体变成了木板,只是因为上面援引的那句附带的话。

一位坐在藤椅上的上了年纪的夫人受了西波拉的催眠,幻想自己漂洋过海去了印度,滔滔不绝地谈着自己在陆地和海洋的历险记。可是这个奇迹给我的印象并没有紧接在幕间休息以后的节目那样深刻。这个驼背的魔术师使一个高大健壮、军人气派的人进入了催眠状态,说他将抬不起胳膊,说时在空中抽了一鞭,于是那个大个儿真的抬不起胳膊了。至今我还看得见那个气宇轩昂的小胡子上校带着微笑,咬着牙关,拼命用劲想恢复胳膊的活动自由。这实在令人惊愕!看起来仿佛是他在运用意志,却没有效果。实际上很可能是他已失去运用意志的能力,正如我们的暴君事先对这位罗马绅士所说的那样,意志对其本身的后坐力使他麻痹而不能活动了。

西波拉对安乔列里夫人施行的催眠术既滑稽可笑又极为可怕,更使我难以忘怀。这位骑士很可能在第一次巡视观众的时候就发现这位娴雅的女士无法抵制他的魔力了。他蛊惑她,让她离开座位跟随他走,他要她到哪儿她就到哪儿。为了加强表演效果,他叫安乔列里先生喊自己妻子的名字,仿佛把自己的全部精力以及做丈夫的全部权利都注入喊声中,来唤醒妻子竭尽全力地保护自己的贞操不受这个恶魔的侵犯。可是一点不起作用!西波拉站立着,和这对夫妇的座位保持一段距离。他挥了一下鞭子,旅店的女主人就激烈地颤抖起来,转过脸来朝着他。安乔列里先生喊道:"索弗罗尼娅!"以前我们从来不知道安乔列里夫人的名字是索弗罗尼娅。

他奋力呼喊,谁都看得出现在情势危急,刻不容缓。只见安乔列里的妻子脸朝着西波拉,这个恶棍一边用十根蜡黄的长手指对受害者做非礼的手势,一边一步一步向后退。于是安乔列里夫人苍白的脸上发出惨淡的光,她从座位上站起来,向右转,开始用滑步跟他走。这是个可怕得要命的场景。她神色可怕,好像精神病患者,两臂僵直,纤秀的手掌略微竖起,两脚似乎黏在一起。她好像从她那排座位上慢悠悠地飘了出来,跟随着那个引诱者。"呼唤她,先生,不断地呼唤她!"这个恐怖的恶魔催促道。于是安乔列里先生用微弱的声音一遍又一遍地呼唤道:"索弗罗尼娅!"她却走得更远了,于是他一只手拢在嘴边，用另一只手向她招手示意。可是那个魂不守舍的女人好像聋了似的，根本没有听见丈夫爱怜的呼声，摇摇晃晃一直往前走，仿佛一个被鬼附身的精神病患者。她跟随那个向她做手势的驼背滑行着，顺着教堂当中的过道向大门走去。我们相信，我们看到这奇异景象不得不相信，只要她主子愿意的话，她会一直追随到天涯海角。

"出事了！"当她滑行到出口处的时候，安乔列里先生真发急了，跳了起来失声喊道。可是就在同一瞬间，西波拉仿佛放下胜利的王冠似的，停止了行动。"够了，夫人，谢谢你。"说着，他伸出手来，领她回到她丈夫身边，向他打了个招呼，说道："先生，尊夫人在这儿，没有受到伤害，我祝贺你，把她交到你手里。这宝藏全部是你的，你要珍爱她，你要知道有些力量比理智或贞操更强大，它们不都是那样宽宏大量，不会轻易放过它们的猎获物，所以你要加倍地爱护她！"

可怜的安乔列里先生，性情这样文静，头这样秃！他看起来防备不了任何侵犯他幸福的敌人，更何况这比一般敌人厉害得多的恶魔在恐怖以外还要嘲弄几句呢。西波拉大大咧咧地回到舞台上。大家对他拍手叫好，他动听的答谢辞使喝彩更起劲了。我可以肯定，是这个特殊的插曲奠定了他的支配地位。

现在他让大家手舞足蹈，唔，所有人真的跳起舞来了。表演厅里平添上一种放荡不羁的狂欢气氛。观众原先对他抱批判态度，而今在如痴若狂的气氛中，他们的敌意烟消云散了。之前，他的每个胜利确实都是通过斗争取得的，那个年轻的罗马绅士就是一例。年轻人的桀骜不驯说不定会使大家纷纷效尤，对西波拉群起而攻之。可是西波拉恰恰最善于选择最薄弱的一环进行攻击，以惩一儆百。他只瞪了一眼，这个年轻人就像遭到电闪雷击一样，迅速缩回两手，僵直地垂在身旁，进入一种催眠的梦游状态。不难看出，哪怕叫他做最荒唐的事他也会照办。他好像对自己卑贱的身份相当满意，好像不用动脑筋抉择倒是件轻松愉快的事，因此一再地心甘情愿地做魔术师的试验品，并对自己轻易地丧失知觉引以为荣。这会儿他登上了舞台，魔术师啪地一甩鞭子，他就遵命跳起舞来，闭目，点头，细瘦的四肢乱挥乱舞，完全是一副欣喜若狂的样子。

他看起来非常享受，于是一会儿后别人也自告奋勇走到台上——也是两个年轻人，一个衣衫敝旧，另一个衣冠楚楚——马上在第一个人的身旁跳起快步舞来。可是这时那位罗马来的先生又冒出来了，气势汹汹地问魔术师有没有能耐叫他也违背自己的意志跳起舞来。

"有，我能叫你违背自己的意志。"西波拉用一种令人难忘的语调喝道，至今那可怕的声音还在我耳际回荡。他们开始较量了。西波拉又喝了一小杯酒，点了支烟，把那个罗马人安插在中间的通道上，自己则站在他后面，隔开一段距离。"动！"一声令下，鞭子啪的一声在空中呼啸起来。他的对手没有动弹。"动！"魔术师又厉声喝了一遍，鞭子刷地劈下来。人们看见那个年轻人的脖子在衣领里转动着，同时一只手腕微微抖动，一只脚踝向外撇。可是仅此而已，至少暂时是仅有动的倾向。他一会儿拼命抑制住，一会儿却又蠢蠢欲动。谁都能看出，这个勇敢而顽强的青年下定决心要抵抗西波拉的魔力，而西波拉则

579

执意要征服他。我们看到的是一个年轻人英勇不屈、坚持维护人类尊严的场面。他抽动了一下，却没有跳舞。这场斗争持续了好长时间，魔术师要同时兼顾台上和台下，不时地向那些跳舞的人挥舞鞭子，迫使他们就范。同时他又向观众说明，无论跳舞的时间多长，台上那些机械地跳舞的人都不会疲累，因为真正跳舞的并不是他们，而是魔术师自己。接着他又死盯着那个罗马人的颈后，企图征服那公然蔑视他的倔强青年。

大家看见，在西波拉反复的召唤下和连续的皮鞭声中，青年的意志动摇了。观众都以客观的眼光，非常关注地看着，有的人不无同情，有的人带点怜悯，还有些则是幸灾乐祸，暗自高兴。要是我没理解错的话，情况是对那个年轻人不利的。年轻人的抵抗实际上是行不通的，时间长了，他就不可能坚持到底。在拥有意志力与失去意志（也就是完全屈服于他人意志）之间，所谓的自由选择往往无处容身。何况，魔术师在甩鞭和发号施令的间歇又以甜言蜜语劝诱，把他独得之秘的作用与迷惑人心结合起来。"动！"他喝道，接着又说，"谁愿意这样折磨自己呢？难道强制你自己就是你心目中的自由？跳个舞吧！嘿，你的胳膊和腿都痒痒得想跳舞了。让它们自由行动吧！这该是多么轻松愉快呵。哦，你已经在跳了！你再也不用挣扎了，多舒坦！"确实是这样。这个倔强的小伙子的四肢终于抽搐扭动起来，他先抬起胳膊，接着又抬起膝盖，全身的关节突然放松了，于是手舞足蹈地跳起来。在阵阵掌声中，魔术师领他登台，加入那些木偶的行列。我们看见他在台上心情舒畅，半闭着眼睛，笑逐颜开，显然比他妄自尊大那会儿舒服多了。看到他那高兴的样子，我们心里也感到有些宽慰。

我可以说一句，年轻人的屈服标志着新阶段的开始。冰层完全破裂，气氛活跃了起来，西波拉的胜利达到了顶点。那根有着爪形柄的呼啸而过的皮鞭犹如塞西[1]的魔杖，占绝对支配地位。在某个时候——肯定已过午夜许久了，不仅小小的舞台上有八至十个人在跳舞，而且台下也笼罩着一片欢欣的气氛，大伙儿千姿百态，难以描绘。一个戴着夹鼻眼镜、龇牙咧嘴的盎格鲁-撒克逊女人自动离开座位，在中间通道里跳起了塔兰泰拉舞[2]。西波拉懒洋洋地靠在舞台左侧的一张藤座椅子上，大口大口地吸纸烟，然后厚颜无耻地将烟雾从残缺的牙齿缝隙里喷出来，轻轻踏着地板，耸耸肩膀，望望台下无节制的狂欢场面，不时朝身后舞台上某个懈怠的人甩响鞭子。这时孩子们清醒过来。说起他们我倒有点惭愧，因为他们最不适合在这儿。我们之所以没有把他们带走，只能说是我们自己也被这不顾一切的劲儿所感染了——当时大家都一样。我们也太娇纵他们了，居然带他们参加这样的"魔术晚会"。不过，谢谢老天爷，天真未凿的孩子们一直为精彩的魔术迷住，并不理解这场演出的丑恶面。他们老是在我们怀里打瞌睡，每次整整睡一刻钟，醒来时精神又焕发了。他们睡眼惺忪，脸颊红得像玫瑰，看到魔术师使那些人在台上又蹦又跳，高兴得快笑破肚皮了。他们没有想到魔术这么有趣，观众们鼓掌，他们也跟着用笨拙的小手鼓掌。

---

1 塞西：荷马史诗《奥德赛》中的女魔。
2 塔兰泰拉舞：意大利南部一种轻快的民间舞。

西波拉招呼他们的朋友马里奥过去,他们高兴得在椅子上直蹦。西波拉就像书本上插图里的人物那样,把手放在马里奥的鼻子前面,不停弯曲、伸直食指。

马里奥听从他。我看见马里奥这会儿登上阶梯,走到西波拉面前,后者继续装成图画书里的滑稽模样招呼他过来。他起初迟疑了一会儿,这一点我也记得很清楚。整个晚上他一直懒洋洋地倚在边门的一根木柱上,抱着双臂,要么双手插进夹克衫口袋(他在我们左边,靠近那个留着好斗公鸡般发式的青年),据我们观察,他一直目不旁视地观看表演,尽管并不特别起劲,而且谁知道他能懂得多少。

他看来不太喜欢在晚会快结束时这样受人召唤吧。不过我们不难看出他为什么顺从西波拉。服从毕竟是他的天性,像他这样一个头脑单纯的小伙子又怎么能不顺从像当时西波拉这样威权在握的人呢?他不管愿不愿意,只好离开木柱,向让路的人群表示感谢,厚厚的嘴唇上挂着一丝疑虑的微笑,拾级登上舞台。

请你在心里描绘一下,一个二十岁的身体结实的小伙子,留着平头,额头很低,眼皮厚厚的,眼珠颜色不太明确,基本上是灰色的,却又混着绿色和黄色。我们常常和他谈话,所以我知道这些细节。他扁平的鼻梁上生着一块雀斑,上半个脸凹进去,下半个脸凸出来,厚厚的嘴唇老是张开,露出流涎水的牙齿。这两片厚嘴唇和迷离恍惚的眼神使整个脸有一种老实巴交又忧郁的表情。正是这种表情一开始就引起了我们注意。他丝毫没有粗鲁的样子,光是他那双手就能说明问题,哪怕以南方人的标准来衡量,他的手也是异乎寻常地瘦小。谁都喜欢由这样的手端饭菜和侍候。

我们只知道他为人的表面,却不知道他的底细(如果可以这样区别的话)。我们差不多每天看见他,我们原谅他那种做梦般的神态,知道这往往只是心不在焉所致,因为他立刻就会恢复常态,热心招待顾客。他的外貌是严肃的,只有孩子们能引起他微笑。他并非绷着脸愠怒,而是不会奉承,不肯讨好,或者说得更准确些,他是明知道迎合不了人,才不去迎合。总之,马里奥是我们旅游时遇到的比较朴实的人物。这些朴实的事或人往往比那些更重要的事或人给人留下的印象更深,让人记得更牢。可是他的底细我们知道得极少,只知道他父亲是市政府的小职员,母亲给人家洗衣服。

他下班时穿一套褪色的条纹服装,没有领子,脖子上围一条鲜艳的围巾,两端塞进夹克衫里。相比之下,他当侍者的白大褂,倒是与他相称些。他离西波拉很近了,西波拉却仍然不停地在他鼻子前伸屈着手指,因此他只好走得更近些,一直碰到那位大师的腿和座椅。这时西波拉撑开胳膊肘,抓住这小伙子的肩膀,把他转过来,让我们看清楚他的脸,然后眼睛骨碌碌地用一种漫不经心而又很威严的目光把他上下打量了一遍。

"好,我的孩子,我们有点相见恨晚。可是,相信我,我们早就认识了。是的,是的,我早就注意到你了,知道你是好样儿的。我怎么能忘掉你呢?嗯,我有许多事情要考虑。……唔,告诉我,你叫什么名字?我是说教名,我只要你的教名。"

"我的名字是马里奥。"年轻人低声答道。

"啊,马里奥,很好。是的,是的,有这么个名字,这是个很普遍的名字,也是个典型的名字,它保留了我们祖国的英雄传统。好样儿的!敬礼!"说时他扬起右臂,斜举在歪曲的肩膀上,掌心朝外,这是罗马式的敬礼。现在他可能微醺了——这也无足为怪,不过他说话还和以前一样清楚、流利,带有强调的语气,只是从他的声音可以隐约听出一种粗鲁专断的口吻,而他伸开四肢躺在椅子上也给人一种傲慢的感觉。

"嗯,我的马里奥,"他说下去,"你今天晚上来得好,你系的那条围巾很漂亮,和你这种英俊的小伙子挺配称。在你和姑娘们,本地的漂亮姑娘们交往时准能派上用场……"

从马里奥原来站立处的那排小伙子当中传来一声冷笑,是那个头发像好斗公鸡的小伙子发出的。他站在那儿,夹克衫搭在肩膀上,直率而粗鲁无礼地发出讥讽的笑声。

马里奥吃了一惊。我以为他只是耸了耸肩,但他很可能是吃了一惊,于是又赶紧耸了耸肩,来掩饰自己的失态,仿佛在说,鲜艳的围巾也好,女性也好,在他看来都是无所谓的事情。

大师朝台下瞧了一眼。

"咱们不必理他。"他说,"他嫉妒你,因为你的围巾博得姑娘们的欢心,也许一部分是因为咱俩在台上很要好吧。他也许忘记了刚才的腹痛,要我提醒他一下吧——我可以效劳,分文不取。告诉我,马里奥,今天晚上你到这儿来是寻找乐趣的——你白天是在一家五金店里干活吧?"

"在一家咖啡馆。"年轻人纠正他的话。

"啊,是在一家咖啡馆。"西波拉差点儿摔跟头,"你是个侍酒师，一个加尼米德[1]。我喜欢这说法，这里面又有个典故，敬礼！"大师再次行礼，观众们都乐了。

马里奥也笑了。"可是在这以前，"他为了准确起见插话了，"我一度曾经在克莱门特港干活。"他好像想给西波拉的预言寻找一些佐证，这也是很自然的事。

"如何？我不是说了吗，在一家五金店？"

马里奥却说："是家卖梳子和刷子的店。"

"我不是说了吗，你并非一直是加尼米德。哪怕西波拉说错了，也会有人相信。你说说吧，你相不相信我？"

马里奥做了个意义不明的手势。

"回答得不干脆，"大师批评了他，"要获得你的信任大概是不容易的。看得出，哪怕是我也不容易做到这一点。我看见你脸上有一种冷漠和悲哀的样子……告诉我，"说到这里他恳切地抓住马里奥的双手，劝诱他，"你有什么烦恼吗？"

"没有，先生。"马里奥迅速而果断地答道。

"你一定有什么烦恼。"大师以权威的身份不容置辩地说，"难道我看不出吗？你打算瞒过西波拉吗？当然，是为了姑娘们，你是为了某个姑娘而烦恼，对吗？你在情场上失意了吗？"

马里奥使劲地摇摇头。这时那个好斗的青年又粗鲁地哈哈大笑起来。大师注意到了，他又骨碌骨碌地转动眼睛望着空中，却竖起一只耳朵听那笑声，然后向后挥了一下鞭子（他和马里

---

[1] 加尼米德：希腊神话中特洛伊的一位王子，长得漂亮，是宙斯的侍酒师。*

奥谈话的过程中已经挥了两三次鞭子），使那些傀儡们不敢松劲。殊不知他的新俘虏马里奥趁他挥鞭时突然向阶梯下冲出一步，幸亏西波拉眼明手快，一把逮住，他才没有逃脱。

"别忙走，"西波拉说，"好戏还在后头呢，对吗？加尼米德，在这出好戏演了一半，或者说，刚刚开头的时候，你就想溜跑啦？待在我身边，我要给你看些好玩的东西。我要让你相信，你没有理由烦恼。我向你担保。这位姑娘——你认识她，别人也认识她——叫什么来着？等一下！我在你眼睛里看见了她的名字，它就在我舌头尖上，你的名字也是……"

"西尔薇斯塔！"台下那个好斗的青年喊道。

大师不动声色。

"是那些鲁莽唐突的家伙吗？"他问道，并没有向台下瞅，神情泰然自若，还是和马里奥说话的口气，"是那些好斗的小公鸡，不分场合总要喔喔叫吗？你还没有开口，他就抢着说话。这个自高自大的蠢货，好像自以为有什么特权。随他去。可是西尔薇斯塔，你的西尔薇斯塔——啊，这姑娘多好！是多么宝贵的赏赐！多么可爱，只要看见她走步路，笑一笑，或是呼吸一下，你的心就会跳到嗓子眼里。当她洗什么东西的时候，那双圆滚滚的胳膊把垂在眼睛前面的发绺往后甩，那姿势多可爱！真是个从天堂下凡的天使！"

马里奥伸长脖子凝视着西波拉。他似乎已经忘记了观众，忘记了自己身在何处，眼睛周围的红圈更大了，仿佛是画上去的，厚厚的嘴唇也张开了。

"她使你受苦了，这位天使。"西波拉说下去，"说得更确切些，你为她自寻烦恼——两者之间是有区别的，小伙子，有一个非常重大的区别，让我告诉你吧。人们对恋爱有许多误解，也许世界上再没有任何事会产生这么多的误会。我知道你的想法。你在想这个生理上有缺陷的西波拉知道什么恋爱？错了，你完全想错了，他懂得可多了。他对于恋爱里的每个巷道都了如指掌，洞若观火。听听他的忠告是值得的。不过咱们还是别谈西波拉，完全把他撇开，只考虑西尔薇斯塔——你的美艳绝伦的西尔薇斯塔吧！什么！她会看上那个好斗的小公鸡，使他欢笑，使你哀泣？她会爱上他，倒不爱你这样缱绻多情的小伙子？未必吧？这是不可能的。我们，西波拉和她，比你明白，一个是散发着柏油气味的小丑，像鳕鱼、海胆一样恶心的家伙，另一位是马里奥，餐巾骑士，惯于在绅士淑女当中周旋，风度翩翩地递送点心。要是我是她，在你们之间抉择的话，一定会选上你。啊，我的心就会明确地说，它知道我早已把它给了谁。我的心上人，他该明白，该懂得了？马里奥，我亲爱的，你该看见我，认出我了！你说，我是谁？"

　　这个该死的东西肉麻地扭动身躯，晃着歪曲的肩膀，卖弄风情，用他那肿胀的眼睛做出惹人爱怜的慵倦表情，露出碎裂参差的牙齿，扮出令人作呕的笑容，样子真是吓人。可是，哎呀，马里奥听了他的甜言蜜语变成了什么样子？我实在看不下去，也无法说，因为他所说的不折不扣是灵魂深处的倾诉，是一个受骗的腼腆青年热情的内心表白，狂喜的吐露。马里奥双手蒙住嘴巴，大口大口地喘气，肩膀不断起落，很明显，他欣喜若狂，竟无法相信自己的眼睛和耳朵了，心完全被征服。他忘情地,从内心深处低声唤道:"西尔薇斯塔!"

"吻我!"那个驼背说,"相信我,我爱你。吻我这儿。"他的食指、小指和手臂都向外伸,指指自己的面颊靠近嘴巴的部位。于是马里奥身体前俯,吻了他。

观众厅里变得鸦雀无声。马里奥感到幸福的这一瞬间,极其可怕,极其荒谬,令人不寒而栗。就在这充满愉悦的幻觉而又邪恶之至的时刻,大家听到了一个声音,这个声音并非立即发出,而是在忧郁的马里奥的嘴唇和那个下流坯送过来的可恶的面颊相接触的一刹那发出的,我们左面那个好斗的青年发出一阵笑声。它打破了当时戏剧性的悬念、粗鲁以及带有嘲弄意味的氛围,然而,如果我没有弄错的话,却饱含着对那个被蛊惑者的同情,透露出对那可怜虫的同情(西波拉却说,不该怜悯那些人,他自己才是该被怜悯的人)。

笑声未落,被热吻的人就用鞭子轻抽了一下椅旁的地面。马里奥惊跳起来,蓦然向后退缩。他就这样伫立着,两眼向前瞪视,双手掩住受了污辱的嘴唇。接着他握着拳头,一遍又一遍地猛击自己的太阳穴,转身跟跟跄跄地走下阶梯。观众们热烈鼓掌,西波拉则坐在那儿,两手放在膝上,笑得肩膀发抖。马里奥一到台下,虽然还在狼狈溃退,却猛然转过身体,两腿叉得开开的,一只胳膊向上甩,于是两响低沉的爆炸声震动了屋宇,压倒了鼓掌声和笑声。

表演厅里马上静下来。连舞蹈的人也完全停下,目瞪口呆地四下扫视。西波拉从座椅上蹦起来,两臂向侧伸开,仿佛在抵挡大家的攻击,仿佛下一个瞬间就要喊出声来:"停下来!别动！静下来！那是什么？"接着，就在这一刹那，他颓然倒在椅子上，头垂在胸口，左右摇晃；下一个瞬间他跌到地板上，纹丝不动地躺卧着，四肢歪斜，就像是一堆衣服。

表演厅里乱成一团，难以形容。女士们掩住脸，倒在保护她们的男士们的怀里，瑟瑟发抖。好些人在叫唤，有喊医生的，有喊警察的。人们就像一群暴民，涌到马里奥跟前，七手八脚地缴了他的械。原来，垂在他手里的武器竟是一把小小的、不成形状、连枪筒也没有的金属玩意儿，命运多么奇怪、多么出人意料地命中了西波拉！

现在，我们终于领着孩子向出口处走去，从两个刚刚进来的卡宾枪手身旁经过。他们想打听一下，事情结束了吗？平安无事了吗？我们回答，是的，事情结束了。恐怖结束了，这是命中注定的。我们获得了解放，因为我当时都不得不认为，这是解放！

（1929年）

# 败坏了哈德莱堡的人

马克·吐温
(1835—1910)

美国著名作家、幽默大师，威廉·福克纳称其为"美国文学之父"。代表作《哈克贝利·费恩历险记》曾被海明威誉为"第一部真正的美国文学"。著有短篇小说《竞选州长》《百万英镑》等，长篇小说《汤姆·索亚历险记》等。

一

这是多年前的事了。当时哈德莱堡远近闻名,是一个最诚实、最正直的城镇。它保持这个好名声,未受到丝毫非议达三代之久。镇上的人以诚实正直而自豪,认为这比自己的其他任何财富都值得骄傲。他们渴望将这种美德发扬光大,使其永世长存。因此他们从襁褓中就教育自己的子女要诚实待人,此后,年复一年地谆谆教诲,务使下一代以诚实为立身之本。到了子女们性格成型的青年时期,父母们更是使他们远离诱惑人堕落的事物,使诚实的美德得以深入他们头脑,日益稳定巩固。一些邻近城镇里的人看到哈德莱堡人的嘉言懿(yì)行如此蜚声遐迩,不禁非常眼红,只好故意嗤之以鼻,硬把哈德莱堡人的自豪说成虚荣。可是,尽管如此,他们不得不承认,哈德莱堡实在是个不可败坏之地,如果问得再紧一些,他们还会承认,要是年轻人到外地谋求一份靠谱的职位,只要证明自己是来自哈德莱堡的,那就比任何推荐信都管用。

可是随着时光的推移,到头来哈德莱堡也名声扫地了。镇上的人不幸得罪了某个过路的外乡人。可能他们当时并不知道,不过即便知道了,他们当然也不在乎。因为哈德莱堡是自给自足的,对于外乡人有什么意见根本不放在心上。然而这个外乡人可不是好惹的,他爱记仇,报复心很强。要是大家知道这一点,对他另眼看待,加以提防,那就好了。这个人在整整一年周游各地的过程中,一直把哈德莱堡人得罪自己的事牢记在心,一有空暇就挖空心思想怎样报复方能遂自己的心愿。他想出了好多计策,都是妙计,其中最不济的也能伤害一大批人,可就是想不出一条能囊括全镇的妙策,而他心心念念要把全镇的人一网打尽,无一幸免。终于他灵机一动,计上心来,心中顿时豁然开朗,充满了恶意的喜悦,当下便自言自语地说:"对,就得这么办。我非要败坏这个城镇的名声不可。"

六个月以后,他乘了一辆轻便马车来到哈德莱堡,大约夜里十点光景,停在当地银行的那个老出纳的寓所门口。他从轻便车里卸下一只袋子,扛着它跟跟跄跄地走过院子,敲敲屋门。里面传来一个妇女的声音:"请进。"这人便走进屋,把袋子搁在起居室的火炉后面,于是对那位坐在灯下看《教会先驱报》的老夫人彬彬有礼地说:"老夫人,您别起来,我不愿打扰您。这袋子放在那儿,藏得很好,谁也不知道它藏在那里。我能见见您的丈夫吗,夫人?"

"不行,他到布里克斯顿去了,可能明天早晨才能回来。"

"很好,夫人,这没关系。我只是想把这袋子放在这儿,托老先生照看一下,将来找到了物主,再交给他。我是外地人,老先生不认识我，我今儿晚上打这个镇经过，只是为了了却一桩夙愿。现在我的差使完成了，我很高兴，也颇感自豪。我走了，您今后再也不会见到我了。袋子上贴了张纸，纸上把事情解释得很清楚。晚安，夫人。"

老夫人看到这个神奇的陌生人有些害怕，巴不得他走呢，可是这件事引起了她的好奇心，于是她径直走到袋子跟前，拿起那张纸看起来。它是这样开头的：

> 请您查访一下应当得到这袋钱币的人，可以公开查访，也可以私下打听。这只袋子里装了许多金币，共重一百六十英镑四英两……

"啊呀，我的天，屋门没有锁上！"

理查兹夫人全身哆嗦，赶忙跑到门口，把门锁上，然后又把窗子的遮光帘统统拉下。她站在那儿，担惊受怕，不知道该怎么办才能使自己和那笔钱财更加安全。她支着耳朵听了一会儿，害怕有窃贼，又按捺不住好奇心，回到灯下，把那张纸读完。

> 我是个外国人，不久就要回到祖国定居。我对于长期侨居美国期间时美国人对我的照拂深表感谢，特别是一两年以前某个美国公民——哈德莱堡的公民对我有莫大的恩惠，我更是刻骨铭心。事实上，他对我有两个恩典。我要说明一下，我嗜赌成性，呼幺喝六，弄得倾家荡产。那天夜里我来到这个村镇时，

饥肠辘辘，一文不名，只好在暗处乞讨（在有亮光的地方我羞于启齿）。我找对了人。他赐给我二十块钱，当时在我心目中这不啻赐予我生命。他还赐予了我好运，因为我用这二十块钱作为赌本，赢了一大笔钱，发了财。他给我的一句赠言征服了我，使我尚未泯灭的天良苏醒过来，终于改邪归正，戒绝赌博了。我把这句赠言铭记在心，直到如今。我现在已经记不清我的恩公是谁，可是我很想找到他，请他收下这袋金币，送人也罢，扔掉也罢，自己留下也罢，随他高兴，只不过是聊表我的感激之情。要是我能在这儿久待就好了，我就会亲自找到他。不过这也无所谓，他会被找到的。贵镇是个诚实的城镇，我明白我完全可以放心，不用顾虑太多。可以凭这句赠言找出我的恩人来，我深信他还记着这句话。

现在我是这样计划的：如果您宁愿私下打听，那就私下打听好了。如果您遇到一个很可能是我恩公的人，请把这张纸上的内容告诉他。如果他回答："我就是这个人，我的赠言是如此这般。"您就查核一下，办法就是打开袋子，您在里头会找到一只密封的信封，里面藏的便是那句赠言。如果那人讲的话和信封里的符合，您不用多问，把钱给他就行了，因为他肯定是理应得到这笔钱的人。

不过，如果您愿公开调查的话，那就把我这段话刊登在本地的报纸上，加上以下几句指示：应试者务于三十天后,星期五晚八点至镇公所大厅,将自己的赠言密封交给公证人伯吉斯牧师,由他当场启封,逐一核对,若与袋子中的原稿符合,即为我的恩公,理应领受这袋金币,连同我的衷心感谢。

理查兹夫人兴奋得全身微颤,坐了下来,立即寻思开了:"这是一件多么奇怪的事情啊……那个仁慈的人当初好像是拿面包打水漂儿,这一下可交上了好运咧!……要是我的老头子做了这件好事就好了!我们多穷啊!真是又老又穷啊!……"接着她叹息了一下,想道:"不过,这不会是我的爱德华。不,给一个陌生人二十块钱的不会是他。也真是可惜,现在我看……"接着,她浑身一震,心想:"可是这是一个赌徒的钱!这是不义之财。我们不应当拿,连碰也不能碰,我不想靠近它,好像一挨近它就会玷污了灵魂。"她就这样想着,移坐到较远的一张椅子上……"但愿爱德华回来,把钱袋拿到银行去。窃贼随时可能来,孤零零一个人在这里守着这笔钱,实在可怕。"

理查兹先生在十一点钟回来了。他的妻子说:"你回来了我太高兴了!"他却说:"我太累了,累得筋疲力尽。贫穷真可怕啊!这么大一把年纪,还要干这些沉闷无趣的差使,一年到头拼死拼活地干,为了一点微薄的薪水给别人做牛马,无所事事的人倒是发了财,穿着拖鞋坐在家里享福。"

"我为你难受,爱德华,你是知道的,不过看得开些吧,咱们日子还过得去,咱们有好名声……"

"说的是,玛丽,好名声是最重要的。别把我的话放在心上——不过是在气头上发发牢骚,当不了真。吻吻我吧,我的气已经消了,我不再怨天怨地了。你拿的这是什么?这袋子里放的是什么?"

于是他老伴儿便把这个重大的秘密告诉了他。他听了发懵了,好一会儿才说道:"这里面的钱有一百六十英镑?哎呀,玛丽,这可是四万块美元哪——想想看,这是偌大一笔钱财呀!这村子里有这么多钱的人还不满十个。快把那张纸给我看看。"

他把纸条浏览了一遍,说道:"可不是一桩奇遇!哎呀,真有点浪漫主义的味道呢!这就好像只能在书本上看到而生活当中从来也遇不到的那种离奇事情!"他这会儿深为激动、高兴极了,甚至到了欣喜雀跃的地步。他轻轻拍拍他老伴儿的腮帮子,幽默地说:"嘿,玛丽,咱们发财了,发财了,咱们不费吹灰之力,只消把这笔钱埋藏起来,把这些纸烧掉就行了。要是这个赌徒以后来问的话,咱们只要冷冷地盯着他说:'你胡言乱语些什么呀?我们从来没有听说过你和你那袋金子。'一句话就可以把他顶得灰溜溜地干瞪眼……"

"别开玩笑了,就在你开玩笑的当儿这钱还放在这儿,很快就要到窃贼活动的时间了。"

"说的是。哎,咱们该怎么办呢?私下打听吗?不,那是不行的,那就会破坏了浪漫主义的气氛。公开调查的办法要好些。想想看,这么做会轰动一时,会引起所有其他镇的嫉妒,因为他们都知道,一个陌生人有这样的要事,除了哈德莱堡以外,他是绝不会信托给任何其他镇办理的。这是咱们手里的一张大牌。现在我必须赶到印刷所去,要不就太晚了。"

"可是,你别去……别去……别把我撇在这儿一个人守着这袋金子,爱德华!"他还是去了,不过只去了一会儿就回来了。在离家不远的地方,他遇到了报馆的主编兼老板,把那个文件交给他,说:"考克斯,这儿有一件好东西给你,把它登上。"

"理查兹先生,现在太晚了,不过我可以试试看。"

他回到家里又和老伴儿坐下,又谈起这件迷人的神秘事情。他们怎么也睡不着。第一个问题就是,给那个陌生人二十块钱的公民究竟是谁?这好像是个简单的问题。夫妻俩同时得出了答案:"巴克利·古德森。"

"对,"理查兹说,"可能是他干的,这像是他干的事,咱们镇上再没有第二个人会有这样的善行。"

"谁都会承认这一点,爱德华——不管怎样,私底下是会承认的。'现在,这个村镇又回到原来的样子:诚实、狭隘、自以为是、小气。这个情况有六个月了。'"

"这正是古德森生前常说的话,而且他常常公开这样说。"

"是的,就为这话好多人都恨他。"

"哦,当然,不过他并不在乎。我想咱们这镇上大家最恨的人,除了伯吉斯牧师以外,就数他了。"

"嗯,伯吉斯是活该,他在这儿再也得不到信徒了。这个镇尽管平平庸庸,却也知道好歹,知道怎么样评价他。爱德华,那个陌生人竟然指定伯吉斯发这笔钱,这不是透着奇怪吗?"

"嗯,是啊!是透着奇怪。那是,那是……"

"干吗老是那是那是的?你会选他吗?"

"玛丽,也许那个陌生人比咱们村镇的人更了解他。"

"扯淡，这也帮不了伯吉斯的忙！"

老头子好像感到有些困惑，不知该说什么好，老婆子直直地盯着他，等他回答。理查兹终于像是怕别人怀疑似的，踌躇地说："玛丽，伯吉斯不是坏人。"

他老伴儿可真有点诧异，喊了声："胡说！"

"他不是坏人，我知道。他之所以不得人心，根源只在于一件事，就是那件闹得满城风雨的事情。"

"一件事，你说得好轻巧！好像这一件事还不够似的。"

"这件事分量很重，分量很重。不过这不是他的过失。"

"你说什么！不是他的过失？谁都知道是他的过失。"

"玛丽，我向你担保……他是无辜的。"

"我不能相信，我不信。你怎么知道他是无辜的？"

"我向你忏悔，我感到羞愧，可我还是要忏悔。只有我知道他是无辜的。我本来能挽救他，可是……可是……唉！你知道当时全镇的人都被激怒了，我没有勇气为他讲话，否则大家的怒气就会冲着我来。我是卑鄙的，太卑鄙了！可是我不敢，我没有男子汉气概，不敢触犯众怒。"

玛丽神色不安，沉默了好一会儿，才结结巴巴地说：

"我……我认为你那样做……那样做不好，你不应该，呃，舆论……你应当注意……"这件事很难说清楚，她不知道该怎么措辞。可是过了一会儿，她又说开了："非常可惜，不过，唉，咱们也没法子。爱德华，咱们实在没法子。啊，我怎么也不愿你那样做！"

"为他讲话吗？那会使咱们失掉许多人的好感，玛丽，而且……而且……"

"现在我发愁的倒不是大家,而是他对咱们是什么看法,爱德华。"

"他?他不会猜疑到我当时能挽救他。"

"哦,"他老伴儿宽慰地唤了一声,"这使我感到高兴!只要他不知道你本来能够挽救他,他……他……唉!那就好得多了。嗯,他应该是不知道的,因为尽管咱们对他冷冷淡淡,他总是对我们表示友好。大家不止一次用这件事来挖苦我。威尔逊一家,威尔科克斯一家,还有哈克尼斯一家,动不动就恶意地取笑我,说'你们的朋友伯吉斯',存心使我腻烦,在一旁笑话我。但愿他别老是这么喜欢和我们来往,我不明白,他为什么要这样。"

"我能解释。这又是一件我该忏悔的事。他那件事儿刚开始时民愤很大,镇上的人打算把他涂上柏油,用杆子抬着驱逐出境。我良心受到责备,实在受不住了,就私下去向他报信,于是他溜出镇去,一直逃亡在外,直到风波平息了才回来。"

"爱德华!要是镇上的人当时发现……"

"别说了!我现在想想还有些后怕。我一去报信就感到后悔,我以前连告诉你也不敢,唯恐你神色不对露了馅,那天夜里我老是发愁,一点儿也睡不着。可是几天以后,我看出谁也不会怀疑我,打这以后我为向他通风报信感到高兴。现在我还高兴,玛丽,是打心底里的高兴。"

"现在我也高兴,因为不这样做,那就太对不起人家了。是的,我也高兴,你确实应当这么做。可是,爱德华,要是有朝一旦这件事暴露了……"

"不会的。"

"为什么？"

"因为大家都认为是古德森干的。"

"他们当然会这样认为！"

"自然，而且他当然也不会在乎。他们劝倒霉的老索尔斯伯里去控告他，于是那老汉就去兴师问罪，指责了他一通。古德森把老索尔斯伯里上上下下打量了一番，仿佛要在他身上找出一处他最看不起的地方，接着便问他：'那么说你是调查委员会的啰？'索尔斯伯里说：'差不多是的。''嗯，你认为他们是要了解详细情况呢，还是要一般的答复就行了呢？''要是他们要求详细答复，古德森先生，那我就下次再来问，不过我首先要听听你的一般答复。''那么很好，你叫他们见鬼去吧，我这个答复够一般的了吧？我还要向你提出劝告，索尔斯伯里。你下次来向我询问详细情况的时候，别忘了带只筐子来，好把你的老骨头拎回去。'"

"这就像是古德森说的话，他说起话来就那么冲。他什么都好，只是有点虚荣，总以为自己比谁都高明。"

"这件事就这么解决了，也救了咱们，玛丽。这件事再也没有人提起了。"

"上帝保佑，那是肯定的。"

接着他们津津有味地谈起陌生人捎来一袋黄金的神秘事情。可是不久这场谈话便变得断断续续了。他俩不时中断谈话，遐想开了。中断的次数越来越频繁，后来理查兹完全沉浸在思考中。他久久地静坐着，茫然地盯着地板，两手不时神经质地微微摆动，仿佛心里有点恼火。与此同时，他的老伴也陷入默默的沉思，她的动作也开始显出她心里忧虑且不自在。理查兹终于站起来，用双手搔着头发，漫无目的地在房间里大步踱来踱去，就好像一个做噩梦的梦游者一样。接着他好像打定了什么主意，一声不吭地戴上帽子，迅捷地走出屋去。他老伴儿拉长了脸，忧郁地沉思着，似乎没有察觉屋里只剩下自己。她不时喃喃地说："别让我们受到诱惑[1]……可是，可是，我们太穷了，太穷了！别让我们受到……啊，谁又会受到伤害呢？……而且谁也不会知道。别让我们……"她的声音越来越低，成了含糊的咕哝。稍微过了一会儿，她抬头一看，又害怕又高兴地低声说："他走了！可是，唉，太晚了，太晚了……也许不……他也许还来得及。"她从椅子上起来，站在那儿寻思，紧张不安地一会儿把双手握紧，一会儿又松开。她身体陡地轻微震颤了一下，发干的喉咙喃喃地说："上帝赦免我吧……想这样邪恶的事是可怕的……可是……主啊！我们是怎样被创造出的，我们的心理是多么奇怪呀！"

她把油灯捻小一点，身子悄悄地溜过去，跪在那只袋子旁，双手摸摸它隆起的地方，爱抚着。她可怜巴巴的老眼里放出一股爱慕的光，她一阵阵心驰神往，有时从梦想中昏昏沉沉地醒来，喃喃念着："要是我们等一下多好！唉，要是我们等那么一会儿，不要那么着急忙慌该多好！"

---

[1] 别让我们受到诱惑：这是基督教《主祷文》里的一句。

与此同时，考克斯已经下班回家，把这件奇怪的事情一五一十地都对妻子说了。夫妻俩热切地谈论这事，猜测镇上只有已经过世的古德森才会这样慷慨解囊，资助一个潦倒的陌路人二十美元的巨款。接着谈话停顿下来，夫妻俩默默无语地想开了心思。不久，他们心情激荡，变得坐立不安。终于妻子仿佛自言自语地说："谁也不知道这个秘密，除了理查兹……除了咱俩……谁也不知道。"

丈夫微微一震，从沉思状态中惊醒过来，若有所思地盯着妻子，只见她的脸已变得煞白了。于是他踌躇地站起来，鬼鬼祟祟地看了一下帽子，然后又看看他妻子——不啻在无声地询问。考克斯夫人按着喉咙，咽了一两口唾沫，然后点点头，算是回答。一转眼的工夫，屋里便只剩下她一个人，在咕咕哝哝地自言自语了。

这会儿理查兹和考克斯正从相反的方向顺着寂寥无人的街道急急忙忙走着。他们在印刷所的楼梯脚下碰了头，两个人都气喘吁吁，借着夜灯的微光辨识对方的脸。考克斯用耳语般的声音询问：

"除了咱俩谁也不知道吗？"

对方的回答如耳语般轻微：

"一个人也没有，我用名誉担保，一个人也没有！"

"要是不太晚的话……"

两个人正踏上楼梯，就在这时候，一个勤杂工撵上了他们，考克斯问道：

"是你吗，约翰？"

"是我，先生。"

"你不用把早班信件送出去了——哪班信件都不用送了，等我吩咐你再送。"

"早班信件已经送走了，先生。"

"送走了？"他的话音里有说不出的懊丧。

"是的，先生。今天到布里克斯顿处各站的时刻表改变了，先生，我要比往常提前二十分钟取报纸，我不得不赶紧些，要是迟了两分钟……"

两个人不等他讲完便转过身来，慢腾腾地往回走了。有十分钟的时间，他们谁也没有吭声，后来考克斯用一种苦恼的声音开口了：

"是什么鬼迷了你的心窍？要这么着急忙慌，我真弄不懂。"

回答是够谦卑的：

"我现在明白了，可是早前不知怎的，我怎么也没有想到，现在悔之晚矣。不过下一回……"

"下一回见鬼去吧！一千年以后也没有下一回了。"

接着这两个朋友连晚安也没有说，就分道扬镳，好像遭了致命打击的人一样，各自拖着脚步慢腾腾地回家了。一到家里，他们的妻子都跳起来急切地喊了声"嗯？"接着看到他们颓丧的目光，不用等他们说出口来便知道事情不妙，于是便一屁股坐到椅子上发起愁来。接着这两家都发生了一场热烈的争论。这是新鲜事儿，以前这两家有事都商量讨论，从来没有用粗鄙的词语激烈地争论过。这晚上两家的争论彼此雷同，好像是互相抄袭的。

理查兹夫人说:"你要是等一等,爱德华,你要是停下来想一想,那就好啦!可是不,你偏偏要一直跑到印刷所,把新闻传得满世界都知道。"

"便条上说啦,要把消息公布出去。"

"这不碍事。就算说了吧,便条上不也说可以私下打听吗?你瞧,难道不公布消息有什么不对吗?"

"哎,是,是,你说得对。可是我一想到这件事会引起多大轰动,一个陌生人居然对哈德莱堡这样信任,这对咱们镇是多大的荣誉……"

"哎,大实话,这些我都知道,可是如果你当初停下来想一想,你就会明白是找不到应当拿这笔钱的主子的,因为他已经入土了,而且身后没有留下子孙,也没有亲属。要是这笔钱到了急需用钱的人手里,谁也不会蒙受损害,而且……而且……"

她情不自禁,失声痛哭起来。她的老伴儿想找出什么话来安慰她,一会儿后想出了一句:"不过归根结底,玛丽,肯定还是这样好,肯定的。咱们明白这一点,而且咱们必须记住,这是上帝安排的……"

"上帝安排的?哼,一个人干了蠢事,给自己找借口,就说什么都是上帝安排的。不管怎么说,上帝安排的,是要让这笔钱以这种特殊方式跑到咱们家里。可是你偏偏要自作聪明,胡来一气,违抗了上帝的旨意……谁给你这权利的?你的做法太恶劣,实在是恶劣透顶,简直是一种渎神的放肆行为!你自称是个温顺谦卑的信徒,这种行为根本不称……"

"可是,玛丽,你要知道,咱们俩和全镇的人一样,一辈子都受诚实美德的培育,以至于它已经完全成了咱们的第二天性。咱们当惯了老实人,做惯了老实事,从来没有半点犹豫。"

"嘿,我知道,我知道——咱们镇上永生永世都在无了无休地培育、培育、培育诚实的美德——从一个人在摇篮里开始,就保护他,把他放在不受任何诱惑的环境里。这样培养出来的诚实是人为的、虚假的,一旦遇到诱惑,正像今儿晚上咱们所看到的,这种诚实就脆弱得不堪一击。老天爷知道,我以前从来没有怀疑过,总以为我的诚实像磐石一样不可摧毁。可现在,头一次遇到这个真正巨大诱惑,我就垮了。爱德华,我相信,这个镇上所有人的诚实都是像我的一样脆弱不堪,像你的一样脆弱不堪。这是个卑鄙的镇,一个冷酷无情、吝啬小气的镇,除了它那闻名遐迩、自卖自夸的那种诚实以外,根本没有任何美德。所以我敢断言,一旦遇到强烈的诱惑,那好名声就会像纸牌搭的房屋那样坍了。你瞧,我把心里话都兜出来,我现在就感到好受些了,我是个招摇撞骗的人,我一生都是冒牌货,可以前却不知道。今后谁也别再夸我诚实了——我不愿挂这样的虚名。"

"我……哎,玛丽,我算和你想到一块儿去啦!确实!这也透着奇怪,很奇怪。原先,我绝不会相信……绝不会。"

接着他们沉默良久,都陷于深思中。终于妻子抬头看看丈夫说:"我知道你在想什么,爱德华。"

理查兹的神情就像一个做亏心事的人被别人抓住一样窘迫。

"你把我心里的话兜出来,我可不好意思,玛丽,可是……"

"不要紧，爱德华，我自己也在思考同样的问题。"

"但愿这样。你说吧。"

"你在想，要是能猜出古德森对那个陌生人的赠言是什么就好了。"

"对极了。我感到内疚、羞愧。你呢？"

"我可不。咱们在这儿搭张铺吧，咱们得在这儿看着，直到明天早晨银行保管库开门，接受了这袋金钱……哎，哎……要是咱们没有走错这步棋就好了！"

铺搭好了。

玛丽说："宝库的开门咒——会是什么呀？我实在纳闷，那句赠言会是什么呢？可是得啦，咱们现在还是上床吧。"

"睡觉？"

"不，思考。"

"对，思考。"

这时，考克斯夫妇间的口角也刚刚完毕。他俩言归于好，正要上床睡觉。他们瞻前顾后，担心发愁，翻来覆去，苦苦思索古德森对那位流落他乡的落魄人的赠言到底是什么，那句话真是像金子般贵重，要值四万美元现钞呢。

那天夜晚这个村镇的电报局比平时晚下班。原来，考克斯办的那家报纸的工头是美联社的本地代表，也可以说是名誉通讯员，一年当中最多只有四次能够在报上发表三十个字的电讯稿。可是这一回他却交了好运。他刚发出这则新闻电讯，便立即收到回电：

速拍一千二百字详细电讯稿。

这是一笔大交易！那个工头成了全州第一号的红人。到第二天早餐时间，"不可败坏的哈德莱堡"这个名字飞遍了整个美国，从蒙特利尔到墨西哥湾，从阿拉斯加的冰川到佛罗里达的橘树林，人人都在传扬这个名字。数以百万计的人们都在讨论这个陌生人和他的钱袋，大家都想知道，理应挣到这笔钱的人会不会被找到。有关这件事的最新消息，美国人莫不拭目以待，先睹为快。

二

哈德莱堡镇一夜之间就闻名寰宇了。镇上人的惊讶和高兴劲儿简直难以言宣，同时他们的虚荣自负，也达到了难以想象的地步。镇上的十九位头面人物和他们的夫人都奔走相告，握手相贺，心花怒放，春风满面，都说这件事会给词典上增添一个新的词条——哈德莱堡，这不啻"不可败坏"的同义词，注定会在词典里永远保存下去！地位较次的人物和平头百姓们以及他们的夫人们也到处走动，做同样的行动。每个人都跑到银行去看那只盛金币的袋子。不到中午，伤心和嫉妒的人群从布里克斯顿及邻近各镇大批涌来。当天下午和第二天，记者们从各处赶来，核实这袋金币的始末，并各以生花妙笔把这袋金币、理查兹的住宅、当地银行、长老会教堂、浸礼会教堂以及将举行颁款仪式的广场镇公所礼堂,都历历如绘地描述了一遍又一遍。此外,他们还对理查兹夫妇、银行家平克顿、印刷所的考克斯、那个工头、伯吉斯牧师、当地的邮政局长,都做了天花乱坠的描述,甚至对杰克·哈利德(此人是一个与这件轰动全国的大事毫无关系的微不足道的小人物,性格随和,游手好闲,间或捕鱼打猎,捞点外快。他是顽童们以及迷路的狗的好朋友,是镇上典型的山姆·劳森[1])也做了一番描绘。

小个儿、猥琐、圆滑、见人就傻笑的平克顿把那袋金币给所有的来访者看,他高兴地搓着那双光滑的手,向大家详述这个镇人人诚实的好名声,说这件奇妙的事便是它的明证,他希望而且相信这件事将家喻户晓,哈德莱堡将成为全美的楷模,在改良社会习俗、提高道德风尚方面将起划时代的作用,云云。

过了一个星期,一切又归于平静。原先大家为自豪而陶醉的欣喜欲狂的心情变为一种温和而恬静的欢愉——一种深刻得无以名状、难以言宣的满足情绪,所有人的脸上都带有一种心平气和又圣洁幸福的神色。

后来,情况发生了变化。这是一种非常缓和的、逐步发生的变化,一开头几乎未被觉察,也许,除了杰克·哈利德以外,谁也没有觉察到吧。哈利德总是在冷眼观察,观察到什么都要取笑一番。开始,他说些打趣的话,说有些人不像一两天以前那样喜形于色了。过些时,他声称,事态有了进一步的发展,

---

[1] 山姆·劳森:美国著名作家斯托夫人(1811—1896)的小说《老城炉边故事》中的角色。书中的山姆·劳森热情友好,乐于向他人讲故事。

大家的脸上换了副悲哀的神色。再往后他又说所有的人都显现出懊丧的病容。最后他说,每个人都变得忧心忡忡、神不守舍,他甚至能够把镇上最吝啬的人藏在裤袋底的一分钱偷走,而不至惊扰他们的白日梦。

在这一阶段,或者说,差不多在每晚睡前,镇上十九家头面人物通常都会长叹一声,说出如下的话:

"唉,古德森的赠言究竟是什么呢?"

而这些主妇们也会立刻颤抖着说出这样的话:

"啊,别说这话!你头脑里到底琢磨什么可怕的念头啊?看在上帝的分上,赶快把这邪念丢开吧!"

可是第二天夜晚,一家之主们又会发出同样的问题,主妇们又会做出同样的反驳,不过语气要弱一些了。

第三天夜晚,男人们再一次发出同样的问题——说话的时候极其痛苦,几乎是灵魂出了窍。这个以及下一个夜晚主妇们都烦躁不安,她们虚弱无力地试图说点什么,却说不出来。

再下一个夜晚,她们开口说话了,却是非但没有反驳反而附和她们的丈夫,渴望地说:"哎,要是咱们能够猜出来,那就好了!"

哈利德的评语一天比一天俏皮、刻薄,令人生厌。他腿很勤,到处跑,嘲笑镇上全体居民以及个别人的狼狈相。整个镇上只剩下他一人的笑声,这笑声落进了一个令人沮丧的空谷中。任何地方也找不到一丝笑容。哈利德带着一只装在三脚架上的雪茄烟盒到处走,假装这是一只照相机,把所有过路人拦住,拿这玩意儿对准他们,说道:"预备!带点笑容。"可是连这个绝妙的玩笑都提不起大家的兴致，无法使他们阴沉的面孔稍微舒展一些。

三个星期就这样过去，只剩下一个星期了。星期六晚上——晚饭后，早先周末之夜的那种活跃忙乱、上街购物、嬉笑玩乐的气氛一扫而光，街道上空空荡荡，寂寥荒凉。

理查兹和他的老伴儿坐在他们的小起居室里，两人隔得开开的，各自沉浸在痛苦的思索中。现在这已成了他们晚间的常态。他们一辈子的生活惯例——读书、编织、心满意足地闲谈、出去串门或是接待来访的邻居，都被遗忘了。虽然这只是两三个星期以前的事，却好像隔了几个世纪。现在没有一个人谈天，没有一个人看书，没有一个人探亲访友，全镇的人都坐在家里唉声叹气、满腹心事、沉默无语。他们都在搜索枯肠，想猜出那句赠言。

邮差丢下了一封信。理查兹没精打采地朝发信人的姓名住址和邮戳瞅了一眼，见都是陌生的，便把信往桌上一丢，又猜测开了种种可能发生的情况，又阴郁而痛苦地想开了无法摆脱的心事。两三小时之后，他的妻子困乏地站起来，正打算上床睡觉（她没有和老头子道晚安——现在这也成了习惯了），却又在那封信的旁边停下，不太感兴趣地看了一会儿，便把信封拆开，浏览起来。理查兹把椅子翘起来靠着墙，下巴抵着膝盖正坐在那儿出神，忽然听见什么东西倒了下来，一看是他老伴儿，便忙一骨碌跳到她身边。她却喊道：

"别碰我，我太高兴了。看看这封信，看一看！"

他看信了。他贪婪地看着看着，忽然，脑子好像旋转起来了。这封信是从一个遥远的州寄来的。信上写道：

我和你素不相识，可是这没有多大关系，我有件事要对你说。我刚从墨西哥返回故里，知道了那件轰动一时的事。你当然不知道说那句赠言的是谁，我可知道，世界上唯有我知道，这人是古德森。我和他是多年知交。那天晚上，我经过你们村镇，去搭乘午夜火车，路上碰见了他，他邀我在火车来以前到他家坐一会儿。在海尔巷某个暗处，我无意中听见了他对那个陌生人的赠言，在去古德森家的路上以及在他家里抽烟的时候他对我谈起了这件事。他还提到你们镇里的许多人。大多数人都是他瞧不起的，他只对两三个人有点好感，你也是其中之一。我是说有点好感，并没有说赞扬。我记得他说，他对镇上的任何人都不喜欢，实际上没有一个合他心意，只有你（他说的是你，这一点我几乎可以肯定）曾经对古德森做过一件大好事，可你当时可能并未充分理解这件事的价值。古德森说但愿自己有一笔财产能在死后留给你（至于镇上的其他人，他对其中每一个都要奉送一句诅咒）。如果你确曾对古德森做过这件好事，那么你现在就是他的合法继承人了，完全有权利获得那袋金币。我相信你是高尚而诚实的，因为，这两者是哈德莱堡的公民必备的美德。因此我打算向你披露这句赠言，深信即使你不是这袋金币的合法继承者，你也一定会寻找而且最终找到可怜的古德森,使他的恩情得到补报。

古德森对陌生人的赠言是:

你绝不是个坏人,去,改过自新吧。

霍华德·斯蒂芬森

"啊,爱德华,这笔钱是咱们的了。真是感激不尽,啊!感激不尽啊——亲爱的,吻我吧,咱们多少年没有接吻了。咱们是多么需要这笔钱啊!现在你可以摆脱平克顿和他的银行,再也不当谁的奴隶了。我高兴得似乎要腾云驾雾了。"

老两口在沙发上互相拥抱,度过了愉快的半小时。从他们恋爱时期开始一直到陌生人扛来那袋倒霉的金币为止的幸福岁月好像又回来了。

不久后,妻子说道:"啊,爱德华,多幸运啊,是你对可怜的古德森做了那件大好事!以前我一直不喜欢他,可是现在我热爱他了。你做了好事,却一直没有夸口,连提也不提,真是好样儿的。"接着,又略带一点责备的口吻说:"可是你应当对我说啊,爱德华,你怎么也应当告诉你的妻子啊。"

"嗯,我……呃,玛丽,你明白……"

"别嗯啊的了,告诉我这件事情吧,爱德华。我一直爱你,现在我为你感到骄傲。每个人都相信,这个村镇只有一个慷慨大度的人,现在才发现原来是你。爱德华,你为什么不告诉我?"

"嗯……呃……呃……哎呀,玛丽,我不能告诉你呀!"

"你不能?你为什么不能呢?"

"你要知道,他……嗯,他……他叫我答应不告诉别人。"

他老伴儿把他上下打量了一下,慢声慢气地学说了一遍:

"叫——你——答——应——?爱德华,你对我说这干什么呢?"

"玛丽,你以为我会扯谎吗?"

她有些不安,沉默了一会儿,然后她把手放在他手心里,说:"不……不……咱们离开正题够远的了——上帝啊,叫我们别再胡扯了!你一生当中从来没有扯过谎。可是现在咱们脚下的地好像在崩裂开来了。咱们,咱们……"她好一会儿说不出话来,然后断断续续地说:"别让我们受到诱惑……我想,爱德华,既然你答应过他,话就到此为止吧。咱们别谈那件事吧。现在……这已经过去了。咱们高高兴兴的,别再空想那些事了。"

爱德华觉得要费点劲才能照她的话做,因为他老是在胡思乱想——老是试图回忆他为古德森做了件什么好事。

老两口大半夜都没有合眼,玛丽很高兴,却思绪万千,爱德华也是思绪万千,却不那么高兴。玛丽正在盘算怎样使用那一笔钱,爱德华却在苦苦回忆他做了哪件好事。起初他因对玛丽说谎(如果这是谎言的话)良心备受谴责,可是考虑了一阵以后又觉得也没有啥,扯谎算什么大不了的事情呢?我们大家不是一直在干假事吗?那么说假话又为啥不可以呢?瞧瞧玛丽,瞧瞧她干了什么。当他老老实实赶到报馆去报信的时候,她在做些什么呢?她在为刊登消息的报纸没有被毁掉、钱没有保存住而痛心?觊觎难道比扯谎好些吗?

扯谎的事已经退居幕后,不再使他内疚,他心里只留下自我安慰，而下一个问题却跑到幕前来了，他曾经做过那件好事吗？噢，根据斯蒂芬森的信中所说，有古德森自己的话为证。再没有比这更好的证明了。他曾做过这件好事，已是证据确凿，所以第二个问题也解决了……不，还没有完全解决。他想起那位素昧平生的斯蒂芬森先生，还是有点吃不准——做这件好事的到底是理查兹还是别的什么人，不禁有些心怯。不过，他是完全信任理查兹的！斯蒂芬森先生全权委托他理查兹支配这笔钱。不过他又说理查兹是个正派人，如果他不应得这笔钱，他也会找那个理所应得的人。嘿，这就有点尴尬了，要是斯蒂芬森没有这点怀疑该多好呢！他干吗要加这么一句？

但是理查兹转念又想，为什么斯蒂芬森偏偏认定他理查兹是理所应得的人呢？这是个好兆头，是啊，这是个很好的兆头。他越往下想，就越觉得这是个好征兆，过不了多久他便认为自己定而无疑会拿到这笔钱了。于是理查兹立刻不再疑虑，他本能地感到，事情一旦得到了确认，最好就别再怀疑了。

现在他心安理得、轻松自在，可是还有一个疑团没有消释。当然，他对古德森做过件好事这一点已毋庸置疑了。不过这好事究竟是什么呢？他一定要把它想出来，要是想不出来他就睡不成觉了。只有想出来，他才能安心。于是他就思索开了，他动足脑筋，想出了十来个他可能或者很可能干过的好事，可就是没有一件足以和巨额酬劳配称、值得古德森愿意遗留给他四万美元巨款的特大好事。何况，他再往下回想，竟又不能肯定是否做过这十来件好事了。那么，那么，到底是哪一件好事会使人这样铭记在心、没世不忘呢？啊，那一定是拯救其灵魂啰！对，一定是这样。对了，他现在记起来了，自己曾经自告奋勇地要使古德森皈依基督教，为此做了……他想说三个月的努力，可是仔细考虑之下他把这时间缩短到了一个月，然后又缩短为一个星期……一天，最后化为乌有了。是的，他现在非常清晰地（尽管是很不情愿地）记起了古德森曾当面骂他见鬼去，叫他少管别人的闲事，并说他古德森并不想追随哈德莱堡的人进入天国！

看来，此路不通——他实际上从没拯救过古德森的灵魂。理查兹想到这儿真有点泄气。过了一会儿他又转了一个念头：他是否保全过古德森的财产？不，这不可能，古德森什么财产也没有。他是否拯救过古德森的命呢？对了！当然拯救过。哎呀，他早该想到这一点了。这一回他的思路对了，一点也没错。一分钟后，他想象力的磨盘呼噜呼噜转动开了，转得很欢。

足足有两个小时，他殚精竭虑，忙着救古德森的命。他在各种各样非常危急的情况下，在千钧一发之际救了古德森的命。每种情况下的某些时候，他的救人事迹都是设想得神乎其神，煞有介事。可是一到他几乎要深信确有其事的时候，一个讨厌的破绽便出现了，就此功亏一篑。例如，就拿救古德森免于溺毙这个事例来说吧。他跳下水向溺水者游去，把不省人事的古德森拖到岸上，一大群人趋前围观，啧啧赞叹他的英勇行为。可是正当他想得头头是道，要把整个过程记下来的时候，一大堆的细节问题便出现了，把他的设想全盘推翻。要是真有其事，镇上的人，包括玛丽在内，岂不是全都知道？它在他记忆中就会像舞台上的灯光一般闪耀，哪里会似有似无，他又哪里会

"并未充分理解其价值"呢。而且,别的且不说,他记起了自己根本不会游泳。

啊,有一点他从一开始便忽略了。这件好事必须是"他很可能当时并未充分理解其价值的"。哎,这一来,便实在容易搜寻了,比那些他充分理解其价值的事情容易寻找多了。果然,要不了多久,他便找到了。多年以前,古德森几乎要和一位温柔可爱,名叫南希·休伊特的姑娘结婚,可是由于某种原因,这件婚事吹了。那个姑娘去世了,而古德森则打了一辈子光棍,不久后他便成了个脾气乖戾、愤世嫉俗的人。姑娘去世不久,镇上的人便发现,或自以为发现她有部分的黑人血统。理查兹对这些细节琢磨了好一阵子,终于把那些由于久未考虑而几乎忘却的细节又记了起来。他隐约记得黑人血统的事情是他发现,也是他告诉街坊们,再由街坊们转告古德森的。古德森这才避免和那个血统遭到玷污的姑娘结婚。他做了这件大好事,却并未理解其价值,说实话,他当时懵懵懂懂的,都不知道自己是做了件好事。可是古德森却知道这件事的价值,知道多亏他理查兹,自己才没有和那个有黑人血统的姑娘结婚,因此直到去世也还对自己这位恩人抱有感激之情,愿意遗赠给自己一笔财产。现在这件事的来龙去脉一清二楚,他越思考就越清楚。最后,当他心满意足、高兴而舒适地躺下睡觉的时候,对这件事情的全部经过已是了如指掌,宛如昨日发生的一样。的确,他还隐约记得古德森有一次亲口对他致谢呢!与此同时,玛丽花了六千美元为她自己购置了一幢新屋,还为她的牧师买了一双拖鞋,然后便安静地进入睡乡了。

就在同一个星期六的晚上,邮差给镇上的其他头面人物也各送了一封信——总共十九封信。没有两只信封是相像的,没有两封信的发信人姓名、地址是出于同一个笔迹,可是每封信的内容除了一个细节以外几乎都一模一样。它们和理查兹收到的那封信,在书写笔迹和其他方面,都是一个模子里造出来的——而且都是由斯蒂芬森签名,只不过是把理查兹的名字换成其他收信人的名字罢了。

整个夜晚,这十八个头面人物的所作所为和他们的阶级弟兄理查兹如出一辙,也在拼命回忆自己无意中曾为巴克利·古德森做过哪件好事。人人都伤透脑筋,但最终都想出了些什么。

正当他们因这件难办的差事而为难时,他们的夫人们却在通宵考虑怎样花钱,这当然是非常容易的。就在这一夜里,十九位夫人平均每人花了七千块——布袋里只有四万美元,而他们却总共挥霍了十三万三千块。

第二天,杰克·哈利德感到很诧异。他注意到这十九位头面人物和他们夫人的脸上又带有那种心平气和、圣洁而幸福的表情了。他弄不懂,也想不出用什么促狭话来刺他们一下,来破坏或者打扰他们安宁的心境。所以现在轮到他对生活不满了,他暗自猜测他们如此高兴的原因,可是仔细检查,就发现一个也没有猜对。当遇见威尔科克斯夫人的时候,他注意到她脸上那副平静而心醉神迷的样子,暗想:"她的猫生小猫了。"便去问她家的厨子,才发现原来不是这么回事。厨子也看出夫人高兴,却也猜不出是什么原因。哈利德发现绰号叫"鲱鱼肚子"的比尔森脸上也有同样心醉神迷的表情,便断定比尔森的某个邻居把腿摔折了，可是一打听，却没有发生这种事。他看到格雷戈里·耶茨那种按捺不住满肚子高兴的样子，总以为这只能有一种解释，那就是他死了丈母娘，结果却又猜错了。"平克顿也非常高兴，平克顿……莫非他原先丢掉的一角钱，又捡到啦？"……诸如此类的猜测，除几个无法查对以外，显然全错了。结果哈利德只好自言自语地说："不管什么原因吧，反正这一会儿哈德莱堡总共有十九家像进了天堂一样高兴。我猜不出其中的奥妙，要么是老天爷今天不上班吧。"

不久前有个从邻州来的建筑师，在这个没有发展前途的村镇，冒冒失失地开办了一家小型建筑公司。他的招牌已经挂出去一个星期了，还没有一个顾客上门。他灰心失望，懊悔来错了地方。可是这会儿却突然时来运转了。这十九家头面人物的夫人一个又一个来找他，私下对他说："下个星期到我家里来谈谈——不过目前你可别声张出去。我们想盖房子。"

那一天他受到十一家邀请，当天晚上他就写信给他女儿，要她和那个大学生解除婚约。他在信上说，她满可以攀一门高得多的亲事。

银行家平克顿和另外两三家有钱户打算盖乡间别墅——不过他们认为还是等一等。这一号人办事稳重，蛋未孵先数鸡的冒失事体他们才不会干呢。

威尔逊家想出了一个崭新的招儿——办一次化装舞会，他们还没有完全确定下来，可是对所有认识的人都讲了私房话了，说他们正在考虑，认为应当办一次化装舞会。"如果办了，当然会邀请你来的。"人们都感到诧异，纷纷议论："咦，这家威尔逊穷鬼是疯了还是怎么的，他们办得起吗？"十九家的夫人当中有几位夫人私下对自己的丈夫说："化装舞会倒是个好主意。咱们先别捅出去，等他们的蹩脚货办完了，咱们再办真格儿的，把它比下去，叫人恶心。"

时间一天天流逝过去，预计要挥霍的清单撂得越来越高，挥霍的方式越出越奇，越来越蠢，越来越大手大脚，完全是乱来一气。这十九家当中的每一家，好像不仅在钱到手以前就想把那四万块钱统统花完，而且看起来，钱到了手也不够还账，还真得负债。有几家头脑轻率的，光是这样还不够，他们真的挥霍起来了——以赊账的方式。他们买地皮，买抵押契据，买农场，买投机性的股票，买华衣丽服，买骏马，买各种各样的东西，把预计的红利付了定金，其余的价款全部拉账，声称十天以后付清。不久这些人头脑冷静下来了，于是哈利德看到好多人开始露出了苍白的愁苦。他又一次困惑不解，不知道这是怎么回事。他想："威尔科克斯家的小猫没有死（因为它们根本还没出生），谁也没有摔断腿，没有谁的丈母娘去世，什么事也没有发生，可这些人……这真是个猜不透的哑谜。"

还有一个人也在迷惑不解——就是那位牧师伯吉斯先生。好几天了，他无论走到哪里，人们好像都在跟踪或是密切注视他。他每到一个僻静的地方，这十九个头面人物当中就肯定有一个出现在他面前，悄悄地把一只信封塞到他手里，凑近他耳边说："星期五晚上在镇公所礼堂拆开。"接着就像干了亏心事似的溜走了。他是期待着会有一个人来认领这袋金币——不过，也难说，因为古德森已经死了——可是他万万想不到会有这么一大批人来认领。那个伟大的星期五终于来临了，这时他竟发现自己手头上有十九只信封。

## 三

镇公所礼堂从来没有这样漂亮过。礼堂前端讲台的墙壁上悬挂了许多耀眼的彩旗，四周墙上每隔一段距离就有旗帜结成的花彩，楼座前沿那一溜简直被彩旗包起来了，礼堂的那些支柱都缠上了彩旗。这一切都是为了给外地来客以深刻的印象，他们人很多，而且多半都与新闻界有关系。礼堂挤得满坑满谷，四百一十二个固定座位固然是满座，塞在通道里的六十八把临时增加的椅子也座无虚席，连讲台的台阶上也都坐满了人，一些外地的来宾只好被安排坐在讲台上。讲台前侧摆成马蹄形的几张桌子旁，坐满了从各处来的特约通讯记者。大家都穿了最好的服装来，这种盛况是哈德莱堡从来未有的。礼堂里有不少相当昂贵的服饰，可是在艳装盛服的夫人当中有几位拘拘束束，小家子气，看起来是没有穿惯这种华服。至少镇上的人是这么想的，不过他们也并非凭空捏造，可能是因为知道这些夫人们以前从来没有穿过这样华贵的衣服吧。

那袋金币被放在讲台前端的一张小桌上，让全场的人都看得见。大多数与会人都心急火燎、馋涎欲滴，带着渴望、愁闷甚至自叹命薄的心理眼巴巴地盯着这袋金币。十九对夫妻当中有少数几对以主人翁温柔亲切的眼光爱抚着这袋金币。这几对中的先生们都以为不久便要领取金子,正在那儿不断背诵那动人的即兴感谢致辞,准备一会儿后就站起来发表,博得观众的热烈鼓掌和祝贺呢。这些先生们当中,不时有一位从背心袋子里掏出一张纸片,私下看一眼,以帮助记忆。

礼堂里当然弥漫着一片嗡嗡的谈话声——所有礼堂里总是有这种声音的。可是最后当牧师伯吉斯先生站起来,把一只手按到袋子上的时候,大厅里一下子变得特别安静,他甚至能听见自己身上的微生物咬啮的声音。他讲述了这袋金币的奇怪经历,接着又用热情的话语谈到哈德莱堡自古以来以纯洁无瑕的诚实而挣来的好名声,谈到镇上的居民理应为之感到自豪。他说这个好名声是无价之宝。而现在,蒙上帝保佑,这好名声又上升到了不可估量的高度,因为最近这件事已经使哈德莱堡名满天下,使全美洲人的目光都集中到这个小小的镇上,使它的令名,正如他所希望和相信的那样,彪炳史册,成了"永不败坏的信誉"的同义词。

(热烈鼓掌)"那么,谁是这笔高尚财富的守护人呢?该笼统地由全体居民负责吗?不!这笔钱应当由个人而不是集体负责。从这天起,你们当中的每一个人都是这笔财富的守护人,都应当自告奋勇负起责任,不让它受到任何侵害。你们——你们当中的每一个人,是否愿意接受这重大的委托呢?(会场上人声鼎沸,纷纷表示愿意)那么万事大吉,把这好名声传给你们的子女和你们子女的子女吧!今天你们的名誉有如白璧无瑕,无可挑剔,你们务必要使它永远如此。今天,你们全体居民中没有一个会受魔鬼的诱惑,对别人的财产,哪怕是一个便士有觊觎之心，你们务必要永远保持这种天恩。（喊声四起："我们会做到！我们会做到！"）我不想在这里把本镇的和其他地方的居民加以比较——他们有些人对待我们很不礼貌。他们有他们的生活方式，我们有我们的生活方式，让咱们各行其是吧。（鼓掌）我的话完了。朋友们，我手头上有一张便条，这是一个陌生人对我们嘉言懿行的认可，很有说服力。今后全世界将通过他对我们的高风亮节永志不忘。我们不知道他是谁，可是我谨代表你们表示感谢，并请你们大声欢呼，表示赞同。"

全体起立，欢声雷动，竟使四壁震颤达一分钟之久。等欢呼声平息下来，伯吉斯先生从自己的袋子里掏出一个信封，人们屏声敛息，鸦雀无声。他把信拆开，取出一张纸条，慢声慢气地以感人的语调宣读起来，听众们出神地倾听着这个有魔力的字条，要知道它的每个字都代表一个金锭呢。字条上写着：

我对那个落魄的陌生人的赠言是："你绝对不是一个坏人，去，改过自新吧。"

然后伯吉斯先生继续说：

"再过一会儿，咱们就会知道这儿所引的那句赠言是否和这只麻袋里的符合。如果符合的话——这毫无疑问是会符合的——这袋黄金就会属于那一位公民。从今以后他的名字——比尔森，将在全国人民的心目中，成为我们镇特有的美德的象征。"

礼堂里的人已经准备爆发出暴风雨般的欢呼了，可是欢呼声并没有发出，听众们好像麻痹了。大厅里沉寂无声了好一会儿,接着一阵窃窃私语的浪潮席卷了整个礼堂。大概是这样的意思:"比尔森,算了吧,这个谎言太容易识破了!比尔森!他会掏出二十块钱送给一个陌生人,或者说,送给任何人?谁信他那套鬼话!"就在这个时刻,听众们又突然惊讶地屏住呼吸了,因为大家发现,正当比尔森执事温顺地低着头站在大厅一角的时候,大厅另一角的威尔逊律师也在做同样的动作。人们惊愕无言,愣怔了好一会儿。

每个人都大惑不解,那十几对夫妇都非常诧异,义愤填膺。

比尔森和威尔逊都转过身来,你瞪着我,我瞪着你。比尔森话里带刺地问道:"你为什么站起来,威尔逊先生?"

"因为我有权利。也许你能好心地对大家解释一下你为什么站起来吧?"

"非常乐意。我站起来,因为我写了那张纸条。"

"这是无耻的谎言。纸条是我亲笔写的。"

这一回轮到伯吉斯先生目瞪口呆了。他站在那儿,用茫然的目光先看看这位,再看看那位,好像不知如何是好。会场的人都惊愕得呆若木鸡。威尔逊律师这会儿站了起来,说道:

"我请求大会主席把纸上的签名念一下。"

主席听了这话才清醒过来,念出姓名:"约翰·沃顿·比尔森。"

"瞧!"比尔森喝道,"现在你还有什么可说的?刚才你居然想在这儿冒充欺诈,你侮辱了全体与会的人,你对我、对大家还有什么可以辩解的?"

"我不需要做什么辩解,先生,至于我还要做什么事,我要公开控告你，你从伯吉斯先生那儿偷走了我的便条，换上一份抄件，签上自己的名字。否则你再没有其他途径可以弄到我对那个陌生人的赠言。在人世间，我是唯一知道这句话奥秘的人。"

要是这样辩论下去，很可能就会演变成互相争吵，谩骂的局面。每个人都苦恼地注意到，布袋里取出的那张纸条笔迹潦草，简直像鬼画符。许多人都在喊："主席！主席！维持秩序！秩序！"

伯吉斯用大木槌连连敲击，说道："咱们不要忘记，开会要守开会的规矩。显然，什么地方出了岔子啦！不过肯定没有什么大问题。如果威尔逊先生给过我一只信封的话（我现在记得他是给过的），那么它现在还在我这里。"

他从袋子里拿出一只信封，看了一眼，脸上现出诧异而烦恼的神情，站了好一会儿，一声不吭。然后他神志恍惚，机械地挥挥手，试图说些什么，结果又泄气地没有说。好几个声音喊起来："念呀！念呀！上面写的什么？"

于是他用一种梦游者的声音茫然地念叨：

"我对那个不悦的陌生人的赠言是：'你绝不是一个坏人，（这时全场的人都惊奇地盯着他。）去，改过自新吧。'（大家都在窃窃私语："奇怪！这是怎么回事？"）这一封，"主席说，"签名是瑟洛·威尔逊。"

"瞧！"威尔逊嚷道，"我想这该解决问题了吧！我非常清楚，我的便条被人偷走了。"

"被人偷走了！"比尔森反唇相讥道，"我要叫你明白，不管是你还是任何像你这一号的东西，都别想斗胆……"

主席发话了:"秩序,先生们,秩序!你们两位都请坐下。"

这两个人依从了,只是还在摇头晃脑,生气地嘟囔着。礼堂里的人都大惑不解,不知道该如何对待这件突如其来的怪事。不久后,汤姆森站了起来——汤姆森是制帽商,他很想和镇上的这十九位头面人物平起平坐,可是这个梦想未能实现,大家认为他的资金太少,还够不上这个地位。他说:"主席先生,能否让我谈谈自己的看法?我认为这两位先生可能都是对的。主席先生,我对你说,这两位先生会不会都曾对那个陌生人说过同样的话呢?我觉得,好像……"

制革商站起来打断他的话。这位制革商是个牢骚满腹的人,他相信自己有资格成为镇上的头面人物,却得不到大家的认可,这使他举止言谈都有点愤世嫉俗的、含讽带刺的味道。他说:

"嘘,那不是问题的焦点!两个人说同样的赠言尽管是百年难遇的巧事,还是可能发生的。问题在于,他们两个谁也没有给那陌生人二十块钱,这才是绝对不会发生的事!"

(一阵鼓掌声涟漪般掠过听众席)

比尔森:"我给了!"

威尔逊:"我给了!"

于是这两个人都指责对方盗名窃誉。

主席:"秩序!你们两位,能不能都请坐下?这两张便条都一直在我手里啊!"

一个声音:"好,这就解决问题了!"

制革商:"主席先生,现在有一件事很明白,这两位先生当中肯定有一位趴在另一位的床底下偷听,盗窃了人家的秘密。

如果这样说并不违反议会法的话,我认为这两个人都会做出这缺德事。(全场哗然,主席连呼:"秩序!秩序!")我收回刚才这句话,先生,我只认为,如果他们俩当中有一个偷听了另一个对其妻子泄露的这两句赠言的话,咱们应当现在就抓住他。"

一个声音:"怎样抓?"

制革商:"很简单。这两位引述的赠言在说法上不完全一样。要不是他们激烈地争吵,使主席宣读间隔很长的话,你们是不会发现这一点的。"

一个声音:"你说说有何区别。"

制革商:"比尔森的便条上写的是'绝对不是',另一位的便条里写的却是'绝不是'。"

许多人的声音:"对,言之有理!"

制革商:"所以,如果主席把布袋里纸条上的话检查一下,咱们就会知道这两个骗子当中(一阵骚动,主席呼喊:"秩序!"),这两个冒险家当中(声音更大了,主席连呼:"秩序!秩序!"),这两个绅士当中(听众们哈哈大笑,拍手叫好),谁有资格戴上第一顶谎言家的桂冠,谁玷污咱们镇的荣誉,咱们就让谁以后再也无法在镇上存身!"(听众们热烈鼓掌)

许多人的声音:"打开吧!把麻袋打开吧!"

伯吉斯先生把麻袋撕开一条缝,伸手进去,拿出一只信封,里面有两张折叠的便条。一张便条上写的是:

要等所有写给主席的信都念完才能查看。

另一张便条上则写着核对的标准,他念着,内容如下:

> 我不要求我的恩人对赠言的前半句引述得一字不差,因为这是无关紧要的,所以很可能记不清楚了,可是结尾处的最后几个字都是至关紧要的,很容易记住。除非这最后几个字复述得一字不差,否则就得认为申请认领的人是冒名顶替的骗子。我的恩人一开头就说,他难得对人提出忠告,可是一旦提出,就总是很有价值的。接下去他便说了这句至今令我记忆犹新的赠言:"你绝不是一个坏人……"

五十个人的声音:"问题那就解决了——这笔钱应该是威尔逊的!威尔逊!威尔逊!发表谈话!发表谈话!"

人们跳了起来,围在威尔逊的四周,紧握他的手,热烈祝贺他。与此同时,主席却连连敲击小木槌,喊道:

"秩序,先生们。秩序!秩序!请让我先念完。"随着礼堂恢复了安静,他念了下去,字条上写着:

> 去,改过自新吧——否则,记住,总有一天,你会因你的罪恶死去,下至地狱,或是哈德莱堡,争取做到前者吧。

接着是死一般的寂静。起初哈德莱堡居民们脸上聚积起愤怒的乌云,过了一会儿,这些乌云却渐渐消散,代之而起的是一种忍俊不禁的神情,大家好不容易才抑制住这个冲动。记者们、布里克斯顿镇的人以及其他来客都低下头,用手捂住脸,只是为了顾全礼貌,才拼命克制住没有笑出来。而在这个极不合适的时刻,却爆发出一个咆哮的声音,打破了静默——这是杰克·哈利德的声音:"这句话讲得确实不错!"

这一下礼堂里可开了锅,外地来客也好,记者也好,本地居民也好,不久连伯吉斯先生严肃的脸也板不住了。听众们看到主席都笑了,更不用拘束自己了,于是便笑了个痛快。好一场持久痛快的大笑,这是一场风暴一样激烈、打心底里发出来的狂笑。终于它停了一会儿,伯吉斯先生打算继续讲下去,大家也赶紧把眼泪擦掉一点,接着大家又笑开了。笑声中断了一会儿,笑声又爆发出来,直到最后伯吉斯才得以庄重地说出以下的话:

"试图掩盖事实是没有用的——我们正面临着一件有重大意义的事。它有损于贵镇的尊严,玷污了贵镇的美誉。威尔逊先生和比尔森先生所引述的赠言之间虽然仅一字之差,其本身就是一件严重的事情,因为它表明,这两位先生中必有一位犯了盗窃罪……"

这两个人本来坐在那儿软弱无力、紧张不安,好像被压垮了,听到这句话,就像触了电,立刻又蹦起来,打算开始争辩……

"坐下!"主席严厉地喝了声,这两个人服从了。主席说了下去:"这,正如我说过的,是一件严重的事情,但这毕竟只牵涉到他们俩当中的一个。可事情的严重性还不止于此,因为两人的信誉都遭受了严峻的挑战——我能不能进一步说——是处于难以摆脱的险境之中了。两个人都漏掉了关键性的后半句证词。"主席停了好一会儿,以便在全场的静默中,加重这句话的份量,使它深深地印到听众的脑子里去,然后又添了一句:"看起来,这件怪事发生,好像只可能有一个原因。我问问这两位绅士们——你们有没有勾结起来,达成了什么协议?"

礼堂里掠过一阵窃窃私语,大意是:"他把他们两个都问住了。"

比尔森受不了这一连串的意外打击,束手无策地呆坐在那儿,好像瘫痪了。可是威尔逊到底不愧为律师,尽管脸色苍白、内心烦恼,还是硬着头皮为自己辩护:

"我请在座诸位宽容,让我说明一下这极其痛苦的事实。我为将要说出的这番话感到遗憾,因为直到目前为止,我一直是很敬重比尔森先生的。以前我也和大家一样,完全相信他是不会受到诱惑的,而现在我却不得不凌厉地抨击他,给予他致命的伤害。可是为了保全我自己的信誉,我必须坦率地讲。我羞愧地承认,我现在请求大家原谅,刚才主席念的那些话,我全对那个落魄的陌生人说过,包括最后毁谤性的那段。(全场轰动)当主席念的时候,我才记起来。我下定决心非认领那袋金币不可,因为从各方面考虑,我完全有资格拿这笔钱。现在我请求大家好好掂量一下以下这点:那天晚上那个陌生人对我感激之深是无法衡量的。他亲口说,他找不出适当的言语来表达内心的感激,要是可能的话,他要以千倍的代价来报答我的恩情。那么,现在我请问诸位,我怎么料得到,我怎么能相信,我怎么会有一丝一毫想得到,一个如此感激我的人,竟会如此忘恩负义,在核对的节骨眼上凭空加上这几个字?这简直是设下圈套来坑害我!我怎么能想到他会在大庭广众、众目睽睽之下揭露我曾诋毁过自己的故乡呢?这太荒谬绝伦了。核对标准的原稿里只应该写上我赠言开头那充满善意的一句。我对此事深信不疑。你们也会和我有同样的想法,你们也绝不会料到一个你曾经善待过、一点儿也没有冒犯过的人,会如此卑鄙地出卖自己的恩人。所以我完全信任他,从开头写到'去,改过自新吧',就签了名。我正要把这便笺放进信封,有人叫我到后面的办公室去,我便粗心大意地把它摊开放在办公桌上,"他说到这儿停顿下来,把头慢慢地转向比尔森,等了他一会儿,然后继续说,"一会儿我回来的时候,正看见比尔森先生从临街的大门走出去。"(全场轰动)

比尔森立刻站起来嚷道:"这是扯谎!这是无耻的谎言!"

主席喊道:"坐下,先生!威尔逊先生讲下去。"

比尔森的朋友们把他拉到座位上,使他安静下来。只听威尔逊继续说道:"这些都是简单的事实。我发现便笺在桌子上挪了窝,当时也没有在意,总以为是风吹的,可万万没有料到比尔森先生会偷看别人的私信。他是个体面人,我怎么能想得到他会干出这种缺德事呢。他多写了一个'对'字完全是可以理解的,因为他记性不太好,疏忽了。总之,我是世界上唯一能以正当的手段提供有关赠言一切细节的人。我讲完了。"

对于一些没有经验、难于识破诡辩花招的听众来说,再没有比天花乱坠的演说更能使他们头脑糊涂,更能动摇他们的信心,诱惑他们的情感的了。当下威尔逊以胜者的姿态坐了下来,全场报以一阵阵表示赞扬的鼓掌声,朋友们涌到他面前,和他握手,向他祝贺。比尔森想为自己辩护,大家却起劲地嘘他,不让他讲一个字。主席一再敲击小木槌,不停地喊:

"先生们,咱们得走程序,咱们得走程序!"

大家终于稍稍安静下来。制帽商说道:"可是还有什么程序要走呢,先生,把钱交给威尔逊不就得了?"

众口一词喊道:"对!对!走到台前来吧,威尔逊!"

制帽商:"我建议大家为威尔逊先生欢呼三声,他是咱们镇所特有的美德的象征。"

制帽商还没有把话说完,欢呼声就爆发出来。在欢呼声中,在小木槌的敲击声中,在胜利的喜悦声里,有些热心人把威尔逊抬到一个大块头朋友的肩上,打算把他抬到主席台前。这时主席扯着嗓子喊开了,压倒了喧嚣:"秩序!都回到座位上!你们忘记了还有一个文件要念。"等到会场恢复安静,他拿出那个文件,正打算念,却又放下了,说:"我忘记了,要等我把所有收到的信都念完以后才能念这个文件。"他从自己的袋子里拿出一个信封,抽出信纸来瞥了一眼,好像有些惊愕,然后把信纸完全抽出,凝视着,呆看着。

二三十个人喊嚷道:"上面写的什么呀?念啊!念啊!"

于是他念了,念得很慢,带着惊讶的口气:"我对那个陌生人的赠言是……(大家纷纷议论:"咦!这是怎么回事?")'你绝不是一个坏人。(大家说:"天哪!")去,改过自新吧。'(大家说:"哎呀,绝了。")署名是银行家平克顿先生。"

现在大家高兴极了，七嘴八舌嚷成一片，明智的人听了却要哭泣。那些认为事情与己无关的笑得前仰后合，眼泪直流。尤其是那些记者们笑得肚子痛，于是放下了笔记本，上面的字歪歪斜斜，谁也认不出来。一只睡大觉的狗被吵醒了，吓得魂不附体，朝那些又吵又笑的人疯狂地吠叫。一片喧闹中夹杂着各种各样的喊声：

"我们发财了——不，比尔森不算在内，不可败坏的楷模有了两个！""把'鲱鱼肚子'算上有了三个！不可败坏的楷模越多越好！""好吧，比尔森当选了！""哎，可怜的威尔逊——成了两个贼的受害者！"

一个洪亮的声音喊道："安静一下！"主席又从袋子里掏出什么来了。

大家齐声喊道："好哇！是什么新鲜玩意儿吗？念吧！念吧！念！"

主席念道："我对那个陌生人的赠言是……'你绝不是一个坏人，去……'签名是格雷戈里·耶茨。"

大家纷纷嚷叫，像一阵龙卷风："四个楷模！""耶茨好样的！""再掏一封信看看！"

现在大家存心要大喊大嚷，准备乐个痛快。十九个头面人物当中有几个面色苍白，心情苦恼地站了起来，开始向侧廊挤去，可是有二三十个人喊起来："大门，大门——把大门关上，一个廉洁的人也不许离开这里！坐下，大家都坐下！"

他们只好服从命令。

"再掏一封信！念！念！"

主席又掏袋子，于是大家已耳熟能详的话又从他嘴唇下发出："'你绝不是一个坏人……'"

"名字！名字！他叫什么名字？"

"英戈尔兹比·萨特金。"

"五个当选的。诚实的楷模成了堆了！念下去！念下去！"

"'你绝不是一个坏……'"

"名字！名字！"

"尼古拉斯·惠特沃思。"

"好哇！好哇！今天楷模们大会师了！"

有的人噱开了，把"楷模们大会师"这几个字配上歌剧《天皇》[1]里"当一个男人开始害怕一个美丽的姑娘……"那一段动听的曲调唱开了，听众们都高兴地跟着唱。接着，有人又及时地加上句：

"你们别忘掉……"

全场的人也跟着大声地唱了。那人立刻加了一句："远离哈德莱堡，易败坏的人……"

全场的人也跟着大声地唱出这句。声音刚落，杰克·哈利德用高亢而清楚的声音唱出最后一句："美德的楷模们都在这儿了！"

大家也兴致勃勃地大声跟唱。然后，全场的人又兴高采烈地把这四句从头开始唱了两遍，一边唱一边手舞足蹈地打拍子，最后以三拍子的节奏大声高呼："不可败坏的哈德——莱堡，今

---

[1]《天皇》：一部由亚瑟·沙利文（1842—1900）作曲，W.S.吉尔伯特（1836—1911）创作剧本的轻歌剧。首次于1885年在伦敦萨沃伊剧院上演。*

晚要选出高尚的大好佬，上前来领取，诚实的酬报。"

接着全场又开始对大会主席喊嚷：

"继续！继续！念下去！再念几封！把你袋子里的信都念一遍！"

"对啊——继续念！咱们正在赢得永恒不朽的名声！"

现在有十二三个人站起来，开始抗议。他们说这出笑剧是某个放荡不羁、游戏三昧的人一手操纵的，是对全体听众的侮辱。毫无疑问，这些签名都是伪造的……

"坐下！坐下！住口！你们是不打自招。我们就会发现，你们的名字也在这里面。"

"主席先生，你袋子里还有多少这样的信封？"

主席数了一遍。

"连那些已经检查过的共有十九封。"

一片嘲笑性质的拍手叫好声爆发了。

"也许他们都有这几句奥秘的话吧。我建议你把这些信封都打开，凡是有这样字句的便条，只要念一念签名和开头的一句就行。"

"支持这个提议！"

这个提议付诸表决，大家哄然大笑，一致通过了。接着可怜的理查兹老汉站了起来，他的老伴儿也起来站在他身边。她垂下了头，使别人看不见她在啜泣。老头子把胳膊伸过去扶住她，开始用一种颤抖的声音说：

"朋友们，你们都知道我们老两口——玛丽和我一生的情况，我想你们一直和我们很合得来，是尊重我们的。"

主席打断了他的话:"容许我插一句。是啊——理查兹先生,你说得对极了。这个镇上的人了解你们俩的为人,也和你们合得来,的确尊重你们。不仅如此,他们还敬仰你们,热爱你们……"

这时又响起了哈利德的声音:"这也是经过证明的事实!喂,如果主席的话没有说错,就请大家谈谈自己的看法吧。站起来!好了,大家一起喊——嘿!嘿!嘿!——齐喊吧!"

全场起立,热情地面对着这对年老的夫妇,挥舞起手绢,好像下了一场暴风雪,并用发自内心的亲切声音欢呼起来。

于是主席接着说下去——

"我打算说的是,理查兹先生,我们都知道你善良,可是这不是对触犯法律的人宽容的时候,(大家呼喊:"是啊!说得是啊!")我从你们脸上看出了宽大为怀的意图,可是我不能让你们为这些人辩护……"

"可是我是打算……"

"请坐下,理查兹先生。我们必须把剩下的便条都检查完毕,要不,对那些已经被揭露出来的人就不公平了。这件事一完毕,我保证听取你们的意见。"

许多人的声音:"对——主席说得对——在这节骨眼上不能打岔!念下去!念名字!按照提议来!"

老两口不大情愿地坐了下来。丈夫对妻子耳语道:"可怜见的,要等到他念完,真难受,等到大家发现咱们只是打算为自己辩护,那就更耻辱了。"

主席一念起姓名,大家立刻又高兴起来了。

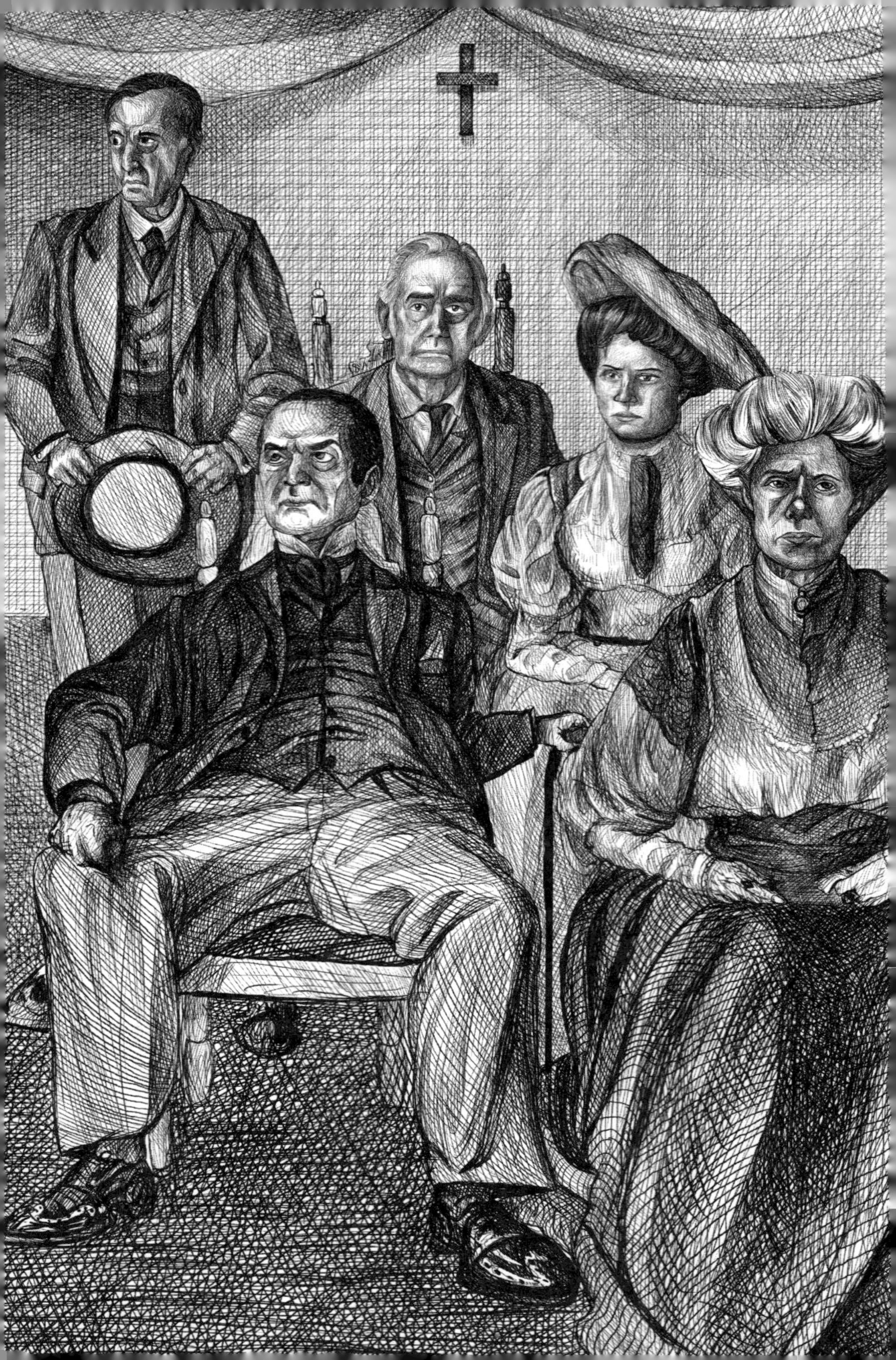

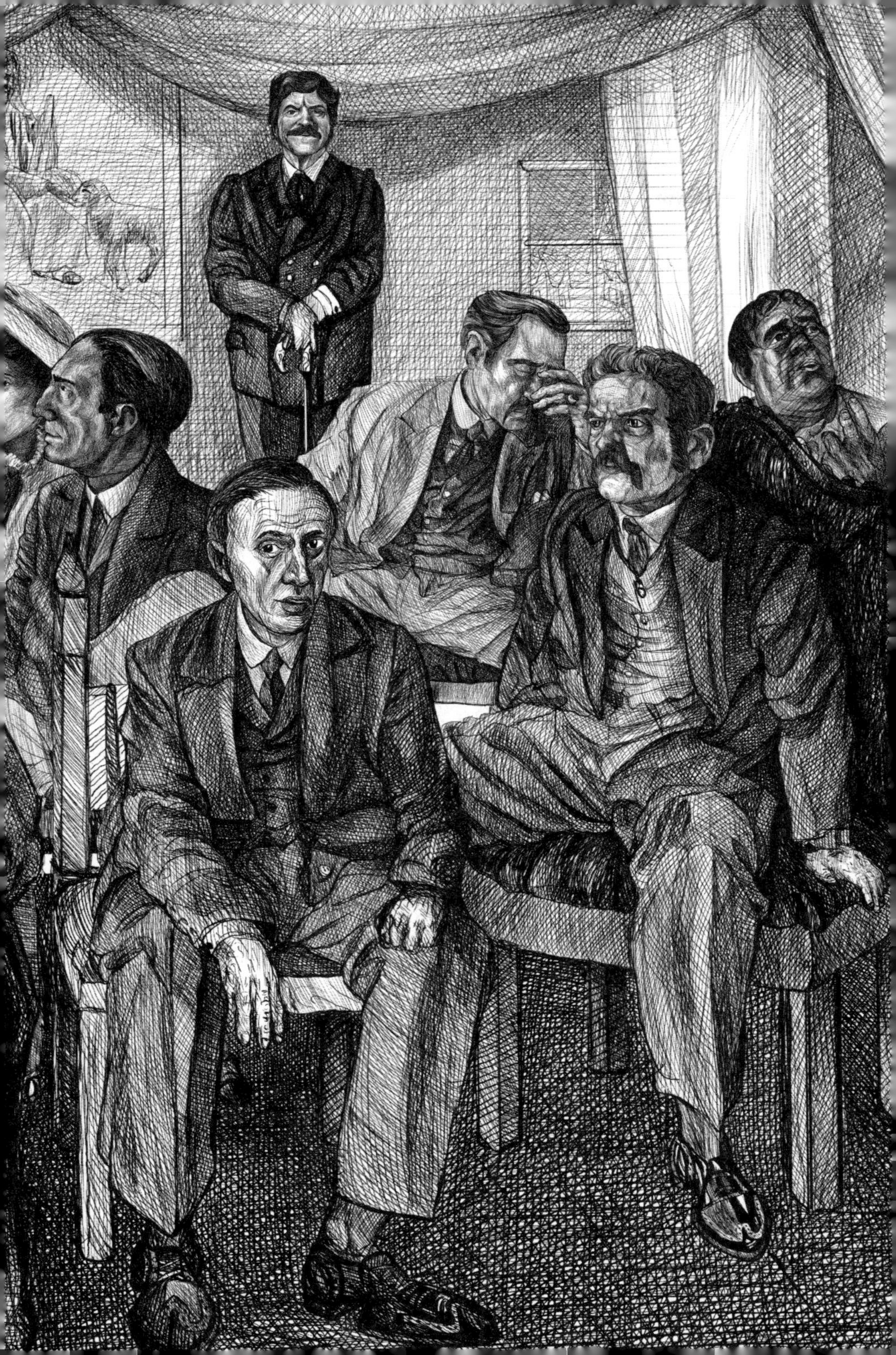

"'你绝不是一个坏人……'签名:罗伯特·蒂特马什。"

"'你绝不是一个坏人……'签名:伊利法莱特·威克斯。"

"'你绝不是一个坏人……'签名:奥斯卡·怀尔德。"

这时听众们又想出个点子——代替主席念这八个字,这正是他求之不得的事情。之后,他就依次拿起便条,等待着。听众们用深沉单调的声音有节奏地合唱出这前面的八个字(大胆地模仿一首著名圣咏的音调):"'你绝——绝——绝——不是一个坏——坏——坏——人。'"主席接着说:"签名是阿奇伯尔德·威尔科克斯。"就这样一个名字一个名字往下过,周而复始。除了那倒霉的十九个人以外,每个人都越来越开心,越来越得意扬扬。每当一个名字被特别响亮地唱出来时,听众们就把这段赠言从头唱到尾,主席一直等到他们唱完"下至地狱,或是哈德莱堡,还是争取做到前者吧——吧——吧——"这还不算,他们还要特地加上一声"阿——阿——阿——阿——门!"声音极为庄严而痛苦、令人印象深刻。

名单上剩下的人越来越少,越来越少了。可怜的老理查兹记着数,每当一个和他相仿的名字被念出,他就吓得缩成一团。他在痛苦的悬念中等待那个羞辱的时刻到来,那时他将要和玛丽站起来,恳求大家原谅。他打算这样措辞:"……到目前为止,我们从来没有做过一件错事。我们一向谦卑地做人,竭力不让人指责。我们很穷,年纪大了也没有小辈可以依靠,这一回我们受到强烈的诱惑,栽了跟头。我本想站起来对主席忏悔,恳求他别把我的名字当众念出来,我们觉得那可受不了,可是我没有说。这是公正的,我们应当和其他那些人一起受罪。我们感到难受,这是我们第一次听到别人喊出我们受玷污的名字。你们行行好吧,你们就慈悲为怀,尽量使我们的耻辱轻些吧。"他正在这样沉思着,玛丽看出他心不在焉、不知在想什么,就用臂肘碰碰他,让他醒过来。这时会场里的人正在哼唱着"你绝——绝——绝——"

"准备好,"玛丽对他耳语道,"下一个就轮到你了,他已经念了十八个名字了。"

哼唱结束了。

"下一个!下一个!下一个!"会场的各个角落都发出连珠炮般的喊声。

伯吉斯将手伸进袋子。这对老夫妻浑身哆嗦着,已经快站不起来了,不料伯吉斯在袋子里摸了一会儿,却说:

"都念完了。"

老两口儿惊喜参半,几乎晕倒,颓然跌坐在座位上。玛丽悄悄地对老头儿说:

"啊,赞美上帝,咱们得救了!……他把咱们那封信弄丢了……谢天谢地,这比一百袋金币都强啊!"

会场里又爆发出那模仿歌剧《天皇》的滑稽曲调,他们唱了三遍,越唱越起劲,唱到最后一句"美德的楷模们都在这儿了"的时候,大家都站起来,拖长了声音欢呼:"哈德莱堡的美德万岁!咱们的十八位头面人物万岁!"

这时鞍具商温盖特起立,建议:"为镇上最干净的人,十九个头面人物中唯一没有想偷那笔钱的人——爱德华·理查兹,欢呼致意。"

大家发自内心、感人肺腑地欢呼起来。然后有人建议选理查兹为哈德莱堡神圣传统的唯一守护人以及唯一楷模，因为唯独他有能力、有权利正视并讽刺嘲笑世人而毫无愧怍。

全场鼓掌欢呼，一致表示同意。接着大家又哼起了歌剧《天皇》的曲调，最后一句却改为：

"到底还有一个楷模，你们可以放心！"

停歇了一会，然后——

一个声音："那么现在，谁该拿那袋金币呢？"

制革商（带着辛辣讽刺的口吻）："这很简单。这笔钱应当由那十八位不可败坏的先生平分。他们每个人接济了那落难的陌生人二十美元，并且各自做了临别赠言，这一列队伍从那陌生人身旁通过总共要二十二分钟。他们押在这个陌生人身上的赌注，总共有三百六十美元。他们盼望连本带利地收回这笔钱——总共有四万美元。"

许多人的声音（嘲笑地）："这才对啊！分呀分！分呀分！要好好对待这些可怜人，别让他们等！"

主席喊道："安静！我现在要念那个陌生人剩下的一个文件了：如果没有人认领这笔钱（大家齐声呻吟），我希望你把袋子打开，把钱点点数，分给贵镇的头面人物，托他们保管（大家怪叫："哦！哦！哦！"），他们会以最好的方式把这笔钱用于维护和宣扬贵镇正直不阿的崇高荣誉。（怪叫声更响了）——他们的名字和他们的努力将为这荣誉谱写更加深入人心的新篇章。（一阵热烈的唱倒彩声爆发了）……嗯，正文好像到此结束了，不，底下还有一段附言。"

哈德莱堡的公民们：

实际上并没有什么赠言，谁也没说过。事实上并没有什么落魄的陌生人、二十美元的接济以及附带的祝福和赠言——这些都纯系捏造。请允许我三言两语谈一谈事情的经过。某天，我经过贵镇，镇上的人没来由地对我横加凌辱。换作其他人肯定得杀死你们一两个人才称心，可是对我来说，这样的报复太轻了，因为死人是不会感到痛苦的。何况，我不能把欺侮我的人全部杀死——而且根据我的性格，即便这样也不能解我的心头之恨。我想伤害你们这儿的每一个男人和每一个女人——不是伤害其肉体，也不是侵占其财产，而是从虚荣心下手——也就是那些意志薄弱的蠢人最容易受伤害的地方。于是我乔装打扮了一番，回到镇上，观察研究你们。

我发现你们很容易上当受骗。你们自古以来就有一个诚实的好名声，自然非常为之骄傲。这是你们的宝中之宝、爱中之爱。一发现你们小心翼翼、战战兢兢地保护自己和子女不受诱惑，我就知道该怎样行动了。嗯，你们这些人头脑简单，最大的弱点便是美德还未经过烈火的检验。我拟订了一个计划，编了一份名单，就是为了要败坏那号称"不可败坏的哈德莱堡"。我要让将近五十个没有污点的、一生当中从来没说过一句谎、从未偷过一个便士的男男女女变成说谎成性的小偷。我唯一担心的是那个并非在哈德莱堡土生土长的古德森。我害怕如果我一开头就把那封信公开,你们就会对自己说:"我们当中唯有古德森才会给某个穷鬼二十块钱。"这样你们就不会上当。幸好老天爷把古德森召唤走了。我知道万无一失了,于是我设下了圈套、安上了诱饵,把谜底给了那十九个人。他们可能不会全部上钩,可是,如果我没有猜错哈德莱堡人的个性的话,他们大多数都会被迷住。我相信,这些没有经受过磨练的可怜虫,一旦遇到诱惑,就连明摆着会身败名裂也想偷一偷,绝不会放过机会。我希望把你们的虚荣一下子压得粉碎,永远也恢复不了。我要给哈德莱堡一个新名声,使它再也甩不掉,使它臭名远扬。如果我成功了的话,请你们打开那只布袋,把"维护和宣扬哈德莱堡名声委员会"的人都召集到一起。

旋风般的人声:"打开布袋!把它打开!那十八个人到前面来!发扬好传统的委员会!不可败坏的人们,快到前面来!"

主席敞开布袋,从里面掏出一把扁平的、黄灿灿的钱币,摇了一下,然后又仔细察看了一番。

"朋友们,这些钱币只是一些镀了金的钱饼!"听了这个消息,观众们高兴地哄了一声,又笑又喊起来,喧嚣声刚刚平息下去,那个制革商就嚷道:"威尔逊先生显然是这一行中资格最老的,他理应当选发扬好传统委员会的主席。我建议他代表他的伙伴们走上前来,接受委托,保管这笔钱财。"

一百个人的声音:"威尔逊!威尔逊!威尔逊!快演说!快演说!"

威尔逊(气得声音都发抖了):"你们容许我说,我就不客气说粗话了,去他妈的这笔钱!"

一个人的声音:"嘿,多文明,他还是个浸礼会教徒呢!"

另一个人的声音:"还剩下十七个楷模了!绅士们,走上前来,接受大家的委托吧!"

静寂无声,没有人反应。

鞍具商:"主席先生,不管怎样,在我镇这群'旧贵族'当中,还剩下一个干净的人,他需要钱,也应当拿到这笔钱。我提议,主席先生指派杰克·哈利德上台来拍卖这袋每块面值是二十美元的镀金钱币,将拍卖所得赠予那个理所应得的人——哈德莱堡人人尊敬的人——爱德华·理查兹先生。"

大家非常热情地接受了这个提议,连那条狗也表示赞同,又汪汪地叫起来。鞍具商第一个出价,他出一元,布里克斯顿的人和巴纳姆来的代表争得很厉害。每一次价格猛抬,人们都热烈欢呼,越来越兴奋,兴致越来越高。出价的人劲头上来了,出价越来越大胆,越来越坚决。价格从一元猛跳到五元,接着又跳到十元,跳到二十元,跳到五十元,跳到一百元,然后……

拍卖刚开始的时候,理查兹苦恼地对他老伴儿悄悄儿说:"啊!玛丽,咱们能让他们这样做吗?这……这……你要明白这是对正直的酬劳,是品德纯真无瑕的证书,咱们不配接受,咱们能让他们这样做吗?你看我是不是最好站起来……啊,玛丽,该怎么办呢？你看咱们该怎么……"（哈利德的声音："有人出十五美元——十五美元一袋！——二十！——啊，谢谢！——三十——再一次谢谢！三十，三十！——是喊的四十吗？——是四十！不要中断，先生们，不要中断！——五十！谢谢，高贵的罗曼！喊到五十了，五十，五十！——七十！九十！好极了！一百！再往上抬，往上抬！一百二十——一百四十！——很及时！——一百五十！两百！好极了！有人在喊两百了——谢谢！——两百五十！）

"这又是一种诱惑，爱德华——我浑身都在哆嗦——可是，哎，咱们逃过了一次诱惑，应当接受教训——（"喊的是六吗？——谢谢！——六百五十，六——七百！"）可是，爱德华，当你想到——谁也不会怀疑——（"八百美元！——好哇，再抬到九百吧！——帕森斯先生，我听你说的——谢谢——九百！这袋高贵的镀了金的铅才卖九百块美元哪！来啊！我听的是——一千！——谢谢，这袋钱是你的了！是不是有人喊一千一！一袋将要在全美国出名的——"）啊，爱德华，"她开始啜泣，"咱们太穷了！——可是——可是，你看怎么好便怎么办——你看怎么好便怎么办。"

爱德华跌至谷底了，他静坐在那儿没有动弹。他坐在那儿，良心受到责备，被周围环境所征服了。

与此同时，一个模样好像非专业侦探而且看来像一个美国伯爵那样难于对付的陌生人，一直在冷眼观察着这次大会的进行情况。他显然对此很感兴趣，脸上带有一种志得意满的神情。他一直在心里暗自琢磨，此刻的内心独白为："这十八个头面人物都没有出价,这是不能令人满意的。我必须改变这个局面,戏剧的三一律[1]要求我这样做,我必须使他们购买他们原来打算偷的这袋钱币,而且还得让他们付高价——他们当中有几个是很富的。还有一点,我在分析哈德莱堡人性格方面,出了点错,那位使我出错的人应当得到高额的酬劳,这笔酬劳必须有人付。这位贫困的理查兹老先生使我的判断黯然失色。他是个诚实正直的人——我不懂镇上怎么会有这样的君子,但是我得承认——他用一副漂亮的同花顺赢了我的牌。按理他应当通吃赌注,如果我能办得到的话,我一定要让他把桌面上积累的赌注统统拿走。我的理论在他面前吃了瘪,不过随它去吧!"

他在观察拍卖的情况,喊到一千美元时,行情突然看跌。喊价很快下降了。他仍旧耐心等待,观察着。一个竞争者退出了,另一个退出了,第三个也退出了。现在他喊了一两次价。等到喊价跌到了十美元,他加了五美元。有人喊价提高了三美元,他等了一会儿,然后猛抬了五十美元,于是他以一千二百八十二美元的代价把这袋钱弄到了手。全场爆发出欢呼——接着大家看到他起立,举起手来,欢呼声便停了下来,于是他开始发言:

"有件事要请诸位帮个忙。我是做罕见物品投机买卖的,先前和全世界对罕见钱币有兴趣的人做过交易。从目前的行情来看,我能通过这袋钱币赚不少钱。可是如果在座诸位赞同的话,

---

[1] 三一律:这是17世纪欧洲古典戏剧的原则,规定剧本在情节、时间和地点各方面一致。

我能设法使这铅铸的二十美元伪币,卖到和金币同样的价格,也许还要更贵。请诸位允许我把部分盈利送给你们的理查兹先生,他正直不阿,今天晚上各位已经公正地、真诚地见证过了。他应得一万美元,明天我就要将这笔款项交到他手上。(全场热烈鼓掌,理查兹夫妇听到"正直不阿"惭愧得脸红了,可是这并不碍事——别人只当作他们谦虚)如果各位以多数票(我希望能有三分之二的赞成票)通过我的提议的话,我就认为贵镇的人同意了,以上就是我的请求。罕见物品总会因为大家的好奇心以及被谈论的次数而升值。现在我想征求诸位同意,用印模在每一块伪币上冲压出这十八位先生的名字,他们……"

转眼之间全场十分之九的听众,包括那条狗在内,都站了起来,大家以暴风雨般的鼓掌声和笑声通过了这项提议。

大家坐了下来,所有那些楷模,除了克莱·哈克尼斯"博士"以外,都纷纷起立,强烈抗议这严重违反法律的提议,威胁要……

"我恳求你们别威胁我。"那位陌生人安详地说,"我知道自己的合法权利,也从来没有受到别人恐吓就害怕的习惯。"(鼓掌声)他坐了下来。哈克尼斯"博士"看到这里面有机可乘,他是本地两位富人之一,另一位是银行家平克顿。哈克尼斯是一家制造厂——一种人人欢迎的专利药品制造厂的老板。这时镇上有两派为进入立法机关而竞选,他在一派的候选人名单上,而平克顿在另一派的候选人名单上。两派势力不相上下,竞选非常激烈,而且激烈程度与日俱增。这两个人捞钱的胃口都很大,并早就各自成竹在胸,各自购买了大片土地。政府将要铺设一条新铁路,这两位都想打入立法机关,定一条对自己有利的路线,一票之差就可以决定胜负,从而使优胜者大发横财。赌注很大,而哈克尼斯是一个胆大妄为的投机者。他的座位凑巧和那个陌生人的相近。当某个楷模正在大放厥词,向听众们抗议和呼吁的时候,他俯过身体,凑在陌生人的耳边问道:

"你那袋钱币要卖多少钱?"

"四万美元。"

"我出两万怎么样?"

"不行。"

"两万五。"

"不行。"

"我出三万。"

"价钱是四万美元,一个子儿不能少。"

"好吧,就依你的价钱。明天上午十点钟我到你下榻的旅馆来。我不想让别人知道,我想悄悄地和你见面。"

"很好。"于是陌生人站起来,对全体听众说:"我看时间不早了。这些先生的演说不是没有优点、没有趣味、没有魅力的,可是如果诸位见谅的话,我要告辞了。谢谢各位同意我的请求,这帮了我的大忙。我请主席替我保管这袋钱币到明天为止,并且将这三张五百美元的钞票交给理查兹先生。"说着便把三张钞票递给主席,"明天早晨九点我来拿这只布袋,十一点我将要到理查兹先生家里,把余款八千五百美元亲自交给他。各位晚安。"

说罢,他就悄悄走了出去。听众们人声鼎沸,他们有的欢呼,有的唱歌剧《天皇》的曲调,那条狗不以为然地汪汪直叫,还有些人在哼唱:"你绝——绝——绝——不是一个坏——坏——坏——坏——人!"

## 四

理查兹夫妇回到家里,不得不忍受大家的祝贺和恭维。他俩苦不堪言,却不得不忍受。将近半夜时分贺客才散去。他俩脸上带有悲哀的神情,一声不吭地坐在那儿想开了心事。终于,玛丽叹了口气,说道:

"你以为咱们有过错吗,爱德华?有很大的过错吗?"说话时,她的目光移向放在桌子上的(祝贺的人一直贪婪地盯视着并且恭敬地抚摸着)三张巨额钞票,现在这些钞票好像在瞪着眼睛指责他们。爱德华没有马上回答,过了一会儿,他叹了口气,犹犹豫豫地说道:"咱们——咱们无法推辞,玛丽。这,嗯,这是老天爷注定的。一切事情都是老天爷注定的。"

玛丽抬起目光,直瞪瞪地看着他,他却没有回视。不久,她说:

"我本来以为,祝贺和赞美的话会让人挺开心的。可是……现在我觉得……爱德华!"

"嗯?"

"你打算待在银行里吗?"

"不……唔……唔……不……"

"辞职吗?"

"明天早晨……写辞职书。"

"好像不太妥当吧。"

理查兹两手捂住脸,低下头去,喃喃说道:

"以前,我不害怕金钱像海水一样从我手里流过,可是现在……玛丽,我太疲倦了,太疲倦了……"

"咱们上床睡觉吧。"

翌日上午九时,那个陌生人拿了那袋钱币,乘出租马车把它带到旅馆去。十时他和哈克尼斯进行了一次秘密谈判,索取了五张向某个大都市银行支取的支票,都是付给"持票人"的——四张票额各为一千五百美元,另外一张票额为三万四千美元。他把一张一千五百美元的支票放进钱夹,而把其余四张总额为三万八千五百美元的支票装进一只信封,里面还附了一张便笺,这是他在哈克尼斯先生走后写的。十一时他来到理查兹的寓所,举手叩门。理查兹夫人从百叶窗的缝隙向外窥望,然后开门接过信封。那个陌生人递了信封后就一言不发地走了。她回来,面红耳赤,摇摇晃晃,站立不稳,气喘吁吁地说:

"我可以肯定,我把他认出来了!昨天晚上我就觉得也许在哪个地方见过他。"

"他就是那个背着袋子来的人吗?"

"八成是。"

"那么那个自称为斯蒂芬森的人也是他啰。他用捏造的秘密把咱们镇上每一个头面人物都骗苦了。现在,如果他送来的是支票而不是现款,那么,尽管我们自以为逃脱了他的手掌,最终还是会上当受骗。昨晚美美睡了一觉,我又恢复了原先舒服的感觉，可一看到那只信封，便又惴惴不安。这几张支票装在信封里显得很瘪，哪怕八千五百美元换成最大票额的钞票，也比这鼓得多。"

"爱德华，你为什么讨厌支票？"

"嘿，由斯蒂芬森签字的支票！如果那八千五百元的款子是现钞，我是准备拿下的，因为这看起来很实在，也像是天意，玛丽。可是我从来没有很大的勇气，没有勇气去兑现一张由那个灾星签名的支票。这很可能又是一个圈套。那家伙想方设法要逮住我，咱们昨天总算逃过了，可是现在他却试图要一个新的花招。如果这些支票是……"

"啊，爱德华，这太糟糕了！"说着，她拿起那几张支票来，哭开鼻子了。

"把它们放进炉子烧掉！快点儿！咱们不能再受诱惑。这是个计谋，他要让咱们也像那十八个人一样成为全世界的笑柄，而且……把支票给我，既然你下不了手！"他把支票一把抢过来打算放到炉子里去烧，可他是个出纳，还不能摆脱人之常情，所以他停了一会儿，试图把支票上的签名看清楚。这一看不打紧，他几乎晕倒了。

"替我扇扇子，玛丽，替我扇扇子！这些支票和纯金一样值钱！"

"啊，那太好了，爱德华！怎么回事？"

"是哈克尼斯签的名。玛丽，这葫芦里到底卖的什么药？"

"爱德华，你说……"

"瞧这儿——瞧这个！一千五——一千五——一千五——

三万四。总共三万八千五！玛丽，这袋铅币还不值十二美元，可是哈克尼斯却付出了几乎是一袋金币的价钱。"

"你说，咱们拿到的是不是不止一万美元？这一大笔钱都是咱们的了？"

"嗯，看起来像是这么回事。而且这些支票是付给'持票人'的。"

"这好吗，爱德华？这是什么意思？"

"这就暗示着，要到一家很远的银行去拿，我想，也许哈克尼斯不想让别人知道，那是什么，一张便条？"

"是的，它是和支票放在一起的。"

这张便条是"斯蒂芬森"的笔迹，却没有签名。上面写道：

> 我感到失望，你的诚实是无法用诱惑的手段败坏的。以前我是另外一种看法，我把你看扁了。请你原谅，我诚心诚意地请你原谅。我敬佩你，这也是发自内心的话。这个镇上的人连吻你衣服的边缘都不配。亲爱的先生，我曾和自己打赌，认为在你们自以为廉洁的十九位头面人物中没有一个经得起诱惑。我输了，请把全部赌注拿走吧，你是有资格拿的。

理查兹深深地吸了口气，说道：

"这封信仿佛是用火写的……怎么这样烫人。玛丽，我心里很难受。"

"我也是。啊，亲爱的，但愿……"

"想想吧,玛丽……他居然相信我。"

"啊,爱德华,别说了……我实在受不了。"

"如果我配得上他的褒奖的话,玛丽——上帝知道,我曾经相信我是配得上的——我想我会为了这几句话把这四万块钱扔掉,并把这张纸收起来,作为比金子和珠宝更值钱的东西永远珍藏。可是现在……咱们不能活在它的阴影里,饱受内心的煎熬,玛丽。"

他把那张便条扔进火里。

一个邮差来到,交给他一个信封。

理查兹从里面抽出一张便条读了起来,这是伯吉斯写来的:

你在我困难的时候搭救了我。昨天晚上我救了你。这全靠我扯了个谎,可是我是心甘情愿、满怀感激地做出牺牲的。这个镇里谁也没有我这样清楚,你是多么勇敢、善良、高尚。骨子里你是不会尊重我的,因为你知道我为了那件事,受到控告,受到舆论谴责。我恳求你至少应该相信,我是感激你的。这样做我心里的负担会轻些。

伯吉斯

"又一次得救了,而且是由于这样的关系!"说着他把便条放进火里,"我……但愿自己死掉。玛丽,但愿我能摆脱这一切。"

"啊,这些日子真不好受,真不好受。他们的慷慨就像刀子一样深深地戳到咱们心里——而且来得是这样快!"

在选举日三天前，两千名投票人都突然发现自己收到了一件了不起的纪念品——一枚尽人皆知的伪造的双鹰金币。它的一面用印模冲压出这样一圈字句："我对那个落魄的陌生人的赠言是……"另一面冲压出："去，改过自新吧。——平克顿。"这样一来，这个人人皆知的笑话所留下的全部垃圾便都倾倒在一个人的头上了。它的后果是灾难性的，它使大家又尽情嘲笑起来，平克顿成了众矢之的，因此哈克尼斯在竞选中轻易地取得了胜利。

在理查兹夫妇收到支票后的二十四小时之内，他们的良心就渐渐平静下来。那对老夫妻也逐渐学会了心安理得地面对自己犯的罪。可是这会儿他们还体会不到，罪行随时有被人发现的风险，而那时，真正的恐惧才会降临。这天上午他们在教堂里听了牧师的讲道。这平铺直叙的老生常谈，他们已经听了一千来遍，以前都觉得是乏味的，毫无意义，听了只想打瞌睡。可是这一次他们的感受不同了。这篇讲道好像充满了指责，好像是专门对那些隐瞒重罪的人痛加鞭挞的。做完礼拜以后，他们迅速摆脱那些祝贺者的纠缠，匆忙回了家，某种模糊、不可名状的恐惧如影随形，让他们冷彻骨髓。他们无意中瞥见伯吉斯先生在街角上拐弯，他们对他点点头，算是打招呼，他却置之不理！其实他是没有看见，可是他们却充满了狐疑，以为这很可能意味着，很可能意味着……啊，他们揣想了十来种可怕的原因。他会不会知道自己蒙受冤屈的时候，理查兹坐视不救，因而一直在伺机报复？他们回到家里（以前他曾对老婆悄悄说过他知道伯吉斯是无辜的），出于苦恼竟怀疑他们的女用人可能在隔壁房间里偷听过这句话。接着理查兹又想，当时似乎听见过女服塞窣的声音。过了一会儿，他断定确曾听到过这个声音。于是，他们就找了个借口把萨拉喊起来，在一旁察言观色，心想如果她曾经向伯吉斯泄露过他俩的秘密，就会在神态上显露出来。他俩问她一些杂乱无章、语无伦次的问题，让这位姑娘认为这两位老人由于发了横财得了失心病，他俩尖利而充满戒备的目光使她害怕。她窘得面红耳赤，紧张慌乱，而这两位老人却以为这分明是内疚的表现，觉得她分明是做了什么亏心事，才会害怕——她无疑是密探和内奸。于是他俩单独在房间里的时候，便把许多本来无关的事情凑到一起，从中得出一些可怕的结论。理查兹想到了最坏的情况，突然惊恐得气喘吁吁，他的老伴问他：

"啊，你怎么啦？怎么啦？"

"那张便条——伯吉斯的那张便条！我现在看出它充满了冷嘲热讽的话。"他引述其中的一句，"'骨子里你是不会尊重我的，因为你知道我为了那件事，受到控告，受到舆论谴责。'啊，现在事情非常清楚了。上帝保佑！他知道我知道这件事了！这是个圈套，我竟傻乎乎地钻进了他的圈套。玛丽——你看呢？"

"啊，真可怕——我知道你想说什么。他没有把你抄的那段所谓的赠言还给你。"

"没有，他留着那张便条是为了要毁掉咱俩。玛丽，他已经把我们的事情对某些人泄露了。我知道——我很清楚地知道。今天做礼拜后，我在十来个人的脸上看出来了。啊，我们对他点头致意他理也不理,他是故意这样做的!"

当天晚上他们把医生请来。第二天早晨,就传开了消息,说老两口得了重病——大夫说,这是因为他们发了横财后不断受到祝贺,过于兴奋而好多天熬夜迟睡,才累坏了身体。镇上的居民真心悲痛,因为现在镇上唯一值得自豪的只有这两位老人了。

两天以后,更坏的消息传开了。这两位老人说开了胡话,做出了许多奇怪的事情。据护士们所说,理查兹曾经让大家看过几张支票,票额是八千五百美元,不——数目很惊人,共有三万八千五百美元!他们发了这笔大财,该怎么解释呢?

次日,护士们传开了更多、更惊人的消息。这对老夫妻害怕会遇到灾难,决定把支票藏起来,可是当护士们寻找支票的时候,支票居然在病人枕头下不翼而飞了。病人说:

"别去碰那枕头了。你们想干什么?"

"我们想,最好把那些支票藏起来……"

"你们再也看不见了……它们已被销毁了。它们是从撒旦那儿来的,我看见上面有地狱的烙印。我知道陌生人送我支票是为了出卖我,使我犯罪的。"接着他就急促不清地说开了一些奇怪而可怕的话。这些话大家都不明白,大夫告诫他们别传出去。

理查兹说的是实话,从此大家再也没有看见过这些支票。

有个护士一定是在梦中呓语了,两天以内,这些禁止传出去的理查兹的胡话,竟成了镇上的谈资。这些话确实令人惊异,好像是在说,理查兹本人曾经要求认领这袋钱币,而伯吉斯当时隐瞒了这件事,后来却又恶意地把事情捅了出去。

大家逼着伯吉斯说出实情,他矢口否认,说不应当把一个患病老人的胡话当真。尽管这样,大家仍然怀疑,有了不少闲言碎语。

一两天后,大家传说,理查兹夫人的谵语竟和她丈夫的一模一样,于是原来的怀疑一下子变成了确信。镇上居民原来因这两位诚实守信,纯洁无瑕的品质而燃起的自豪之火,这会儿渐渐暗淡下去,闪闪烁烁,快要熄灭了。

六天过去了,又传来了消息,说这对老夫妻快死了。理查兹在弥留时头脑清醒了一阵,他派人把伯吉斯请来。伯吉斯说:"房间里的闲人都出去吧。我想他要私下对我说些话。"

"不!"理查兹说,"我要大家为我作证,我想让大家都来听听我的忏悔,这样我总算在临终的时刻还有点人的气味,而不是像一条狗。以前我是廉洁的,可是我和其他人一样,是做作出来的廉洁,所以当受到诱惑时,我也和其他人一样栽了跟头。我在谎言上签了字,想认领那袋糟糕的钱币。伯吉斯记得我曾为他做过件好事,为了感激(也是出于无知),他把我的那份认领书按下了,没有往外拿,就此拯救了我。诸位都知道多年前伯吉斯受到控告,我的证词,只有我的证词才能洗刷他的罪名,可是我是个懦夫,坐视他蒙受不白之冤……"

"不,不,理查兹先生,你……"

"我的女仆把我的秘密向他泄露了……"

"谁也没有向我泄露什么……"

"……他懊悔救了我(这也是自然而无可非议的),于是就揭发了我的事情……我完全是罪有应得……"

"绝对没有!我发誓……"

"我诚心诚意地原谅他。"

伯吉斯激动地否认没有这样的事,这个临终的人却没有听见,他至死也不知道自己再一次冤枉了可怜的伯吉斯。他的老伴也在当天夜晚去世。

十九人中的最后一位圣人也成了这只魔鬼般的钱袋的牺牲品。这个镇子往昔的荣光连一块碎片都没有剩下。镇上为老夫妇举行的葬礼是简单的,却又是沉痛的。

由于镇上居民的祈祷和请求,立法机关正式颁布法令,将哈德莱堡改名为……(别管它的新名称是什么吧,我是不会说出去的),将多少个世代以来使这个镇的公章增添光彩的那句箴言,去掉了一个字。

现在,它再一次成为真正诚实的镇子,谁再想钻它的空子,那可不是件容易的事了。

> 别让我们受到诱惑!
>
> ——原来的箴言
>
> 让我们受到诱惑!
>
> ——修改后的箴言

(1899年)

# 打赌

安东·巴甫洛维奇·契诃夫
（1860—1904）

俄国著名剧作家和短篇小说大师，与居伊·德·莫泊桑、欧·亨利并称为"世界三大短篇小说巨匠"。著有短篇小说《变色龙》《套中人》等，戏剧《三姐妹》《樱桃园》等。

一

一个昏暗的秋夜，老银行家在书房里踱来踱去。他回忆起了十五年前，也是在一个秋天的晚上，举办的一次晚会。与会者颇多俊才名流，他们高谈阔论，妙趣横生。在天南海北的漫谈中，他们也谈及死刑的问题。大部分来宾，包括新闻记者和一些饱学之士，都不赞成死刑。他们认为这种刑罚不合潮流，不人道，不适合基督教国家。他们当中有些人认为，在世界各地应废除死刑，代之以无期徒刑。

"我不同意诸位的看法。"举办晚会的银行家说道，"我并没有切实研究过死刑和无期徒刑的利弊。但是如果能先验地判断的话，死刑总比无期徒刑更道德，更合乎人道主义些。死刑是立即处死，可是终身监禁却是把人缓慢地处死。两个刽子手一个是快刀子杀人，使人几分钟就死去；另一个却是钝刀子杀人，使人受好多年罪，慢慢死去，你说哪一个更合乎人道主义呢？"

"两个刽子手同样不道德，"有一个来宾说，"因为他们的目的都一样，都是要夺去人的生命。国家不是上帝，它既然无法使死人复生，就没有权力夺去人的生命。"

来宾当中有一位二十五岁的年轻律师，别人征求他的意见时，他说："死刑和无期徒刑同样不道德，不过要我在两者之间选择的话，两害相权取其轻，我当然赞成无期徒刑。好死不如赖活嘛。"

大家激烈地争论起来。银行家当时年事未高，好胜心强，突然兴奋起来，忘乎所以，他攥起拳头在桌子上一捶，冲着那年轻人嚷道："你说得不对！我敢打赌，你要是甘愿单独囚禁五年，我就付给你两百万卢布。"

"如果你说话算数，"那个年轻人说，"我同意打赌，非但如此，我甘愿不光是监禁五年，而是十五年。"

"十五年？一言为定！"银行家嚷道，"先生们，我拿两百万作为赌注。"

"同意！你拿两百万作赌注，我拿人身自由作赌注！"那个年轻人说。这场疯狂的、愚昧的打赌居然执行了。当时，这轻浮任性的银行家是个财产无法计算的富豪，对这打赌感到高兴。在晚餐桌上，他揶揄这年轻人说："你还是改变主意吧，年轻人，趁现在还来得及。对我来说，区区两百万何足道哉。可是你却要损失三四年的美好年华。我说三四年，是因为你不会待更长的时间。你也别忘记，不幸的年轻人，自愿的监禁要比被迫的监禁难忍受得多，任何时候你都有权利自由地出去，却又不能，你想到这一点，在牢房里的日子就会变得极其痛苦。我非常为你惋惜。"

现在银行家来回踱步，回忆这些往事时不禁问自己："这场打赌的目的到底是什么？那人损失了十五年的韶光，我虚掷了两百万金钱，究竟有什么好处？这能证明死刑比无期徒刑更好或更坏些吗？不，不。这是毫无意义、荒谬绝伦的。我是因养尊处优而挥金如土，而他纯粹是贪财。"

接着他又回忆起那个夜晚之后的事情。他们最终决定那年轻人将在最严密的监视之下，在银行家花园里的某一个小屋中被监禁十五年。双方议定，在十五年监禁期间，他不能跨出那小屋一步，不能和任何人见面，不能听到人的声音，也不能收阅任何人的函件和报纸。不过他可以弹奏乐器、阅读书籍，也可以写信、饮酒和抽烟。根据协议的条款，他和外界发生关系的唯一途径就是通过特意开的一扇小窗户。他无论需要什么——书籍、乐谱、酒或是其他东西，也无论是需要多少——只要写一份清单就可以如愿以偿，但这些东西只能由小窗递进来。协议上对每个细枝末节都规定了严密的条款，根据条款，这个年轻人将受到极其严格的单独监禁，而且严格规定从1870年11月14日12点钟开始到1885年11月14日12点钟为止，足足关满十五年。如果他稍有违反协议的企图，哪怕在规定期限之前两分钟离开，都将解除银行家付两百万巨款的义务。

在监禁的第一年，根据他所写的简短的便条来判断，被监禁者对孤寂生活感到非常痛苦。他意志非常消沉，无论白天黑夜，都可以听到从他小屋里不断传出的钢琴声。他拒绝烟酒，他写道，酒能刺激欲望，而欲望是受监禁者的死敌，况且，饮醇酒而见不到任何人，世界上再没有比这更沉闷无趣的了。而烟草，则会污染室内的空气。在第一年中，他要的书籍主要是些轻松的读物：情节复杂的长篇爱情小说，耸人听闻、异想天开的短篇小说等。

第二年小屋里的钢琴寂然无声了，被监禁的人只索取古典文学作品。第五年，音乐的声音又出现了，且被监禁者要求喝红酒。从窗口监视他的人都说，那一年他什么也不干，除了吃喝，便是躺在床上睡觉。他经常打哈欠，或是愤怒地自言自语，也不读书了。有些夜晚，他坐下来写东西，一写便是几个小时，而第二天一早却又把写的东西扯得粉碎。监视的人不止一次听见他在哭泣。

第六年的上半年，被监禁者开始热心地学习语言、哲学和历史——光是购置他定的书籍就够银行家忙碌的了。从那时起的四年时间里，银行家应他的请求买了六百来卷书籍，在此期间，银行家还收到过被监禁者一封信，如下：

亲爱的监牢看守：

我用六种语言向你写这封信。请把它给精通语言的行家审阅，如果没有一处错误，我恳求你在花园里放一枪，好让我知道我的心血没有白费。古往今来，各国天才使用的是不同的语言，在他们心里燃烧的却是同一种火焰。哦，但愿你能懂，我能理解他们心灵中感受到的是何等超然物外的幸福。

被监禁者的愿望实现了，银行家令人在花园里放了两枪。

打第十年往后,被监禁者在桌前静坐不动,除了《福音书》[1]外什么书也不看。一个在四年中精通了六百卷高深学术著作的人,竟然浪费了将近一年的时间读一本薄薄的、浅显易懂的书,银行家对此很不解。在《福音书》后,被监禁者又读起了神学书籍和宗教史。

被监禁者在最后两年,毫无选择地读了大量书籍,他一度忙于研究自然科学,接着又要读拜伦或莎士比亚的著作,在有些便条上他同时索取好几本书,例如有张便条上他要求给他送化学书、医药手册、一部长篇小说和几篇哲学或是神学论文。他使人联想到一个在沉船残骸附近游水的人,为了活命而贪婪地抓住所碰到的每一根木头。

## 二

老银行家回忆起这一切,想到:明天十二点钟他就要重新获得自由了。根据协议,我得付给他两百万卢布。我要是付给他这笔巨款,一切都完了——我就会倾家荡产,沦为赤贫。

十五年前他有多少个百万的卢布,连数也数不清,而现在他都害怕问自己,究竟是负债多还是资产多。在证券交易所里孤注一掷的赌博、轻率的投机、并没有随年龄增长而减退的对

---

[1]《福音书》:基督教《新约》前四卷《马太福音》《马可福音》《路加福音》《约翰福音》的统称,记载了救世主耶稣的毕生言行。

于冒险的狂热——这些都逐渐使他的财产荡然无存。当年倨傲、无畏、刚愎自用的百万富翁已经变成了二流的银行家。他所投资的企业行情稍有涨落，都会使他发抖。"这该死的打赌！"老人绝望地抱住头，咕哝着抱怨说，"这人怎么没有死？他现在只有四十岁。他要把我最后一个戈比都拿走，他将要成家立业，享受人生乐趣，在交易所里赌博。而我却要像乞丐一样，羡慕地望着他，每天都会听到他说同一句话：'我一生的幸福，都出于你的恩惠，让我帮助你吧！'不，这太使人受不了了！免除破产和耻辱的唯一办法，就是了结他的性命！"

时钟敲了三下，银行家谛听着，偌大的宅邸里每个人都熟睡了。夜深人静，外边只有树枝在寒冷的空气中瑟瑟作响。他悄无声息地从防火保险箱里拿出已经十五年没有使用的监禁室的钥匙，穿上大衣，走出屋去。

天色昏黑，寒气袭人，霏霏阴雨正在降落，潮湿透骨的寒风在花园里到处使劲吹着，呼号着，不让树枝静下来。银行家眯起眼睛竭力注视，可是土地、白色的石像、小屋、树木什么也看不见。他走到小屋坐落的地点，两次呼唤看园人。没有一点应声，显然看园人找了个地方避风雨去了——现在已在厨房或温室里呼呼地睡着了。

"我只要有勇气下手，"老人想，"首先蒙受嫌疑的是看园人。"

他摸黑走上台阶，推开屋门，走进了小屋。接着他摸索着进了一条过道，擦亮了一根火柴。走道上一个鬼影也没有，只有一个未铺被褥的床架，角落里有一个黑黑的铸铁火炉。被监禁者住所的门上贴着封条，原封未动。

火柴熄灭的时候，老人心情激动，浑身哆嗦，从那个小窗里张望进去，只见监禁室里一烛荧荧，那人坐在桌旁，除了背部、头上的乱发和双手以外，看不见他身体的其余部分。桌上、两把安乐椅上，到处都放着摊开的书本。

五分钟过去了，被监禁者纹丝不动。十五年的监禁生活教会了他静坐。银行家弯起手指，轻叩了两下窗户，被监禁者没有丝毫反应。银行家又小心翼翼地撕掉门上的封条，把钥匙插入锁孔。锁生锈了，发出嘎嘎的响声，接着门"吱——呀——"一声开启了。银行家原以为会立刻听到脚步声和一声呼唤，可是三分钟过去了，房间里还是那么寂静无声。他打定主意走了进去。

桌旁一动不动地坐着一个人，和普通人完全不一样。他简直是一具蒙着皮的骷髅，妇女一般长长的鬈发披在头上，脸颊上长着乱蓬蓬的胡须。他的脸蜡黄而带有土色，双颊瘪了进去，背脊瘦而狭长，一只手支着乱蓬蓬的头，手指瘦削而纤细，看了实在令人害怕，头发里已经掺杂了银丝，形容枯槁，憔悴苍老。看了他的容貌，谁也不会相信他只有四十岁。他睡着了……在他低垂的头前放着一张纸，纸上用很细的笔迹写着什么。

"可怜的家伙！"银行家想，"他在睡乡里，很可能在做那百万财富的好梦呢。我只要抓住这半死不活的人，把他扔到床上，用枕头闷他一会儿，哪怕最认真仔细的破案专家也不会找到一点凶杀的痕迹。不过，我不妨先看一下，他在纸上写了些什么……"

银行家从桌上拿起纸张，看到如下的字句：

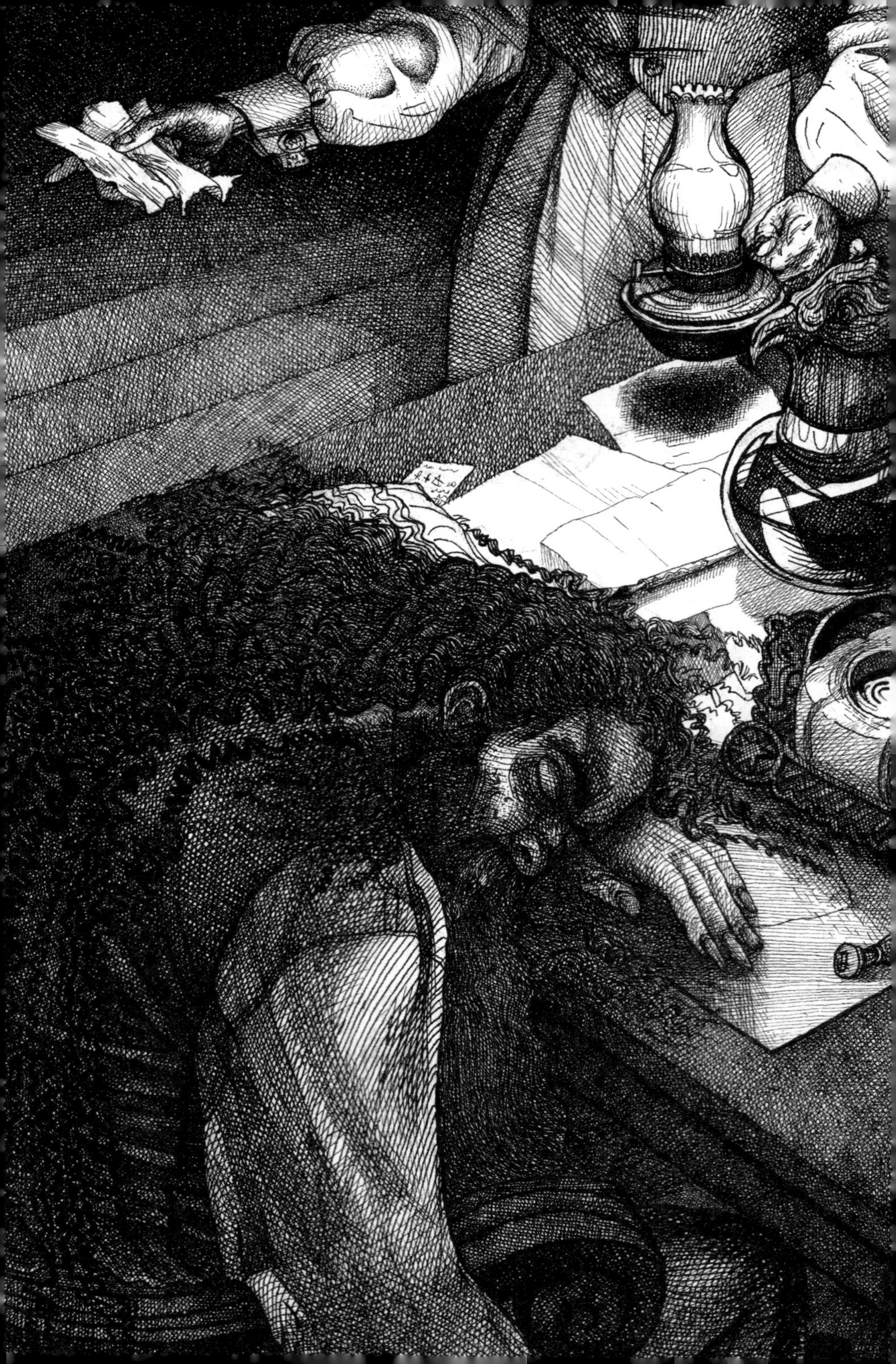

明天十二点，我就要重新获得自由，获得和别人交往的权利。在我离开这间屋子、重见天日之前，我想对你说几句话。神明在上，我可以问心无愧地告诉你，我轻视自由、生命和健康，以及你书本里所赞美的世界上一切所谓美好的事物。

十五年来我潜心研究了尘世的生活。诚然我见不到世界，见不到人寰，但是在你的书本里我却畅饮醇醪美酒，引吭高歌，我在森林里狩猎麋鹿、野猪，和妇女谈情说爱……你的天才诗人们神奇地创造了像出岫云彩一样神采飘逸的美女，她们常在夜晚翩然而至，在我耳边低语美妙故事，使我如痴如醉。在你的书本里，我攀登了厄尔布尔士[1]主峰和勃朗峰[2]绝顶，观看旭日东升、夕阳西沉，观看满天彩霞把苍穹海洋、脚下群峰染成一片金红。我在高峰绝顶观看，雷电交加，劈开了暴风雨，闪光四射。我见到了葱郁的山林、翠绿的田野、河流、湖泊和城镇。我听到了海妖迷人的歌声和牧羊人悠扬的牧笛。我触碰了魔鬼的翅膀，它们飞来和我谈论上帝……在你的书本里我时而投入无底的深渊，时而创造奇迹，或杀人越货、焚毁整个城市，或传布新的宗教、征服大小国度……

你的书本给了我智慧。人类永不止息的睿智在多

---

[1] 厄尔布尔士：伊朗高原北缘山脉，主峰高达5600多米。
[2] 勃朗峰：在法国和意大利边界，为阿尔卑斯山的最高峰，高达4800多米。

少世纪中所创造的一切都在我头脑中压缩成小小的一块。我知道我比你们所有人都聪慧。

然而我鄙视你的书籍,我鄙视智慧和人世间的幸福。这些都毫无价值,如过眼烟云一样短暂,如海市蜃楼一样虚幻。你们可能聪慧、美好、不可一世,可是到头来死神一下子就把你们像地板下掘洞的老鼠一样从地面上扫除得无影无踪。你们的后嗣,你们的历史,你们所谓的不朽的天才,都将要和地球一起烧为灰烬或是冻为冰块。

你们已经失去理智,误入歧途。你们把谎言当成真理,把丑陋当作美丽。如果由于某种奇怪原因,苹果树和橘子树上不结果实而突然长出了蛤蟆和蜥蜴,如果玫瑰开始失去芳香而散发出马汗般的臭味,你们会感到多么惊奇啊。我对你们抛弃天堂,换取浊世,也感到同样的惊奇。我不想理解你们。

为了以行动向你们证明我是多么鄙视你们赖以生存的一切,我自动放弃两百万卢布。我曾经对这笔钱梦寐以求,视为天堂,现在我却弃如敝屣。我将于规定时间的五小时前出去,从而违背契约,剥夺自己得到这笔钱的权利……

银行家看到这里,把纸放到桌上,俯身吻了吻这个怪人的头部,流着泪走出了小屋。他从来没有,哪怕是在证券交易所惨败的时候,也从来没有如此地鄙视自己。他回到家里,躺到床上，可是涕泪滂沱，百感交集，好几个小时不能成寐。

第二天早晨，几个看园人面色惨白地奔进来，禀告他，他们看见小屋子里的那个人从窗户爬了出去，到了花园里，跑出园门，消失不见了。银行家立即随仆们来到小屋，证实了被监禁者确系遁走无踪。为了防止谰言飞短流长，他从桌上拿起那张自愿放弃两百万卢布的信函，回到家里锁进了防火保险箱。

（1888年）

瑞普·凡·温克尔

华盛顿·欧文
(1783—1859)

美国短篇小说家、散文家、传记作家、历史学家。出生在美国曼哈顿一个商人家庭。代表作散文故事集《见闻札记》引起了欧洲和美国文学界的重视。著有《纽约外史》《旅人述异》《华盛顿传》等。

凡是曾沿着哈得孙河溯流而上的人，想必都记得卡兹奇群山，那是阿巴拉契亚山脉的一支断脉，在河之西岸，巍巍然高凌云天，威镇四野。寒来暑往，晴雨风雪，群峰的姿容色彩都会发生奇妙的变化，甚至每日每时也变幻不定，真是山光峦影（luán），仪态万千。

远近的主妇都根据山色来判断晴雨，丝毫不差。天气晴朗恬静的时候，层峦叠嶂披上青翠的紫黛衣衫，雄浑奇伟的山影映衬着清澈的天空，轮廓异常分明。但有时，虽然晴空万里，山顶上却缠绕着团团云岚，在夕阳返照下，像一顶顶璀璨的皇冠般熠熠生辉，光彩夺目。

在这些仙境般的群山脚下，就在远方青黛的山色落入近处的新绿葱茏的地方，航行的旅客有时会看见缕缕炊烟从一座村落里袅袅升起，树丛中影影绰绰露出农家的木瓦屋顶。这是一个非常古老的小村庄。荷兰殖民地创立伊始，好心的彼得·施托伊弗桑特[1]（愿他安息吧！）执政之初，一些荷兰开拓者就兴建了这个小村。几年之前，这里还残存着几栋早先移民的住屋，它们都是用荷兰运来的小黄砖盖的，花格子窗，山墙朝前，屋顶上装着风向标。

多年以前，当这里还是大不列颠的一个殖民地的时候，在这个林子里，就在这样的一幢房子里（这所房子，说句老实话，由于年久失修，风雨剥蚀，已经破败不堪了）曾经住着一个淳朴忠厚的人，名叫瑞普·凡·温克尔。他原是凡·温克尔一族的后裔，他的祖先在彼得·施托伊弗桑特执政的骑士尚武时代，以勇敢驰誉，曾经随彼得追奔逐北，围攻过克里斯蒂娜要塞。可是，他祖先那种英勇尚武的性格简直没有遗传给他。以上说过，他是个淳朴忠厚的好人，不仅如此，他还是个脾气随和的邻居、温和惧内的丈夫。实际上，使他深孚众望的那种逆来顺受的温和性格可以说正是由惧内而来的，一个人在家里受惯悍妇的管训，到外面就最容易处处随和，事事逢迎。他的脾气，毫无疑问，就是因为在家庭磨难的熊熊熔炉里经受过千锤百炼，才变得绕指般柔韧的。由此可见，要培养耐心和坚忍的美德，一次管训竟抵得过全世界牧师的说教。因此从某些方面来看，家有悍妻，也未尝不算有福，而如果是这样的话，瑞普·凡·温克尔真还算福分不浅呢。

---

[1] 彼得·施托伊弗桑特（1610—1672）：荷兰殖民军官，从1647年开始担任新尼德兰殖民地的最后一位荷兰总干事。新尼德兰殖民地大致包括今纽约州、新泽西州等地区。如今纽约市内，许多高中、社区、地区都以他的名字命名。*

村里的主妇，倒确实是个个喜欢他，每逢他们夫妇口角，她们总是按女性爱偏袒别家男人的惯例，帮他说话。黄昏时，她们聊起家常，谈到了这些事情，总是把一切过失都推到凡·温克尔夫人身上。村里孩子们看见他走过来，也是欢呼雀跃。他参加他们的游戏，给他们制造玩具，教他们放风筝、打弹子，并给他们讲关于鬼怪、巫婆和印第安人的长篇故事。每逢他为躲避悍妇在村子里走动的时候，总有一大群孩子围住他，有的紧紧拉住他的衣裾，有的爬到他背上，有的明知不会受到惩罚而百般捉弄他。连附近一带的狗，也没有一条朝他吠叫的。

瑞普样样都好，就是有个最大的缺点：他对一切有益的劳动都打心眼里感到厌恶。这倒不是他缺乏刻苦耐劳或坚忍不拔的精神，他可以坐在一块湿漉漉的石头上，拿着一根像鞑靼人又长又重的长矛似的钓竿，整整钓上一天鱼，即使鱼儿一次也不上钩，他也毫无怨言。有时他还会为了打只松鼠或野鸽子，扛上猎枪，穿树林，过沼泽，翻山岭，越溪谷，接连跋涉好几个钟头也不叫苦。遇到邻居要他帮忙，即使最累的重活，他也从不拒绝；每逢村子里剥玉米或者垒石墙而举行欢庆会时，他总是第一个赶到；村里的妇女们也常常差遣他办些差事，或者做些自己那不太勤快的丈夫不愿干的零碎活。总之，瑞普这个人除了自家的事，谁家的事他都愿效劳，可要他料理自己的家务、照管自己的田地，他就觉得办不到了。

他曾扬言，在自己的田地里干活是白费力气，那是乡间最倒霉的一小块地，不管他怎样侍弄，田里的事情样样出毛病。他的篱笆屡次三番坍塌；他的母牛不是走迷了路，就是跑到菜地里吃白菜；他地里的草准比哪儿都长得快；每逢他要下地干活，天公不作美，偏偏就下起雨来；因此祖传的田产在他手里，就一英亩一英亩地少下去，最后只剩下一小块玉米和马铃薯地，就这样他还是照管不好，使其成了本乡最糟糕的一块地。

他的孩子们，也是衣衫褴褛、粗野成性，就像没有人抚养似的。他的儿子瑞普是一个和他长相一模一样的顽童，不仅穿着父亲的旧衣服，还继承了父亲的习性。他总被看见像匹马驹似的紧跟在他母亲身后，穿着一条他父亲穿旧的宽松裤子，一只手费劲地提着裤腿，仿佛一位贵妇人在下雨天拎着裙摆似的。

不过，瑞普·凡·温克尔却是个傻里傻气、逍遥自在的人，什么事也不犯愁，不着忙，悠然自得，吃白面包行，吃黑面包也行，只求不操心费事就好。他宁可守着一个便士而挨饿，也不愿为挣一个英镑而出力。如果听其自便，他一定会吹吹口哨，优哉游哉地度过一生。可是他老婆却叽叽呱呱地在他耳边数落个没完，说他懒惰，说他不为家事操心，说他坑害了全家。早晨、中午、晚上，她的唇枪舌剑一会儿不停，不管他说啥干啥，都会招来她滔滔不绝的数落。瑞普对付这类的训诲，只有一个以不变应万变的办法：他一声也不吭，只是耸耸肩、摇摇头、两眼朝上翻翻。可是，这办法又总是引起一场新的河东狮吼，于是，他无可奈何，只好撤出防线，溜到门外——老实说，惧内的汉子也只有这条路可走。

在家里，瑞普唯一的随从就是那条名叫"狼"的狗，"狼"和它主人一样惧怕女主人。凡·温克尔夫人把他们看成难兄难弟、一对懒货，老是拿狠毒的眼光盯着"狼"，好像它主人不上正路的根源都在它身上。其实，一条体面的狗所应具备的精神优点，"狼"无不具有。林中奔驰的群兽之中，它也称得上英勇盖世，可是哪一个英雄豪杰能挡得住凶恶狠毒、咄(duō)咄逼人的悍妇那可怕的舌头呢？"狼"只要一走进家门，立刻就垂头丧气，它的尾巴不是拖在地上，就是夹在腿间。它像个就要被处以绞刑的罪犯，趑(zī)趄(jū)趑趄在屋子里偷偷地溜来溜去，不停地斜着眼睛瞟着凡·温克尔夫人，只要扫帚把或长柄勺微微一举，便猖猖狂吠着飞也似的往门外奔去了。

　　瑞普·凡·温克尔婚后的岁月一年年地过去，他的处境越来越难堪。泼辣的性情绝不会随着年龄而变得温和，而世界上尖锐的舌头却会成为愈来愈锋利的刀刃。很长一段时期，每逢被逐出家门，他总是去参加一个由村中德高望重的长者、哲学家和其他有闲人士组成的永久俱乐部，以便聊以自慰。他们聚会的地点，在一家拿脸色红润的乔治三世陛下的肖像做招牌的小客栈门前的长凳上。他们常常坐在树荫下排遣一个又一个漫长又慵懒的夏日，无精打采地谈论些村里家长里短的闲话，或者讲一些冗长的、令人昏昏欲睡的无聊故事。不过，有时他碰巧从过往旅客那儿弄到一张旧报纸，他们就会高谈阔论、大放厥词。他们这些宏论，哪个政治家也是值得花钱去听听的。当干净利落的小个儿乡村教师德里克·凡·本麦尔（此人学问渊博，即使是词典上最长的词也难不倒他），拖长声音读着报纸的时候，他们是多么严肃地倾听着啊。当他们谈起那些发生在几个月之前的国家大事时，他们可真有些高明的见解呢。

　　这个秘密社团的政治主张，完全控制在尼古拉斯·维德的手里,他既是村里的老前辈又是客栈的老板。他从早到晚坐在客栈门口,只有当太阳快晒到身上时才把座位挪一下。他始终坐在那棵大树的树荫里,因此,街坊们凭着他挪动的位置就可以知道是几点钟,跟看日晷一样准。大家难得听见他开口,他总是一个劲地吧嗒烟斗。然而,他的那些信徒(哪个大人物没有信徒呢)却完全了解他,都知道怎样揣摩他的心思。如果所读的消息和所谈的事情拂逆他心意的话,你就会看见他猛烈地抽着烟斗,喷出短促的、浓密的、表示愤怒的烟圈;而如果听得高兴,他就会徐缓地、心平气和地把烟吸进去,吐出一朵朵淡淡的、闲适的、舒卷的烟云。有时,他干脆把烟斗从嘴里取下来,任凭那一缕缕芳馨的烟在鼻子旁边袅袅飘忽,并庄重颔首,表示赞同、嘉许。

即使是这样的堡垒也并非坚如磐石,不幸的瑞普到底还是被他那凶悍的老婆驱赶了出来。她常常会突如其来地闯到这里,破坏聚会的安宁,把在场的人通通骂得狗血喷头;这位可怕的悍妇没遮拦的利口,甚至连尼古拉斯·维德那样庄严的人物也要冒犯,她公然责备他助长了她丈夫游手好闲的习惯。

到头来,可怜的瑞普几乎是走投无路了。逃避农活和老婆吵闹的唯一办法,就是拿起猎枪,流浪到树林里去。到了树林里面,有时他就坐在树下,把行囊里的东西拿出来和"狼"分食,他很同情"狼",把它当作一同受迫害的难友。"可怜的'狼',"这时候他就会说,"你的女主人叫你过狗一样的悲惨生活!"这时"狼"就会摇摇尾巴,愁闷地望着它主人的脸。如果狗也懂得怜悯的话,那么我就会确信,它也会同样打心底里可怜它主人的。

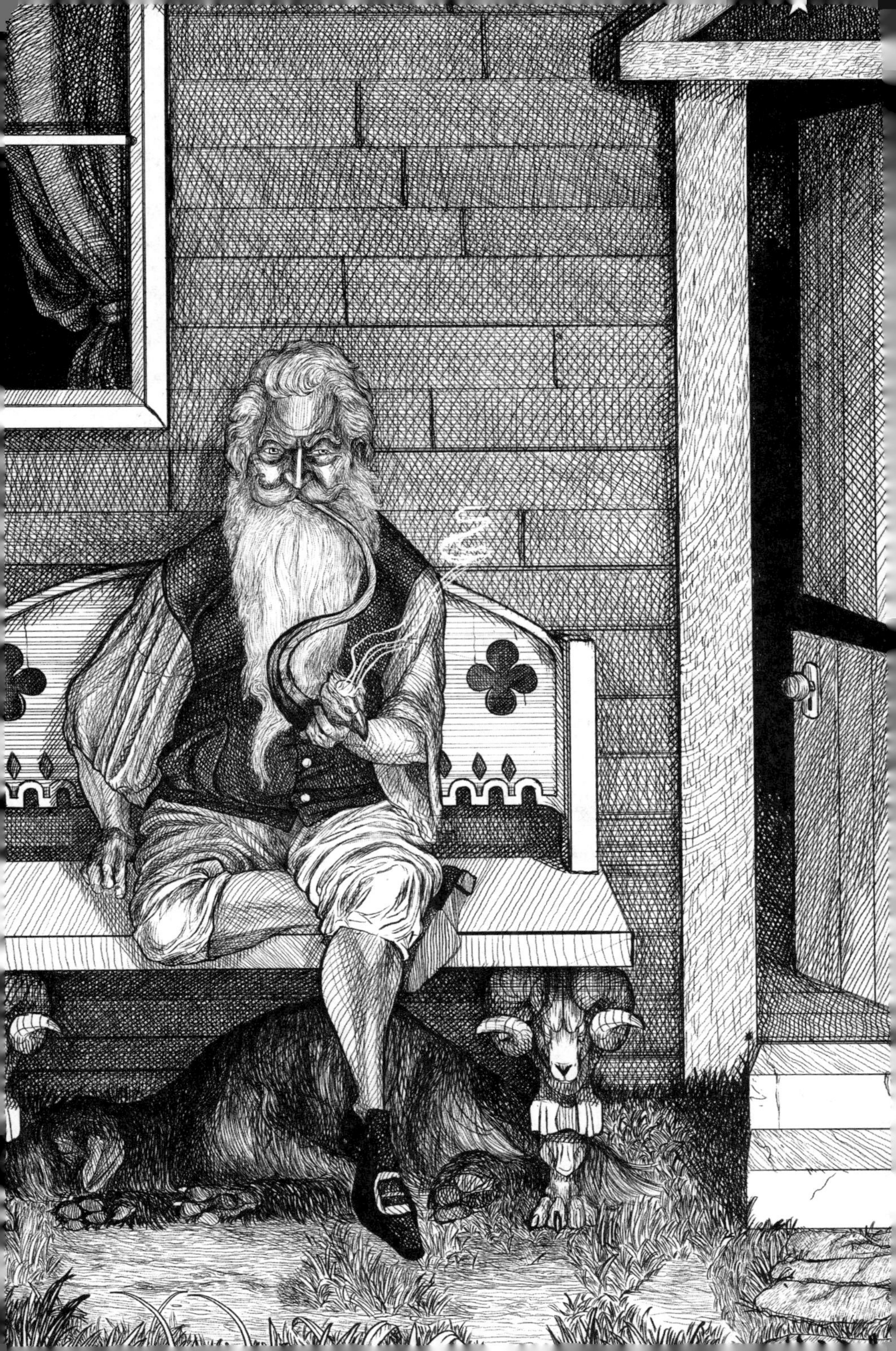

一个晴朗的秋日，瑞普做了一次这样的漫游，他不知不觉地攀登上了卡兹奇群山的绝顶。他在打松鼠，这是他特别喜爱的事情。他的枪声在寂静的荒山野岭间反复回荡，久久不息。到了将近黄昏时分，他筋疲力尽、气喘吁吁，在险峻的悬崖顶上，他靠着一个杂草丛生的绿丘，躺了下来。从树木的空隙中，他可以俯瞰连绵数英里的茂密树林。他极目远眺，可以看见很低很低的远处那条雄伟壮阔的哈得孙河在安静而又庄严地流淌着，波平如镜的河心或倒映着一片紫云，或反衬出缓缓移动的一叶孤帆。河身逶迤远去，终于消逝在隐隐的青山之间。

他从另一侧俯视，只见一个荒无人迹、凄凉凌乱的深谷，谷底填满了从悬崖上落下去的碎石。夕阳的余晖几乎返照不到那里。瑞普躺在草地上，对着这片景色沉思冥想了一会儿。这时，群山已在山谷里投下长长的蓝影，他深知等回到村里时天色准已昏黑，想起老婆又要大发雷霆，不禁喟然长叹。

他正待下山，忽听得远远有人呼唤："瑞普·凡·温克尔！瑞普·凡·温克尔！"他环顾四周，却渺无人影，只见一只孤零零的归鸦振翅飞过山头。他想这定是幻觉作祟，便重新转身下山，这时却又听见呼唤声在薄暮中回荡："瑞普·凡·温克尔！瑞普·凡·温克尔！"这时，"狼"悚然竖起背上的毛，低沉地嗥叫一声，立即躲闪到主人身边，惊恐地向下面山谷里窥望着。这时瑞普隐隐地感到不寒而栗，也忧惧地朝同一方向瞅去。只见一个古怪的身影，吃力地踩着山岩缓缓走来，背上负着重荷，压得他腰也弯了。他看见在这荒僻的、人迹罕至的地方，居然有人来，觉得很诧异，但是转念一想，认为这是某个乡邻需要他助一臂之力,就赶忙下去接应。

走到近前,他看到那个陌生人的外貌非常怪异,就更加惊诧了。那是个敦实的老汉,头发厚实浓密,髯须已经斑白,一身古代的荷兰装束:上身穿件短短的紧身坎肩,腰束皮带,下面穿着好几条裤子,外面的一条宽宽松松,两侧缝着两排纽扣作为装饰,膝上打着褶子。他双肩驮着一个好像盛满酒的结实大桶,对瑞普打着手势,示意他过去帮着驮桶。瑞普对这位新交虽然有点畏惧和疑虑,但他还是一如既往,欣然允诺了。于是,他们便彼此替换着驮酒桶,攀登上一条狭窄的沟壑,这分明是往日山洪冲出的、现已干涸了的河床。在攀登时,瑞普不时听到漫长的隆隆声,犹如远方的雷鸣,这声音好像来自巉岩间一道深深的峡谷,或者不如说是一线隘口,他们走的那条崎岖山路就通往那儿。他停了一会儿,但认为那不过是山间常有的雷阵雨所发出的轰隆声,便仍然向前走去。穿过峡谷之后,他们就到了一个好像小型圆形剧场似的山坳处。周围矗立着陡峭的绝壁,那顶上树枝横斜,遮天蔽日,因此抬头仰望,只能模糊地窥见碧空和灿烂的晚霞。一路上,瑞普和他的同伴始终默默无语地走着。把一桶酒扛上这样一座荒山,目的何在?他实在大惑不解。不过他没有问,那个陌生人的样子古怪,莫测高深,使他望而生畏,不敢接近。

他们刚进入圆形剧场,眼前又呈现出新的奇异景象。在剧场中央的一块平地上,有一群奇形怪状的人正在玩九柱戏[1]。他们

---

[1] 九柱戏:一种球戏,九根木柱分为三排竖立(第一排两根,第二排三根,第三排四根),用球滚过去,击倒木柱多的一方为胜。

的服装都是稀奇古怪的外国式样：有的穿着紧身短上衣，有的穿着紧身坎肩，腰带上插着长刀，其中大多数人的裤子都和那位向导的式样相同，异常宽松。同时他们的容貌也很奇特：有一个是大头，阔面孔，眼睛却小小的，活像一头猪；另一个脸很窄，好像只剩下一个大鼻子，头戴一顶圆锥形的白帽子，帽上插着一束小小的红鸡尾。他们留着各种式样、各种颜色的胡须。其中一个俨然是为首的，他是个身材魁梧的老绅士，有着一张饱经风霜的脸，身穿一件镶花边的紧身短上衣，腰束宽皮带，佩着一柄宝剑，头戴一顶插着羽毛的高帽子，脚穿一双红袜子和一双有玫瑰花图案的高跟皮鞋。这伙人使瑞普想起了挂在乡村牧师道米尼·凡·夏克休憩室里的一张佛兰德[1]古画上的人物，那幅画还是初次移民时，牧师从荷兰带来的。

　　使瑞普特别感到古怪的是，这些人虽然明明是在消遣，却都板着脸，神情极其阴沉，而且默不作声，显得很神秘。这是他生平见过的最忧郁的一次游乐聚会。只有球声打破这个场面的沉寂，每逢这些球滚动的时候，峰壑之间就会发出隆隆的、雷鸣般的回声。

　　当瑞普和他的同伴走到他们跟前时，他们突然停止了球戏，用凝滞的、石像似的眼睛盯着瑞普，一张张面孔都是那样古怪、粗野、死气沉沉，吓得他胆战心惊，膝盖直打哆嗦。这时，他的同伴把桶里的酒倾注在几只大酒壶里，并且打打手势，示意

---

[1] 佛兰德：欧洲中世纪的伯爵领地，包括现今比利时的东、西佛兰德省和法国东北部的部分地区。

他去服侍他们喝酒。瑞普战战兢兢地照他的吩咐做了,他们在死一般的寂静中一声不响,大口大口地畅饮,喝完又去打球了。

后来,瑞普恐惧不安的心情渐渐缓和下来,他甚至还敢趁没人注意的时候,偷尝一口酒。他咂摸出这酒有点荷兰醇酒的味道。他生来是个嗜酒之徒,因此隔了一会儿,为酒香诱惑又去尝了一口。他越尝越有味,一口接一口地痛饮那大肚酒壶里的醇酿,终于喝得酩酊大醉,只觉得天旋地转,脑袋垂了下来,昏昏沉沉地进入睡乡了。

他醒来后,发现自己仍躺在初见幽谷老人的那个绿丘上面。他揉了揉眼睛——是一个阳光灿烂的早晨。小鸟在灌木丛中跳来跳去,婉声鸣啭,一只老鹰振翼高飞,迎着山上的清风盘旋翱翔。"难道,我在这里整整睡了一夜?"瑞普想。于是他回忆起了睡前的种种经过:扛着一桶酒的怪老汉——那个山中的峡谷——巉岩间那个荒凉的隐居地——一伙玩九柱戏的、愁眉不展的人——那壶酒。"唉!那把酒壶!该死的酒壶!"瑞普想,"回家见了凡·温克尔夫人,该找个什么借口搪塞过去呢?"

他四处张望,寻找他的猎枪,可是那支擦得干干净净的、油光锃亮的枪已不知去向了,只见身旁搁着一支旧火枪,枪筒上锈迹斑斑,扳机已经脱落,枪托也被蛀蚀了。这时他开始怀疑,昨晚遇见的那些冷峻的酒徒玩弄了一些花招,把他灌醉,然后拿走了他的猎枪。"狼"也没有踪影了,不过它可能是因追松鼠或鹧鸪而跑迷了路。他吹了几声口哨,高唤它的名字,都无济于事,只听口哨声和呼唤声在空谷中回荡,却不见他的狗回来。

他决定再到他们昨晚玩九柱戏的地点走一趟，只要遇到他们一伙里的随便哪位，就可以讨还他的枪和狗。他站起来，刚一走动，就发现自己关节僵硬，腿脚没有往常那样灵便了。"山上的床铺我可真不适应啊，"瑞普想，"万一这次逛荡害我得了风湿病，躺在床上起不来，那我跟我的凡·温克尔夫人可就有好日子过了。"他费了好大的事才走到山谷，找到昨晚他和他的同伴顺着上山的那条山沟。可是，真使他惊讶，那条山沟现在已变成一条水花迸溅的山涧，正冲激着一块块岩石奔腾而下，山谷里充满了哗哗的水声。但是，他还是想办法从涧边攀上去，费劲地穿过白桦、黄樟和金缕梅的树丛，有时还给野藤缠住或绊倒。这些野葡萄的藤蔓和卷须从这树绕到那树，好像在他路上布下罗网似的，使他难以脱身。

他终于到了从悬崖间通往圆形剧场的那个地方，但是那个山坳的入口却不见踪影了。陡立的巉岩像一堵不可逾越的高墙，岩顶上有一道洪流，飞沫迸溅着奔泻而下，倾入一个宽广的深潭中，周围浓密的林荫遮得潭水一片黝黑。到了这里，可怜的瑞普只好驻足兴叹。他重新吹口哨，呼唤他的狗，但是回答他的却是一群闲鸦的聒噪声。它们在高空中，绕着一棵枯树盘旋，悬崖上阳光流溢，枯树就是从那儿横生出来的。它们因为在高处从而觉得很安全，好像正在俯视着这个可怜人，嘲笑他的窘困处境。怎么办呢？一个早晨快消逝了，瑞普没有吃早饭，饥肠辘辘，还失掉了狗和枪，十分痛心。他怕见老婆的面，可是总不能就这样在荒山里饿毙呀！他摇摇头，扛上那支生锈的火枪，满怀烦恼和忧虑，转身回家。

他快到村子时，遇到好些人。他本来认为邻近一带的人他是没有一个不认识的，可是现在那些人个个都是素未谋面，这未免使他有点诧异。他们衣服的式样也和他惯常见的不同。他们都以同样诧异的神气盯着他，而且谁见到他总要摸摸自己的下巴。看到他们一再这么做，瑞普也不知不觉地摸摸下巴，但这一摸可被惊得非同小可，他发现自己的胡须足有一英尺长了。

这时他已经走到村边。一群陌生的小孩尾随着他奔跑，朝他蔑视地喊叫，并对他花白的胡子指指点点的。他又发现，连村上的狗也没有一条是他的旧相识，那些狗见他路过都龇着牙朝他猎猎吠叫。甚至村子也变样了，地方大了，人也多了。一排排的房屋都是他从未见过的，而以前他常去的老地方反而都不见了。门上写的都是些陌生的名字，窗口露出的都是陌生的面孔——什么都是陌生的。这时他颇有点忐忑不安了，开始怀疑他和他周围的世界是不是都中了妖术，这分明是他一天前刚离开的家乡。那边高耸天际的是卡兹奇群山；远远流着的是银色的哈得孙河；每座小山、每个溪谷，都和往日一模一样嘛！瑞普感到纳闷了，"昨晚那壶酒，"他想，"把我这可怜的脑袋搞得稀里糊涂了！"

他好容易才摸清往家里去的路，快到家门口的时候，他惴惴不安，屏声敛息，害怕随时都会听到凡·温克尔夫人尖锐刺耳的嗓音。他发现自家的房屋已经朽败不堪：屋顶已经坍塌，窗户都被砸烂，大门也从铰链上掉了下来。一条样子很像"狼"、饿得半死不活的狗，正在屋子附近躲躲闪闪地走来走去。瑞普喊它的名字，但是这畜生竟凶恶地露出牙齿狂吠着走开了。真叫人伤心——可怜的瑞普叹息道："连我的狗也把我忘了。"

他走进房子。以前这房子,说实在话,凡·温克尔夫人一向是收拾得整整齐齐的。现在却是空空如也、凄凄清清,分明早已无人居住。凄凉的感觉向他袭来,完全压倒了他的惧内心理。他大声呼唤他的老婆和孩子,只听得自己的声音在一间间空寂的房间里回响了片刻,于是一切又是死沉沉的了。

他赶紧跑出来,匆匆忙忙地赶到他以前常去的老地方——乡村客栈,但是那客栈也没有影子了。在它原来的地方却有一座摇摇欲坠的大木屋,开着几扇大窗户,有的窗格已经破碎了,用旧帽子和旧裙子挡住,大门上方漆着"乔纳森·杜利特尔联合旅馆"几个字。当初荷兰小客栈前的那棵大树也不见了,只见那儿竖着一根光溜溜的高柱子,柱顶上安了一个好像红色睡帽[1]似的东西,柱子上飘扬着一面画着些奇特星条的旗子——所有这些都非常奇怪,让人难以理解。不过从招牌上,他总算认出了乔治国王那张红润的脸庞,他从前在这肖像下面安安静静地吸过好多斗烟丝。可是连这幅肖像也发生了奇特的变化,红色上衣换成了一件蓝色间杂浅黄色的衣服,手里拿着的已经不是君主权杖,而是一把佩剑,头戴一顶三角帽,底下漆着"华盛顿将军"一行大字。

和往常一样,有一堆人聚在门口,但是瑞普连一个也记不起来是谁,这些人的性格好像也变了。他们都带着一副忙乱、慌张、好争论的神态,一点也不像往日那样冷淡、闲适和昏昏欲睡

---

[1] 红色睡帽:自由的标志。

般恬静。他想到那位宽脸、双下巴、衔着长长的漂亮烟斗、喷云吐雾而不爱闲谈的尼古拉斯·维德，那位一字一字向大家读着报纸的乡村教师凡·本麦尔，可怎么也找不到他们。相反，他只看到一个瘦瘦的、看来肝火很旺的家伙，口袋里塞满了传单，正在那儿发表一通高谈阔论的演说。那家伙谈公民的权利，谈选举，谈国会议员，谈自由，谈邦克山，谈1776年的英雄，还谈了许多其他莫名其妙的话，在凡·温克尔听来不啻在听天书。

瑞普在会场一出现，他那飘起的花白髯须、生锈的猎枪、土里土气的衣服，身后跟着的一大群妇女小孩，马上就引起了那些客店政客的注意。他们围住他，非常好奇地从头到脚打量着他。这时，那位演说家赶忙走到他跟前，把他拉到一旁，问他投哪边的票。瑞普只是傻乎乎地用茫然的眼光瞪着他。另外有个爱多事的小个儿拉他的胳膊，踮起脚尖，俯在他耳边问道："你是联邦党还是民主党？"瑞普同样茫然，一点儿也摸不着头脑。这时候，有一个老于世故、自命不凡的老绅士，戴一顶尖尖的三角帽，用臂肘排开两旁的人，从人群中挤过来，在凡·温克尔面前稳稳站住，一手叉腰，一手按着手杖，他那锋利的目光和尖角的帽子就像要刺穿瑞普的灵魂似的。他用严厉的语气盘问瑞普，为什么扛着枪，带着一大帮暴徒，闯到选举会场上，是不是打算在村子里引起暴动。"哎呀！先生们，"瑞普惊愕万分，喊道，"我是个守本分的穷人，我是本地人，是忠于国王的百姓，愿上帝保佑吾王！"

这时，旁边看热闹的人乱哄哄地嚷成一片："保守党！保守党！奸细！流亡分子！把他轰跑！叫他滚蛋！"那个戴三角帽、自命不凡的人费了好大力气才把秩序维持住，接着紧皱眉头，装出比以前严厉十倍的样子，重新盘问这个来路不明的未决犯，问他到这里来要干什么、要找谁。可怜的瑞普低首下心地保证自己不是来干坏事的，只不过是到这里来找几个经常在客店门口碰头的乡亲罢了。

"好吧，他们是哪些人呢？把他们的名字都说出来！"

瑞普思忖了一下，便问道："尼古拉斯·维德到哪儿去啦？"

大家沉默了一会儿，然后一个老汉用一种尖细又微弱的声音回答道："尼古拉斯·维德！哎呀，他都死了十八年啦！他本来葬在教堂墓地里，坟上还插着一块木牌，刻着他生平的事迹，现在木牌也腐烂了，什么也没啦！"

"那么，布鲁姆·达契尔呢？"

"哦，他在刚打仗时就征召入伍了，有人说，他在猛攻斯托尼波因特的时候阵亡了；也有人说，他在安东尼岬附近遇上风暴淹死了。究竟如何，我也说不上——反正他一去不回了。"

"教师凡·本麦尔呢？"

"他也打仗去了，后来成为国民军的大将，现在在国会里当议员。"

瑞普听到他的家乡和老朋友这些令人伤感的变化，发觉只剩下自己孤零零地留在人世间，心都碎了。而且他们的回答都使他纳闷，因为他们提到的时间跨度那么大，所说的事情也都是他听不懂的：战争、国会、斯托尼波因特。他再也鼓不起勇气打听其他那些朋友了，只绝望地叫出声来："难道这里就没有知道瑞普·凡·温克尔的人了吗？"

"啊！瑞普·凡·温克尔！"有两三个人叫道，"那还用说！喏，瞧那边，靠在那棵树上的就是瑞普·凡·温克尔。"

瑞普抬头一望，只见一个和他自己上山时活脱一样的汉子，神情也是那样懒洋洋，衣着当然也同样是破破烂烂的。可怜的瑞普现在脑筋完全糊涂了，甚至对自己究竟是谁也感到怀疑了：不知道自己到底是瑞普呢，还是变成了另外一个人。正在他愕然不知所措的时候，那个戴三角帽的人又走过来，问他是谁，叫什么名字。

"天知道。"他六神无主地叫道，"我已经不是我自己了，我换了个人，那边的那个人才是我——不，那是脱胎变成我的另外一个人——我昨晚还是我自己，可是在山上睡了一觉，他们就把我的枪换走了，于是什么都换了，连我自己都换了个人，现在我说不上我叫什么名字，说不上我到底是谁！"

这时看热闹的人一个个面面相觑，点着头，彼此交换着意味深长的眼色，用指头轻轻叩着自己的脑门。这时又有人悄悄地议论起来，打算把他的枪拿掉，免得这个老家伙闹出什么事情来。那个戴三角帽的、自命不凡的人一听到这话，就赶忙溜掉。正在这紧要关头，一个健壮又秀气的妇女，从人群中挤出来，也想看看这个留灰白胡子的老汉。她抱着一个圆脸蛋的孩子，那孩子一看见瑞普这怪模样，就吓哭了。"别哭，瑞普。"她叫道，"别哭，你个小傻瓜，这位老大爷是不会伤害你的。"孩子的名字、妇女的神情以及她说话的声调，这些都在他脑海中勾起了一连串往事。

"你叫什么名字？"他问道。

"朱迪丝·加德尼尔。"

"你父亲叫什么名字？"

"唉，可怜见的，他叫瑞普·凡·温克尔。自从他带着猎枪出门，已经二十年了，一直都没有音讯——他的狗单独回来了，不过他到底是用枪自杀了还是被印第安人捉去了，谁也说不上。那时候，我不过是一个小姑娘呢。"

瑞普只剩下一个问题了，问的时候他声音不由得颤抖起来："你母亲呢？"

"哦，她也死了，不过这还是前不久的事，她是跟一个新英格兰的小贩动肝火，血管破裂而死的。"

至少这个消息给了他些许安慰。这个老实人再也忍不住了，他一把抱住女儿和小外孙。"我就是你父亲！"他叫道，"以前是年轻的瑞普·凡·温克尔。现在却是老瑞普·凡·温克尔了！难道没有人认识可怜的瑞普·凡·温克尔了吗？"

大家伫立在那里，都愣住了，后来才有一个老婆婆从人群中蹒跚地走出来，手搭凉棚，眯着老眼向他脸上仔细瞅了一会儿，就惊叫起来："呀！可不！真是瑞普·凡·温克尔！真是他！恭喜你回来了，老街坊，这样长的二十年，你到哪儿去啦？"

瑞普的经历很快就讲完了，因为长长的二十年，对他来说，不过是一个短短的夜晚。邻居们听着这个故事，都瞠目结舌，有几个人却互相递眼色、做鬼脸。那个戴三角帽、自命不凡的人，因为一场虚惊已过，又回来了，他嘴角向下咧，摇摇头——好些人看着他的样子都跟着摇起头来。

这时，只见老彼得·范德尔敦克从大路上慢悠悠地走过来，大家便决意去征询他的看法。他的一位同名的祖先是历史学家,曾经写过有关本州最早的报道。这彼得是村里最早的居民,对于附近一带的奇闻逸事和传说非常熟悉。他立刻记起了瑞普,十分开心,并证实瑞普的故事完全可靠。他向大家保证,说那位祖先就传述过这个故事,说卡兹奇山一向有奇异的神鬼出没。他还说千真万确,最初发现这条河和这一带地方的伟大的亨德利克·哈得孙,每隔二十年总要率领他那条"半月"号上的全体船员,到这一带来巡视一次,重访他艰苦创业的地方,察看以他命名的那条河流和那座以他命名的伟大城市。又说他的先父有一次曾亲眼看见他们穿着古代的荷兰服装,在一个山坳里玩九柱戏,又说,有一年夏天的一个下午,他自己还听到他们滚球发出的轰隆隆的声音,好像远方的雷鸣。

　　长话短说,后来围观的这些人散了伙,重新去搞他们更重要的选举去了。瑞普的女儿带他回家共同生活。她有一所温暖舒适的、布置精致的房子。她的丈夫是个敦敦实实、性情不错的农民。瑞普还记得,他是当年常爬到他背上的顽童之一。至于瑞普的儿子,也就是刚才倚着大树,长得和他酷似的那个人,他在田里当雇工,不过他有一种遗传的气质:什么事都肯干,就是不肯干自家的事情。

　　现在瑞普又到他以往常去之处走动,并恢复了往日的习惯。不久他就找到了许多老朋友,不过这伙人都已经老态龙钟,因此他宁愿跟晚一辈的人交朋友,不久就深受他们欢迎。

　　他在家里无事可干,而且已到了可以逍遥自在的享福年龄,因此,他又终日坐在客栈门口的长凳上。大家都尊他为村里的老前辈，把他看作战前旧时代的"编年史"。他过了好久才弄清大家闲谈的来龙去脉，才明白在他在山中蛰眠时所发生的种种奇事：怎样爆发了一场革命战争，美国已经摆脱了英国的枷锁，他已经不是乔治三世陛下的子民，现在成为合众国的一个自由公民了。其实，瑞普不是什么政客，共和国也罢，帝国也罢，他对这种变化根本没有多大印象。倒是有一种专制，确实使他吃了多年苦头，那就是裙带专政。所幸这种专制压迫也结束了，他已经摆脱了婚姻的枷锁，可以随心所欲，愿出就出，愿回就回，不用再怕凡·温克尔夫人专横肆虐了。不过，每逢提起她的名字，他总是摇摇头、耸耸肩、向上翻翻眼睛，他的这种表情，既可以看成是在听天由命，也可以看成是因翻了身而喜悦。

他常常对杜利特尔先生的旅店里来的每个陌生人讲自己的故事。起初大家都觉得他每次讲都有些地方不一样，认为这一定是他大梦初醒的缘故。最后，这段故事才定了型，和我刚才叙述的完全一样。附近一带，不论男子、妇女和小孩，都背得下来。有些人却始终怀疑这个故事不是真的，他们断定瑞普有精神病，而这个故事就是他脑子里一个永久性的妄想。不过年老的荷兰移民，几乎都对他的故事深信不疑。甚至到了今天，每当夏日午后，他们听到从卡兹奇山传来雷暴雨的声音，总是说那是亨德利克·哈得孙和他的船员在玩九柱戏。而邻近所有惧内的丈夫，遇到日子实在难过的时候，可真的希望从瑞普·凡·温克尔的酒壶里喝一口安神的酒呢。

（1819年）

诗人

赫尔曼·黑塞
（1877—1962）

德国著名小说家、诗人。1946年获得诺贝尔文学奖。德国作家托马斯·曼评价其"代表了真正纯粹、精神上的德国"。对印度和中国文化非常着迷。著有长篇小说《悉达多》《荒原狼》《德米安》等。

话说中国诗人韩复少有奇志，务期读书破万卷，精通诗歌艺术，以求下笔如有神，诗作臻于化境。他的老家在黄河之畔。父母对他非常喜爱，为他择了一位门第高贵的小姐，已经定亲，打算另择黄道吉日完婚。韩复那年刚满二十，堂堂仪表，温文尔雅，博学多才。尽管年仅弱冠，已得到中国文人推重，以诗作蜚声文坛。所以他虽然家非素封，却有飞黄腾达之望。未婚妻容貌出众，贞淑贤惠，并且妆奁也很可观。人生之福，韩复可谓件件具备矣。然而他并不满足，因为他一心向往的是成为一个诗艺炉火纯青、超群绝伦的诗人。

正月十五为上元佳节，入夜之时，河畔人山人海，万头攒动，大家都在观看灯彩。韩复在河的彼岸独自漫步。他倚着临河的一株树，看见万盏灯彩倒映河心，于水波中闪烁荡漾。仕女以及闺阁千金身穿节日盛装，泛舟河上，此呼彼应，犹如芙蓉出水，光艳照人。他听见发光的河水在潺潺细语，妙龄女郎在款款度曲，琴瑟玎玱，笛声悠扬。仰望皓月当空，天宇呈墨蓝色，如庙宇穹窿，不禁诗情勃发，逸兴遄飞。惜如此良宵美景，只他一人赏玩。他虽然渴望渡河和他的未婚妻及友人共度佳节,但他更希望静观万物,陶醉于诗境之中,然后欣然命笔,写成绝妙好诗,尽情表达这深蓝之夜水泛涟漪、月色溶溶,游河仕女之欢悦心情,以及这临河倚树静观万物之妙的诗人情怀。他感到即使度尽人间佳节,享尽世上欢乐,自己也不会完全幸福,因为他知道即便如此自己也不过是一个旁观者,一个游离于生活之外的陌生人。他感到自己心灵的独特之处,在于既要深刻地感受世上美好的事物,又强烈地渴望超然物外,静观宇宙之隐秘。这种想法使他悲从中来。但是他潜心探究,大彻大悟,知道只有当他用诗歌纤悉地表现出这世界的完美本相,他才能得到真正的幸福和满足。世界万物只有经诗歌揭露本相才会变得更加精纯完美,永远不灭。唯有作如是观,方能永恒地拥有这个世界。

韩复陷于遐想之中,也不知道自己是醒是睡,只听得微微一响,睁眼一看,只见一个陌生人站在他所倚的那棵树近旁。这是个仙风道骨的老人,身穿一袭紫色道袍。韩复起身,以对待尊长的敬意向那老人施礼。那陌生老人微微一笑,吟出几句诗来。年轻人心里一动,惊奇地发呆了。因为这几行诗将他刚才所经历的美妙境界描写得淋漓尽致,纤毫毕见,而又朗朗上口,格律严谨。他忙深深打了一躬,问道:"敢问仙翁道号?何能一眼看透我的灵魂?适闻佳作,远胜生平所学,闻之如醍醐灌顶。"

陌生人以一种超尘拔俗之高士的神情,莞尔一笑道:"山人乃锻字大师。若想成为诗人,请从吾游,尔在东北山丛、大河之源当能发现山人草庐。"

说罢，老人便走入树影之中，消逝无踪了。韩复遍寻河上，并未发现他的踪影，转念一想，认为适才所见，只是疲惫过度而引起的梦境，连忙乘船渡河，和亲友一同欢度佳节。然而在彻夜笙歌、笑语声喧中，他总是听到那个陌生人的声音。韩复的灵魂好像已被那人摄去了，他坐在一边眼神痴迷，宛如做梦。寻欢作乐的人们打趣他，说他害了相思病。

几天以后，韩复的父亲想召集亲友为儿子择吉完婚。可是韩复却提出异议，说："儿不从父命，违背孝道，万祈原宥。然而恳求父亲也体谅儿钻研诗艺的一番苦心，虽然有些友人谬奖儿的诗作，然而儿明白其只是浮艳空泛，距完美之境甚远。趁年轻无俗虑牵挂还可钻研，一旦有了家室之累，便无法深造，因此万祈容许儿离群索居，潜心诗艺，庶几有成，一则怡情悦性，二则荣宗耀祖，扬名海内。"

他父亲听了此话大惑不解，说道："尔为学诗，宁可推迟婚期，可见爱诗艺之切；然而，儿若和未婚妻有何嫌隙，不妨禀告为父，或可帮尔等和解，万一不成，亦可另择佳偶。"

可是儿子发誓仍像过去一样爱他的未婚妻，丝毫没有芥蒂。同时他又告诉父亲，一位诗圣已经在上元节那天托梦给他，拜这位诗圣为师已成为他毕生大愿。

他父亲说："然也，此乃神仙托梦，为父给你一年期限，寻访仙师可也。"

"需外出两年也未可知。"韩复踌躇地说。

父亲悲痛地放他走了，年轻人写了一封信给未婚妻，辞别家人，动身上路。

他旅行了很长时间才到河源，在荒野中找到一座孤零零的竹庐。屋前蒲团上端坐着韩复那天在河岸树下所见的那位老人，他正在弹着琵琶。看到来客恭谨地趋前，他既不起身，也不施礼致意，只是微笑着抚弄琴弦。有魔力的音乐清俊飘逸，如行云流水，年轻人听得心身俱忘，如醉如梦。锻字大师终于放下琵琶，步入草庐。韩复怀着敬畏的心情，跟随他进屋，对他执弟子礼，侍奉甚恭。

过了一个月，韩复提高了诗艺，对旧作弃之如敝屣，又过了数月，他把以前学过的那些名诗也从记忆里抹去。大师几乎一个字也不和他交谈，只是默无一语地教他弹奏琵琶的艺术，使这个学生的心灵为音乐所潜移默化。有一回韩复赋了一首短诗，描写两只鸟飞过秋空，自己感到相当得意。他不敢向大师呈正，可是一个夜晚他在草庐近旁吟诵了。大师听得异常清晰，却不置一词，只是轻柔地弹起琵琶。立刻，空气变得凉爽了，天色越发暗了，虽然正值仲夏，却刮起了一阵寒风。两行飞鸟急急飞过灰暗的天空，去寻求新的归宿。老师的音乐比弟子的诗句美妙高明得不可以道里计，韩复很伤心，一语不发，感到自己的诗太微不足道了。每次韩复作诗，老人总是这样启示，一年过去，韩复几乎精通了琵琶的弹法，可是更感到诗艺高不可攀了。

两年过去了。年轻人思念家人、故乡和妻子，忧从中来，不可自抑，于是他恳求大师允许他回乡探亲。

大师微笑颔首，答曰："尔本无牵无碍，可随心所欲到处云游，回与不回也悉听尊便。"

于是韩复动身了。他兼程行进,一天黎明时分终于站在那条河畔,越过那座石拱桥,凝望着自己的故乡。他悄悄地蹑入父亲的花园,在父亲的卧室外听见父亲正在睡眠,发出均匀的鼾声。他在未婚妻闺房附近的树丛里蹑足潜行,爬到一棵梨树上,瞧见未婚妻正在梳发。他把眼前这幅图景和怀念故乡时在脑海里描绘的图景相比较,觉得诗人梦里有一种高雅美丽的境界,这在现实里是无法寻求的。他这才恍然悟到自己是命中注定要做一辈子诗人了,于是爬下梨树,溜出花园,飞快地过桥,逃离故乡,回到崇山峻岭中的那个山谷里去。和以往一样,那位大师坐在草庐前粗陋的蒲团上,用手指拨弄着琵琶。见到韩复回来,他仍未颔首致意,只是吟诵了两句诗,颂赞艺术之美妙。韩复听到这些深邃悦耳的音调,不禁热泪盈眶。

韩复又和锻字大师一起生活了。这时他已精通琵琶,大师便教他琴瑟。岁月消逝,如雪花被西风吹散。又有两次,怀乡之情在他心里油然而生。第一次他趁着夜色偷偷地离开,可是还未走到山谷的最后一个路弯,夜风吹过挂在草庐门上的琴瑟,韩复听到飘来的乐音,便身不由己地赶紧返回。第二次他梦见在自家花园里栽种了一株树苗,妻子站在他身边,孩子们把酒和奶洒在树上。一觉醒来,月色如水,照进卧室。他爬下床来,感到一阵惶惑,看到大师正睡在旁边一张床上,灰白的髯须在微微颤动。突然他起了一阵强烈的憎恨——就是此人毁了他的一生,欺骗他,葬送了他的前途,他想扑上去杀死他。就在这时,老人睁开眼睛,忧愁而文雅地莞尔一笑,韩复刚萌的杀机顿时消失。"记住,韩复,"老人安静地说,"尔无牵无碍,尽可随心所欲。回乡植树,恨我杀我,均无不可。"

"啊,弟子怎能恨吾师?"诗人深受感动,激动地喊道,"岂非大逆不道,天理难容!"

于是他仍然留下学习琴瑟,然后又学习笛子,后来他开始在大师指导下学习写诗。久之,他不仅学会了质朴而平静地写诗,而且学会了像风吹涟漪般使读者心灵激动的奥秘。他描写旭日衔山,冉冉东升;他描写鱼儿在水底嬉戏,如幻影般倏忽来去;他描写春风中柳丝摆动,婀娜多姿。闻其诗,宛若目睹旭日东升,鱼儿嬉戏,耳闻春风过处柳丝絮语。说得更确切些,每次听到他的诗歌,宛若天地交融,化为一阕完美的音乐,每个听者都会随他的爱憎或喜或忧,因人而异,一个男孩会想到嬉游玩乐,年轻人会想到恋慕的窈窕淑女,老年人会想到人生之大恨。

韩复再也记不得跟大师在大河之源生活了多少年。他常常感到,只是昨天才在老人手挥五弦、心游太玄的乐声迎接中进入山谷;又似乎已经过了无数世代,历尽人世沧桑,连时间本身都已无迹可寻。

一个清晨,他醒后发现只有自己在草庐里,他到处寻找呼唤,却不见大师踪影。一夜之间时令已变为深秋了,阴冷的风摇撼着古旧的草庐,虽然时令未到,大群候鸟已阵阵飞越山岭。

于是韩复拿起了小小琵琶,下山到故乡去。无论他到哪里,遇见他的人总是怀着对待尊长的敬意向他施礼。他到了故乡时,他的父亲、未婚妻和亲戚都早已去世。住在他家屋里的早已换了一批人。这天夜晚,河岸万头攒聚,庆贺上元佳节。诗人韩

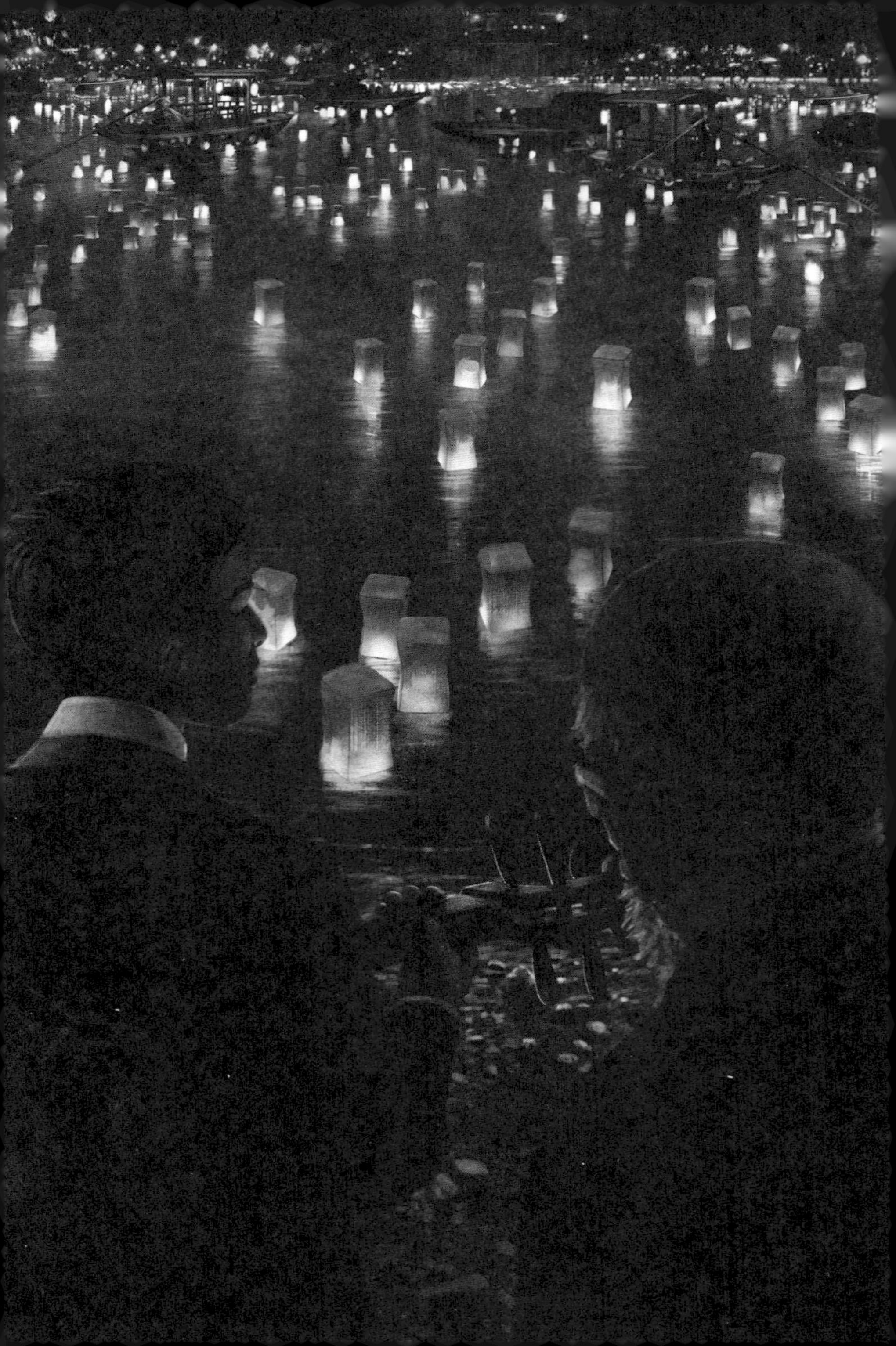

复伫立在阴影憧憧的岸边,倚着一株老树,弹奏起琵琶。妇女们闻声叹息,喜悦而又心神不定,向夜色里顾盼。年轻人寻找弹琵琶的人,却遍寻无着。于是他们大声呼唤,因为他们从来未听过琵琶会发出如此妙音。可是韩复却在微笑,他望着河里万盏灯影闪烁荡漾,区分不出哪些是彩灯的倒影,哪些是真实的彩灯。同样地,他年轻时站在这里听陌生大师讲话的那个上元节,和现在这个上元节,二者飘飘漾漾地汇在一起,在他的灵魂深处,已无法被分辨清楚。

(1914年)

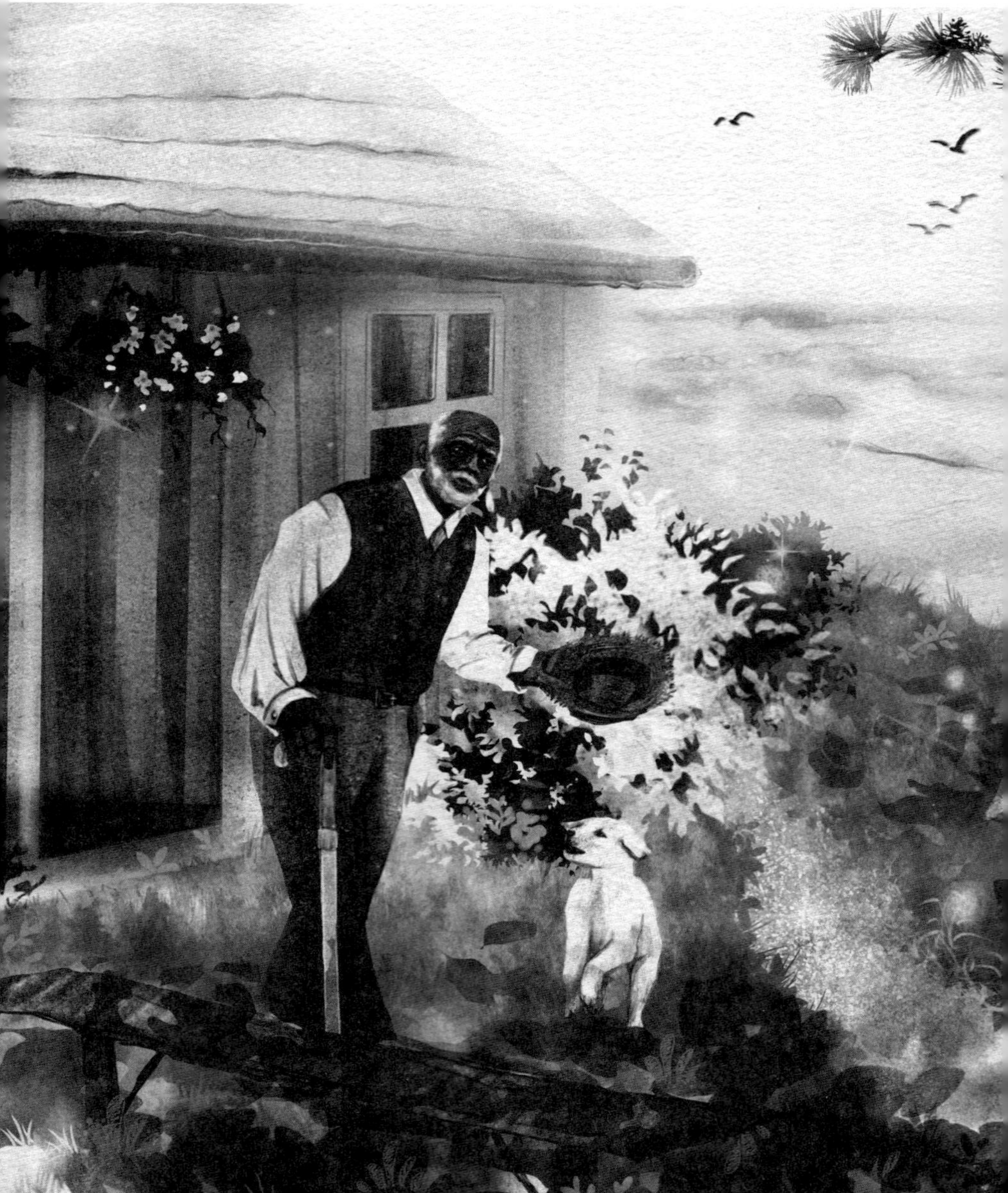

*Echo*

回声

# 夏天的悲剧

阿纳·邦当
（1902—1973）

美国著名黑人作家。20世纪20年代初开始在有影响力的黑人杂志《机遇》和《危机》上发表诗作。著有长篇小说《上帝赐予星期天》《黑人的怒吼》《黄昏的鼓声》等。作品主要关注黑人的生活问题。

杰夫·巴顿老汉，一个用谷物交租的黑人佃农，笨手笨脚地打着领结，他的手指颤抖着，那又高又硬的衣领卡得他喉咙不舒服。过了三十年的朴素生活，他对这样浮华的生活已经不习惯了。每年总有一两次，如果亲属当中有人举行婚礼的话，他也许要打扮一下，穿得整齐一点，不过平时，这些好衣服派不上任何用场，只有挂在那大房间的墙上当摆设，喂喂衣蛾虫。

这就是杰夫·巴顿的经历。在他婚后的生活中，那件衬衫总共只穿过十来次。他那件燕尾服，放在他身边的床上，新近刷洗、熨平过。可是上面满是小洞眼，和他平日穿着干活的工作服也不相上下。衣蛾虫把这件衣服蛀坏了。那个顽固的领结实在难打，杰夫简直对付不了，边打边歪扭着他那没有牙齿的嘴巴，做了个怪脸。他把那只好脚跺了一下，决定放弃这场搏斗了。

"珍妮。"他呼唤了一声。

"啥事啊，杰夫？"他的妻子微弱的声音从隔壁房间里传来，好像回声似的，比窃窃私语响不了多少。

"我想,你还得过来,帮我打这个领结,宝贝。"他怯生生地说,"糟糕,我就是打不起来。"

她回答的声音太轻了,传不到他耳边。不过一会儿,那老妇人拄着根拐棍,磨磨蹭蹭地摸到门口了。她容貌消瘦,像一片枯叶,身体像菜豆荚那样瘦削,那样满是节疤。她系着一条破旧得褪了色的大裙子,鼓鼓蓬蓬的像海洋,身体围在裙子里,越发显得瘦小了。裙子的边缘离她笨重的、没有系带的鞋子顶端,约莫还有一两英寸,露出一截从她麻秆般细瘦的腿上滑落下来的袜子。

"你干这些事该比我强多了,你眼神好。"

"按说,我该行的,"他承认,"可我的手指头和我闹独立了,我对着镜子打领结,啥都搞乱了,不知道该把这鬼东西往哪儿扭。"

珍妮坐在床沿上,杰夫·巴顿老汉一个膝盖着地跪在床边,让她系领结。她的视力不行,又是这么个别扭的姿势,因此系得很慢,他们俩都折腾得够呛。杰夫的骨头嘎嘎响,好像要裂开,膝盖疼痛难忍。珍妮试了六七次,才勉强把领带打成个蝴蝶结的样子。

"现在我要换衣服了。"老婆子低声嘟囔着,"这些是我的旧鞋袜。我衣服都还没换。"

"好了,别担心我了,宝贝。"杰夫说,"我这就快好了。这会儿只要套上旧外套和背心,就可以出门了。"

珍妮摸出房门,摸索着走过那暗暗的过道,又消失到那棚屋去了。她对那漆黑的洞穴已经很熟悉了,因此尽管眼睛看不见,也不显得碍事。杰夫听见她把拐棍搁在门口墙上,知道她已轻松抵达。他穿上外套,从床上取下破旧的大礼帽,一瘸一拐地走到前门。他们准备远行了。珍妮一穿上那双节日用的鞋子,披上那件黑绸缎做的旧外衣,他们就要动身了。

在那小木屋外,阳光和煦,令人心醉。一大群黄蜂在一株枯死的美国梧桐树干里嗡嗡嘤嘤,乱成一团。灰色的松鼠在草丛里蹿着寻找山核桃。冠蓝鸦在树枝间欢快地蹦来蹦去。大片的松林向右边伸展开去,像一片黑沉沉的沧海。松林中有许多像杰夫住所那样的木屋,都由黑人佃农们居住。好些牛和猪在松树间自由地走动,不用担心走失。每个佃农非但熟悉自己的家畜,就是对于邻居的家畜,也好像对邻居的孩子们一样熟悉。

右边的坡地上,开垦过的田地里,黑人们在干活,这些田地一直延伸到两英里多以外的河畔。现在,地里的棉花绿油油的一片,还没有到采摘的时候。一条小路经过杰夫门前,像一道铅笔印子似的划过这些绿色的田地。杰夫站在门外,左手拿着那顶可笑的帽子,用柔和的目光眺望着开阔无边的田野风光,他在这片田地里干活已经有四十五年了。他对这片土地有一种难以言喻的爱慕之情。他爱这片土地,就好像别人爱他们的国家一样。

烈日当空,阳光火辣辣地照在他头上。他的衣领仍然卡着他的喉咙,厚厚的节日服装使他热不可耐。杰夫把帽子放到右手上,开始拿着它扇凉。珍妮的低声悄语突然从棚屋传出来。

"趁我换衣服的工夫,你把车子开到前面来嘛。"声音很微弱,她疲倦地顿了一会儿,接着又加上一句,"我马上就换好衣服，准备动身。"

"好的，宝贝。"杰夫回答她，"我一会儿就把车子开来。"

可是他没有动弹，他突然想起了一件事，惊得瞠目结舌。提起这辆车，就更勾起了他的心事。想起他和珍妮就要做的这次远行，他眼睛里露出了恐惧的神色，激动得透不过气来。主啊！耶稣啊！

"杰夫……哎，杰夫。"珍妮又低声呼唤。

他猛震了一下，醒了过来，回应道："嗯，宝贝？"

"你干啥？"

"没啥，在想心事，我翻来覆去想了一遍。"

"你可以把车子开过来了。"她说。

"哦，行，马上就来，宝贝。"

他绕到车棚那儿去，那只坏腿瘸得很厉害。院子里有三只羽毛鬈曲的小鸡。近来他的其他鸡不是被杀，就是被偷。可是这几只鬈毛鸡不知怎的活了下来，这实在是很幸运的，因为这些稀奇古怪的动物能够吞噬院子里的毒物，并保护主人免受巫师、厄运和符咒的侵害。可是现在，连这三只鬈毛鸡也好像昏迷了似的，杰夫想它们生病了。他料想这三只鸡不久也要死去。

安放那辆老式T型福特车的车棚只是一根柱子撑住了一块茅草顶。以前有一段时期，他曾把这辆破旧得咯咯响的小汽车当成了不起的宝贝。这个车棚就是他那时候用哆嗦的手盖的，真是奇妙，尽管风吹雨打，这个车棚并没有倒塌。

杰夫装好摇柄，把全身的重量压在上面。引擎噼噼啪啪地响了一阵，猛然砰的一声发动起来。这辆老迈的车子，从散热器到尾灯,浑身都在咯咯地发抖,噼噼啪啪的声音越来越响了,这表明这辆老态龙钟的车子还可以使用——可以靠它出门远行。杰夫又停止了遐想,他好像浑身都麻痹了。这个远行的建议好像扳钳一样落进他心灵的机器里,使他感到头昏眼花、四肢无力。他把车子开进院子里,转了一个一百八十度的弯,绕了个圈子,开到门口。他两手离开方向盘的时候,发现浑身抖得很厉害。他关掉发动机,爬出汽车,等候珍妮。

几分钟后,她在窗口出现了。她的声音隔着玻璃,像破损的百叶板似的咯咯地发颤。

"我准备好了,杰夫。"

他没有回答,一瘸一拐地走进屋里,抓住她的胳膊,搀扶她走出大房间,下了台阶,走过院子。

"你说,我们该把大门锁上不?"他柔声地问。

他们停住脚步,珍妮把这个问题掂量了一下,终于摇摇头。

"别管门了,"她说,"我看不必把屋子锁上。"

"你说得对,"杰夫表示同意,"不必锁上。"

杰夫打开车门,扶他的妻子进去,一阵震颤很快地传遍他全身。耶稣啊!他又哆嗦起来。

"你咋抖成这个样子?"珍妮低声问道。

"我不晓得为啥。"他说。

"你敢情是害怕了,杰夫。"

"不,宝贝,我不害怕。"

他砰的一声在她身后关上车门,又绕到前面去摇车把,这次轻而易举就把车子启动了。杰夫希望它不会这么容易启动,他很想再拖延几分钟,好把整个事情再仔细掂量一下。可是既然珍妮责备他害怕了,他只好开车走了。他驾驶车子拐弯,走上那条像铅笔印子似的小路,径直向河流开去。他开得很慢,非常小心谨慎。

这辆破旧的福特牌小汽车,嚓嘎嚓嘎响着,在葱翠的田野驶过,显得非常小。当他们驶下第一道坡地来到棉花长势喜人的地里时,杰夫感到一种熟悉的激动心情,不由得浑身颤抖起来。回想到往年许多次棉花的丰收,他知道这绿油油的一片意味着什么,他曾经用自己的双手收获过四十五次籽棉。差不多有十来头骡子,被他驱使得累死,这是真的。

可是这都是那个地主史蒂文森的过失。史蒂文森少校还是抠着老黄历,为了省钱,认为佃农耕作三十英亩地,使唤一头骡子就够了。其实骡子死于劳累过度,反而费钱,可是老地主死抱住这个办法不放。杰夫认为这个办法既累死了许多骡子,又累死了许多佃农。然而过去他并不同情他们,他一直身强力壮,对软弱无能的男子最看不惯,生活教会了他鄙视这些窝囊废。他认为体弱无力的妇女和孩子是可以原谅的,可是孱弱的男子却是该死的。当然他自己的孩子们……

想到这儿,杰夫的思绪中断了,他和珍妮多年以来,再也没提过他们那些死去的孩子,自然,他也不敢多想念他们,因为心里想着想着,嘴巴里就会不知不觉地念叨出来。这会使珍妮伤心,也许会使她失声痛哭。对珍妮这样慈爱的女人来说,两年中失去五个长大成人的孩子,这种深切的悲痛,是无法轻易摆脱的。

连杰夫也受不了这个沉重的打击,当珍妮不在眼前的时候,他经常自言自语。虽然他一直避而不谈,他明白自己已经失去胆量了。夜里听到一声不熟悉的声音,他就感到恐惧,就算在白天,他也不打算冒险离家过远。现在他一害怕就哆嗦,已成了根深蒂固的习惯,无法摆脱了。有时,他不知受了啥惊吓,害怕得浑身直哆嗦,恐惧就像冷空气一样突然扑到他身上。

这辆汽车沿着尘土飞扬的道路,咯咯地响,缓慢地行驶着。珍妮头发上别着一顶式样可笑的小帽,她沉默地端坐着,那失去视觉的眼睛在深陷的眼窝里显得特别大,特别白。突然,杰夫听到了她微弱的声音,他侧过头去,想把她的话听清。

"咱们开过迪莉娅·摩尔的房子了吗?"

"还没有。"他说。

"你一定是开得很慢了,杰夫。"

"咱们还是慢慢开的好,宝贝。"谈话停顿下来,散热器里喷出了一点水蒸气,热气在发动机罩上袅袅飘起。迪莉娅·摩尔的房子差不多还有半英里远。过了一会儿,珍妮说话了:"你真的没有害怕吗?杰夫。"

"没有,宝贝,我没有害怕。"

"你知道咱们约好怎么做的,咱们要一直开下去。"

杰夫的脑门上渗出晶莹的汗珠,他的眼睛睁得圆圆的,眨巴着,直瞪瞪地盯着路面。

"我不知道,"他战栗着说,"我想,只有这样做吧。"

"嗯。"

路当中一群珍珠鸡正在啄食。车子开过来,吓得它们向四面散开,有几只扑棱棱连奔带飞,其余的都钻到路旁的灌木丛里藏了起来。一只冠蓝鸦栖在树叶茂密的枝丫上,摆动着,把路边的一只松鼠搅得神魂不定。杰夫在驶近迪莉娅的屋子前,一直保持不变的车速。快到那屋子的时候,他明显地把车速放慢了。

迪莉娅的住屋实在不是真正的住屋,而是一座被人抛弃的店铺,只能凑合着住。这个店坐落在十字路口一株孤零零的、苍黑的雪松下面。迪莉娅年龄和珍妮一样。这个猫一样狡黠的老女人,在那里独自住着,谁也记不清她究竟住了多少年了。

很久以前,像珍妮这样的正派女人就和她疏远了。因为这迪莉娅在年轻的时候,举止轻佻,肤色黄灿灿的,打扮得挺入时,在当地人看来,根本不像个正派的女人。她用各种暧昧可疑的办法来勾引男人。尽管她有多少孩子就有多少丈夫,这个事实也挽救不了她的名誉。

"迪莉娅老婆子就在前面。"车子快驶过的时候,杰夫说。

"她在干啥?"

"不干啥,就坐在门口。"他说。

"她看见咱们了?"

"嗯,"杰夫说,"准是看见了。"

这使珍妮感到宽慰。她的老对头看见她穿着最好的衣服乘车经过,这使她心里感到踏实。这下子,可让这老妖婆好好咀嚼咀嚼滋味,心里难受难受吧,珍妮想。她要发现了可不要气坏了?迪莉娅这老歪货,就该这样对付她,这是作孽的报应,这也是她过去,珍妮想,经常对杰夫咧着嘴笑的报应!——那是很早以前的事了,那时候她的牙齿还都是好的。

路变成平坦的红土路了。杰夫嗅着空气中的清新气息,知道快到河边了。他看见转弯处的那道斜坡,上了那道坡,路便和河身平行了。汽车一个劲儿嚓咔嚓咔地响,单调得很。沉默了好半晌以后,珍妮倚到杰夫身上,又说开话了。

"你想,咱们地里能打多少包棉花?"她问。

杰夫皱眉蹙额,算了一阵。

"我估摸着,大概有二十五包呢。"

"去年打了多少包?"

"二十八包。"他说,"你咋问起这个了?"

"我一时想起了。"珍妮安详地说。

"反正没有一丁点儿区别。"杰夫沉思了一会儿,"不管打得多,打得少,史蒂文森老爷子一拨拉算盘,结下账来,咱们总得亏空。我多少年来慢慢都知道了。"

珍妮没有在听他说话,好像陷入了昏睡状态。她的嘴唇抽搐了一下,她磨了一下牙床,神经质地搓揉着青筋暴突的双手。蓦地,她向前俯着,把脸埋在紧张地抖动的手里,眼泪夺眶而出。她哭出声来,这是一种干枯沙哑的声音,叫人想起枯萎的茎梗所发出的瑟瑟声。她像一个孩子一样放声哭泣,因为她从来不会强忍住发自内心的呜咽。她那衰老瘦小的身体剧烈地抖动着,好像再也经受不住这样摧心裂肝的悲哀了。

"你怎么啦,宝贝?"杰夫尴尬地问,"你怎么哭成这样子?"

"我在想心事。"她说。

"那么,现在是你害怕了,嗯?"

"我不怕,杰夫,我只是想,咱们要离开了,咱们亲近的那些东西,都要扔下了,真叫人伤心啊。"

杰夫没有搭腔。珍妮立即又把脸埋在手里,哭泣起来。

骄阳差不多升到头顶上空了,它火辣辣地照在尘土飞扬的马车路上,照在路旁枯焦的野草上,也照在这辆破旧的小汽车上。杰夫的双手紧握着方向盘,被汗水濡湿了。他的脑门也是汗水淋漓、亮晶晶的。杰夫的嘴唇分开了,他咧着嘴露出了丑陋的样子,脸就像被火烤过似的。这难忍的痛楚过去了,他的神情又变得柔和了。

"别哭,宝贝。"他对妻子说,"咱们得硬气一点,咱们不能垮下来。"

珍妮等待了几秒钟,然后说:"你想非这样不可吗?杰夫,你认为,咱们就非走这条路不可?"

杰夫的声音哽咽了,视线也模糊了,珍妮说起他盘算了一早晨的事,他听了感到恐惧。他本来满心想再等一等,再重新考虑考虑,再仔细掂量一阵子,那时珍妮却怂恿他下定决心。现在事到临头,她反而胆怯、畏缩了。说实在的,这个问题也不必再想了,掂量来掂量去,到头来还不是再一次做那个令人痛苦的决定,再也不必哄骗自己了。

"咱们还是照原来商量好的办。"他说,"现在再没有别的路了,这是最好的办法。"

杰夫想到重重阻碍,想到他的腿情况一周比一周糟糕,要想收棉花,那几乎是不可能办到的了。他的病随时可能发作,上次发作时,他的一条腿瘸了,再发作一次就会要他的命,至少也会使他瘫痪在床，要人服侍。他可不忍心想到自己瘫痪了，像个婴孩一样，拖累他的珍妮，他那脆弱的、瞎眼的珍妮啊。

猛烈振响的发动机运转得越来越困难了，有裂缝的散热器喷出的蒸汽比以前更多了。杰夫明白，他们是在爬一个小坡。过了一会儿，车子上了坡，路来了个急转弯。他朝下瞅，看到小河面。

"杰夫。"

"嗯。"

"我听到的是河水不？"

"嗯，是的。"

"咳，你现在往哪儿开？"

"顺着路开下去。"他说，"有好一段路是顺着河边的。"

她安静地等了一会儿，接着说道："开快点吧。"

"好的，宝贝。"杰夫说。

河床里的水咆哮着。河身要比路面低五六十英尺，在路和河之间有一条长长的、平滑而坡度挺大的斜坡。这道斜坡被延续数月的酷暑烤干了，泥土被烤得硬邦邦的。下面的河水，在狭窄的河床里，轰隆隆的像野马似的奔腾。

"杰夫。"

"嗯。"

"你开了有多远？"

"顺着路走了一段。"

"你没有害怕吧，杰夫？"

"没有，宝贝。"他颤声说，"我没害怕。"

"记住咱们商量好的办法,杰夫,咱们一定要说到做到,好样儿的。"

"嗯。"

杰夫的头脑黑洞洞的,眼前的事物好像做梦似的变得不真实了,他觉得自己傻乎乎的,脑子晕晕乎乎,心里歇斯底里地翻腾开了,就好像瞎眼的小鱼在窒闷洞穴的一潭死水里游泳似的。他猛烈地震颤了一下,回过头来对他妻子说:"珍妮,我做不到,做不到。"他可怜巴巴地说,嗓音也变了。

她好像没有听到他的话,所有的悲戚的神情都从她的脸上消失了。

她端正地坐着,她那看不见的眼睛睁得开开的,紧张而惊恐;她光滑的黑皮肤变得暗淡无光;她好像一只饿毙的鸟儿一样地瘦骨嶙峋。她已经满怀凄戚地向心里的一切告了别,在忍受了这巨大悲痛之后,现在她的脸上,痛苦早已消失不见了。她沉浸在自己的思绪中,即使杰夫对着她的耳朵叫嚷,她也听不见了。

杰夫什么也不说了。一瞬间,他那黑洞洞的头脑里出现了光亮,在一秒的时间里,在他广阔的脑海中充满了他所熟悉的、热爱的人。这些人都是纯朴的、健康的,他们的举止言谈都是他所熟悉的,他们都具有优良的品质。但是他和他们分别的时间太久了,所以怀念起他们来,也不再感到心碎了。

年轻的杰夫·巴顿,五十年前的杰夫·巴顿也在他们中间。那时他随着一大批农村小伙子前往新奥尔良的玛迪草原上干活。真是一群兴高采烈的年轻人啊。小伙子们都穿着条纹图案的衬衣，姑娘们都穿着鲜艳的绸衫，抹着褐色的胭脂，这情景在他头脑里真是像图画一样的鲜明！但是他想起这些，并不悲哀。在他们来的路上，斯利姆·伯恩斯杀死了乔·比斯利。于是这些年轻人就散伙了。打那时候起，杰夫·巴顿的天地就是绿荆棘种植园了。就是玛迪草原上举行了其他的狂欢节，他也听不见了。从此以后，他再也没有时间，劳苦的岁月就像波浪一样从他身上阵阵卷过。现在他年老了，力衰了。上次他发过一次麻痹症，如果旧病复发，他就会倒在床上永远起不来。如果瘫痪在床，要一个脆弱的瞎眼女人来服侍，他真是比死还难受。

突然，杰夫的手变得坚定了，他竟然感到勇气倍增。他放慢了车速，小心地离开道路。深深的河床里，河水轰隆隆地奔腾，好像雷声轰鸣。杰夫把车子开到斜坡上，径直向河身开去，并狠狠地踩下油门。小汽车在陡坡上猛烈地跳动着，直朝水面驶去，几乎像坠落下来一样快。这一对黑人老夫妇，身体挨着身体安静地坐着，脸上没有一丝波澜。刹那间，汽车就冲入河水，转眼工夫就消失不见了。

不一会儿，这辆小福特汽车在水中翻了个身，背朝下，搁在水浅处的烂泥中，只有一只轮胎，浮在湍急的水流上。

（1950年）

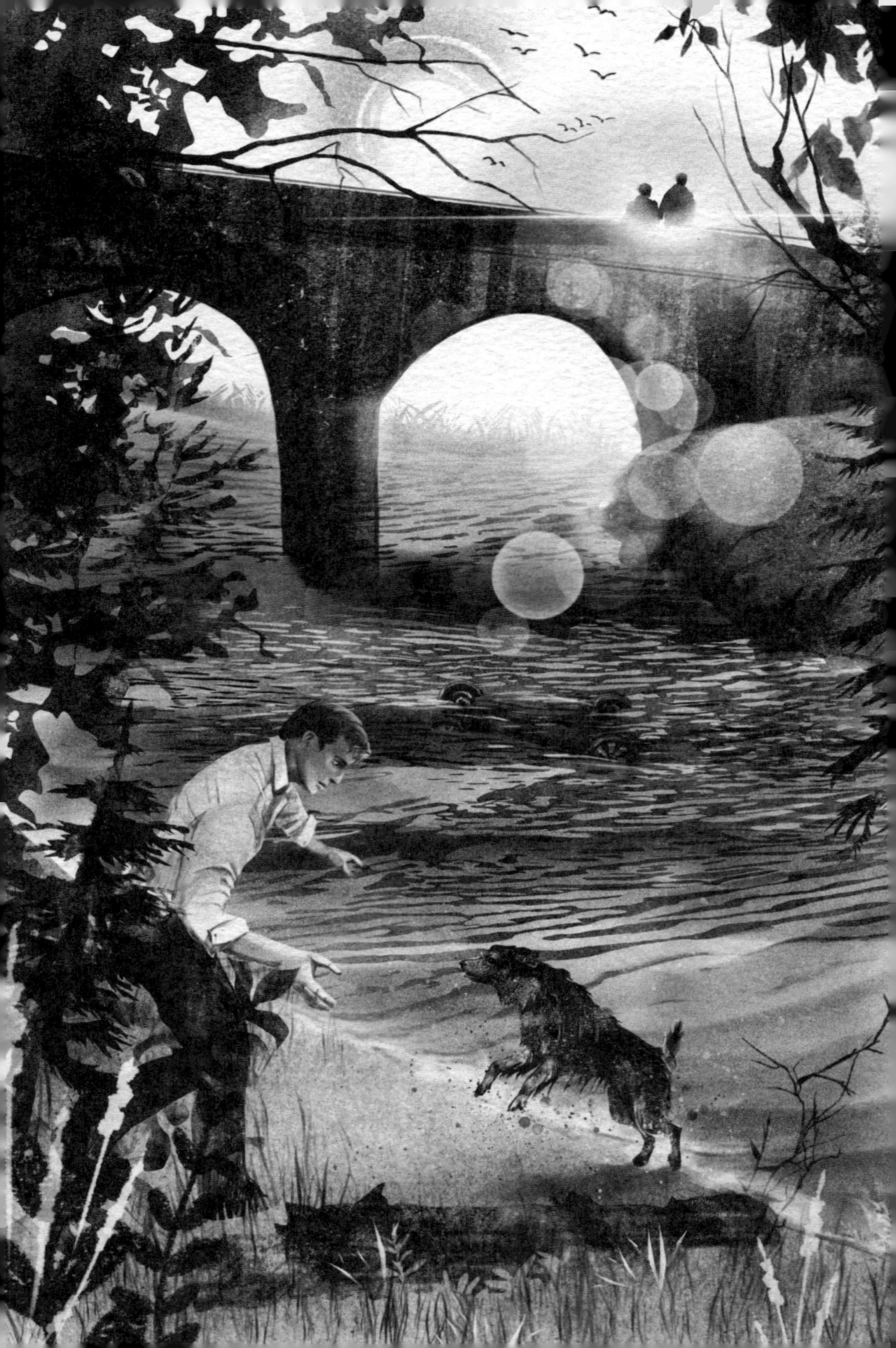

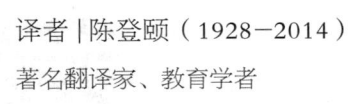

译者 | 陈登颐（1928—2014）
著名翻译家、教育学者

生于江苏镇江一个诗书世家，家学渊源深厚，祖父陈善余是清末民初史学家，父亲陈南屏通晓英、日两门外语。

少年时期因抗战随家人流亡上海，求学期间在名师指导下学习英、俄、日三门外语，后自学德、法等多国语言。三十岁时到青海柴达木支边任教，醉心阅读与翻译，译作《舒曼论音乐与音乐家》以诗化语言精准传递音乐理论，被评价为"散文诗般的译笔"。

陈登颐倾心翻译的《世界小说100篇》（《5分钟短经典（全二册）》为该书精选后的新版本）译笔流畅传神、典雅优美，问世四十余年经久不衰，为中国翻译史留下重要遗产。学界将其与傅雷、朱生豪等翻译大家相媲美。

译作

《舒曼论音乐与音乐家》[德]罗伯特·舒曼 著　[德]古·杨森 编
《交响音乐分析》[英]唐纳德·弗朗西斯·托维 著
《世界小说100篇》[美]詹姆斯·H.皮克林 编
《月亮宝石》[英]威尔基·柯林斯 著
《5分钟短经典（全二册）》作家榜 编

# 插画师介绍

**Russbelt Guerra Carranza**
秘鲁

超现实主义视觉艺术家

其作品旨在照亮人们潜意识中的黑暗面，帮助人们找到自身与艺术作品的深刻联系。

**Riccardo D'Ariano**
意大利

平面视觉艺术家

毕业于米兰美术学院，有多年影视剧场景设计经验。作品具有独特的神秘气质，将奇幻和孤独完美结合。

**Lorde Jimmy**
巴西

现实主义视觉艺术家

擅长描绘恐怖主题以及奇幻的生物，为每一个拥有自由的灵魂作画。同时也是一位短篇小说家。

Oksana Trofimenko
俄罗斯

主攻纸塑艺术的插画家

其作品以可爱的人物和图形令人难以忘怀。2018年，由其绘制的童书入选俄罗斯罗斯曼出版社"新童书"。

Ona Kvašytė
立陶宛

主攻视觉艺术的插画家

擅长将讲故事的技巧与视觉艺术结合，创作出融合神秘与幽默的艺术作品。

Sasha Multan
俄罗斯

主攻复合材料的插画家

毕业于俄罗斯赫尔岑师范大学。擅长运用不同的媒介和材质，用简约朴素的笔触描绘出富有表现力的艺术现象。

Introduction of Illustrators

## 作家榜经典名著

★★★★★★★★★★
读 经 典 名 著 ，认 准 作 家 榜

作家榜是中国知名文化品牌，母公司大星文化总部位于中国上海市。自2006年创立至今，作家榜始终致力于"推广全球经典，促进全民阅读"，曾连续13年发布作家富豪榜系列榜单，源源不断将不同领域的写作者推向公众视野，引发海内外媒体对华语文学的空前关注。

旗下图书品牌"作家榜经典名著"，精选经典中的经典，由优秀诗人、作家、学者参与翻译，世界各地艺术家、插画师参与插图创作，策划发行了数百部有口皆碑、畅销全网的中外名著，成功助力无数中国家庭爱上阅读。如今，"集齐作家榜经典名著"已成为越来越多阅读爱好者的共同心愿。

作家榜除了让经典名著图书在新一代读者中流行起来，2023年还推出了备受青睐的"作家榜文创"系列产品，通过持续创新让经典名著IP融入人们的日常生活中。

---

名著就读作家榜
抖音扫码关注我

名著就读作家榜
京东官方旗舰店

名著就读作家榜
天猫官方旗舰店

名著就读作家榜
当当官方旗舰店

| 策　划 | **作家榜** |
|---|---|
| 出　品 | |

出 品 人 ｜ 吴怀尧
产品经理 ｜ 李嘉峥　吴鑫
美术编辑 ｜ 高瑄苒　金雨婷　王纯华
内文插图 ｜ ［秘鲁］Russbelt Guerra Carranza
　　　　　　［意］Riccardo D'Ariano
　　　　　　［巴西］Lorde Jimmy
　　　　　　［俄］Oksana Trofimenko
　　　　　　［立陶宛］Ona Kvašytė
　　　　　　［俄］Sasha Multan
封面设计 ｜ 梁昌正

版权所有 ｜ 大星文化
官方电话 ｜ 021-60839180

图书在版编目（CIP）数据

5分钟短经典：全二册 / 作家榜编；陈登颐译. 
成都：四川人民出版社，2025.4. --（作家榜经典名著）. -- ISBN 978-7-220-14061-7

Ⅰ. I14

中国国家版本馆CIP数据核字第20253SJ509号

责任编辑：蒋科兰　李昊原　朱雯馨　孙　茜

## 作家榜经典名著

读经典名著，认准作家榜

WU FENZHONG DUAN JINGDIAN（QUAN ER CE）

# 5分钟短经典

（全二册）

作家榜 编　陈登颐 译

全案策划
大星（上海）文化传媒有限公司

出版发行
四川人民出版社（成都三色路238号）
网址：http://www.scpph.com　E-mail：scrmcbs@sina.com
新浪微博：@四川人民出版社　微信公众号：四川人民出版社
发行部业务电话：（028）86361653　86361656　防盗版举报电话：（028）86361653
浙江新华数码印务有限公司 印刷

2025年4月第1版　2025年4月第1次印刷
成品尺寸：142mm×210mm　32开本　印张：43.125
印数：1-8000　字数：885千字
书号：ISBN 978-7-220-14061-7
定价：129.00元

版权所有　侵权必究
（如有印装质量问题影响阅读，请联系021-60839180调换）